KB044552

신사 배리 린든의 회고록

The Memoirs of Barry Lyndon, Esq.
William Makepeace Thackeray

대산세계문학총서 161

신사 배리 린든의 회고록

The Memoirs of Barry Lyndon, Esq.

윌리엄 메이크피스 새커리 지음 — 신윤진 옮김

문학과지성사

대산세계문학총서 161_소설

신사 배리 린든의 회고록

지은이   윌리엄 메이크피스 새커리
옮긴이   신윤진
펴낸이   이광호
주간   이근혜
편집   김필균 김은주
펴낸곳   ㈜**문학과지성사**
등록번호 제1993-000098호
주소   04034 서울 마포구 잔다리로7길 18(서교동 377-20)
전화   02) 338-7224
팩스   02) 323-4180(편집) 02) 338-7221(영업)
전자우편 moonji@moonji.com
홈페이지 www.moonji.com

제1판 제1쇄 2020년 9월 21일

ISBN 978-89-320-3778-3 04840
ISBN 978-89-320-1246-9 (세트)

이 책의 판권은 옮긴이와 ㈜**문학과지성사**에 있습니다.
양측의 서면 동의 없는 무단 전재 및 복제를 금합니다.

이 도서의 국립중앙도서관 출판예정도서목록(CIP)은 서지정보유통지원시스템 홈페이지(http://seoji.nl.go.kr)와
국가자료공동목록시스템(http://www.nl.go.kr/kolisnet)에서 이용하실 수 있습니다.
(CIP제어번호: CIP2020038669)

이 책은 대산문화재단의 외국문학 번역지원사업을 통해 발간되었습니다.
대산문화재단은 大山 愼鏞虎 선생의 뜻에 따라 교보생명의 출연으로 창립되어
우리 문학의 창달과 세계화를 위해 다양한 공익문화사업을 펼치고 있습니다.

차례

제1장 연애 감정에 좌우되어온 나의 가문과 가족   7

제2장 용맹스러운 남자임을 나 스스로 입증하다   65

제3장 상류사회에 첫발을 잘못 내딛다   91

제4장 배리, 전쟁터의 무공을 가까이에서 지켜보다 114

제5장 배리, 전쟁터의 무공에서 최대한 멀리 도망치려고 애쓰다 132

제6장 '납치 마차'—군대 에피소드 158

제7장 배리, 수비대에서 생활하면서 그곳에서 여러 친구를 만나다 188

제8장 배리, 군인이라는 직업에 작별을 고하다 206

제9장 어느 정도 나의 이름과 혈통에 걸맞은 겉모습을 되찾다 219

제10장 계속되는 행운 242

제11장 행운, 배리에게 등을 돌리다 271

제12장 X 공국 왕세자비의 비극적 사연 285

제13장 상류층 인사로서 나의 경력을 이어가다 318

제14장 아일랜드로 돌아와 나의 화려한 모습과 관대한 성품을
왕국 전체에 과시하다 347

제15장 나의 여인 레이디 린든에게 구애를 하다 368

제16장 귀족답게 내 가족을 부양하고 (겉보기에는) 꽤 높은
행운의 고지에 오르다 392

제17장 잉글랜드 사교계의 장신구 노릇을 하다 420

제18장 나의 행운이 약해지기 시작하다 458

제19장 결말 500

미주 556

옮긴이 해설·윌리엄 새커리가 그려낸 18세기 버전 우리의 일그러진 자화상 561

작가 연보 578

기획의 말 582

일러두기

1. 이 책은 William Makepeace Thackeray의 *Barry Lyndon: The Memoirs of Barry Lyndon, Esq.*(Oxford: Oxford Univertsity Press, 2009)를 우리말로 옮긴 것이다.
2. 윌리엄 새커리는 '배리 린든'이라는 인물을 주인공으로 하는 이야기를 두 번 출간했고, 그 이야기는 그 후 170년이 흐르는 동안 여러 번 개정, 출간되었다. 이야기의 첫번째 버전은 원래 『배리 린든의 행운: 지난 세기의 로맨스*The Luck of Barry Lyndon: A Romance of the Last Century*』라는 제목의 소설이었다. 그 소설은 1844년 1월부터 12월까지 『프레이저스 매거진*Fraser's Magazine*』이라는 잡지에 연재되었다. 1856년에 새커리는 네 권짜리 『작가 선집*Miscellanies: Prose and Verse*』을 출간하면서 배리 린든 이야기를 상당히 많이 고쳐 그 선집에 실었고, 그해 같은 원고를 『신사 배리 린든의 회고록*The Memoirs of Barry Lyndon, Esq.*』이라는 제목의 분리된 단행본으로 다시 출간했다.

   현재 널리 읽히는 판본은 1908년 옥스퍼드 대학교 출판부에서 낸 단행본으로, 이 책을 내면서 당시 편집인은 단행본에서 삭제된 연재본의 내용들을 복구했고, 그러면서도 새커리의 수정 의도를 훼손하지 않기 위해 〔 〕로 그 부분을 묶어 표시했다. 1984년 옥스퍼드 대학교 출판부는 고전 시리즈를 다시 출판하면서 현대 독자들의 이해를 돕기 위해 역사적 설명을 충분히 넣어 주석을 새로 달았다. 그리고 그 판본을 한국어로 옮기면서 옮긴이는 한국 독자들을 위해 또 설명을 붙여 그 주석을 보충했다.

   요컨대 번역문에 달린 두 가지 주석 가운데, 미주는 원저자인 새커리와 1908년 편집인의 주석이고, 각주는 현대판 편집인의 주석에 옮긴이가 내용을 보충한 것이다.

   또 'England'를 대개는 '영국'으로 옮기지만, 이 작품에서는 잉글랜드, 스코틀랜드, 웨일스, 북아일랜드를 통칭하는 '영연방', 즉 'Britain'이 함께 쓰이고 있고, 식민지 아일랜드와 본국 잉글랜드 사이의 갈등이 작품 안에서 하나의 중요한 모티프로 작용하는바, 불가피하게 문맥에 따라 '영국'과 '잉글랜드'를 구별해 옮겼음을 미리 밝혀둔다.

제1장
연애 감정에 좌우되어온 나의 가문과 가족

아담의 시대로부터 이 세상에서 벌어진 나쁜 사건 가운데 여자가 연루되지 않은 일은 거의 없다. 우리 집안이 시작된 이래로(모두가 알다시피 배리 가문이 얼마나 저명하고 고귀하고 유서 깊은 집안인지, 그 뿌리가 **거의** 아담의 시대까지 이어져 있는 것이 틀림없다) 여자들은 우리 일족의 운명에서도 막대한 역할을 담당해왔다.

길림이나 도지에*의 문장학(紋章學) 책에 실리지 못한 가문들 중에서는 가장 유명한, 아일랜드 왕국 배리오그 지방의 배리 가문에 대해 유럽의 신사라면 누구나 들어보았으리라 생각한다. 나는 천하의 사나이로서, 내 구두나 닦는 하인보다 나을 것이 없는 가문 출신 주제에 높은 혈통을 타고난 척 **젠체하는 작자**들의 주장을 진심으로 경멸하도록 배워

---

* John Gwillim(1565~1621): 영국의 문장학자. 1610년 출간된 『문장 연구*A Display of Heraldrie*』에서 가문의 문장을 체계화하고 과학적으로 설명했다.
　Louis-Pierre D'Hozier(1685~1767): 프랑스의 문장학자. 『프랑스 귀족 가문 명부 *Armorial général ou registre de la noblesse de France*』라는 책을 1738년부터 1768년까지 30년에 걸쳐 10권으로 출간했다.

오긴 했지만, 그리고 자신이 아일랜드 왕의 후손이라고 굳게 믿고 있는 우리 동네 수많은 촌뜨기의 떠벌림이나 고작 돼지 한 마리 먹일 정도의 영지가 공국이라도 되는 듯이 말하는 행태를 전적으로 비웃는 사람이긴 하지만, 진실에 따라 나 역시 우리 가문이 이 섬나라에서, 아니 아마도 전 세계에서 가장 고귀한 가문일 것이라고 주장할 수밖에 없다. 물론 지금은 전쟁으로, 반역으로, 허송세월로, 조상들의 사치로, 한물간 신앙과 군주를 옹호하다가* 우리 손에서 다 빠져나가서 허룩해졌지만, 예전에 아일랜드가 지금보다 훨씬 더 번영을 누리던 시절에는 우리 가문의 재산도 여러 주에 펼쳐져 있어서 정말 굉장했다. 귀족의 표식을 함부로 달고 다니며 흔해빠진 것으로 만들어버리는 젠체하는 어리석은 작자들이 그렇게 많지 않았어도, 내 문장에 새겨진 그 아일랜드 왕관**은 분명 내 차지가 되었을 것이다.

한 여자 때문에 초래된 실패만 아니었어도 지금 내가 그 왕관을 쓰고 있었을지 누가 알겠는가? 독자들은 내 말이 슬슬 의심스러워지기 시작할 것이다. 하지만 그러지 말란 법도 없지 않은가? 리처드 2세***에게 무릎 꿇은 징징대는 협잡꾼 대신 우리 동네 사람들을 올바로 이끄는 용감한 우두머리가 있었다면 그들도 자유인으로 살고 있었을지 모른

---

* 찰스 1세에게 충성했던 아일랜드 가톨릭교도들은 1649년 크롬웰의 청교도혁명 이후 많은 재산을 몰수당했다. 1690년 보인Boyne 전투와 1691년 어그림Aughrim 전투에서 제임스 2세마저 패배하자 스튜어트왕조에 충성을 맹세했다는 이유로 아일랜드 가톨릭교도들은 백만 에이커 이상의 토지를 잉글랜드인들에게 빼앗겼다.

** Irish Crown: 자신이 고대 아일랜드 왕국이 있던 타라의 제왕(High Kings of Tara)과 봉건시대 지방 영지를 다스리던 왕의 후손이라는 확인할 수 없는 주장은 재산을 몰수당한 아일랜드 가톨릭 젠트리들 사이에서는 흔하디흔한 이야기였다.

*** 1394년과 1399년 두 번에 걸친 원정으로 리처드 2세(1367~1400)는 아일랜드의 일시적인 항복을 끌어낼 수는 있었지만 두 번 다 장기적인 효과는 없었다.

다. 살인마 악당인 올리버 크롬웰*에 맞서는 결단력 있는 지도자가 있었다면 우리는 잉글랜드의 손아귀에서 영원히 벗어났을 것이다. 그러나 강탈자에게 저항하는 현장에는 배리 가문 사람이 없었다. 오히려 나의 선조 시몬 드 배리는 서로 이름을 부를 정도로 가까운 사이였던 군주 리처드 2세를 따라 아일랜드에 침입해 전투 중에 먼스터 왕의 아들들을 무참하게 살해하고는 그 딸과 결혼한 사람이었다.

크롬웰의 시대는 배리라는 이름의 지도자가 이 살인마 양조업자**에 대항해 함성 소리를 드높이기엔 이미 너무 늦은 때였다. 우리는 더 이상 그 땅의 왕자가 아니었다. 불행한 우리 일족은 그보다 이미 한 세기 전에 가장 수치스러운 반역죄로 재산을 몽땅 다 잃은 상황이었다. 나는 어머니한테 종종 들어서, 그리고 우리가 살던 배리빌 집 '노란색 응접실'에 걸려 있던, 털실로 짠 우리 집 족보에 새겨져 있어서 그 사실을 알고 있었다.

지금 잉글랜드의 린든 가문이 아일랜드에 소유하고 있는 그 영지가 예전에는 바로 우리 일족의 재산이었다. 엘리자베스 여왕 시대에는 배리오그의 로리 배리가 그 땅은 물론 먼스터 지방의 절반 정도를 소유하고 있었다. 그런데 그 시절 내내 배리 가문은 오마호니 가문과 앙숙이었다. 그리고 때마침 공교롭게도 오마호니 가문 사람들이 우리 영토에

---

* Oliver Cromwell(1599~1658): 1649년부터 1650년까지 가혹한 청교도혁명 기간에 크롬웰이 실시한 공화정을 영국의 역사학자 매콜리는 "가능한 한 즉결로 처리하는 잔인한" 정치라고 묘사했다. 새커리는 크롬웰이 아일랜드 드로에다Drogheda 지방에서 자행한 학살에 대해 『아일랜드 스케치북Irish Sketch Book』 25장에서 이렇게 언급했다. "이 도살에 대한 기억이 아일랜드인들을 반역자로 만들기에 충분치 않았단 말인가?"
** 올리버 크롬웰은 퍼트니의 양조업자이자 여관 주인이었던 모건 윌리엄스의 3대손이었다.

침입해 소 떼와 양 떼를 끔찍하게 약탈해 가던 바로 그날, 어느 잉글랜드 대령이 부대 규모의 무장한 병사를 이끌고 배리 가문의 땅을 지나는 중이었다.

이름이 로저 린든인지, 린덴인지, 린데인인지 아무튼 이 젊은 잉글랜드인은 항상 배리 가문의 극진한 환대를 받았기 때문에 로드릭 배리가 오마호니의 땅에 막 침투하려는 것을 보고는 이를 돕고자 자신의 힘과 병력을 보탰는데, 린든이 말 그대로 너무나 적절하게 대처한 덕분에, 드러난 바와 같이, 배리 가문은 오마호니 가문을 완전히 제압할 수 있었고, 옛 역사책의 기록을 빌리자면 원래 영지를 모두 회복한 것은 물론, 나아가 재산과 가축이 오마호니 가문의 두 배에 이르렀다고 한다.

겨울철이 막 시작되려던 터라 배리오그의 저택을 떠나지 말아달라는 로드릭 배리의 만류에 따라 이 젊은 군인은 몇 달간 그곳에 머물렀고, 린든의 병사들도 배리의 갤로글래스*들과 함께 삼삼오오 짝을 지어 주변 오두막에서 야영을 했다. 그런데 린든의 병사들은 제 버릇 개 못 주고 아일랜드인들에게 견딜 수 없을 만큼 오만방자하게 굴었다. 그 정도가 어찌나 심했던지 싸움과 살인이 끊일 날이 없었고 결국 아일랜드 사람들은 그들을 박살 내고 말겠다고 맹세하기에 이르렀다.

로드릭 배리의 아들, 그러니까 자신의 영지 안에 살고 있는 그 누구보다도 잉글랜드인에게 적대적이었던 (나의 직계 조상) 포드리그 배리는, 떠나라고 해도 린든의 병사들이 가려 하지 않자 친구들과 모의해 이 잉글랜드인들을 마지막 한 명까지 다 없애버리기로 마음먹었다.

---

* gallowglass: 고대 아일랜드 족장의 무장한 가신을 일컫는다. 새커리는 셰익스피어의 「맥베스」 1막 2장에서 이 단어를 접한 것으로 보인다. 여기에서는 '귀족 가문의 사병' 정도의 뜻으로 쓰였다.

그런데 이들이 거사에 가담시킨 여인이 한 명 있었으니 바로 로드릭 배리의 딸이었다. 그녀는 잉글랜드인 린든과 사랑에 빠져 있었기 때문에 그에게 비밀을 모조리 누설하고 말았다. 그러자 잉글랜드인은 이 학살에서 벗어나려고 비열하게도 아일랜드인들을 먼저 기습해 나의 조상 포드리그 배리와 그의 병사 수백 명을 살해했다. 캐리그내디홀 근처 배리 사거리가 그 치욕스러운 도살이 일어난 현장이다.

린든은 로드릭 배리의 딸과 결혼하고는 배리가 유산으로 남긴 영지의 소유권을 주장했다. 지금 우리 가족이 이렇게 버젓이 살아 있는 것을 보면 포드리그의 후손들이 살아 있었는데도,[1] 잉글랜드인과 아일랜드인이 관련된 판례들이 늘 그렇듯, 린든이 잉글랜드 법원에 호소하자마자 영지는 잉글랜드인의 몫으로 돌아갔다.

한 여자의 나약함만 아니었다면, 곧 듣게 될 내용대로, 향후 내가 내 능력으로 되찾은 그 영토의 소유권은 태어날 때부터 내 것이었을 텐데. 하지만 여기에서는 일단 우리 가족사 이야기를 계속해야겠다.

우리 아버지는 아일랜드 상류층은 물론 잉글랜드 상류층에까지도 '포효하는 해리 배리'라는 이름으로 명성을 떨쳤다. 대개 상류층 가문의 자제들이 많이 그렇듯 아버지도 법조계 전문가가 되기 위한 교육을 받느라, 더블린 색빌가(街)* 유명 변호사의 수습생이 되었다. 아버지를 더 고상한 무리와 어울리게 만들어준 그 사교적인 성품과 야외 운동에 대한 애정, 유난히 우아한 몸가짐만 아니었다면, 아버지는 머리가 좋고 공부가 적성에 맞아서 틀림없이 자기 분야에서 걸출한 인물이 되었을 것이다. 그러나 아버지는 변호사 사무실의 일개 직원이면서도 늘 경주

---

* Sackville Street: 현재 더블린의 오코넬가이다.

마를 일곱 마리나 키웠고 킬데일과 위클로, 두 군데 사냥대에 소속되어 정기적으로 사냥을 다녔다. 아버지는 회색 말 엔디미온을 타고 그 유명한 푼터* 대위와 경주를 하기도 했는데, 그 경주는 지금까지도 승마 애호가들 사이에서 회자되는, 그리하여 내가 멋진 그림을 그려 린든 성 거실 벽난로 선반 위에 걸어놓기도 한 사건이었다. 아무튼 바로 그 말 엔디미온을 타는 영광을 누린 지 딱 1년 만에 아버지는 엡섬 다운스**에서, 지금은 승하하신 조지 2세 국왕 폐하가 친히 지켜보고 계신 가운데 대회의 상패를 거머쥐고 존엄하신 국왕 폐하의 관심을 한 몸에 받았다.

사랑하는 우리 아버지는 둘째 아들이었는데도 자연스럽게 가문의 영지를 승계받았다(이제는 연 수입이 400파운드밖에 안 될 만큼 끔찍하게 줄어든 땅이긴 하지만 말이다). 할아버지의 큰아들(독일에서 전투 중 입은 상처 때문에 슈발리에 보그니***라고도 불렸던) 코르넬리우스 배리 백부는 우리 가족이 보고 듣고 자란 구교 신앙을 계속 지켰고, 해외에서 군 복무를 했을 뿐 아니라, 저 불행한 45년 스코틀랜드 내란**** 때 세상에서 가장 성스러우신 조지 2세 국왕 폐하의 반대편에 섰기 때문이다. 슈발리에 보그니에 대해서는 나중에 더 자세히 이야기하게 될 것이다.

---

      * Punter: '경마 도박꾼'이라는 뜻.

    ** Epsom Downs: 잉글랜드 동남부 서레이주의 지명이다. 이곳에서 해마다 6월이면 '더 더비The Derby'라는 경마 대회가 열리는데, 이 대회는 지금까지도 유럽 전역에서 수십만 명의 경마 애호가가 운집할 정도로 성대한 영국 왕실의 축제이다. 경기, 대회란 뜻의 명사 '더비'도 이 대회의 명칭에서 유래되었다.

   *** Chevalier Borgne: '애꾸눈 기사'라는 뜻이다.

**** Scotch disturbances in '45: '젊은 왕위 요구자(Young Pretender)' 찰스 에드워드 스튜어트 왕자Prince Charles Edward Stuart(1720~1788)는 왕위 계승권을 주장하는 아버지의 지지를 등에 업고 1745년 4월 5일 스코틀랜드 땅에 발을 내디뎠다. 그러나 결국 1746년 4월 16일 컬로든에서 컴벌랜드 공작Prince William, Duke of Cumberland(1721~1765)에게 참패했다.

아버지의 개종에 관해서라면, 케리주의 기사요 치안판사이자 브래디 성의 성주였던 율리시스 브래디의 딸, 사랑하는 우리 어머니 벨 브래디 양에게 감사해야 한다. 어머니는 한창때 더블린에서 제일가는 미녀였고 그곳에서는 보통 '대셔'*로 통했다. 아버지는 모임에서 어머니를 보자마자 열렬히 빠져들게 되었다. 그러나 어머니는 가톨릭교도, 혹은 변호사 사무실 직원과의 결혼 따위는 안중에도 없었다. 아버지는 어머니를 향한 사랑 때문에, 그리고 당시 시행되던 유서 깊고 선한 법** 덕분에 코르넬리우스 백부의 자리를 꿰차고 들어가 가문의 영지를 취했다. 여기에 어머니의 빛나는 두 눈에 담긴 힘, 몇몇 사람, 최상류층 사회의 영향력도 이 바람직한 변화를 부채질했다. 어머니는 웃으면서 아버지의 변절 이야기를 종종 내게 들려주곤 했다. 아버지는 딕 링우드 경, 백위그 공, 푼터 대위, 그리고 마을의 젊은 멋쟁이 두세 명이랑 함께 술집에 있다가 그 자리에서 엄숙하게 개종을 선언했다고 한다. 그날 밤 포효하는 해리는 파로 게임***에서 300피스의 돈을 땄고 다음 날 아침 자신의 형을 고발하는 데 필요한 절차를 밟았다. 아버지의 개종으로 형제 관계는 냉랭해졌고 코니 백부는 결국 그 때문에 반란군에 가담해버렸다.

가장 큰 골칫거리가 해결되자 친애하는 우리 백위그 공은 그때 피

---

* Dasher: '돌진하는 사람'이라는 뜻으로 속어로는 '위풍당당한 사람'이라는 의미가 있다.
** 로마 가톨릭교도들의 인권에 영향을 준 형법들을 말한다. 조지 2세의 1법률(Act I Geo II, 1727)의 발효로 기성 종교를 따르는 작은아들도 형의 법적 장자 상속권을 빼앗을 수 있었다. 또 가톨릭 구제령(The Catholic Relief Act), 즉 조지 3세의 17, 18 법률(17&18 Geo III, 1778)의 시행으로 가톨릭교도도 토지를 매입, 999년간 임대할 수 있었고, 별다른 불이익 없이 상속할 수 있었다.
*** faro: 카드 게임의 일종이다. 판에 낀 사람들은 카드 한 벌을 놓고 위에서부터 가져가면서 특정 카드가 어떤 순서에 나올지 내깃돈을 건다.

전하우스*에 정박되어 있던 자신의 요트를 아버지한테 빌려주었고, 아름다운 벨 브래디는 부모가 그 결혼을 몹시 반대하고 있었던 데다가 (어머니한테 귀에 못이 박일 정도로 들은 바에 따르면) 아일랜드 왕국 전역에서 온 아주 부유한 구혼자들이 수도 없이 줄지어 서 있었는데도, 함께 달아나자는 해리 배리의 설득에 넘어갔다. 두 사람은 사부아에서 결혼했고,** 얼마 안 가 할아버지가 세상을 떠나자 기사 해리 배리는 부친의 재산 소유권을 상속받아 런던에서 우리 가문의 저명한 이름을 제법 잘 유지했다. 그 유명한 티에슬라인 백작과 몬터규 저택*** 뒤편에서 검술 결투를 벌이기도 했던 아버지는 화이트 초콜릿 하우스****의 회원이요, 런던 내 모든 초콜릿 하우스의 단골손님이었다. 그리고 어머니 역

---

     * Pigeon House: 예전에 더블린에 들어오는 배들이 정박하던 대표적인 부두이다. (배의 선적을 관리하던 밸러스트 오피스의 한 감독관이 이름을 붙였다고 하는) 피전하우스는, 링센드 마을에서 더블린 만까지 쭉 이어진 사우스 월이라는 거대한 방파제에 자리 잡고 있었다.

    ** 불법적으로 결혼했다는 뜻이다. 사부아 호텔 부속 교회는 어느 교구에도 속해 있지 않은 곳이었다. '사부아 교구 주임목사(Savoy Parsons)'라는 별명으로 악명을 떨쳤던 존 윌킨슨 목사는 1775년 한 해에만 1190여 부부의 결혼식을 집전했다. 결국 윌킨슨은 체포되어 유배 14년형을 선고받았다.

   *** Montague House: 17세기에 몬터규 공작이 블룸즈버리 지역에 세운 저택이다(지금은 이곳에 대영박물관이 있다). 이 저택의 북쪽에 넓은 공터가 있었는데 결투 장소로 종종 이용되었다. 새커리의 다른 소설 『헨리 에스먼드Henry Esmond』 15장에서도 언급된다.

**** White's chocolate house: 원래 초콜릿이 유래된 곳은 남미의 아스텍 지역이다. 그곳 원주민들은 카카오 열매를 으깨어 음료를 만들어 마셨는데 초콜릿의 어원이 된 'xocoatl'은 '쓴 물'이라는 뜻이다. 그러다가 스페인인들에 의해 유럽에 전달되면서 단맛이 나는 성분이 첨가되었지만 19세기 중반까지는 음료 형태로만 마셨다. 커피하우스와 마찬가지로 17세기 후반 우후죽순처럼 생겨난 초콜릿 하우스는 남자들이 모여 음료나 술을 마시며 카드, 주사위놀이 같은 게임을 즐기고 가십은 물론 정치, 경제에 관한 대화를 나누는, 말하자면 상류층의 대표적인 사교 장소였다. 특히나 1698년 성 제임스가에 가장 먼저 세워진 화이트 클럽의 경우 회원제로 운영되었고 까다로운 가입 규정이 있었다.

시 그에 못지않았다. 성스러운 국왕 폐하의 면전에서 우승하는 인생 최고의 날을 뉴마켓*에서 보낸 뒤 마침내 모든 것을 누리게 해주겠다는 자애로우신 군주의 약속에 따라 해리가 부와 성공을 막 손에 넣으려는 순간이 다가왔다. 그러나 오호통재라! 그 순간 아버지는 체스터 경주에서, 의지를 꺾을 수도 미룰 수도 없는 또 다른 군주한테, 그러니까 '죽음'이라는 이름의 군주한테, 나를 힘없는 고아로 만들어놓은 채 잡혀가고 말았다. 아버지의 유해에 평화가 함께하기를! 흠잡을 데 없는 인물은 아니었던 아버지는 왕족 같은 씀씀이로 모든 가산을 탕진해버렸다. 하지만 아버지는 늘 술이 넘치도록 술잔을 부딪치는 자들이나 도박판에서 메인**을 외치는 자들만큼 용감한 사내였고, 상류층 인사처럼 말 여섯 마리가 끄는 마차를 부렸다.

어머니는 폐하께서 그 소식을 들으시고 고귀한 눈물을 흩뿌리셨다고 말하지만, 아버지의 자애로우신 폐하께서 아버지의 급작스러운 죽음에 얼마나 놀라셨을지 나는 잘 모르겠다. 아무튼 왕실은 우리를 전혀 도와주지 않았다. 아버지가 아내와 빚쟁이들을 위해 집 안에 남겨놓은 것이라고는 90기니***의 돈이 든 지갑이 다였고, 사랑하는 우리 어머니는 당연히 그 지갑을 가문의 문장이 새겨진 식기, 아버지 옷 가방, 어머니 옷 가방 등과 함께 챙겼다. 그 물건들을 호화로운 우리 마차에 실은 어머니는 홀리헤드로 간 다음 거기서 아일랜드행 배를 탔다. 아버지의 시신도 돈이 허용하는 한도 안에서 가장 좋은 깃털 장식 관에 모셔 우리

---

* Newmarket: 잉글랜드 남동부에 있는 경마로 유명한 도시이다.
** main: 주사위 게임의 일종인 해저드에서 주사위를 던지기 전, 던질 차례가 된 사람이 돈을 걸면서 외치는 숫자를 말한다.
*** guinea: 영국에서 1663년부터 1813년까지 발행한 금화로, 1기니는 21실링이다.

와 함께 옮겼다. 남편과 아내는 평생 지긋지긋하게 싸우는 관계인데도 고귀한 부인은 남편의 죽음 앞에서 자신이 남편과 격이 다른 사람이었다는 걸 완전히 잊었는지, 며칠씩이나 계속되는 더없이 성대한 장례식을 열고는 아버지의 유산으로는 어림도 없는 (그래서 나중에 내가 그 값을 치르게 된) 기념비를 세워 그 안에 아버지가 세상 남자들 중에서 가장 현명하고 순수하고 다정한 사람이었다고 새겨 넣었다.

고인이 된 주인을 보내는 이 슬픈 임무를 수행하느라 어머니는 가진 돈을 거의 다 써버렸는데, 사실 이런 예식을 치를 때면 으레 듣기 마련인 온갖 요구 사항의 3분의 1만 실행에 옮겼더라도 어머니는 훨씬 더 많은 돈을 썼을 것이다. 그러나 개종을 했다는 이유로 아버지를 마땅치 않아 하기는 했지만 배리오그의 우리 옛집 주위에 살던 사람들은 그때까지는 아직 아버지 편이었던 터라, 런던의 플러머 씨가 그 애석하기 짝이 없는 유해를 보낼 때 함께 보낸 새똥 찌꺼기들*을 박멸하자는 쪽으로 의견을 모았다. 그때 교회에 세워진 기념비와 납골당이, 아아, 나의 그 많은 재산 중에서 남아 있는 전부였다니. 아버지가 이미 노틀리인가 뭔가 하는 변호사 나부랭이한테 가재도구란 가재도구는 마지막 작대기까지 모조리 팔아치운 터라, 아버지의 집, 당장이라도 무너질 것처럼 허름하고 끔찍한 그 집2)에서 우리를 반겨준 것이라고는 오로지 냉기뿐이었다.

그래도 성대한 장례식 덕분에 배리의 부인은 '위풍당당한 상류층 여자'라는 평판을 얻는 데는 성공했다. 그래서 어머니가 오빠인 마이클

---

* 런던의 장의사가 장례식을 맡아서 진행하라고 파견한, 비싼 일당을 줘야 하는 직원들을 말한다. '플러머Plumer'라는 이름은 일종의 말장난이다. '플룸plume', 즉 검은 타조의 깃털이 예전에는 상여에 꼭 필요한 장식물이었다.

브래디한테 편지를 써 보내자 그 고귀한 신사는 단숨에 말을 타고 국토를 가로질러 와 어머니의 품에 몸을 내던지고는 자기 아내의 이름으로 어머니를 브래디 성으로 초청했다.

대개 남자들이 다 그렇겠지만 믹 외삼촌과 아버지는 다툰 적이 있었고, 배리 씨와 벨 양이 연애를 하는 동안에는 두 사람 사이에 진짜 심한 막말이 오가기도 했다. 아버지가 어머니를 데리고 달아나자 외삼촌은 배리든 벨이든 결코 용서하지 않겠다고 맹세했다. 그러나 1746년 런던에 왔을 때는 포효하는 해리를 한 번 더 봐주기로 하고, 클러지스가에 있던 아버지의 쾌적한 집에서 함께 지내면서 게임을 해 아버지한테 푼돈을 잃기도 했으며 친구들이랑 어울려 야경꾼 한두 명의 머리를 박살 내기도 했던 터라, 그 사람 좋은 신사는 그 모든 추억담 덕분에 누이인 벨과 조카인 나를 매우 아꼈고 두 팔 벌려 우리를 환영했다. 아마도 현명한 처사였겠지만 배리 부인은 처음엔 지인들한테 자신이 어떤 처지에 놓여 있는지 알리지 않았다. 오히려 우리는 커다란 문장이 새겨진 으리으리하고 거대한 마차를 타고 브래디 성에 도착했고, 그 모습을 본 어머니의 올케와 그 동네 사람들은 어머니가 재산과 신분 모두 상당한 사람일 것이라 생각했다.

한동안은 배리 부인이 브래디 성을 마음대로 다스렸는데 그때는 그것이 매우 합당하고 적절해 보였다. 어머니는 하인들에게 이런저런 지시를 내렸고, 하인들이 정말로 배우고 싶어 하는 것, 그러니까 소소한 런던식 정돈법 같은 것을 가르쳤다. 그리고 나는 '잉글랜드에서 온 레드먼드'라 불린 것에서 알 수 있듯이 귀족 도련님 대우를 톡톡히 받으며 나 혼자 하녀랑 하인을 한 명씩 부렸다. 그 사람들 새경은 성실한 믹 외삼촌이 지불했는데, 그러자니 평소 자기 식솔들을 건사할 때보다 훨씬 많은 돈이 들었지만 외삼촌은 고통 중에 있는 누이가 품위를 잃지 않고 편안해졌으면 하는 마음에 이 모든 비용을 힘닿는 데까지 부담했다. 어머니는 이에 대한 보답으로 주변이 정리되면 자신과 아들의 품위 유지 비용을 내야 하는 부담에서 친절한 오빠를 멋지게 풀어주어야겠다고 생각하면서 클러지스가의 집에 있는 고급 가구들을 옮겨와 다 쓰러져가는 브래디 성의 방들을 어떻게든 꾸며보겠노라고 약속했다.

그러나 원칙대로라면 남편을 잃은 부인에게 소유권이 있는 의자와 테이블 등 가구들을 악랄하게도 건물주가 몽땅 차지했다는 사실이 밝혀졌다. 내가 상속받을 영지는 탐욕스러운 빚쟁이들의 수중에 떨어졌다. 남편을 잃은 부인과 그 자식에게 남은 유일한 호구지책은, 고인과 여러 번 경마 거래를 한 적이 있는 친애하는 우리 백위그 공의 영지에서 받는 50파운드의 지대뿐이었다. 따라서 오빠를 자유롭게 해주려던 사랑하는 우리 어머니의 계획은 당연하게도 절대 실현될 수가 없었다.

브래디 성의 브래디 부인에게는 매우 명예롭지 못한 일이지만, 자신의 시누이가 가난뱅이라는 사실이 확실해지자, 그녀가 평소 시누이에게 갖추던 예의를 싹 걷어치우고 곧바로 내가 부리던 하녀와 하인을 문밖으로 내치고는, 배리 부인에게 자신이 마음만 먹으면 다음 순서는 부인이 될 것이라고 말했다는 사실만큼은 확실히 말하고 넘어가야겠다. 브래디 부인은 신분이 천한 집안 출신이라 사고방식이 얄팍했다. 어머니는 그로부터 약 2년 뒤 (그동안 보잘것없는 수입이나마 쓰지 않고 꼬박꼬박 거의 다 모아서) 마담 브래디의 소망을 들어주었다. 동시에, 겉으로는 사려 깊게 분노를 숨긴 채 그냥 그렇게 물러나면서도, 어머니는 이 집 안주인이 그 안에 살아 있는 한 자신이 브래디 성의 문지방을 넘는 일은 절대 없을 것이라고 맹세했다.

어머니는 새 보금자리를 아주 경제적으로 그러면서도 고상한 취향을 살려서 잘 꾸몄고, 가난 때문에 조금이라도 위엄을 포기하는 법이 없었는데, 그것은 어머니가 누려 마땅한 위엄이요, 모든 이웃들이 어머니에게 부여한 위엄이었다. 사실, 런던에 살면서 그곳 최상류층 사람들과 자주 어울리고 (어머니가 엄숙하게 선언했듯이) 왕실에 드나들었던 여인을 어떻게 존경하지 않을 수 있겠는가? 이런 이점 덕분에 어머니는, 원래 그 권리의 소유주인 아일랜드 주민들이 어머니 같은 사람에게 아낌없이 퍼주는 듯한 권리, 즉 고국을 떠나 잉글랜드에서 잠시 살아볼 기회가 없었던 사람이라면 그게 누구든 경멸하며 얕잡아볼 수 있는 권리를 누렸다. 그래서 브래디 부인이 새 옷을 입고 외출했다는 소리만 들으면 시누이인 어머니는 이렇게 말하곤 했다. "불쌍한 것! 자기가 유행에 대해 뭐라도 좀 배워야 한다는 걸 어떻게 하면 올케가 알 수 있을까?" 그리고 배리 부인은 사실 그대로 '멋쟁이 과부'로 불리는 것도 좋아했지만 '**잉글랜드에서 온** 과부'라고 불리는 것을 훨씬 더 좋아했다.

그러면 브래디 부인 쪽에서도 지체 없이 대답이 날아왔다. 노상 나오는 말은 세상을 하직한 배리 씨가 파산한 거지라는 이야기였다. 그리고 배리 씨가 겪었다는 최상류층 사회라는 곳도, 알려진 대로 그가 늘 백위그 공 주위에서 얼쩡대는 아첨꾼이었기 때문에 그 어깨너머로 살짝 본 것에 불과하다는 이야기였다. 브래디 성의 안주인은 배리 부인에 대해서라면 훨씬 더 고약한 표현도 서슴지 않곤 했다. 그런데 우리가 지금 이 말싸움을 왜 언급해야 하며, 거의 60년[3]이나 지난 사사로운 추문을 왜 끄집어내야 하는 것일까? 지금까지 거론한 유명 인사들이 다투며 살았던 시대는 조지 2세가 통치하던 시절이었다. 선했든 악했든, 잘생겼든 못생겼든, 부자였든 가난뱅이였든 지금은 모두가 동등한 것을. 요즘은 일요일 신문이나 법정이 훨씬 더 신선하고 흥미진진한 비방 거리를 매주 내놓고 있지 않은가?

아무튼 아버지가 죽고 어머니가 사교계에서 물러난 상황에서, 브래디 부인이 비방을 받아친답시고 그런 식으로 행동한 것을 어느 정도는 이해해줘야 한다. 왜냐하면, 어머니는 벨 브래디 시절에는 주 전체 총각의 절반을 발치에 거느리고도 그들 모두에게 격려의 미소를 한껏 베풀어주는, 웩스포드주 전체에서 가장 쾌활한 소녀였고, 벨 배리가 된 다음에는 자칫하면 거드름을 피운다고 느껴질 정도로 기품 있게 처신하는, 퀘이커교도들만큼이나 격식을 차리는 부인이었기 때문이다. 독신 여성으로서 어머니의 매력에 사로잡힌 수많은 남자가 다시 구애를 했지만 배리 부인은 모든 청혼을 거절했고, 오직 아들만을 위해서 세상을 떠난 성자를 추억하며 살겠노라고 선언했다.

이 말에 심술궂은 브래디 부인은 이렇게 말했다. "성자라니, 어련하실까! 모두가 알다시피 엄청난 죄인인 해리 배리를 두고 말이야. 그리고 해리와 벨이 서로를 증오했다는 건 세상이 다 아는 일이지. 또 그 교활한 여자가 마음에 드는 남편감이 생기더라도 지금은 재혼을 하지 않겠다고 했다니, 그건 백위그 공이 홀아비가 될 때까지 기다리려는 것뿐이라고."

행여 어머니가 그랬다고 한들, 그게 무슨 문제인가? 배리 가문의 과부와 잉글랜드 귀족의 결혼은 어울리지 않는단 말인가? 또, 배리 가문의 재산을 회복할 수 있는 사람은 여자일 것이라는 이야기가 늘 전해오지 않았던가? 만약 어머니가 자신이 그 '여자'일 것이라 상상했다면, 그런 생각을 품는 것이 어머니 입장에서는 정당하기 이를 데 없는 일이었을 거라고 나는 생각한다. (나의 대부이기도 했던) 그 백작은 항상 어머니를 최우선으로 배려했던 것이다. 1757년에 그 백작 나리가 인도 대부호의 딸인 골드모어 양과 결혼하기 전까지는, 세상 속에 내게 이득이 될 몫을 늘리려는 이 계획에 어머니가 얼마나 깊이 정신이 팔려 있었는지 나는 알지 못했다.

그동안 우리는 계속 배리빌에 살았고, 변변치 않은 수입을 감안하면 그래도 꽤 훌륭한 생활수준을 유지하고 있었다. 브래디스타운에서 함께 교회 구역 모임을 하던 대여섯 집 사람들 중에는 어머니만큼 감탄할 정도로 외모가 훌륭한 사람이 아무도 없었다. 세상을 떠난 남편을 애도하느라 늘 상복 차림이었지만 그래도 옷매무새만큼은 아름다운 외모가 단연 돋보이도록 신경 써서 가다듬었다. 솔직히 내가 보기에 어머니는 유행에 따라 옷을 자르고 손질하고 수선하느라 평일에 매일 여섯 시간은 족히 쓰는 것 같았다. 어머니는 세상에서 가장 통이 넓은 후프 스커트와 세상에서 가장 멋진 주름 장식을 갖고 있었고 (친애하는 우리 백위그 공의 배려로) 한 달에 한 번씩 런던으로부터 그곳의 최신 유행 경향을 보여주는 우편물도 받아볼 수 있었다. 그 시절 유행하던 화장 방식이기도 했지만 어머니는 살결이 너무나 눈부셔서 얼굴에 볼연지를 바를 필요가 없었다. 그러면서 얼굴이 너무 누래서 플래스터*를 아무리 처발라도 안색이 변하지 않는 브래디 부인한테 자기는 붉은색과 흰색 화장품이 남았다고 말하곤 했다(이것만 봐도 두 여자가 서로를 얼마나 미워했는지 독자들도 짐작이 갈 것이다). 한마디로 말해서 어머니가 어찌나 미모를 잘 가꾸었는지, 온 나라의 여자들은 모두 어머니를 따라 하느라 여념이 없었고 반경 16킬로미터 안에 사는 젊은 총각들은 어머

---

* plaster: '석고, 회반죽'을 뜻하는 이 단어가 예전에는 '분'이라는 뜻으로도 쓰였다. 누리끼리한 안색과 곰보 자국이나 주름 같은 피부 결함을 가리는 데 쓰는 물질이었다.

니 얼굴을 한번 보겠다고 브래디 성 안 교회까지 말을 타고 달려오곤 했다.

그러나 설사 어머니가 (내가 직접 보거나 책에서 읽은 다른 모든 여자들처럼) 자신의 미모를 자랑스러워하는 여자였다 하더라도, 어머니는 형평성을 기하려고 아들인 나를 더 자랑스럽게 여겼고 그래서 내가 세상에서 가장 잘생긴 젊은이라는 말을 노상 입에 달고 살았다. 물론 이것은 취향의 문제이다. 원래 남자는 예순 살쯤 되면 열네 살 때 자신의 모습을 꾸밈없이 이야기하는 법이지만, 어머니의 이런 견해에 그 나름의 이유가 있었다는 말은 꼭 하고 넘어가야겠다. 선량한 어머니는 나를 잘 입히는 데서 기쁨을 느꼈을 것이다. 일요일이나 휴일이면 나는 본토의 어떤 귀족에게도 뒤지지 않을 만큼 멋지게, 벨벳 외투로 갈아입고 은 자루가 달린 검을 허리에 차고 무릎에 금색 띠를 맸다. 어머니는 더할 나위 없이 화려한 조끼도 몇 벌 지어주었다. 옷에 주름을 잡는 레이스도 넘쳐났고 머리에는 항상 새로 끊은 리본을 매고 있었다. 그렇게 차려입고 일요일에 우리 둘이 교회를 향해 걸어가노라면, 그 샘 많은 브래디 부인조차 아일랜드 왕국에 우리보다 더 멋진 한 쌍은 없을 거라는 사실을 인정할 수밖에 없었다.

물론 브래디 성의 안주인은 보통 비웃음으로 일관했다. 왜냐하면, 그럴 때 나의 시동이라 불리던 팀이라는 사내가 거대한 성경책과 지팡이를 든 채 나와 어머니를 교회까지 모셨는데, 그가 입은, 클러지스가에서 가져온 우리 집안의 멋진 하인 제복이 안짱다리에 키가 작은 팀한테 잘 어울리지 않았기 때문이다. 그러나 비록 가난하긴 해도 우리는 높은 가문 사람들이었고 부리는 사람이 우리와 같은 계급 사람처럼 보이지 않는다고 해서 비웃음을 살 이유는 전혀 없었다. 그래서 우리는 총독의 처자식처럼 격식과 엄숙함을 갖추고 우리 자리를 향해 통로를 행진하곤 했다. 그곳에서 어머니는 듣기 좋고 품위 있는 목소리로 크게 대답과 아멘을 외치고, 나아가 런던 상류층 노래 선생님한테 배운 완벽한 노래 솜씨로 우렁차고 훌륭하게 찬송가를 불렀다. 어머니는 찬양대 참여자 수가 적은 작은 교회 신도들 안에서는 좀처럼 찾아볼 수 없는 방식으로 재능을 발휘했다. 사실 어머니는 다방면으로 재능이 뛰어났고, 스스로도 자신이 세상에서 가장 아름답고 기량이 뛰어나고 칭찬할 만한 사람이라고 믿고 있었다. 그래서 내가 그들한테 저항할 수 있게끔 어머니를 믿지 않는 천하의 고집불통들이 누구인지 지적하면서, 나와 이웃들한테 틈만 나면 자신의 겸손함과 독실함에 대해 이야기하곤 했다.

우리는 브래디 성을 떠나 브래디스타운에 집 한 채를 얻었는데 어머니는 그 집에 배리빌이라는 이름을 붙였다. 고백하건대 아주 작은 집에 불과했지만 우리는 그곳을 정말로 잘 활용했다. 그 집 거실에 우리 가문의 족보가 걸려 있다는 이야기는 이미 했다. 그 거실을 어머니는 '노란색 응접실'이라 불렀고, 내 침실은 '분홍색 침실', 어머니의 방은 '오렌지색 방'이라 불렀다. (내가 이 모든 걸 이렇게 정확히 기억하고 있다니!) 저녁 식사 시간이면 으레 팀이 커다란 종을 울렸고 우리는 각자 은제 컵에 물을 따라 마셨다. 어머니가 내 옆에 본토의 귀족이 마시는 어떤 술에도 전혀 뒤지지 않는 질 좋은 보르도산 적포도주 병을 세워두고 뿌듯해한 것도 무리는 아니었다. 정말로 좋은 술이긴 했지만 어렸던 나는 당연하게도 어떤 술도 마시는 것이 허용되지 않았기 때문에 그 포도주는 디캔터에 든 채 그 후로도 꽤 여러 해 더 숙성되었다.

브래디 외삼촌이 (가족 간의 불화에도 불구하고) 어느 날 저녁 식사 시간에 배리빌에 들렀다가 방금 말한 사실을 알아내고는 불운하게도 그 술을 맛보고 말았다. 외삼촌이 술을 퉤퉤 뱉어내며 오만상을 찡그리는 모습을 독자들이 직접 봤어야 하는데! 하지만 그 소탈한 신사는 원래 술맛이나 술친구에 별로 까다롭지 않았다. 정말로 외삼촌은 목사랑 마시든, 신부랑 마시든 매번 똑같이 취했다. 물론 '나사우 왕자의 진짜 충실한 추종자'*였던 어머니는 신부라면 몹시 발끈했고, 낡은 신앙이라면 모조리 싸잡아 진심으로 경멸했으며, 미개한 가톨릭교도가 있는 방에 함께 앉는 법이 없었다. 그러나 외삼촌은 매사에 거리낌이 전혀 없었다. 정말로 세상천지에 가장 편하고 태평하고 유순한 사람이었던 외삼촌은 마담 브래디와 집에 있는 것이 싫증나면 우리 집에 와서 외로운 과부와 몇 시간씩 함께 지내곤 했다. 외삼촌은 늘 나를 친아들만큼 아낀다고 말했다. 어머니는 2년여를 버티다가 마침내 내가 브래디 성으로 돌아가도 좋다고 허락했다. 물론 어머니 자신은 올케에 대해 스스로 했던 맹세를 단호하게 지켰지만 말이다.

어떤 의미에서는 브래디 성으로 돌아간 첫날이 나의 시련이 시작된 날이라고 해도 과언이 아니었다. 믹 도련님이라 불리던 나의 사촌, 그러니까 열아홉 살 먹은 거대한 괴물이(녀석은 나를 증오했지만 장담하는데 나도 그만큼 녀석을 증오했다) 저녁 식사 시간에 우리 어머니의 가난을 들먹이며 창피를 주어서 나를 온 집안 여자들의 웃음거리로 만들었다. 당시에 고작 열두 살이었는데도 나는 녀석이 늘 저녁 식사 후 파이프 담배를 피우는 마구간으로 따라가 불편한 심기를 드러냈고, 거기에

* true blue Nassauite: 네덜란드의 오라녜나사우Oranje-Nassau 왕가 출신인 윌리엄 3세(William Ⅲ, 1650~1702)가 확립한 왕위 계승법(Church and State), 즉 프로테스탄티즘을 믿는 스튜어트 왕족만 왕위를 계승할 수 있게 정해놓은 법률을 계속 따르기로 결심한 프로테스탄트교도를 말한다. 여기에서는 '독실한 국교도' 정도의 의미로 쓰였다.

서 10분 넘게 녀석과 싸움질을 하는 동안, 사나이로서 당당히 맞서 녀석의 왼쪽 눈두덩을 시퍼렇게 멍들게 만들었다. 물론 녀석도 나를 때리기는 했지만, 일찍이 이미 브래디스타운의 가난뱅이 소년들과 수도 없이 전투를 치름으로써 또래 중에 적수가 없다는 사실을 입증해 보인 어린 소년에게는 그게 그다지 대수로운 일이 아니었다. 외삼촌은 나의 무용담을 전해 듣고는 매우 흡족해했다. 또 사촌인 노라는 코에 바르라며 갈색 종이에 싼 식초를 가져다줬고, 그날 밤 집에 갈 때는 1파인트들이 포도주 한 병도 속옷 밑에 넣어 가져갔다. 감히 말하지만 그렇게 오랫동안 내가 믹에게 맞서 물러서지 않고 버텼다는 사실이 나는 적잖이 자랑스럽다.

물론 그 뒤로도 녀석은 일관되게 계속 나를 막 대했고 내가 조금이라도 방해가 된다 싶으면 언제든 매질을 해댔지만, 그래도 나는 사촌들, 아니 일부 사촌들과 함께 어울릴 수 있어서, 그리고 곧 내 마음에 쏙 드는 사람이 된 외삼촌의 친절함 덕분에 브래디 성에서의 생활이 마냥 즐거웠다. 외삼촌은 내게 수망아지 한 마리를 사주고는 말 타는 법도 가르쳐주었다. 또 길짐승과 날짐승 사냥에도 데리고 갔으며, 날아가는 목표물을 총으로 맞히는 법도 가르쳐주었다. 그리고 마침내, 나는 믹의 동생, 그러니까 트리니티대학에서 돌아온 율릭 덕분에 믹의 학대에서 해방되었다. 상류층 가문의 둘째 아들이 대개 그러듯 형을 증오하는 율릭은 나를 보호해줬는데, 율릭이 믹보다 더 크고 힘이 셌기 때문에, '잉글랜드인 레드먼드'라고 불리던 나는 그때부터 그 이름에 걸맞게 혼자 많은 시간을 보낼 수 있었다. 율릭이 나를 때려야겠다 생각했을 때만 빼고 말이다. 율릭은 그래야 된다는 생각이 들면 언제든 그것을 실행에 옮기는 놈이었으니까.

나는 자신을 가꾸는 데에도 배움을 게을리 하지 않았고 보기 드물게 여러 분야에 타고난 천재성이 있었기 때문에 주위 사람들보다 훨씬 뛰어난 재주들을 금세 갖추었다. 어머니가 힘닿는 데까지 최선을 다해 관리해준 덕분에 나는 목소리도 좋고 귀도 밝았으며, 어머니가 내게 근엄하고 우아하게 미뉴에트 추는 법을 가르쳐준 덕분에 나는 장래의 성공을 위한 기반은 잘 다져놓은 셈이었다. 어쩌면 이런 고백을 해서는 안 될지도 모르지만, 내가 배운 서민 춤들은 하인들의 거처에서, 독자들 짐작대로 달랑 백파이프 연주자 한 명밖에 없는 그 거처에서 익힌 것들이었고, 그곳에서 나는 혼파이프와 지그,* 두 가지 춤에 관한 한 타의 추종을 불허하는 존재였다.

책을 통해 지식을 얻는 취향 또한 독특해서 나는 늘 신사의 정중함을 배우는 교재로 희곡과 소설을 읽었고, 그래서 책을 팔러 다니는 행상인이 마을에 들를 때마다 수중에 푼돈이라도 있으면 발라드** 책을 한두 권씩 꼬박꼬박 사들였다. 하지만 따분한 문법이나 그리스어, 라틴어 따위는 어린 시절부터 줄곧 지긋지긋하게 싫어해서 그것들 중 아무것도 배우지 않겠노라고 아주 딱 잘라 말하곤 했다.

그 사실은 내가 열세 살 때 명백히 입증되었다. 비디 브래디 이모가 남긴 백 파운드 유산을 내 교육에 써야겠다고 생각한 어머니는, 외삼촌이 걸핏하면 백와켓이라고 부르는 밸리와켓에 있는 토비아스 티클러 박사의 유명 사립학교에 나를 보냈다. 그러나 나는 박사의 권위

---

* hornpipe: 전통적으로 선원들이 추던 빠른 무곡으로 16세기부터 영국 전역에서 유행했다. jig: 경쾌하고 템포가 빠른 고전적인 무곡이다.
** ballad: 16세기 이후 영국에서 발전한 서사적인 시가 문학이다. 본래 구비문학에 기원을 둔 장르로 역사적 내용, 불가사의한 사건, 남녀 간의 사랑 등의 내용을 쉽고 소박하게 표현한 것이 특징이다.

에 갇혀 지낸 지 6주 만에 느닷없이 브래디 성에 다시 모습을 드러냈다. 박사를 거의 뇌졸중으로 쓰러질 지경이 되도록 만들어놓고는 그 끔찍한 곳에서부터 65킬로미터나 되는 거리를 걸어온 것이었다. 사건의 전말은 이랬다. 나는 구슬치기, '교도소 철창'*, 권투 등에서는 학교 수석이었지만 고문 공부는 아무래도 잘할 수가 없었다. 라틴어 실력 향상에 아무런 도움이 되지 않는데도 일곱 차례나 매질을 당한 끝에 (체벌이 아무 소용없다는 것을 깨닫고) 나는 여덟번째 체벌 받기를 거부했다. "다른 방법을 찾아보시죠, 선생님." 박사가 다시 나에게 막 채찍을 휘두르려는 순간 내가 말했지만 박사는 내 말을 듣지 않았다. 나는 방어를 하려고 박사에게 석판을 집어던지고는 납덩이로 만든 잉크스탠드로 스코틀랜드인 경비를 때려눕혔다. 이 광경을 보고 아이들은 모두 환호성을 질러댔고 몇몇 하인은 나를 말리려고 했다. 하지만 사촌 노라가 준 커다란 접는 칼을 꺼내 들고는 누구든 감히 나를 방해하는 자는 첫 놈부터 이 칼을 조끼 속으로 쑤셔 박아주겠다고 큰소리를 치자 정말로 그들은 나를 그냥 보내주었다. 그날 밤 나는 밸리와켓에서 32킬로미터 정도 떨어진 어느 소작농의 집에서 잠을 잤다. 소작농은 나에게 감자와 우유를 주었는데, 훗날 한창 잘나가던 시절 아일랜드를 방문했을 때 나는 그에게 그 대가로 백 기니를 주었다. 그 돈이 지금 내 수중에 있다면 얼마나 좋을까. 그러나 후회한들 무슨 소용이란 말인가? 그 뒤로 나는 오늘 밤 누워 자야 하는 침대보다 더 딱딱한 침대에서 잠을 잔 적도 많았고, 학교에서 도망친 그날 저녁 순박한 필 머피가 나한테 차려준 식사보다 더 초라한 음식으로 끼니를 때운 적도 많았다. 아무튼 그리하여

---

* prison-bar: 술래잡기의 일종이다. 두 팀으로 편을 갈라 각자 교도소(본부)를 정한다. 교도소에서 벗어난 상대팀 선수를 터치해서 모두 잡으면 이긴다.

나의 학교 교육은 6주로 끝이 났다. 내가 지금 이 이야기를 하는 까닭은 학교 교육이 무슨 가치가 있는지 부모들로 하여금 알게 하기 위해서이다. 물론 세상을 사는 동안 나보다 훨씬 학식 있는 책벌레들도 만나보기는 했다. 특히 그중에는 덩치가 무척 크고 행동이 엉성하며 눈빛이 흐리멍덩한 늙은 박사가 한 명 있었는데, 사람들이 존슨*이라고 부르는 그 박사는 런던 플리트가 외곽에 있는 저택에 살았다. 나는 (버튼의 커피하우스**에서) 그와 논쟁을 하다가 그 입을 다물게 만들었다. 굳이 변명하자면 그게 논쟁이든 시든, 내가 자연철학이라고 부르는 학문이든, 생명과학이든, 승마든, 음악이든, 높이뛰기든, 검술이든, 말에 대한 상식이든, 투계든, 성공한 신사로서의 매너든, 상류층 인사의 예의범절이든 간에, 레드먼드 배리는 자신의 적수가 될 만한 사람을 만나본 적이 별로 없다. 아무튼 이제 그 이야기를 마저 해야겠다. "선생." 내가 존슨 씨에게 말했다. 존슨 씨는 스코틀랜드 출신인 보즈웰*** 씨를 대동하

---

* Samuel Johnson(1709~1784): 영국의 시인이자 평론가. 서적상의 아들로 태어나 옥스퍼드대학에 진학했으나 가난 때문에 학업을 중단했다. 후에 문학사적 업적을 인정받아 박사 칭호를 얻었다. 26세에 스무 살 연상의 과부와 결혼한 뒤 학교를 열고 학생들을 가르쳤다. 새뮤얼 존슨의 런던 사랑은 항상 남달랐는데 그가 1748년부터 1759년까지 살았던 가프 스퀘어 17번지는 『영어 사전*Dictionary of the English Language*』을 집필한 곳으로 유명하다. 그 후 1765년부터 1776년까지는 존슨즈 코트 7번지에, 1776년부터 1784년 죽을 때까지는 볼트 코트 8번지에 살았다. 이 주소들은 모두 플리트가 북쪽 지역에 위치해 있다.

** Button's Coffee-house: 이 소설의 배경이 되는 시기에 이 클럽은 이미 문을 닫았기 때문에 이는 배리의 허풍이다. 버튼의 커피하우스는 1712년 코벤트 가든 러셀가에 문을 열었다. 이곳은 18세기 초 유명 인사들이 많이 드나들던 장소였으나 1719년경부터 서서히 쇠락하기 시작했다. 가게 주인이던 버튼은 생활고에 시달리다가 1731년 사망했다.

*** James Boswell(1740~1795): 영국의 전기 작가이다. 스코틀랜드 태생으로 근위사관이 되어 런던에 왔다. 1763년에 존슨 박사를 알게 되어, 박사가 죽을 때까지 가까이 지냈다. 타고난 기록벽(記錄癖)과 세심한 관찰력을 바탕으로 쓴 『새뮤얼 존슨 전기

고 있었고 나는 동향 사람인 골드스미스* 씨의 초대로 그 클럽에 간 터였다. 그 학교 선생이 우렁찬 목소리로 훌륭한 그리스어를 읊어준 대답으로 나는 이렇게 말했다. "선생, 선생은 자신이 나보다 훨씬 많은 걸 안다고 생각하겠죠? 그토록 아끼는 아리스토텔레스와 플라톤의 문장을 인용했으니 말이오. 그럼, 다음 주에 엡섬 다운스에서 어떤 말이 우승할지 나한테 말해줄 수 있소? 아니면, 10킬로미터를 숨 쉬지 않고 달릴 수 있소? 그것도 아니면, 카드 게임에서 한 번도 빼먹지 않고 열 번 연달아 스페이드 에이스를 낼 수 있소? 그렇다면 나한테 아리스토텔레스와 플라톤에 대해 떠들어도 좋소."

"당신이 지금 누구랑 이야기하고 있는지 알기나 하쇼?" 내 말에 스코틀랜드 신사 보즈웰 씨가 으르렁거렸다.

그러자 늙은 학교 선생이 말했다. "말조심하게, 보즈웰. 이 신사 양반한테 내 그리스어 솜씨를 뽐낼 권리가 나한테는 없다네. 그리고 이 양반이 지금껏 내 말에 얼마나 대답도 잘해줬는데."

나는 장난스럽게 존슨을 바라보며 말했다. "박사, 당신은 '아리스토틀에 맞는 라임'**을 하나라도 아시오?"

"자네만 좋다면 포트와인 한잔 하세." 골드스미스 씨가 웃으며 말

The Life of Samuel Johnson』(1791)는 전기문학의 걸작으로 평가된다. 이 소설의 원문에는 Boswell과 발음 나는 대로 표기한 Buswell이 함께 쓰였다.

* Oliver Goldsmith(1728~1774): 아일랜드 태생의 시인이자 소설가이다. 더블린대학을 졸업한 후 에든버러에서 의학을 공부했다. 유럽 전역을 방랑하다가 빈털터리가 되어 1756년 런던으로 돌아왔다.

** 'rhyme for Aristotle': 영시에서 압운, 특히 그중에서도 단어의 끝 발음을 맞추어주는 각운을 라임이라고 한다. '아리스토틀Aristotle'은 '아리스토텔레스'의 영어식 표기로, 새커리는 여기에서 라임이 각운을 뜻한다는 것을 알려주기 위해 소설 원문에 'Aristotle'이라고 단어 뒷부분을 이탤릭체로 표시해두었다.

했다. 그리고 그날 저녁 커피하우스를 떠나기 전에 우리는 '아리스토틀에 맞는 라임'을 여섯 개나 만들어냈다. 내가 이 이야기를 한 뒤로는 이것이 남자들 사이에 으레 주고받는 농담이 되었다. 그래서 화이트 초콜릿 하우스나 코코아 트리*에 가면 농담 좋아하는 치들이 이렇게 외치는 소리가 들리곤 했다. "웨이터, 여기 배리 대위의 '아리스토틀에 맞는 라임' 하나 가져오게." 예전에 한번은 코코아 트리에서 술을 마시고 있는데 젊은 딕 셰리든**이 다가오더니 나를 '스태저라이트'***라고 부르며 도통 알아들을 수 없는 농담을 해댔다. 아, 이야기가 잠시 샛길로 빠진 것 같다. 나의 소중한 아일랜드 옛집으로 다시 돌아가야겠다.

앞서 말했듯이 본토의 최상류층 인사들과 알고 지낸 뒤로도 나의 매너는 그들과 동등한 계층 사람처럼 보일 정도로 훌륭했다. 아일랜드 향사(鄉士)들 틈에서, 그리고 마구간이나 농장에서 일하는 식솔들 틈에서 교육을 받고 자란 나 같은 촌뜨기 소년이 어떻게 그렇게 고상한 매너를 아무도 토 달 수 없을 만큼 확실하게 익히게 됐는지 독자들은 궁금할 것이다. 사실 나에게는 사냥터지기의 모습을 한 쓸 만한 선생님이

---

* Cocoa-tree: 화이트 초콜릿 하우스와 비슷한, 앤 여왕 시대 유명한 커피하우스였다. 1746년 성 제임스가 구역이 개발되면서 클럽하우스가 들어섰는데 이 클럽은 당시 의회 내 (스튜어트 왕가의 지지 세력이었던) 자코바이트 당원들의 본거지였다. 훗날 기번Edward Gibbon(1737~1794)과 바이런Baron Byron(1788~1824)도 이 클럽의 회원이었다.

** 본명은 리처드 브린즐리 셰리든Richard Brinsley Sheridan(1751~1816)이다. 더블린의 유명 배우 토머스 셰리든의 아들로 더블린에서 태어났지만 1762년 열일곱 살의 나이에 아일랜드를 떠났다. 왕정복고기 영국의 대표적 극작가로 꼽히며 정치가로도 활동했다. 주로 기지 넘치는 재담과 풍자가 가득한 풍속 희곡을 썼다.

*** Staggerite: 셰리든이 여기에서 배리를 '스태저라이트'라고 부르는 것은 'Stagirate'의 언어유희이다. 'Stagirate'는 그리스의 마케도니아 왕국 스타기라Stagira 지방에 사는 사람을 가리키는 말로, 보통 아리스토텔레스의 별칭으로 통한다.

있었다. 퐁트누아 전투*에서 프랑스 왕에게 봉사했던 필 퍼셀이란 그 사냥터지기가 나에게 춤, 관습, 스몰스워드와 브로드스워드** 두 검의 사용법 등을 가르쳐주었고 프랑스어도 수박 겉 핥기 식으로 대충 가르쳐주었다. 소년 시절 내가 그의 곁에서 한가로이 거닌 거리를 다 합하면 아마 수백 킬로미터는 될 것이다. 함께 걸으며 그는 나에게 프랑스 왕이며 아일랜드 여단이며 삭스 원수***며 오페라 무용수들에 대한 놀라운 이야기들을 들려주었다. 그는 나의 백부인 슈발리에 보그니에 대해서도 잘 알고 있었다. 필은 정말로 수천 가지 재주가 있었고 그것들을 비밀리에 나한테 가르쳤다. 제물낚시는 얼마나 잘 만들고 잘 던졌는지, 또 말에게 약은 얼마나 잘 먹였는지, 그리고 또 말은 얼마나 잘 고르고 잘 길들였는지, 필 같은 사람을 나는 본 적이 없었다. 그는 내게 높은 곳의 새 둥지 뒤지기처럼 남자다운 놀이도 가르쳐주었고, 나는 필 퍼셀이 내가 만날 수 있는 최고의 가정교사였다는 생각을 한시도 하지 않은 적이 없다. 술을 마신다는 한 가지 단점이 있긴 했지만 그 정도야 내가 늘 그랬듯 눈감아주면 그만이었다. 또 나의 사촌인 독사 같은 믹을 증오하는 것 역시 충분히 이해해줄 수 있는 부분이었다.

필과 함께 지내다 보니 열다섯 살에 나는 이미 두 사촌보다 훨씬 재주

---

* battle of Fontenoy: 오스트리아 왕위 계승 전쟁의 일환으로 1745년 5월 11일에 일어났다. 이 전투에서 프랑스는 잉글랜드와 동맹군을 크게 격파했다. 여러 연대로 구성된 아일랜드 여단은 (아일랜드 구교도들의 권리를 보장하는) 리머릭 조약Treaty of Limerick을 잉글랜드가 일방적으로 파기하자 프랑스군에 합류해 큰 전공을 세웠다.

** smallsword, broadsword: 검술에 사용되는 검의 종류이다. 스몰스워드는 주로 귀족들이 장식용으로 차고 다니던 가볍고 날이 가는 검이고, 브로드스워드는 베기를 목적으로 하는 양날검이다.

*** 퐁트누아 전투의 총사령관이요 프랑스의 대원수였던 모리스 삭스 백작Mausice, comte de Saxe(1696~1750)을 말한다.

많은 남자가 되어 있었다. 내 생각에 조물주가 내게는 인복 역시 아낌없이 베풀어준 것 같다. (곧 독자들도 그 이야기를 듣게 되겠지만) 브래디 성의 몇몇 소녀는 나를 숭배했다. 축제나 경마장에 가면 어떤 아가씨가 나를 자기 남자로 삼고 싶어 한다는 이야기가 수도 없이 들려왔다. 하지만 어찌 된 일인지는 몰라도 솔직히 말하자면 실제로는 인기가 없었다.

그 이유를 꼽아보면 우선, 모두가 다 아는 대로 나는 지독한 가난뱅이였다. 그런데도 자존심은 또 지독히 강했는데 그건 순전히 다 선량한 우리 어머니 잘못이다. 나는 사람들 앞에서 우리 가문, 우리 집의 호화로운 마차, 정원, 식품 저장고, 가축 따위를 자랑하는 버릇이 있었는데, 내 진짜 사정을 속속들이 다 아는 사람들 앞에서도 그랬다. 그 말을 듣고 있는 상대가 소년들이어서 녀석들이 감히 내 말을 비웃기라도 하면, 나는 녀석들을 두들겨 팼고 사생결단으로 덤벼들었다. 녀석들 중 한두 놈을 거의 죽을 지경이 될 때까지 패다가 집으로 끌려간 적이 한두 번이 아니었는데, 그때마다 어머니가 무엇 때문에 그랬느냐고 물으면 나는 "가문 때문에 싸웠다"고 대답하곤 했다. 그러면 그 성녀 같은 어머니도 두 눈에 눈물을 머금은 채 이렇게 말하곤 했다. "그래 잘했다, 레디. 피를 흘려서라도 가문의 이름은 지켜야지." 어머니가 나였더라도 어머니 자신부터가 똑같이 목청을 높여서, 아니, 이와 손톱을 동원해서라도 필사적으로 덤볐을 것이다.

그래서 내가 열다섯 살이 되었을 때는 반경 10킬로미터 안에 나한테 이런저런 이유로 맞아보지 않은 녀석이 거의 없을 지경이었다. 브래디 성의 목사한테는 두 아들이 있었는데 당연하게도 그 거지 같은 녀석들과 어울릴 수 없었던 나는 누가 브래디스타운의 골목대장이 되어야 하느냐를 놓고 놈들과 노상 싸움박질을 벌였다. 아, 그리고 나와 싸우기 전까지 싸움에서 이긴 횟수가 나보다 네 배는 더 많은, 대장장이의 아들 팻 루건이란 녀석도 있었다. 마침내 왕위 쟁탈전을 치르게 되었을 때 나는 녀석을 제압했다. 그 덕분에 나는 나의 용맹스러운 업적을 더 부풀려서 떠들어댈 수 있었다. 그렇지만 역시 그런 주먹싸움은 입에 담기에는, 특히 상류층 교육을 받은 신사 숙녀들 앞에서 거론하기에는 따분한 주제다.

그렇다면 다른 주제로 어떤 것이 있을까? '**여자**'라는 주제는 내가 지금 다루어야 하는 주제이기도 하지만 어떤 상황에나 어울리는 주제이기도 하다. 여자 이야기는 밤낮으로 들어도 지겹지 않다. 젊은이든 늙은이든 남자는 모두 여자를 꿈꾸고 여자를 생각한다. 예쁜 여자든 못생긴 여자든, (참말이지 나는 쉰 살이 될 때까지 소박한 여자 따위는 본 적이 없다) 여자 이야기는 모든 사람의 본심과 가장 가까운 주제다. 그리고 그다음으로 내가 무엇을 말하려는지, 독자들도 그 수수께끼를 별 어려움 없이 맞힐 수 있을 것이라 생각한다. 그것은 바로 **사랑(Love)**이다! '러브Love'라는 이 단어는 의도적으로 영어에서 가장 부드러운 자음과 모음을 합쳐서 만든 것이 분명하다. 그래서 남자든 여자든 이 단어를 무신경하게 발음하는 사람은 그야말로 아무짝에도 쓸모없는 인간이라고 나는 생각한다.

4)[여자가 평생 딱 한 남자만을, 그러니까 자신의 손길이 머문 운좋은 한 사람만을 사랑한다면 참 온당한 일일 것 같다. 내 말은 여자들이 순결한 마음을 간직한 채 하노버 광장의 성 조지 교회*에 입장한다면 참 온당하고 도덕적인 일일 것이라는 이야기다. 옹졸하고 탐욕스럽

---

* 1724년에 봉헌된 성전이다. 그 시절 이 교회는 상류층의 결혼식 장소로 유명했다.

고 이기적인 폭군인 남자들은, 자신이 어떤 대상을 애인으로 삼을지 마음먹기 전까지는 할 수만 있다면 여자들로 하여금 어떤 생각이나 감정을 못 갖게 하려고 자신의 애정 역시 자제하는 것이 분명하다. '어린 시절부터 이 문장을 읽고 있는 지금 이 순간까지 자신이 몇 번이나 연애 감정에 휘둘렸는지, 누가 이 책을 읽으면서 수고롭게 일부러 그걸 세어보겠느냐'고, 웬만한 감수성을 지닌 모든 남자들이 이렇게 주장하겠지만, 남자들도 수염 덥수룩한 가장이 되고 나면 별로 그렇게 까다롭게 굴지 않는 것 같다.

"존스 부인을 만나기 전까지 나는 평생 사랑에 빠진 적이 없어." 가슴에 손을 얹고 양심적으로 이렇게 말할 수 있는 남자가 세상 어디에 있겠는가? 도대체 어떤 남자가 그리 말할 수 있단 말인가? 그런 남자가 있다면 그는 정말로 딱한 인간이다. 그리고 찬사라는 걸 바칠 줄 알게 된 이후로 첫사랑만 족히 40번은 한 인간일 거라고 나는 확신한다. 물론 내가 여기서 다루려는 문제는 아니지만 여자들은 말할 것도 없이 **언제나** 순결하다. 여자들은 자기 어머니한테 '누구누구 씨는 참 다정한 젊은이이며 어느 모로 보나 괜찮은 신랑감'이라는 말을 듣기 전까지는 사랑에 빠지는 법이 없다. 무도회장에서 스미스 대위랑 노닥거리는 짓도 하지 않는다. 그 대신 집에서 침대에 누워 한숨을 내쉬며 그 남자가 얼마나 매력적이고 늠름한 남자인지 생각한다. 여자들은 젊은 부목사가 감미로운 목소리로 설교문을 읽으면 그 내용은 귀담아듣지 않고, 창백한 그 부목사가 얼마나 신비로워 보이는지, 목사관에 혼자 있으면 그 남자가 얼마나 외로울지, 고독을 나누고 아픔을 위로하고 희망찬 말씀에 귀 기울이는 저 훌륭한 남자가 행하고 있는 일이 얼마나 숭고한 일인지 생각한다. 그러면서도 어떤 남자에게도 스스로 연락할 생각 따위는 절대 하지 않는다. 그러면 결국 여자의 오빠가 대학에서 돌아오면서 젊은 친구를 한 명 집으로 데려와서는 이렇게 말한다. "메리, 톰 앳킨슨 저 친구가 널 얼마나 칭송하는지 몰라. 게다가 저 친구는 연간 2천 파운드 규모의 영지 상속인이라고." 여자들이 먼저 애정 공세를 취했다는 이야기를 나는 평생 들어본 적이 없다. 그들의 젊은 심장은 수많은 요새가 당하는 것처럼 적당한 포위 기간을 거친 뒤 남자들이 봉쇄를 통해, 뇌물을 통해, 그리고 불타는 성벽에 세워놓은 사다리를 통해, 자신을 공격해주고 정복해주기를 마냥 기다리기만 한다.

여자들이 융통성 없이 계속 방어 전략을 취하기 때문에 남자들은 자연히 그 반대 전략, 그러니까 공격 전략을 취할 수밖에 없다. 그러지 않으면 양쪽의 간격이 좁혀지지 않아서 결혼이라는 것이 이 땅에서 영영 사라지고 말 것이다. 그리고 그 두 성의 성주는 결국 전투 한번 치러보지 못한 채 무료함 속에서 각자 죽고 말 것이다. 따라서 여자들이 그러려고 하지 않는 한 남자들이 계속 공세를 취해야 한다는 뻔한 결론이 나온다. 내 경우를 이야기하자면 평생 살아오면서 요새처럼 철통 방어 중인 심장을 기사답게 공략한 적이 적어도 스무 번은 되는 것 같다. 그중 어떤 때는 제철이라고 하기엔 너무 늦은 때에 작전을 개시해서 느닷없이 겨울이 닥치는 바람에 그간의 노력이 허사가 되어버리기도 했다. 또 어떤 때는 손에 검을 쥔 채 성벽에 뚫린 구멍을 너무 미친 듯이 공격하다가 성벽 사다리에서 떨어져 도랑 속에 비참하게 처박힌 적도 있다. 또 어떤 때는 꽤 괜찮은 위치에 매복 거점을 구축하고 빵! 지뢰를 터뜨렸지만 오히려 내가 산산조각 나는 파국을 맞이한 적도 있다. 그리고 또 어떤 때는 성채의 가장 깊은 심장부에 도달했지만, 아, 내 입으로 직접 이 이야기를 해야 하다니, 그 순간 불쑥 공포가 덮쳐와서 카사

지나에서 도망치는 잉글랜드인*처럼 꽁지가 빠져라 도망치기도 했다. 그런데 이런 작전을 끝없이 수행하다 보면 사람은 누구나 지치기 마련이다. 이제는 여자들이 공격해야 할 차례가 아닐까? 우리 총각들과 홀아비들끼리 무슨 단체라도 하나 조직해서 향후 100년 동안은 구애라는 걸 더 이상 하지 않겠노라고 선언이라도 해야겠다. 젊은 여자들이 스스로 다가와 우리에게 사랑을 구할 수 있도록. 여자들도 우리를 위해 시를 지을 수 있도록. 여자들도 우리에게 춤을 청하고, 얼음을 넣은 차를 가져다주고, 무도회장 입구에서 우리가 망토 벗는 것을 도와줄 수 있도록. 그리하여 그들이 괜찮은 신붓감이라면 우리가 설득 끝에 마지못해 이렇게 말할 수 있도록. "아, 홉킨스 양. 실은 너무 떨려서 아버지께 도저히 못 여쭤보겠어요!"

아무튼 나의 시대는 곧 끝난다. 이제 나의 경주가 시작되면 앞에 늘어놓은 암시들은 후대를 위해 모두 폐기될 수밖에 없다. 그러나 사랑에 관한 한 내가 일찍이 천재성을 보인 것은 사실이다. 그리고 나중에 살펴볼 내용대로 훗날 내가 여성을 상대로 거둔 어마어마하고 귀중한 승리는 나의 가치와 용기를 더 잘 증명해주는 사실일 뿐이다. 첫번째 연애를 진짜 한심할 정도로 실패했기에 더더욱.

아, 첫사랑! 그것은 한 사람의 기억 속에 얼마나 또렷이 새겨져 있

---

* the British out of Carthagena: 1741년 영국 원정군은 해군 제독 에드워드 버논Edward Vernon(1684~1757)의 지휘로 당시 스페인이 점령하고 있던 콜롬비아의 주요 항구 도시 카사지나를 포위하려는 작전을 개시했다. 항구 입구에 있던 요새들을 장악하는 데는 성공했지만, 결국 도시 전체를 포위, 정복하는 데는 실패했다. 군대는 결국 상당한 손실만 입은 채 퇴각했는데 주된 원인은 열병의 유행이었다. 이 작전의 실패로, 영국군 내 육군과 해군 사이의 앙금만 깊어졌다. 영국의 작가 토비아스 스몰렛Tobias George Smollett(1721~1771)은 『로드릭 랜덤Roderick Random』(1748) 31장에서 이 사건을 냉소적으로 묘사했다.

는가! 또, 한 소년이 누군가와 실제로, 그리고 진심으로 사랑에 빠진 자신을 발견한다는 것은 얼마나 고귀한 경험인가! 또, 아름다운 비밀을 혼자 간직한다는 것은 얼마나 기분 좋은 일인가! 나의 첫사랑은 꼭 나의 첫 시계(우아한 프랑스제 금제 시계) 같았다. 나는 걸핏하면 구석에 처박혀 내 보물을 생각하면서 흡족해하곤 했던 것이다. 또 그 보물을 갖고 침대에 들어가서 밤 동안은 베개 밑에 넣어두었고 아침이면 그 보물이 거기에 있다는 생각에 행복하게 눈을 뜨곤 했다. 첫사랑의 축복이 한 남자를 이렇게 만들다니, 이 얼마나 큰 변화인가! 당신이 사랑에 빠졌다는 가정 아래 일요일 이야기를 좀 해보자. 교회에서 한 여인이 얌전하게 찬송가책을 당신에게 건넨 뒤, 얼굴을 붉히고 눈을 내리깐 채「올드 헌드레스」*를 수줍게 부른다. 노래가 끝날 때쯤이면 당신은 이미 다른 차원의 존재가 되어 있고 당신의 어린 시절은 저 멀리 가 있다. 전에는 바로 토요일에 친구들과 모여 크리켓을 쳐놓고도 일요일이면 신나는 월요일이 오기를 기대했었다. 친구 해리 헌터와 작당 모의를 한 것이 겨우 지난 금요일이었는데도 말이다. 하늘의 축복이 우리와 함께하길! 당신과 해리는 농부 스미스의 과수원에서 어떤 사과나무 한 그루를 자세히 살펴보고 있었다. 둘은 돌을 던져 사과 한 개를 떨어뜨려 각자 한입씩 먹어보고는 보름이면 사과가 다 익을 테니 그때쯤이면 훔치기 딱 좋은 상태가 될 것이라 결론지었다. 세상에! 과수원을 털어야겠다고 마음먹은 지 딱 사흘 만에 훔친 사과 한 무더기를 베개 밑에 숨겨

---

* 「Old Hundredth」: 1551년 편찬된 음보 형식의 『제네바 시편Genevan Psalter』 100절에 곡을 붙인 찬송가이다. 아일랜드 태생의 두 시인 나훔 테이트Nahum Tate(1652~1715)와 니콜라스 브래디Nicholas Brady(1659~1726)가 1696년 공동 편찬한 찬송가에 따르면 이 노래에는, 'Old Hundredth'라는 제목과 함께 '이 땅에서 살아가는 모든 사람들'이라는 부제가 달려 있다.

놓는 즐거움을 손꼽아 기다리다니. 풀밭 위에 누런 나무둥치를 3층으로 쌓고 올라가 사과를 솜씨 좋게 따는 것이 인생에서 가장 큰 야망이었다니. 저기 당신이 밤새 정성스럽게 기름칠하던 크리켓 공이 놓여 있다. 당신은 심지어 교회에 가기 전에도 공을 들여다보며 상태를 점검하고, 아침 설교에서 가장 중요한 말씀이 나오는 30분 동안에도 크리켓 삼주문 한 쌍에 끼울 가로대를 깎았을 것이 뻔하다. 저녁 예배가 끝나면 페니 에드워즈와 그녀의 어머니는 차를 마시러 들판 너머에 있는 집으로 한가롭게 걸어갔다. 이제 당신은 스미스 씨의 사과나무 곁을 지날 때면, 자신이 나뭇잎 사이에서 빛나는 하찮은 초록 사과를 열망했었다는 생각에 얼굴을 붉히고는 발끈하여 삼주문을 깎던 막대기를 팽개친다. 도대체 이 모든 일들이 왜 일어난 것일까? 당신과 페니는 찬송가책 한 권을 함께 보는 사이였다. 그리고 그것은 지난 6년 동안 늘 해오던 일이었다. 그런데 이제 와서 그녀로 하여금 얼굴을 붉히게 만들고 당신으로 하여금 몸을 떨게 만든 것이 무엇이란 말인가? 그녀는 (당연히) 당신보다 여덟 살이 더 많다. 지난 몇 달 동안 당신한테 세상 창피한 일이 있었다면, 그것은 억지로 그녀와 함께 산책을 해야 한다는 것이었다. 그러던 어느 날 그녀가 당신을 예쁜 꼬마라고 부르며 당신에게 키스를 했고 당신은 화가 나서 소리를 질렀다. 그리고 저녁 식사 시간에는 아버지한테 아가씨들 곁에서 걸을 때 좀 떨어져 걸으라는 잔소리를 들었다. 그래서 식사 후에는 그녀에게서 가장 멀리 떨어진 방구석에 앉아 있거나, 정원사 아들이나 마구간지기 톰과 함께 있거나, 연못에서 물수제비를 뜨며 저녁 시간을 보냈다. 학교 선생님 다음으로 증오하는 페니 에드워즈랑 함께 있느니 대충 아무렇게나 시간을 때우는 편이 나았다.

그러다가 불쑥 변화가 찾아왔다! 아, 세상에, 이 얼마나 장엄한 변화인가! 페니 에드워즈가 이렇게 달라지다니! 그녀에게 무슨 일이 있었기에 어제부터 갑자기 천사가 되었단 말인가? 아니, 무슨 신비한 마법에 걸렸기에 당신 눈에만 유독 그녀가 천사처럼 보인단 말인가? 이런 이야기를 계속해서 이 장 전체를 사랑의 독특한 특질에 대한 논의로, 그리고 사랑이 젊은이의 가슴에 끼치는 영향에 대한 논의로 채워야 할까? 아니, 그럴 수는 없다! 그런 것들은 입 밖에 내지 않고 생각으로 떠올릴 때 더 아름다운 법이다. 그렇게 해볼 마음이 있다면 의자에 앉아 손에서 책을 내려놓자. 의자 깊숙이 몸을 파묻고 잠을 청해서, 오래전 젊었을 때 당신이 존스 부인을 처음 보았던 연애 시절의 달콤한 추억을 꿈속으로 불러내보자. 선량한 여인, 존스 부인이 차가 준비되었다는 말을 전하러 사람을 대여섯 번을 들여보내더라도 신경 쓰지 말라, 존스 씨여. 가만히 앉아 계속 꿈을 꾸자. 불멸의 첫사랑에 빠진 눈부신 청년을 다시 불러내보자. 첫사랑의 상대가 누구였는지가 중요할까? 아마 그 상대는 아랫마을 푸줏간 주인의 딸이었을 것이다. 아니, 어쩌면 아름답고 날씬하며 유혹적인 프랑스인 가정교사였을지도 모른다. 아니, 아마도 목사의 통통하고 온순한 금발머리 딸이었을 것이다. 그리고 누가 됐든 그 상대는 당연하게도 당신보다 열 살이 더 많다.

그 상대가 누구였든 개의치 말라. 그래봐야 그 결과는 조금도 달라지지 않으니. 대개 첫사랑은 이루어지지 않는다고들 한다. 참으로 현명하면서도 다행스러운 우연이다. 십중팔구 그 상대는 보잘것없는 여자였을 것이다. 그리고 그 첫사랑이 이루어졌다면 그 만족감이 가엾은 남자를 평생 비참하게 만들었을 것이다. 내가 보기에는 항상 적절한 때가 되어야만 남자의 심장에서 연애 감정이 본능적으로 뿜어져 나오는 것 같다. 그리고 남자란 본래 새가 노래하고 장미꽃이 피는 때가 오면 그걸 견디지 못해 사랑에 빠지는 존재인 것 같다. 어느 페르시아 시집*에 실려 있는 다음과 같은 노래처럼 말이다.

정원에서 나이팅게일이 노래한다. 아마도 그의 노래를 듣고 있는 사람은 공주이리라.

화단에 장미꽃이 붉게 피었다. 아마도 저녁거리에 쓸 채소를 꺾으러 오는 흑인 요리사 때문에 그렇게 화색이 도는 것이리라.

운명은 늘 우리, 나와 내 벗들을 농락한다. 아담의 시대로부터 늘 우리를 지배해온 것은 여자였다. 이 문장을 이야기하며 이 장을 시작했으니, 이제 이 문장을 되새기며 이 장을 끝맺으려 한다.][5]

외삼촌 집에는 아이가 열 명 있었다. 그런 대가족 안에서는 으레 그렇듯, 그 집 아이들도 두 개의 진영, 당으로 나뉘었다. 외삼촌과 그 부인은 허구한 날 싸웠는데 싸움이 나기만 하면 늘 한쪽 패거리는 어머

---

* Persian song-book: 이는 한창 동양적인 시가 유행하기 시작한 18세기 중반 영국 문단에 대한 풍자이다. 1742년에 출간된 윌리엄 콜린스William Collins(1721~1759)의 『페르시아 목가시*Persian Eclogues*』는 당시 영국 문인들이 페르시아 운문의 원형에 대해 얼마나 아는 것이 없었는지를 잘 보여준다. 훨씬 뒤인 1774년 존 리처드슨 John Richardson(1740~1795)이 출간한 『페르시아 시의 표본*A Specimen of Persian Poetry*』에 와서야 동양 시의 원형에 정통한 작품들이 등장하기 시작했다. 리처드슨은 이 책에 영어로 번역한 시 전문은 물론 주석까지 실었다. 다음은 「하페즈 송가One of Odes of Hafez」라는 시의 도입부이다.

가혹한 겨울이 침울한 걸음걸이로 평원을 떠나가네.
그리고 꽃 피는 봄이 사뿐사뿐 경쾌하게 풀밭 위를 달려오네.
이제 사랑스러운 나이팅게일이 구슬픈 노랫소리를 높이면,
나이팅게일의 연인 장미가 홍조를 띠고 아름다움을 활짝 피운다네.

니 편을 들었고 또 다른 패거리는 우리 외삼촌의 부하 노릇을 했다. 브래디 부인 당의 우두머리는 나를 그토록 미워하는 큰아들 믹으로, 녀석은 재산에 손을 대지 못하게 한다는 이유로 자기 아버지도 싫어했다. 반면 둘째 아들인 율릭은 아버지의 오른팔이었는데 복수전이 벌어지면 믹 도련님도 그가 두려워 벌벌 떨었다. 여기에서 여자애들 이름을 일일이 늘어놓을 필요는 없겠다. 내가 다음 생에도 학을 뗄 만큼 그 애들한테 질려버렸다는 것을 하늘만은 아실 것이다. 그런데 그중 한 명이 내가 젊은 시절 겪은 모든 시련의 원인이었다. (이렇게 말하면 그녀의 자매들은 모두 반발할 게 확실하지만) 그 집안 최고 미녀였던 그녀는 이름하여 호노리아 브래디 양이었다. 〔막 인생을 시작하는 모든 아름다운 아가씨들과 젊은이들이 깊이 생각해봤으면 하는 마음에, 내가 앞 장을 마무리 지으며 언급했던 사랑에 관한 모든 표현들에 영감을 불어넣어준 추억의 주인공이 바로 이 여인이다.〕[6]

그녀는 그때 자기가 열아홉 살밖에 안 됐다고 말했었다. 하지만 나는 그 집에서 다른 책들은 물론 가문의 성서도 볼 수 있었고(주사위 놀이판 같은 두꺼운 종이로 장정된 세 권의 성서는 외삼촌 서재에 꽂혀 있었다) 그중 한 권의 공지를 보고 그녀가 1737년생이며 더블린의 성 패트릭 성당의 주임사제였던 스위프트 박사*한테 세례를 받았다는 사실을 알게 되었다. 그러니까 그녀와 내가 한창 어울려 다니던 시절, 그녀의 나이는 스물세 살이었다.

지금 돌이켜 생각해보니 그녀가 결코 아름답다고는 할 수 없는 여

---

* Dr. Swift: 『걸리버 여행기Gulliver's Travels』의 저자인 조너선 스위프트Jonathan Swift(1667~1745)를 말한다. 작가이자 성직자였던 스위프트는 아일랜드 더블린 태생으로 1713년부터 1745년 뇌졸중으로 사망할 때까지 더블린 성 패트릭 대성당의 주임사제였다.

자였다는 사실을 이제는 알겠다. 오히려 외모만 놓고 보면 상당히 뚱뚱한 축에 속했고 입도 굉장히 컸다. 자고새 알처럼 얼굴은 온통 주근깨 투성이였고, 머리색도 아무리 완곡한 말로 표현해도 데친 소고기와 곁들여 먹는 무슨 채소 색깔 이상은 아니었다. 그녀 이야기만 나오면 어머니는 노상 이 표현을 입에 담았지만, 그 시절 나는 그 말을 믿지 않았고 어떻게 해서든 호노리아를 어떤 여성 천사보다 훨씬 더 높은 곳에 올라 있는 천사 같은 존재로 여기곤 했다.

모두가 잘 알다시피, 춤이나 노래에 능통한 여자라도 남몰래 엄청 연습을 하지 않으면 완벽한 기량을 뽐낼 수 없고, 연회장같이 굉장히 우아한 장소에서 흔히 연주되는 노래나 많이 추는 미뉴에트일수록 인내와 각고의 노력이 없으면 그 기술을 습득할 수 없다. 교태를 부리는 데 능숙한 내 사랑 그녀 역시 그랬다. 예컨대 호노리아는 늘 교태 부리는 연습을 했고, 자신의 교태가 얼마나 잘 먹히는지 불쌍한 나를 상대로 예행연습을 했다. 나 말고도, 집집마다 돌며 세금을 걷는 세금 징수원, 집사, 가엾은 부목사, 브래디스타운 출신의 젊은 약제사 놈 등 연습 상대는 많았다. 내 기억에 그 약제사는 바로 그 점 때문에 나한테 맞은 적도 있다. 아직까지 그 친구가 살아 있다면 지금이라도 사과의 말을 전한다. 불쌍한 친구 같으니라고! (애매한 출신과 시골이라는 성장 환경을 고려하면) 세상에서 가장 교태를 잘 부린다고 말할 수 있는 여자의 계략에 빠져 희생양이 된 것이 꼭 **그 친구** 잘못이기라도 한 것처럼 두들겨 맞다니.

진실을 말하자면, 그리고 나의 인생을 기록하는 이 글의 모든 단어들에 신성한 진실성이 담겨 있어야 한다면, 호노리아, 그러니까 노라를 향한 나의 열정은 매우 천박하고 로맨틱하지 못한 방식으로 시작되었다. 나는 그녀의 생명을 구하지 않았다. 차차 이야기하겠지만 오히려 그 반대로 그녀를 거의 죽일 뻔한 적도 한 번 있다. 나는 달밤에 기타를 치며 그녀를 떠올리지도 않았고, 소설 속에서 알폰소가 린다미라*를 구한 것처럼 그녀를 악당의 손아귀에서 구해내지도 않았다. 어느 여름날 브래디스타운에서 저녁을 먹은 뒤 후식으로 구스베리를 따 먹으러 정원으로 나갔는데, 그때 나는 오로지 구스베리 생각뿐이었다. 내 명예를 걸고 맹세하건대, 그 시절 노라와 친구처럼 지내던 노라의 여동생 한 명과 노라, 그러니까 나랑 똑같은 놀이에 빠져 있던 두 여자를 그곳에서 만난 것은 순전히 우연이었다.

"레드먼드, 구스베리gooseberry가 라틴어로 뭐게?" 노라가 말했다. 아일랜드인의 표현을 빌리자면, 그녀는 항상 '재미로 놀리는 짓'을 했다.

"거위(goose)는 라틴어로 뭐라고 하는지 알아." 내가 말했다.

"뭐라고 하는데?" 미시아 양이 공작새만큼 도도한 태도로 외쳤다.

"겁쟁이!"** 내가 말했다. (나는 늘 이렇게 재치가 넘쳤다.) 우리는 늘 하던 대로 즐겁게 웃고 이야기하며 구스베리 덤불 속에서 열매를 따기

---

* Alfonso, Lindamira: 이 소설은 배리가 꾸며낸 이야기이거나, 잘 봐줘도 여러 개의 이야기를 합친 것으로 보인다. '알폰소'라는 이름은 당시에 〔예컨대, 프랑스의 소설가 알랭 르네 르사주Alain Rene Lesage(1668~1747)의 『질 블라스 이야기Gil Blas of Santillane』 같은〕 스페인을 배경으로 한 가벼운 소설 속에 주로 등장하던 이름이다. (스페인어로 '예쁜 얼굴'이라는 뜻의) '린다미라'는 1702년에 출간된 『상류층 아가씨 린다미라의 모험The Adventures of Lindamira, A Lady of Quality』이라는 책의 여주인공 이름이지만 이 책에는 '알폰소'라는 이름이 나오지 않는다. '린다미라'라는 이름은 영국의 주간지 『스펙테이터Spectator』 41권에서도 사용되었고 새커리도 자신의 소설 『헨리 에스먼드』 7장에서 '시인들의 린다미라와 알데리아'라는 표현을 썼다.

** 원문에는 'Bo to you!'라고 되어 있는데 이는 일종의 말장난이다. 영어에서 'cannot say bo to a goose'는 '거위한테 약 소리를 지르지도 못할 만큼 소심하고 겁이 많다'는 뜻의 관용구이다.

시작했다. 이렇게 시간을 보내고 있었는데 중간에 어쩌다가 노라가 팔을 긁혔고 상처에서 피가 흐르자 비명을 질렀다. 나는 천으로 노라의 굵고 둥글고 하얀 팔을 묶었다. 확실히 기억하는데 그때 그녀가 자신의 손에 키스해도 좋다고 허락해주었다. 그때까지 보아온 손 중에서 가장 크고 투박한 손이었지만, 나는 내게 맡겨진 그 손이야말로 세상에서 가장 아름다운 손일 거라고 내 마음대로 생각했고 황홀경에 빠져 집으로 돌아갔다. 〔사랑에 빠지면 젊은이가 정확히 어떤 상태가 되는지는 앞장에서 이미 자세히 이야기했다.〕[7]

그 시절 나는 너무 단순해서 감정의 변화를 일절 숨길 줄 몰랐다. 그래서 브래디 성의 여덟 딸 대부분이 곧바로 나의 열렬한 마음을 눈치챘고, 농담을 하며 노라에게 그녀의 신랑감에 대해 칭찬을 늘어놓곤 했다.

그 잔인한 교태 전문가는 끔찍할 만큼 견디기 힘든 질투의 고통을 내게 안겨주었다. 그녀는 어떤 때는 나를 어린애 취급하다가도 또 어떤 때는 남자로 대했다. 그리고 집 안에 낯선 이가 있을 때는 내 곁에 머무는 법이 없었다.

그녀는 늘 이렇게 말하곤 했다. "레드먼드, 무엇보다도 넌 겨우 열다섯 살이잖니. 게다가 세상천지에 네 돈은 한 푼도 없고 말이야." 그럴 때면 나는 아일랜드 출신으로 알려진 그 어떤 인간보다도 더 위대한 영웅이 되겠노라고, 브래디 성보다 여섯 배는 더 넓은 영지를 살 수 있는 돈을 스무 살이 되기 전에 반드시 벌겠노라고 맹세했다. 당연하게도 나는 그 허황된 맹세들을 하나도 지키지 못했다. 하지만 그 맹세들이 젊은 시절 나의 삶에 지대한 영향을 끼친 것만큼은, 그 맹세들 덕분에 이제부터 차근차근 이야기해나갈, 나를 유명하게 만들어준 대범한 행동들을 할 수 있었던 것만큼은 확실하다.

그중 한 가지 행동만 이야기해도 틀림없이 나의 친애하는 여성 독자들은 레드먼드 배리가 어떤 위인이었는지, 그가 품은 용기와 정열이 얼마나 굳건한 것이었는지 알게 될 것이다. 나는 요즘 세상에 과연 어떤 젊은이가 위험을 무릅써야 하는 그런 행동을 나의 반만큼이라도 실행에 옮길 수 있겠느냐고 묻고 싶다.

그즈음, 널리 알려진 대로 프랑스의 침략 위협에 대영제국 전체가 몹시 술렁대고 있었다는 이야기를 먼저 해야겠다. 특히나 당시 베르사유의 인기몰이꾼이라는 평을 듣던 '왕위 요구자'*가 아일랜드를 급습할 것으로 보였기 때문에, 귀족과 상류층 사람들을 비롯해 왕국의 각계각층 사람들은 기병과 보병을 모집해 침략자들에게 저항할 연대를 조직함으로써 자신의 충성심을 과시했다. 브래디스타운에서도 킬웽건 연대에 참여할 한 무리의 청년들을 선발했는데 믹 도령이 그 연대의 연대장이었다. 그리고 트리니티대학에 다니고 있던 율릭 도령이 보낸 편지에는, 대학에서도 연대를 조직하고 있어서 자신도 명예롭게 상병으로 입대한다는 내용이 적혀 있었다. 그 두 사람이 어찌나 부럽던지! 특히 내가 지켜보는 가운데 그 혐오스러운 믹이 리본 달린 모자에 레이스가 박힌 자주색 제복 차림으로 부하들을 이끌고 행진하며 마을을

---

* The Pretender: 제임스 2세의 아들인 제임스 프랜시스 에드워드 스튜어트James Francis Edward Stuart(1688~1766)를 말한다. 그는 1719년부터 로마에서 망명 생활을 했다. 그러나 7년전쟁 중 프랑스 정부는 그를 다시 잘 써먹을 방법이 없을까 궁리하다가 1759년 잉글랜드를 침략하려고 브리타니에서 원정 태세를 갖추었다. 그의 아들 찰스 에드워드 스튜어트 왕자는 로마 교회에 대한 충성심마저 버릴 정도로 이 원정의 승리를 확신했다. (『1759년 연감Annual Register』에 기록된 바에 따르면) 아일랜드 총독은 그해 11월 29일 상하원이 다 모인 의사당에서 연설을 통해 아일랜드가 그 원정의 직격탄을 맞게 되는 것은 아닌지 우려를 표명했다고 한다. 그러나 잉글랜드 호크 제독Edward, Lord Hawke(1705~1781)은 키브롱만 전투에서 승리해 원정 자체를 불가능하게 만듦으로써 프랑스와 왕위 요구자, 양쪽 모두의 야욕을 불식시켰다.

떠날 때에는 부러워 죽을 것만 같았다. 그 패기 없는 멍청이 믹조차 대장을 해먹는데 나는 아무것도 아니었던 것이다. 스스로 컴벌랜드 공작*만큼 용감한 남자라고 자부하고 있던 나는 그 빨간 재킷이야말로 나한테 딱 어울리는 옷일 것이라고 생각했다. 물론 어머니는 내가 새로 조직된 연대에 참여하기에는 너무 어리다고 말했다. 그러나 사실인즉슨, 내가 입대할 수 없는 까닭은 어머니가 너무 가난해서였다. 그 새 제복은 어머니의 1년 수입의 절반을 꿀꺽 삼켜버릴 정도로 비쌌고, 어머니가 할 수 있는 일이라고는 아들을 출신에 어울려 보이게끔 입혀서 가장 뛰어난 승마 선수들과 말을 타고 상류층 사람들과 어울릴 수 있게 해주는 것뿐이었다.

아무튼 그때는 결국 전쟁의 혼란 속에서 온 나라가 들썩였다. 세 개의 왕국**에서 군악이 우렁차게 울려 퍼졌고 전공을 세운 모든 남자들이 벨로나***의 신전에 경의를 표했는데, 그동안 나는 번드르한 재킷 차림으로 집 안에 틀어박혀 아무도 몰라주는 명성에 탄식했다. 이러구러 믹 씨도 연대에서 돌아왔고 오는 길에 수많은 전우도 데려왔다. 그들의 제복과 으스대는 태도를 본 나는 슬픔으로 가득 찼고, 그들을 향한 노라 양의 한결같은 관심은 나를 반(半)맹수로 만들었다. 하지만 내 슬픔의 원인이 그 젊은 아가씨일 거라 여기는 사람은 아무도 없었고, 오히려 모두들 군 복무에 참여할 수 없었던 실망감 때문일 것이라고 생각했다.

---

* Duke of Cumberland: 조지 2세의 둘째 아들인 윌리엄 아우구스투스William Augustus(1721~1765)를 말한다. 그는 1745년부터 영국 육군의 총사령관이었으며 '왕위 요구자'를 패퇴시킨 인물로 유명하다.
** 잉글랜드, 아일랜드, 스코틀랜드를 말한다.
*** Bellona: 고대 로마 신화 속 전쟁의 여신이다.

한번은 그 국방군* 장교들이 킬웽건에서 성대한 무도회를 열었는데 당연히 브래디 성의 아가씨들도(마차 한 대에 우르르 몰려 타면 보기 흉하게 마차가 꽉 들어차는데도) 모두 초대를 받았다. 깜찍한 바람둥이 노라가 장교들한테 그 끔찍한 교태를 변함없이 부림으로써 내게 엄청난 고문을 가하리라는 것을 잘 알고 있었던 나는 꽤 오랫동안 무도회장에 가는 패거리에 끼지 않겠다고 고집을 부렸다. 하지만 노라는 나를 승복시킬 비결을 알고 있었고 나의 저항은 모두 수포로 돌아갔다. 노라는 마차만 타면 늘 몸이 아프다면서 이렇게 말했다. "그러니 내가 어떻게 무도회장에 갈 수 있겠니? 네가 직접 데이지를 타고 그 뒤에 나를 태워서 데려다주지 않는다면 말이야." 데이지는 외삼촌네 혈통 좋은 암말이었는데, 이 제안에는 나로서도 싫다는 말을 할 수가 없었다. 그래서 우리는 킬웽건까지 별 탈 없이 말을 타고 갔고, 그녀가 함께 춤을 춰주겠다고 약속했을 때 나는 세상 어떤 왕자보다도 나 자신이 자랑스러웠다.

나중에 무도회가 다 끝난 뒤에 그 깜찍한 바람둥이는 배은망덕하게도 자기가 그 약속을 까맣게 잊고 있었다고 말했고, 실제로 어떤 잉글랜드인 한 명하고만 계속 춤을 추었다! 평생 살아오면서 많은 고통을 견뎌왔지만 그런 고통은 처음이자 마지막이었다. 그녀는 자신의 무관심을 만회하려 애썼지만 나는 받아주지 않았다. 그래도 위안이 되는 것은 그곳에서 내가 제일 춤을 잘 추는 남자였기 때문에 가장 예쁜 아가씨 몇몇이 내게 같이 춤을 추지 않겠느냐고 제안했다는 사실이다. 그래서 나도 한번 춰보려고 했지만 기분이 너무 나빠서 계속 춤을 출 수가 없었고, 결국 고통스러운 상태로 혼자 밤을 새웠다. 신나게 놀았으

---

* Fencibles: 18세기 무렵 영국에서 외적의 침입을 방어하기 위해 자원 입대한 군인들로 구성된 부대를 일컬었던 표현이다.

면 좋았을 테지만 나는 땡전 한 푼 없었고, 가진 것이라고는, 신사는 그래야 한다면서 지갑 속에 늘 지니고 다니라고 어머니가 준 금 쪼가리뿐이었다. 그리고 그 시절 나는 술을 마시지도 않았고 술을 마시면 얼마나 편안해지는지도 몰랐다. 나는 노라와 나 자신을 죽이는 생각에 빠져 있었고 그 잉글랜드인, 그러니까 퀸 대위를 멀리 쫓아버리는 상상도 절대 빠뜨리지 않았다!

마침내 아침이 되었고 무도회가 끝났다. 브래디 집안의 다른 딸들은 모두 덜컹거리고 끽끽거리는 낡은 마차를 타고 떠났다. 데이지를 끌고 나오자 노라 양은 내 뒤 자기 자리에 올라탔고, 나는 말 한마디 없이 그녀가 하는 대로 내버려뒀다. 그러나 마을을 벗어나 채 1킬로미터도 가기 전부터 그녀는 특유의 어르고 달래는 솜씨로 나의 언짢은 기분을 풀어버리려고 애쓰기 시작했다.

"밤공기가 진짜 매섭던데, 우리 레드먼드, 목에 두를 손수건이 없어서 감기 걸리겠다." 뒷자리에서 들려오는 이런 따뜻한 다독임에도 안장에 앉은 남자는 아무런 대답이 없었다.

"레드먼드, 클랜시 양이랑은 재미있게 지냈어? 보니까 밤새도록 둘이 같이 있더라." 이 말에 안장은 겨우 이를 가는 것으로 대답을 하고는 데이지의 등에 채찍질을 가했다.

"아, 저런. 그러다가 데이지가 앞다리를 들며 뛰어올라서 내가 떨어지면 어쩌려고. 넌 너무 부주의해. 레드먼드, 너도 알다시피 나는 진짜 겁쟁이란 말이야." 뒷자리는 이러면서 안장의 허리에 팔을 둘렀다. 세상에 그렇게 부드러운 압박이 또 있을까.

안장이 대답했다. "난 클랜시 양 싫어해. 내가 그 여자 싫어하는 건 당신도 알잖아! 내가 그 여자랑 춤춘 건 그저, 그러니까, 그러니까 내가 함께 춤춰야겠다고 마음먹은 다른 여자가 밤새도록 바빴기 때문이란 말이야."

자신이 이제 우위를 점했다는 사실을 깨닫고 자신감을 되찾았는지, 뒷자리는 대놓고 소리 내어 웃으며 말했다. "거기엔 내 여동생들도 있었을 텐데. 그리고 자기야, 나는 무곡 사이마다 채 5분도 자리에 앉아 있지 못할 만큼 바빴잖아."

"그럼 그 퀸 대위랑 다섯 곡이나 춤을 춘 게 억지로 춘 거였단 말이야?" 내가 말했다. 아, 그 순간 생소하면서도 매혹적인 교태의 몸짓이 느껴졌다. 그때 스물세 살의 노라 브래디 양은 열다섯 살 먹은 정직한 사내한테 자기가 그토록 큰 영향력을 행사했다는 걸 생각하면서 짜릿한 전율을 느낀 것이 확실하다.

물론 노라는 자신이 퀸 대위한테 눈곱만큼도 신경 쓰지 않았다고 대답했다. 그래도 퀸 대위는 확실히 춤 잘 추고 말 잘하는 유쾌한 남자더라고, 연대 동료들과 함께 있으니까 그 사람이 멋져 보이더란 말도 했다. 그러고는 이렇게 물었다. 그런 남자가 자신을 택해 춤을 추자고 청하는데 그 남자를 어떻게 거절할 수 있겠느냐고.

"하지만 내 청은 거절했잖아, 노라."

노라 양은 고개를 홱 저으며 대답했다. "아! 너랑은 언제든 춤출 수 있으니까. 그리고 그런 무도회장에서 사촌이랑 춤을 추면 다른 파트너를 구하지 못한 것처럼 보인단 말이야." 이렇게 잔인하고 냉정하게 딱 잘라 말하다니. 이것만 봐도, 그녀가 내게 얼마나 큰 영향력을 행사하는지, 그리고 그녀가 그것을 얼마나 무자비하게 이용하는지 알 수 있었다. "게다가 레드먼드, 퀸 대위는 남자고 넌 겨우 어린애잖아!"

그 말에 나는 으르렁거리며 맹세했다. "그 작자가 다시 내 눈에 띄는 날에는, 둘 중 어느 쪽이 진짜 남자인지 당신도 알게 될 거야. 대위라는 그 작자 신분에 어울리게 난 그 작자랑 검이나 자동 권총으로 결투를 할 거거든. 남자라니, 세상에! 난 어떤 남자하고든 겨룰 생각이야. 세상 모든 남자랑! 열한 살에 믹 브래디한테 맞섰던 사람이 나 아니야? 톰 설리반이라는 열아홉 살짜리 거대한 괴물을 흠씬 패준 사람도 나였잖아! 그 프랑스인 수위를 작살낸 사람도 바로 나라고. 아, 노라, 나를 그런 식으로 조롱하다니, 당신은 너무 잔인해."

그러나 그날 밤 노라는 계속 나를 조롱하고 싶은 기분이 들었는지 특유의 빈정거림을 멈추지 않고, 오히려 콕 집어서, 퀸 대위는 용감한 군인이자 런던의 상류층 인사로 이미 명성을 떨치고 있는 데 반해, 레드먼드는 수위나 농부의 아들을 패주고 그걸 주절대며 떠벌리는 데만 선수라고, 그리고 잉글랜드인과 결투를 하는 것은 그런 일들과는 완전히 다른 일이라고 말했다.

그러더니 그녀는 프랑스의 침략을 시작으로 온갖 군대 이야기를 늘어놓았다. 그녀는 (당시 '프로테스탄트 영웅'이라 불렸던[이 얼마나 딱 알맞은 별명인가!][8]) 프리드리히 대왕,* 무슈 투로**와 그의 함대, 무슈 콩

---

* Friedrich Ⅱ(1712~1786): 프로이센의 프리드리히 2세를 말한다. 여러 전쟁에서 승리해 가난한 소국이었던 프로이센을 강국으로 만들었기 때문에 '대왕'이라 불린다. 그는 7년전쟁 중, 주적인 두 개의 강력한 가톨릭 국가, 프랑스와 오스트리아를 패배시킴으로써 독일의 신교를 지켜내어 프로테스탄트의 영웅으로 여겨졌다.

** Monsieur Thurot: 아일랜드 태생으로 프랑스의 해군 준장이 된 프랑수아 투로 Commodore François Thurot(1727~1760)를 말한다. 그는 영국 함선들에게 밀리고 있던 프랑스의 소함대를 통솔하는 임무를 맡고, 1759년 12월(『1759년 연감』 참조) 스코틀랜드와 북아일랜드 해안을 공격했다. 1760년 2월 북아일랜드의 앤트림주 캐릭퍼거스에 상륙했지만 바로 퇴각 명령이 떨어졌다. 그는 그 2월 마지막 날 (잉글랜드와 북아일랜드 사이에 있는) 맨 섬 외곽에서 작전을 수행하다 사망했다. 『1760년 연감』에는 '유명 인사 투로의 일화'라는 제목으로 더 많은 이야기가 실려 있다. 새커리가 여행기

플랑*과 그의 소함대, 미노르카 해전** 이야기도 했다. 특히 미노르카 섬에 대해서는 그 섬이 어디에 있고 어떻게 공격을 당했는지 이야기하면서 우리 두 사람은 그 섬이 아메리카 대륙에 있는 것이 분명하다고 의견을 모으고는 거기서 프랑스가 완전히 대패했으면 좋겠다는 희망까지 덧붙였다.

잠시 후 나는 (화가 조금씩 풀리고 있던 터라) 한숨을 내쉬고는, 내가 얼마나 군인이 되고 싶었는지 이야기했다. 그러자 노라는 여지없이 또 늘 하던 말을 내뱉었다. "아! 이제 너도 날 떠나려는 거지? 하지만 넌 아직 군악대에서 북 치는 소년보다도 나이가 어릴걸. 확실해." 이 말에 나는 기필코 군인이, 나아가 장군이 되겠다는 맹세로 응수했다.

이렇게 바보 같은 수다를 계속 떨다 보니, 그날 이후 '레드먼드의 도약 다리'라는 이름으로 불리게 된 장소에 이르렀다. 낡고 높은 그 다

『아일랜드 스케치북』 28장에서 캐릭퍼거스 풍경을 묘사하면서 덧붙인 설명도 『연감』의 일화에서 빌려온 것으로 보인다.

* Monsieur Conflans: 콩플랑 백작이었던 위베르 드 브리엔Hubert de Brienne(1690~1777) 프랑스 해군 제독을 말한다. 1759년 11월, 제독의 지휘 아래 있던 프랑스 함대는 영국의 호크 제독에게 밀려 브리타니 남안의 키브롱만으로 쫓겨 들어갔다. 이어진 짧은 교전에서 프랑스 해군은 대패했고 함선들은 우왕좌왕 도망치다가 위태로운 해안 절벽에 부딪쳐 대부분 침몰했다. 이 사건으로 영국을 침략하려던 프랑스의 희망은 완전히 사라졌다. 키브롱만의 승리는, 이보다 3년 앞선 미노르카 대패라는 재앙으로 위축되어 있던 영국 해군에게 자신감을 되찾아주었다.

** battle of Minorca: 미노르카 해전은 1756년 프랑스와 스페인 연합군이 영국을 격파한 해전이다. 미노르카 섬은 지중해 스페인령에 위치한 섬으로 이 전투는 스페인 왕위 계승 전쟁의 일환으로 시작되었다. 빙John Byng 제독의 함대가 퇴각하는 바람에 영국의 수비병들이 주둔하고 있던 성 필립 항이 함락됐고 이로써 영국은 전투에서 패배했다. 이에 영국 정부는 빙 제독을 기소했고, 빙 제독은 군법 재판을 거쳐 1757년 총살됐다. 7년 전쟁 동안 대부분 성공을 거둔 영국의 군사적 행동들은 북아메리카의 프랑스령을 겨냥한 것이었다. 1759년 영국의 수중에 들어온 퀘벡 지역은 1763년 파리 조약Treaties of Paris을 통해 정식 영국령이 되었다.

리 밑으로는 수심이 꽤 깊고 바위가 울퉁불퉁 튀어나온 계곡이 자리하고 있었는데, 암말 데이지가 두 배의 짐을 싣고 다리를 건너는 동안 노라 양은 자기 멋대로 상상에 잠긴 채 계속 군대 이야기를 중얼거리면서 (그때 노라가 퀸 대위를 생각하고 있었다는 쪽에 내기를 걸어도 좋다) 이렇게 말했다. "자, 생각해봐, 레드먼드. 네가 그런 영웅이라 치고 다리를 건너고 있는데 맞은편에 적군이 나타나면 어쩔 거야?"

"나라면 검을 빼 들고 적들을 베어서 길을 뚫을 거야."

"저런. 뒤에 나를 태우고 있어도? 가엾은 나를 죽일 요량이구나?" (그 젊은 아가씨는 '가엾은 나'라는 말을 늘 입에 달고 살았다!)

"좋아. 그럼 내가 어떻게 할지 말해주지. 나는 데이지를 탄 채 강물로 뛰어든 다음 당신을 데리고 헤엄쳐 강을 건너서 적들이 따라올 수 없는 곳으로 가겠어."

"6미터가 넘는 높이를 뛰어내리겠다고? 데이지를 타고는 절대 그런 짓 못 할걸. 대위의 말 블랙 조지라면 모를까. 내가 듣기로는 퀸 대위가……"

그녀는 쉬지 않고 계속 말을 했고 그녀의 입에서 끝없이 흘러나오는 그 혐오스러운 단음절어가 나를 미치게 만들었다. "내 허리나 꽉 잡아." 나는 노라에게 이렇게 소리치며 데이지의 옆구리에 박차를 가했고, 그러자 데이지는 즉각 나와 노라를 태운 채 용수철처럼 난간을 넘어 그 아래 깊은 물속으로 뛰어내렸다. 지금 생각해보면, 내가 왜 그랬는지, 노라와 함께 물에 빠져 죽고 싶었던 것인지, 아니면 퀸 대위마저 뒷걸음질 칠 그런 행동을 실행해 보이고 싶었던 것인지, 그것도 아니면 실제로 우리 앞에 적군이 있다고 생각했던 것인지 잘 모르겠지만, 아무튼 나는 난간을 뛰어넘었다. 말은 머리까지 물속에 가라앉았고, 노라는 비명을 지르며 물속으로 들어갔다가 비명을 지르며 물 위로 올라왔으며, 나는 반쯤 실신한 채 그녀를 땅 위로 끌어올렸다. 우리는 거기 물가에서 비명 소리를 듣고 되돌아온 외삼촌네 가족들한테 곧 발견되었다. 집에 도착한 나는 열이 나서 곧바로 앓아누운 뒤로 6주 동안이나 그렇게 자리보전을 해야 했는데, 자리를 털고 일어났을 때에는 키가 엄청나게 자라 있었고, 동시에 그녀를 향한 내 사랑도 예전보다 훨씬 더 격렬해져 있었다.

　내가 막 앓아누웠을 무렵 노라 양은, 나를 위해 우리 어머니와 그녀의 가족 사이에 있었던 불화를 잊은 듯, 틈만 나면 계속 우리 집에 와서 내 머리맡을 지켰다. 마찬가지로 우리 어머니도 가장 기독교인다운 방식으로 기꺼이 그 일을 잊어주었다. 솔직히 말하자면, 원칙적으로 누구에게도 용서를 베푸는 법이 없는 오만한 기질의 그 여인에게는, 아들을 위해 브래디 양에 대한 적대감을 포기하고 그녀를 반갑게 맞이하는 행동 자체가 자신의 선량함을 보여주는 크나큰 증거였다. 말 그대로 미친놈이나 다름없던 내가 계속 노라 이야기만 하고 노라만 찾았기 때문이었다. 약도 노라가 줄 때만 받아먹었고, 어머니한테는, 세상 그 누구보다 더 나를 사랑하는 어머니, 나를 행복하게 해주려고 가장 즐기는 취미와 적절하고 온당한 시기심까지 포기한 그 착하디착한 우리 어머니한테는 무례하고 부루퉁한 시선을 던지곤 했다.

　증세가 호전되면서 나는 노라의 방문이 하루가 다르게 뜸해지고 있다는 사실을 깨달았다. "왜 안 오지?" 나는 짜증을 내며 하루에도 열두 번씩 이 말을 되풀이했다. 그러면 배리 부인은 그 질문에 대한 대답으로 어머니가 찾아낼 수 있는 가장 그럴싸한 변명들, 이를테면 노라가 발목을 접질렀다든가, 며칠 전에 두 사람이 싸웠다든가 하는 여러 이유를 늘어놓으며 나를 안심시켰다. 착한 어머니는 나를 남겨둔 채 자신의 방에 홀로 들어가 비탄에 잠겼다가 다시 웃는 낯빛으로 방 밖으로 나온 적이 한두 번이 아니었다. 그것은 어머니가 어떤 굴욕감을 느끼고 있는지 내가 아무것도 알아채지 못하게 하려는 처사였다. 그리고 실제로 나는 힘들게 일부러 그걸 알아내려고 한 적도 없었다. 지금 생각해보면, 설사 그때 그걸 알아냈다 해도 나는 아무런 감흥도 못 느끼지 않았을까 싶다. 청년기 초기는 우리 남자들이 최고로 이기적인 존재가 되는 시기니까. 그때가 되면 우리는 날개를 달고 부모의 둥지를 떠나고 싶다는 열망에, 혹은 눈물로도, 간청으로도, 애정으로도 상쇄할 수 없는 자립을 향한 지독한 열망에 사로잡힌다. 내가 그 시기를 겪는 동안 가엾은 우리 어머니도 무척이나 슬펐던 것이 틀림없다. (주여, 어머니를 굽어살피소서!) 수년간 어머니가 쏟아부은 관심과 애정을, 그것도 나보다 훨씬 나은 구혼자를 찾지 못하는 동안에만 나를 갖고 노는 그 비정하고 깜찍한 바람둥이 때문에 순식간에 잊고 마는 나의 모습을 지켜보는 것이 어머니한테 얼마나 가슴 찢어지는 고통이었는지, 훗날 그 기억을 어머니가 자주 입에 담았던 걸 보면 말이다. 사실인즉, 다름 아닌 바로 그 퀸 대위가 내가 앓아누운 지 2주가 지난 뒤부터 4주 동안 브래디 성에 머물면서 노라 양에게 정식으로 구애를 하고 있었다. 어머니는 감히 나한테 그 소식을 전할 수가 없었고, 독자들 짐작대로 노라 자신부터가 그 일을 비밀에 부쳤다. 내가 그 일을 알게 된 것은 순전히 우연이었다.

어떻게 알게 되었느냐고? 하루는 그 깍쟁이가 나를 찾아왔는데, 어느 정도 상태가 호전되어 침대에 일어나 앉아 있던 나는, 그날 아침 그녀가 내게 보여준 너무나 고상한 정신과 너그럽고 다정한 태도에 가슴에서 기쁨과 즐거움이 흘러넘친 나머지, 가엾은 우리 어머니한테까지 친절한 말 몇 마디와 키스를 건네기까지 했다. 나는 금세 아주 멀쩡해진 것 같은 기분이 들어서 닭 한 마리를 몽땅 먹어 치우고는, 병문안을 온 외삼촌한테 매년 해오던 대로 곧 채비를 해서 외삼촌과 함께 자고새 사냥을 나가겠노라고 약속까지 했다.

이틀 후면 일요일이었고, 신선한 공기가 오히려 내게 치명적일 수 있다며 무슨 일이 있어도 집 밖으로 나가서는 안 된다는 의사들과 어머니의 경고에도 불구하고, 내게는 그날 꼭 실행에 옮기기로 마음먹은 계획이 하나 있었다.

그래서 나는 놀라울 정도로 조용히 누운 채 난생처음으로 짧은 시 한 편을 지었다. 시가 무엇인지 알지도 못했던 시절에 쓴 그 시를 지금 여기에 그대로 적는다. 그 시는 나중에 내가 쓴 「알데리아, 상사병에 걸린 청년을 풀어주다」나 「태양이 데이지로 가득한 풀밭을 비출 때」 같은, 죽어서도 사라지지 않을 명성을 내게 안겨준 다른 서정적인 연애시들만큼 세련되고 우아한 작품은 아니지만, 지금 보아도 열다섯 살짜리 촌뜨기 녀석이 썼다고 하기엔 너무나 훌륭하다.

「플로라*의 장미」
브래디 성의 브래디 양에게 기품 넘치는 젊은 신사 드림

브래디 성 탑 위에 한 송이 꽃이 자라고 있다네.
　활짝 핀 그 꽃은 세상에서 가장 사랑스러운 꽃.
브래디 성에 한 아가씨가 살고 있다네.

---

* Flora: 고대 로마 신화에 나오는 '꽃의 여신'이다.

(내가 그녀를 얼마나 사랑하는지는 아무도 모른다네.)

그녀의 이름은 노라. 그리고 플로라 여신께서

　　그녀에게 활짝 핀 그 장미를 선물했다네.

플로라 여신이 말하네. "오, 노라 아가씨,

　　내게는 눈부신 꽃들이 가득 핀 화단이 많이 있답니다.

브래디 성 탑에도 일곱 송이 꽃이 더 있지요.

　　하지만 당신이 거기서 가장 아름다운 아가씨랍니다.

주 전체, 아니 아일랜드 전체에 포상금을 걸어도

　　당신의 반만큼이라도 예쁜 보석은 찾아낼 수 없을 겁니다!"

그녀의 뺨은 왜 더 붉을까? 장미꽃에 맺힌 이슬을 먹고 살아서 그
렇지!

　　그녀의 머리칼은 금잔화와 같고, 눈꺼풀 밑에서 피어나는

그녀의 눈동자는 제비꽃과 같아서

　　작은 보석들을 품고 은은하게 반짝인다네.

아무리 백합이 본디 하얗다 한들, 확실히 노라의 목보다는

　　하얗지 않다네. 그리고 그녀의 두 팔보다도.

플로라 여신이 말하네. "이리 와요, 다정한 노라.

　　나의 소중한 딸이여, 와서 내 충고를 들어요.

시인이 한 명 있어요. 당신도 아주 잘 아는 사람이지요.

　　그 시인은 지금 깊은 한숨 속에 인생을 보내고 있답니다.

젊은 레드먼드 배리, 당신이 결혼하게 될 사람은 바로 그 사람이

에요.

　　감성과 이성을 두루 갖춘 여자라면 당신도 마찬가지로 그를 택하겠지요."

일요일에 어머니가 교회에 가자마자, 나는 세탁을 전담하는 하인 필을 불러 내 옷 중에 제일 좋은 옷을 내오라고 고집을 부려 (앓는 동안 키가 너무 많이 자란 탓에 낡은 옷이 끔찍할 정도로 깡동해져 있었지만 어쨌든) 잘 차려입은 뒤 훌륭한 시 작품을 손에 든 채, 나의 아름다운 모습에 고개 숙여 경의를 표하는 듯한 브래디 성을 향해 달려갔다. 대기가 어찌나 맑고 밝던지, 그리고 푸르른 나무들 사이에서 새들이 어찌나 낭랑하게 지저귀던지, 몇 달 전보다 훨씬 큰 행복감을 느끼면서 나는 (우리 외삼촌이 가로수를 싹 가지치기한) 큰길을 따라 새끼 사슴처럼 경쾌하게 깡충깡충 뛰어갔다. 풀이 돋아난 계단을 올라 낡아빠진 현관문을 지나 건물 안으로 들어가는데 심장이 쿵쾅거리기 시작했다. 집사인 스크루 씨는 그동안 몰라보게 달라진 나의 얼굴과 꼬챙이처럼 야윈 몸을 보고 움찔 놀라더니, 주인어른과 마님은 교회에 갔는데 아가씨 여섯 명도 거기 있을 거라고 알려줬다.

"노라 양도 그중 한 명인가?" 내가 물었다.

"아뇨. 노라 양은 그중 한 명이 아닙니다." 스크루 씨는 얼굴에 난감해하는 표정과 이해한다는 듯한 표정을 함께 지은 채 대답했다.

"그럼 노라는 어디 갔지?" 나의 질문에 스크루 씨가 대답했다. 아니, 그보다는 아일랜드인 특유의 타고난 재능으로, 대답을 했다고 믿게 만들었다는 편이 옳겠다. 그러고는 내가 그녀가 남동생이랑 말을 타고 킬웽건에 갔다고 생각하든, 여동생이랑 산책을 나갔다고 생각하든, 아파서 방에 누워 있다고 생각하든, 전혀 개의치 않았다. 스크루 씨는 그 중 어떤 게 정답일까 고심하고 있는 나를 내버려두고 부리나케 나가버렸다.

브래디 성의 마구간이 서 있는 뒤꼍으로 쏜살같이 달려 나가보았더니, 그곳에서 기병 한 명이 휘파람으로 「그 옛날 잉글랜드의 로스트비프」*를 불며 기병대 말 한 마리를 씻기고 있었다. "그건 어떤 녀석 말인가?" 내가 외쳐 묻자 잉글랜드인은 이렇게 말했다. "녀석이라니, 감히! 이 말은 우리 대위님 말이다. 그리고 그분은 너 같은 **녀석**이 평생 넘볼 수 없는 분이란 말이다."

다른 때 같았으면 망설임 없이 뼈도 못 추릴 만큼 놈을 패주었겠지만, 불현듯 무시무시한 의심이 엄습해서 나는 최대한 서둘러 정원으로 달려갔다.

왠지 몰라도 거기에서 그런 광경을 보게 되리란 것을 나는 이미 알고 있었다. 퀸 대위와 노라가 함께 통로를 거닐고 있는 모습이 보였다. 두 사람은 팔짱을 끼고 있었고, 그 악당 놈이 그 혐오스러운 조끼 위에 살포시 얹어져 있는 그녀의 손을 주물럭거리며 애무하고 있었다. 그들과 좀 떨어진 곳에서는 킬웽건 연대의 페이건 대위가 노라의 여동생 미시아에게 열심히 구애를 하고 있었다.

---

* 「Roast Beef of Old England」: 헨리 필딩Henry Fielding(1707~1754)의 희가극 「그러브 스트리트Grub Street: 삼류 문인의 거리」 3막에 나오는 노래 제목이다. 노래 가사는 이렇다.

거대한 로스트비프가 잉글랜드인의 주식이던 시절
　그것을 먹고 우리의 마음은 고상해졌고 우리의 몸은 피로 가득 찼다네.
그 시절 우리나라의 병사들은 용맹스럽고 관리들은 선량했다네.
　잉글랜드의 로스트비프 덕분에.
　아, 그 옛날 잉글랜드의 로스트비프여.

나는 원래 사람이든 유령이든 무서운 것이 없는 인간이다. 그러나 그 광경을 보자 두 무릎이 어찌나 격렬하게 떨리던지, 병이 다시 확 도지는 것 같아서 기대서 있던 나무 밑 풀밭에 실신하듯 주저앉았고, 한 1, 2분 동안 완전히 정신을 잃었다. 잠시 후 간신히 정신을 수습한 나는 산책 중인 커플을 향해 성큼성큼 걸어가며, 칼집에 넣어 늘 몸에 차고 다니던 은제 손잡이가 달린 작은 검을 풀었다. 그 양아치 연놈의 몸뚱이를 칼로 찌르고 한 쌍의 비둘기 같은 그것들한테 침을 뱉어줄 작정이었다. 그 순간 분노 말고 또 다른 감정들이 나를 꿰뚫고 지나갔는데, 그것이 지독히 공허한 실망감이었는지, 아니면 미친 듯 치밀어 오르는 절망감이었는지, 그것도 아니면 발밑에서 온 세상이 무너지는 듯한 기분이었는지, 그 감정의 정확한 정체는 지금도 잘 모르겠다. 확신하건대 독자들도 여자한테 차인 적이 여러 번 있을 테니, 처음으로 실연의 충격에 빠진 그 순간 기분이 어땠는지 각자 자신의 기억을 되살려보시길.

　"아, 아니요, 노렐리아." 퀸 대위가 말했다. (연인들이 소설 속에 등장하는 가장 로맨틱한 이름으로 서로를 부르는 게 당시 유행이었다.) "이 세상 모든 신을 걸고 맹세하는데, 당신이랑 네 번의 경험을 빼면, 내 심장에 그 부드러운 불길이 타오른 적은 한 번도 없소."

　"아! 당신도 똑같은 남자로군요, 에우제니오.*" 노라가 말했다. (그 괴물의 이름은 사실 존이었다.) "당신네 남자들의 정열은 우리 여자들의 정열과 정말 다르네요. 우리 여자들은 전에 어디선가 읽은 어떤 식물처럼 꽃을 딱 한 송이만 피운 다음 죽는단 말이에요!"

　"그 말은 딴 남자한테 마음이 기운 적이 한 번도 없다는 뜻이오?"

---

* Norelia, Eugenio: 18세기 영국의 통속소설에는 신비로운 남미계 이탈리아인의 이름이 자주 등장했다.

퀸 대위가 물었다.

"단 한 번도요. 나의 에우제니오, 난 당신뿐이에요! 수줍음 많은 요정한테 당신은 어쩜 그런 질문을 할 수가 있죠?"

"내 사랑 노렐리아!" 대위는 이렇게 말하며 노라의 손을 입술로 가져갔다.

나에게는 노라가 젖가슴 사이에서 꺼내준, 그리고 이유는 모르겠지만 내가 늘 몸에 지니고 다니던 체리 빛깔 리본 한 가닥이 있었다. 나는 그 리본을 품에서 끄집어내어 퀸 대위의 얼굴을 향해 내던지고는 쉭 소리가 나게 검을 뽑아 들며 돌진했다. "거짓말쟁이. 노라는 거짓말쟁이요, 퀸 대위! 당신이 진짜 남자라면 검을 뽑으시오, 대위. 그리고 결투에 응하시오!" 나는 이런 말을 쏟아내며 괴물을 향해 껑충 뛰어올라 놈의 멱살을 잡았고, 그동안 노라는 온 동네가 떠나가라고 비명을 질러댔다. 그 소리에 페이건 대위와 미시아가 허둥지둥 달려왔다.

다 자란 현재의 키인 183센티미터에 육박할 만큼, 병치레를 하는 동안 잡초처럼 키가 훌쩍 크기는 했지만, 덩치가 산만 한 잉글랜드인 장교 옆에 서 있으니 나는 가녀린 윗가지 같았다. 대위는 장딴지와 어깨가 어찌나 두툼한지 바스*에서 그를 만나면 어떤 대단한 위인이라도 잘난 척하지 못할 것 같았다. 그런데도 대위는 얼굴을 시뻘겋게 붉혔다가 나의 기습에 백지장처럼 하얗게 질리더니 뒤로 물러서며 자신의 검을 움켜잡았고, 그 순간 노라는 두려움의 고통에 그를 향해 몸을 내던지며 이렇게 외쳤다. "에우제니오! 퀸 대위님! 제발 아이를 살려주세

---

* Bath: 잉글랜드 서머싯주에 있는 도시이다. 영국에서 유일하게 자연 온천수가 나오는 이곳에 1세기 중반 로마인들이 대중 온천탕인 로만 바스Roman Baths를 세우면서 이런 이름이 붙게 되었다.

요. 고작해야 젖비린내 나는 어린애일 뿐이잖아요!"

"그렇다면 버릇없는 짓을 했으니 매를 맞아야겠군요. 하지만 브래디 양. 난 저 녀석한테 손대지 않을 거니까 겁먹을 거 없소. 당신이 그토록 **애지중지**하는 저 아이는 나로부터 안전할 거요." 대위는 이렇게 말하며 몸을 숙여 아까 내가 던진 리본 뭉치를 노라의 발치에서 집어 들더니 그것을 노라에게 건네며 빈정거리는 투로 말했다. "여인이 한 남자한테 정표를 준다면 말이오, 그때는 **다른** 남자가 물러나야 하는 거요."

"맙소사, 퀸! 저 아인 아직 어린애라니까요." 노라가 외쳤다.

"난 사나이야. 그리고 그걸 입증해 보이겠어." 내가 으르렁거렸다.

"게다가 나한테 저 아인 제 앵무새나 애완견보다도 더 의미 없는 존재인걸요. 나는 사촌한테 리본 한 조각도 줘서는 안 되는 건가요?"

"무슨 그런 천부당만부당한 말씀을. 동네방네 뿌리든지, 좋을 대로 하구려." 대위가 말했다.

그러자 내 소중한 그녀가 고함을 질렀다. "이 괴물! 노상 재단사인 아버지 가게 생각만 하는 주제에. 이 치욕은 반드시 갚겠어요, 기필코! 레디, 내가 이렇게 모욕당하는 걸 보고만 있을 거야?"

"노라, 나는 정말로 레드먼드라는 내 이름답게 저놈의 피를 실컷 뽑아낼 생각이었어."*

그사이 침착함을 되찾은 대위는 이렇게 말했다. "꼬맹이, 너한테는 매질해줄 하인을 내 보내주마. 하지만 아가씨 당신한테는, 이렇게 즐거운 하루 보내라고 인사할 수 있어서 참으로 영광이외다."

---

* 레드먼드Redmond라는 이름에 'red'가 들어 있어서 붉은 피와 연관시킨 듯하다.

그러고는 대위가 한껏 격식을 차려 모자를 벗어 들고는 몸을 굽혀 작별 인사를 한 다음 막 자리를 뜨려는데, 다른 이들과 마찬가지로 아까 비명 소리를 들었던지 사촌 믹이 나타났다.

"정말 가관이군요! 잭* 퀸, 이게 다 무슨 난리랍니까? 노라는 울고 있고 레드먼드 유령은 칼을 빼 들고 서 있고 대위께서는 인사를 하시다니요?"

잉글랜드인이 말했다. "무슨 난린지 내 다 말하지요, 브래디 씨. 나는 여기 있는 노라 양과 당신네 아일랜드 방식에 맞추려고 지금껏 할 만큼 했소이다. 그런데도 선생, 도무지 적응이 안 된단 말이외다."

"저런, 저런! 그게 무슨 대수랍니까? 대위께서 아일랜드 방식에 익숙해질 수 있게 우리가 도우면 되지요. 아니면 잉글랜드 방식을 택해도 되고요." 믹이 사근사근하게 말했다. (나중에 밝혀진 바로는 믹이 퀸 대위한테 엄청나게 큰돈을 빌렸다고 했다.)

"아가씨가 양다리를 걸치는 것(대위는 이것을 '힝글랜드 방식 Henglish way'이라고 불렀다)은 우리 잉글랜드 방식이 아니외다. 그러니 브래디 씨, 내가 선생한테 꿔준 돈을 전부 되갚아주면 고맙겠소. 나는 그간에 저 아가씨한테 했던 청을 모두 거두는 바요. 그리고 저 아가씨 취향이 코홀리개 학생인 모양이니 그런 녀석들이나 잔뜩 만날 수 있게 해주시구려, 선생."

"허허, 퀸, 농담이 심하십니다." 믹이 말했다.

"나는 지금보다 진지했던 적이 없소." 대위가 대답했다.

---

* Jack: 잭은 원래 사람의 이름으로 쓰이는 고유명사지만, 때로는 '시끄럽고 자신만만한 남자'를 부르는 호칭으로도 쓰인다. 앞부분에서 배리가 대위의 이름이 존이라고 이미 말했으니, 여기에서는 후자의 뜻으로 쓰인 것으로 보인다.

그러자 믹이 소리쳤다. "그렇다면, 하늘을 우러러 자신이 어떤 사람인지나 돌아보시지! 이 천하의 바람둥이! 지독한 사기꾼! 이렇게 괴로워하는 천사 같은 여자한테 접근해 주위에 잔뜩 올가미를 쳐 여자의 마음을 얻어내고는 곧바로 그 여자를 버리려 하다니. 그러고도 여자의 멀쩡한 남동생이 자기 누이를 보호하지 않을 거라 생각하다니. 당장 검을 뽑으시지! 이 노예 같은 자식! 내 그 사악한 몸뚱이에서 심장을 도려내줄 테니!"

퀸 대위는 깜짝 놀라 뒤로 물러서며 말했다. "이건 명백한 살해 협박이오. 두 명이 이렇게 한꺼번에 덤벼드는데, 페이건, 자네는 저자들이 날 죽이게 그냥 내버려둘 텐가?"

"당연하지! 이건 자네 싸움이니까 자네가 알아서 해결해야지, 퀸 대위." 몹시 재미있어 하는 표정으로 페이건 대위가 이렇게 대꾸했다. 그러고는 나에게 다가와 속삭였다. "저 친구한테 대면 자넨 아직 풋내기야."

"퀸 씨가 노라 양한테 했던 청을 모두 거두어들인다면 물론 나도 이 결투에서 빠지겠소." 내가 말했다.

"알겠소, 선생. 내 그리하리다." 궁지에 몰린 퀸 대위가 횡설수설하며 말했다.

그 말에 믹이 다시 소리쳤다. "자, 그렇다면 남자답게 결투에 응하시지. 죽여버리겠어! 미시아, 얼른 이 불쌍한 희생양을 다른 곳으로 데려가라. 레드먼드랑 페이건 씨는 우리가 공정한 결투를 하는지 여기에서 지켜볼 거야."

"아, 잠깐만. 난 아직…… 나한테 시간을 좀 주시오. 나 원, 이렇게 혼란스러워서야. 어떤 결정을 내려야 할지 나, 난 아직 잘 모르겠는데."

이 말에 페이건 씨는 무미건조하게 대꾸했다. "자네, 두 개의 건초 더미 사이에 낀 당나귀 신세가 됐구먼. 근데 양쪽 끝에 손쉽게 먹을 수 있는 먹이가 있을 텐데."

제2장
용맹스러운 남자임을 나 스스로 입증하다

이 난리가 일어나는 동안 나의 사촌 노라는 예법에 맞게 실신함으로써 이런 상황에 처한 숙녀가 취할 수 있는 유일한 행동을 실행에 옮겼다. 그때 나는 믹이랑 격렬하게 말싸움을 하느라 바빴다. 그러지 않았다면 당연히 노라를 도우러 갔을 텐데. 페이건 대위는(페이건은 정말로 무정한 사내였다) 그런 나를 말리며 말했다. "내 충고 하나 하지. 젊은 아가씨랑 그냥 혼자 내버려두게, 레드먼드. 틀림없이 곧 정신이 들 테니까." 정말로 노라는 잠시 후 정신을 차렸다. 이것만 봐도 페이건이 얼마나 세상사에 밝은 사람인지 알 수 있었다. 훗날 나 역시 이런 식으로 쓰러졌다가 정신을 차리는 아가씨들을 수없이 보았지만. 독자들 짐작대로 퀸은 그녀를 돕겠다고 나서지도 않았다. 노라가 비명을 지르는 바람에 상황이 변했고 그녀에게 들이대던 그 지조 없는 건달 놈은 이미 그 와중에 슬그머니 자리를 뜬 뒤였기 때문이다.

"우리 두 사람 중 누가 퀸 대위랑 결투를 하지?" 내가 믹에게 물었다. 왜냐하면 애초에 그 일을 처음 벌인 사람은 나였고, 나는 레이스가 달린 벨벳 정장을 입은 것만큼이나 그 사실이 자랑스러웠기 때문이다. "이봐, 믹 사촌, 저 오만한 잉글랜드인을 벌주는 명예로운 일을 우리 둘 중 누가 해야 할까?" 순간적인 승리감에 젖어 사촌을 향한 감정이 녹고 있던 터라 나는 이렇게 말하며 한 손을 내밀었다.

하지만 그는 내가 제안한 우정 동맹을 거절했다. "너, 너!" 믹이 울화통을 터뜨리며 말했다. "이 교수형에 처해도 시원찮을 참견쟁이 새끼, 다 함께 먹는 파이에 함부로 손을 처박다니. 네가 무슨 상관이 있어서 연 수입이 1,500파운드나 되는 신사랑 여기서 다투고 싸우겠다는 거야?"

돌 벤치에 앉아 있던 노라는 숨을 헐떡이며 말했다. "아, 내가 죽어야지. 그래, 내가 죽어야 해. 죽어서 이런 오점을 남기지 않을 테야."

"퀸 대위가 아직 멀리 가지 않았소." 페이건이 속삭였고, 그 말에 노라는 퀸 대위에게 분노의 시선을 던지며 자리에서 벌떡 일어나 집 쪽으로 걸어갔다.

믹이 말을 이었다. "그런데 너 이 참견쟁이 악당 녀석, 네가 무슨 상관이 있어서 이 집안 딸 일에 간섭을 하는 거야?"

내가 고함쳤다. "악당은 너지! 한 번만 더 나를 그딴 식으로 불러봐, 믹 브래디. 내 옷걸이를 가져다가 네 목구멍에 쑤셔 넣을 테니까. 내가 열한 살에 이미 너랑 맞섰다는 사실을 잊지 마. 난 이제 너랑 맞짱 뜰 수 있을 정도로 자랐어. 그러니 자, 덤벼보시지. 그럼 네 동생 율릭이 늘 그랬던 것처럼 네놈을 흠씬 두들겨 패줄 테니까." 정곡을 찌르는 말이었기 때문에 믹의 얼굴은 분노로 새파랗게 질렸다.

"가족에게 자신의 가치를 보여줄 수 있는 좋은 기회인 것 같소." 페이건이 믹을 달래는 어조로 말했다.

"노라는 레드먼드의 엄마라고 해도 될 만큼 나이가 많은 여자요." 믹이 으르렁댔다.

"나이가 뭔 상관이야. 내 말 잘 들어, 믹 브래디." 내가 대꾸했다. (그러고는 여기에 굳이 적을 필요 없는 엄청난 욕설을 마구 퍼부은 다음 이렇게 말했다.) "노라 브래디랑 결혼을 하려는 남자는 일단 나부터 죽여야 될 거야. 내 말 알아들어?"

"제기랄, 죽이라니, 때려달라는 말이겠지! 널 때려줄 사냥꾼 닉을 곧 보내마." 믹은 이렇게 말하고는 몸을 돌려 가버렸다.

그러자 페이건 대위는 나에게 다가와 다정하게 내 손을 잡으며 말했다. 내가 용맹한 젊은이이며 자기는 그런 나의 기백이 마음에 든다고. 페이건 대위는 말을 이었다. "하지만 믹 브래디가 한 말은 사실일세. 자네처럼 제정신이 아닌 친구에게 충고를 하는 것은 힘든 일이지. 그래도 내 말을 믿게. 난 세상을 잘 알거든. 내 충고대로만 하면 그 충고를 따른 것을 후회할 일은 없을 테니까. 노라 브래디는 무일푼이고 자네 처지도 그보다 나을 것이 없지 않은가. 나이도 자넨 이제 고작 열다섯 살인데, 노라는 스물네 살이나 먹었고 말이야. 10년 뒤, 자네가 결혼을 할 수 있을 정도의 나이가 되면 노라는 할멈이 되어 있을걸? 이 가엾은 친구야, 물론 자네는 아직 잘 모르겠지. 하긴 쉽게 알 수 있는 일은 아니니까. 천하의 바람둥이인 노라는 그 상대가 자네든 퀸이든 전혀 상관 안 한다는 걸 말일세."

그러나 사랑에 빠진 (혹은, 사랑과 관련된 어떤 상황에 처한) 사람이 남의 충고에 귀를 기울이겠는가? 나는 페이건 대위의 말을 귓등으로도 안 듣고 오히려 대위를 향해, 노라가 나를 좋아하든 말든 그거야 노라 마음이지만, 퀸은 노라랑 결혼하려면 그전에 내가 맹세한 대로 먼저 나랑 결투를 치러야 할 것이라고 당당하게 말했다.

"정말로 자네는 한 번 뱉은 말은 꼭 지키는 사내인 것 같군." 페이건은 이렇게 말하며 나를 한동안 뚫어지게 바라보다가 콧노래를 흥얼거리며 발걸음을 떼었다. 잠시 후 오래된 정원 문을 나서며 고개를 돌려 나를 바라보는 페이건의 모습이 보였다. 페이건이 가버리고 마침내 나 혼자 남게 되자, 나는 노라가 실신한 척하다가 손수건을 흘리고 간 벤치에 털썩 주저앉았다. 그리고 그 손수건을 집어 들어, 세상 그 누구에게도 그 모습을 들키지 않으려는 사람처럼 거기에 얼굴을 파묻고는 격정적으로 눈물을 펑펑 흘렸다. 내가 퀸에게 내던졌던 리본이 뭉쳐진 채 길바닥에 떨어져 있었다. 나는 몇 시간 동안 그곳에 앉아 있었다. 그 짧은 시간 동안 아일랜드 땅에 나보다 더 비참한 사내는 아무도 없었으리라. 그러나 이 세상은 그 얼마나 변화무쌍한 곳인가! 우리의 그 대단한 슬픔이 겉에서는 어때 **보이는지**, 그러나 그것이 **실제로는** 얼마나 하찮은 감정인지, 또 어떤 식으로 우리가 그 슬픔 때문에 죽게 될 것이라고 생각하는지, 그러고는 그 슬픔을 얼마나 순식간에 잊는지 생각해보면, 우리는 우리 자신과 우리의 변덕스러운 감정에 부끄러움을 느껴야 마땅하다고 나는 생각한다. 그런데 대관절 무슨 연유로 '시간'은 결국 우리에게 약이 되어주는 것일까? 온갖 모험을 통해 다양한 경험을 쌓으면서도 제대로 된 임자를 만나지 못해서였을까, 나는 누군가를 흠모하게 되더라도 매번 그 대상을 재깍재깍 깨끗이 잊곤 했다. 하지만 제대로 된 임자를 만났더라면 나 역시 그녀를 **영원히** 사랑했을 텐데.

내가 브래디 성에 온 시간은 이른 아침이었는데, 평소에 늘 오후 3시에 울리는 저녁 식사 종소리가 들려와 나를 몽상에서 끌어낸 것을 보면, 스스로에 대해 한탄하며 정원 벤치에 앉아 있는 동안 몇 시간이 흘러간 것이 틀림없었다. 나는 곧바로 손수건을 집어 들고 그 리본 역시 다시 챙겼다. 일꾼들의 거처를 지나는데 마구간 문짝에 여전히 걸려 있는 퀸 대위의 안장, 그리고 부엌데기들과 주방 하인들한테 허풍을 늘어놓고 있는, 그 역겨운 빨간색 잉글랜드 군복 차림의 짐승 같은 졸개 놈이 보였다. 하녀 중 한 명이 말했다. (아가씨들의 시중을 드는 그 소녀는 눈동자가 까맣고 감수성이 풍부했다.) "그 잉글랜드인이 아직도 집 안에 있어요, 레드먼드 도련님. 그 작자가 가장 부드러운 **송아지** 스테이크 덩어리를 끌어안고 저기 응접실에 있단 말이에요. 그러니까 얼른 들어가서 그 작자가 도련님을 겁주지 못하게 하세요, 레드먼드 도련님."

나는 응접실로 들어가 평소처럼 기다란 테이블 맨 끝 내 자리에 앉았다. 나의 친구인 집사가 잽싸게 냅킨을 가져다주었다.

"여어, 레디, 우리 조카님! 일어나 나다니는 걸 보니 괜찮은 모양이지? 아무렴 그래야지." 외삼촌이 말했다.

"그냥 제 엄마랑 집에나 있지." 외숙모가 으르렁거리듯 말했다.

외삼촌이 말했다. "외숙모 말 신경 쓸 것 없다. 아침에 먹은 차가운 거위 요리가 얹혀서 저러니까. 브래디 부인, 잔을 들어요. 레드먼드의 건강을 위해 건배합시다." 외삼촌은 무슨 난리가 있었는지 모르는 것이 확실했다. 하지만 저녁 식탁에 함께 앉은 믹과 율릭, 딸들 대부분은 잔뜩 화가 난 것 같았고, 퀸 대위는 멍청한 표정을 짓고 있었다. 그리고 여전히 대위 옆에 나란히 앉아 있는 노라 양은 울기 직전이었다. 페이건 대위는 미소를 짓고 앉아 있었다. 나는 돌덩이만큼 차가운 태도로 그 광경을 둘러보았다. 이곳에서 저녁을 먹었다가는 숨이 막혀 죽을 것 같았지만 태연한 척 그냥 앉아 있기로 마음먹었다. 곧 밥상이 치워지고 잔이 채워지자, 우리는 신사의 예법에 따라 국왕 전하와 교회를 위해 건배했다. 유머 감각이 뛰어난 외삼촌은 그날따라 노라랑 퀸 대위를 엮어가며 농담을 계속해댔다. 이를테면 이런 식이었다. "노라, 대위랑 각자 메리쏘트* 양 끝을 잡고 쪼개보렴! 누가 더 결혼하고 싶어 하는지 알아보게." "이보게, 잭 퀸. 적포도주를 깨끗한 그냥 유리잔에 따라 마시는 걸 너그럽게 봐주게나. 브래디 성에는 크리스털 술잔이 부족해서 말이지. 노라의 포도주를 맛보게. 이거나 그거나 맛은 비슷할 걸세." 어쩌고저쩌고. 외삼촌은 이상할 정도로 신이 나 있었고, 나는 그 이유를 알 수 없었다. 그런데 지조 없는 저 여인은 집 안으로 들어온 뒤 그새 애인과 화해라도 한 걸까?

나는 곧바로 진실을 알게 되었다. 석 잔째 건배를 할 때 여자들은 자리를 뜨는 것이 통상적인 관례였다. 하지만 "아, 아빠. 이제 그만 우릴 놔줘요!" 노라가 불평을 했는데도 이번만큼은 외삼촌이 여자들을 눌러앉혔다. "아니, 브래디 부인과 브래디 집안 아가씨들, 오늘 이 자리는 우리 집안에 흔치 않은 중요한 술자리이니, 괜찮다면 다 같이 영광스럽게 축배를 듭시다. 이제 대위와 존 퀸 부인의 백년해로를 빕시다. 노라에게 키스하게, 잭. 이런 보물을 손에 넣다니, 자넨 정말 날강도야!"

"저 작자는 이미……" 내가 벌떡 일어서며 소리쳤다.

"말조심해, 멍청아. 그 입 다물어!" 내 옆에 앉아 있던 덩치 큰 율릭이 말했지만 나는 그 말을 듣고 싶지 않았다.

---

* merrythought: 닭 가슴 부위의 ∨자형 뼈를 가리킨다. 일반적으로는 '위시본wishbone'
  이라는 단어가 더 많이 쓰인다. 재미 삼아 두 사람이 이 뼈의 양쪽 끝을 잡아당겨 쪼개어
  더 짧은 뼈를 가진 사람이 더 긴 뼈를 가진 사람의 소원을 들어주는 놀이를 하기도 한다.
  작가가 'wishbone' 대신 굳이 흔히 쓰지 않는 'merrythought'를 쓴 것은 '결혼 생각'이
  라는 뜻의 'marry thought'와 발음이 유사한 점을 활용한 언어유희인 것으로 보인다.

나는 계속 소리쳤다. "존 퀸 대위, 저 작자는 이미 오늘 아침에 체면을 구겼어요. 저 작자한테는 이미 '겁쟁이 존 퀸 대위' 딱지가 붙었단말입니다. 그러니 나는 내 방식대로 저 작자의 건강을 위해 건배할 겁니다. 당신의 건강을 위하여, 존 퀸 대위." 나는 이렇게 말하며 포도주가 든 술잔을 대위의 얼굴을 향해 냅다 집어던졌다. 하지만 율릭이 나를 엎어뜨리는 바람에 식탁 밑에 쓰러져 있느라고, 그 뒤에 대위의 모습이 어땠는지 내 눈으로 직접 보지는 못했다. 율릭은 내가 쓰러지자격렬하게 내 머리를 가격했다. 나는 옴짝달싹 못 하고 율릭이 나에게가하는 발길질, 주먹질, 욕설을 다 받아내느라 바빠서 저 위에서 울리는 비명과 종종걸음 소리를 귀담아들을 여유가 없었다. 율릭이 고함쳤다. "이 멍청한 자식, 이 실수투성이 훼방꾼아. 이 거지 같은 바보 새끼야. (율릭은 욕을 한마디 할 때마다 주먹을 한 방씩 날렸다.) 그 입 좀 다물란 말이다!" 율릭한테 이런 봉변을 당하면서도 나는 전혀 개의치 않았다. 율릭은 평생 내 친구였으면서도 언제나 나를 때리는 버릇이 있었기 때문이다.

내가 식탁 밑에서 일어나 나왔을 때 여자들은 모두 자리를 뜨고 없었다. 내 코와 마찬가지로 피를 흘리고 있는 대위의 코를 보니, 콧날 위로 상처가 가로질러 나는 바람에 영 망가져버린 대위의 잘생긴 얼굴을보니 심히 만족스러웠다. 율릭은 몸을 부르르 떨더니 조용히 자리에 앉아 술잔을 가득 채운 다음 술병을 내 쪽으로 밀며 말했다. "풋내기 자식아, 이거나 마시고 헛소리 좀 작작 해."

"세상에, 도대체 저게 다 무슨 말이냐? 저 녀석 열병이 다시 도지기라도 한 게냐?" 외삼촌이 물었다.

"이게 다 아버지 잘못이에요. 모두가 저 자식을 이 집에 끌어들인 사람들이랑 아버지 잘못이란 말입니다." 믹이 퉁명스럽게 대꾸했다.

그러자 율릭이 믹을 잡아먹을 듯이 말했다. "말조심해, 형! 아버지랑 나에 대해서는 공손하게 말하는 게 좋을 거야. 나로 하여금 형한테 예의를 가르치게 하는 그런 불상사가 일어나게 만들지 말고."

하지만 믹은 같은 말을 되풀이했다. "다 아버지 잘못이라고요. 저 양아치 자식이 이 집에 무슨 볼일이 있겠어요? 내가 그럴 마음만 있었다면 벌써 저 자식을 매질해 집 밖으로 내쳤을 겁니다."

"저 자식은 그렇게 다뤄도 싸요." 퀸 대위가 거들었다.

"안 그러는 게 좋을 겁니다, 퀸." 언제나 나의 영웅이었던 율릭은 이렇게 말한 뒤 외삼촌 쪽으로 몸을 돌렸다. "실은 아버지, 저 철부지 녀석이 노라한테 홀딱 빠졌지 뭡니까. 그런데 오늘 정원에서 노라와 대위가 사랑을 속삭이는 모습을 보고 눈이 뒤집어져서 대위를 죽이려고 드는 겁니다."

사람 좋은 말투로 외삼촌이 말했다. "세상에, 이제 겨우 애티를 벗은 녀석이. 페이건 대위, 정말 저 녀석은 뼛속까지 브래디 집안 사람답지 않나?"

그러자 퀸이 발끈해서 외쳤다. "그렇다면 브래디 씨, 제가 이 집에서 얼마나 엄청난 모욕을 당했는지 말씀드리죠. 저는 지금 이곳에서 벌어지고 있는 일들이 전혀 마음에 들지 않습니다. 전 잉글랜드인입니다. 그리고 부자이기도 하고요. 저, 저는……"

"모욕을 당했다면, 그리고 그것이 불만이라면, 이 집에 믹과 나, 우리 두 사람이 있다는 걸 잊지 마십시오, 퀸 씨." 율릭이 무뚝뚝하게 말했다. 그 말에 대위는 얼굴을 물에 담그고 코를 씻어내기만 할 뿐 아무런 대꾸도 하지 않았다.

"퀸 씨," 나는 짐짓 가장 위엄 있는 말투로 말했다. "배리빌의 레드먼드 배리 나리한테 정중히 부탁하기만 하면 퀸 씨도 원할 때 언제든 만족감을 느낄 수 있을 텐데요."(매사에 그러듯) 외삼촌이 내 말에 웃음을 터뜨렸다. 페이건 대위까지 그 웃음에 동참하는 바람에 나는 적잖이 굴욕스러웠다. 그러나 나는 계속 진지한 태도로 퀸을 향해 돌아서며 내 말을 잘 새겨들으라고, 사촌 율릭은 내 평생지기이고 그에 대면 내가 아직 어린 소년이라서 율릭이 나를 좀 거칠게 다루어도 지금까지는 내가 그냥 넘어갔지만 이제부터는 그런 처우를 참지 않을 생각이며, 만약 율릭 말고 다른 사람이 감히 나를 그딴 식으로 대한다면 쓴맛을 제대로 보여줘 내가 사나이라는 것을 깨닫게 해주겠노라고 말했다. 그러고는 이렇게 덧붙였다. "퀸 씨도 이제는 아주 잘 알겠지요. **퀸 씨도 사나이라면 내가 어떤 행동을 할지 잘 알 겁니다.**"

외삼촌은 이제 시간이 너무 늦어서 어머니가 나를 걱정할 것이라는 생각이 들었는지 아들들을 돌아보며 이렇게 말했다. "너희 둘 중 한 명이 저 녀석을 집에 데려다주는 게 좋겠다. 그냥 두었다가는 더 망나니짓을 할 테니." 그러나 이 말에 율릭은 형을 향해 고갯짓을 하며 말했다. "하지만 저희 둘은 말을 타고 대위를 데려다주기로 했는걸요."

퀸은 희미하게 미소를 지으려 애쓰며 말했다. "난 플리니 일당*이 무섭지 않소. 내 부하들은 무장을 했고, 나도 마찬가지니까."

율릭이 말했다. "대위가 무기 잘 쓰는 건 다들 압니다, 퀸. 대위의 용기야 말할 것도 없고요. 하지만 아무리 그래도 믹 형과 나는 대위가 그곳에 무사히 도착하는지 직접 봐야겠어요."

---

* Freeny's people: 아일랜드의 유명한 노상강도이다. 자세한 설명은 제3장에 다시 나온다.

"이 녀석들, 그럼 내일 아침까지는 집을 비우겠구나. 여기서부터 킬웽건까지는 16킬로미터는 족히 되니까."

"퀸의 막사에서 잘 겁니다. 그리고 **그곳에서 일주일 정도 머무를 생각이에요.**" 율릭이 대답했다.

"고맙소. 정말 친절하시군요." 퀸이 기운 없는 말투로 말했다.

"우리가 없으면 외로우실 테니까요."

"아, 그럼요, 외롭다마다요."

"이보시오, 친구. **그리고 다음 주에는,**" 율릭이 말했다. (그러더니 그 대목에서 퀸의 귓가에 뭔가를 속삭였다. '결혼' '주례 목사' 따위의 말을 주고받는 것 같았고, 나는 다시 화가 치밀어 올랐다.)

"좋으실 대로요." 대위가 칭얼대는 말투로 대답했다. 순식간에 말이 준비됐고 세 신사는 그 말을 타고 가버렸다.

페이건 대위는 외삼촌의 지시로 뒤에 남아, 이제는 나무들이 거의 사라진 오래된 공원을 지나 집으로 가는 나를 데려다줬다. 페이건은, 저녁 밥상에서 그렇게 싸움질을 해댔으니 그날 밤만큼은 그 집 딸들을 보고 싶은 마음이 없겠다고 말했고, 나는 그 의견에 전적으로 동의했다. 그래서 우리는 딸들한테 작별 인사도 건네지 않고 그 집을 나섰다.

페이건이 말했다. "정말 하루를 보람차게 보낸 것 같군, 레드먼드 도령. 하! 자네는 브래디 가문의 친구이면서, 그리고 자네 외삼촌이 돈 때문에 곤경에 처하게 되리라는 걸 잘 알면서, 어째서 그 집안에 연간 1,500파운드의 수입을 벌어줄 혼인에 초를 치려는 거지? 퀸은 자네 외삼촌을 그토록 괴롭히고 있는 빚 4천 파운드도 갚아주겠다고 이미 약속했네. 그 땡전 한 푼 없는, 거세한 수송아지보다도 매력 없는 여자를 데려가는 대가로 말일세. 저런, 저런, 그렇게 화난 표정 지으면 안 되지. 자, 그럼 아주 예쁜 여자라고 **치자고**. 사람마다 취향은 다 다르니까. 그런데 그 여잔 지난 10년 동안 이 동네 모든 남자들한테 추파를 던지고도 단 한 놈도 **못 건졌잖나**. 그리고 자네는 그 여자만큼 처지가 불쌍한 열다섯 살 소년이고 말이지. 아, 자네 주장대로라면 열여섯 살이지. 아무튼 아버지한테 하듯 외삼촌한테도 도리를 지켜야 하는 걸세."

"그래서 그렇게 하고 있는데요."

"그래서 자네 외삼촌이 그간 베풀어준 친절에 이런 식으로 보답한단 말이지! 자네가 아버지를 잃고 고아 신세가 되었을 때 외삼촌이 자네를 그 집에 들이지 않았다면, 그리고 저기 있는 집세조차 내지 않는 그 아담한 배리빌 집을 내주지 않았다면, 자네가 어떻게 되었을 것 같나? 그런데 이제 그 양반 채무가 해결되어 편하게 노년을 지낼 수 있는 기회가 생겼는데, 온몸을 내던져 그 양반과 그 돈벌이를 막아서고 있는 게 누구지? 다른 사람도 아니고 바로 자네잖나. 이 세상에서 그 양반한테 갚을 은혜가 가장 많은 사람이 말이지. 못돼먹고 배은망덕하고 비정상적인 짓이야. 자네처럼 정신 상태가 글러먹은 녀석한테 내가 더 큰 용기를 기대하다니."

"난 살아 있는 인간은 그 누구도 두렵지 않습니다." 내가 큰소리쳤다. (사실 대위의 마지막 말에 제대로 정곡을 찔렸던 터라, 강한 적을 만나면 누구나 그러듯 전세를 뒤집고 싶었기 때문이다.) "그리고 상처받은 사람은 바로 **나**예요, 페이건 대위님. 이 세상이 시작된 이래로 그런 대접을 받은 남자는 아마 나밖에 없을 겁니다. 이걸 보세요. 이 리본을 좀 보시라고요. 난 지난 반년 동안 이 리본을 가슴에 품고 있었습니다. 열병을 앓는 동안에도 항상 몸에 지니고 있었지요. 이 리본을 자기 가슴팍에서 꺼내어 내게 준 사람이 노라 아닌가요? 이걸 주면서 내게 입 맞추고 날 '내 사랑 레드먼드'라고 부른 사람이 노라 아니냔 말입니다."

페이건은 비아냥거리며 대답했다. "자넬 상대로 연애 연습 중이었 겠지. 내가 여자를 잘 아는데 말이야, 여자들한테 시간을 주고 집에 아무도 들이지 말아봐. 그럼 굴뚝 청소부랑도 사랑에 빠진다네. 예전에 퍼모이란 동네에 어떤 젊은 여자가 살았는데……"

"지옥 불 속에 사는 여자겠지요." 나는 (공연히 더 과격한 말투로) 으르렁거렸다. "이 사실을 명심하십시오. 무슨 일이 생기든 난 노라 브래디한테 청혼하는 남자와 결투를 할 겁니다. 교회 안까지 따라가서라도 그 작자 앞에 설 거예요. 그래서 그자의 피를 보고 말 겁니다. 물론 그자 손에 내 피가 묻을 수도 있겠지만요. 그리고 이 리본은 피에 물든 채 그곳에서 발견될 겁니다. 그래요! 내가 그자를 죽이고 이 리본을 그자의 가슴에 꽂아둘 거거든요. 그럼 노라가 그곳에서 자신의 정표를 거두어 가겠지요." 그때 내가 이런 말을 한 까닭은, 굉장히 흥분해 있었던 데다가, 그 당시 노상 연애소설이나 희곡에 푹 빠져 있었기 때문이다.

한참 동안 말이 없던 페이건이 입을 열었다. "흠, 꼭 그래야 한다면 그래야겠지. 아직 어린 친구지만 자네는 내가 만난 사람들 가운데 가장 피에 굶주린 사내로구먼. 하지만 퀸도 자네만큼 단호한 친굴세."

"그 작자한테 제 뜻을 전해주실 거죠?" 내가 간절하게 말했다.

페이건이 말했다. "쉿! 자네 어머니가 내다보고 있을지도 모르네. 이제 배리빌에 거의 다 왔으니까."

"조심해야 돼요! 어머니 귀에는 한마디도 들어가면 안 돼요." 나는 이렇게 말하고는, 그토록 증오하는 잉글랜드인과 맞설 기회가 생기리라는 생각에 자부심과 뿌듯함으로 가슴이 부풀어 오르는 것을 느끼며 집으로 들어갔다.

　내가 집을 비웠다는 사실에 몹시 놀라서 그 선량한 여인이 노심초사 내 귀가를 걱정해서 그런지, 우리 집 하인 팀이 교회에서 이미 어머니를 모시고 배리빌 집에 돌아와 있었다. 하지만 팀은 내가 그 감수성 풍부한 하녀 아이의 말에 저녁 식사를 하러 들어가는 광경을 현장에서 지켜보았다. 그때 팀은 우리 집 부엌보다 모든 것이 늘 잘 차려져 있는 브래디 성 부엌에서 자기 몫의 맛 좋은 음식을 먹고는, 걸어서 집으로 돌아와 내가 어디에 있는지, 브래디 성에서 일어난 그 소동을 자기 마음대로 몽땅 마님에게 고해바친 것이 틀림없었다. 비밀을 들킬까 봐 조심한 보람도 없이, 포옹으로 나를 맞이하고 우리 집에 손님으로 온 페이건 대위를 환영하는 어머니의 태도를 보자, 반신반의하면서도 어머니가 모든 사실을 다 알고 있으리라는 생각이 들었다. 가엾은 어머니는 약간 불안한 듯 얼굴이 붉게 달아올라 있었지만 이따금 페이건 대위의 얼굴을 빤히 바라보기만 할 뿐 싸움 이야기는 단 한마디도 하지 않았는데, 그것은 어머니가 정신이 고귀한 여인이요, 자신의 가족이 명예를 소홀히 여기는 꼴을 지켜보느니 차라리 교수형 당하는 모습을 지켜보는 편이 낫다고 생각하는 사람이었기 때문이다. 옛사람들의 그런 당당한 기백은 오늘날 다 어디로 사라졌을까? 불과 60년 전만 해도 아일랜드의 옛 땅에서 남자는 사나이였고 그 사나이가 옆에 차고 다니던 검은 아주 사소한 의견 차이에도 신사의 배짱을 보여줄 수 있는 도구 노릇을 했었다. 그러나 그 좋던 옛 시절도, 검을 그렇게 사용하던 관습도 이제는 빠르게 사라져가고 있다. 이제 어디선가 그런 공정한 결투가 벌어졌다는 소식은 거의 들리지 않는다. 신사들의 명예롭고 남자다운 무기인 검 대신, 겁쟁이들의 무기인 권총 사용법을 수많은 악당이 배워 그 시절 이래로 실제 결투에 써먹고 있으니 이 얼마나 개탄할 노릇인가?

집에 도착했을 때 나는 진심으로 사나이가 된 기분을 느끼며, 페이건 대위더러 배리빌에 온 것을 환영한다고, 얼른 들어오라고 한 다음, 위풍당당하게 격식을 갖추어 어머니께 대위를 소개하고는, 먼 길을 걸어와 대위가 목이 탈 것이라고 말하며 팀을 불러 밀랍으로 봉해놓은 보르도 와인 한 병과 케이크와 술잔을 당장 내오라고 명령했다.

팀은 어안이 벙벙한 표정으로 마님을 바라보고만 있었다. 그도 그럴 것이 불과 여섯 시간 전만 해도 나는 내가 마시려고 술을 가져오라고 명령하면 그 즉시 불덩이가 떨어져 우리 집이 무너질 거라고 생각하는 아이였기 때문이다. 하지만 나는 이제 사나이가 된 기분이었고 따라서 내게는 명령권이 있었다. 그리고 어머니 역시 팀을 돌아보며 날카로운 어조로 이렇게 말한 것을 보면 그렇게 느낀 모양이었다. "네 이놈, **주인님** 말씀을 못 들은 게냐? 가서 포도주 한 병이랑 케이크랑 잔을 가져와라, 당장." 말은 그리하면서도 어머니는 (독자들 짐작대로 조촐한 우리 집 창고 열쇠를 팀한테 내어줄 사람이 아니었기에) 직접 가서 술을 가져왔다. 팀이 그것을 격식에 맞게 은쟁반에 담아 내왔다. 사랑하는 어머니는 포도주를 잔에 따라 건배하며 대위를 환영했다. 하지만 이 정중한 임무를 수행하는 내내 어머니의 손은 심하게 떨렸고 그 바람에 계속 짤랑짤랑 술병과 잔 부딪치는 소리가 났다. 어머니는 잔에 입술만 대고는 머리가 아프다며 그만 잠자리에 들어야겠다고 말했다. 그래서 나는 효자답게 어머니에게 축복이 내리길 빌어드렸고(요즘 **졸부**들은 우리 시대 신사들의 표식이었던 경의를 표하는 그런 인사를 집어치운 지 이미 오래다), 어머니는 우리가 중요한 업무 이야기를 나눌 수 있게 나와 페이건만 남겨두고 방을 나갔다.

페이건이 말했다. "이제 보니 정말로 결투하는 것 말고는 이 관계를 청산할 방법이 없을 것 같구면. 자네가 오늘 오후 퀸한테 덤벼든 뒤에 실은 브래디 성에서 이 문제를 놓고 한바탕 토론이 벌어졌는데, 퀸은 자네를 산산조각 내고 말겠다고 맹세했다네. 물론 그 호노리아 양의 눈물과 탄원에 마지못해 마음을 돌리기는 했지만 말일세. 그런데 이제 사태가 걷잡을 수 없을 만큼 심각해졌네. 폐하의 임관을 받은 장교 중에 코에 포도주 잔을 맞는 모욕을 당하고도 분노하지 않을 사람은 없을 테니까. 그런데 이 술 정말 맛있군. 자네만 좋다면 종을 울려 한 병 더 가져오라고 해야겠는데. 자네는 결투를 해야 할 거고, 퀸은 아주 강한 친구라네."

"그러니 더 좋은 상대가 되겠지요. 난 그자가 두렵지 않습니다."

"정말로 난 자네가 두려워하지 않는다는 그 말을 믿네. 내 평생 자네보다 용감한 친구는 본 적이 없거든." 대위가 말했다.

"이 검을 좀 보십시오, 대위님." 나는 벽난로 선반 위, 우리 아버지 해리 배리의 초상화 밑에 걸려 있는, 은장식에 흰색 새그린* 가죽 칼집까지 갖추어진 우아한 검을 가리켰다. "우리 아버지가 1740년에 더블린에서 모호크 오드리스콜을 찌른 검도 이 검이요, 햄프셔 준남작인 허들스톤 퍼들스톤 경과 맞섰을 때 그의 목을 벤 검도 바로 이 검입니다. 두 사람은 하운즐로 히스에서 말을 타고 검과 권총으로 대결을 벌였어요. 장담하는데 대위님도 그 소문은 들어보셨겠지요. 그때 용감한 배리가 사용한 권총이 바로 이것이랍니다. (그 권총 한 쌍은 초상화 양쪽에 하나씩 걸려 있었다.) 아버지는 브렌트퍼드에서 열린 회합에서 술에

---

* shagreen: 무두질하지 않은 여러 종류의 가죽을 통칭하는 용어이다. 새그린 가죽은 주로 칼집을 만드는 데 사용되었다.

취해 레이디 퍼들스톤을 모욕하는 실수를 저질렀어요. 하지만 신사답게도 아버지는 사과하기를 거부했고 허들스톤 경도 아버지의 큰소리를 맞받아쳤기 때문에 결국 두 사람은 검으로 겨루게 된 것이랍니다. 나는 바로 그 해리 배리의 아들입니다, 대위. 따라서 나는 내 이름과 자질에 걸맞게 행동할 것입니다."

페이건은 눈물이 가득한 두 눈으로 말했다. "이 멋진 친구야, 이리 와서 내게 키스해주게나. 자네는 정말 나와 똑 닮은 영혼을 지녔구먼. 이 잭 페이건이 이 세상에 살아 있는 한 이제 자네가 다른 친구를 원하는 일은 없게 해주겠네."

불쌍한 양반! 페이건은 그로부터 반년 뒤 민덴 전투*에서 조지 색빌 경의 명을 받들다가 총에 맞았고, 그 결과 나는 다감한 친구 한 명을 잃고 말았다. 하지만 어떤 앞날이 우리를 기다리고 있는지 그때는 알지 못했기에 적어도 그날 밤만큼은 즐거운 시간을 보낼 수 있었다. 우리는 두번째, 세번째 포도주 병을 땄다. (그때마다 가엾은 어머니가 지하실로 내려가는 소리가 들렸지만, 어머니는 직접 술병을 들고 응접실로 들어오지 않고 하인인 팀의 손에 들려 내보냈다.) 마침내 우리는 헤어졌고, 페이건은 그날 밤 퀸 대위에게 가 만남을 주선해서 그 장소가 어느 곳이 될지 아침에 소식을 가져오겠다고 약속했다. 그렇게 어린 나이에 내가 노라와 사랑에 빠지지 않았다면, 그리고 내가 퀸의 얼굴에 술잔을 집어던지

---

* Battle of Minden: 7년전쟁 중 1759년 8월 1일에 벌어진 전투를 말한다. 배리는 여기에서 자신의 결투가 민덴 전투보다 반년 앞서 일어난 사건이라고 말하고 있는데, 제1장에서 배리와 노라가 대화의 소재로 삼았던 무슈 투로(50쪽 각주 참조)와 무슈 콩플랑(51쪽 각주 참조)의 함대 전투가 배리의 결투나 민덴 전투보다 나중에 일어난 사건이니 서로 시간적 순서가 맞지 않는다. 민덴 전투와 조지 색빌 경의 행적에 대해서는 제4장에 자세한 설명이 다시 나온다.

지 않았다면, 그리하여 그 결투가 이루어지지 않았다면, 내 운명은 과연 얼마나 달라졌을까, 그 뒤로 나는 종종 생각했다. 그 일만 아니었다면 나는 아일랜드에 눌러앉았을지도 모른다. (우리 집에서 30킬로미터도 떨어지지 않은 동네에 상속녀 퀸란 양이 살고 있었고, 킬웽건에도 자신의 아버지 피터 버크한테 연 수입 700파운드를 상속받은 주디 양이 살고 있었으니까, 몇 년 더 기다렸으면 나는 그 두 아가씨 중 한 명과 결혼했을지도 모른다.) 그러나 나는 방랑자가 될 팔자였고, 독자들에게 이제 곧 들려줄 내용대로 퀸과 벌인 그 결투는 나를 아주 어린 나이에 여행길로 내몰았다.

평소보다 약간 더 일찍 잠에서 깨긴 했지만 전에 없이 단잠을 잔나는, 독자들 짐작대로 눈을 뜨자마자 그날 벌어질 일에 대한 생각을 가장 먼저 떠올리고는 철저하게 채비를 해나가기 시작했다. 내 방에는 잉크와 펜이 있었다. 불과 하루 전만 해도 사랑에 눈먼 가없은 얼간이의 모습으로 노라에게 바치는 시를 썼던 그 펜과 잉크였다. 나는 자리에 앉아 편지 두 통을 썼다. 그것이 내 인생 마지막 편지가 될지도 모른다는 생각이 들었다. 어머니에게 보내는 첫 편지의 내용은 이랬다. "존경하는 어머니, 만약 이 편지가 어머니께 전해진다면 그것은 제가 퀸 대위, 즉 오늘 명예로운 현장에서 검과 권총으로 저와 결투를 벌일 상대의 손에 죽었다는 뜻이겠지요. 제가 만일 죽는다 해도, 그것은 기독교도와 신사로서 마땅히 취해야 할 행동을 한 것입니다. 어머니 같은 분의 교육을 받고 자란 자식으로서 어찌 감히 달리 행동할 수가 있겠습니까? 저는 제 모든 적들을 용서합니다. 그러니 어머니께서도 이 착한 아들을 축복해주시길 빕니다. 외삼촌이 제게 주신 암말, 제가 세상에서 가장 정조 없는 여인의 이름을 따서 노라라고 불렀던 제 암말은 브래디 성으로 돌려보냈으면 합니다. 어머니께 부탁드리니 은 자루가 달린 제 단검은 부디 사냥터지기 필 퍼셀한테 주세요. 외삼촌과 율릭, 그리고 제 편이었던 그 집안 모든 딸들에게도 제 인사를 전해주시고요. 저는 언제까지나 어머니의 착한 아들일 것입니다. 레드먼드 배리 올림."

두번째 편지는 노라에게 보내는 것이었다. "이 편지는 당신이 내게 준 정표와 함께 내 품에서 발견되겠지. (결국은 용서하겠지만 지금은 너무나 증오하는 퀸 대위를 내가 이기지 못한다면) 그 정표는 내 피로 물들어 있을 테고 당신 결혼식 날 아름다운 장신구가 될 거야. 그날 꼭 그 리본을 몸에 걸치길. 그리하여 당신이 그 리본을 주었던 소년, (늘 그럴 준비가 되어 있던 모습 그대로) 당신을 위해 목숨을 내던진 가련한 소년을 떠올려주길. 레드먼드."

나는 배리 가문의 문장이 새겨진 아버지의 최고급 은제 인장을 봉랍에 찍어 다 쓴 편지를 봉한 뒤 아침을 먹으러, 독자들 짐작대로 어머니가 나를 기다리고 있는 아래층으로 내려갔다. 우리 두 사람은 그때 진행 중이던 사건에 대해서는 단 한마디도 하지 않았다. 오히려, 전날 교회에 누가 왔다든가, 내 키가 부쩍 커버려서 새 옷이 부족하다든가 하는 상관없는 대화를 나누었다. 어머니는 만약 살림이 좀 피면 겨울에 대비해 내 정장 한 벌을 새로 맞추어야겠다고 말했다. '만약'이란 단어를 발음하면서 어머니는 눈살을 찌푸렸다. 하늘의 축복이 어머니와 함께하시길! 그때 어머니가 무슨 생각을 하고 있는지 나는 알고 있었다. 이어서 어머니는 곧 도살될 것이 분명한 흑돼지 이야기, 내가 너무나 좋아하는 달걀이 가득한 얼룩빼기 암탉의 둥지를 그날 아침 찾아냈다는 이야기와 그 밖의 사소한 이야기를 몇 가지 더 늘어놓았다. 그 달걀 가운데 일부가 그날 아침 밥상에 올랐고, 나는 그것을 아주 맛있게 먹었다. 하지만 그 달걀에 직접 소금을 치려다가 내가 소금을 쏟았고, 그 바람에 깜짝 놀란 어머니는 소리를 지르고는 이렇게 말했다. "**내 쪽으로 쏟아지다니 천만다행이로구나.**" 그러더니 감정이 돌연 울컥했는지 그대로 방을 나가버렸다. 아! 어머니들이란 얼마나 결점이 많은 존재들인가. 그러나 어머니 같은 여자가 세상 어디에 또 존재한단 말인가?

어머니가 나간 뒤 아버지가 햄프셔 준남작을 무찔렀던 검을 내려보니, 믿기 어렵겠지만 그 용감한 여인, 참말로 브래디 집안 혈통과 암사자의 용맹이 하나로 합쳐진 듯한 어머니가 검의 자루에 **새 리본**을 묶어놓은 것이 보였다. 그런 다음 나는 언제나 반짝반짝 기름칠이 잘 되어 있는 권총 한 쌍을 내려서 미리 마련해둔 새 부싯돌을 점화 장치에 끼우고 탄환과 화약도 채우는 등, 페이건 대위를 맞을 채비를 했다. 협탁에는 페이건 대위를 위해 준비해둔 적포도주와 차가운 닭 요리가 놓여 있었고, 배리 가문의 문장이 새겨진 은 쟁반 위에는 작은 술잔 두 개와 각진 병에 담긴 오래된 브랜디도 한 병 있었다. 두번째 생에, 그러니까 나의 재산과 사치스러운 삶이 절정에 달했던 시기에, 나는 아버지에게 그 쟁반을 제작해주었던 런던의 세공업자한테 똑같은 물건 값으로 35기니의 돈과 거의 그만큼의 이자까지 얹어서 지불했다. 훗날 비열한 전당포업자가 고작 15기니밖에 쳐주지 않을 물건 값으로 말이다. 이러니 악랄한 장사치들의 도덕성을 어떻게 믿을 수가 있겠는가!

11시 정각에 페이건 대위가 말을 타고 뒤에 기마병 한 명을 거느린 채 우리 집에 도착했다. 대위는 지난밤 어머니가 신경 써서 준비해놓은 음식에 대해 찬사를 표한 뒤 이렇게 말했다. "이보게, 레드먼드 이 친구야. 이건 바보짓일세. 그 여자는 퀸이랑 결혼할 거야. 그러니 내 말을 새겨듣게. 노라처럼 자네도 확실히 그 여자를 잊게 될 걸세. 자네는 아직 어린 소년이잖나. 퀸 역시 자네를 그렇게 봐줄 마음이 있더군. 더블린은 멋진 곳이라네. 자네가 말을 타고 가서 관광이나 하면서 거기서 한 한 달 정도 지낼 생각이 있다면, 자네 마음대로 쓸 수 있는 돈 20기니가 여기 있네. 그러니 퀸한테 사과하고 떠나게나."

나는 말했다. "페이건 씨, 명예로운 사나이는 차라리 죽을지언정 사과는 하지 않는 법입니다. 사과하기 전에 먼저 퀸 대위의 목이 날아가는 꼴을 내 눈으로 직접 봐야겠어요."

"그렇다면 결투 말고는 다른 방법이 없겠군."

"이미 암말에 안장까지 얹어서 떠날 채비를 끝내둔걸요. 그런데 결투는 어디에서 합니까? 그리고 대위 측 입회인은 누구고요?"

"자네 사촌들이 함께 나오겠지." 페이건 씨가 대답했다.

"대위님이 한숨 돌리고 나면, 내 암말을 끌고 나오라고 종을 울려서 마부한테 알려야겠어요." 그 명령에 따라 팀이 암말 노라를 대령하러 나갔고, 나는 말에 올라 집을 나섰지만 어머니 배리 부인한테는 아무런 인사도 남기지 않았다. 우리가 말을 타고 떠나던 그 순간에도, 내려져 있던 어머니 방 커튼은 꿈쩍도 하지 않았다. ……**그로부터 두 시간 뒤,** 어머니가 비틀거리며 아래층으로 내려오던 모습을 독자들이 직접 보았어야 하는 건데, 눈곱만치도 상처 입지 않은 아들을 가슴에 끌어안고 어머니가 내지르던 비명 소리를 독자들이 직접 들었어야 하는 건데.

그때 무슨 일이 일어났는지 이제 털어놓아야겠다. 우리가 현장에 도착했을 때 율릭, 믹, 근위 보병대를 이끄는 거물만큼이나 큰 덩치에 연대의 불타오르는 듯한 붉은색 제복을 입은 퀸 대위는 이미 그곳에 와 있었다. 일행은 서로 농담을 나누며 웃고 있었는데, 정말이지 그 행동은, 곧 일가친척 중 한 명의 죽음을 목도하게 될 내 사촌들한테는 전혀 어울리지 않는 것이었다.

나는 몹시 화가 나서 페이건 대위에게 말했다. "저 인간들 흥을 꼭 깨버리고 싶네요. 이 검이 저기 저 불량배의 거대한 몸뚱이에 꽂히는 모습을 곧 보게 될 거라고 난 확신합니다."

그러나 페이건 씨는 이렇게 대답했다. "아! 우리는 권총으로 결투를 할 걸세. 검으로 자네는 퀸의 적수가 되지 못해."

"나는 검으로도 그 누구의 적수든 될 수 있습니다."

"하지만 오늘은 검으로 결투를 할 수 없네. 퀸 대위가 다리를 절더라고. 지난밤 집으로 돌아가는 길에 덜렁거리는 정원 문짝에 무릎을 찧어서 오늘 몸을 거의 못 움직인다더군."

"브래디 성 정원 문짝은 아닐 텐데요. 그 문짝은 이미 10년 전에 경첩이 떨어졌거든요." 내 말에 페이건 대위는 그럼 분명 다른 정원 문짝일 것이라고 대답하고는, 말에서 내려 그 세 신사에게 다가가 인사를 나누면서 퀸 씨와 내 사촌들에게 조금 전에 했던 말을 되풀이했다.

그러자 율릭이 나에게 다가와 악수하며 말했다. "아, 맞아! 그래서 다리가 완전히 작살났다니까." 그동안 모자를 벗어 드는 퀸 대위의 얼굴이 시뻘겋게 달아올랐다. 율릭은 말을 이었다. "그러니 레드먼드 너이 녀석, 이게 너한테 얼마나 큰 행운이냐. 안 그랬으면 네가 완전히 작살났을 텐데. 대위는 악마처럼 무서운 사내거든. 그렇지 않습니까, 페이건 씨?"

"야수가 따로 없지." 이렇게 대답한 뒤 페이건은 다시 덧붙였다. "퀸 대위한테 대적할 만한 사내를 나는 여태 본 적이 없소."

율릭이 말했다. "이런 짓일랑 그만둬! 이런 건 딱 질색이야. 창피하기도 하고. 그러니까 사과해, 레드먼드. 말 몇 마디 하는 게 뭐가 어렵다고."

이때 퀸 씨가 끼어들었다. "제안한 대로 저 어린 **친구**가 **더블린**으로 가주기만 한다면⋯⋯"

"난 하나도 미안하지 **않아**. 그러니까 사과 따윈 **안** 할 거야. 그리고 날 **더블린**으로 보내놓고 무슨 짓을 하려고⋯⋯!" 나는 발을 쿵쿵 구르며 말했다.

"다른 방법이 없겠습니다." 율릭이 페이건을 향해 웃으며 말했다. "거리를 재줘요, 페이건 씨. 열두 걸음이면 될까요?"

"열 걸음이오, 선생." 퀸 씨가 우렁찬 목소리로 말했다. "그리고 보폭을 좁게 잡게. 내 말 알아들었나, 페이건 대위?"

"살살 합시다, 퀸 씨. 권총은 여기 있습니다." 율릭이 퉁명스럽게 말했다. 그러고는 이상한 감정이 실린 목소리로 나를 향해 이렇게 덧붙였다. "이 녀석아, 주님의 축복이 함께하길 빈다. 자, 내가 셋을 세면 총을 쏘는 거야."

페이건 씨가 내 손에 권총 한 자루를 쥐여주었다. 그것은 (필요할 경우 다음 판에 사용하려고 준비해둔) 내 총이 아니라, 율릭의 권총 두 자루 가운데 하나였다. 페이건은 말했다. "둘 다 멀쩡한 총이야. 그러니까 겁먹을 거 없네. 레드먼드, 대위의 목을 조준하고 쏘게. 저기 목가리개 바로 아랫부분을 맞추는 거야. 자, 저 바보가 다 드러내고 있는 저 부위 말일세."

그때까지 말 한마디 없던 믹과 율릭, 퀸 대위가 물러나 반대편에 모여 섰다. 그런 다음 율릭이 숫자를 세었다. 숫자를 천천히 세었기 때문에 상대를 잘 조준할 여유가 충분했다. 숫자를 세는 동안 퀸 대위의 안색이 변했고 몸이 부들부들 떨렸다. "셋" 하는 순간 양쪽 권총에서 총알이 발사됐다. 귀 옆에서 휙 소리가 났고, 내 연적이 비틀비틀 뒷걸음치다가 쓰러지며 터뜨리는 세상에서 가장 끔찍한 신음 소리가 들렸다.

"대위가 쓰러졌다. 대위가 쓰러졌어!" 입회인들이 퀸을 향해 달려가며 소리쳤다. 율릭이 퀸의 몸을 일으켰고 믹이 그의 머리를 받쳤다.

"여기 목 부위를 맞았어." 믹이 말했다. 코트 자락을 열어젖히자 내가 조준한 바로 그 부위, 목가리개 아랫부분에서 피가 벌컥벌컥 쏟아지고 있었다.

"어떻게 된 거야? 대위가 정말로 맞은 거야?" 율릭은 대위를 빤히 바라보며 말했다. 그 불운한 사내는 아무런 대답도 하지 않았지만 자신의 등을 받치고 있던 율릭이 팔을 빼자 다시 한번 신음 소리를 내며 뒤로 쓰러졌다.

"저 풋내기가 첫 동작이 빨랐어." 믹이 나를 쏘아보며 말했다. "풋내기, 경찰*이 들이닥치기 전에 말을 타고 도망치는 게 좋을 거다. 우리도 킬웽건을 떠나기 직전에 알았는데, 경찰이 이 결투 소문을 들은 것 같더라고."

"그 작자 확실히 죽은 거야?" 내가 물었다.

"확실히 죽었어." 믹이 대답했다.

"그렇다면 세상이 **겁쟁이** 한 명을 잃은 셈이군." 페이건이 엎어져 있는 거대한 몸뚱이를 경멸하듯 발로 걸어차며 말했다. "이자는 완전히 끝장났네. 레디. 꿈쩍도 안 하잖아."

---

* police: 1759년 영국에서는 프랑스어에서 유래된 이 단어를, 행정교구 치안판사에 의해 임명된 파수꾼과 보안관까지 포함하는 뜻으로 현재보다 더 광범위하게 사용했던 것 같다. 1732년 조너선 스위프트는 이 단어를 본래 의미에 더 가깝게 사용했다. "모든 대도시를 통틀어, 프랑스인들이 '경찰'이라고 부르는 것보다 더 인정받을 만한 것은 없다. 이 단어가 의미하는 바는 정부 자체이다."

그러자 율릭이 사납게 말했다. "**우리**는 겁쟁이가 아닙니다, 페이건 씨. 저 작자가 뭐든 간에! 아무튼 최대한 빨리 저 녀석을 데리고 여길 뜹시다. 부하더러 수레를 가져와서 이 불운한 신사의 시체를 치우라고 하세요. 이 일이 우리 가족에게는 정말 슬픈 일이 되겠군. 레드먼드 배리. 네 녀석이 연 수입 1,500파운드를 우리한테서 강탈해갔어."

"그건 나 때문이 아니야, 노라 때문이지." 나는 이렇게 말하고는 노라가 내게 준 리본, 편지를 조끼에서 꺼내 퀸 대위의 몸뚱이 위에 던졌다. "이 정표들을 노라한테 갖다줘. 이게 무슨 뜻인지 그녀는 잘 알 거야. 그녀가 만났던, 그리고 그녀가 망가뜨린 두 애인이 남긴 것이라고는 이게 전부라는 것을."

젊어서 그랬을까, 내 앞에 엎어져 있는 연적의 시신을 보고도 아무런 공포나 두려움이 느껴지지 않았다. 오히려 내가 결투 현장에서 명예롭게 퀸 대위와 겨루어 그를 정복했고 그리하여 사나이로서 내 이름과 혈통을 알리게 되었다는 사실을 깨달았을 뿐이다.

"그건 그렇고, 이제 제발 저 애송이 좀 피신시켜." 믹이 말했다.

율릭이 나를 데리고 가겠다고 말했고, 그 말대로 우리는 어머니의 집 문 앞에 도착할 때까지 고삐 한번 잡아당기지 않고 전속력으로 달렸다. 문 앞에서 율릭이 내가 그날 하루 종일 타고 가야 할 말이니 내 암말에게 먹이를 배불리 먹이라고 팀에게 지시하는 동안 나는 어머니의 품으로 뛰어들었다.

율릭의 입술에서 흘러나오는, 결투에서 내가 보여준 행동을 전해 듣고 어머니가 얼마나 자랑스러워하고 뿌듯해했을지는 굳이 말로 표현할 필요가 없을 것 같다. 그러나 율릭은 곧 내게 잠시 동안 몸을 피해 있어야 한다고 재촉했다. 두 사람은 내가 배리라는 성을 빼고 레드먼드라는 이름만 사용해야 하며 더블린으로 가서 상황이 진정되기를 기다려야 한다는 의견에 동의했다. 물론 아무런 논쟁 없이 그런 합의에 도달한 것은 아니었다. 어머니가 이렇게 물었던 것이다. "브래디 성에 사는 다른 사촌들이나 율릭 너처럼 레드먼드가 배리빌에 있으면 어째서 안전하지 않다는 것이냐? 법 집행인과 빚쟁이들이 **너희** 곁에는 얼씬도 안 하지 않느냐? 순경이 어떻게 레드먼드를 잡으러 올 수가 있단 말이냐?" 하지만 율릭은 계속 내가 당장 집을 떠날 필요가 있다고 주장했고, 이제 고백하자면 내가 율릭의 그 주장을 곁에서 거든 까닭은 세상 구경을 하고 싶은 마음이 간절했기 때문이다. 결국은 어머니도, 하인 두어 명 말고는 지키는 사람이 아무도 없는, 마을 한복판에 있는 자그마한 우리 집 배리빌에 있다가는 도망치는 것이 불가능하리라는 사실을 알게 되었다. 마음 약한 어머니는 어쩔 수 없이 내 사촌의 결정에 따르기로 했고, 율릭은 곧 상황이 진정될 것이라고, 그럼 나도 어머니 품으로 돌아오게 될 것이라고 약속했다. 아, 운명이 나를 위해 무엇을 마련해두었는지, 그때 율릭은 아무것도 알지 못했던 것이다!

지금 생각해보면, 사랑하는 우리 어머니는 우리가 오랫동안 헤어져 지내게 되리라는 어떤 예감 같은 것을 느낀 것 같다. 그 결투를 통해 내 운명이 어떻게 바뀔지 밤새도록 카드 점을 쳤다고, 그런데 모든 점괘가 이별을 가리키고 있었다고 말한 것을 보면. 친절한 어머니는 곧 문갑에서 쌈지를 꺼내더니 그 안에 든 (어머니의 전 재산 25기니 가운데) 20기니를 내 지갑에 넣어주고는, 내 암말의 등에 얹고 갈 작은 여행 가방을 꾸려주었는데, 그 안에는 옷가지와 속옷, 아버지가 쓰던 은제 세면도구 케이스 등이 들어 있었다. 어머니는 또 내가 이미 사나이다운 사용법을 익힌 그 권총 두 자루와 검 역시 챙기라고 내게 명령했다. (가슴이 터질 것 같은데도) 어머니는 이제 나의 출발 준비를 서둘렀고 그 결과 나는 집에 도착한 지 겨우 반시간 만에 길 위로, 그러니까 내 앞에 펼쳐진 드넓은 세상으로 다시 나가게 되었다. 내가 집을 떠난다는 사실에 팀과 요리사가 얼마나 슬피 울었는지는 굳이 말해 무엇 하겠는가? 내 눈에도 눈물 한두 방울이 맺혔던 것 같기는 하다. 하지만 난생처음 자유를 얻고 게다가 주머니 두둑하게 20기니의 돈까지 챙긴 상황에서 **큰** 슬픔을 느낄 열여섯 살 소년은 이 세상에 없다. 마침내 나는 길을 떠났다. 지금 고백하건대, 그때 나는 뒤에 혼자 남겨질 다정한 어머니와 집 생각보다는 내일과 내일이 가져다줄 모든 놀라운 세상일 생각에 더 푹 빠져 있었다.

제3장
상류사회에 첫발을 잘못 내딛다

    그날 밤 나는 말을 타고 칼로까지 가서 가장 좋은 여관에 묵었다. 여관 주인이 이름이 뭐냐고 묻기에 사촌이 시킨 대로 미스터 레드먼드라고 대답하고는, 워터포드주의 레드먼드 가문 사람인데 트리니티대학을 졸업하려고 더블린으로 가는 길이라고 말해줬다. 나의 잘생긴 외모와 은 자루가 달린 검, 야무지게 꾸려진 여행 가방을 본 여관 주인은 내게 묻지도 않고 제멋대로 포도주 한 주전자를 내 방에 들여보낸 뒤, 독자들도 확실히 짐작할 수 있겠지만, 바가지를 엄청 씌워 요금을 물렸다. 그 옛날 좋던 시절에는 신사라면 누구나 잠을 청하기 위해 질 좋은 술을 조금 마시고 잠자리에 들었으니까, 나는 세상에 첫발을 내딛던 바로 그날부터 멋진 신사로서 완벽하게 행동한 것이었고, 장담하건대 그 덕분에 내가 존경을 얻는 데 성공한 것이 틀림없었다. 사실 나의 하루를 완성하는 데 도움을 준 그 포도주가 아니더라도, 그날 일어난 사건들, 그러니까 퀸 대위와의 결투, 그리고 집을 떠난 일로 어찌나 흥분해 있었던지, 나는 머리가 빙글빙글 돌고도 남을 지경이었다. 심약한 사내라면 그랬겠지만 내 꿈에는 퀸의 죽음 따위는 나오지도 않았다. 진실로 나는 명예를 지키려고 행한 그 어떤 행동에도 회한을 품는 어리석은 짓을 해본 적이 지금껏 한 번도 없다. 사나이다운 대결에 임하면서 신사라는 자가 어디에다가 자기 목숨을 걸어야 하나 처음부터 계속 그 생각만 한다면, 그는 이기더라도 그 사실에 부끄러움을 느껴야 하는 멍청이다. 그날 밤 나는 칼로에서 인간이 잘 수 있는 가장 깊은 잠을 잤다. 아침 식사 시간에는 맥주를 한 잔 시켜 건배도 했다. 그러고는 첫번째 금화로 숙박비를 계산한 다음, 신사들이 으레 그러듯 잊지 않고 하인들 모두에게 후하게 팁도 챙겨주었다. 나는 내 삶의 첫날을 그렇게 시작했고, 이후로도 계속 그렇게 살았다. 이 세상에는 그때 나보다 더 심각한 곤경에 처해 있는 사람도, 나보다 더 지독히 가난하고 힘든 환경에서 자라온 사람도 없을 것이다. 하지만 그 시절 내 수중에 있는 돈이 단 1기니였다면 내가 그 돈을 그렇게 후하게 쓰지는 못했을 것이라고, 그 돈을 귀족처럼 펑펑 쓰지는 못했을 것이라고 그 누구도 말할 수 없을 것이다.

나는 내 미래에 전혀 의심을 품지 않았다. 나처럼 이런 인성, 자질, 용기를 타고난 사람이라면 어디에서나 출세할 수 있으리라는 생각이 들었기 때문이다. 게다가 내 주머니에는 20기니의 금화가 있었고, (내 계산이 틀리기는 했지만) 그 돈은 계산상 적어도 넉 달은 버틸 수 있는 금액이었는데, 넉 달이면 재산을 벌어들이는 데 필요한 뭔가를 이뤄낼 수 있는 시간이었다. 그래서 나는 말을 타고 길을 가면서 혼자 콧노래를 부르거나 우연히 만난 사람들과 담소를 나누었다. 길을 따라가면서 만난 아가씨들은 모두 이렇게 말했다. "이렇게 멋진 신사분을 보내주시다니, 주님께서 저를 버리지 않으셨군요!" 노라와 브래디 성 이야기를 하자면, 어제와 오늘 사이에 마치 10년 세월이라는 간격이 놓여 있는 것 같았다. 나는 거물이 되기 전에는 절대 그곳으로 돌아가지 않겠다고 맹세했다. 그리고 알맞은 때가 되면 독자들에게 들려줄 테지만 나는 결국 그 맹세를 지켰다.

그 시절 수도로 이어진 대로는, 승객을 왕국의 이쪽 끝에서 저쪽 끝까지 단 몇십 시간 만에 데려다주는 역마차의 시대인 요즘*보다 훨씬 더 활기가 넘쳤고 사람들로 북적댔다. 요즘이면 열 시간 안에 도착할 거리를, 그 시절에는 젠트리**들도 자신의 말을 타거나 마차를 직접 몰고 사흘이나 걸려서 여행을 하듯 다녔다. 그래서 더블린으로 향하는 여행객은 늘 어렵지 않게 동행인을 찾을 수 있었다. 칼로에서 네이스까지 가는 동안 나는 킬케니에서 온 든든하게 무장한 신사와 동행했는데, 금줄 장식이 달린 녹색 옷을 입은 그 신사는 한쪽 눈에 안대를 차고 기운 센 암말을 타고 있었다. 신사는 그날 하루에 대해, 그리고 어디로 가는 길이냐고 물은 다음, 노상강도가 판친다는데 나처럼 나이가 한참 어린 자식을 혼자 여행길에 오르게 하다니, 우리 어머니가 너무 태평한

---

* these days of stage-coaches: 배리가 이야기를 진술하고 있는 시점이 1800년경이라는 사실을 상기시키는 구절이다. 영국에서 역마차의 운행은 18세기 후반에 활성화되었다. 1785년에는 역마차의 운행 규정에 관한 법률이 통과되었고, 1809년에는 승객의 안전을 보장할 수 있어야만 마차를 운행할 수 있다는 법률이 제정되었다.

** gentry: 중세 후기(16세기) 이후 생겨난 영국의 신분 계층이다. 영국의 귀족 작위는 전통적으로 장자 한 명에게만 세습되었다. 따라서 장자를 제외한 아들들은 작위는 사용할 수 없었지만 가문의 문장은 사용할 수 있었다. 이들은 귀족보다는 신분이 낮았지만 지방의 토지와 도시의 상업 자본을 상당 부분 장악하고 있었고 치안판사를 비롯해 법조계에 종사하거나 하원에 진출하는 등, 자영농 계급인 요먼yeoman과 평민보다는 신분이 훨씬 높았다. 소유한 토지의 규모에 따라 'baronet, knight, esquire, gentleman'으로 세분된다. 우리말로 대개 '준남작, 기사, 향사(鄕士), 신사'로 번역하며, 'gentry'라는 용어도 '향사'와 '신사'의 줄임말인 '향신(鄕紳)'으로 번역하기도 한다.

것 아니냐고 물었다. 그래서 나는 총집에서 권총 한 자루를 꺼내 보이며, 내가 갖고 있는 그 고급 권총 두 자루는 이미 사람을 죽이는 데 사용된 적이 있는 총으로 언제든 그 성능을 다시 발휘할 준비가 되어 있다고 대답했다. 그때 얼굴에 곰보 자국이 있는 한 사내가 우리 쪽으로 다가오자 신사는 그 적갈색 암말에 박차를 가하며 나를 두고 가버렸다. 그러나 그 암말보다 힘이 약한 말을 타고 있었던 데다가 그날 밤 늠름한 모습으로 더블린에 입성하고 싶었던 나는 내 말을 지치게 만들고 싶지 않았다.

말을 타고 킬컬른을 향해 가고 있는데 한 마리 말이 끄는 마차* 주변에 모여 있는 한 떼의 농노가 보였고, 내 짐작대로 녹색 옷을 입은 내 친구는 그곳에서 몇백 미터 뚝 떨어진 언덕 위에 서 있었다. 하인 한 명이 "도둑 잡아라"라고 목청껏 부르짖고 있었지만, 농투성이들은 그 하인의 고통스러운 모습을 그저 비웃으면서 그 하인이 방금 당한 위험한 일을 놓고 갖은 농담을 주고받을 뿐이었다.

"글쎄, **나팔총**을 겨누어 그 작자가 가까이 다가오지 못하게 할 수도 있었을 텐데." 한 사내가 말했다.

"이런, 겁쟁이! 캡틴한테 완전히 **쫄았구먼**. 그것도 눈이 하나밖에 없는 애꾸한테 말이야!" 또 다른 사내가 외쳤다.

"다음번 여행길에 오를 때는 자네 마님이 자네를 그냥 집에 두고 나오는 편이 났겠어." 세번째 사내가 말했다.

"이보게들, 이게 무슨 소란인가?" 나는 무리를 향해 다가가며 물었고, 겁에 질려 얼굴이 몹시 창백해진 여인이 마차에 타고 있는 것을 보

---

* one-horse chair: 가볍게 제작된 이동 수단으로 주로 1~2인용의 규모가 작은 마차나 지붕 없는 마차, 이륜마차를 가리키는 표현이다.

고는, 채찍을 한 번 세게 휘두르며 다리에 붉은 흙이 묻은 무뢰배들한테 마차에서 떨어지라고 명령했다. "부인, 숙녀분의 심기가 이토록 어지러워 보이다니, 도대체 무슨 일이 있었습니까?" 이렇게 말한 뒤 나는 모자를 벗어 쥐고, 말로 하여금 껑충 뛰어 마차의 창을 향해 상체를 벌떡 일으키게 만들었다.

여인이 자초지종을 설명했다. 여인은 피츠시먼스 대위의 부인으로 남편을 만나러 서둘러 더블린으로 가는 길이었다. 그런데 노상강도가 그녀의 마차를 세웠고 천하의 멍청이인 그 하인이 똑같이 무장을 하고 있으면서도 그 강도 앞에 무릎을 꿇어버린 것이었다. 악당이 부인을 강탈하는 동안 바로 옆 들판에서는 서른 명가량의 사람이 일을 하고 있었는데도 그녀를 도우려는 이는 아무도 없었고, 오히려 자기네가 캡틴이라고 부르는 그 노상강도의 행운을 빌어주었다고 했다.

농노 한 명이 말했다. "그 사람은 가난한 사람들의 친구인 것이 분명하거든요. 그러니 행운을 빌 수밖에요!"

"그리고 그게 우리랑 무슨 상관이랍니까?" 다른 농노가 물었다. 또다른 농노는 싱긋 웃으며 그 사람이 바로, 이틀 전 킬케니 순회재판에서 배심원한테 뇌물을 먹여 무죄 선고를 받아내고는 말을 타고 감옥 정문을 나선 뒤 바로 그다음 날 순회 길에 오른 변호사 두 명을 약탈한 그 유명한 캡틴 프리니*[9]라고 말했다.

---

* Captain Freeny: 새커리는 1842년 아일랜드를 방문하던 중 골웨이에 머물던 어느 습한 저녁, '18페니짜리 소책자'를 읽고 그 내용에 흥미를 느껴 이렇게 기록했다. "독자들이 휴대하기 쉽게 제작된 노란 표지의 이 문고판 책들은 '지식의 행진'이 시작되어 이 세상에서 환상을 몰아내기 전, 아주 오랜 세월 동안 판매되었다." 새커리는 킬케니에서의 행적을 비롯해 『캡틴 프리니의 자서전』이라는 그 소책자에서 알게 된 프리니의 여러 이야기를 『아일랜드 스케치북』 15장에 수록했고 그 가운데 일부를 다시 이곳에 인용하고 있다. 캡틴 프리니는 아일랜드에 실존했던 유명한 노상강도 제임스 프레니James Freney(1719~

나는 그 악당 패거리에게 그만 가서 일이나 계속하라고, 그러지 않으면 내 채찍의 가죽 맛을 보게 될 것이라고 말하고는, 이어서 불운에 빠진 피츠시먼스 부인을 성의껏 위로했다. "부인께서는 얼마나 많이 빼앗기셨는가?" "몽땅 다요. 지갑, 보석, 코담배 상자, 시계 몇 개, 대위님의 다이아몬드 구두 장식 한 쌍까지 모두 합하면 백 기니어치가 넘습니다." 나는 이 불행한 사고에 진심으로 위로를 표했다. 억양을 듣고 부인이 잉글랜드인이라는 사실을 눈치챈 나는 잉글랜드와 아일랜드, 두 나라 사이에 존재하는 차이에 대해 한탄한 다음, **우리**나라(그러니까 잉글랜드)에서 그런 잔혹 행위가 일어났다는 이야기는 들어본 적도 없다고 말했다.

"당신도 잉글랜드인인가요?" 부인이 상당히 놀란 말투로 물었다. 나는 내가 잉글랜드인이라는 사실이 자랑스럽다고 말했고 실제로도 그랬다. 말 많이 하기를 즐기지 않는 아일랜드 출신의 골수 토리당* 신사를 그때까지 한 번도 만난 적이 없었기 때문이다.

나는 네이스까지 내내 피츠시먼스 부인의 마차 곁에서 말을 타고 갔다. 내가 지갑을 도둑맞은 부인에게 여관에서 식비를 지불할 수 있게 금화 한두 닢을 빌려드리는 것을 허락해달라고 청하자, 부인은 우아한

1788)를 모델로 한 전설 속 인물이다.

* Tory: 17세기 후반 영국 의회는 보수당인 토리당과 진보당인 휘그당, 양당으로 구성되어 있었다. 1660년 왕정복고로 즉위한 찰스 2세에게 적자가 없었기 때문에 왕위 계승 문제가 일어났는데, 그때 찰스의 동생인 구교도 제임스를 지지한 세력을 '토리'라고 부르기 시작했다. 상대측이 비아냥거리는 의도로 부르기 시작한 '토리'라는 말은 '불량배, 도적'이라는 뜻의 아일랜드어 'toraidhe'에서 유래했다. 따라서 '아일랜드 출신의 골수 토리당 신사'는 뒤에 등장하는 슈발리에 보그니처럼 '자신이 아일랜드 가톨릭교도라는 사실을 자랑스러워하는 젠트리'를 뜻하는 것으로 보인다. 참고로 국교 지지자를 비하해 부르던 호칭 '휘그Whig'는 스코틀랜드어로 '역적, 말 도둑'이라는 뜻이다. 제임스는 1685년 왕위에 올라 제임스 2세가 되었다.

자태로 내 제안을 기꺼이 수락하고는, 참으로 친절하게도 저녁 식사를 함께 하자며 곧바로 나를 초대했다. 부인이 나의 출생과 혈통에 대해 묻기에 나는 내가 재산 규모가 어마어마한(물론 이 말은 사실이 아니다. 하지만 상한 생선을 사라고 외쳐봐야 그게 무슨 소용이 있겠는가? 사랑하는 우리 어머니는 내가 어렸을 때부터 이런 일에는 신중함이 필요하다고 가르쳤다) 워터포드주 명문 집안의 젊은 신사라고 대답했다. 또, 공부하러 더블린으로 가는 중이며 어머니한테 매년 500파운드의 용돈을 받는다고도 했다. 피츠시먼스 부인도 나만큼 자신의 이야기를 털어놓았다. 부인은 자신이 우스터셔주의 그랜비 서머싯 장군의 딸이라고 했고, 나는 당연히 그 존함을 들어본 적이 있다고 말했다. (물론 그런 이름은 들어본 적도 없었지만 교육을 잘 받고 자란 나는 차마 그렇게 말할 수가 없었다.) 부인이 고백한 바에 따르면, 그녀는 당시 엔사인 계급*을 달고 있던 피츠제럴드 피츠시먼스와 사랑의 도피를 감행했다고 한다. 내가 아일랜드 북부 도니골주에 가본 적이 있었던가? 그런 적이 없으니 참으로 아쉬운 일이었다. 부인은 대위의 부친이 그 지역에 10만 에이커의 토지와 아일랜드에서 가장 화려한 저택인 피츠시먼스 성을 소유하고 있는데, 아버지랑 싸우기는 했지만 큰아들인 피츠시먼스 대위가 그 막대한 재산을 상속받게 될 것이 틀림없다고 말했다. 그리고 계속해서 더블린에서 열리는 무도회, 성에서 열리는 연회, 피닉스파크에서 열리는 승마 대회, 리도토와 루트** 이야기를 내게 들려주었고, 마침내 나는 나

---

* ensign: 예전 영국 보병 부대에서 임관 받은 최하위 장교인 소위를 부르던 명칭이었다.
** ridottos and routs: 두 용어 모두 음악과 춤으로 구성된 당시의 최신식 무도회를 일컫는 표현이다. 바이런은 시 「베포Beppo」에서 리도토를 이렇게 묘사했다.

  그들은 리도토로 갔다. 그곳은 무도회장이다.

도 그런 즐거움에 빠져보고 싶다는 강렬한 열망에 휩싸이게 되었다. 그리고 비밀을 반드시 지켜야 하는 지금의 내 처지로는 피츠시먼스 부부가 가장 우아한 인사로서 늘 자리를 빛낸다는 왕실에 드나들 수 없으리라는 생각을 하니 슬픔만이 느껴졌다. 킬웽건의 모임에서 만났던 천박한 처녀들에 대면 피츠시먼스 부인의 발랄한 재잘거림은 그 얼마나 격이 다르던지. 부인이 말하는 문장 하나마다 귀족과 상류층 인사의 이름이 하나씩 튀어나왔다. 듣자 하니 그녀는 프랑스어와 이탈리아어도 할 줄 아는 것 같았다. 그 두 개의 언어 가운데 나도 구사할 줄 아는 프랑스어 단어 몇 개가 들렸기 때문이다. 그리고 영어 악센트로만 말하자면 솔직히 말해서 그녀가 난생처음 만난 진짜 잉글랜드인이었기 때문에 그 당시 내게는 그녀의 악센트를 평가할 수 있는 귀가 전혀 없었다. 부인은 나아가 더블린은 온 나라의 악당과 협잡꾼들이 모여드는 곳이니 그곳에서 만나게 될 사람들을 각별히 조심하라고 내게 충고까지 했다. 우리의 대화가 점점 더 친밀해져 (후식을 사이에 두고 앉아서) 부인이 친절하게도 자신의 집에서 지낼 수 있게 방을 한 칸 내주겠다고 제안했을 때 내가 얼마나 큰 기쁨과 고마움을 느꼈을지는 독자들도 상상할 수 있을 것이다. 그녀는 집에 가면 자신의 용감하고 젊은 보호자를 자기 남편인 피츠시먼스가 크게 기뻐하며 맞이해줄 것이라고 말했다.

나는 말했다. "하지만 부인, 솔직히 전 부인의 그 무엇도 보호해드리지 못했는걸요." 그리고 그 말은 완벽한 진실이었다. 나는 강탈 사건이 일어난 뒤 너무 늦게 그곳에 도착한 터라 노상강도가 그녀의 돈과

사람들이 춤을 추다가 술을 홀짝대다가 다시 춤을 추는.
가면무도회장이라고 부르면 딱 어울리는 곳이다.

보석을 빼앗아가는 행위를 막지 못하지 않았던가?

"하지만 저, 마님, 그렇게 많은 재물을 빼앗긴 것도 아니잖아요." 프리니의 등장에 너무나 겁을 먹은 나머지 큰 실수를 저질렀던 하인 설리번이 우리의 저녁 식사 시중을 들고 있다가 말했다. "게다가 그놈이 구리 동전 13펜스랑 손목시계 하나는 싸구려 모조품일 뿐이라면서 마님께 돌려주지 않았습니까?"

그러자 부인은 괘씸한 놈이라고 욕을 하며 곧바로 그를 방에서 내쫓았고, 설리번이 나가자 이렇게 말했다. "저 멍청이는 내가 프리니한테 빼앗긴 지갑 안에 들어 있던 백 파운드짜리 지폐가 어디에 쓰는 물건인지도 모른다니까요."

그때 내가 나이나 세상 경험이 조금만 더 많았다면, 그쯤 해서 피츠시먼스 부인이 스스로 행세하고 있는 것처럼 대단한 상류층 인사가 아니라는 사실을 알아챘을 것이다. 하지만 당시 형편으로는 그녀의 말을 모두 사실로 받아들일 수밖에 없었고, 그래서 여관 주인이 저녁 식사 계산서를 가져왔을 때 나는 귀족 같은 태도로 기꺼이 그 돈을 지불했다. 실상 그녀는 내가 앞서 빌려준 금화 두 닢을 꺼내려는 시늉조차 하지 않았다. 그런 다음 우리는 말과 마차에 올라 천천히 더블린으로 향했고 해거름 무렵 그 도시에 도착했다. 덜그럭거리며 오가는 호화로운 마차들, 홰꾼*의 손에서 번쩍이는 불꽃들, 수도 없이 우뚝우뚝 서 있는 웅장한 저택들이 어찌나 놀랍던지, 내게는 엄청난 충격이었다. 그래도 나는, 어떤 것을 보아도 절대로 놀라지 않는 것, 고향에서 누리던 자기 집이며 마차, 친구보다 다른 사람이 가진 것들이 더 훌륭하고

---

* link-boy: 거리에서 행인들을 위해 돈을 받고 횃불을 들고 다니는 사람을 말한다.

고상해 보인다 해도 그 사실을 절대로 인정하지 않는 것, 그것이야말로 바로 상류층 신사의 표지라고 늘 내게 가르쳐온 사랑하는 어머니의 지시에 따라 내 감정을 짐짓 숨기는 것만큼은 잊지 않았다.

마침내 우리는 외관이 상당히 허름한 어떤 건물 앞에 멈추어 섰고, 늘 저녁 식사와 펀치의 먹음직스러운 향이 가득하던 우리 집 배리빌의 복도에 대면 도저히 깨끗하다고 할 수 없는 복도를 따라 안으로 들어갔다. 땅딸막하고 안색이 붉은 사내가 가발도 쓰지 않은 채 너덜너덜한 잠옷과 모자 차림으로 거실에서 뛰어나와 진심 어린 태도로 자신의 아내를 껴안았다. (이 사내가 바로 피츠시먼스 대위였다.) 솔직히 말하자면 아내가 데려온 낯선 사람을 보고 평소보다 더 열정적으로 포옹한 것이었지만 말이다. 나를 소개하는 동안 부인은 고집스럽게 나를 자신의 보호자라고 부르면서, 그 강탈 행위가 끝나고 나서야 내가 도착했다는 말 대신 마치 내가 프리니를 죽이기라도 한 것처럼 나의 대담함에 대해 찬사를 늘어놓았다. 대위는 워터포드의 레드먼드 가문과 직접 잘 알고 지내는 사이라고 말했는데, 내가 일원이라고 말했던 그 가문에 대해 정작 나는 아는 것이 아무것도 없었기 때문에 그 말에 기겁했다. 하지만 나는 대위의 이름이 금시초문이라면서 알고 지내는 레드먼드 가문이 **어느** 동네 가문이냐고 반문함으로써 오히려 공세를 취했다. 대위는 "레드먼드타운의 레드먼드 가문을 안다"고 대답했고, 나는 "아, 우리 가문은 레드먼드 성의 레드먼드 가문입니다"라고 말함으로써 그의 의심을 잠재웠다. 그러고는 근처 유료 마구간에 대위의 말, 마차와 함께 맡겨둔 내 말을 보러 나갔다가, 나를 환대해주는 부부의 집으로 돌아왔다.

대위는 자기 앞에 놓인 금이 간 접시에 양갈비 뼈와 양파 찌꺼기가 남아 있는데도 이렇게 말했다. "이보게, 친구. 자네가 곧 돌아올 걸 미리 알았으면 좋을 뻔했구먼. 왜냐하면 방금 전에 나랑 밥 모리아티가 세상에서 가장 맛있는 사슴 고기 패스티를 다 먹어 치웠거든. 밥이 친하게 지내는 고귀하신 총독 각하께서 그 댁 창고에서 꺼낸 실르리* 한 병이랑 함께 보내주신 요리였는데 말이야. 자네도 포도주에 대해서는 좀 알 테지, 친구? 하지만 기왕지사 일이 이렇게 되어버린 거, 뭐 어쩌겠나. 그 대신 아일랜드에서 최고로 질 좋은 포도주를 한 병 곁들여 꽤 괜찮은 로브스터 요리를 먹는 것은 어떤가? 베티, 여기 테이블 위에 남은 것 좀 치우고, 마님이랑 이 젊은 친구가 집에 온 것을 환영하는 상을 차려야지."

그러더니 피츠시먼스 씨는 안색 하나 변하지 않고, 로브스터 요리를 마련해야 하니 나더러 10페니만 빌려달라고 했다. 하지만 이번에는 그의 아내가 내가 낮에 빌려준 금화 두 개 중 하나를 하녀 아이에게 건네며 가서 저녁거리를 사고 돈을 거슬러 오라고 명령했고, 하녀는 곧바로 나갔다가 몇 푼 안 되는 거스름돈을 들고 돌아와서는 어물전 상인이 마님이 준 돈에서 그동안 쌓인 외상값을 제해버렸다고 말했다. 그러자 피츠시먼스 씨가 고함을 질렀다. "금화를 통째로 그 작자한테 줘버리다니, 이 천하에 둘도 없는 실수투성이 머저리야." 그는 자기가 한 해 동안 그 상인한테 수백 기니의 돈을 치렀다고 내게 말했지만 그 금액이 정확히 얼마였는지는 기억나지 않는다.

우리의 저녁상은, 굉장히 우아한 분위기는 아니었지만 적어도 그 도시의 최고위층 유명 인사들과 관련된 수십 개의 일화 덕분에 양념이

---

* sillery: 프랑스의 샹파뉴 실르리 지방에서 생산되는 발포성 백포도주, 즉 샴페인의 일종이다. 당시 아일랜드의 총독은 제4대 베드포드 공작 존John, fourth Duke of Bedford 이었다.

풍부하기는 했다. 대위의 주장에 따르면, 그는 그 유명 인사들과 더없이 절친한 관계를 유지하고 있다고 했다. 나는 그에게 꿀리지 않으려고, 마치 공작만큼이나 부유한 것처럼 내 영지와 재산에 대해 떠들어댔다. 그동안 어머니한테서 들어온 온갖 귀족들 이야기도 주워섬겼는데 심지어 그 가운데 몇몇 이야기는 내가 꾸며낸 것이었다. 내 말이 횡설수설 늘어놓은 허풍에 불과하다는 사실을 모르다니, 그때쯤에는 그 집 주인이 사기꾼이라는 사실을 알아챘어야 했다. 그러나 젊음이란 본디 귀가 몹시 얇은 법이다. 얼마 안 가 나는 지금껏 내가 피츠시먼스 대위와 그 부인처럼 알아두면 좋을 사람들과 교분이 전혀 없었다는 것을 깨닫고는, 모험이 시작된 첫 순간부터 이렇게 저명한 부부를 알게 된 나의 엄청난 행운을 진심으로 자축하며 침실로 갔다.

내가 사용할 침실의 외관을 보자마자, 도니골주 피츠시먼스 성의 상속인은 부유한 부모와 아직 화해를 하지 못했구나, 정말로 그런 생각이 들었다. 내가 진짜 잉글랜드 남자였다면, 아마도 그 방을 보자마자 그 즉시 의심과 불신이 일었을 것이다. 하지만 독자들도 알다시피 우리 아일랜드인들은 그 깐깐한 나라 사람들보다는 정리 정돈 문제에 유난을 떨지 않기 때문에, 나는 뒤죽박죽인 그 침실을 보고도 별로 놀라지 않았다. 외삼촌의 웅장한 저택, 브래디 성조차도 창이란 창은 모조리 다 깨져서 누더기를 쑤셔 박아 넣지 않았던가? 브래디 성의 문마다 자물통이 달려 있었던가? 아니, 자물통이 있었다고 치더라도, 그 자물통에 손잡이, 그러니까 자물통을 채우는 걸쇠는 제대로 달려 있었던가? 그래서 그 침실이 엉망인 모습을 자랑스럽게 여기저기 내보이고 있었는데도, 딱 봐도 피츠시먼스 부인의 번들거리는 양단 드레스로 만든 것이 분명한 침대보가 펼쳐져 있었는데도, 반 크라운짜리 백동화보다도 크기가 작은 화장실 거울에 금이 잔뜩 가 있었는데도, 아일랜드 주택의 그런 관리 상태에 익숙해져 있던 나는 여전히 내가 상류층 가문의 저택에 와 있다고 생각했다. 자물쇠가 하나도 달려 있지 않은 서랍장을 **열어 보니**, 온통 여주인의 볼연지 통, 신발, 속옷, 누더기 등이 꽉꽉 들어차 있어서, 옷은 여행 가방에 담긴 채 그대로 두고 은제 의상 소품만 꺼내어 서랍장 위 넝마 더미에 얹어놓았더니 유난히 더 눈부시게 빛났다.

다음 날 아침 방에 들어온 설리번한테 말의 안부를 묻자 그는 말이 아주 잘 있다고 대답했다. 나는 면도를 해야 하니 따뜻한 세숫물을 대령하라고, 우렁차고 위엄 있는 목소리로 명령했다.

(고백하건대 까닭이 없지는 않았겠지만) 그는 웃음을 터뜨리며 이렇게 외쳤다. "뜨거운 세숫물이라굽쇼! 지금 면도하시려는 게 나리 얼굴 맞죠? 제가 만약 나리께 물을 떠다 드린다면 고양이도 데려올 겁니다. 그래야 나리가 고양이털을 깎아주실 수 있을 테니." 그 방자한 태도에 대한 답으로 나는 그 불한당 놈의 머리를 향해 부츠 한 짝을 집어던진 뒤 곧바로 친구들과 아침 식사를 하러 거실로 나갔다. 그곳에는 진심 어린 환영 분위기가 가득했지만, 전날 밤 깔려 있던 식탁보가 그대로 깔려 있었다. 아이리시스튜 접시가 놓여 있던 검은 자국과 전날 저녁 식사 때 흑맥주 단지에서 묻은 얼룩 때문에 그 사실을 알 수 있었다.

집주인은 더없이 다감한 태도로 내게 인사를 건넸다. 피츠시먼스 부인은 내가 피닉스파크에 딱 어울리는 우아한 청년이라고 말했는데, 허영심에서 하는 말이 아니라 솔직히 말해서 그 시절 더블린에는 나보다 외모가 더 형편없는 청년들이 많았다. 그 시절 나한테는 나중에 얻게 된 우람한 가슴과 근육질 몸이 없었지만(아아! 결국은 그런 것들도 다 통풍 걸린 다리와 결절 맺힌 손가락으로 바뀌어버리고 마는 것을, 그것이 필멸의 인간이 가야 할 길인 것을), 그래도 이미 현재의 내 키인 183센티미터까지 거의 다 자라 있었고, 버클로 묶은 머리와 셔츠에 달린 멋진 레이스 자보*와 손목 밴드, 붉은 바탕에 금색 가로줄무늬가 들어간 플러시 천으로 지은 조끼 덕분에 나는 천생 신사처럼 보였다. 다만 내가 입고 있던 납작한 단추가 달린 드랩** 코트는 이미 너무 작아져 있어서, 내가 신체 사이즈에 맞는 코트를 한 벌 지을 수 있게 나를 자신의 전담 재단사한테 데려가야겠다는 피츠시먼스 대위의 주장에 나 역시 동의할 수밖에 없었다.

대위는 말했다. "잠자리가 편했느냐는 질문은 굳이 할 필요도 없겠지. (핌플레튼 경의 둘째 아들인) 프레드 핌플레튼 도령이 함께 지내는 영광을 내게 베풀어주면서 일곱 달이나 묵은 방이니까. **그 도령** 같은 양반도 만족스럽게 지냈는데, 누가 감히 그 방에 불평을 하겠는가."

아침 식사 후 우리는 시내로 외출을 했고, 피츠시먼스 씨는 우연히 만난 몇몇 지인한테 워터포드주에서 온 각별한 친구 젊은 레드먼드 씨라고 나를 소개했다. 그리고 단골 모자 제조업자와 재단사한테도 나를 데려가, 굉장한 재산가이자 엄청나게 전도유망한 신사라고 소개했다. 나는 재단사한테 꼭 맞는 코트 한 벌 값 말고는 내 수중에 현금이 없다고 말했지만, 재단사는 계속 몇 가지를 더 지어주겠다고 고집을 부렸고 나 역시 그 호의를 거절하고 싶지 않았다. 마찬가지로 새 옷을 사고 싶었던 대위 역시 멋진 군복 프록코트를 한 벌 고르고는 그 옷을 집으로 배달해달라고 말했다.

그리고 나서 피츠시먼스 부인을 만나러 집으로 갔더니 부인은 이륜

---

* jabot: 셔츠의 앞자락 가슴 부분에 달린 프릴 장식을 일컫는 패션 용어이다.
** drab: 회색 모직 천을 통칭한다.

마차를 타고 피닉스파크에 나갔다고 했다. 공원으로 가보니 열병식이 열리고 있었는데, 수많은 젊은 신사한테 둘러싸여 있던 부인은 전날 자신을 보호해준 사람이라며 그 신사들 모두에게 나를 소개했다. 이미 반 시간 전부터 온 나라를 통틀어 가장 고귀한 가문 출신의 젊은 신사 행세를 해오고 있던 나에 대해 부인은 온갖 유명한 귀족 이름을 다 끌어대며 칭찬을 늘어놓더니, 내가 1년 수익이 1만 파운드인 땅의 상속자이자 피츠시먼스 대위의 사촌이라고 말했다. 피츠시먼스는 자신이 직접 말을 타고 내 영지 구석구석을 살펴보았다는 말까지 했다. 사실 대위가 그런 이야기를 꾸며댄 것은 순전히 나를 위해서였고, 나는 대위 마음대로 하게 내버려두었다. 솔직히 (젊은이들이 대개 그렇듯) 중요한 사람으로 대접받고 굉장히 유명한 사람이라 불리는 것이 적잖이 기뻤기 때문이다. 그때 나는 내가 한 무리의 사기꾼들한테 둘러싸여 있다는 사실을, 피츠시먼스 대위는 고작 투기꾼일 뿐이요, 그의 아내 역시 알고 지내봐야 좋을 것 하나 없는 사람이라는 사실을 전혀 알지 못했다. 그러나 이런 종류의 위험이 노리는 대상이 젊음이라는 사실은 영원불변의 진리이니, 젊은이들이여, 내 경고를 유념하시길.[10]

나는 내 삶 이야기를 일부러 서둘러 얼버무렸는데, 삶이라고 해봐야 고통스러운 사건들만 가득할 뿐, 불운한 나 자신을 제외하면 별로 흥미로울 것도 없었고, 내 일행 역시 그런 이야기는 고상한 나에게 어울리지 않는다고 생각할 것이 분명했기 때문이다. 하지만 진실은, 그때 내가 세상 그 어떤 젊은이가 빠졌던 수렁보다도 더 질 나쁜 악당들의 손아귀에 떨어져 있었다는 것이다. 나중에 도니골주에 가보았지만 피츠시먼스 성이라는 유명한 성은 보지 못했고, 그 동네에 거주하는 최고령 노인들 역시 나와 마찬가지로 그런 성은 본 적이 없다고 했다. 햄프셔주*의 그랜비 서머싯이라는 인물도 알려져 있지 않기는 마찬가지였다. 나중에 어마어마한 전란을 겪으면서 귀족의 하인이나 귀족 주위에 꼬이는 파리 떼가 호가호위하기 매우 어려워지기는 했지만, 그 시절에는 그때 내가 먹잇감으로 걸려든 그 부부 같은 종자들이 요즘보다 훨씬 더 흔했고, 피츠시먼스 대위의 본래 지위 역시 사실 딱 그런 것이었다. 만약 내가 그때 그의 신분에 대해 알았다면, 당연히 나는 그런 작자와 인연을 맺느니 차라리 죽는 쪽을 택했을 것이다. 그러나 단순하기 짝이 없는 어린 나이였기에 나는 그의 이야기를 진실로 받아들였고, 세상에 첫발을 내딛는 순간부터 이런 가문과 알고 지내게 되다니 굉장한 행운아가 된 것 같은 자부심마저 느꼈다. 아아! 우리는 모두 운명의 노리개인 것을. 내 인생의 모든 중대한 사건들이 나중에 얼마나 사소한 일들로 밝혀졌는지 잘 알면서도, 나는 내가 '운명의 여신'의 손에 매달린 꼭두각시 인형에 불과했다는 사실을, '운명의 여신'이 더없이 환상적인 솜씨로 나를 갖고 놀았다는 사실을 아직도 믿을 수가 없다.

피츠시먼스 대위는 귀족의 시종이었고, 그의 부인 역시 그보다 나을 것이 전혀 없는 신분이었다. 이 품위 있는 부부가 여는 모임은 그들이 장기 임대한 여관에서 열렸는데 저녁 식사 값 몇 푼만 내면 어떤 인물이든 환영받았다. 저녁 식사 후에는 독자들 짐작대로 거하게 카드판이 벌어졌는데, 그것은 그저 재미로, 판돈을 걸지 않고 하는 카드놀이가 아니었다. 그 모임에는 더블린에 주둔 중인 연대의 혈기왕성한 젊은 병사, 성에서 일하는 젊은 직원, 승마 선수, 포도주 전문가, 시내 어귀에서 야경꾼을 공격하는 상류층 인사 놀이를 즐기는 한량 등 온갖 종

---

* 이 부분에는 햄프셔주라고 기록되어 있지만, 앞부분에는 피츠시먼스 부인의 아버지 그랜비 서머싯이 우스터셔주 출신이라고 언급되어 있다. 작가가 지명을 헷갈린 것으로 보인다.

류의 사람들이 드나들었다. 내가 다녀본 유럽의 그 어떤 도시보다도 그 시절 더블린에는 그런 사람들이 유독 많았다. 그렇게 허세를 부리면서도 그렇게 수입이 적은 젊은 치들을 나는 평생 본 적이 없다. 내가 무위도식의 귀재들이라고 부르는 그들은 전무후무한 존재들이었다. 1년에 50기니 정도의 돈을 버는 잉글랜드인은 굶주리며 노역에 동원되는 직업적인 노예랑 비슷한 수준의 생활밖에 할 수가 없었지만, 연수입이 비슷한 더블린의 젊은 아일랜드 치들은 자기 소유의 말을 부리고 자기 돈으로 술을 사 마시면서 귀족만큼 느긋한 삶을 살 수 있었다. 그곳에서는 환자가 한 명도 없는 의사와 고객이 한 명도 없는 변호사가 단짝 친구였는데 그들은 둘 다 무일푼이면서도 공원에서 품종 좋은 말을 탔고 최고급 의복을 갖추어 입었다. 수입이 전혀 없으면서 스포츠를 즐기는 성직자 한 명, 자신이 유통시키는 것보다 더 많은 양의 술을 스스로 마셔버리는 젊은 포도주 상인 몇 명, 그리고 그들과 비슷한 부류의 사내들이 내가 재수 없게 걸려든 그 집에서 열리는 모임의 구성원들이었다. 불운하게 이런 무리와 어울리게 된 청년에게 일어날 수 있는 일이 무엇이겠는가? (그 모임에 참석하는 숙녀들에 대해서는 언급하지 않았지만 그들도 남자들보다 전혀 나을 것이 없는 여자들이었다.) 그것은 아주아주 짧은 시간 안에 그들의 먹잇감으로 전락하는 것뿐이었다.

아까운 내 돈 20기니에 대해 말하자면, 내가 시퍼렇게 두 눈을 뜨고 있었는데도 사흘 만에 8기니로 무섭게 줄어들어 있었고, 여러 극장과 식당이 이미 참혹하게 내 지갑 안에 침투해 있었다. 사실 노름판에서 내가 잃은 돈은 은화 두 닢 정도였는데, 주위 사람 모두가 신용으로 카드를 치고 돈을 잃으면 차용증을 써주는 것을 보고, 나 역시 당연하게도 돈을 잃으면 수중에 있는 현금으로 그 값을 치르기보다는 그 종잇장을 써주는 쪽을 선호하게 되었다.

나는 재단사, 마구 제작자, 몇몇 상인과도 이와 비슷한 방식으로 거래를 했다. 피츠시먼스 씨가 나에 대해 좋게 말하는 한, 장사치들은 내 재산과 관련된 그의 이야기를 사실로 받아들였기 때문에(그 작자가 돈이 있는 젊은이들을 이런 식으로 여럿 등쳐먹었다는 사실을 알게 된 것은 나중이었다), 얼마간은 내가 기꺼이 주문할 만한 물건들이 내게 공급되었다. 마침내, 현금이 거의 다 떨어졌고 나는 어쩔 수 없이 그 재단사가 만들어준 정장 몇 벌을 전당포에 맡길 수밖에 없었다. 매일 공원에서 타고 다니는 말, 존경하는 외삼촌한테 받은 선물이라서 애지중지하는 말과는 도저히 이별하고 싶지 않았기 때문이다. 나는 또 보석상에게 등 떠밀려 외상으로 구입한 장신구 몇 가지를 팔아서 약간의 돈을 변통함으로써 잠시나마 겉치레를 유지할 수 있었다.

나는 틈만 나면 우체국에 가서 레드먼드 씨 앞으로 온 편지가 없는지 물었지만 그런 편지는 한 통도 없었다. 그리고 사실, "없습니다"라는 대답을 들을 때마다 안도감을 느꼈다. 내가 더블린에서 얼마나 흥청망청 돈을 쓰며 살고 있는지 그 상황을 어머니가 알게 될까 봐 너무나 걱정스러웠기 때문이다. 그러나 그런 생활은 오래가지 못했다. 현금이 완전히 바닥난 뒤 내가 두번째로 재단사를 찾아가 옷을 몇 벌 더 지어달라고 요구하자, 그 작자는 "흠, 하," 이런 소리를 내더니 뻔뻔하게도 전에 지어준 옷값을 먼저 지불하라고 했다. 그 말에 나는 모든 거래를 끊겠다고 말하고 분연히 그 가게를 나와버렸다. (유대인 악당인) 금세공업자는 마음에 쏙 드는 금 사슬을 달라는 내 요구를 거절했고, 그 말에 나는 처음으로 약간 당혹감을 느꼈다. 게다가 설상가상으로, 피츠시먼스 씨의 하숙집을 내 집처럼 들락거리면서 노름판에서 (내가 피켓 게임에서 잃은 돈) 18파운드에 대한 차용증을 나한테 받아간 젊은 신사한 명까지, 자기가 유료 마구간에 밀린 대금을 나더러 치르라며 마구간 주인 커빈 씨한테 그 차용증을 양도하는 일까지 벌어졌다. 암말을 찾으러 갔는데 그 차용증에 기록된 금액을 지불하지 않으면 마구간에서 내 말을 데리고 나갈 수 없다고 단호하게 거절하는 커빈 씨의 태도에 내가 얼마나 큰 분노와 놀라움을 느꼈을지 상상해보라! 나는 내 주머니에 들어 있던 차용증 넉 장 가운데 하나를 선택하라고 그에게 제안했다. 피츠시먼스한테 받은 20파운드짜리 차용증, 변호사 멀리건 씨한테 받은 차용증 등, 뭐 그런 것들이었다. 내가 차용증 내용을 한 장 한 장 읽을 때마다 요크셔 출신의 그 장사꾼은 웃음을 터뜨리며 고개를 젓더니, 이렇게 말했다. "레드먼드 도령, 내 한마디 하리다. 도령은 혈통과 재물을 갖춘 가문에서 자란 젊은 친구 같으니 내 살짝 귀띔해드리지. 도령은 지금 아주 악랄한 마수에 걸려든 거요. 상습적으로 사기를 치는 패거리의 마수에 말이오. 도령처럼 신분이 높고 재능이 있는 신사가 그런 놈들과 어울려서야 쓰나. 그러니 얼른 여행 가방을 꾸려서 집으로 돌아가시오. 몇 푼 되지도 않는 말 보관료일랑 후딱 치러버리고 그 말에 올라 부모님 품으로 곧장 돌아가란 말이오. 도령이 취할 수 있는 최선책은 그것뿐이외다."

내가 허우적대고 있던 그곳이 진정 악당들의 소굴이었다니! 온갖 불행이 한꺼번에 나를 덮쳐오는 것만 같았다. 암담한 기분에 빠져 집으로 돌아가 침실로 올라갔더니, 대위와 그 부인이 내 눈앞에 서 있었고, 활짝 열린 내 여행 가방과 땅바닥에 널려 있는 내 옷가지, 그리고 역겨운 피츠시먼스의 수중에 들어가 있는 내 열쇠꾸러미가 보였다. 내가 방 안으로 들어가자 대위가 으르렁거리며 말했다. "내가 도대체 누구를 내 집에 머물게 해준 거지? 네 정체가 뭐냐, 이놈?"

"이놈이라뇨? 나는 아일랜드에서 가장 고귀한 신사란 말이오."

"이 애송이가. 사기꾼, 모리배, 협잡꾼 주제에!" 대위가 소리쳤다.

"그 말 다시 한번 해보시지. 그럼 단칼에 몸뚱이를 베어줄 테니까." 내가 대꾸했다.

"쯧쯧쯧, 나도 자네만큼 펜싱을 잘한다는 걸 아셔야지, **레드먼드 배리** 씨. 저런! 안색이 변하시는군. 왜, 큰 비밀이라도 탄로 난 모양이지? 아무 죄 없는 가정의 한복판에 마치 독사처럼 참 잘도 숨어드셨군. 게다가 내 친구인 레드먼드 성의 레드먼드 가문 상속자라고 사칭까지 하고 말이야. 이런 놈을 내가 이 도시의 귀족과 젠트리들에게 소개하다니." (대위의 억양은 억셌고, 무엇보다도 말이 너무 장황했다.) "내가 네놈을 내 단골 가게에 데려갔고, 그 친구들이 네놈한테 외상으로 물건을 줬지. 그런데 내가 뭘 알아냈는지 알아? 네놈이 그 장사꾼들 상점에서 가져온 물건들을 이미 전당포에 저당 잡혔다는 사실을 알아냈다 이 말씀이야."

"그자들한테는 내 어음을 끊어줬소, 선생." 나는 위엄 있는 태도로 말했다.

"**어떤 이름으로요**? 이런 딱한 젊은이를 봤나. 대체 어떤 이름으로요?" 피츠시먼스 부인이 소리쳤다. 정말로 그제야 내가 모든 서류에 레드먼드 배리가 아닌 배리 레드먼드라는 이름으로 서명을 했다는 사실이 떠올랐다. 하지만 내가 달리 무엇을 할 수 있었겠는가? 내가 아예 다른 이름을 쓰는 것은 어머니도 반대하시지 않았던가? 대위는 분노에 찬 목소리로 나에 대한 비난을 장황하게 늘어놓았는데 그 와중에, 내 속옷에서 결정적으로 내 진짜 이름을 찾아낸 일을 털어놓는가 하면, 자신이 잘못된 상대에게 신뢰와 애정을 품었다고 탄식하기도 하고, 상류층 친구들과 어울려야 하는 자신이 이 일로 얼마나 큰 창피를 당하게 되겠느냐며 투덜대는가 하면, 자신이 집 안에 사기꾼을 들였다고 후회하기도 하면서, 내 속옷가지, 은제 세면도구, 남아 있던 장식품 따위를 그러모으고는, 내가 공정한 법의 심판을 받을 수 있게 자신이 곧 밖으로 나가 경찰을 데려와서 그 손에 나를 넘기겠다고 말했다.

대위의 말을 듣고 있던 처음 얼마간은 내가 저지른 경솔함과 내가 처해 있는 곤경을 생각하니 너무나 혼란스럽고 당황스러워서, 나는 그 작자의 욕설에 아무런 대꾸조차 하지 못하고 꿔다 놓은 보릿자루처럼 가만히 서 있기만 했다. 하지만 곧 위기감을 느끼고 분연히 떨쳐 일어서며 이렇게 말했다. "잘 들으시오, 피츠시먼스 씨. 내가 아일랜드에서 가장 훌륭한 이름인 '배리'를 버리고 왜 다른 이름을 쓸 수밖에 없었는지 말씀드리지. 내가 이름을 바꾼 이유는, 더블린에 오기 전날 살벌한 결투장에서 한 남자를 죽였기 때문이오. 그것도 잉글랜드인이자 폐하의 임관을 받은 장교를 말이오. 만약 조금이라도 나를 방해할 요량이라면, 그 잉글랜드인의 숨통을 끊어놓은 무기가 기필코 선생을 응징할 것이오. 그러면 하늘에 맹세코, 선생과 나 둘 중 하나는 살아서 이 방을 나갈 수 없을 거요!"

이렇게 말하면서 나는 번개처럼 검을 뽑아 들었다. 그러고는 "하하!" 소리에 맞추어 발을 구른 다음 피츠시먼스의 심장 바로 앞에 그 검을 들이댔다. 그러자 대위는 깜짝 놀라 새하얗게 질린 얼굴로 뒷걸음질 쳤고, 그의 부인은 비명을 지르며 우리 두 사람 사이로 몸을 날렸다.

부인이 말했다. "친애하는 레드먼드, 진정해요. 피츠시먼스, 가엾은 소년의 피를 보고 싶은 건 아니겠죠? 그냥 레드먼드가 빠져나갈 수 있게 해줍시다. 제발 그냥 보내주자고요."

피츠시먼스는 볼멘소리로 말했다. "그래도 나야 별 상관 없지. 하지만 기왕 뜰 거면 얼른 뜨는 게 좋을걸. 보석상이랑 재단사가 아까 여기 들렀는데 좀 있으면 이리로 다시 들이닥칠 거거든. 아마 전당포 주인 모세가 사실을 다 불었을 거야. 나부터가 그 소식을 그 인간한테 들었으니까." 나는 그 말을 듣고, 그 재단사가 나한테 처음 외상을 주던 날 피츠시먼스 씨가 양복점에서 가져온 새 레이스 장식이 달린 그 프록코트가 그전부터 그를 위해 거기에 준비되어 있었을 것이라고 결론 내렸다.

그 대화의 끝은 무엇이었을까? 이제 배리 가문의 후손을 위한 집은 어디에 있단 말인가? 그 불행한 결투 때문에 집은 이미 나를 향해 닫혀 있었다. 우연한 박해로 나는 더블린에서 추방당했지만, 실상 그것이 나 자신의 경솔함 때문이었다는 사실만큼은 인정해야겠다. 내게는 뭔가를 기다리거나 선택할 시간이 없었다. 날아가 깃들 피난처도 없었다. 피츠시먼스는 나를 향해 한바탕 막말을 쏟아낸 뒤 꿍 소리를 내며 방을 나갔지만, 내게 심하게 적대적인 태도를 보인 것은 아니었다. 그의 부인은 우리가 악수를 해야 한다고 계속 고집을 부렸고, 그는 나를 괴롭히지 않겠다고 약속했다. 사실 나는 그 작자한테 빚진 것이 아무것도 없었다. 아니, 오히려 내 주머니 안에는 그가 노름판에서 잃은 돈 대신 내게 끊어준 그의 어음이 들어 있었다. 내 친구 피츠시먼스 부인에 대해 잠깐 이야기하자면, 그녀는 침대 위에 앉아서 진실한 울음을 터뜨렸다. 그녀도 물론 잘못은 했지만 그래도 마음만은 친절한 사람이었다. 자신도 가진 돈이라고는 탈탈 털어봐야 고작 3실링뿐이었는데도, 그 가엾은 영혼은 내가 떠나기 전 구리 동전 4펜스까지 얹어 그 돈을 내 손에 쥐여주면서 어디로 갈 생각이냐고 물었다. 나는 이미 결심이 서 있었다. 더블린 시내에는 미국과 독일에 파병될 용맹한 영국 육군에 입대할 남자들을 모병하는 일을 맡은 군인들 천지였다. 피닉스파크에서 열병식이 열리는 동안 내 옆에 서 있던 하사관이 나한테 술 한잔을 대접받고 공원에 있는 사람들의 신분을 알려주었기 때문에, 나는 어디로 가면 그런 군인을 만날 수 있는지 알고 있었다.

나는 내가 가진 돈 중에서 1실링을 피츠시먼스 집안의 집사인 설리번에게 주고 거리로 달려 나가 서둘러 내 지인이 죽치고 있는 선술집으로 향했고, 그로부터 채 10분도 지나지 않아 '폐하의 주화'*를 지급받으면서, 그 장교에게 내가 곤경에 처한 젊은 신사라는 사실을 솔직하게 털어놓았다. 결투에서 장교 한 명을 죽였다는 말과 그 땅에서 얼른 벗어나고 싶다는 말도 했다. 하지만 아무런 설명을 하지 않았다 해도 내가 입대하는 데는 아무런 지장도 없었을 것이다. 그때 조지 왕의 군대는 병사가 너무 부족해서 그들이 어디에서 왔는지에 따라 병사를 가려 뽑을 상황이 아니었기 때문에, 그 하사관은 나만큼 키가 큰 젊은이는 언제나 환영이라고 말했다. 그러고는 참말로 이보다 더 적절한 때를 고를 수는 없었을 것이라는 말도 했다. 수송선 한 대가 던리어리 항에 정박해 바람을 기다리고 있다는 것이었다. 그날 밤 나는 씩씩하게 그 배에 올랐고 거기에서 몇 가지 놀라운 사실을 알게 되었는데 그에 대해서는 다음 장에서 이야기해야겠다.

---

* 'His Majesty's shilling': '왕의 주화(King's shilling)'라고도 한다. 영국에서 모병을 담당하는 장교가 병역 계약이 성립되었음을 증명하는 표지로 사병에게 지급하던 1실링짜리 주화이다. 1879년부터 더 이상 지급되지 않았다.

제4장
배리, 전쟁터의 무공을 가까이에서 지켜보다

그 시절 나는 상류층 사람들 외에는 취향이 안 맞아서 아무하고나 어울리지도 않았고 신분이 낮은 사람들의 삶을 입에 담는 것조차 경멸했다. 따라서 이제 내가 들려줄 그 당시 내가 막 편입된 사회에 대한 이야기는 설득력이 다소 부족할 것이다. 사실 그 사회를 돌이켜보는 것 자체가 내게는 심히 불쾌한 일이기 때문이다. 하! 우리 병사들이 갇혀 지내던 검은 구덩이 같던 비루한 그 막사를, 이제 어쩔 수 없이 동료로 지내야만 했던 그 보잘것없는 목숨들을, 농투성이, 밀렵꾼, 소매치기 등 솔직히 말해서 내가 그랬던 것처럼 가난이나 법으로부터 도망쳐 군대를 피난처로 택한 그 목숨들을 떠올리는 일이 어찌나 나를 부끄럽게 만드는지, 그런 치들과 어쩔 수 없이 계속 함께 지냈다는 생각만 하면 늙은이가 된 지금도 두 볼이 화끈거린다. 운 좋게 일어난, 내 사기를 진작시키고 다소나마 내 불행에 위안이 되어준 몇 가지 사건이 아니었다면 나는 아마도 절망의 나락으로 떨어져버렸을 것이다.

첫번째로 내게 위안이 되어준 사건은, 수송선에 탑승한 바로 그날 거대한 빨강 머리 괴물, 그러니까, 자신과 마찬가지로 싸움꾼이지만 만만한 적수가 아닌 마누라의 바가지 긁는 소리를 피해 입대해 그 배 사병들 안에서 골목대장 노릇을 하고 있던 작자와 벌인 멋진 싸움이었다. 내 기억에 이름이 '툴'이었던 그치는 세탁부인 자기 아내의 손아귀에서 벗어나자마자 곧 타고난 용기와 흉포함을 회복했는지, 그 당시 주위 사람 모두에게 독재자로 군림하고 있었다. 그중에서도 특히 신병들은 그 짐승이 모욕하고 막 대하는 주요 상대였다.

이미 말했다시피 땡전 한 푼 없었던 나는 끼니때마다 배식되는 쉰내 나는 베이컨과 곰팡이 핀 빵이 담긴 접시를 놓고 암담한 기분으로 앉아 있다가, 음료를 배식 받을 순서가 되면 다른 병사들처럼 물 탄 럼주가 반 파인트 정도 담긴 더러운 깡통 컵을 받아 들었다. 그런데 그 컵이 어찌나 끈적거리고 더럽던지, 나는 참지 못하고 배식을 맡은 병사 쪽으로 몸을 돌리며 말했다. "이봐, 나는 유리잔에 줘!" 내 말에 주변에 있던 상것들이 모두 폭소를 터뜨렸는데 그 가운데 가장 큰 소리로 웃은 사람은 물론 툴 씨였다. "이 신사분께 손 닦을 수건도 가져다드려. 거북이 수프도 한 접시 대접해드리고." 갑판 위 내 맞은편에 앉아 있던, 아니 웅크리고 있던 그 괴물은 이렇게 내뱉고는 박수갈채를 받으며 내 그로그주* 잔을 냉큼 집어 들더니 단숨에 비워버렸다.

"저자를 열 받게 하고 싶으면 세탁부 일을 하는 마누라를 씹어. 마누라라면 **껌뻑 죽으니까**." 그나마 쓸 만한 은퇴한 왜꾼, 그 직업에 넌더리가 나서 군인으로서 새 삶을 살기로 했다는 친구가 내 귀에 대고 속삭였다.

---

* grog: 럼주에 물을 탄 술.

나는 말했다. "내게 가져다줄 그 수건은 자네 마누라가 빤 수건인 가, 툴 씨? 듣자 하니 마누라가 노상 수건으로 자네 얼굴을 닦아준다며?"

"어제 마누라가 면회하러 배까지 찾아왔는데 왜 안 만나려고 했는지 콕 집어서 물어봐." 홰꾼이 말을 이었다. 그래서 나는 비누 거품, 다리미, 남편한테 바가지 긁는 짓 등에 대한 실없는 농담들을 몇 마디 더 늘어놓는데, 그 농담들은 그를 격노하게 만들었고 결국 우리 둘은 한바탕 싸움을 벌이게 되었다. 우리는 그 자리에서 당장 한판 붙으려고 했지만, 실실 웃으면서 문간에서 우리를 지켜보고 있던 해병 두어 명이 우리가 합의 사항을 번복하고 그곳에서 달아날 마음을 먹을까 봐 걱정이 되었는지, 검까지 장착된 총을 들고 다가와 우리 둘 사이에 끼어들었고, 그 말싸움을 듣고 있던 하사관까지 사다리를 타고 내려오더니 선심 쓰듯, 우리가 원한다면 사나이답게 **맨주먹**으로 한 명이 쓰러질 때까지 싸울 수 있게 해주겠다고, 앞 갑판을 결투장 용도로 비워줄 테니까 마음껏 쓰라고 말했다. 그 잉글랜드인은 '맨주먹'이라고 말했지만 그것은 당시 아일랜드에서 일반적으로 통하던 싸움 방식이 아니었기 때문에 우리는 곤봉 한 쌍은 허용하자는 데 동의했고, 나는 그 곤봉 한 짝으로 그 얼간이의 대가리를 흠씬 두들겨 패서 단 4분 만에 놈을 갑판 위에 시체처럼 뻗게 만들었는데, 나는 별로 다친 곳이 없었다.

그 역겨운 똥 덩어리 독불장군을 상대로 거둔 승리는 나로 하여금 구성원으로 참여하고 있던 그 상것들 무리 안에서 존경을 받게 해준 것은 물론, 그 일이 없었다면 한없이 가라앉을 뻔했던 내 사기도 진작시켰다. 게다가 얼마 안 가 내 오랜 친구 중 한 명이 그 배에 오른 덕분에 나는 더욱더 견딜 만한 지위를 누리게 되었다. 그 친구는 바로 다름 아닌, 나를 일찌감치 세상 속으로 내몬 치명적인 그 결투에서 내 입회인이 되어주었던 페이건 대위였다. 우리 연대(게일 보병대*)에 연줄이 있는 젊은 귀족이 한 명 있었는데, 그는 거칠고 위험한 군대 생활보다 몰**과 술집에서 즐겁게 노는 쪽이 더 좋았기 때문에 페이건에게 대신 참전해달라고 제안했고, 달랑 검 한 자루 말고는 아무 재산도 없었던 페이건은 이 제안을 기쁘게 수락했다. 보트가 해안에서 페이건 대위를 태우고 우리 배에 도착했을 때 우리는 (수송선 선원들과 관리들이 빙그레 웃으며 지켜보는 가운데) 갑판 위에서 하사관한테 훈련을 받는 중이었는데, 페이건은 곧바로 나를 알아보았고, 나는 그를 보고 깜짝 놀랐다가 배리 가문의 자손으로 태어나 그렇게 미천한 처지로 전락해버린 모습을 들켰다는 사실에 얼굴이 시뻘겋게 달아올랐지만, 단언컨대, 그건 내 곁에 친구 한 명이 생겼다는 뜻이었으므로 페이건의 얼굴을 다시 볼 수 있게 된 것만은 내게 더없이 반가운 일이었다. 페이건을 만나기 전까지 나는 너무나 우울했는데, 그 정도가 어찌나 심했던지, 만약 방법을 찾을 수 있었다면, 그리고 당연한 일이지만 사병들의 탈영 따위에 대비해 해병들이 계속 우리를 감시하지만 않았다면, 나는 분명 그 배에서 도망쳤을 것이다. 페이건은 날 알아보았다는 표시로 내게 윙크를 한 번 했을 뿐 그 자리에서 우리가 아는 사이라는 티를 공개적으로 내지는 않았지만, 채 이틀도 지나지 않아서, 배가 오랜 고향 아일랜드에 작별을 고하고 바다로 나아가고 있을 때 나를 자신의 선실로 불러들였고, 진심어린 태도로 나와 악수를 한 뒤, 내가 너무나 알고 싶어 하는 우리 가족

---

* Gale's Foot: 새커리가 만들어냈을 뿐 실제로는 존재하지 않는 부대 이름이다.
** Mall: 런던의 성 제임스 공원 내부에 있는, 나무 그늘이 우거진 산책로를 일컫는 말로 데이트의 명소이다.

소식을 전해주었다. 페이건은 말했다. "자네가 더블린에서 어떻게 지냈는지는 이미 들었네. 그렇게 빨리 사회생활을 시작하다니, 참으로 부전자전이구먼. 그보다 더 잘할 수는 없었을 거라는 생각이 들 만큼 잘해냈네. 그런데 가엾은 모친께 편지는 왜 써 보내지 않았나? 자네가 더블린에 있는 동안 모친께서 자네한테 편지를 여러 통 보내셨다고 하던데."

나는 우체국에 가서 편지가 왔는지 물었지만 미스터 레드먼드 앞으로 온 편지는 한 통도 없었노라고 말했다. 첫 주가 지난 뒤로는 너무 부끄러워서 어머니께 편지를 쓸 수가 없었다는 말은 덧붙이고 싶지 않았다.

"두 시간 안에 도선사가 이 배를 떠날 텐데, 모친께 편지를 써서 그 도선사 편에 보내야 하네. 그러면 자네가 무사히 잘 있다고, 브라운 베스* 양이랑 결혼했다고 말씀드릴 수 있을 것 아닌가." '결혼'이라는 말에 내가 한숨을 내쉬자 페이건은 웃으며 이렇게 말했다. "보아하니 자네는 브래디스타운에 사는 어떤 아가씨 생각을 하고 있군."

"브래디 양은 잘 있습니까?" 확실히 그녀에 대해 생각하고 **있었기** 때문에 나는 참지 못하고 그 이름을 입에 담았다. 더블린에서는 신나게 노느라 그녀를 잊고 있었지만, 나는 매번 역경을 겪을 때마다 그 역경이 사나이 가슴속 애정을 깊게 만들어준다는 사실을 깨닫곤 했다.

페이건은 진지한 목소리로 대답했다. "이제 그곳에 브래디 양은 일곱 명뿐이라네. 가엾은 노라."

"맙소사! 노라가 어떻게 됐나요?" 나는 슬픔이 그녀를 죽였나 보

---

* Brown Bess: '브라운 베스'는 영국의 랜드 패턴 사에서 제작한 총신이 긴 군용 화승총을 부르는 애칭이다. '브라운 베스와 결혼하다'나 '브라운 베스를 포옹하다'라는 표현은 사병으로 군에 복무한다는 뜻이다.

다고 생각했다.

"자네가 떠나버린 것에 어찌나 충격을 받았던지 노라는 어쩔 수 없이 스스로를 위로하려고 남편을 맞이했다네. 그 여자는 이제 존 퀸 부인일세."

"존 퀸 부인이라고요! **다른** 존 퀸 씨가 또 있습니까?" 나는 깜짝 놀라서 물었다.

"아니, 바로 그 사람일세, 친구. 그치가 부상에서 회복됐거든. 원래 자네가 쏜 그 총알은 그치를 다치게 할 수 없었다네. 삼베 실을 뭉쳐 만든 총알이었으니까. 설마 자기네 연 수입 1,500파운드를 자네가 말아먹는 꼴을 브래디 가족이 그냥 두고 볼 거라고 생각한 건 아니겠지?" 페이건은 이어서 더 많은 사실을 나에게 털어놓았다. 그 겁쟁이 잉글랜드인이 내가 무서워 결혼을 못 하겠다고 했기 때문에 나를 멀리 보내버리려고 그 결투 계획을 미리 짰다는 것이었다. "하지만 자네는 정확히 그치를 명중시켰네, 레드먼드. 그것도 고작 두꺼운 삼베 뭉치로 말이지. 그치는 너무 심하게 겁을 먹은 나머지 한 시간이 지난 뒤에야 정신을 차렸다니까. 자네 모친께도 나중에 사실대로 말씀드렸네. 어찌나 기뻐하시던지. 그 뒤 편지 10여 통을 더블린에 있는 자네한테 부치셨는데, 내 짐작에 그 편지들은 본명으로 배달된 것 같네. 자네는 본명을 대고 그 편지를 찾을 생각을 미처 하지 못한 거고."

(고백하건대, 그 작자를 죽이지 않았다는 사실에 내심 안도가 되었는데도) 나는 이렇게 말했다. "겁쟁이 자식! 그런데도 브래디 성의 브래디 가족이 그 새가슴을 세계에서 가장 유서 깊고 영광스러운 가문의 일원으로 받아들이는 데 동의했다, 그 말씀이죠?"

페이건이 말했다. "그치가 자네 외삼촌의 빚을 모두 갚아줬거든.

노라한테 여섯 마리 말이 끄는 마차도 선물하고 말이야. 그치가 곧 제대할 예정이라서 민병대 중위 율릭 브래디가 그치의 대위 자리를 사기로 했다네. 그러니까 그 겁쟁이 친구는 자네 외삼촌네 가정의 밑거름이 된 셈이지. 정말일세! 일이 어찌나 술술 풀리던지." 그런 다음 페이건은, 틈만 나면 잉글랜드로 도망칠 궁리를 하던 퀸을 믹과 율릭이 어떤 식으로 철저하게 감시했는지 웃으며 말해주었다. 그 감시는 결혼식이 끝나고 행복한 부부가 더블린으로 여행을 떠나기 전까지 계속되었다고 한다. 사람 좋은 페이건 대위는 또 이렇게 말을 이었다. "이보게, 친구. 자네 현금 바닥나지 않았나? 나를 맘껏 이용해도 좋네. 내가 퀸 나리한테 내 몫으로 돈 200파운드를 받아 챙겼거든. 그 돈이 남아 있는 한 자네 주머니에 돈이 마르는 일은 없을 걸세."

잠시 후 페이건은 자리에 앉아 어머니께 편지를 쓰라고 명령했고, 그 즉시 나는 진심으로 뉘우치는 어조로, 낭비라는 죄악을 저질렀노라고, 내가 어떤 치명적인 잘못을 범했는지 마지막 순간에야 깨달았노라고, 그래서 이제 군에 자원해 독일 전선으로 가는 배에 올라 있노라고 적어 내려갔다. 편지를 간신히 마무리할 무렵 도선사가 배를 떠난다는 알림이 들려왔고, 도선사는 나를 비롯해 불안감에 젖어 고향 아일랜드의 친구들에게 작별을 고하는 수많은 젊은이의 소식을 들고 배에서 내렸다.

내 인생의 수십 년 동안 배리 대위라 불렸고 유럽의 최상류층 사람들에 의해 그 이름으로 더 많이 알려지기는 했지만, 나는 오히려 대위 행세를 하며 살아가는 수많은 신사보다 더 그 호칭을 고집한 적도 없고 소모사를 잘라 만든 줄무늬 상병 계급장보다 더 높은 계급의 군복 장식이나 견장에 대해 권리를 주장한 적도 없다는 사실을 이 자리에서 고백하고 넘어가야겠다. 페이건 대위는 우리 배가 독일의 엘베강을 거슬러 올라가는 동안 나를 상병으로 진급시켰고 육지에 상륙하자마자 확실하게 계급장까지 달아주었다. 나는 핼버트 계급을 약속받았고, 내가 전공을 세웠다면 아마 엔사인* 계급까지는 진급되었을 것이다. 그러나 곧 알게 될 내용대로 '운명의 여신'은 나를 영국 군대에 오랫동안 묶어둘 마음이 없었다. 아무튼 그러는 동안 우리의 상황도 매우 호전되었다. 페이건이 동료 장교들에게 나의 모험 이야기를 들려준 덕분에 장교들은 나를 매우 친절하게 대했고, 덩치 큰 그 골목대장한테 거둔 승리 덕분에 앞 갑판의 전우들은 나를 존경했다. 또, 페이건의 격려와 조언 덕분에 나는 내 임무를 제법 제대로 수행해낼 수 있었다. 나는 상냥하고 유머 감각 있는 태도로 사람들을 대했지만, 스스로 체면을 깎아먹으면서까지 먼저 신분이 미천한 동료들과 어울리는 법이 없었고, 그래서 사실 동료들 사이에서 '우리 나리'로 통했다. 내게 그런 별명을 붙인 사람은 분명 그 익살맞은 하층민, 전직 홰꾼이었을 터인데, 나는 그때 왕국 내 그 어떤 나리보다도 그 호칭에 걸맞은 사람이 되어야 한다고 느끼고 있었다.

유럽 전역을 혼란에 빠뜨린 그 유명한 7년전쟁**의 원인을 설명하

---

* halbert, ensign: 핼버트는 예전 영국 보병 연대의 하사를 부르던 명칭이며, 엔사인은 보병 부대에서 임관 받은 최하위 장교인 소위를 부르던 명칭이었다. 이 계급 명칭들은 오늘날 영국 군대에서는 더 이상 쓰이지 않지만 근위 보병 연대(Foot Guards)에서는 지금까지도 사용된다.

** Seven Years' War: 전쟁의 직접적인 원인은 프로이센의 프리드리히 2세의 세력이 커지는 것을 견제하기 위해 오스트리아, 프랑스, 러시아, 스웨덴, 작센 왕국이 비밀리에 맺은 협정이었다. 1756년 8월 29일 프리드리히 2세가 작센 왕국을 선제공격함으로써 전쟁이 발발했다. 영국이 발 빠르게 프로이센을 지원하고 나선 부분적인 이유는 독일 하노버 공국 내 영국의 영토를 지키고 싶었던 조지 2세의 바람 때문이었다. 게르만 민족으로 구성된 프로이센과 오스트리아 간의 이 전쟁에서, 영국은 오스트리아와의 오랜 동맹 관계를 끊고 표면적으로 프로이센을 지지했지만 국무장관이었던 윌리엄 피트가

려면 아마 나보다 훨씬 위대한 철학자나 역사가가 필요할 것이다. 언제 생각해보아도 내게는 그 전쟁의 원인이 너무나 복잡하게 느껴지는데, 그 전쟁에 대한 책들 역시 어이가 없을 정도로 이해하기가 어려워서, 책을 읽어보아도 마지막 장을 덮고 나서 첫 장을 펼 때보다 조금이라도 뭔가를 더 알게 되었다고 느낀 적이 거의 없는바, 공연히 나까지 그 사건과 관련된 논문을 이 책에 실음으로써 독자들을 괴롭히는 짓은 하지 않으려고 한다. 내가 아는 것은 하노버 공국 내 영토에 대한 폐하의 애정이 그를 대영제국 역사상 가장 인기 없는 왕으로 만들었다는 것, 반(反)게르만 전쟁파의 수장이었던 피트 씨*가 돌연 장관직에 올랐을 때는

해임된 뒤 프로이센의 적국인 러시아와 비밀 협정을 맺어 하노버 영토를 지켰다. 새커리는 『1758년 연감』이 무수한 모병 활동 과정을 요약하려고 시도하면서 인정한 내용을 그대로 반영해 배리를 전쟁 원인에 대해 혼란스러워하는 병사의 모습으로 그려내고 있다. 『1758년 연감』은 7년전쟁에 대해 이렇게 기록했다. "이 전쟁에 얽힌 역학 관계의 전개 상황을 이해하는 일은 너무나 어려운 일이다. [……] 그 이전 몇 년간의 정세를 검토하지 않는다면 말이다. 세계의 상당히 넓은 지역을 통째로 혼란에 빠뜨린 문제들을 더욱 뿌리 깊게, 그리고 더욱 광범위하게 야기한 전쟁의 원인이 규명되지 않는 한, 그 전쟁이 표방하고 있던 정신에 공감하는 것 역시 쉽지 않을 것이다."

* Mr. Pitt: 1766년 채텀 백작의 작위를 받은 영국의 정치가 윌리엄 피트William Pitt(1708~1778)를 일컫는다. 동명의 아들 피트(1759~1806) 수상과 구분하기 위해 대(大)피트라고도 부른다. 1757년 4월 왕의 대륙 정책에 반대한다는 이유로 장관직에서 해임되었으나 피트 장관의 권한으로 대규모 모병 활동이 전개되는 동안 정치적 교착 상태가 지속되면서 불완전하나마 최측근 지지자 집단이 형성되었고, 수상 뉴캐슬 공작은 어쩔 수 없이 '위대한 하원의원'으로 통하던 피트를 자신의 내각에 포함시킬 수밖에 없었다. 영국의 작가 호레이스 월폴Horace Walpole(1717~1797)은 그 시기 피트에 대해 이렇게 기록했다. "그의 머리 위로 황금 상자가 말 그대로 비처럼 쏟아졌다." 새로운 연립 내각의 수장은 명목상 뉴캐슬 공작이었지만 전쟁 문제와 외교 업무에 관한 한 국무장관이었던 피트가 실질적인 결정권을 행사했다. 작가 새커리의 숙부 프랜시스 새커리Francis Thackeray(1793~1842) 목사는 1827년 『채텀 백작 윌리엄 피트 경 시대의 역사A History of the Right Honorable William Pitt Earl of Chatham』라는 두 권짜리 책을 출간했다. 이 책은 영국의 역사가 토머스 배빙턴 매콜리Thomas Babington Macaulay(1800~1859)가 가장 호평한 역사서 중 하나였다.

왕국 전역이 그 이전에 전쟁을 혐오했던 것만큼 전쟁에 환호했다는 것 뿐이다. 모두들 이구동성으로 데팅겐과 크레펠트 전투*에서 거둔 승리 이야기만 했다. '황후 겸 여제'**랑 동맹 관계였던 시절에는 늘 프리드리히 2세와 싸울 준비가 되어 있었으면서, 우리는 순식간에 태도를 바꾸어 예전에는 주로 '프로이센의 늙다리 무신론자 프리드리히'라 부르던 그를 '프로테스탄트 영웅'이라 부르며 성인처럼 숭앙했다. 어찌 된 일인지 몰라도 우리는 이제 프리드리히 편에 서 있었고, 황후, 프랑스, 스웨덴, 러시아는 동맹을 맺어 우리와 맞섰다. 리사 전투***에 대한 소문이 전장에서 멀리 떨어져 있는 아일랜드의 우리 동네에까지 돌았던 것

---

* Dettingen, Crefeld: 이 부분은 배리가 연도를 헷갈린 것이다. 영국의 군주가 직접 군대를 지휘한 마지막 전투였던 데팅겐 전투는 오스트리아 왕위 계승 전쟁(1741~1748) 기간 중인 1743년 6월 16일에 벌어진 전투이다. 이 전투에서 영국의 국왕 조지 2세George Ⅱ(1683~1760)는 직접 하노버군과 헤센군을 이끌고 프랑스군을 격파했다. 1758년 6월 23일 크레펠트 전투에서 브라운슈바이크-뤼네부르크 공작 페르디난트Prince Ferdinand of Braunschweig-Lüneburg(1721~1782)가 이끄는 하노버군은 클레르몽 백작 루이 드 부르봉 콩데Louis de Bourbon-Condé, comte de Clermont(1709~1771)가 이끄는 프랑스군을 격파했다.

** empress-queen': 7년전쟁 당시 오스트리아의 군주였던 마리아 테레지아Maria Theresia(1717~1780)를 일컫는다. 신성로마제국의 황제 카를 6세의 장녀로 태어난 테레지아는 왕위 계승 전쟁을 통해 합스부르크 왕가의 상속권을 지켜냈고, 여성이 계승할 수 없었던 신성로마제국의 황제 자리에는 자신의 남편 프란츠 슈테판을 앉혀 섭정을 실시한 용의주도한 인물이었다. 영국은 전쟁 초기인 1761년까지는 프로이센과 동맹 관계를 유지했지만 영국이 프리드리히 2세가 눈독 들이고 있던 것들의 값을 놓고 프랑스와 몇 차례 평화협정을 체결하려고 시도하면서 동맹에 금이 가기 시작했다. 영국과 프로이센 두 나라 사이의 갈등은 1762년을 기점으로 심화되었다. 영국이 프로이센의 오랜 적 오스트리아와 협상을 시작했기 때문이다. 마리아 테레지아는 신성로마제국의 황제 프란시스 1세Francis Ⅰ(1708~1765)의 황후이기도 했지만, 동시에 스스로 헝가리와 보헤미아의 통치권을 상속받은 여제이기도 했다.

*** battle of Lissa: 오늘날에는 로이텐 전투로 더 많이 알려져 있는 이 전투는 1757년 12월 5일 벌어진 전투로, 프리드리히 2세는 이 전투에서 오스트리아에게 엄청난 패배를 안겼다.

이 지금도 기억난다. 이 사건을 프로테스탄티즘의 대의명분을 지킨 승리로 여긴 우리는 횃불을 밝히고 모닥불을 피웠으며 교회에서 설교를 듣고 심지어 해마다 프로이센 왕의 생일까지 기렸다. 그날이 되면 우리 외삼촌은 건수가 있는 다른 날과 마찬가지로 만취할 때까지 술을 마셨다. 나와 함께 입대한 신분이 낮은 동료들은 물론 대부분 구교도였지만 (영국 군대는 실패를 모르는 우리 아일랜드 출신의 이런 병사들로 가득 차 있었다), 그들은 실제로 프리드리히와 함께 프로테스탄티즘을 표방한 전투에 참여하고 있었고, 프리드리히는 러시아의 그리스정교도, 신성로마제국과 프랑스의 구교도 부대는 물론, 스웨덴과 작센 왕국의 신교도와도 모조리 맞서고 있었다. 영국이 외인부대를 고용한 것은 원래 구교도들과 싸우기 위해서였고, 어떤 형태의 싸움이든 잉글랜드인과 프랑스인은 만나기만 하면 서로 싸우겠다고 으르렁댄다는 사실을 우리는 알고 있었다.

우리는 쿡스하펜에 상륙했는데, 그 선제후령*에서 지낸 지 채 한 달도 되지 않아 나는 늠름하고 젊은 장신의 군인으로 변모해 있었고 군대 훈련이 천성적으로 적성에 맞았기 때문에 연대 내에서 가장 경험 많은 하사관만큼이나 신속하게 훈련 목표를 달성해내는 경지에 도달해 있었다. 그러나 군대는 내 집의 포근한 안락의자에 앉아 영광스러운 전쟁을 꿈꿀 때나 좋은 것이거늘. 아아, 혹은 진급의 기회가 생길 때마다 멋지게 차려입은 신사들에게 둘러싸여 축하를 받는 장교로서 입대했을 때나 좋은 것이거늘. 그런 기회의 빛은 소모사 장식을 단 가난한 병사들

---

* 선제후령(選帝侯領), Electorate: 중세 이후 독일 지역에서 황제의 선거권을 소유한 제후가 다스리는 지역을 일컫는다. 쿡스하펜은 엘베강 하구의 항구도시로 예전에는 하노버 내 선제후령과 경계를 맞대고 있었다.

에게는 비치지 않는다. 지나다니는 장교를 바라볼 때면 나는 빨간 군복을 입은 병사들의 거친 언행이 몹시 부끄러웠다. 순찰을 돌 때 공동 식탁에 앉아 유쾌하게 대화를 주고받는 장교들의 목소리가 들려오면 내 영혼은 진저리를 치곤 했다. 자존심이 센 나는 신사에게 어울리는 머릿기름 대신, 양초 기름에 갠 밀가루를 억지로 머리에 처발라야 하는 내 신세가 혐오스러웠다. 그랬다. 평생 언제나 고상하고 기품 있는 취향을 유지해온 나는 내가 떨어진 그 끔찍한 소굴이 영 마음에 들지 않았다. 어떻게 하면 장교로 진급할 수 있을까? 장교 계급을 내게 사줄 만큼 돈 많은 친척이 없었던 나는 곧 너무나 의욕을 상실한 나머지, 작전을 수행하다가 총알을 맞고 숨통이 끊어졌으면 하는 바람을 품는가 하면, 기회를 틈타 꼭 탈영하고 말겠다는 맹세를 하기에 이르렀다.

아일랜드 왕의 후예인 내가 이튼칼리지를 다니다 온 어린놈한테 매질을 당할까 봐 위협을 느끼다니, 감히 나한테 자기 시종 노릇을 하고 시키다니, 그런 수모를 당하면서도 내가 그 자식을 죽이지 않았다니, 지금도 그 생각만 하면 몸서리가 쳐진다. 처음 눈물을 터뜨렸을 때는 눈물이 흐르는 것도 신경 쓰지 않고 심각하게 자살을 고려할 정도로, 그때 내가 느끼고 있던 굴욕감은 엄청난 것이었다. 그런데 바로 그런 상황에 나의 친절한 후견인 페이건이 나타나, 참으로 시기적절한 위로로 내게 큰 힘이 되어준 것이었다. "이 불쌍한 친구야, 그런 일들을 그렇게 진지하게 받아들여서는 안 되네. 매질 역시 상대적인 치욕일 뿐이니까. 어린 소위 페이크넘 역시 불과 한 달 전까지만 해도 이튼 학교에서 매질을 당했을걸. 그때 맞은 상처가 여태 다 낫지 않았다는 쪽에 내기를 걸어도 좋네. 그러니 이보게, 얼른 기운을 차려야지. 맡은 일을 잘해내는 신사가 되게나. 그러면 심각한 피해는 전혀 입지 않을 테니." 그 뒤 나의 후견인 페이건이 페이크넘을 불러 나를 위협하는 행동을 문제 삼아 몹시 나무랐다는 이야기가 들려왔다. 페이건은 향후 또 이런 비슷한 일이 생길 경우 자신을 모욕하는 행위로 받아들이겠다고 말했고, 그 말에 그 어린 소위는 당분간 나를 예의 바르게 대했다. 하사관들과의 문제는 내가 그들 중 한 명에게, 나를 때리는 사람이 있다면 그게 누구든, 어떤 처벌을 받든 개의치 않고 내가 그의 목숨을 끊어놓을 것이라고 엄포를 놓음으로써 해결됐다. 실제로 그랬다! 내가 몹시 진지하게 공언했기 때문에 무리 전체가 그 말을 믿을 수밖에 없었다. 그래서 그 뒤 영국 군대에 남아 있는 동안 이 레드먼드 배리의 어깨를 후려친 등나무 몽둥이는 한 개도 없었다. 그 시기에 내 감정이 어찌나 사납게 곤두서 있었던지, 실제로 내 마음이 단단히 굳어 있었으며, 나를 위한 장송곡 연주를 듣고 싶은 마음이 간절했었는데 이는 내가 살아 있다는 것만큼이나 분명한 사실이었다. 그러다가 상병으로 진급하자 악에 받친 나의 감정도 조금씩 수그러들었다. 나는 하사관들과 어울리며 그들에게 술을 대접하고 노름판에서 그 악당들에게 돈을 잃어주기도 했는데, 그 돈은 나의 선량한 후견인 페이건 씨가 때마다 꼬박꼬박 내 손에 쥐여주던 그 현금이었다.

　슈타데와 뤼네부르크 근교에 주둔 중이던 우리 연대에 속히 라인 강을 향해 남쪽으로 이동하라는 명령이 떨어졌다. 우리의 야전사령관인 브라운슈바이크 공작 페르디난트 장군이 패배했다는 소식이 들려왔다. 아니, 패배한 것이 아니라, 드 브로이 공작 빅토르 프랑수아*가 이

---

* 하노버, 프로이센, 영국 3국 연합군의 사령관이었던 페르디난트 공작은 1759년 4월 13일 베르겐에서 드 브로이 공작 빅토르 프랑수아Victor François, duc de Broglie(1718~1804)를 공격했다가 패퇴했다. 이 전투에서 승리한 드 브로이 공작은 루이 15세의 임명으로 프랑스군 원수에 올랐다. 원문에는 이름 철자가 일반적으로 통용되는 철자와 다르게 표기되어 있는데 새커리는 그 철자를 『연감』에서 따온 것으로 보인다.

그는 프랑스군을 프랑크푸르트 암 마인 근처 베르겐에서 공격하려다가 실패해 어쩔 수 없이 퇴각하게 된 것이었다. 연합군이 후퇴하자 프랑스 군은 거침없이 밀고 들어와, 예전에 데스트레 공이 컬로든의 영웅 컴벌 랜드 공작을 공격해 그로 하여금 클로스터 체벤 협정*에서 조건부 항복 에 동의, 서명하게 만든 것처럼 자신들도 그렇게 하겠다고 우리를 위협 함으로써, 영명하신 우리 군주의 하노버 내 선제후령을 겁 없이 압박하 기에 이르렀다. 하노버 침공은 영국 왕의 고귀한 가슴에 언제나 극심 한 아픔을 안겨줬기 때문에, 점점 더 많은 군대가 우리 쪽으로 파병되 었고, 호송대가 운반하는 보물이 우리 부대를 지나 우리의 동맹 프로이 센 왕에게 전달되었다. 온갖 원조에도 페르디난트 공작 휘하의 병력은 침략해오는 적군의 병력보다 점점 더 열세에 놓이게 되었지만, 그래도 아직은 군비 물자에 관한 한 우리가 더 우위였고, 우리에게는 세계에서 가장 위대한 장군 한 명이 남아 있었다. 거기에 영국군의 용맹도 있었 다고 덧붙이고 싶지만, **그런 말**은 차라리 하지 않는 것이 낫겠다. 민덴 전투의 월계관을 함께 쓰지 못한 그 조지 색빌 경**이 하필이면 우리 연 대의 지휘관이었던 것이다. 그렇지 않았다면 우리가 근대사에서 가장 큰 승리를 거두었을지도 모르는데.

* capitulation of Kloster Zeven: 컴벌랜드 공작Duke of Cumberland(1721~1765) 은 1757년 9월 하스텐베크에서 데스트레 백작 루이 세사르 르 텔리에Louis-César Le Tellier, comte d'Estrées(1695~1771)가 이끄는 프랑스군한테 패한 뒤 클로스터 체벤 조약에 억지로 서명했다. 그 조건부 항복 규정에 따라 3만 8천 명의 하노버 병력은 무 기를 내려놓고 뿔뿔이 해산할 수밖에 없었다.
** Lord George Sackville(1716~1785): 1759년 8월 1일 일어난 민덴 전투는 7년전쟁 중 프로이센 연합군이 큰 승리를 거둔 전투 가운데 하나였고 조지 색빌은 그 전투에서 영국군 기병대의 지휘관이었다. 총지휘관인 페르디난트 공작이 진군하라는 명령을 내 렸으나 색빌은 세 번이나 그 명령에 불복했고, 그 결과 나중에 군법재판에 회부, 파면 되었다. 색빌이 왜 그런 행동을 했는지에 대해서는 타당하게 설명된 적이 없다.

페르디난트 공작은 프랑스군과 선제후령 내륙 사이를 직접 파고들어 현명하게도 자유 도시 브레멘을 손에 넣은 뒤 그곳에 저장고, 무기고를 세우고 모든 병력을 그곳으로 집결시키는 등 그 유명한 민덴 전투에 나설 채비를 착착 해나가고 있었다.

만약 진실성이 이 회고록의 특징이 아니라면, 그리고 내가 개인적 경험의 진실성이 회고록에 더없이 완벽한 권위를 부여하는 것은 아니라는 말을 감히 입에 올리는 사람이었다면, 나는 신기하고 유명한 모험을 겪은 영웅으로 나 자신을 손쉽게 포장하거나 소설 작가들의 수법을 모방해 그 중요한 시대의 위대한 인물인 척 독자들에게 나 자신을 소개했을지도 모른다. 그런 사람들(그러니까 소설 작가들)은 군악대에서 북치는 병사나 청소부를 영웅으로 설정하고 나면 어떻게든 그들을 제국 내에서 가장 악명 높은 악당이나 가장 위대한 귀족과 접촉하게 만든다. 장담하건대 어디 그 부대에 그런 병사가 나 하나였겠느냐만, 나 역시 그렇게 떠벌리고 싶을 때면 어떻게든 페르디난트 공, 우리의 지휘관 조지 색빌 경과 그랜비 경을 내가 있었던 현장으로 데려오곤 했다. 기병대를 이끌고 추격해 프랑스군을 끝장내라는 명령이 조지 색빌 경에게 하달되었을 때, 그리고 그가 그 명령을 거부함으로써 엄청난 승리를 망쳐버렸을 때, 내가 바로 그 현장에 있었다고 **말하는 편이** 차라리 내게는 훨씬 손쉬웠을 것이다. 그러나 진실은, 그 귀족이 자신의 지휘 능력에 치명타를 날린 망설임을 범하던 그 순간 나는 기병대로부터 3킬로미터도 더 떨어진 곳에 있었다는 것, 그리고 열 맞추어 서 있던 우리 병사들 중에는 그때 무슨 일이 일어났는지 아는 사람이 아무도 없었다는 것이다. 우리는 격전장에서 온종일 노역을 하고 나서 찻주전자를 기울이며 휴식을 취하는 저녁이 되어서야 그날의 전투에 대해 이야기를 나눌 수가 있었다. 나는 그날 우리 부대장, 그리고 말을 타고 화염 속을 달려가는 당직 장교 두어 명 말고는 그보다 계급이 더 높은 사람을 단 한 명도 보지 못했다. 그러니까 내 말은 **아군** 장교를 보지 못했다는 뜻이다. (그 시절 내가 놓여 있던 그 미천한 신분, 즉) 상병이라는 불쌍한 병사는 예나 지금이나 일반적으로 볼 때 지휘관이나 장군들이 함께 어울리는 자리에 초대받을 수 있는 신분이 아니다. 그 무시를 응징하고자 내 두 눈으로 직접 본 사실을 밝히는바, 영국군과 달리 **프랑스군** 내에서는 군인들이 모두 똑같이 함께 싸우고 있었다. 그날 프랑스의 로레인 연대와 로열 크라바트*가 온종일 우리를 공격하고 있었는데, 그 **아수라장** 같은 곳에서도 그들은 지위고하를 막론하고 모두 동등한 대우를 받고 있었던 것이다. 원래 나는 떠벌리는 행위를 경멸하지만, 로열 크라바트의 대령을 내가 아주 가까운 거리에서 본 사실만큼은, 그리고 내가 총검으로 어떤 작고 불쌍한 장교의 몸을 찌른 뒤 그의 목숨을 빼앗은 사실만큼은 꼭 이야기하고 넘어가야겠다. 어찌나 어리고 가냘프고 왜소하던지, 내가 실제 무기로 사용했던 머스캣 총 개머리판 대신 땋아 내린 머리채로 한 번만 휘둘러 쳐도 저세상으로 보낼 수 있을 것만 같은 자였다. 그자 외에도 나는 장교와 병사 네 명을 더 해치웠고, 그 불쌍한 장교의 주머니를 뒤져 14루이도르**의 돈이 든 지갑과 은제 사탕 통을 찾

---

* regiments of Lorraine, Royal Cravate: 로열 크라바트는 민덴 전투에서 참패한 프랑스군의 기병 연대이다. 이는, 30년전쟁(1618~1648) 중이던 1643년 구교도 연합군을 결성하기 위해 동유럽에서 크로아티아, 헝가리 등 슬라브족 출신의 병사들을 모병해 부대를 창설한 이래 처음 일어난 일이었다. 그만큼 그 부대는 흉포하고 악랄하기로 유명했다. 로레인 연대라는 부대가 민덴에서 복무했다는 기록은 전혀 남아 있지 않다.
** ouis-d'or: 프랑스혁명 전까지 프랑스에서 통용되던 금화로 금화 하나당 20프랑의 가치가 있었다.

아냈는데, 특히 그 돈지갑은 내게 엄청나게 반가운 선물이었다. 그런데 나는 사람들이 자신의 참전 경험을 이런 식으로 단순화해서 이야기한다 해도 더 나빠질 게 없을 만큼 진실의 실체는 끔찍했다고 생각한다. (책에서 읽은 내용을 제외하면) 그 유명한 민덴 전투에 대해 내가 아는 것이라고는 앞에 말한 것이 전부다. 그 장교의 은제 알사탕 통과 금화가 든 지갑, 쓰러지던 그 순간 납빛으로 변하던 그 불쌍한 장교의 얼굴, 내가 활활 타오르는 불길에서 탈출해 그 장교의 시신을 뒤지던 순간 동료 병사들이 외치던 환호성, 프랑스군과의 대치 거리가 손을 잡을 수 있을 만큼 가까워졌을 때 그들이 내지르던 함성과 욕설 등, 솔직히 이런 것들은 별로 품위 있는 기억이 아닌 만큼 재깍재깍 잊고 마는 것이 상책이다. 나의 다정한 후견인 페이건이 총에 맞자, 그의 절친한 친구이자 동료였던 한 대위가 로손 중위를 향해 몸을 돌리며 이렇게 말했다. "페이건이 쓰러졌다. 로손, 이제 자네가 중대장이다." 나의 용감한 후원자에게 부쳐진 묘비명이 달랑 그것뿐이라니. "자네한테 돈을 백 기니 정도 남겨줬어야 하는 건데, 재수가 옴 붙었는지 어젯밤에 파로 게임을 하면서 몽땅 다 잃었지 뭔가." 페이건 대위는 마지막으로 내게 이 말을 남기고는 맥없이 내 손을 한 번 쥐었다. 잠시 뒤 진군 명령이 떨어져서 나는 페이건 곁을 떠났다. 우리가 전투를 마치고 그 전장으로 다시 돌아왔을 때 페이건은 여전히 그곳에 누워 있었지만 이미 죽어 있었다. 아군 몇 명이 벌써 그의 견장을 뜯어 갔고 그의 지갑도 의심할 여지 없이 이미 털어 간 뒤였다. 전쟁 속에서 인간은 이렇게 무뢰배와 악당이 되어버리고 마는 것을! 신사들은 그 시절이 그저 기사도가 지켜지던 시절이었다고 말하는 경우가 많다. 그러나 당신들이 지휘하던 그 굶주린 짐승들, 그러니까 가난 속에서 자라난 일자무식한 자들, 피를 보는 짓을 통해서만 자신감을 느낄 수 있게 키워진 자들, 술주정과 난봉질과 약탈을 통해서만 즐거움을 느끼던 자들을 기억하시라. 당신들의 위대한 전사들과 제왕들이 전 세계에서 온갖 살상 행위를 행해오는 동안 그 짐승들을 놀라우리만치 유용한 도구로 써먹어왔다는 사실도. 예컨대 현재 우리는 프리드리히 2세를 '프리드리히 대왕'이라고 부름으로써 그에게, 그리고 그의 철학과 자유분방함과 천재적인 용병술에 존경심을 표하지만, 그의 군대에서 사병으로 복무했던 나는, 다시 말해 역사의 위대한 한 장면을 장식한 그 풍경 뒤편에 서 있던 나는, 그 장면을 보면 오직 공포만을 느낄 뿐이다. 범죄, 빈곤, 굴종 등이 합쳐져서 영광을 빚어내는 항목들이 인간의 삶 속에 어디 한두 가지던가! 나는 지금도 기억한다. 민덴 전투가 끝나고 3주 정도가 지난 어느 날을, 우리 몇 명이 몰려 들어갔던 어떤 농가를, 바들바들 떨면서 우리에게 포도주까지 대접하던 농부의 아낙과 딸들을, 우리가 모조리 마셔버린 그 술을, 그리고 얼마 안 가 화염 속에 휩싸인 그 집을, 그리고 나중에 처자식과 집을 찾아 고향에 돌아온 그 상것이 느꼈을 비통함을!

제5장
배리, 전쟁터의 무공에서 최대한 멀리 도망치려고 애쓰다

　나의 보호자 페이건 대위가 죽은 뒤로 내가 훈련에서나 동료들과의 관계에서나 최악의 나락으로 떨어지게 되었다는 고백부터 해야겠다. 거친 병사는 절대로 자신이 속한 연대의 장교들한테 총애를 받을 수 없다. 잉글랜드인이 종종 그러듯, 장교들은 아일랜드인들을 경멸했고 상스럽게 막 지껄이는 아일랜드인의 태도와 억양을 조롱했다. 나는 일찍이 장교 두어 명한테 무례하게 군 적이 있었는데, 그러고도 처벌을 받지 않은 까닭은 오로지 페이건의 중재가 있었기 때문이다. 장교들 중에서도 유난히 나를 좋아하지 않았던 페이건의 후임 로손은 그런 이유로 민덴 전투 이후 공석으로 남아 있던 자기 중대 하사관 자리에 다른 병사를 앉혔다. 그런 부당한 처사 때문에 군 복무는 내게 점점 더 괴로운 일이 되어갔다. 나는 상관이 내게 반감을 품는 이유를 알아내 극복하고 바람직한 행동으로 호감을 사려고 애쓰는 대신, 그저 어떻게 하면 요령껏 내 위치를 더욱 편하게 만들 수 있을까만 궁리했고 내 권한 안에서 누릴 수 있는 즐거움은 단 한 가지도 포기하지 않았다. 그러나 그곳은 이쪽저쪽에서 끊임없이 군세를 뜯기는 사람들과 적군이 눈앞에 있는 외국이었기 때문에, 평화 시라면 어림도 없었을 변칙들이 부대 안에서 수도 없이 용인되었다. 그 덕분에 나는 하사관들과 함께 어울리며 그들의 오락에 끼는 일이 점점 많아졌다. 이런 말을 하게 되어 안타깝지만 음주와 도박은 그 당시 우리의 주된 소일거리였다. 나는 너무나 손쉽게 그들의 방식에 빠져들었고 고작 열일곱 살의 어린 사내였음에도 그들이 저지르는 대담한 악행은 모조리 내가 주관했다. 단언컨대 그들 중에는 온갖 도락이라는 과학 분야에 한 획을 그은 자가 여럿 있었는데도 그랬다. 만약 그 부대에 더 있었다면 틀림없이 나는 헌병대 사령관의 수중에 떨어졌을 것이다. 그런데 우연히 일어난 어떤 사건 덕분에 상당히 독특한 방식으로 나는 영국 군대에서 벗어나게 되었다.

조지 2세가 승하하던 해에 우리 연대는 (그랜비 후작이 조지 색빌 경의 민덴 배임 행위로 실추된 기병대의 명예를 회복하고자 자신의 말과 함께 분투하고 있던) 바르부르크 전투에 참여하는 영예를 누렸고, 그곳에서 페르디난트 공작은 한 번 더 프랑스군에 완벽한 패배를 안겨주었다.* 그 작전을 수행하던 중에 내 상관, 즉 독자들도 기억하고 있을 페이크넘 지방 출신의 페이크넘 씨, 그러니까 매질을 하며 나를 협박하던 바로 그 신사, 페이크넘 중위가 옆구리에 머스캣 총탄을 맞았다. 그때까지 그는 프랑스군과 맞서라는 명령만 떨어지면 어떤 전투에나 나섰

---

* 조지 2세는 1760년 10월 25일 사망했다. 브라운슈바이크 공작 페르디난트 휘하의 영국-하노버 연합군이 프랑스군에 대승을 거둔 바르부르크 전투는 그해 7월 31일에 벌어졌다. 영국 기병대가 그곳에 도착했을 때는 사실상 이미 연합군이 승기를 잡은 뒤였지만, 그랜비 후작 존 매너스John Manners, Marquis of Granby(1721~1770)가 선보인 화려한 기병대 전술은 1759년 조지 색빌이 민덴에서 먹칠해놓은 기병대의 명예가 회복되는 데 크게 일조했다.

고 단 한 번도 용기 없는 모습을 내보인 적이 없었지만, 그렇게 첫 부상을 당하고 나자 완전히 겁에 질려버렸다. 자신을 가까운 마을로 데려다주면 5기니를 주겠다는 그의 제안에, 나는 다른 병사 한 명과 함께 모포로 몸을 감싸 그나마 외관이 멀쩡해 보이는 집으로 간신히 운반해 그를 침대에 눕혔고 (머스캣 총의 화염에서 벗어나는 것 말고는 바라는 것이 아무것도 없었던) 어린 위생병 한 명도 기꺼이 따라 나서 페이크넘의 상처를 붕대로 싸매주었다.

이제야 고백하지만 건물 안으로 들어가려고 우리는 어쩔 수 없이 여러 집 자물통에 대고 총을 몇 발 쏠 수밖에 없었다. 그런데 그 총소리에 주민 한 명이 문밖으로 나왔다. 눈동자가 까맣고 얼굴이 아주 어여쁜 그 젊은 아가씨는, 근처 카셀의 공작 밑에서 사냥꾼으로 일하다가 은퇴한 눈이 반쯤 먼 늙은 아버지와 함께 살고 있었다. 프랑스군이 마을을 점령했을 때 그 집도 이웃의 다른 집들과 마찬가지로 마구 짓밟혔다고 했다. 그래서 처음에는 우리 일행에게 공간을 내어주는 것을 집주인이 극도로 꺼렸다. 하지만 문을 한 번 세게 치는 동작이 효과가 있었는지 알겠다는 대답이 곧바로 나왔다. 페이크넘 씨는 매우 불룩한 지갑에서 금화 한두 닢을 꺼내 보임으로써 단 한 명의 귀한 손님만 깍듯하게 모셔야 한다는 점을 그들에게 얼른 납득시켰다.

(그곳에 머물게 되었다는 사실에 한껏 신이 난) 위생병에게 환자를 맡기고 약속된 보상금을 받아낸 다음 동료 병사와 함께 우리 연대로 돌아가는 중에, 나는 짧은 독일어 솜씨로 그 집 처녀에게 '바르부르크의 까만 눈동자 여신'이라는 둥 어울릴 법한 찬사를 늘어놓고 나온 터라 적잖이 부러움을 느끼며 나도 그 집에서 지낼 수 있다면 얼마나 편할까 하는 생각에 잠겨 있었는데, 나와 함께 걷고 있던 이등병이 중위한테

받은 돈 5기니를 나누어 가져야 한다며 내 몽상에 불쑥 끼어들었다.

"자네 몫은 이걸세." 나는 이렇게 말하며 1기니를 내밀었다. 그 원정대의 지휘자는 나였으므로 그것만도 충분한 액수였다. 그러나 이등병은 지독한 욕설을 곁들여가며 절반이 자신의 몫이라고 주장했다. 여기에서는 지명을 밝힐 수 없는 우리 군영으로 돌아가라고 내가 말하자 그는 머스캣 총을 들어 올리더니 개머리판으로 거세게 나를 후려쳤고 나는 시체처럼 땅바닥에 뻗어버렸다. 기절 상태에서 깨어나 보니 머리에 난 커다란 상처에서 피가 벌컥벌컥 흐르고 있었다. 한시가 급한 상황이었다. 나는 비틀비틀 걸어서 중위를 남겨두고 온 그 집으로 간신히 돌아가서는 현관 앞에서 다시 정신을 잃고 쓰러졌다.

돌이켜보면 그 집을 나서던 위생병이 나를 발견한 것이 틀림없다. 두번째로 깨어났을 때 나는 그 집 1층 방 안에 누워 있었고 까만 눈동자의 소녀가 내 몸을 받치고 있는 동안 위생병이 내 팔뚝에서 엄청난 양의 피를 뽑아내고 있었다. 방 안에는 침대 하나가 놓여 있었는데, 아까 우리가 중위를 눕혔던 그 침대의 주인은 하녀 그레텔이었고, 리셴이라 불리는 나의 아름다운 아가씨는 부상당한 장교가 그때 막 옮겨져 눕혀진 긴 소파에서 늘 잠을 잔다고 했다.

"침대에는 누구를 눕히려는 거요?" 중위가 독일어로 기운 없이 물었다. 옆구리에서 총알을 빼내느라 극심한 고통과 출혈을 겪은 터였다.

사람들이 아까 당신을 데리고 온 상병이라고 말해줬다. 그러자 중위는 영어로 말했다. "상병이라고? 그럼 그놈 거기서 치워." 독자들 짐작대로 내게는 그 말이 굉장히 큰 칭찬으로 들렸다. 그러나 우리는 둘 다 너무나 기력이 없어서 더 이상은 서로에게 욕도, 칭찬도 건넬 수가 없었다. 그들은 나를 조심스럽게 침대에 눕히고 옷을 벗겼다. 그제야 그 잉글랜드 병사 놈이 나를 때려눕힌 뒤에 내 주머니를 털어 갔다는 사실을 알 수 있었다. 하지만 나는 이미 안락한 장소에 와 있었다. 나에게 쉼터를 제공해준 그 젊은 아가씨는 내게 기운을 북돋워줄 음료를 가져다주었다. 컵을 받아 들면서 나는 참지 못하고 그 친절한 손을 움켜잡았다. 그리고 솔직히 말하는데 고마움을 전하는 내 손짓을 그녀도 뿌리치지는 않았다.

그 뒤 서로 더 잘 알게 된 뒤에도 이런 친밀감은 전혀 줄어들지 않았다. 오히려 나는 리셴이 천하에 둘도 없는 상냥한 간병인이라는 사실을 알게 되었다. 부상당한 중위를 섬세한 손길로 보살펴야 할 때면 리셴은 언제든 중위의 맞은편 침대에도, 샘 많은 사내의 약 오른 마음에도 그 손길을 나누어주었다. 중위의 투병 기간이 어찌나 길게 느껴지던지. 둘째 날에는 열이 펄펄 끓었고, 며칠 밤 동안에는 정신도 혼미했다. 우리 부대의 한 지휘관이 십중팔구 자신도 그 집에서 며칠 묵을 요량으로 감찰을 나왔다가 머리 위를 가격하는 환자의 울부짖음과 광기 어린 외침 소리에 식겁해 돌아간 일이 지금도 기억난다. 나는 상처가 잘 아물어서 아래층 방에 앉아서 매우 편안한 나날을 보내고 있었다. 그러다가 그 장교가 왜 연대로 돌아가지 않느냐고 거친 목소리로 내게 따져 묻고 나서야, 현재의 내 거처가 얼마나 쾌적한 곳인지, 술 취한 병사들이 득시글대는 역겨운 천막 밑에 웅크리고 있거나 야간 순찰을 돌거나 훈련 때문에 날이 밝기도 한참 전에 깨어야 하는 병영보다 그 집이 얼마나 더 지내기에 편한 곳인지 곱씹어보기 시작했다.

페이크넘 씨의 섬망 증상에서 힌트를 얻은 나는 **미친** 척하기로 즉각 결심했다. 브래디스타운 근처에 살던 '떠돌이 빌리'라는 불쌍한 사내의 정신이상 행동을 어릴 적 곧잘 흉내 내곤 했던 나는 다시 한번 그

짓을 해보기로 했던 것이다. 그날 밤 시험 삼아 리셴에게 고함을 지르며 경례를 하고 빙긋 웃어 보였더니, 리셴은 넋이 빠질 만큼 완전히 겁에 질려버렸다. 그래서 그 뒤로 누구든 다가오기만 하면 발광을 해댔다. 머리에 가해진 충격 때문에 뇌가 손상된 것이라고, 위생병이 기다렸다는 듯 그 사실을 입증해주었다. 어느 날 밤 나는 그의 귀에 대고, 내가 줄리어스 시저이며 그를 나의 약혼녀 클레오파트라 여왕으로 생각한다고 속삭였고, 내 말을 들은 그는 내가 정신병에 걸린 것이 틀림없다고 확신했다. 여왕 폐하가 참말로 나의 아이스쿨라피우스* 같았다면, 그녀는 분명 이집트에서는 흔히 볼 수 없는 당근 색 턱수염을 기르고 있었으리라.

프랑스군 쪽의 동태에 따라 우리 쪽 연합군도 서둘러 진군하기 시작했다. 부상병을 방문 치료해야 하는 위생병들이 소속된 프로이센 기병대 몇 개 부대만 빼고 마을 전체에 대피령이 떨어졌다. 우리도 상태가 괜찮으면 연대로 복귀해야만 했다. 하지만 나는 그 부대로 돌아가지 않기로 했다. 나는 당시 유럽 전체에서 거의 유일한 중립국이었던 네덜란드로 향할 작정이었다. 거기라면 어떻게든 잉글랜드로, 그리고 나의 사랑하는 고향 브래디스타운으로 돌아가는 길을 찾을 수 있을 테니까.

〔(1814년 브릭스턴**에서 만난 뒤로는 한 번도 본 적이 없지만)〕11) 페

---

* Aesculapius: 고대 그리스 신화에 나오는 의술의 신으로 여기에서는 위생병을 비유적으로 지칭한다.

** 이 표현은 이야기의 서술 시점이 1800년경이라는 제1장의 주석과 앞뒤가 맞지 않아 (556쪽 미주 3 참조) 새커리가 나중에 일부러 삭제한 것으로 보인다. 그러나 제17장에 가면 1814년 플리트 감옥에 수감된 배리 이야기가 나온다. 19세기 초반까지 브릭스턴은 런던과 분리된 행정구역이었다. 브릭스턴의 성 마태 교회 역시 1822년에야 건립되었지만 그 뒤로 '기하급수적으로 주택이 증가'되었다는 기록이 1844년 잡지 『빌더*the Builder*』에 남아 있다. 이 소설이 세상에 처음 소개되면서 그 기록도 덩달아 주목을 받

이크넘 씨가 아직까지 살아 있다면, 그에게 했던 내 행동에 대해 지금이라도 사과를 전하고자 한다. 그는 굉장한 부자였지만 늘 나를 함부로 대했다. 그래서 나는 바르부르크에서 부상당한 그를 수행하러 온 그의 하인을 요령껏 겁주어 쫓아버렸고, 그때부터 가끔이긴 해도 항상 경멸조로 나를 대하는 그 환자의 시중을 체면 불고하고 내가 직접 들어주어야만 했다. 하지만 나의 목적은 그를 혼자 두는 것이었기 때문에, 나는 그것만이 그가 내게 보여준 모든 호의에 대해 참으로 적절하게 보답하는 길일 것이라 마음속으로 생각하면서 그의 난폭한 행동도 최대한 공손하고 부드러운 태도로 견뎌냈다. 사실 그 고귀한 신사는 그 집에서 나만 무례하게 대한 것이 아니었다. 그는 나의 아름다운 아가씨 리셴에게도 이런저런 지시를 내리는가 하면 뻔뻔하게 사랑 고백을 하기도 했고, 그녀가 끓인 수프를 욕하는가 하면 오믈렛 때문에 그녀와 말다툼을 하기도 했으며, 자신이 병수발 비용으로 내놓는 돈을 몹시 아까워하기도 했기 때문에, 자랑으로 하는 소리가 아니라 정말로 우리 여주인은 나를 존중하는 만큼 그를 혐오했다.

꼭 진실을 말해야 한다면, 여자라면 나이가 얼마나 많든, 외모가 얼마나 아름답든 개의치 않고 언제나 진솔하게 대해온 나답게, 그녀와 한 지붕 밑에서 지내는 동안 내가 그녀에게 품었던 사랑은 참으로 깊은 것이었다. 세상 속에서 자신의 길을 개척해 나가야 하는 남자에게 사랑스러운 아가씨들은 이런저런 면에서 언제나 유용한 도움이 될 수 있다. 그녀들이 당신의 불같은 사랑을 거절하더라도 괘념치 말라. 적어도, 당신이 그 사랑을 떠벌린다고 해서 모욕감을 느낄 여자는 없으니까. 그리

게 된 것 같다.

고 당신의 불행에 따른 결과는 그녀들이 더 호감 어린 눈으로 당신을 바라보게 되는 것뿐이니까. 리셴의 경우, (지금 내가 쓰고 있는 이 책만큼 정확한 역사적 사실에 나를 굳이 가둘 필요가 없었기 때문에 원래 이야기보다 훨씬 더 로맨틱하고) 가슴 절절하게 내 인생 이야기를 들려줌으로써 나는 가엾은 그 처녀의 마음을 완전히 사로잡았고, 거기에 덤으로 그녀의 가르침 덕분에 독일어도 상당한 수준까지 구사할 수 있게 되었다. 여인들이여, 부디 나를 잔인하고 비정한 인간이라 여기지 마시라. 리셴의 그 마음은 그녀가 사는 그 동네 여러 마을의 처지와 다를 바가 없는 것이었고, 내가 그곳에 도착해 그 마음을 얻으려고 애쓰기 이전에 이미 몇 차례 급습과 점령을 당한 적 있는 마음이었으니까. 그 마음에는 그때그때 사정에 따라, 어떤 때는 프랑스 국기가, 또 어떤 때는 초록색과 노란색의 작센 왕국 국기가, 그리고 또 어떤 때는 검은색과 흰색의 프로이센 국기가 걸렸을 테니까. 그녀처럼 군복을 입은 사내에게 마음을 주는 아가씨는 언제든 사랑하는 대상을 신속히 갈아치울 채비가 되어 있어야 한다. 그러지 않으면 그녀의 삶은 슬픔만으로 가득할 테니까.

우리를 진료하던 그 독일인 위생병은 영국군이 떠난 뒤로는 내가 그곳에 머무는 동안 겨우 두 번 그 집을 방문했을 뿐이다. 거기 누워 있던 페이크넘 씨한테는 안된 일이지만 한 가지 이유 때문에 나는 신경 써서 방을 어둡게 하고 그를 맞이했다. 그러고는 머리를 맞은 뒤로는 불빛만 보면 끔찍하게 눈이 아프다고 말했다. 나는 정신병자 행세를 계속하느라, 위생병이 찾아올 때마다 그런 식으로 내 머리를 옷가지로 덮어 숨기면서 내가 이집트 미라라는 둥 정신 나간 헛소리를 주워섬겼다.

"야 인마, 왜 자꾸 이집트 미라 같은 헛소리를 해대는 거야?" 페이크넘 씨가 짜증을 내며 물었다.

"아! 중위님도 곧 아시게 될 겁니다." 내가 말했다.

위생병이 다시 방문할 것이라 예상되던 날, 나는 어두운 방에서 그를 맞이하는 대신, 일부러 위생병이 집에 올 시간에 맞추어 머리에 손수건을 칭칭 감고 아래층 방에 앉아서 리센과 카드 게임을 하고 있었다. 그때 나는 이미 손에 넣은 중위의 겉옷과 의복 장식 몇 개를 몸에 걸치고 있었는데, 자랑 삼아 하는 말이지만, 그것들이 내게 어찌나 잘 어울리던지 나는 꼭 진짜 신사처럼 보였다.

"잘 계셨나, 상병." 미소 어린 내 경례에 대한 답으로 위생병이 매우 무뚝뚝하게 말했다.

"상병이라니! 부탁이니 중위라고 부르게." 나는 이렇게 대답하며, 리센을 힐끔 쳐다보았다. 리센에게는 아직 내 계획에 대해 아무것도 알려주지 않은 상태였기 때문이다.

"어째서 중위지? 내 생각에 중위는……" 위생병이 물었다.

나는 웃으며 소리쳤다. "내 말대로 예의를 갖추게나. 자네가 위층의 미친 상병과 나를 헷갈린 모양이군. 그놈이 한두 번씩 장교 행세를 하더니만. 여기 계신 친절한 우리 여주인께서 어느 쪽이 중위고 어느 쪽이 상병인지 대답해주실 수 있을 걸세."

리센이 말했다. "어제는 자기가 페르디난트 공작인 줄 알더군요. 선생님이 지난번에 오셨을 때는 자기가 이집트 미라라고 했잖아요."

"그랬죠. 기억합니다. 하하! 그런데 중위, 내가 차트에도 자네 두 사람을 헷갈려서 잘못 적은 것 알고 있나?" 위생병이 말했다.

"나한테 그 친구 병세에 대해 말할 것 없네. 그 친구도 이젠 진정되었으니까."

나는 이렇게 말했고 우리 둘은 그 실수가 세상에서 가장 우스꽝스러운 일인 양 웃음을 터뜨렸다. 그러고는 환자를 보러 위층 방으로 가려는 위생병을 붙잡고, 굉장히 흥분한 상태니까 그의 병세에 관한 주제는 입에 담지 말라고 경고했다.

독자들도 이제는 앞의 대화를 통해 나의 진짜 계획이 무엇인지 알아챘으리라. 나는 탈출을, 그것도 그의 면전에서 그의 신분을 강탈해 페이크넘 중위라는 신분으로 탈출을 할 생각이었다. 말하자면 나의 화급한 요구 사항을 충족시키기 위해 그의 신분을 이용하려는 것이었다. 그것은 명백한 사칭이요, 생각하기에 따라서는 강도짓이었다. 내가 그의 모든 돈과 옷을 챙긴 것은 사실이었고, 이제 와서 내가 한 행동을 굳이 감출 마음도 없다. 그때 나는, 다시 그런 상황이 닥친다 해도 똑같은 행동을 할 만큼 그것들이 절박하게 필요한 상황이었다. 그리고 그의 이름은 물론 그의 지갑이 없다면 나의 탈출 계획을 실현시킬 수 없으리라는 것을 잘 알고 있었다. 그리하여 그의 물건을 하나씩 손에 넣는 것이 나의 임무가 되었던 것이다.

중위는 여전히 위층 방 침대에 누워 있었기 때문에 나는 아무런 망설임 없이 그의 군복을 입고 살았고, 나를 알 수도 있는 사람들이 아직 마을에 남아 있는 것은 아닌지 특히 더 신경 써가며 위생병한테서 정보를 캐내보았다. 하지만 들려오는 소식은 아무것도 없었다. 그래서 나는 중위의 군복을 입고 차분하게 마담 리셴과 함께 산책을 하면서 어디에서 내가 사고 싶은 말을 파는지 조사하기도 하고 그 지역 담당 지휘관에게 나 자신을 요양 중인 영국 게일 보병 연대 소속의 페이크넘 중위라고 소개하기도 했는데, 그러자 그 지휘관은 초라하지만 자기네 식당에서 프로이센 연대 장교들이랑 저녁 식사를 함께 하면 어떻겠느냐며 나를 초대했다. 내가 자신의 이름을 도용했다는 사실을 알게 되었을 때 페이크넘이 얼마나 크게 분노하며 길길이 날뛸지!

그 귀한 분께서 연대로 돌아가면 부주의한 태도에 대한 처벌로 나를 매질해주마 하고 갖은 욕설과 저주를 곁들여가며 자신의 군복에 대해 물을 때마다, 나는 더없이 공손한 태도로 군복은 아래층에 아주 고이 잘 모셔두었노라고 알려주었다. 그리고 실제로 그 군복은 아주 깔끔하게 포장되어 내가 떠나기로 한 그날만을 기다리고 있었다. 반면 그의 신분 서류와 돈은 아직 그의 베개 밑에 놓여 있었는데, 내가 이미 구입한 말 대금을 치러야 하는 날이 다가왔다.

나는 중개상에게 대금을 치를 테니 정해진 시각에 말을 데려오라고 지시했고(참으로 눈물 나는, 친절한 여주인과의 이별은 여기에서는 생략하고 넘어가야겠다), 거사에만 정신을 집중하며, 완벽한 그의 군복 차림에 그의 모자까지 왼쪽 눈 위로 삐딱하게 쓰고는 위층 방으로 걸어 올라갔다.

페이크넘은 나를 보자 평소의 곱절로 욕을 쏟아내며 말했다. "야, 이 천하의 악당 놈아! 이 말 안 듣는 개새끼, 내 군복을 쫙 차려입고 도대체 뭘 하려는 거지? 내 이름 페이크넘을 걸고 말하는데 연대로 돌아가면 네 몸뚱이에서 완전히 혼이 빠지게 만들어주마."

나는 그 말을 비웃으며 말했다. "난 중위로 진급했다. 내가 여기 온 건 네놈한테 작별 인사를 하기 위해서야." 그러고는 그의 침대로 다가가며 말을 이었다. "네 신분 서류와 지갑을 좀 가져가야겠어." 이 말과 함께 내가 그의 베개 밑으로 손을 쑥 집어넣자, 놈은 연대 병력 전체를 불러 모을 것처럼 내 귀에 대고 엄청난 괴성을 질러댔다. "이봐, 내 말 잘 들어! 더 이상 시끄럽게 굴지 않는 것이 좋을 거야. 그러지 않으면 곧 시체가 될 테니까!" 나는 손수건을 꺼내어 숨이 막힐 만큼 그의 입에 재갈을 꽉 물리고는 셔츠의 양쪽 소매를 앞으로 잡아당겨 서로 묶어버린 뒤, 독자들 짐작대로 그의 신분 서류와 지갑을 챙기고 오늘도 즐겁게 보내라는 인사까지 정중하게 건넨 다음 그를 남겨놓고 나왔다.

"미친 상병이 낸 소리요." 환자의 방에서 들리는 소음 때문에 아래층에 모여든 사람들에게 내가 말했다. 나는 늙고 눈먼 사냥꾼의 집을 그렇게 떠났다. 그 딸의 다감한 마음씨와 어떻게 이별했는지는 말하지 않으련다. 새로 구입한 말을 타고 의기양양하게 길을 떠난 나는 마을 성문에 이르러 보초병이 내게 받들어총 자세로 경례를 붙이자 비로소 내게 어울리는 자리를 찾은 것 같은 기분을 새삼 또 느끼며 앞으로는 절대로 신사 계급에서 추락하지 않겠노라 결심했다.

처음에 나는 마치 바르부르크 프로이센군 사령관의 보고서와 편지를 본진으로 가져가는 것처럼, 우리 부대가 있던 브레멘 쪽으로 길을 잡았다. 그러나 문 앞에 나와 선 보초병의 시야에서 벗어나자마자 말고삐를 돌려서 다행히 바르부르크에서 그다지 멀리 떨어져 있지 않은 헤센 카셀 자치령* 영토로 들어갔다. 분명히 말하는데, 내가 우리 동포들의 점령지에서 벗어났다는 사실을 알려주는, 장벽 위에서 펄럭이는 푸른색과 붉은색 줄무늬 국기를 보면서 얼마나 큰 기쁨을 느꼈는지 모른다. 가는 곳마다 하인리히 공작**에게 메시지를 전달하러 가는 전령병이라는 티를 잔뜩 내면서 나는 말을 타고 호프로, 그리고 다음 날은 카셀로 향했고, 니더라인강 유역에 이르러 그 지역에서 가장 좋은 호텔에

---

* Hessen-Cassel territory: 1866년까지 독립된 영토의 지위를 유지했고, 1803년 '선제후 선거인(Elector)'이라는 호칭을 부여받기 전까지 이곳의 군주는 '백작(Landgrave)'이라는 호칭으로 불렸다.
** Prince Heinrich: 프리드리히 2세의 막냇동생으로 전장의 뛰어난 지휘관이었다.

숙소를 정했는데, 그곳은 주둔군 야전 장교들이 머무는 숙소였다. 영국 신사로서 품위 있는 인상을 주고 싶었던 나는 그 신사들에게 그 호텔에서 가장 좋은 포도주를 대접하면서 영국에 있는 내 영지에 대해 거침없이 이야기를 늘어놓았는데, 그 내용이 어찌나 그럴듯했던지 내가 꾸며낸 이야기에 나 자신도 깜빡 속아 넘어갈 지경이었다. 나는 심지어 빌헬름스회에 궁전*에 와서 궁정대신의 사랑스러운 따님과 미뉴에트도 추고 폐하께서 총애하시는 사냥대장에게 판돈 몇 푼을 잃어드리기도 하면 어떻겠느냐는 초대를 받기도 했다.

식당의 우리 테이블에는 프로이센 장교가 한 명 앉아 있었는데 그는 나를 굉장히 깍듯하게 대하면서도 영국에 대해 온갖 질문을 던져댔고 나는 최선을 다해 그 질문에 답했다. 그런데 그 최선을 다한 것이 이제 말하려는 바와 같이 오히려 최악의 결과를 낳고 말았다. 그 당시 나는 잉글랜드는 물론, 궁정이나 귀족 가문에 대해 아는 것이 아무것도 없었다. 그런데도 젊음이라는 허영심(그리고 어린 시절 몸에 배었으나 오래전 나 스스로 고친, 진실과 전혀 부합하지 않는 이야기를 주절주절 떠벌리던 습관)에 이끌려, 수천 개의 이야기를 꾸며내어 그에게 들려주었다. 나는 왕과 대신들의 모습을 그에게 묘사해준 다음, 베를린에 주재하는 영국 대사가 우리 삼촌이니까 삼촌한테 그 장교를 나의 지인으로 추천하는 편지까지 써주겠다고 말했다. 그 장교가 삼촌의 성함이 무

---

* Wilhelmshöhe, the Elector's palace: 카셀 외곽에 자리한 이 궁전은 자치령의 백작이 여름을 나던 궁으로 조경이 유명했다. 새커리는 1830년 독일 여행을 하는 동안에 이 궁전을 방문한 것으로 보인다. 그러나 헤센 카셀의 빌헬름 9대 백작을 위해 건축된 이 궁전은 1795년에 설계되어 1801년에 완공되었으므로 이야기의 배경이 되는 1760년에는 아직 존재하지 않았다. '궁정대신(Hofmarschall)'은 궁의 관리와 의식을 담당하는 공직자를 일컫는 표현이었다.

엇이냐고 묻는데 진짜 이름을 말할 수 없었던 나는 오그래디*라고 대답
했다. 어떤 이름에 견주어도 빠지지 않을 그 이름 오그래디는 아일랜드
코크주 킬밸리오언에 근거지를 둔 가문의 이름이었고, 그 가문은 내가
들어본 가문들 가운데 최고의 명문가였다. 물론 우리 연대 이야기 역시
거짓말투성이였다. 내가 늘어놓은 그 이야기들이 모두 다 진짜였다면
얼마나 좋았을까.

　　카셀을 떠나던 날 아침, 나의 프로이센인 친구는 활짝 웃는 얼굴로
나를 찾아와 자신도 내가 거쳐 가야 하는 뒤셀도르프로 가려 한다고 말
했다. 그래서 우리는 말 머리를 나란히 하고 천천히 길을 떠났다. 그 나
라는 이루 말할 수 없이 황량했다. 그때 우리가 지나고 있던 땅의 영주
는 독일에서 가장 무자비한 군인 장사꾼으로 통했다.** 그는 가격만 맞
으면 누구에게든 군인을 팔았기 때문에, 그때 이미 5년째 지속되고 있
던 (그리고 나중에 '7년전쟁'이라 불리게 된) 그 전쟁 기간 동안 왕국 전
체에 남자의 씨가 완전히 말라버려서 들판은 온통 갈리지 않은 채 그냥
버려져 있었다. 심지어 열두 살배기 아이들까지 전쟁터로 끌려 나가는
지경이었다. 행진을 하고 있는 한 무리의 상것들이 보였다. 거기에 기
병 몇 명의 단속이, 그리고 이제 붉은 군복의 하노버군 하사관의 인솔
이 더해졌고, 게다가 이제는 그들과 동행할 프로이센군 하급 장교까지
한 명 그 무리에 합류했다. 내 동행인이 그들 중 몇 명과 알은체하며 눈

---

　* O'Grady: 1760년부터 1764년까지 베를린에 주재한 영국 대사의 실제 이름은 앤드류
　　미첼Andrew Mitchell(1708~1771)이다.
** 헤센 카셀의 백작은 1755년 영국과 방위 동맹 협정을 맺었고, 그 협정에 의거해 1757년
　　영국에 여덟 개 대대의 군인을 파병했다. 헤센은 앞서 1745년부터 2년에 걸친 '젊은 왕
　　위 요구자'(12쪽 각주 참조)와의 전투에도 5천 명의 기병을 파병했고, 이후 북아메리
　　카에서 벌어진 미국 독립 전쟁에도 약 1만 2천 명의 병력을 파병했다.

인사를 주고받았다.

　그러고는 이렇게 말했다. "저런 상것들과 억지로 동료로 지내야 한다니, 기분 상하는 일이지. 하지만 전쟁이 계속 사내들을 필요로 한다는 것은 부인할 수 없는 사실이잖나. 그래서 저기 보이는 모병 담당자들도 어쩔 수 없이 인육 덩어리들 중에서 매물을 찾는 걸세. 누구든 데려가기만 하면 정부가 그 대가로 두당 25달러를 지급하거든. 상태가 좋은 사람, 그러니까 자네 같은 사람만," 그는 여기까지 말하고 웃음을 터뜨리더니 이렇게 덧붙였다. "데려가면 두당 백 달러씩은 챙기겠지만 말이야. 현재의 군주가 해체해버린 '거인 연대'*가 있었던 선왕 시절이었다면 아마 자네 몸값으로 천 달러는 받았을 텐데."

　나는 말했다. "프로이센군 그 부대에서 복무했던 병사들 중에 나도 아는 사람이 한 명 있네. 우리가 종종 '모건 프로이센'**이라고 부르곤 했던 사람이지."

＊ 'giant regiment': 프리드리히 대왕의 부왕인 프리드리히 빌헬름 1세Friedrich Wilhelm I(1688~1740)는 신장이 큰 군인을 광적으로 선호해서 유럽 전역에서 장신 청년들만 모집해 근위 보병 연대를 창설했다. 영국의 시인 토머스 캠벨Thomas Campbell(1777~1844)은 저서 『프리드리히 대왕Frederick the Great』에 이렇게 기록했다. "무소불위의 권력으로 키가 큰 남자는 모두 오로지 자신만을 위해 복무하게 한다는 것, 그것이 그 왕에 대한 고정관념이 되고 말았다." 프리드리히 빌헬름 1세의 계승자인 프리드리히 2세는 1740년 자신의 즉위식에서 그 부대를 해산했지만, 장신 병사에 대한 부왕의 관심은 그에게도 이어진 것으로 보인다. 1744년 내각 법령을 기초하면서 모병 담당자들에게 병사들에게 지급해야 할 수당의 액수를 신장에 따라 다르게 하라고 지시한 것을 보면 말이다. 당시 규정상 키 6피트(약 183센티미터)의 병사는 3백 달러를 받는 반면, 5피트 6인치(약 175센티미터)의 병사는 백 달러를 받았다. 키 1인치(약 2.54센티미터)당 40달러의 수당이 줄어든 셈이다.

＊＊ 'Morgan Preussen': 이 이야기는 아일랜드 거인 제임스 커클랜드James Kirkland(1730~?) 이야기를 토대로 했을 가능성이 높다. 신장 217센티미터의 커클랜드는 프리드리히 빌헬름 1세의 근위 보병 연대에 복무하며 연봉 1천 파운드를 받았다고 한다.

"정말인가! 근데 '모건 프로이센'이 누구인가?"

"우리나라 출신의 거인 보병이라네. 하노버에서 자네 나라 모병 담당자들이 어떻게 알고 그 양반을 덥석 잡아갔다더군."

그러자 나의 친구가 말했다. "저런 악당 놈들! 감히 잉글랜드인을 잡아갔단 말인가?"

"사실 그 양반은 아일랜드인이라네. 그리고 자네가 곧 듣게 될 내용대로 그 모병 담당자들이 다루기에는 지나치게 똑똑한 거물이었지. 아무튼, 그때 모건은 그렇게 잡혀가서 거인 근위대에 배치되었는데, 거기 있는 거인들 중에서도 단연 가장 키가 큰 거구였다네. 그 부대에 속한 괴물들조차도 대부분, 수당은 적고 훈련은 길며 매질까지 당해야 하는 자신의 삶에 대해 불평했지만, 모건은 불평하는 사람이 아니었다네. 글쎄, 이랬다고 하더군. '티퍼레리에서 누더기를 걸치고 굶느니 차라리 베를린에서 뒤룩뒤룩 살찌는 것이 훨씬 낫다'고."

"티퍼레리는 또 어딘가?" 나의 동행인이 물었다.

"모건의 친구들도 그렇게 물었다네. 아일랜드에 있는 행정구역으로 아주 아름다운 곳이라네. 티퍼레리주의 주도인 클론멜*은 아주 웅장한 도시고 말이야. 내 말해주지. 그곳은 더블린이랑 런던보다는 못하지만 대륙에 있는 그 어떤 도시보다도 호화롭다네. 흠, 모건은 그 도시 근처에서 태어났다더군. 당시 그가 처한 상황에서 그를 불행하게 만든 단한 가지는, 자기 형제들도 자기가 모시는 폐하의 군대에 입대하면 형편이 훨씬 나아질 텐데 집에서 여전히 쫄쫄 굶고 있다는 사실을 떠올린 것, 그것뿐이었다네.

---

* Clonmel: 말은 이렇게 했지만 새커리는 정작 아일랜드 여행을 하는 동안 티퍼레리 남부 주도인 클론멜을 방문하지 않았다.

그래서 모건은 자신의 직계 상관인 하사관한테 이렇게 말했지. '정말로 제 동생 빈이야말로 훌륭한 근위대 하사관이 될 수 있는 청년입니다!'

'빈도 자네만큼 키가 큰가?' 하사관이 물었지.

'저보다 크냐, 그 말씀이십니까? 저런, 이보세요. 저희 가족 중에 제가 최단신인걸요! 빈 말고도 형제가 여섯 명이나 더 있지만 그중에 빈이 최장신이란 말입니다. 아, 최최장신이라니까요. 제 이름 모건을 걸고 말하는데, 빈은 신발을 벗고 키를 재도 2미터 13센티미터가 넘는다고요!'

'그럼 우리가 사람을 보내서 자네 형제들을 데려올 수 있을까?'

그러자 모건은 이렇게 대답했지. '하사님은 안 됩니다! 지팡이를 든 신사인 하사관님들 중 한 명한테 제가 꾐을 당해 입대한 뒤로 제 형제들은 하사관이라면 이를 부득부득 갈며 죽이려고 들거든요. 형제들을 데려올 수 없다니 안타깝네요. 빈은 오기만 하면 근위대 안에서 짱먹을 괴물인데 말이죠!'

모건은 그 자리에서는 자기 형제들에 대해 더 이상 아무 말도 하지 않고 그저 그들의 불행에 대해 한탄하듯 한숨만 내쉬었다네. 하지만 그 이야기는 그 하사관을 통해 장교들에게 알려졌고 장교들을 통해 왕에게도 알려졌지. 국왕 폐하는 호기심에 어찌나 몸이 달았던지, 모건의 거대한 일곱 형제를 데려오게끔 모건을 집으로 보내자는 의견에 실제로 동의하고 말았다네."

"모건 말처럼 그 형제들도 정말로 그렇게 키가 컸단 말인가?" 나의 동료가 물었다. 나는 그의 순진함에 웃음을 터뜨리지 않을 수 없었다.

그래서 이렇게 외쳤다. "자네 생각에는 모건이 돌아왔을 것 같은

가? 아니, 아니지. 일단 자유의 몸이 되었잖나. 그리고 그 양반은 그러기에는 너무나 영리했어. 그래서 형제들을 데려오는 데 쓰라고 받은 돈으로 티퍼레리에 아늑한 농장을 샀다네. 내 생각인데, 아마 그 근위대에서 그 양반만큼 수지맞은 사내는 거의 없을걸."

프로이센군 대위는 그 이야기에 배꼽이 빠져라 웃어대며 잉글랜드인이야말로 세계에서 가장 영리한 민족이라고 말했는데, 내가 모건은 잉글랜드인이 아니라 아일랜드인이라고 정정하자 그도 아일랜드인이 훨씬 더 영리하다는 의견에 동의했다. 그 친구는 프리드리히 대왕의 전투 기술과 용맹스러움, 수천 번의 탈출과 승리, 그리고 왕이 극복해낸, 승리에 못지않은 영광스러운 패배 등 전쟁에 대해 들려줄 이야기를 수천 가지나 알고 있어서 우리는 계속 서로 유쾌한 대화를 나누며 말을 타고 갔다. 내가 찬사를 늘어놓으며 그 이야기들을 들을 수 있었던 것은 순전히 그때 내 신분이 신사였기 때문이다. 돌이켜보면 언제나 영광은 위대한 장군의 차지요, 가엾은 병사에게 돌아오는 몫은 모욕과 매질뿐이었던 시간, 그러니까 불과 3주 전만 해도 앞 장 마지막 부분에서 언급한 그런 감수성이 내 마음속 가장 높은 자리를 차지하고 있었건만.

"그런데 자네, 누구한테 공문을 전하러 가는 중이라고 했지?" 장교가 물었다.

그것은 내가 아무렇게나 대답하기로 마음먹은 바보 같은 질문 가운데 하나였기 때문에 나는 이렇게 대답했다. "롤스 장군*한테 전하는 거라네." 전해에 그 장군을 직접 본 적이 있어서 머릿속에 그 이름이 가장 먼저 떠올랐던 것이다. 나의 친구는 그 대답에 몹시 흡족해했고, 우

* General Rolls: 이 시기에 롤스라는 인물이 장군으로 활약했다는 기록은 전혀 없다.

리는 저녁이 될 때까지 계속 함께 말을 타고 갔다. 말들이 녹초가 되고 나서야 우리는 잠시 쉬어가야 한다는 데 동의했다.

"여기에 아주 괜찮은 여관 겸 식당이 있네." 곁에서 볼 때 무척 외져 보이는 건물 쪽으로 다가가며 대위가 말했다.

"저게 독일에서는 괜찮은 수준인지 몰라도, 유서 깊은 아일랜드에서는 저 정도로는 어림도 없네. 5킬로미터 정도만 더 가면 코르바흐니까 거기까지 계속 가세나."

"자네는 유럽에서 가장 사랑스러운 여인을 보고 싶지 않은가?" 장교의 말에 나는 이렇게 대답했다. "하! 이런 음흉한 불한당 같은 친구를 봤나. **그런 점**이 자네 결정에 영향을 준다, 이 말이지." 그리고 별로 인정하고 싶지는 않지만 솔직히 말해서 **그 시절** 나는 그런 제안이라면 언제나 환영이었다. "이 집 사람들은 식당 주인이면서 동시에 훌륭한 농부라네." 대위가 말했다. 과연 그곳은 여관 안뜰이라기보다는 농장처럼 보였다. 우리는 대문을 지나 둥글게 벽이 둘러쳐진 마당으로 들어섰는데, 마당 한쪽 끝에 허름하고 우중충한 건물이 서 있었다. 포장이 쳐진 마차 두 대가 그 마당 안에 있었고, 그 마차를 끌던 말들이 근처 헛간 밑에 어수선하게 매어져 있었으며, 마당에서 사내 몇 명이 서성대고 있었는데, 그중 프로이센 군복을 입은 하사관 두 명이 나의 친구 대위를 보자 모자를 건드리며 인사했다. 내가 그런 통상적인 격식에 놀란 것은 거기에 특별한 의미가 있었기 때문이 아니라, 그 여관이 어딘가 지나치게 으스스하고 섬뜩한 분위기를 풍기고 있었기 때문이다. 우리가 들어서자마자 서둘러 마당 대문을 걸어 잠그는 사내들의 모습을 나는 유심히 지켜보았다. 대위는, 그 부근에 프랑스 기마병 부대가 주둔하고 있기 때문에 그 악당 놈들이 닥칠 때에 대비해 아무리 많은 예방

책을 세워도 시원치 않다고 말했다.

우리는 우리의 말을 데려가 묶는 두 하사관의 모습을 지켜본 뒤 저녁 식사를 하러 여관 안으로 들어갔다. 대위는 또 그 두 사람 중 한 명에게 내 여행 가방을 침실에 가져다두라고 지시했다. 나는 수고해준 대가로 그에게 슈냅스* 한잔을 사겠다고 약속했다.

볼 수 있을 거라 기대했던 사랑스러운 생명체 대신 흉물스럽게 늙은 여인이 우리가 주문한 달걀 프라이와 베이컨이 담긴 접시를 가져다줬다. 대위는 웃음을 터뜨리며 말했다. "흠, 우리의 이 식사는 소박하지만 군인이라면 이보다 더 형편없는 식사를 할 때도 많지 않나." 그러고는 중대한 의식을 거행하듯 모자와 검을 차는 벨트와 장갑까지 벗고 자리에 앉아 음식을 먹기 시작했다. 나는 정중함이라는 면에서 그 친구한테 밀리고 싶지 않아서, 그의 물건이 놓여 있는 낡은 서랍장 중앙에 내 무기를 떡하니 올려놓았다.

주문을 하기도 전에 흉물스럽게 늙은 그 할멈이 쉰내가 진동하는 포도주 한 주전자를 들고 왔고, 나는 그 술과 여인의 못생긴 외모를 보고 있으려니 기분이 몹시 언짢았다.

"자네가 말한 미인은 대체 어디 있나?" 나는 그 쭈그렁 할망구가 방에서 나가자마자 물었다.

대위는 웃음 띤 얼굴로 나를 빤히 바라보며 말했다. "허! 그건 농담이었다네. 너무 피곤해서 더 이상 가고 싶지 않았거든. 이곳에 저 여자보다 더 예쁜 여자는 없어. 이보게, 친구. 저 여자가 자네 취향이 아니라면 좀 기다려야 할 걸세."

---

* schnapps: 네덜란드산 독주로 진의 일종이다.

그 말을 듣자 기분이 더 언짢아졌다.

그래서 나는 근엄하게 말했다. "내 감히 한마디 해야겠네. 어떻게 그렇게 뻔뻔하게 행동할 수가 있지!"

"나는 내가 적절하다고 생각하는 대로 행동한 걸세!" 대위가 대답했다.

"이보게, 나는 영국 장교란 말일세!"

그러자 상대방이 언성을 높였다. "거짓말! **탈영병** 주제에! 이 사기꾼 놈아. 나는 지난 세 시간 동안 네놈을 지켜봤어. 어제부터 의심스러웠거든. 바르부르크에서 군인 한 명이 탈영했다는 소식이 우리 부대원 귀에도 들어왔단 말이다. 그래서 네가 그놈일 거라고 생각했지. 네 거짓말과 어리석은 행동을 보니 확신이 들더군. 열 달 전에 이미 사망한 장군한테 공문을 전달하러 가는 척하다니. 삼촌이 외교관이라더니, 아니나 다를까 이름도 모르고 말이야. 자, 우리 군의 너그러움을 받아들여 재입대하겠는가, 아니면 체포되겠는가?"

"둘 다 사양하마!" 나는 이렇게 말하며 호랑이처럼 그에게 달려들었다. 그러나 그 역시 나만큼 민첩했고, 나와 마찬가지로 경계 태세를 늦추지 않고 있었다. 그는 말 그대로 잽싸게 나를 피해 테이블 다른 쪽 끝에 서더니 주머니에서 권총 두 자루를 꺼내어 그중 하나를 발포하며 이렇게 말했다.

"한 발자국만 더 움직여. 그럼 이 총알을 네 머리통에 박아줄 테니까." 다음 순간, 문이 벌컥 열리더니 아까 그 하사관 두 명이 머스캣 총검을 들고 동료를 도우러 들어왔다.

그것으로 상황은 끝이었다. 그 쭈그렁 할망구가 포도주를 들고 들어오면서 내 검을 이미 치워버려서, 나 자신을 지키려고 검 대신 들고 있던 단도를 내던지며 나는 말했다.

"입대하겠소."

"이런 착한 친구를 봤나. 명단에 이름을 뭐라고 쓸까?"

"밸리배리의 레드먼드 배리라고 쓰시오. 아일랜드 왕의 후손이란 말도!" 나는 도도하게 말했다.

그 모병 담당자는 내 말을 비웃으며 이렇게 말했다. "일전에, 네놈 동포들 중에 쓸 만한 놈을 손에 넣을 수 있을까 해서 로쉬의 아일랜드 여단*과 함께 복무한 적이 있는데, 그놈들 중에는 아일랜드 왕의 후손 아닌 놈이 하나도 없더군."

"이보시오, 왕의 후손이든 아니든, 보시다시피 나는 신사요."

대위는 여전히 비웃음 띤 어조로 말했다. "아! 우리 군에 입대하면 거기서도 신사를 잔뜩 만나게 될 거야. 그러니 신분 서류나 내놓으시지, 신사 양반. 진짜 신사인지 아닌지 우리가 알 수 있게."

지갑 안에는 페이크넘 씨의 신분 서류는 물론 지폐 몇 장도 들어 있었고, 그것이 그저 물건을 꺼내게 하여 자기가 차지하려는 대위의 계략일 뿐이라는 의심이 들어서 나는 내 소유물을 꺼내고 싶지 않았다.

"이 자식아, 얼른 꺼내!" 대위가 지팡이를 움켜쥐며 말했다.

"꺼내지 않겠소!" 내가 대답했다.

"뭐라고! 명령에 불복하겠다는 거냐?" 대위는 이렇게 소리치며 동시에 지팡이로 내 얼굴을 후려쳤다. 그 매질은 예상대로 몸싸움으로 이

---

* Roche's Irish Brigade : '로쉬Roche'는 '로스Rothe, Roth'의 오기인 것으로 보인다. 본래 아일랜드 여단은 망명하거나 추방된 아일랜드 출신 사람들이 모여서 결성한 부대로, 이 시기 아일랜드 여단의 사령관은 1766년 사망한 로스 백작 찰스 에드워드였다. 에드워드에 관한 자세한 기록은 남아 있지 않다.

어졌다. 나는 그의 멱살을 잡으려고 앞으로 돌진했지만 하사관 두 명이 내게 몸을 날렸고, 그 바람에 나는 다시 땅바닥에 나동그라지며 전에 상처 입었던 머리 부위를 짓찧고는 또 정신을 잃고 말았다. 의식을 차리고 보니 출혈이 심각했는데, 레이스 장식이 달린 외투는 찢겨서 뒤로 벗겨져 있었고 지갑과 서류는 이미 사라지고 없었으며 내 두 손 역시 등 뒤로 묶여 있었다.

위대하고 저명한 프리드리히는 자신의 왕국 국경 지대 전역에 이런 백인 노예 상인들을 수십 명씩 보유하고 있었고, 그들은 대왕의 빛나는 연대에 총알받이를 공급하기 위해 농노들을 납치하고 아무런 망설임 없이 범죄를 저지르며 기병대의 물을 몹시 흐리고 있었다. 따라서 우정과 건전한 동료애를 누릴 모든 권리를 침해한, 그리고 나를 함정에 빠뜨리는 데 막 성공한 그 극악무도한 악당들이 결국에 가서는 어떤 운명에 처했는지, 이제부터 들려줄 그 이야기를 생각하면 심히 만족스러울 수밖에 없다. 신분이 높은 가문 출신으로 재능과 용맹을 타고난 것으로 알려져 있었지만 도박벽과 사치벽이 있던 그 대위는 '모병 미끼' 던지는 일을 천직으로 삼았고 그 일로 전장의 대위 봉급보다 더 많은 수익을 올리고 있었다. 그의 군주 역시 그자가 그런 식으로 군에 복무할 때 전장의 대위로서보다 훨씬 더 쓸모 있는 능력을 발휘한다는 사실을 알고 있었을 것이다. '갈겐슈타인 나리'*라는 이름으로 통했던 그는 무법천지인 그 무역 분야에서도 가장 성공한 실력자 중 한 명으로 꼽혔다.

---

* 'Monsieur de Galgenstein': 이 인물은 (1839년 5월부터 1840년 2월까지 『프레이저스 매거진』에 연재된) 새커리의 전작소설 『캐서린Catherine』의 등장인물 갈겐슈타인의 구스타프 아돌프 막시밀리안 백작의 친척이거나 자손인 것이 틀림없다. 작품 안에서 그 백작은 1705년 당시 26세로 설정되어 있었기 때문에 이 소설에서 직접 모병 장교로 등장할 수 없었을 것이다. '갈겐슈타인'이라는 독일어는 '교수대의 돌'이라는 뜻이다.

그는 모든 언어를 구사할 줄 알았고 모든 나라에 대해 알았기 때문에, 나 같은 애송이가 떠벌리는 엉성한 허풍을 알아채는 것쯤은 일도 아니었다.

그러나 1765년경 당연하게도 그는 인과응보의 운명을 맞이하고 말았다. 당시 프랑스 스트라스부르 맞은편 켈에 살고 있던 그는 그곳 다리 위에서 종종 산책을 했는데, 그때마다 다리 위에 나와 서 있는 프랑스군 보초와 대화를 나누면서 만약 프로이센군에 입대하면 '크게 한몫 잡게' 해주겠노라고 프랑스어 관용구를 동원해가며 습관처럼 공수표를 남발하곤 했다. 그러던 어느 날 다리 위에서 보초를 서고 있는 허우대 좋은 근위병을 본 갈겐슈타인은 또 그에게 다가가 말을 걸며, 만약 프리드리히 대왕의 군대에 입대하면 최소한 중대장 자리 하나쯤은 내어줄 수 있다고 장담했다.

그러자 근위병은 이렇게 말했다. "저쪽에 있는 내 동료한테 가서 물어보시오. 저 친구가 없으면 난 아무것도 못 하니까. 우리는 한 동네에서 태어나 함께 자라서, 지금도 같은 중대 소속으로 한 방에서 잠을 자며 어디 갈 때도 늘 붙어 다닌다오. 만약 저 친구가 간다고 하면, 그리고 당신이 저 친구한테도 대위 자리를 준다면, 나도 함께 가겠소."

그러자 갈겐슈타인은 기뻐하며 말했다. "그럼 동료를 데리고 켈로 넘어오시오. 내 최고의 식사를 대접해드리지. 장담하는데 내가 두 분 모두를 만족시킬 수 있을 거요."

근위병이 말했다. "당신이 다리 위에서 대화를 나누는 편이 낫지 않겠소? 나는 함부로 근무지를 이탈하면 안 되지만, 당신은 그냥 여기를 통과해 그 이야기를 들려주기만 하면 되지 않소."

짧은 실랑이 끝에 갈겐슈타인은 보초병 곁을 지나쳐 국경을 넘었다가 곧바로 공포감에 사로잡혀 뒷걸음질 쳤다. 근위병이 총검을 들어 그 프로이센군의 가슴을 겨누며 이미 프랑스군의 포로가 되었으니 움직이지 말라고 명령한 것이다.

그러자 프로이센군은 자신이 위험에 빠졌다는 사실을 깨닫고 다리 난간을 넘어 라인강으로 뛰어들었고, 그 용감무쌍한 보초도 머스캣 총을 집어던지고 그를 뒤쫓았다. 두 사람 중 프랑스인의 수영 실력이 훨씬 더 나았던 터라 그는 곧 그 모병 담당자를 붙잡았고 스트라스부르 쪽 강변으로 데리고 가 물 밖으로 끌어냈다.

프랑스군 장군은 그 보초에게 이렇게 말했다. "자네는 총살당해도 싸다. 멋대로 근무지를 이탈하고 무기도 벗어던졌으니까. 하지만 그 용감하고 대담한 행동 역시 보상 받아 마땅하다. 그런데 폐하께서는 자네한테 벌을 주기보다는 상을 내리고 싶다고 하시더군." 그래서 그 보초는 금일봉도 받고 진급도 되었다.

갈겐슈타인 이야기를 잠깐 하자면, 자신이 귀족이자 프로이센 군대의 대위 신분이라고 주장했기 때문에, 그의 주장이 사실인지 확인하려고 프랑스군은 베를린으로 통문을 띄웠다. 그러나 왕은 이런 부류의 사내들(즉 자기네 연합군의 국민들을 꾀는 임무를 맡은 장교)을 직접 고용했으면서도 자신의 치부를 스스로 인정할 수가 없었다. 베를린에서 날아온 답장에는 자기네 왕국에 그런 가문이 존재하기는 하지만 그 성을 사용하는 장교들은 모두 자신의 소속 부대와 근무지를 지키고 있는바, 그의 주장으로 보건대 그는 사기꾼이 분명하다는 답변이 적혀 있었다. 결국 그 편지는 갈겐슈타인의 사형 집행 영장이 되었고, 그는 스트라스부르에서 첩자 혐의로 교수형에 처해졌다.

* * * * *

그러나 내가 의식을 되찾던 그 순간 그는 이렇게 말하고 있었다.
"저놈을 다른 놈들이랑 함께 마차에 태워."

제6장
'납치 마차'―군대 에피소드

놈들이 내게 얼른 올라타라고 한, 포장 쳐진 그 마차는 앞서 말한 대로 그 농가 마당에 세워져 있었고, 바로 옆에 같은 종류의 칙칙한 마차 한 대가 더 서 있었다. 두 대의 마차에는 모두 사내들이 잔뜩 타고 있었는데, 모두가 나를 포획한 그 극악무도한 납치범들이 프리드리히 대왕의 영광스러운 깃발 아래 이름을 올린 사람들이었다. 놈들이 나를 지푸라기 속으로 밀어 넣을 때 보초병이 들고 있던 등불 덕분에 마차 내부가, 이제 나 역시 갇히게 된 그 무시무시한 이동용 감옥 속에 다닥다닥 붙어 앉은 여남은 덩어리의 시커먼 형체들이 눈에 들어왔다. 맞은편에서 비명과 욕설이 들려오는 것으로 보아, 그 사람 역시 나처럼 부상을 당했을 가능성이 컸다. 그 끔찍했던 밤 내내, 똑같이 수인(囚人)의 처지가 된 불쌍한 사내들이 뿜어내는 신음과 흐느낌 소리가 끊임없이 빚어내는 고통스러운 화음 때문에 도통 잠을 이룰 수가 없어서 통증을 고스란히 느껴야만 했다. (내가 판단하기에) 자정쯤 되었을까, 마차에 말이 매어졌고 끼익 소리를 내며 수레 부품들이 덜컹덜컹 작동하기 시작했다. 마차 바깥 마부석에 앉은 중무장한 병사 두 명이 이따금 드리워진 천막 자락 사이로 등불을 비추었고 그때마다 그들의 음산한 표정이 희끗희끗 보였는데, 아마도 죄수의 머릿수를 세는 모양이었다. 반쯤 술에 취한 그 야수 놈들은, "오 그레첸, 마인 토이프첸, 마인 헤르첸스트롬펫, 마인 카논, 마인 헤어파우크, 마인 무스켓O Gretchen, mein Täubchen, mein Herzenstrompet, mein Kanon, mein Heerpauk, mein Musket"* 이라든가 "귀족 전사 오이게네 공작"** 같은 사랑과 전쟁에 관한 노래를 부르고 있었다. 그들의 거친 요들송 노랫가락이 마차 안의 죄수들이 내뿜는 신음 소리와 합쳐져 애달픈 불협화음을 빚어냈다. 그 짤막한 노래는 그 뒤로 내가 행진할 때마다, 혹은 병영 막사에서, 혹은 밤에 피워놓은 모닥불 가에서 수도 없이 듣게 될 노래였다.

그 모든 일에도, 아일랜드에서 처음 입대했을 때에 대면 나는 별로 불행하지 않았다. 설사 또 일개 사병 신세로 전락하게 되더라도 최소한 나의 지인이 부끄러운 그 모습을 지켜보는 일은 없을 테니 괜찮다고 생각했고, 그것이 언제나 내가 가장 중요하게 신경 써온 점이었다. '젊은 레드먼드 배리, 그러니까 배리 가문의 후손이자 더블린 상류층을 주름잡던 그 젊은 피가 세상에, 거기서 소총을 멘 채 가죽 허리띠를 광내고 있더라니까'라고 말할 사람은 이제 아무도 없었다. 용감한 사람이라면 의당 거기에도 기죽지 않고 의연하게 대처해야 하겠지만, 아무튼 나는 세상의 그런 시선만 없었다면 정말로 천하의 미천한 자리에도 만족

---

* 독일어로 "오, 그레첸, 나의 자그마한 비둘기여, 내 심장의 트럼펫이여, 나의 법전이여, 나의 케틀드럼이여, 그리고 나의 머스캣 총이여"라는 뜻이다.
** "Prince Eugene the noble knight": 1719년 사부아 공작 오이게네가 오스만제국으로부터 베오그라드를 되찾은 것을 기리는 오스트리아 노래의 도입부이다.

했을 것이다. 그런데 그때 내가 있던 그곳은 사실상 시베리아의 황무지만큼, 혹은 로빈슨 크루소의 무인도만큼 세상으로부터 격리된 곳이었다. 그래서 나는 나 스스로를 이렇게 다독였다. '자, 넌 이제 잡혔어. 그러니 불평해봐야 아무 소용 없어. 차라리 운신의 폭을 가장 넓힐 수 있는 방도가 무엇인지 찾아내. 그리고 그 안에서 네가 누릴 수 있는 즐거움을 모두 누리라고. 전시인 만큼 군인이 재미도 보고 이득도 챙길 수 있는 약탈의 기회는 수도 없이 널렸어. 그러니까 그 기회를 활용하면서 즐겁게 지내는 거야. 게다가 넌 각별히 용감하고 잘생기고 영리한 놈이잖아. 새로운 군대에서는 장교로 진급할 수 있을지 혹시 또 알아?'

나는 불운에 결코 무릎 꿇지 않으리라 마음먹으며 이렇게 철학적인 방식으로 내 처지를 직시했다. 그리고 완벽하게 담대한 심정으로 비통함과 박살 난 머리를 견뎌냈다. 그러나 그 순간의 깨진 머리는 마지막 인내심까지 꽉꽉 쥐어짜도 절대 물리칠 수 없는 한 마리 악마였다. 마차가 끔찍할 정도로 심하게 덜컹거렸고, 그럴 때마다 그 흔들림 때문에 머리가 어찌나 지끈거리던지 이러다가 두개골이 쪼개질지도 모르겠다는 생각이 들 정도였다. 아침이 밝아오면서 내 옆에 앉아 있는 사내의 모습이 눈에 들어왔는데, 노랑머리에 검은 옷을 입은 야윈 그 남자는 지푸라기를 뭉쳐 만든 베개를 머리 밑에 받치고 있었다.

"이보게, 전우. 혹 부상당했나?" 내가 물었다.

"주님을 찬미하나니, 심신은 상처투성이이고 사지는 멍투성이이지만 부상을 당한 건 아닐세. 가엾은 젊은이, 자네는 어떤가?"

"나는 머리에 부상을 당했네. 그러니 그 베개 이리 내놓으시지. 내 주머니에는 접이식 단도가 들어 있단 말이다!" 나는 이 말과 함께, ('싸울 테면 싸워보자. 난 네가 만만하게 볼 상대가 아니다'라는 뜻으로) 그 편리한 물건을 내게 양보하지 않으면 내 쇠붙이 맛을 보여주겠다는 듯 그에게 험악한 표정을 지어 보였다.

"이보게, 친구. 내 그냥 내어줌세. 협박 같은 건 안 해도 되네." 노랑머리 사내는 온화하게 말하며 자신의 자그마한 지푸라기 보퉁이를 내게 건넸다.

그러고 나서 그는 수레 벽에 최대한 편하게 등을 기대고 같은 노래 구절을 반복하기 시작했다. "아인 페스테 부르크 이스트 운저 고트. Ein' feste Burg ist unser Gott."* 그 노래를 듣고 나는 내가 신교 목사랑 일행이 된 모양이라고 결론지었다. 마차가 덜컹거릴 때마다, 그리고 여행 중에 우연한 사고가 생길 때마다 승객들이 내지르는 다양한 감탄사와 몸짓만 봐도, 그 마차에 타고 있던 우리 일행이 얼마나 잡다한 인종으로 이루어져 있는지 알 수 있었다. 농부 한 명이 이따금 울음소리를 냈고 그러면 이내 "오 몽 뒤! 몽 뒤!O mon Dieu! mon Dieu!"**라고 외치는 프랑스인의 목소리가 들려왔다. 여러 국적의 사람들이 각자 자기네 언어로 끊임없이 수다를 떨거나 욕설을 지껄였다. 마차 저쪽 구석에 앉은 건장한 사내가 내비치는 눈치로 보아, 그리고 다른 사람이 서로 주고받는 눈치로 보아 그 마차에 잉글랜드인 한 명이 타고 있는 것이 분명했다.

그러나 얼마 안 가서 나는 그 지루하고 불편한 여행에서 벗어나게 되었다. 그 성직자의 베개를 썼음에도 마차 벽에 계속 부딪치는 통에 안 그래도 지끈거리던 머리 상태가 급격하게 더 악화되었던 것이다. 출

---

* "내 주님은 견고한 요새이시니"라는 뜻으로 『구약성경』 「시편」 46절의 내용이다. 마르틴 루터Martin Luther(1483~1546)는 성경을 독일어로 번역하던 중 이 말씀을 읽고 크게 영감을 받아서 이 구절로 시작되는 찬송가를 작곡했고, 그 곡은 훗날 바흐가 재해석하여 칸타타를 작곡했을 정도로 대표적인 독일어 찬송가가 되었다.

** 프랑스어로 "아이쿠, 이런! 이런!"이라는 뜻이다.

혈도 다시 시작되었고 현기증으로 정신까지 몽롱했다. 기억나는 일이라고는 이곳저곳에서 물 한 모금씩을 마셨던 일, 요새로 둘러싸인 한 마을에 들렀을 때 장교 한 명이 우리의 머릿수를 세었던 일뿐이다. 그 뒤로 남은 여행 내내 축 처져 혼수상태에 빠져 있었는데, 정신이 들고 보니 병원 침대에 누워 있었고 흰색 두건을 쓴 수녀 한 명이 나를 내려다보고 있었다.

수녀가 다정한 손길로 용무를 마치고 물러나자 옆 침대에서 어떤 목소리가 들려왔다. "그 사람들의 영혼은 슬픈 어둠 속에 빠져 있어요. 과오의 밤 속에 있는 거죠. 하지만 그 가엾은 목숨들 속에도 신앙의 불빛은 아직 남아 있답니다."

옆 침대에 편히 앉은 흰색 나이트캡 밑으로, 납치 마차를 함께 타고 온 내 전우의 커다랗고 너부데데한 얼굴이 어렴풋이 보였다.

"세상에! 거기 있는 게 목사 양반 자넨가?" 내가 말했다.

흰색 나이트캡이 말했다. "아직은 그저 목사 지망생일 뿐이네. 아무튼, 주님을 찬미할지니! 드디어 정신을 차렸구먼. 그렇게 오래 힘들어하더니만. 그동안 자네가 (나도 제법 할 줄 아는) 영어로 얼마나 많은 이야기를 했는지 아는가. 아일랜드며 어떤 젊은 아가씨며 믹이며 또 다른 아가씨며 화염에 휩싸인 집이며 발라드의 등장인물이라도 되는 듯 흥얼거린 어떤 영국 근위병의 사연이며 자네의 개인적 인생사와 관련된 것이 분명한 여러 사건 이야기를 수도 없이 늘어놓았다네."

"참으로 별난 인생이었다네. 신분이 나랑 같은 사람 중에 나만큼 불운을 타고난 사내는 아마 또 없을걸."

사람이 스스로를 칭찬하지 않으면 친구들도 그 사람을 위해 칭찬을 베풀지 않는다는 사실을 평생 절감하며 살아온 만큼, 나는 내게 신분과

재능에 대해 다소 떠벌리는 경향이 있다는 사실을 굳이 부인하고 싶지
않다.

나의 동료 환자가 말했다. "흠, 자네의 삶은 분명 파란만장했을 테
지. 곧 그 이야기를 듣게 된다면 기쁠 걸세. 하지만 지금은 말을 많이
해서는 안 되네. 오랫동안 고열에 시달려서 완전히 탈진된 상태니까."

"지금 우리가 있는 곳은 어딘가?" 내가 물었다. 그러자 그 목사 지
망생은 우리가 있는 그곳이 풀다 주교령 마을*로 현재는 하인리히 공작
의 점령지라고 알려주었다. 근자에 마을 근처에서 프랑스군 잔당들과
소규모 접전이 계속 이어졌는데, 그 가엾은 목사 지망생은 그 와중에
마차를 뚫고 들어온 한 발의 총알에 부상을 당했다고 했다.

나의 인생사에 대해서는 독자들도 이미 다 알고 있으니 여기에서
그 이야기를 되풀이하거나, 불행한 전우에게 들려준 첨가된 내용을 늘
어놓는 수고는 굳이 하지 않으려 한다. 하지만 내가 그에게 아일랜드에
서 우리 가문이 가장 훌륭한 가문이며 우리 집이 가장 좋은 성이라는
둥, 우리 집안이 엄청난 부자이며 모든 귀족 집안과 연줄이 닿아 있을
뿐 아니라 고대 제왕의 후손이라는 둥 그런 소리를 주워섬겼다는 고백
은 해야겠다. 놀랍게도 이 대화를 나누는 동안 내 대화 상대가 나보다
아일랜드에 대해 훨씬 더 많은 것을 알고 있다는 사실을 깨달았기 때문
이다. 이를테면 우리 가문 혈통에 대한 내 이야기에 이런 반응이 날아
오는 식이었다.

---

* bishopric and town of Fulda: 독일 중부 풀다강 유역에 있는 소도시로 이곳에 그 유명
한 가톨릭 베네딕트 수도원이 있다. 16세기 초 신교파인 루터교도들에게 빼앗겼으나 17세
기 초 다시 가톨릭교도들이 되찾았고, 1752년부터 1802년까지는 독립된 가톨릭 주교의
지배를 받는 자치령의 지위를 누렸다.

"어느 제왕의 후손인가?"

(연대에 관한 한 기억력이 정확했던 적이 한 번도 없었던) 나는 이렇게 말했다. "아! 고대의 모든 제왕이지."

"뭐라고! 자네 가계의 뿌리를 야벳*까지 거슬러 추적해 올라갈 수 있단 말인가?"

"물론 할 수 있지. 원한다면 그보다 훨씬 전인 네부카드네자르**까지도 거슬러 올라갈 수 있는걸."

목사 지망생은 빙그레 웃으며 말했다. "보아하니 자네는 그 전설들을 믿지 않는군. 하긴 자네 나라 작가들이 애정 어린 목소리로 이야기하기 좋아하는 팔토란과 네메디안***은 역사적으로 정설로 인정되지 않으니까. 게다가 그들과 관련된 이야기 속에 우리의 뿌리가 닿아 있다는 말은 더 믿음이 안 가고 말일세. 그보다 두 세기 전에 잉글랜드와 아일

＊ Japhet: 방주를 만든 노아의 세 아들 가운데 막내아들이다. 대홍수 후 포도원을 운영하던 노아가 하루는 포도주에 취해 나체로 잠들었다. 둘째 아들 햄은 그 모습을 보고 형과 동생에게 알려주었을 뿐 아무런 조치도 취하지 않았지만 첫째 셈과 셋째 야벳은 아버지의 몸을 옷으로 덮어주었다. 잠에서 깬 노아는 셈과 야벳에게는 축복을, 햄에게는 저주를 내렸다. 그 결과 셈과 야벳의 후손들은 무성하게 번성해 이스라엘을 비롯해 유럽 전체로 퍼져나갔지만 햄의 자손들은 노예로 전락했다고 한다.

＊＊ Nebuchadnezzar(기원전 630∼기원전 562): 느부갓네살로 번역되기도 하는 바빌로니아의 왕으로 실존 인물이다. 유다 왕국을 놓고 이집트의 파라오와 벌인 전쟁에서 승리한 네부카드네자르는 솔로몬이 건립한 성전을 파괴하고 유대인들을 노예로 끌고 갔는데 이를 바빌론 유수라고 부른다. 세계 7대 불가사의의 하나로 꼽히는 바빌론 공중정원을 세운 인물이지만 이민족에게 폭정을 일삼았기 때문에 결국은 저주를 받아 예언자 다니엘의 해몽대로 7년간 광기에 시달리다가 유대교의 신을 인정한 뒤 세상을 떠났다. 그가 죽은 뒤 왕국은 페르시아에 의해 멸망했다.

＊＊＊ Partholans and Nemedians: 노아의 아들인 야벳의 후손 팔토란은 아일랜드 전설에 따르면 기원전 2048년 그 섬에 정착했다고 한다. 팔토란 종족은 300년이 넘는 세월 동안 존속되다가, 아브라함의 손자이자 이삭의 아들인 야곱이 부족을 꾸리던 시대와 비슷한 시기에 얼스터주에 터를 잡은 네메디안 종족으로 대체되었다고 한다.

랜드 두 자매 섬에서 크게 유행했던 아리마대의 요셉*이나 브루투스 왕**
과 관련된 전설보다도 말이야."

그러더니 그는 페니키아인, 스키타이족, 고트족, 투아하 데 다난,
타키투스,*** 맥닐 왕 등에 대한 이야기들을 풀어내기 시작했다. 솔직히
말하자면 모두가 내게는 금시초문인 인물들이었다. 그는 영어만도 나
만큼 잘했지만 일곱 개나 되는 언어를 모두 똑같이 마음껏 구사할 수

---

* Joseph of Arimathea: 유대교도였지만 예수를 존경해 빌라도 총독의 허락을 받아 예
수의 시신을 장사 지낸 인물이다. 그는 예수의 옆구리를 찔렀던 창을 챙기면서, 최후
의 만찬에 사용된 잔으로 예수의 피를 받았다고 하는데 바로 이 이야기에서부터 성배
전설이 비롯되었다. 요셉은 그 잔을 들고 영국으로 건너가 기독교를 전파했고 63년 글
래스턴베리에 대수도원을 창건했다고 한다.
** King Brute(Brutus): 영국의 고대 풍습과 아서 왕 이야기를 비롯한 신화 속 인물들
에 대해 기록한 몬머스의 제프리Geoffrey of Monmouth(1100~1155)의 저서 『브리
튼 역사Historia Britonum』에는 브리튼 섬에 처음 정착해 식민지를 건설한 인물이
트로이전쟁 영웅 아이네이아스의 증손자 브루투스라고 나온다. 지역 전설에 따라 브
리튼인의 시조가 아리마대의 요셉이라는 설도 있고 브루투스라는 설도 있는데, 번영
을 누렸던 튜더 왕조 시대(14세기)에 민족의 우수성을 보여주는 근거를 찾으려는 바
람이 불어 이 두 가지 이야기 모두에 대한 사회적 관심이 높아진 것으로 보인다.
*** 아일랜드에 조사관으로 파견되어 아일랜드 고대 문화 전문가가 된 영국의 장군 찰스
발랜시Charles Vallancey(1731~1812)는 1772년 아일랜드에 가장 먼저 정착한 민족
은 페니키아 상인들이며 그래서 아일랜드어에 페니키아 언어의 잔재가 많이 남아 있
다는 의견을 펼쳤다. 그리고 투아하 데 다난은 거인 종족을 무찌르고 아일랜드의 황
금기를 연 반신반인 종족으로 스칸디나비아반도에서 이주해 온 네메디안의 후손들
이었다. 그 뒤를 이어 스키타이족 혈통의 두 왕자 헤레먼과 헤버는 스페인에서 건너
와 기원전 1300년경 아일랜드에 정착했다. 맥닐 왕King MacNeil은 아마도 380년부
터 405년까지 타라 지방을 다스린 '아홉 인질의 왕 닐Niall'을 말하는 듯하다. 그에
게 이런 별명이 붙은 까닭은, 넓은 지역을 통치하기 위해 그가 아일랜드 지방 다섯
곳과 스코틀랜드 지방 네 곳의 영주들에게 볼모를 요구했기 때문이다. 오늘O'Neill
왕조(6~10세기)로 알려진 타라의 제왕들(High Kings of Tara)은 모두 그의 후손이었
다. 로마의 역사가이자 정치사상가인 타키투스Tacitus(55~117)는 저서 『아그리콜라』
에서 아일랜드를 짧게 언급했다. 아그리콜라는 브리타니아 총독을 지낸 로마의 장군
이었다.

있다고 했다. 그래서 내가 유일하게 알고 있는 라틴어 문장이자 호메로스의 시에 나오는 다음 구절을 외웠다.

As in praesenti perfectum fumat in avi,*

그러자 그는 올바른 라틴어 발음을 나에게 알려주었고, 나는 아일랜드어로는 그 문장이 어떻게 발음되는지 흔쾌히 들려줌으로써 그 대화를 그렇게 끝냈다.

나의 충직한 친구가 겪어온 인생사는 흥미진진하기도 하거니와, 얼마나 잡다한 인종들이 우리 군대를 구성하고 있었는지를 잘 보여주는 내용이므로 잠시 이야기하고 넘어가야겠다.

"나는 작센 왕국에서 태어났다네. 아버지는 판쿠헨이라는 마을의 목사셨는데 그곳에서 나는 지식을 기초부터 차근차근 빨아들였어. 그래서 열여섯 살에 이미(지금은 스물세 살이라네) 프랑스어, 영어, 아랍어, 히브리어에 그리스어, 라틴어까지 완전히 깨쳤다네. 그러다가 100릭스달러**의 유산을 상속받았는데 그 돈은 대학 교육 과정을 마치고도 남는 넉넉한 액수였지. 그 돈으로 그 유명한 괴팅겐대학에 진학해 그곳에서 4년 동안 정밀과학과 신학 연구에 몰두했다네. 그리고 또 내가 세속적인 분야에서 어느 정도까지 성취를 이룰 수 있는지도 배워나갔어. 시

---

* 오래전 출간된 『이튼 라틴어 문법Eton Latin Grammar』의 동사의 제1활용 부분에 실린 문장을 문법적으로 옳지 않은 형태로 인용한 것이다. 새커리는 이 문장을 자신의 소설 『허영의 시장Vanity Fair』 5장에서도 인용하고 있다.
** rixdaler: 옛날 독일에서 발행되던 은화의 화폐 단위로 독일어로는 라이히스탈러 reichsthaler라고 부른다. 당시 영국 통화로 환산하면 1릭스달러는 4실링 9페니의 화폐 가치가 있었다.

간당 1그로센*에 가정교사를 채용해 사교춤을 배우기도 했고 현역 프랑스 선수한테 펜싱을 배우기도 했으며 말 곡마단에 가서 기병을 양성하는 유명한 전문가한테 승마 곡예와 승마 과학 강습을 듣기도 했지. 사람이라면 자신의 힘이 닿는 데까지 최대한 많은 것을 할 줄 알아야 한다는 것, 자신만의 경험이라는 원을 완성해야 한다는 것, 매한가지로 필요한 과학 지식들도 재력이 허락하는 한도 안에서 하나씩 익혀놓으면 언젠가는 쓸모가 생긴다는 것, 이게 내 지론이거든. 하지만 고백하건대 매번 나는 내가 (이런 구분이 옳은 것인지 아직 말할 준비가 되어 있지는 않지만 아무튼 영적인 지식과는 다르게) 개인이 쌓을 수 있는 여러 갈래의 지식 분야에 맞지 않는 사람이라는 걸 깨달았다네. 우리 학교에 다니던 보헤미아 예술가랑 함께 줄타기 곡예를 해보았지만 한심하게도 줄에서 떨어지는 바람에 코만 작살났을 뿐 실패하고 말았어. 그리고 대학에서 폰 마틴게일** 백작 나리라는 이름의 잉글랜드인 학생이 몰고 다니던 네 마리 말이 끄는 마차를 모는 일에도 도전해보았지만 그 일 역시 실패하고 말았지. 그 귀족 나리의 친구인 키티 코들린 양까지 태운 채 베를린 성문 반대편 샛문에서 그 마차를 전복시켜버렸거든. 그 사고가 났을 당시 나는 그 젊은 귀족의 독일어 선생 노릇을 하고 있었는데 그 바람에 해고되고 말았다네. (자네는 농담하느냐고 말할지 몰라도) 그래서 형편상 이륜마차를 모는 일조차 더 이상 할 수가 없게 되었지. 그렇지 않았다면 틀림없이 세상 그 어떤 말 곡마단에서든 한자리 꿰차든

---

* groschen: 오스트리아의 청동화, 옛날 독일의 소(小)은화의 화폐 단위이다. 당시 1그로셴의 화폐 가치는 1달러의 30분의 1 정도였다.

** Herr Graf Lord von Martingale: 독일어 귀족 호칭을 활용한 말장난이다. 마틴게일은 승마 용어로 말이 고개나 상반신을 들어 올리지 못하게 통제하는 마구의 일종이다.

가, (신분과 재산을 타고난 그 나라가 늘 말하곤 했던 것처럼) 마차를 완벽하게 몰 수 있었을 텐데.

대학에서 나는 원적법*에 대한 논문을 썼다네. 내 생각에는 자네도 그 내용을 흥미 있어 할 것 같구먼. 그리고 슈트럼프** 교수랑 아랍어로 토론도 했는데 다들 내가 아랍어에 소질이 있다고 말하더군. 물론 남유럽 언어도 익혔지. 산스크리트어에 능숙한 사람한테는 북방 언어의 관용구가 전혀 어렵지 않거든. 자네도 러시아어를 배워보면 그 언어가 애들 장난만큼 쉽다는 것을 알게 될 거야. 그래도 중국어에 대한 지식을 전혀 얻을 수 없었던 것만큼은 늘 천추의 한이 되겠지. 이렇게 곤경에 처하지만 않았더라도 나는 그 목적을 이루기 위해 영국으로 건너가 영국 기업의 상선들 중에서 광둥으로 향하는 배를 탈 요량이었거든.

절약하는 성격이 아니라서 그런가, 큰돈은 아니지만 신중한 사람이라면 한 20년은 아껴 쓸 수 있는 돈이었는데도 나는 그 100릭스달러의 재산으로 5년 공부를 버티기에도 빠듯했다네. 내가 학업을 중단하자 가르치던 학생들도 모두 떨어져 나갔고, 그 바람에 돈을 모아 가까운 장래에 학업을 다시 시작하려고 어쩔 수 없이 갖바치 일을 하며 세월을 보내야 했지. 그런데 그러는 동안에 내게 마음을 약속한 이가 생겼다네." (목사 지망생은 이 부분에서 말을 멈추고 가볍게 한숨을 내쉬더니 말을 이었다.) "별로 아름답지도 않고 나이도 마흔 살이나 되었지만 지금 내 처지를 알면 가장 짠하게 여겨줄 그런 여자였지. 그런데 한 달 전쯤 나의 친구이자 후원자인 대학 교목 나센브룸*** 박사가 럼블비츠 교구 목

---

* 원적법(圓積法), quadrature of the circle: 원과 동일한 면적의 정사각형을 구하는 공식.
** Strumpff: 독일어로 '긴 양말'이라는 뜻이다.
*** Nasenbrumm: 독일어로 '코 고는 소리'라는 뜻이다.

사가 사망했다는 소식을 알려주면서, 목사 지원자 목록에 내 이름을 올리고 싶은지, 설교 시험을 볼 의향이 있는지 물었어. 그 자리를 얻으면 나의 아말리아와의 관계 역시 이어갈 수 있을 것이었기 때문에 나는 그 제안에 흔쾌히 동의하고 설교문을 준비했다네.

원한다면 그 설교 내용을 읊어줄까? 아니라고? 흠, 나중에 행군할 때 내 요점만 추려서 들려줌세. 그럼 내 인생 일대기나 마저 이야기해야겠군. 이제 거의 종착역이야. 아니, 더 정확하게 말하자면 지금 내가 서 있는 현재 시점에 다 와간다고 말해야겠지. 나는 그렇게 럼블비츠에서 설교를 했고, 그 설교를 통해 '바빌로니아처럼 타락한 사회의 문제'가 말끔히 해결되었기를 바라는 마음은 지금도 변함이 없네. 그런데 그 설교 자리에는 남작 나리와 고귀한 그 가족들, 그리고 남작의 성에서 지내고 있던 유명한 고위 공무원 몇 명이 참석해 있더군. 그날 저녁 열린 그 발표회에서 내 다음 순서는 할레 출신의 모제르 박사였어. 그 설교는 배울 점이 꽤 많았고, 그 양반 역시 이그나티오스*의 문장을 제법 잘 설명했지만, 결과적으로는 설교 원고에 그 문장을 급히 끼워 넣었음을 그 양반 스스로 명백히 입증해 보이는 꼴이 되고 말았지. 그래서 나는 그 양반 설교가 내 설교만큼 효과적이었다고도, 또 그 내용이 럼블비츠 사람들 마음에 쏙 들었을 거라고도 생각하지 않아. 어쨌든 설교가 끝난 뒤 지원자들은 모두 함께 교회 밖으로 걸어 나가 럼블비츠에 있는 '푸른 사슴'이라는 식당에서 맛있게 식사를 했다네.

---

* 여기에서 언급한 이그나티오스는 안티오크의 이그나티오스Ignatius of Antioch(35~107 순교)일 수도, 이그나티오스 로욜라Ignatius Loyola(1491~1556)일 수도 있다. 두 성직자 모두 로마 가톨릭 교회를 퇴폐적인 바빌로니아 사회와 동일시함으로써 '바빌로니아처럼 타락한 사회의 문제(Babylonian question)'에 반대되는 의견을 펼쳐 보였음 직한 인물들이다.

한창 음식에 정신이 팔려 있는데 웨이터 한 명이 들어오더니 어떤 추레한 사람 한 명이 찾아와 목사 지원자들 가운데 '키 큰 사람'을 만나고 싶어 한다고 그러더군. 그 '키 큰 사람'은 나일 수밖에 없었어. 나는 거기 참석한 모든 목사 신사들보다 키가 머리 하나쯤은 더 컸거든. 나는 나랑 이야기하고 싶어 하는 사람이 누군지 알아보려고 밖으로 나갔지. 딱 보자마자 그 사람이 유대교 신자라는 사실을 한눈에 알겠더군.

그 히브리인은 말했어. '이보시오, 오늘 그 교회에 있던 내 친구한테 들었는데 목사님이 그곳에서 항목을 붙여가며 아주 훌륭한 설교를 했다고 하더군요. 그 내용에 나는 참으로 깊은 감명을 받았소. 아직 의문이 가시지 않은 한두 가지 항목만 빼면 말이오. 하해와 같은 아량을 베풀어 그 의문점을 해결해주신다면, 이 솔로몬 허시도 목사님의 그 유창한 말씀을 따라 개종할 수 있을 거라 생각합니다.'

나는 말했어. '선량한 친구여, 그 항목이 뭡니까?' 그러고는 내 설교에 담겨 있던 스물네 가지 항목을 일일이 꼽으면서 어떤 항목이 의심스럽느냐고 물었지.

우리가 식당 앞을 이리저리 거닐면서 대화를 나누고 있는데, 식당 창문이 열려 있어서 아침에 이미 내 설교를 들었던 동료들은 몹시 언짢아하면서 제발 그 시간에 설교를 다시 시작하지는 말아달라고 부탁하더군. 그래서 나는 나의 신자와 함께 자리를 옮겼고, 그의 부탁에 따라 다시 그 설교를 시작했다네. 내가 워낙 기억력이 좋아서 세 번 읽은 내용은 뭐든 외울 수 있었기에 망정이지.

나는 그렇게 나무 아래에서 고요한 달빛을 받으며, 작열하는 정오 태양 밑에서 읊었던 그 설교를 다시 한번 쏟아냈다네. 나의 이스라엘 백성은 내 설교를 방해한 것은 아니지만 놀라움, 감탄, 동조, 찬

탄, 깊어가는 확신을 표시하려고 가끔씩 감탄사를 내뱉었어, '굉장하군요!(Wunderschön!)'* 몹시 유창한 문단이 끝나면 꼭 그런 감탄사를 덧붙이면서 말일세. 한마디로 말해서, 독일어에 있는 칭찬과 관련된 단어는 바닥이 날 때까지 모조리 다 끌어낸 거지. 그런데 세상 그 누가 칭찬받기를 싫어하겠는가? 지금 생각해보면 세번째 항목을 시작했을 때 이미 족히 3킬로미터는 걸었던 것 같아. 그러자 나의 동행인은 이제 자기 집에 거의 다 왔다며 집에 들어가 맥주나 한잔 하자고 청하더구먼. 그걸 내가 마다할 리가 있겠는가.

이제 와 올바른 판단을 내려보자면, 이보게, 그 집은 자네가 잡힌 그 식당이었다네. 내가 그곳에 들어서자마자 납치범 세 명이 내게 돌진하더니 나를 탈영병이자 자기네 포로라고 부르면서 돈과 신분 서류를 꺼내라고 요구했고, 나는 성직자답게 엄숙하게 항의하면서도 시키는 대로 했어. 서류와 돈이라고 해봐야 내 신원을 보증하는 대학 교목 나센브룸 씨의 추천 편지, 설교 원고, 금화 3그로셴 4페니히가 전부였지만 말일세. 나는 자네가 그 집에 도착하기 스무 시간 전부터 그 수레를 타고 있었어. 자네 맞은편에 누워 있다가 자네한테 발을 밟혀서 비명을 질렀던 프랑스군 장교 있잖나, 그치는 자네가 도착하기 직전에 부상당한 상태로 잡혀 왔다네. 견장이 달린 연대 군복까지 갖추어 입은 채 잡혀 와 자신의 신분과 계급을 계속 외쳐댔지만 외톨이 신세였지. (내 생각에 그치는 헤센 처녀랑 눈이 맞아서 연애를 하다가 부대에 복귀하지 못한 것 같아.) 포로로 삼지 않고 군에 입대시키면 그를 수중에 넣은 작자들이 더 큰 수익을 챙길 수 있었기 때문에 그치도 우리랑 한 배를 타게

---

* 분더쇤Wunderschön: '굉장한' 또는 '비할 데 없이 너무나 아름다운'이라는 뜻의 독일어.

된 걸세. 그런 식으로 잡히는 사람이 수십 명씩은 될 텐데 어디 그치뿐이겠는가. 그 수레에는 그치 외에도 수비즈 총사령관*의 요리사 한 명, 프랑스군 소속 공연단에서 탈출한 배우 세 명, 영국 기병대에서 탈영한 병사 몇 명(그치들은 프로이센 군대에는 체벌이 없다는 말에 혹해 탈영을 했다고 그러더구먼), 그냥 잡혀온 독일인 세 명이 있었네."

나는 물었다. "그러니까 자네 말은, 이제 막 가치 있는 삶을 시작하려는데 바로 그 순간에 붙잡혔단 말인가? 배우기도 그렇게 많이 배웠다며 자네는 놈들의 극악무도한 짓에 화도 나지 않는단 말인가?"

그러자 목사 지망생은 이렇게 말했다. "나는 작센 사람일세. 화를 내봐야 부질없는 짓이지. 우리 정부는 지난 5년 동안 프리드리히의 말발굽에 마구 짓밟혔다네.** 차라리 무굴제국 황제한테 자비를 구하는 편이 낫지. 솔직히 말해서 나는 지금 내 처지가 그다지 불만스럽지 않네. 너무 긴 세월을 1페니히짜리 빵으로 연명해온 터라 병사 급식도 나한테는 감지덕지거든. 그리고 나는 어느 정도의 체벌은 별로 신경 쓰지 않는다네. 그런 나쁜 일은 모두 지나가기 마련이고, 따라서 참을 만한 일이니까. 주님께서 허락하신다면 전투에서 절대로 사람을 죽이지 않을 생각이지만, 인류 전체에 그토록 지대한 영향을 끼쳐온 전쟁의 광기가 어떤 결과를 낳는지 직접 경험해보고 싶은 마음이 아예 없는 것은 아닐세. 실은 아말리아랑 결혼하려고 했던 것도 같은 이유에서였어. 무릇

---

* Marshall de Soubise: 1758년부터 7년전쟁 기간(1756~1763)에 프랑스군 사령관을 지낸 수비즈 공작 샤를 드 로앙Charles de Rohan, Prince of Soubise(1715~1787)을 가리킨다.
** 프로이센의 프리드리히 대왕 군대는 1756년 8월 29일 작센 왕국의 국경선을 침범했다. 그해 9월 10일 수도 드레스덴이 프리드리히의 수중에 떨어졌고 작센 왕국은 결국 10월 14일 항복했다.

사내란 인간 존재의 전제 조건이자 인간 교육의 임무를 담당하는 한 가정의 가장이 되어야만 비로소 완전한 사나이가 되는 법 아니겠는가. 아말리아는 틀림없이 날 기다려줄 걸세. 그녀는 나의 소중한 후견인의 부인, 그러니까 나센브룸 대학 교목 사모님한테 요리를 해주고 있어서 가난의 손길이 미치지 않는 곳에 있거든. 나는 남에게 빼앗길 가능성이 적은 책 한두 권을 늘 몸에 지니고 다니며 세상에서 가장 훌륭한 책 한 권을 늘 마음속에 품고 다닌다네. 학업을 더 이어갈 수 있는 날이 오기 전에 이곳에서 내 존재가 끝나는 것이 하늘의 뜻이라면, 불평할 이유가 무엇이겠는가? 늘 잘못을 저지르지 않게 해달라고 주님께 기도하지만, 생각해보면 나는 다른 사람한테 모욕을 준 적도, 세속적인 죄를 저지른 적도 없는 것 같아. 혹 그런 일이 생긴다면, 어디에서 용서를 구해야 하는지 스스로 알게 되겠지. 이미 말했다시피 내가 배우기를 갈망했던 모든 것을 알지 못한 채 죽는다면, 어차피 **그 무엇도** 배울 수 없는 처지가 될 텐데, 한낱 인간의 영혼이 무엇을 더 바라겠는가?

내 이야기만 장황하게 늘어놓은 날 용서하게나. 하지만 누구나 자기 이야기를 하다 보면 자신이 최대한 간단하고 짧게 이야기하고 있다고 생각하잖나." 목사 지망생은 그렇게 말을 맺었다.

나는 이기주의를 혐오하지만 내 친구의 말이 옳았다고 생각한다. 또 자신은 케케묵은 책 몇 권의 내용을 꿰는 것 말고는 아무런 야심도 없는 옹색한 인간이라고 스스로 인정했음에도, 나는 그가 장점이 꽤 많은 사람이었다고, 특히 자신에게 닥친 재앙을 견뎌내는 불굴의 의지를 갖춘 사내였다고 생각한다. 최고 훈장을 받은 용감한 군인들 중에도 그런 재앙에 면역력이 없는 자들은 수두룩하다. 그런 자들이 형편없는 저녁 식사에 절망했다거나 해져서 팔꿈치를 기운 외투에 낙담했다는 이야기는 시도 때도 없이 들려온다. 그러나 **나의** 신조는 모든 것을 견디는 것, 부르고뉴산 포도주를 얻을 수 없다면 감내하며 물을 마시는 것, 벨벳 천이 없다면 프리즈 천*에 만족하는 것이다. 물론 부르고뉴산 포도주와 벨벳 천은 최상품인 만큼, 쟁탈전이 시작되었을 때 그 최상품을 움켜잡지 않는다면 그 인간은 천치인 것이 분명하지만 말이다.

나의 신학자 친구가 내게 들려주겠다던 그 설교 항목들은 결국 그의 입 밖으로 나오지 못했다. 퇴원하고 난 뒤에 그 친구는 고향에서 가장 먼 포메라니아 지방에 주둔 중인 연대에 배치되었기 때문이다. 한편 나는 뷜로 연대**에 배치되었는데 그 연대의 본대는 평시에 베를린에 주둔했다. 탈영에 대한 우려가 너무나 커서 소속 사병의 얼굴을 부대 측에서 모조리 파악하고 있어야 했기 때문에, 프로이센 군대는 영국 군대와 달리 부대 간 인사이동이 거의 없었다. 그렇다 보니 군인이라도 전시가 아니면 한 마을에서 계속 살다가 거기서 생을 마감하는 경우가 많았다. 독자들 짐작대로 그런 삶은 병영 생활의 재미를 떨어뜨린다. 그런데도 내가 지금 불쌍한 우리 사병들이 군대에서 실제로 어떤 일을 겪었는지 이렇게 서술하고 있는 까닭은 순전히, 당시의 나처럼 어린 신사들이 군인으로서의 경력에 대한 환상을, 그리고 사병이 썩 괜찮은 직업일 것이라는 환상을 품지 않았으면 하는 도의적인 바람 때문이다.

부상에서 회복되자마자 우리는 수녀들이 있는 그 병원에서 쫓겨나 풀다 마을 감옥으로 옮겨졌고, 그곳에서 노예나 범죄자와 다름없는 취급을 받았다. 안마당 문 앞에는, 그리고 각자 다른 목적지로 보내지기

---

* frieze: 한쪽 면에만 보풀이 있고 질감이 거친 아일랜드산 모직물이다.
** Bülow regiment: 프로이센 장군 크리스토프 카를 폰 뷜로Christoph Karl von Bülow(1716~1788)의 휘하에 있던 연대이다.

전까지 우리처럼 잡혀 온 사내들이 수백 명씩 갇혀 지내던 거대하고 시커먼 옥사 문 앞에는 불붙은 성냥*을 든 포병들이 서 있었다. 우리 가운데 누가 노련한 군인이고 누가 신병인지가 곧 훈련을 통해 드러났다. 기껏해야 억지로, 혹은 꾐에 넘어가 군에 입대한 주눅 든 촌놈들보다 한층 더 심한 감시를 받으면서 누리는 것이기는 했지만 그래도 나 같은 노련한 군인들은 감옥에 갇혀 지내는 동안 남들보다 조금 더 여유를 누렸다. 그곳에 모여 있던 인물들의 면면을 묘사하려면 아마도 길레이 씨**의 연필이 필요하리라. 프로이센 군인들의 국적과 직업은 그야말로 천태만상이었다. 그중에 잉글랜드인은 권투와 남 괴롭히는 일을 즐겼고, 프랑스인은 카드 게임과 춤과 펜싱을 즐겼으며, 독일인은 어떻게든 구할 수만 있다면 파이프 담배와 맥주를 즐겼다. 그리고 뭐든 내기에 걸 만한 물건이 있는 사람은 모두 도박을 즐겼는데, (그 악랄한 납치범들한테 동전까지 모조리 털렸던 터라) 그 연대에 처음 배치될 때 수중에 땡전 한 푼 없었는데도, 돈을 잃을 경우 내게 그 돈을 지불할 능력이 있는지 물을 생각이 전혀 없는 한 프랑스인과 친 카드 게임 첫 판에서 거의 1달러를 딴 것을 보면 그 종목에 관한 한 나는 정말로 운이 좋았다. 신사의 외모를 타고나면 최소한 그런 이점은 있다. 그 덕분에 나는 주머니 사정이 최악일 때조차 매번 노름빚을 얻어 곤경에서 벗어날 수 있었다.

프랑스인 중에 굉장히 화려해 보이는 사병이 한 명 있었는데, 그의 진짜 이름이 무엇인지는 아무도 몰랐지만, 그의 인생에 대한 짧막한 이야기가 프로이센 군대 안에 퍼져 나간 것만으로도 적지 않은 파장이 일

---

* 머스켓 총의 점화 장치에 불을 붙이는 성냥을 말한다.
** Mr. Gillray: 영국의 풍자 만화가이자 판화가인 제임스 길레이James Gillray(1756~1815)를 가리킨다.

었다. (물론 귀족들 중에도 세상에 둘도 없이 못생긴 개와 천하의 겁쟁이가 존재한다는 사실을 익히 보아서 알고 있지만) 내가 믿고 있는 것처럼 아름다움과 용맹스러움이 귀족의 상징이라면, 그는 프랑스의 최고위층 가문 출신인 것이 틀림없었다. 그만큼 그의 몸가짐은 위엄과 격조가 있었고 성격 역시 훌륭했다. 그는 키가 나만큼 크지는 않았지만 얼굴이 하얬던 반면, 나는 얼굴이 새까만 대신 그치보다 어깨가 조금 더 넓었다. 그는 내가 만난 사람 가운데 유일하게 스몰스워드로 나를 굴복시킨 사람이었다. 내가 세 번을 찌르는 동안 나를 네 번이나 찌르는 친구였으니까. 물론 사브르 검으로는 내가 그를 완패시킬 수 있었다. 뜀뛰기도 내가 더 높이 뛰었고 검이 미치는 범위도 내가 더 넓었기 때문이다. 하지만 이것은 순전히 내 입장에서 하는 이야기일 뿐이다. 사실 우리는 둘 다 부대 내의 실력자들이었지만 얄팍한 시샘 같은 것을 하는 사람들이 아니어서 결국 아주 절친한 사이가 되었는데, 그 프랑스인은 더 나은 이름이 없어서 그냥 외모대로 '르 블롱댕'*이라고 불렸다. 그는 탈영병이 아니었는데도 니더라인 강변 주교령에서 입대했다고 했다. 상상력을 발휘해보자면 노름판에서 행운의 여신이 그에게 적대적이라는 사실이 밝혀지면서 다른 생계 수단들 역시 막혀버린 것은 아니었을까. 고국으로 돌아가고 싶다 한들, 고국 땅에선 바스티유 감옥이 그를 기다리고 있었던 것은 아닌지 의심스럽다.

아무튼 그는 노름과 술이라면 환장을 했고 그 덕분에 우리 둘은 서로에게 상당히 동질감을 느꼈다. 노름 때문이든 술 때문이든 흥분하는 날이면 그는 끔찍한 몰골이 되곤 했지만, 나는 눈 하나 깜짝하지 않고

---

* 'Le Blondin': 프랑스어로 '금발 머리 사람, 멋쟁이, 한량'이라는 뜻이다.

불운과 포도주 두 가지를 모두 나름대로 잘 견뎌냈다. 그래서 함께 한 바탕 노름을 할 때면 내가 그 친구보다는 훨씬 유리했고 그 결과 내 지위를 유지하기에 충분한 돈을 그에게서 따낼 수 있었다. 그런데 그는 부대 밖에 아내가 한 명 있었다. (내가 이해하기로 그에게 불운이 닥치는 원인이자 그가 가족과 떨어져 지내는 원인이기도 한) 그녀는 허가를 받고 한 주에 두세 번 남편을 보러 부대로 찾아왔는데 단 한 번도 빈손으로 온 적이 없었다. 작고 빛나는 갈색 눈동자를 가진 그녀가 던지는 추파는 전 세계를 통틀어 가장 인상적인 것이었다.

그는 실레지아 지방 나이세*에 주둔 중이던 연대로 입대했는데 그곳은 오스트리아와의 국경선에서 얼마 떨어지지 않은 곳이었다. 언제나 변함없이 노련하고 대담한 모습을 유지했던 그는 공식적인 군대 계급과 마찬가지로 연대 안에 항상 존재해온 비밀결사 내에서도 인정받는 지휘관이었다. 앞서 말했듯이 그는 쓸 만한 군인이었지만, 거만하고 방만한 술주정뱅이이기도 했다. 이런 유형의 사내들은 (내가 늘 그랬던 것처럼) 상관인 장교들의 비위를 맞추어가며 그들에게 아첨하지 않기 때문에 틀림없이 그들과 관계가 틀어져버리고 만다. 르 블롱댕 역시 상관인 대위와 철천지원수로 지냈던 터라 가혹한 처벌을 시도 때도 없이 받았다.

그의 아내를 비롯해 그 연대 병사의 아내들은 (평화협정이 체결된 뒤로) 오스트리아와의 국경선을 넘어 다니며 소규모 밀수를 했고 양국의 국경수비대 병사들은 모두 그 거래를 묵인했다. 그 여인은 남편의 지시에 따라 짧은 여행을 다녀오면서 매번 소량의 화약과 총알을 들여왔는데, 그것들은 프로이센 병사가 소지해서는 안 되는 물품, 따라서

---

* Neisse in Silesia: 현재 폴란드의 남서부 도시 니사Nysa를 가리킨다.

정말 필요해질 때까지 남몰래 쟁여두는 물품이었다. 그리고 그것들은 결국 사용될 **운명**이었다. 그것도 조만간.

르 블롱댕은 원대하고도 특별한 거사를 꾸미고 있었다. 그 거사가 어디까지 진행되었는지, 그리고 그 일에 몇 백 명, 아니 몇 천 명이 연루되어 있었는지는 아직까지도 밝혀지지 않았다. 하지만 원래 새로운 소식이라는 것은 정부가 '쉬, 쉬!' 해가며 아무리 열심히 입단속을 해도 이 부대에서 저 부대로 병사들의 입을 통해 퍼져 나가기 마련이어서, 그 음모에 관한 해괴한 이야기 역시 이미 우리 사병들 사이에까지 파다하게 퍼져 있었다. 원래 사람을 잘 이해하는 성격이었던 데다가 아일랜드에서 일어난 반란을 여러 번 본 적이 있는 나는 그런 가난한 사람들의 동지애가 어떤 것인지 너무나 잘 안다.

그는 스스로 그 음모의 주모자가 되었다. 아무런 기록도, 문서도 없었다. 그 프랑스인 말고는, 누구도 다른 공모자들과 소통하는 일도 없었다. 그는 자기 혼자 모든 사람에게 지령을 내렸다. 수비대 총궐기 예정 시간은 어느 날 열두 시 정각이었다. 그는 마을에 있는 위병소를 습격해 쥐도 새도 모르게 보초병들을 처리할 계획이었다. 그런 다음…… 음모의 나머지 내용이 무엇이었는지 그 누가 알겠는가? 병사들 중 일부는 그 거사가 실레지아 전역에 걸쳐 진행 중이라고, 르 블롱댕이 오스트리아 군대의 장군이 될 것이라고 수군거렸다.

열두 시 정각, 민간인 복장을 한 서른 명가량의 사내가 나이세 뵈메르토르 성문 부근 위병소 맞은편에서 서성대고 있었고, 그 프랑스인은 위병소 보초 근처에 서서 숫돌에 나무 도끼를 벼리고 있었다. 열두 시 종이 울리자 그는 몸을 펴더니 도끼를 휘둘러 보초병의 머리를 쪼개버렸고, 서른 명의 사내는 위병소로 돌진해 들어가 거기 있는 무기들을 탈취한 다음 한달음에 성문을 향해 전진했다. 성문 보초는 문에 빗장을 걸려고 안간힘을 썼지만 프랑스인은 그에게 달려가 다시 한번 도끼를 휘둘러 사슬을 쥐고 있던 보초의 오른손을 댕강 잘라버렸다. 돌진해 쏟아져 나오는 무장한 사내들을 본 성 밖의 경비병들은 그들의 진격을 저지하려고 도로를 가로질러 접근했지만, 프랑스인의 부하 서른 명은 총검으로 그들을 가로막아 그중 몇 명은 쓰러뜨리고 나머지는 쫓아버린 뒤 계속해서 내달렸다. 그러고 나서 그들은 나이세로부터 불과 5킬로미터 정도밖에 떨어져 있지 않은 국경을 향해 신속하게 이동했다.

한편 마을에는 이미 경보가 발령된 상태였는데, 마을이 화를 피한 것은 하필이면 프랑스인이 공격한 위병소 시계가 마을의 다른 시계들보다 15분이나 더 빨랐기 때문이다. 군 동원령이 울리고 기병대가 소집되는 바람에 다른 위병소를 공격하기로 되어 있던 공모자들까지 어쩔 수 없이 본래 자기 위치로 돌아갔고 그 결과 그들의 계획은 실패했다. 그러나 똑같은 이유로 음모 가담자를 색출해내는 것 역시 불가능했다. 그 누구도 자신의 죄를 자백하려 하지 않은 것은 물론, 공모자가 누구인지 몰라서 배신행위를 할 수 없었기 때문이다.

그때쯤 이미 보헤미아*와의 국경선을 향해 상당히 먼 거리를 이동해 있었던 프랑스인과 서른 명의 탈주자를 추격하라고 기병대가 파견되었다. 말이 접근해오자 그들은 몸을 돌려 총검과 일제사격으로 기병대를 맞이했고 또 물리쳤다. 오스트리아인들이 장벽 위에 나와 서서 이 싸움을 흥미진진하게 구경했다. 마찬가지로 상황을 지켜보고 있던 밀수꾼 아내들이 이 용감무쌍한 탈영병들에게 탄약을 조달한 덕분에 그

---

* Bohemia: 이 소설의 배경이 되는 시기에 보헤미아는 오스트리아의 영토였다.

들은 그 기마병들을 몇 차례 물리치는 전과를 올릴 수 있었다. 그러나 그 무모하고 보람 없는 전투를 하느라 너무 긴 시간을 지체한 결과, 그 대담한 서른 명은 그사이 그곳에 도착한 일개 대대 규모의 병력에 포위되었고 그것으로 그 가엾은 치들의 운명은 끝장났다. 그들은 절망적인 분노를 느끼며 싸웠고, 그들 중 누구도 적에게 자비를 구하지 않았다. 그들은 탄약이 바닥나자 쇠붙이를 들고 싸우다가 그 자리에서 총알과 총검을 맞고 쓰러졌다. 마지막으로 총을 맞은 사람은 프랑스인이었다. 그는 허벅지에 총알을 맞고 쓰러진 상태로, 자신을 생포하려고 가장 먼저 접근한 장교를 죽이려다가 제압당했다.

프랑스인과 살아남은 몇 안 되는 전우들은 다시 나이세로 호송되었고, 프랑스인은 주모자로서 즉각 긴급 대책위원회에 회부되었다. 그는 자신에게 던져진 진짜 이름과 가문에 관련된 모든 질문에 답하기를 거부하며 이렇게 말했다. "내가 누구든 그게 무슨 상관이오? 나를 붙잡았고 곧 총살할 텐데. 내가 아무리 유명한 이름을 달고 있다고 해도 그것이 내 목숨을 구해주는 것은 아니지 않소." 그는 음모와 관련된 질문에 대해서도 이와 비슷한 방식으로 답함으로써 단 한 가지 사실도 밝히지 않았다. "모두 나 혼자 한 짓이오. 이 일에 연루된 개개인을 모두 알고 있는 사람 역시 나뿐이며, 그들은 누가 자신의 공모자인지에 대해 아는 것이 아무것도 없소. 따라서 그 비밀은 나 혼자만의 것이며 나와 함께 땅에 묻힐 것이오." 장교들이 그에게 그렇게 엄청난 범죄를 저지르도록 그를 부추긴 요인이 무엇이냐고 묻자 그는 이렇게 말했다. "당신들의 지독한 잔혹 행위와 압제 때문이오. 당신네들은 모두가 살인귀, 악당, 야수요. 그런데도 당신들이 오래전에 박멸되지 않은 것은 모두가 겁 많은 당신네 민족성 덕분이니 고마운 줄이나 아쇼."

그 말에 프랑스인의 상관인 대위가 분노에 찬 고함을 있는 힘껏 지르며 돌진해 그 부상병에게 주먹을 한 방 날렸다. 그러나 르 블롱댕은 부상을 당했는데도 자신을 지키고 있던 병사의 총검을 번개처럼 재빠르게 뽑아서 그 장교의 가슴팍을 찌르며 이렇게 말했다. "이 극악무도한 괴물, 내가 죽기 전에 널 먼저 이 세상에서 없앨 수 있게 되다니 정말 큰 위안이 되겠구나." 그는 바로 다음 날 총살당했다. 그는 만약 장교들이 봉해진 편지를 그대로 체신부 장관에게 전달해주겠다고 동의하면 왕에게 편지를 쓰겠노라고 제안했지만, 말할 것도 없이 뭔가 자신들의 잘못이 언급될까 봐 두려웠던 그들은 그 제안을 허락하지 않았다. 전하는 이야기에 따르면 프리드리히는 다음 사열식에서 매우 엄격한 태도로 장교들을 대하며 프랑스인의 요구를 들어주지 않은 그들의 잘못을 몹시 나무랐다고 한다. 그러나 왕의 주된 관심사는 그 사건을 덮는 것이었기 때문에 앞서 말했듯 그 사건은 쉬쉬 소리와 함께 묻혔는데, 어찌나 완벽하게 은폐되었던지 그 결과 군인 10만 명이 알게 되었다. 그들 중 상당수는 포도주를 기울이며, 사병들을 위해 희생된 순교자였던 그 프랑스인의 추억에 취하곤 했던 우리 사병들이었다. 이렇게 말하면 내가 하극상을 부추기고 살인을 옹호한다고 성토하는 일부 독자들도 분명 있을 것이다. 그러나 1760년부터 1765년까지 프로이센 군대에서 사병으로 복무한 사람이라면 내 말에 별로 토를 달지 않을 것이다. 그 프랑스인은 자유를 얻기 위해 보초병 두 명을 죽였다. 그렇다면 프리드리히 대왕이 실레지아*에 군침을 흘리는 바람에 죽게 된 적국 오스트리아

---

* 독일어로는 슐레지엔이라고 부른다. 프리드리히 대왕은 1741년부터 1742년까지 2년에 걸친 격렬한 전투 끝에, 보헤미아에 속해 있어 오스트리아의 영토였던 이 지역을 수중에 넣었다. 20세기 초까지 계속 독일의 지배를 받다가 1921년 주민 투표에 따라 일부 지역

국민과 자국 국민은 통틀어 과연 몇 만 명이나 될까? 〔훗날, 나폴레옹 보나파르트가 스스로 러시아의 주인이 되고 싶어서 총알에, 칼날에, 추위에, 굶주림에 죽게 만든 사람은 과연 얼마나 될까?*〕12) 나이세 보초병 두 명의 머리를 쪼갠 그 도끼를 벼린 것은 독재라는 저주받은 체제였다. 그러니 이 일을 타산지석으로 삼아 몽둥이를 들고 불쌍한 사병들을 찾아가기 전 다시 한번 생각해보도록 장교들을 가르치시라.

군대 이야기라면 수도 없이 풀어놓을 수 있지만, 나 자신부터 병사였기 때문에 내 이야기는 그쪽으로 치우쳐 있어서, 틀림없이 비도덕적인 내용으로 들릴 터, 되도록 간단히 말하는 것이 상책이다. 그 부대에서 지내던 어느 날 익숙한 목소리가 내 귀에 울렸을 때 내가 얼마나 놀랐을지 상상해보라. 기병 두 명한테 붙잡혀 끌려가던 한 변변치 않은 젊은 신사가 그중 한 명한테 어깨를 몇 대 맞으면서까지 유창한 영어로 내게 이렇게 말했던 것이다. "지옥 불에 떨어질 이 악당 놈아! 이 빚은 내 반드시 갚아주마. 대사님한테 편지를 쓸 테다. 물론 페이크넘 지방 출신의 페이크넘이라는 내 이름으로 말이다." 나는 그를 보자마자 웃음을 터뜨렸다. 왜냐하면 그가 너무나 눈에 익은 나의 옛날 상병 군복을 입은 나의 옛 동료였기 때문이다. 리센은 그치야말로 진짜 사병이라고 맹세했고, 영국군 소집에서 누락된 그 불쌍한 치 역시 결국은 우리와 똑같은 프로이센군 사병이 될 운명이었던 것이다. 악의가 없기는 했지만 그

만 체코슬로바키아에 할양되고 대부분의 영토는 폴란드에 귀속되었다.

* 나폴레옹이 1812년 6월 60만 대군을 이끌고 러시아를 침공한 걸 말한다. 프랑스군은 9월 14일 모스크바에 입성했으나 러시아가 땅을 비우고 후퇴하는 이른바 청야(淸野) 전술을 구사해 가는 곳마다 텅 비어 있었다. 결국 나폴레옹은 추위와 기근에 시달리다가 12월 퇴각을 시작했지만 대부분의 병력이 노상에서 동사하는 처참한 결과로 이어지고 말았다.

동안 그 가엾은 사내를 어떻게 덫에 빠뜨렸는지 이야기를 풀어놓아 내 무반 전체를 웃음바다로 만들었던 터라 나는 어떻게 하면 자유를 얻을 수 있는지 그에게 한마디 귀띔해줬다. "검열 장교를 찾아가. 저들이 자네를 일단 프로이센 군대에 넣어버리면 그걸로 자네는 끝이야. 저들이 자네를 놓아줄 리 절대 없거든. 그러니까 부대 사령부를 찾아가서 그 장교한테 자네를 풀어주면 100, 아니 500기니를 주겠다고 약속해. 신분 서류랑 서류첩은 납치범 패거리 두목이 가져갔다고 하고. (그 말은 사실이었다.) 무엇보다도, 자네한테 약속한 돈을 지불할 능력이 있다는 사실을 그자에게 보여주는 게 중요해. 내 보장하는데 그렇게 하면 자네는 자유의 몸이 될 거야." 그는 내 충고를 따랐다. 우리가 행군을 하고 있을 때 그는 요령껏 병원에 가도 좋다는 허락을 받아냈고 병원에 있는 동안 내가 조언한 대로 일을 처리했다. 그러나 그는 특유의 인색함으로 뇌물 액수를 흥정하다가 하마터면 자유를 놓칠 뻔했다. 그리고 자신의 후원자인 나에게 최소한의 감사 표시조차 하지 않았다.

나는 7년전쟁이 낭만적인 사건이었던 것처럼 말할 생각이 전혀 없다. 전쟁 말미에 프로이센 군대가 자국인인 프로이센인 장교와 하사관들에 의해 용맹스럽게 훈련된 것으로 명성을 떨친 것만은 사실이지만, 그 군대는 유럽 각지 거의 모든 나라에서 와 고용된, 혹은 나처럼 납치된 병사들로 구성되어 있었다. 그렇다 보니 여기저기에서 탈영 사건이 시도 때도 없이 일어났다. 내가 속해 있던 뷜로 연대 하나만 봐도 전투에 참여하기 전에는 프랑스인이 자그마치 600명이었다. 사병을 모집하기 위해 베를린을 떠나던 날, 낡은 바이올린을 갖고 있던 한 프랑스인 병사가 프랑스 노래 특유의 곡조로 음악을 연주하자 그의 전우들은 그냥 걷는 것이 아니라 아예 춤을 추면서 그 병사 뒤에서 「누스 알롱스 아 프랑스Nous allons en France」*를 불렀다. 그런데 2년이 흐르고 베를린으로 귀환했을 때는, 모두 도주하거나 작전을 수행하다가 사망해 연대에 그 600명 중 여섯 명밖에 남아 있지 않았다. 그 시절 사병의 삶은 강철 같은 용기와 인내심이 없다면 누구에게나 무시무시한 것이었다. 행군을 할 때면 이병이나 일병 세 명마다 상병이 한 명씩 뒤에서 따라가며 무자비하게 몽둥이를 휘둘렀다. 오죽하면 전투 중에 맨 앞줄에는 일병과 이병만 서고, 상병은 둘째 줄에 하사관과 함께 서서 병사들을 닦달하는 일을 수행한다는 우스갯소리가 나돌기도 했다. 수많은 남자들이 끊임없이 이어지는 박해와 고문에 무릎을 꿇고 세상에서 가장 끔찍한 자포자기 행위를 실행에 옮기는가 하면, 프로이센 군대 내 몇몇 연대에서는 소름 끼치는 사건이 불쑥불쑥 발생하기도 해서 가끔씩 정부를 엄청난 불안에 빠뜨렸다. 그것은 '아동 살해'라는 참으로 괴상하고도 끔찍한 악행이었다. 병사들은, 삶은 견딜 수 없는 것이지만 자살은 범죄이기 때문에, 그 둘 중 어느 한쪽을 선택하지 않으면서 참을 수 없을 만큼 비참한 처지에서 벗어나기 위해 자신들이 취할 수 있는 최선의 방법은, 천국이 보장된 순진무구한 어린아이를 살해해 스스로 살인죄 선고를 받는 것이라고 말하곤 했다. 늘 '관대함'이라는 단어를 입에 달고 살았던 군주이자 영웅이자 현자이자 철학자였던 왕, 그러면서도 사형 제도를 이용해 공포감을 조성했던 왕은 자신이 납치한 그 상것들 중 일부가 자신의 지독한 폭정에 격렬하게 저항하자 덜컥 겁이 났지만, 그 악행을 막을 수 있는 유일한 방법은 그런 범죄자들이 종파를 막론하고 어떤 성직자의 보살핌도 받을 수 없게, 그리하여 그 어떤 종교적 안

---

* 프랑스어로 '우리는 프랑스로 간다'는 뜻이다.

식도 누릴 수 없게 엄격히 단속하는 것뿐이었다.

처벌이 끊이지 않고 이어졌다. 장교라면 누구나 마음대로 처벌을 내릴 수 있었고, 전시보다 오히려 평시에 처벌의 수위가 훨씬 높았다. 평화가 찾아오면 전시에 그들의 보직이 무엇이었든 간에 장교들을 품위가 없다는 이유로 쫓아낼 수 있었기 때문이다. 왕은 대위 한 명을 중대원들 앞에 세워놓고 이렇게 말하곤 했다. "이자는 품위가 없다. 내보내." 우리는 왠지 왕이 두려웠고 왕 앞에만 서면 조련사 앞에 선 맹수처럼 움츠러들었다. 나는 몽둥이에 맞아서 생긴 상처 때문에 어린애처럼 소리 내어 우는 더없이 용감무쌍한 군인을 본 적도 있다. 열다섯 살짜리 어린 엔사인한테 불려나온, 백전노장 쉰 살 군인도 본 적이 있는데, 그 군인은 산전수전 다 겪은 사람이었는데도 받들어총 자세를 하고 서서, 그 애송이가 팔뚝과 허벅지에 회초리를 후려칠 때마다 아기처럼 울부짖으며 흐느꼈다. 그 군인도 작전을 수행하는 날에는 무슨 짓이든 할 수 있었다. **그날만큼은** 군복 단추를 엉망으로 채울 수도 있었고, 그래도 아무도 그를 건드리지 않았다. 하지만 놈들은 그를 전장에 나가 싸우게 해놓고 또다시 매질을 해 순종하게 만들었다. 우리 사병들 대부분은 '이 굴레를 깨뜨릴 수 있는 사람은 거의 없다'는 주문의 포로였다. 앞서 이야기했던, 나랑 함께 잡혀서 내 맞은편에 누워 있다가 나한테 발을 밟혀 비명을 질렀던 그 프랑스군 장교는 나랑 같은 중대에 배치되었는데 정말로 개처럼 매를 맞았다. 그로부터 20년이 흐른 뒤 베르사유에서 그를 다시 만났을 때 내가 옛 시절 이야기를 꺼내자 그는 아픈 사람처럼 안색이 창백해지더니 이렇게 말했다. "제발 그 시절 이야기는 하지 말게. 아직도 자다가 비명을 지르며 일어날 정도로 몸서리가 쳐지니까."

고백하건대 나 역시 동료들과 마찬가지로 짧은 시간 동안 회초리 맛을 보기는 했지만, 나는 곧 내가 용감하고 능수능란한 군인이라는 사실을 스스로 입증할 수 있는 기회를 여러 번 잡았고, 그 뒤로는 개인적인 지위가 더 추락하는 것을 방지하기 위해서 영국 군대에서 써먹던 방식을 다시 취했다. 총알 하나를 목에 걸고는 그것을 숨기기는커녕, 그 총알이 병사든 장교든 내게 체벌을 가하는 자의 몫이 될 거라고 동네방네 떠들고 다녔던 것이다. 그런데 내 성격에는, 이미 오스트리아 대령을 죽이는 데 한 번 사용된 적이 있는 그 총알을 약간 회한을 느끼더라도 프로이센인에게 역시 쏠 수 있다는 내 말을 상급자들로 하여금 믿게 만드는 일면이 있었던 것 같다. 그들의 싸움이 어떻게 돌아가든, 진군하는 내 머리 위에서 펄럭이는 깃발 속에 독수리 대가리*가 하나든 둘이든, 그게 나랑 무슨 상관이란 말인가? 나는 그저 이렇게 말했을 뿐이다. "나는 임무 수행 중에 실수하는 모습을 아무에게도 보이지 않겠다. 또 그 누구도 내게 손을 대지 못하게 하겠다." 그리고 군대에 남아 있는 동안 계속 그 좌우명을 지켰다.

영국 군대 시절도 마찬가지지만 프로이센 군대 시절 겪은 역사 속 전투 역시 길게 이야기할 생각은 없다. 나는 두 나라 군대에서 똑같이 임무를 수행했다. 그리하여 콧수염이 제법 폼 나게 자란 스무 살 무렵, 나는 프로이센 군대 전체를 통틀어 가장 용감하고 영리하고 잘생긴, 그리고 인정하건대 가장 악랄한 군인이 되어 있었다. 쓸 만한 전투 괴물이 되기 위해 조건에 맞추어 나 자신을 변화시켰던 것이다. 작전을 수행하는 날만 되면 나는 흉포한 사람, 그리고 행복한 사람이 되었다. 또

---

* 프로이센 왕의 군대 깃발에는 머리가 하나인 독수리가 그려져 있었고, 오스트리아 군주를 상징하는 깃발에는 머리가 둘인 흰죽지수리가 그려져 있었다.

전장 밖에서는 내가 누릴 수 있는 오락거리를 하나도 놓치지 않았는데, 그런 놀이들은 질로 보나 즐기는 방식으로 보나 전혀 고상하지 못했다. 하지만 영국 군대에 돼먹지 못한 상놈들이 많았던 것과 달리 우리 부대에는 상류층 출신이 많았고, 부대 기강도 대체로 너무 엄해서 못된 짓을 저지를 시간적 여유가 거의 없었다는 것만은 사실이다. 나는 피부색이 하도 짙고 거무튀튀해서 동료들 사이에서 '슈바르처 엥글랜더 Schwarzer Engländer', 즉 '검은 잉글랜드인', 혹은 '잉글랜드 악마'로 통했다. 완수해야 할 임무가 생기기만 하면 나는 여지없이 그 일에 동원되었다. 그리고 전공을 세우면 종종 진급이 아닌 돈으로 보상받았는데, 내가 오스트리아군 대령을 죽인 날 역시 우리 연대장 뷜로 장군은 연대 전체가 지켜보는 가운데 (거대한 그 창기병 장교를 말도 타지 않은 채 혼자서 상대한) 나에게 2프레데릭도르*를 주며 이렇게 말했다. "지금은 내가 자네에게 포상금을 내리지만 언젠가는 내 손으로 자네를 교수대에 매달게 되지 않을까 걱정이다." 나는 그날 밤 그 포상금은 물론, 그 오스트리아군 대령의 시신을 뒤져 챙긴 푼돈까지 몇몇 유쾌한 동료들과 함께 모조리 써버렸다. 하지만 전쟁이 계속되는 한 내 지갑에 돈이 마를 일은 없었다.

---

* frédérics-d'or: 프리드리히 2세의 얼굴이 새겨진 프로이센의 금화.

제7장

배리, 수비대에서 생활하면서 그곳에서 여러 친구를 만나다

전쟁이 끝난 뒤 우리 연대는 수비대로서 수도에 주둔했는데, 그곳
은 그나마 프로이센 전체를 통틀어 가장 덜 따분한 도시였을 테지만 그
런데도 오락거리가 많다고 말하기는 힘들었다. 우리 부대는 늘 군기가
셌는데도 우리는 여전히 하루에 몇 시간씩 하는 일 없이 그냥 방치되어
있었고, 그 시간은 그에 상응하는 돈을 지불할 요령만 있다면 충분히
재미를 볼 수도 있는 시간이었다. 수많은 부대원이 장사를 하겠다며
부대를 떠났지만, 신사로서의 자존심이 허락하지 않았기 때문에 육체
노동으로 손을 더럽힐 수가 없었던 나는 아무 데도 가지 않았다. 그러
나 부대에서 받는 봉급은 근근이 연명만 하기에도 빠듯했고, 수도 한
복판에 주둔하고 있던 우리 부대의 지리적 위치상, 전시에는 아무 때
나 가능했던 기부금 받기라는 방법을 함부로 동원할 수도 없었기 때문
에, 늘 노는 일을 즐겼던 나는 그 비용을 조달하기 위해 유일하게 남아
있던 마지막 수단, 즉 한마디로 말해서 나의 상관인 대위의 전령, 혹은
개인 심복 노릇을 하는 일을 택할 수밖에 없었다. 그 일은 예전에 영국

군대에서도 제안을 받았지만 4년 동안이나 거절했다. 하지만 외국 군대에서는 그 직책의 위상이 영국 군대와는 전혀 달랐다. 게다가 솔직히 말해서, 군대에서 5년이나 지내고 나면, 그리고 민간인 신분으로는 어림도 없을 퇴짜를 수도 없이 맞다 보면 사내의 자존심도 수그러들기 마련이다.

나의 상관인 대위는 나이는 어렸지만 전쟁 중에 눈에 띄는 활약을 펼친 자였는데, 그렇지 않았다면 어린 나이에 그렇게 높은 계급을 달았을 리가 없다. 물론 경찰청장 포츠도르프 각하의 조카이자 상속인이라는 가족 관계 역시 분명 그 젊은 신사의 진급에 도움이 되기는 했을 테지만 말이다. 포츠도르프 대위는 행군을 할 때나 병영에 있을 때는 엄격한 장교였지만 아첨에 굉장히 약한 사람이기도 했다. 나는 맨 처음에는 머리를 땋아 묶는 방법으로 그의 마음을 얻었고(그렇게 하면 정말로 연대 내 그 누구보다도 차림새가 단정해 보였다), 그 뒤로는 수천 가지 소소한 재주와 칭찬으로 그의 믿음을 얻었는데, 모두가 나 자신부터 신사였기 때문에 그런 것들의 활용법을 잘 알고 있던 덕분이었다. 그는 도락가로서, 완고한 왕실의 가장 잘나가는 사람들보다도 더 많은 것을 대놓고 즐겼다. 지갑을 여는 일에 관대하고 까다롭지 않았던 그는 라인강변에서 생산되는 포도주라면 환장을 했고, 어떤 포도주를 마시든 나는 진심으로 그의 의견에 동의했는데, 그러는 것이 당연히 내게도 이익이었기 때문이다. 하지만 그는 경찰청장인 숙부와 너무 친밀한 관계를 유지하고 있어서 부대 소식을 숙부한테 물어 나르는 듯한 낌새가 느껴졌기 때문에, 연대 안에서는 별로 인기가 없었다.

그 장교의 환심을 꽤 사게 된 지 얼마 지나지 않아 나는 그가 어떤 일을 하고 있는지 대강 다 알게 되었다. 그 결과, 그렇지 않았다면 모두 내 차지가 되었을 여러 훈련과 행군에서 해방되었고 수많은 특혜를 누리게 되었으며, 인정하건대, 물론 베를린 상류층 사회의 관점에서 보면 아주 변변치 않은 수준에 불과했지만, 그 덕분에 어떻게 보면 약간 화려해 보일 정도로 고상한 차림새를 유지할 수 있었다. 나는 아가씨들 사이에서 유난히 인기가 많았고 귀족들 틈에서도 행동거지가 너무나 세련되어 보였기 때문에, 사람들은 도대체 어떻게 내가 연대 안에서 '검은 악마'라는 무시무시한 별명으로 불리게 된 것인지 의아해했다. "그 검은 악마라는 친구가 색칠한 것만큼 그렇게 까맣지는 않소." 나는 웃으며 이렇게 말하곤 했고, 아가씨들 대부분도 그 사병은 대위만큼 잘 자란 것 같다고 맞장구를 쳤는데, 솔직히 내가 받은 교육과 나의 출신을 생각하면 어떻게 이견이 있을 수 있겠는가?

부모들이 해외에서 소란을 일으키거나 여기저기에 호소할 우려가 있어서 외국인 병사들에게는 우편으로 편지를 부치는 일이 용납되지 않았기 때문에, 나는 그의 마음을 충분히 얻고 난 뒤에야 그에게 아일랜드에 있는 가엾은 우리 어머니, 수년 동안이나 전혀 소식을 전하지 못한 어머니한테 편지를 쓰게 해달라고 부탁했다. 그는 편지를 보낼 수 있는 방법을 찾아보겠다고 했고, 나는 그가 편지를 열어보리라는 것을 알고 있었지만 그를 향한 신뢰감을 내비치면서 봉한 편지를 조심스럽게 그에게 전달했다. 그러나 독자들이 상상할 수 있는 것처럼 그 편지는 혹여 중간에 가로채서 본다고 해도 발신인한테 아무런 해가 될 것이 없는 내용으로만 채워져 있었다. 나는 어머니 곁을 떠난 나를 하해와 같은 마음으로 용서해달라고 빌었다. 또, 지금은 돌아갈 수 없는 고국에서 보냈던 화려했지만 어리석었던 삶에 대해 이야기하면서, 그래도 내가 세상에서 가장 위대한 군주의 군대에서 행복하게 잘 지내고 있다는 사실을 알게 되는 것만으로도 어머니께 기쁨이 되지 않겠느냐고, 병사 생활이 내게는 참 잘 맞는 것 같다고 적었다. 그리고 내가 꿈에 그리던 보호자이자 후원자 한 분을 만났는데, 언젠가 그 사실이 내게 도움이 되지 않겠느냐고, 이제는 어머니가 내게 그런 도움을 줄 수 없다는 사실을 나도 잘 알고 있다고 덧붙였다. 끝으로, 비디에서부터 베키에 이르기까지 나이순으로 이름을 불러가며 브래디 성의 모든 딸들에게 안부를 전하고, 사랑하는 아들, 베를린 보병 수비대대 뷜로 연대 포츠도르프 대위 휘하 중대 소속의 레드먼드 배리라고 서명했는데 그것만은 진실이었다. 물론 내가 포츠담 수비대에 있을 때 왕이 했던 행동, 그러니까 수상이랑 판사 세 명을 발로 걷어차서 계단에서 굴러떨어지게 만든 재미난 이야기도 적었고, 어쩌면 장교로 진급할 수도 있으니까 전쟁이 금방 또 일어났으면 좋겠다는 말도 적었다. 사실, 독자들 상상대로 그 편지는 세상에서 가장 행복한 젊은이의 편지처럼 보일 수도 있었지만, 나의 친절한 어머니로 하여금 오해를 하게 만든 점에 대해서는 죄송스러운 마음이 전혀 들지 않았다.

그로부터 며칠이 지난 뒤부터 우리 가족에 대해 묻는 것으로 보아 포츠도르프 대위는 그 편지를 읽은 것이 확실했다. 나는 대체로 상당히 진실하게 우리 가족이 처한 상황에 대해 말해주었다. 나는 꽤 좋은 집안의 아들이지만 가세가 완전히 기울어서 어머니의 수입으로는 편지에 이름을 언급한 여덟 딸만 부양하기에도 벅차다고, 그래서 법률을 공부하려고 더블린으로 갔다가 그곳에서 나쁜 사람들과 어울리는 바람에 빚을 졌고 결투 중에 사람까지 한 명 죽인 터라, 그곳으로 돌아가면 내가 죽인 자의 권력자 친구들이 나를 교수대에 매달거나 감옥에 가둘 것이라고, 내게는 군대 자체가 도저히 거역할 수 없는 탈출 기회였기 때문에 영국 군대에 입대한 것이라고 이야기한 다음 페이크넘 지방 출신의 페이크넘 씨 이야기를 그 후원자가 포복절도할 만큼 재미나게 들려줬는데, 나중에 그는 마담 카메케*가 주관한 저녁 모임에서 그 이야기를 했더니 모두들 그 젊은 잉글랜드인 얼굴이나 한번 보았으면 좋겠다고 야단이었다고 내게 알려줬다.

"그 자리에 영국 대사도 참석했습니까?" 나는 몹시 놀란 어조로 물은 뒤 이렇게 덧붙였다. "이런, 세상에. 대위님, 그분한테 제 이름을 말씀하지 마십시오. 그랬다가는 그분이 저를 인도하라고 요구할지도 모릅니다. 사랑하는 고국으로 끌려가 교수대에 매달리다니, 그런 일은 상상도 하고 싶지 않습니다." 그러자 포츠도르프는 웃으면서 내 지위를 계속 유지할 수 있게 각별히 신경 쓰겠노라고 말했고, 나는 내가 그 자리에 앉아 있는 한 그에게 영원히 감사하는 마음을 잃지 않겠다고 맹세했다.

며칠 뒤 포츠도르프는 침통한 표정으로 내게 말했다. "레드먼드, 내가 우리 연대장님께 자네 이야기를 여러 번 드렸다네. 자네처럼 용감하고 재능 넘치는 친구가 왜 전쟁 중에 진급이 되지 않았는지 모르겠다고 했지. 그랬더니 장군께서 이렇게 말씀하시더군. '우리도 오래전부터 그를 지켜보고 있다. 용감한 군인인 그 친구는 틀림없이 좋은 혈통을 타고난 것 같다. 우리 부대를 통틀어 그 친구만큼 흠 잡을 데 없는 병사는 없다. 하지만 그 친구만큼 인사고과 점수를 적게 딴 친구도 없다.'

---

* Madame Kameke: 카메케는 프로이센에서 아주 저명한 가문이다. 그중에서도 특히 카메케 부인은 어린 프리드리히 2세를 교육한 왕실 가정교사였다. 새커리는 그 사실을 토머스 캠벨의 『프리드리히 대왕과 그의 시대Frederick the Great and his Times』(1842)에서 알게 된 것 같다.

말씀인즉, 자네가 너무 게으르고 방탕하고 부도덕하다는 거야. 다른 병사들한테 해될 짓만 잔뜩 저지르고 말이야. 장군께서는, 아무리 용기와 재능을 타고났더라도 그런 식이면 자네한테 좋을 일이 없을 거라고 분명히 말씀하셨네."

나는 일개 필멸의 인간이 나에 대해 그런 견해를 펼 수 있다는 사실에 놀라며 이렇게 말했다. "대위님! 뷜로 장군께서 제 성격에 대해 오해하고 계신 것이면 좋겠습니다. 제가 질 나쁜 사람들과 어울렸던 것은 사실입니다. 하지만 전 그저 다른 병사들이 하는 대로 따라 한 것뿐입니다. 그리고 무엇보다도 전에는, 제가 눈에 보이는 것보다는 훨씬 나은, 썩 괜찮은 놈이라는 사실을 보여드릴 친절한 친구이자 보호자가 계시지 않았습니다. 장군님께서는 제가 완전히 망가진 놈이라고, 지옥에나 보내버리라고 말씀하실지도 모르겠습니다만, 이것만은 분명히 알아두십시오. 대위님을 위해서라면 저는 지옥도 마다하지 않을 겁니다."
내가 보기에 내 후원자는 이 대답에 꽤 만족한 것 같았다. 게다가 나는 용의주도해서 대위의 복잡 미묘한 온갖 일을 처리하는 데 아주 유용했기 때문에 곧 그는 나를 진심으로 아끼게 되었다. 예를 들자면, 어느 날 낮에, 아니 밤이었던가, 아무튼 대위가 타박스-라트 폰 도제* 부인과 밀회를 즐길 때도 나는…… 아, 이제 그 누구와도 상관없는 연애 이야기는 해봐야 무슨 소용이겠는가.

어머니께 편지를 보내고 넉 달이 흐른 뒤, 나는 대위 이름이 쓰인 봉투에 든 답장을 받았는데, 그 편지를 보니 마음속에 뭐라고 형언하

---

* Tabaks-Rath von Dose: 독일어 'Tabaks-Rat'에는 '담배 전매청장'과 '코담뱃갑'이라는 두 가지 의미가 있다. 따라서 말장난인 이 이름에는 '세도가 남편을 둔 여인'과 '애연가 여인'이라는 두 가지 뜻이 모두 담겨 있다.

기 힘든 향수와 우수가 일었다. 장장 5년 만에 보는 사랑하는 어머니의 글씨였다. 그 편지를 읽는 동안, 그 모든 옛 시절이, 유서 깊은 아일랜드의 푸른 들판에 쏟아지던 상쾌하고 따사로운 햇살이, 그녀의 사랑이, 외삼촌과 필 퍼셀이, 그리고 그곳에서 내가 생각하고 행했던 모든 것들이 기억 속에 되살아났다. 혼자 남게 되었을 때, 노라한테 차인 날 이후로 단 한 번도 울지 않았던 나는 그 편지를 손에 쥐고 소리 내어 울었다. 그러면서도 연대 동료들이나 대위한테는 내 기분을 들키지 않으려고 애썼다. 하지만 (타박스-라트 부인의 친구인 귀족 집안 아가씨) 로첸 양이랑 그날 밤 브란덴부르크 문밖 정자에서 차를 마시기로 한 약속만큼은 왠지 나갈 엄두가 나지 않았다. 그래서 양해해달라고 청한 뒤 일찌감치 막사에서 잠자리에 들었다가, 계획대로 밖으로 나와 사랑하는 아일랜드 생각에 잠겨 훌쩍훌쩍 흐느끼며 기나긴 밤을 보냈다.

다음 날 다시 기운을 차린 나는 어머니가 편지와 함께 보낸 현금 10기니를 들고 나가 지인 몇 명에게 멋지게 한턱냈다. 글씨로 빼곡한 그 편지는 가엾은 어머니의 눈물로 여기저기가 잔뜩 얼룩져 있었고 내용도 굉장히 두서가 없었다. 어머니는 그분이 항상 올바른 방향으로 가시는 것 같지 않아 걱정스럽기는 하지만, 내가 신교도 군주의 휘하에 있다고 생각하니 기쁘다고 말했다. 또 다행히 자신은, 선택 받은 소중한 그릇이요 값비싼 순 나르드 향유 상자*이자 교구 목사인 조슈아 조울스 목사의 인도로 올바른 방향이 어느 쪽인지 발견하는 축복을 누릴 수 있었노라고 말했다. 그 밖에도 나로서는 도저히 이해할 수 없는 구

---

* 순 나르드 향유는 비싼 아로마 오일로, 이것은 "한 여인이 매우 비싼 순 나드르 향유 상자를 가져오더니 그것을 깨뜨려 예수의 머리에 부었다"는 『신약성경』 「마가복음」 14장 3절을 언급한 내용이다.

절들이 가득 쓰여 있었다. 그래도, 그 많은 구절에 담긴 뜻 한 가지, 바로 그 선량한 여인이 아직도 아들을 사랑하고 있고, 밤낮으로 천방지축인 아들 레드먼드를 떠올리며 아들을 위해 기도하고 있다는 것만큼은 확실했다. 밤에 고독하게 보초를 서거나 슬픔에 빠져 있거나 병에 걸렸거나 억류당해 있는 수많은 불쌍한 사내 모두가, 필시 매 순간 자신의 어머니가 자신을 위해 기도하고 있을 거란 사실을 알게 되는 것은 아니지 않은가? 나는 종종 그런 생각에 잠겼다. 그러나 그런 사내들은 유쾌하지도 않고, 사람들이랑 쉽게 어울리지도 않는 법이다. 그럼 그 행복한 무리는 모두 어디에 머물까? 한마디로 장의사만큼 과묵한 그런 사내들한테는 장례식장이 딱이다. 그날 밤 나는 술잔을 들고 어머니의 건강을 위해 건배했고, 그 돈이 떨어질 때까지 신사답게 살았다. 나중에 어머니한테 들었는데 그 돈은 어머니가 엄청 무리를 해가며 마련해 보낸 돈이었고, 그 사실을 알게 된 조울스 씨는 어머니한테 몹시 화를 냈다고 한다.

선량한 어머니가 보내준 돈을 정말 순식간에 다 써버리기는 했지만 얼마 안 가 내게는 더 많은 돈이 생겼다. 나는 돈 버는 방법을 수백 가지나 알고 있었고 게다가 대위와 그의 친구들이 언제나 나를 즐겨 찾았기 때문이다. 이제 타박스-라트 폰 도제 부인은 대위[13]의 편지나 꽃다발을 가져다주면 내게 1프레데릭도르를 주었다. 그러면 반대로 그녀의 남편인 늙은 추밀원 고문도 자기 부인과 우리 대위님 사이의 불륜에 관한 정보를 캐낼 수 있을까 해서 내게 라인강 변에서 나는 고급 백포도주를 한 병씩 선물하거나 1달러짜리 지폐를 한두 장씩 내 손에 슬그머니 밀어 넣었다. 나는 그 돈을 거절할 만큼 멍청한 놈도 아니었지만, 독자들도 확실히 알다시피 내 후원자를 배신할 만큼 비열한 놈도 아니었다. 결국 그 고문은 **내게서** 알아낸 것이 거의 없었다. 대위가 그 부인이랑 헤어지고 네덜란드 장관의 부유한 딸에게 구애를 시작하자, 내가 자기 연인을 되찾아줄 것이라고 생각했는지, 타박스-라트 부인이 나에게 얼마나 많은 편지와 돈을 건넸는지 모른다. 하지만 한번 떠난 연인이 되돌아오는 일이 어디 흔하던가. 부인의 식상한 한숨과 애원에 대위는 그저 웃기만 했다. 신분의 고하를 막론하고 네덜란드 장관 굴덴색 경*의 저택 사람들과 어울리는 것이 어찌나 즐겁던지 나는 곧 그 집 사람들과 아주 친해졌다. 그리고 그 덕분에 국가 기밀도 한두 가지 알아내어 우리 대위님한테 굉장히 큰 기쁨과 놀라움을 안겨줄 수 있었다. 그러면 그는 그 작은 기밀들을 경찰청장인 숙부한테 알렸고 말할 것도 없이 숙부는 그 정보를 야무지게 써먹었다. 그리하여 그때부터 나는 포츠도르프 가문의 은밀한 비호를 받기 시작했고, 그 결과 이름만 병사였지 내게는 부대 안에서 (장담컨대 굉장히 세련된 스타일의) 사복 차림으로 활보하거나 갖가지 오락거리를 누리는 일이 허용되었기 때문에, 불쌍한 동료들은 나를 늘 부러워했다. 하사관들도 장교를 대하듯 정중하게 나를 대했다. 청장의 조카가 총애하는 사람을 모욕하는 행위는 자신의 계급장을 거는 것과 맞먹는 행동이었기 때문이다. 우리 중대에 이름과 달리 키가 183센티미터나 되는 쿠르츠**라는 어린 병사가 있었는데 전투 임무를 수행하던 중에 내가 목숨을 구해준 적이 있는 친구였다. 그런데 이 녀석이 한다는 짓이 가관이었다. 내 무용담 중 한 가지를 들려줬는데도 기껏 한다는 소리가 나를 첩자, 정보원이라 부르며 더 이상

---

* Mynheer van Guldensack: '돈, 황금'을 뜻하는 네덜란드어 '굴덴Gulden'과 '자루, 푸대'를 뜻하는 영어 '색sack'을 결합한 이름으로 일종의 말장난이다.
** Kurz: 독일어로 '짧다'는 뜻이다.

자기를, 젊은 병사들이 저희들끼리 아주 친해졌을 때 서로 부르는 식으로 '너(Du)'라고 부르지 말아달라는 것이었다. 나는 그 말에 아무런 대꾸도 하지 않고 그저 큰 소리로 그를 부르기만 했다. 녀석한테 유감은 없었지만 나는 눈 깜짝할 사이에 그를 무장 해제시키고 그의 검을 머리 위로 날려버린 뒤 이렇게 말했다. "쿠르츠, 네가 아는 사람 중에, 죄책감이 느껴지는 험한 일을 내가 지금 하고 있는 것만큼 잘해낼 수 있는 사람이 단 한 명이라도 있을까?" 이 말에 불평분자들 모두가 입을 다물었고, 그 뒤로는 아무도 나를 비웃지 않았다.

　나 같은 유형의 사람에게 대기실에서 기다리는 일이나 시종, 혹은 귀족 떨거지들이랑 대화를 나누는 일이 즐거울 것이라 생각하는 사람은 아무도 없을 것이다. 하지만 그보다 오히려 더 내 위신을 깎아먹는 일은 병영 막사에서 지내는 일이었는데, 그곳은 정말 구역질 나는 장소라는 말을 굳이 할 필요도 없었다. 군대를 좋아하네 뭐네 하는 수작은 모두 내 고용주의 눈을 속이기 위해 꾸며낸 행동이었다. 나는 늘 노예 신세에서 벗어나길 바라며 한숨지었다. 내가 이 세상에 어떤 족적을 남기기 위해 태어났다는 사실을 알고 있었기 때문이다. 만약 내가 나이세 수비대 소속이었다면, 나 역시 그 용감한 프랑스인 바로 곁에서 자유를 향해 질주했을 것이다. 하지만 나는 뷜로 연대에 있었으니 그곳에서 내 목적을 달성시킬 계획을 세우고 그것을 실천에 옮기는 것이 당연하지 않았겠는가? 내 계획은 이것이었다. 나 스스로 포츠도르프에게 절대 없어서는 안 될 존재가 되어 그로 하여금 내게 자유를 주도록 만드는 것. 그 힘 있는 사람과 대단한 가문을 이용해 일단 자유로운 몸이 되고 나면, 이전에 수만 명의 아일랜드 신사가 취했던 방법을 따라 재산과 지위를 갖춘 여인과 결혼할 생각이었다. 내가 관심이 없는 여자라면 최소한 내 고귀한 야심에 걸맞은 여자여야만 나를 움직일 수 있다는 사실을 보여준 사건이 하나 있었다. 베를린에 600탈러의 부동산 수입이 있고 사업 수완도 좋은, 식료품 상인의 뚱뚱한 과부 한 명이 있었는데, 그녀는 만약 자신과 결혼한다면 돈으로 내 제대를 주선해주겠노라고 말했다. 하지만 나는 식료품점 주인이 되려고 태어난 것이 아니라고 그녀에게 솔직하게 말했고, 그 결과 그녀가 내게 제공한 자유의 기회는 완전히 날아가버리고 말았다.

내게는, 고용인들이 나한테 느꼈던 것보다 내가 그들에게 고마움을 느낄 일이 훨씬 더 많았다. 대위는 빚이 있어서 유대인들과 거래를 했고 그들에게 숙부가 죽으면 지불할 수 있는 약속어음을 발행해주었다. 늙은 포츠도르프 나리는 자기 조카가 나와 모든 비밀을 나누는 것을 보고, 젊은 포츠도르프 씨가 진짜로 무슨 짓을 꾸미고 있는지 알아내려고 내게 뇌물을 찔러주었다. 그래서 어떻게 했느냐고? 나는 무슈 게오르게 폰 포츠도르프에게 그 사실을 알렸다. 그런 다음 그와 함께 짜고 짧은 채무 목록을 만들었는데, 거기 적힌 금액이 어찌나 소소했던지, 실제로 늙은 숙부가 짜증을 내는 대신 아주 싼값에 손을 털 수 있게 된 것에 기뻐하며 갚아주기에 충분한 액수였다.

이런 충직함에 대한 보상으로 나는 참으로 후한 대우를 받았다. (왕이 자기 군대 소속의 모든 장교들과 관련된 일을 시시콜콜 다 알고 싶어 했기 때문에, 대위는 자기 연대 젊은 장교들의 근황에 대해서, 어떤 놈이 도박을 하고, 어떤 놈이 누구와 작당모의를 하는지, 누가 밤에 가장무도회에 참석하는지, 누가 빚이 있고 누가 빚이 없는지, 소식이 될 만한 것은 뭐든지 물고 호들갑을 떨며 집에 왔는데) 어느 날 아침 그 늙은 신사가 자기 조카랑 밀담을 나누고 있을 때 나는 지시에 따라 (나중에 여배우 마드무아젤 코코이스와 결혼한) 다르장 후작*한테 편지를 전하러 갔었다. 거리에 나선 지 단 몇 걸음 만에 우연히 후작을 만난 터라 그 전갈을 전하고 곧바로 대위의 거처로 돌아왔다. 그랬더니 대위와 그의 고귀한 숙부는 나의 비천한 신분을 주제로 대화를 나누고 있었다.

"그 친구는 귀족이에요." 대위가 말했다.

"하!" 숙부가 대답했다. (그 안하무인인 인간을 그때 내가 목 졸라 죽였어야 하는 건데.) "우리 군에 입대한 거지같은 아일랜드 종자들은 모두가 똑같은 이야기를 늘어놓더구나."

"갈겐슈타인한테 납치를 당했대요." 다른 목소리가 말했다.

"납치당한 탈영병이라. 그거 참 쌤통이다!" 무슈 드 포츠도르프가 말했다.

"아무튼, 제가 그 친구의 제대를 부탁드려보겠다고 약속했어요. 제가 아는 숙부님은 틀림없이 그 친구를 더 쓸모 있게 만들어줄 수 있는 분이니까요."

그러자 연장자는 웃음을 터뜨리며 대답했다. "그래. 네가 전에도 그 녀석을 제대시켜달라고 부탁했었지. 이런, 제기랄! 넌 진짜 순진하기 짝이 없는 아이로구나! 네가 지금보다 훨씬 더 영리해지지 않는다면 절대로 내 지위를 물려받을 수 없을 게다, 게오르게. 네가 칭찬하는 것만큼 그 녀석을 쓸모 있게 만들어봐라. 태도가 반듯하고 신뢰감을 주는 얼굴이니까. 내 기준에는 한참 모자라지만 그 녀석한테 남들보다 뛰어

---

* Marquis d'Argens: 다르장 후작이라 불린 장 밥티스트 드 부아예Jean Baptiste de Boyer(1704~1771)는 프랑스 출신 철학자이자 작가이다. 프리드리히 대왕 치하의 프로이센에서 궁내대신과 학술 기관 총책을 맡아 지냈으나 베를린의 여배우 코코이스와 결혼 후 세간의 입방아에 오르내리다가 1759년 프랑스로 돌아갔다.

난 자신감이랄까, 네 말마따나 콕 집어서 투지랄까 그런 게 있을 수도 있겠지. 악당 자질은 충분한 것 같더구나. 하지만 그 녀석은 허영심 강하고 낭비벽 심한 수다쟁이다. 네가 연대 문제를 위협이 될 만한 마지막 보루로 쥐고 있는 동안에는 그 녀석을 네 마음대로 다룰 수 있겠지만, 풀어주고 나면 분명 그놈이 네 뒤통수를 칠 게다. 그러니 계속 약속이나 하지 그러니. 그러고 싶으면 장군 자리를 주겠다고 약속해라. 네가 그놈한테 무슨 패를 내보이든 내가 무슨 상관이냐? 그 녀석 말고도 쓸 만한 첩자는 도시 전체에 쌔고 쌨는데."

그간 무슈 드 포츠도르프에게 헌신해온 나를 그런 식으로 취급하다니, 배은망덕한 노인네 같으니라고. 나는 내가 즐겨 꾸는 다른 꿈들까지 모조리 그렇게 좌절되었다는 생각에, 그리고 대위에게 쓸모 있는 존재가 됨으로써 군대에서 빠져나갈 수 있으리라는 희망이 헛된 것이었다는 생각에 몹시 당황해서 슬그머니 그 방에서 도망쳤다. 한동안 얼마나 심각한 절망감에 빠져 있었던지, 그냥 차라리 그 과부랑 결혼이나 해버릴까 하는 생각이 들 정도였다. 하지만 사병의 결혼은 왕이 직접 허락해주지 않는 한 허용되지 않는 일이었다. 게다가 국왕 폐하가 자신의 군대에서 가장 잘생긴 스물두 살짜리 젊은이가, 얼굴에 뾰루지 가득한 예순 살의 늙다리 과부랑, 그것도 결혼을 한다고 해도 자신의 백성을 잔뜩 낳아줄 나이가 훌쩍 지난 과부랑 결혼하겠다는데 과연 그 청을 허락해줄지도 의문이었다. 따라서 자유를 향한 희망이 이루어질 가망은 없었다. 어떤 자비로운 영혼이 내게 엄청난 금액의 돈을 빌려주지 않는 한 자유를 돈으로 사는 것 역시 꿈조차 꿀 수 없었다. 이미 말했다시피 나는 꽤 거래를 잘했지만, 평생 돈만 생기면 모두 써버리는 구제불능의 버릇이 있었고 (그런 너그러운 성품 탓에) 태어난 이래로 평생 빚더미 위에서 살아왔기 때문이다.

그런데 그 비열한 악당 놈! 우리 대위님은 무엇이 진실인지 내가 이미 다 알고 있는데도 자기 숙부랑 나누었던 대화를 아주 다르게 각색해 내게 내놓았다. 빙그레 웃으며 내게 이렇게 말했던 것이다. "레드먼드, 청장님한테 자네가 하고 있는 일[14]에 대해 이미 말씀드렸으니 곧 기회가 마련될 거야. 우리는 자네를 제대시켜 경찰 공무원으로 임명하고 세관에서 검열하는 일을 맡기려고 하네. 그러니까 요는 '운명의 여신'이 지금껏 자네에게 부여한 자리보다 훨씬 좋은 곳으로 옮겨갈 수 있게 허가하려고 한다, 그 말이지."

나는 그의 말을 단 한 마디도 믿지 않았는데도 그 말에 몹시 감동을 받았고, 당연하게도 가련한 아일랜드인 조난자에게 친절을 베풀어준 대위에게 영원히 감사하며 살겠다고 맹세했다.

"네덜란드 장관 댁에서 자네가 보여준 일 처리 솜씨는 내 마음에 아주 쏙 들었네. 그런데 자네 스스로 우리에게 쓸모 있는 존재가 될 수 있는 또 다른 기회가 찾아왔군. 자네가 성공해내면 그 결과에 따라 합당한 보상이 충분히 주어질 걸세."

"그게 어떤 일입니까, 대위님? 이토록 친절하신 주인을 위해서라면 저는 뭐든 할 겁니다."

"최근에 베를린에 들어온 자 중에 '황후 겸 여제'의 군대에서 복무한 신사가 한 명 있네. 그자는 스스로를 슈발리에 드 발리바리라고 칭하면서 교황한테 수여받은 별 모양 박차 훈장*을 붉은 리본으로 묶어서

---

* star of the Pope's order of the Spur: 교황이 군인에게 수여하던 훈장으로 금박차 훈장, 금군 훈장(Spenon d'Oro, Ordine dello)이라고도 불렸다. 1841년 교황 그레고리오 16세가 훈장 수여를 폐지하면서 훈장도 더 이상 제작되지 않았다.

몸에 걸치고 다닌다더군. 이탈리아어랑 프랑스어도 유창하게 할 줄 알고. 그런데 몇 가지 이유 때문에 우리는 그자가 자네 동포인 아일랜드인일 것이라 생각한다네. 아일랜드에서 발리바리라는 이름 들어본 적 있나?"

"발리바리! 발리바……?" 어떤 생각이 번개처럼 떠올랐지만 나는 이렇게 대답했다. "아뇨. 그런 이름은 들어본 적 없습니다."

"자네는 그자 밑으로 들어가야 하네. 물론 자네는 영어를 한마디도 모르는 거야. 그자가 만약 자네의 독특한 악센트에 대해 물으면 헝가리인이라고 말하게. 그자가 데려온 하인은 오늘 추방되고, 그자가 그동안 믿을 만하다고 여겨온 사람이 자네를 추천할 걸세. 자네는 헝가리인으로 7년전쟁에 참전했다가 허리 부상으로 제대한 거야. 자네가 2년 동안 모신 무슈 크벨렌베르크는 지금 실레지아 군대에 가 있지만 자네 신원을 증명하는 그 양반 서명은 여기 있네. 그 뒤로는 모프시우스 박사랑 함께 살아온 거고. 필요하면 박사 서명이 적힌 품행 증명서도 만들어주지. 물론 스타 호텔 사장도 자네가 정직한 친구라는 사실을 증명해줄 걸세. 그 사람 증명이야 별 쓸모없겠지만. 나머지 인생에 대해서는 자네 마음대로 지어내도 되네. 낭만적인 삶이든 우스꽝스러운 삶이든 내키는 대로 하게나. 하지만 동정심을 자아내서 그자의 믿음만큼은 꼭 얻어내야 하네. 그런데 그자는 굉장한 도박꾼이라 늘 **이긴다고** 하더군. 자네 카드 좀 칠 줄 아나?"

"아주 조금 칩니다. 그저 병사들이 치는 정도죠."

"나는 자네가 전문 도박꾼 이상인 줄 알았는데. 그자가 속임수를 쓰는지 알아내야 하네. 속임수를 쓴다면 그자를 잡을 수 있을 테니까. 그자는 계속 영국과 오스트리아 사절들을 만나고 있고, 정부 각 부처의 젊은 관리들도 그 집에서 종종 식사를 한다네. 그들이 무슨 이야기를 하는지 알아내. 각각의 노름판에 판돈이 얼마나 걸리는지도 알아내고. 특히 한 명이라도 현금 대신 구두 약속으로 판돈을 거는 판은 더더욱. 할 수만 있다면 그자의 사적인 편지도 읽어야 하네. 물론 우체국으로 가는 편지까지 괜히 건드려서 스스로를 곤경에 빠뜨릴 필요는 없네. 그 편지들은 우체국에서 보면 되니까. 하지만 누구에게 보내는 것인지, 어떤 경로로 누구를 통해 전달하는 것인지 자네가 알아내지 못한 채 그자가 쪽지를 적어 보내게 내버려두어서는 절대 안 돼. 그자는 서신 상자 여러 개의 열쇠를 줄에 매어 목에 걸고 잠을 잔다더군. 열쇠의 본을 떠 오면 한 개당 20프레데릭의 돈을 주지. 물론 단정한 옷차림을 해야 할 걸세. 머리는 비듬이나 가루가 남지 않게 최대한 깔끔하게 빗질해서 리본으로 묶고. 콧수염도 당연히 밀어야 하네."

대위는 내게 이런 지시 사항과 함께 봉사료 몇 푼을 주고 자리를 떠났다. 그를 다시 만났을 때 그는 나의 바뀐 외모에 매우 흡족해했다. 나는 큰 고통을 느끼면서도 (흑옥만큼 새카맣고 우아하게 굽이치는) 콧수염을 깨끗하게 밀어버리고, 늘 혐오해 마지않던 역겨운 머릿기름과 머릿가루도 말끔하게 씻어냈다. 그리고 단정한 회색 프렌치코트, 새틴 천으로 지은 검은색 바지, 플러시 천으로 지은 고동색 조끼를 입고 아무런 장식 없는 모자를 썼다. 일자리를 잃은 하인이라면 누구나 저래 보이겠구나 싶을 만큼 온순하고 초라해 보이는 외모였다. 그때 포츠담에서 사열식을 열고 있던 우리 연대 전우들조차도 그런 내 모습을 보았다면 내가 누구인지 알아보지 못했을 것이다. 아무튼 그렇게 갖추어 입고 나는 그 이방인이 머물고 있는 스타 호텔로 갔다. 불안감으로 심장이 두근두근거렸고, 뭔가가 내게 이렇게 말하고 있었다. 이 슈발리에

드 발리바리는 다름 아닌 바로 밸리배리의 배리 씨, 로마 가톨릭이라는 미신에 고집스럽게 매달린 결과 자신의 영지를 포기할 수밖에 없었던, 우리 아버지의 형이라고. 나는 건물 안으로 들어가기 전에 먼저 마차 보관소에 들러 그의 마차를 살펴보았다. 그곳에 배리 가문의 문장이 있었을까? 그랬다. 그곳에, 가리비 모양 네 개가 그려져 있고 붉은색 사선을 띠처럼 두른 은색 문장, 조상 대대로 우리 집에 걸려 있던 그 문장이 있었다. 멋지게 도금된 잘 빠진 그 마차 안에 놓인 내 모자만 한 크기의 방패에 바로 그 문장이 그려져 있었고, 그 밑에는 화관 하나, 문장을 떠받들고 있는 여덟 명 남짓의 큐피드와 '풍요의 뿔', 꽃바구니 따위가, 조금 기묘해 보이기는 해도 그 시절 유행하던 방식대로 그려져 있었다. 백부님이 틀림없어! 계단을 오르는 내내 현기증이 났다. 백부님 앞에 하인의 모습으로 등장하게 되다니!

"자네가 무슈 드 시바크가 추천한 그 젊은이인가?"

나는 고개를 끄덕이며, 우리 대위님이 내게 엄선해준 그 신사 이름으로 된 편지를 그에게 건넸다. 그가 편지를 들여다보고 있어서 그의 모습을 찬찬히 살펴볼 여유가 있었다. 백부님은 예순 살가량의 신사로, 살굿빛 벨벳으로 지은 최고급 바지와 코트에 금색 실로 똑같은 모양의 문장이 수놓아진 흰색 새틴 조끼를 입고 있었다. 그리고 박차 훈장이 달린 자주색 띠가 사선으로 가슴 위에 매어져 있었다. 거대한 별모양 박차 훈장이 가슴 위에서 번쩍였다. 손가락 열 개에 모두 반지를 긴 백부님은 금줄 시계를 두 개나 걸고 있었고 목에는 부의 상징인 **외알** 다이아몬드가 박힌 검은색 밴드를 매고 있었으며 머리에는 뒤로 모아 묶은 가발을 쓰고 있었다. 셔츠의 주름과 프릴은 온통 풍성한 레이스로 장식되어 있었다. 분홍색 실크 스타킹을 신은 무릎에는 금색 가터가 매어져 있었고 붉은색 굽의 구두에는 거대한 다이아몬드 버클이 달려 있었다. 흰색 비늘무늬 칼집에 든 금장식이 달린 검도 한 자루 보였다. 백부님 옆 테이블 위에 놓인 모자 역시 레이스 장식이 풍성했고 흰색 깃털 장식이 삥 둘러 달려 있었는데, 그것은 화려한 신사의 옷차림을 완성해주는 모자였다. 키는 나랑 비슷해서 184센티미터 정도 되어 보였다. 나랑 아주 닮았지만 굉장한 **기품이 흘러넘치는** 외모였다. 그러나 한쪽 눈은 검은색 안대로 가려져 있었다. 얼굴에는 흰색과 붉은색 화장품이 엷게 발라져 있었는데 그 시절에는 그것이 특별한 화장 방식이 전혀 아니었다. 그리고 입술 위에는 한 쌍의 콧수염이 드리워져 있었고 그 밑에는 수염에 가려진 입이 있었는데, 나중에 알게 된 바로는 상당히 불쾌한 인상을 주는 입이었다. 턱수염을 밀었을 때 보니 윗니가 보기 흉할 정도로 튀어나와 있었던 것이다. 끝으로 백부님의 얼굴에는 유령처럼 굳은 미소가 장착되어 있었는데 그다지 유쾌한 표정은 아니었다.

매우 경솔한 짓이었지만, 백부님의 화려한 외모, 고상한 태도를 보고 나자, 그분을 계속 속이는 일이 불가능하리라는 생각이 들었다. 그리고 마침내 백부님이, "어, 그러니까 자네는 헝가리인이란 말이지, 알겠네!"라고 말하자 나는 더 이상 참을 수가 없었다.

"각하, 저는 아일랜드인입니다. 그리고 제 이름은 밸리배리의 레드먼드 배리입니다." 나는 이렇게 말하며 눈물을 터뜨렸다. 왜 그랬는지 그 이유는 모르겠다. 6년 동안이나 친척이나 피붙이라고는 단 한 명도 만나지 못했기에 내 심장이 누군가를 못 견디게 그리워했던 것은 아니었을까.

제8장
배리, 군인이라는 직업에 작별을 고하다

　　고국을 떠나본 적이 없는 사람은 억류 상태에서 친근한 목소리를 듣는 것이 어떤 것인지 잘 모른다. 앞서 고백한, 백부님을 보자마자 내게 일어난 감정 폭발의 원인이 무엇이었는지 이해가 안 되는 사람도 꽤 있을 것이다. 백부님은 내 말이 과연 진실인지 의심해볼 생각조차 하지 못하고 그 즉시 이렇게 외쳤다. "오, 성모님! 내 동생 해리의 아들입니다." 생각해보면 백부님도 갑자기 피붙이를 만나게 됐다는 사실에 나만큼 감정이 격해진 것 같았다. 왜냐하면 그 역시 고국 땅에서 축출된 사람이었던 터라 친근한 목소리와 얼굴을 보고 오래전 고국에 대한 기억과 어린 시절이 떠올랐을 것이기 때문이다. "그것들을 다시 볼 수만 있다면 내 여생에서 5년을 뚝 떼어줄 텐데." 백부님은 매우 따뜻한 손길로 나를 다독인 뒤 말했다. "무엇 말씀이십니까?" "왜, 밸리배리의 푸른 들판, 강, 유서 깊은 둥근 탑, 묘지, 그런 것들 말이다. 레드먼드야, 그렇게 오랫동안 그 이름으로 불려온 그 땅과 헤어지는 일이 네 아비에게는 수치스러운 일이었을 게다."

백부님이 나에 대해 묻기 시작해서 나는 나의 인생사를 꽤 상세하게 들려드렸다. 내 이야기에 그 고귀한 신사는 여러 번 웃음을 터뜨리면서 나더러 천생 배리 집안 남자라고 말했다. 내가 이야기를 하고 있는 도중에 백부님은 내 말을 끊더니 등을 맞대고 서서 키를 재보자고 했고(그래서 우리 두 사람의 키가 같다는 것을, 백부님의 무릎 관절이 보기보다 뻣뻣하다는 것을, 그리고 그 무릎에서 특유의 그 걸음걸이가 비롯된다는 것을 알게 되었다), 그 뒤로는 이야기 사이사이에 연민, 다정함, 공감의 감탄사를 연신 뱉어냈다. 백부님의 입에서 끝없이 계속 튀어나오는 "성인들이시여!" "오! 성모님" "은총이 가득하신 마리아님!" 같은 말들을 듣고 나는 공정하게, 백부님이 우리 가문의 낡은 신앙을 아직도 굳게 믿고 있는 것 같다고 결론지었다.

내 인생사의 마지막 부분을 이야기하려니, 그러니까 내가 백부님의 행동을 감시하러 백부님 밑으로 들어오게 되었으며 어떤 특정 부분과 관련된 정보를 그들에게 제공해야 한다고 설명하려니 약간 난감했다. 내가 (한참을 망설이다가) 그 사실을 털어놓자 백부님은 너털웃음을 터뜨리며 유쾌하게 농담을 건넸다. "악당 놈들! 놈들이 감히 나를 잡을 수 있을 거라 생각한다, 그 말이지? 흥, 레드먼드, 내가 꾸미고 있는 주된 음모는 파로 뱅크*다. 이 나라의 왕은 속이 어찌나 좁은지, 이 볼품없는 수도에 발을 디디는 모든 사람들 안에서 첩자를 찾아내려 드는구나. 수도라고 해봐야 거대한 모래사막에 불과한 곳이거늘. 아, 애야, 네게 반드시 파리와 빈을 보여줘야겠다!"

---

* faro-bank: 파로 게임에서 뱅커, 즉 카드를 나누어주고 잃은 돈을 회수하며 딴 돈을 지급하는 사람에게 돈을 맡겨두는 행위를 말한다. 게임 참여자들은 모두 뱅커에게 맡겨놓은 돈으로 판돈을 건다.

나는 베를린만 떠나면 어느 도시로 가든 더 이상 바랄 것이 없을 것 같다고, 끔찍한 그 군대에서 벗어나기만 하면 여한이 없을 것 같다고 말했다. 정말로 화려한 외모와 방 안을 가득 채운 장식품과 마차 보관소에 대어져 있는 도금된 마차를 볼 때 우리 백부님이야말로 엄청난 부자일 것이라는 생각이 들었다. 나에게 자유를 되찾아주기 위해서라면 10여 명, 아니 연대 전체를 구성하고도 남을 만큼 대리병(代理兵)을 사줄 수 있을 것 같았다.

그러나 백부님이 내게 간략하게 들려준 인생 이야기에 따르면 내 판단은 오산이었다. "내 동생, 그러니까 네 아버지 해리가 (오, 주여 그 애를 용서하소서) 잔소리쟁이 네 엄마랑 결혼하려고 개종을 함으로써 우리 집안 재산을 내 발밑에서 모조리 가로채간 1742년 이래로 나는 세상 여기저기에서 잔뜩 치이며 살았다. 흠, 그거야 다 과거지사이지만 말이다. 물론 그런 일이 없었더라도, 어쩌면 나 역시 네 아버지가 내 자리에서 그랬던 것처럼 얼마 안 되는 재산이나마 모조리 탕진하고, 아일랜드에서 강제 추방된 뒤로 지금껏 내가 살아온 삶을 한두 해 늦게 살게 되었을지도 모르지. 애야, 나는 온갖 군대에서 다 복무를 해보았단다. 그리고 우리끼리만 하는 얘긴데 유럽의 모든 수도에 빚쟁이가 있단다. 트렝크 휘하의 오스트리아 군대*에서 판두르 병 모병 활동에도 한두 번 참여했었고, 대위로서 성스러운 교황청 수비대에 복무하기도 했었다. 웨일스 공**이랑 스코틀랜드에서도 모병 활동을 했었구나. 그 나

---

* Austrian Trenck: 판두르Pandour 병은 18세기에 크로아티아에서 징집된 보병 부대로 잔인하고 흉포하기로 유명했다. 처음에 프란츠 폰 트렝크 남작Baron Franz von Trenck(1711~1749)에 의해 결성된 이 용병 부대는 나중에 하나의 독립된 보병 연대로서 오스트리아 군대에 합병되었다.
** Prince of Wales: '젊은 왕위 요구자' 찰스 에드워드 스튜어트 왕자를 말한다(12쪽 각

쁜 놈. 애야, 그 인간은 세 왕국의 왕좌를 위해서보다 자신의 정부(情婦)와 브랜디 술병을 위해서 더 열심히 사는 인간이다. 그 밖에 스페인이랑 이탈리아 피에몬테 지방에서도 군 복무를 했어. 하지만 나는 그저 구르는 돌이었을 뿐이란다, 애야. 노름! 노름이 언제나 날 망쳐버렸어. 아, 그리고 미녀도." (백부님은 여기에서 말을 멈추고 음흉한 미소를 지었지만 고백하건대 전혀 잘생겨 보이지 않았다. 게다가 나를 맞이하면서 흘린 눈물에 볼연지가 흉하게 지워져 있었다.) "사랑하는 레드먼드야, 여자들은 나를 바보로 만들었어. 그런데도 나는 마음이 어찌나 여린지 예순두 살이 된 지금까지도 페기 오드와이어가 날 바보로 만들었던 열여섯 살 때보다 연애 실력이 전혀 나아진 것 같지 않구나."

"참말로 여자 때문에 망조가 드는 게 우리 집안 내력인 모양입니다!" 나는 웃으며 이렇게 말한 뒤, 사촌 노라 브래디에게 바친 낭만적인 나의 열정에 대해 이야기했고 백부님은 그 이야기에 아주 즐거워했다. 잠시 후 백부님이 다시 말을 이었다.

"지금 내 생계 수단이라고는 카드 게임뿐이다. 가끔씩 운이 좋은 날에는 여기 보이는 이 장식품들 위에 잔뜩 펼쳐놓을 수 있을 정도로 돈을 벌어들이지. 레드먼드야, 보다시피 이것들은 그 자체로 재산이기도 하지만 늘 작은 돈이나마 가까이 두기 위해 내가 고안해낸 유일한 방법이기도 하단다. 하지만 운이 따르지 않는 날에는, 애야, 다이아몬드를 전당포업자한테 저당 잡히고 모조품을 몸에 걸치기도 한단다. 지난주 내내 내가 운이 없었던 터라, 바로 오늘 금세공업자인 친구 모제스가 우리 집에 올 거야. 오늘 밤 파로 뱅크를 운영할 돈을 마련해야 하

주 참조).

거든. 너 카드 좀 칠 줄 아니?"

나는 보통 병사들만큼 칠 줄 알 뿐, 별로 대단한 솜씨는 못 된다고 대답했다.

"그럼 오전에는 카드 연습을 하자꾸나. 얘야. 알아두면 쓸 만한 기술 한두 가지를 가르쳐주마."

그런 지식을 익힐 기회가 생긴 것이 당연히 반가웠던 나는 백부님의 가르침을 받게 되어 기쁘다고 말했다.

슈발리에가 자신에 대해 들려준 이야기는 나를 불편하게 만들었다. 그의 말에 따르면 그의 진짜 임무는 비밀이었다. 멋지게 도금된 그 마차 역시 업무 처리를 위한 일종의 수단이라고 했다. 오스트리아 왕실로부터 지시 받은 모종의 임무가 **있다는** 것이었다. 그것은 경로를 거슬러 추적해보면 베를린까지 이어지는 일정량의 합금 두카츠*가 프리드리히 대왕의 금고에서 나온 것인지 알아내는 것이었다. 하지만 무슈 드 발리바리의 진짜 목표는 노름이었다. 그 집에 드나들던 사람 중에 영국 대사관 소속의 젊은 외교관이 한 명 있었는데, 듀스에이스 경이라 불리던 그 외교관은 훗날 크랩스 자작 겸 공작**이라는 귀족 작위를 받은 인물로 노름 실력이 뛰어났다. 나중에 들은 바로는 프라하에 있던 백부님이 베를린에 와서 그와 어울리게 된 이유가 바로 그 젊은 잉글랜드인 귀족의 열정 때문이었다고 했다. 그 시절 주사위 통을 던지는 기사들 사이에는 뭔가 기사도 같은 정중함이 있었다. 그리고 훌륭한 도박꾼들의 명

---

* ducats: 12세기부터 16세기까지 유럽에서 널리 사용되던 화폐 단위이다.

** Viscount and Earl of Crabs Lord Deuceace: 일종의 말장난이다. 크랩스는 귀족 사회나 카지노에서 흔히 하는 주사위 게임으로 다섯 개의 주사위 가운데 두 개를 골라 던져서 두 수의 합으로 승부를 결정짓는 게임이다. 듀스 에이스Duece-ace는 주사위 숫자가 가장 낮은 숫자인 1, 2가 나올 경우를 칭하는 명칭으로 '불운'을 뜻하기도 한다.

성은 유럽 전역에 퍼져 있었다. 예컨대 슈발리에 드 카사노바*가, 나중에는 유럽에서 가장 위대한 웅변가, 정치인이 되었지만 당시에는 겨우 홀란드 공의 늠름한 아들에 불과했던 찰스 폭스 씨**를 만나겠다는 일념으로 파리에서 토리노까지 장장 965킬로미터가 넘는 거리를 여행했다는 이야기를 들은 적도 있다.

나는 방문객이 있는 자리에서는 영어를 한마디도 모르는 시종 신분을 유지하되, 샴페인이나 펀치 따위를 대접하면서 그들의 패를 눈여겨보기로 합의가 이루어졌다. 타고난 좋은 시력과 자연스러운 태도로 나는 친애하는 우리 백부님이 녹색 테이블 맞은편에 앉은 상대를 이길 수 있게 재빨리 도움을 줄 수 있었다. 고상한 척하기 좋아하는 일부 독자들은 나의 이런 솔직한 고백에 분노를 느낄지도 모르겠다. 그런 사람들이 있다면, 하늘이여, 그들을 불쌍히 여기소서! 독자들은 혹 노름판에서 수십만 파운드를 잃은 사람, 혹은 딴 사람 중에, 주위 사람이 누리는 이득이 자신에게 생겼을 때 그것을 취하지 않을 자가 있으리라고 생각하는가? 거기 있는 사람들은 모두가 똑같은 자들이다. 물론 **속임수**, 그

---

* Chevalier de Cassanova: 이탈리아 태생의 문학가, 모험가, 호색가였던 자코모 지롤라모 카사노바Giacomo Girolamo Cassanova(1725~1798)를 말한다. 이탈리아에서 두 번이나 추방당한 뒤 주로 파리에서 지냈지만 외교관, 첩자 등 여러 직업을 전전하며 유럽 전역을 방랑했다. 1760년경부터 스스로를 네덜란드식 귀족 호칭인 '셍갈트의 기사Chevalier de Seingalt'라는 이름으로 불렸다. 18세기 유럽의 문화와 풍속이 자세히 담긴 그의 『회상록Cassanova's Memoirs』은 1826년부터 1838년까지 라이프치히에서 출간되었다.

** Mr. Charles Fox: 제3대 홀란드 남작 찰스 제임스 폭스Charles James Fox(1749~1806)를 말한다. 그는 초대 홀란드 남작의 셋째 아들로, 이튼칼리지에 재학 중이던 1763년 아버지를 따라 유럽 대륙 전역을 돌며 도박을 비롯해 성인들의 오락거리를 배웠다. 1768년 미드허스트를 근거로 하원의원에 당선되었고, 1769년 유명한 정치가이자 저널리스트였던 존 윌크스John Wilkes(1725~1797)에게 반박하는 인상적인 연설을 남겼다.

러니까 미리 뭔가 부정한 장치를 해놓은 주사위나 끝을 살짝 잘라낸 카드 같은 저속한 방법에 의지해 게임에 이기려는 사람은 어설픈 얼간이다. 그런 수법은 이때든 저때든 틀림없이 들통나기 마련이며, 그런 자들은 대범한 신사들이 모이는 사회의 도박판에 어울리지 않는다. 충고하는데, 도박판에서 그런 상스러운 짓을 하는 자를 보거들랑, 일단 그 판에서는 그자한테 돈을 걸되, 다시는 그자와 그 무엇도 절대 함께하지 말라. 게임을 할 때는 당당하고 명예롭게 하라. 당연한 소리지만 돈을 잃었다고 의기소침해하지 말라. 그리고 무엇보다도 비열한 인간들처럼 돈을 좀 땄다고 신나 하지도 말라. 사실, 게임에서 이기는 온갖 기술과 장점을 두루 갖춘 사람이라고 해서 늘 좋은 결과를 거두는 것은 아니다. 나는, 히브리어보다도 카드에 대해 아는 것이 없는데도 카드 몇 번 돌리는 사이에 얼떨결에 5천 파운드나 되는 돈을 딴 진짜 일자무식한 인간을 본 적도 있고, 자기편인 줄 알고 함께 게임을 했는데 알고 보니 그 공모자가 상대편과 한패여서 돈을 다 잃은 신사를 본 적도 있다. 도박판에 영원한 내 편은 없다. 도박에 들이는 시간과 수고, 도박에 필요한 자금, 재능, 열망, (세상 그 어떤 분야나 마찬가지이지만 도박판에도 명예를 개똥으로 여기는 악당들이 있기 마련이기 때문에) 마주칠 수밖에 없는 온갖 질 나쁜 빚쟁이들을 고려하면, 내가 보기에 도박사는 참으로 열악한 직업이다. 그리고 도박을 해서 결과적으로 돈을 벌었다는 사람을 만나본 적도 실은 거의 없다. 하지만 지금 이런 글을 적을 수 있는 것은 그동안 내가 산전수전을 다 겪었기 때문이다. 내가 지금 이야기하고 있는 그 시절에는 나도 일확천금의 꿈에 눈이 멀어서 백부님의 지긋한 나이와 사회적 신분을 그것도 지나칠 정도로 심하게 존경해 마지않는 풋내기였다.

백부님과 내가 맺은 세세한 규칙들에 대해 여기에서 시시콜콜 늘어놓을 필요는 없을 것 같다. 내가 보기에 오늘날의 도박사들은 그런 가르침을 바라지 않고, 일반 대중은 그런 문제에 관심이 거의 없기 때문이다. 한마디로 우리의 비결은 단순함이었다. 원래 성공한 것들은 대개 다 단순한 법이다. 예컨대 내가 냅킨으로 의자 위의 먼지를 떨어내면 그것은 상대방이 다이아몬드 높은 패를 쥐고 있다는 신호였고, 의자를 밀면 에이스나 킹을 쥐고 있다는 신호였다. "나리, 펀치나 포도주를 드릴까요?"라는 질문은 하트를 뜻했고, "포도주나 펀치"는 클로버를 뜻했다. 코를 풀면 그것은 상대방이 고용한 한패가 한 명 더 있다는 신호였다. **그리고** 분명히 말하는데 상대방의 기술에 대해서도 정확한 판단을 내려야 했다. 듀스에이스 경은 아직 어리기는 했지만 카드 게임에 관한 한 모르는 기술이 없고 매우 명민했다. 듀스에이스 경이 데려온 프랭크 푼터가 에이스 카드를 잡고 하품 세 번 하는 소리만 듣고도, 나는 우리가 말 그대로 용호상박의 상황에 놓여 있다는 사실을 깨닫곤 했다.

내가 꾸며낸 어수룩한 언행은 완벽했다. 짧은 보고서를 들고 만남의 광장이었던 교외 정자에서 무슈 드 포츠도르프를 만나면 나는 그런 언행을 선보여 종종 그를 웃게 만들었다. 그 보고서는 물론 나랑 백부님이 사전에 짜고 작성한 것이었다. 나는 항상 진실을 보고하라는 지시를 받았고, (그렇게 하는 것이 언제나 최선의 방책이기 때문에) 참고 들을 수 있을 만큼은 진실되게 이야기를 구성했다. 이를테면 이런 식이었다. 포츠도르프가 "아침에는 슈발리에가 뭘 하지?"라고 물으면 나는 이렇게 대답했다. "매일 규칙적으로 성당에 갑니다. (아주 종교적인 사람이거든요.) 미사를 다 드리고 나면 집에 와서 아침 식사를 하고요. 그러고는 정오에 차려지는 정찬 전까지 마차를 타고 바람을 쐽니다. 정찬을 끝낸 뒤에는, 자주 있는 일은 아닙니다만 써야 하는 편지가 있으면 편지를 씁니다. 그 편지 대부분은 서신을 주고받기만 할 뿐 그의 존재를 인정하지는 않는 오스트리아 공사한테 보내는 편지입니다. 물론 어깨 너머로 힐끗 본 것입니다만 영어로 쓰여 있어서 아는데, 대개는 돈 이야기를 하더군요. 그 합금 두카츠가 정말로 어디에서 나온 것인지 알아내기 위해 재무부 장관한테 뇌물을 먹일 수 있으면 좋겠다고요. 하지만 사실 그 양반이 진짜로 원하는 것은 저녁이 되어 카드 게임을 하는 것입니다. 복권업자인 캘사비지, 러시아인 관료, 영국 대사관에 소속된 두 명, 그러니까 엄청난 도박꾼들인 푼터와 듀스에이스 경, 그리고 그 밖에 몇 명이 저녁만 되면 그 집에 모여 파티를 연답니다. 매일 저녁 식사 때면 똑같은 사람들이 모입니다. 여자가 끼는 경우는 거의 없지만, 간혹 그 자리에 오는 아가씨들은 대개 발레단의 프랑스인 무용수들이에요. 그리고 슈발리에가 자주 게임에 이기기는 하지만 항상 이기는 것은 아닙니다. 듀스에이스 경은 뛰어난 도박사거든요. 가끔씩 영국 대사인 슈발리에 엘리엇*이 그 집에 오는 날이 있는데 그런 날에는 대사관 직원들이 게임에 끼지 않습니다. 무슈 드 발리바리는 도박판에서 정찬을 대접합니다. 물론 모임 규모가 커진 날은 하지 않고 친한 사람들끼리 있는 날만 대접하는 거지만요. 제 생각에는 캘사비지가 그 노인네 노름 파트너인 것 같아요. 발리바리가 최근에 돈을 따기는 했지만 지난주까지만 해도 돈을 잃어서 400두카츠에 외알 보석을 저당 잡히기도 했답니다."

"그자가 영국인 관료들이랑 자기네 말로 대화를 나누기도 하는

---

* Chevalier Elliot: 1777년부터 1782년까지 베를린 주재 영국 공사를 지낸 휴 엘리엇 Hugh Elliot(1752~1830)을 말한다.

가?"

"물론입니다. 어제도 대사랑 함께 앉아서 새로 온 발레리나와 미국 문제*에 대해 30분이나 이야기를 나누었는걸요. 주로 그 새로 온 발레리나 이야기였지만요."

내가 제공하는 정보는 아주 세세하고 정확했지만 별로 중요하지 않은 것들이었다. 대수롭지 않은 것들이었는데도 그 정보들은 그 유명한 영웅이자 전사이자 상수시 궁의 철학자**인 왕의 두 귀로 흘러들어갔다. 그런 식으로 일거수일투족을 감시당하고 그 내용이 프리드리히 대왕에게 보고되는 과정을 겪지 않고 그 나라 수도에 입성할 수 있는 초행자는 아무도 없었다.

발리바리의 도박 대상이 각기 다른 나라 대사관 소속의 젊은이들로 국한되어 있는 한 왕은 신경 써서 굳이 그것을 막을 마음이 없었다. 아니, 곤란한 지경에 이르면 사람은 누구나 입을 열 수밖에 없다는 사실을 잘 알고 있던 왕은 오히려 도박판에서 열리는 전문 노름을 장려했다. 왕은 또 도박사의 손에 시기적절하게 푼돈인 프레데릭 룰루***를 쥐

---

* American troubles: 영국 의회는 1764년 미국에서 수입되는 상품에 무거운 세금을 부과하는 법안을 통과시켰고 이것은 이듬해 어이없는 인지 조례(Stamp Act)로 이어졌다. 인지 조례는 영국에서 미국으로 수출되는 모든 인쇄물에 인지를 붙임으로써 미 대륙에 주둔 중인 군대의 유지비를 충당하려던 법안이었다. 1765년 6월 뉴욕에서 처음으로 개최된 식민지 의회는 '대표 없는 과세 없다'는 구호를 기치로 인지 조례 무효화를 결의했다. 이와 같은 반발로 1766년 초 인지 조례는 폐지되었으나 식민지 전체에 반영(反英) 분위기를 확산시킴으로써 미국 독립 전쟁의 기폭제가 되었다.

** Philosopher of Sans Souci: 프리드리히 대왕은 1736년부터 프랑스의 사상가 볼테르와 서신 교환을 하는 등, 스스로 문필가이자 철학자라고 믿었다. 상수시 궁은 1745년부터 2년에 걸쳐 프리드리히 대왕이 포츠담에 건축한 궁전이다. 로코코 양식에 코린트 양식 기둥을 접목해 온갖 화려한 건축 자재로 지은 이 궁전은 프리드리히 대왕이 예술가, 철학자, 문인, 음악가, 사상가 등을 알현하던 만찬의 중심지였다.

*** rouleau: 원기둥 형태로 쌓아올린 엄청나게 많은 금화를 뜻한다.

여주면 그 돈이 자신에게 수천 프레데릭의 가치가 있는 기밀을 물어다 준다는 사실 역시 알고 있었다. 그래서 프랑스인으로 구성된 도박판에서도 똑같은 방식으로 여러 장의 서류를 입수할 수 있었다. 만약 듀스에이스 경의 상관이 그 젊은 귀족의 됨됨이를 그렇게 잘 알지 못했다면, 혹은 우리 도박장도 (흔히 그렇듯) 혈통 좋은 젊은이들이 자수 놓인 옷차림으로 무도회장을 누비거나 녹색 융단이 깔린 파로 테이블 위에서 메클린 러플*을 나부끼는 동안 그 옆에서 평민 나부랭이가 시중을 드는 그런 곳이었다면, 듀스에이스 경 역시 비슷한 금액을 받고 왕한테 정보를 팔아넘겼을 것이 틀림없다. 나는 그 뒤로 지금껏 그런 젊은 잔챙이들을 수도 없이 보아왔다. 맙소사! 그게 무슨 조화인지! 어찌나 다들 어리석은 자들인지! 얼마나 굼뜬 한량들인지! 겉만 번드르르하지 얼마나 단순하기 짝이 없는 돌대가리들인지! 그 외교관이란 작자들은 모두 천하의 가식 덩어리들이다. 그렇지 않다면 우리가 어떻게 감히 다음과 같은 생각을 품을 수가 있겠는가. 외교관이 공문서를 보관하거나 문서 봉투를 봉하는 성실한 공무원만큼도 우리에게 믿음을 주기 힘든 직업이라면, 제 엄마의 주장 말고는 아무 자격도 없는 얼굴 화사한 학생들만 쭉 가려 뽑아도 되지 않을까. 아니, 얼마나 좋은 마차를 타는지, 새로 유행하는 춤을 얼마나 잘 추는지, 부츠가 얼마나 멋진지, 그런 평가 기준으로만 선발해도 괜찮지 않을까.

베를린에 파로 전문 도박장이 생겼다는 사실이 알려지자 수비대 장교들도 거기에 끼워달라고 물불 가리지 않고 덤벼들었다. 그들의 출입을 허용하지 말아달라고 내가 그렇게 애원했는데도 백부님은 한두 번

* Mechlin ruffles: 벨기에 북부 메헬렌Mechelen 지방에서 생산되는 최고급 레이스이다.

씩 들러 지갑에 든 제법 많은 돈을 모조리 털리고 가는 젊은 신사들의 행동에 제동을 걸지 않았다. 대위한테 내가 새 소식을 들고 가야 하는데, 이러다가는 대위 면전에서 시시콜콜 모든 이야기를 다 늘어놓는 그 동료들 때문에 내 정보 없이도 우리의 음모가 탄로 나게 될 것이라고 말해보았지만 헛수고였다.

"그럼 그자한테 네가 털어놓으려무나." 백부님이 말했다.

"놈들이 백부님을 추방할 텐데요. 그러면 저는 어떻게 됩니까?"

백부님은 빙그레 웃으며 말했다. "안심해라. 너 혼자 남겨지는 일은 없을 테니까. 내 약속하마. 그러니 안심하고 가서 마지막으로 병영이나 둘러보고 오렴. 베를린 친구들한테 작별 인사도 하고 말이다. 네가 이 나라를 빠져나갔다는 소식을 들으면 그 정 많은 친구들이 눈물을 훌쩍댈 것 아니냐. 내 이름 배리를 걸고 분명히 말하는데 넌 반드시 여기서 빠져나가게 될 게다!"

"하지만 어떻게요?"

백부님은 알은체를 하며 이렇게 말했다. "페이크넘 지방 출신의 페이크넘 씨를 떠올려보렴. 내게 그 방법을 알려준 사람은 너란다. 가서 내 가발 하나를 가져오너라. 그리고 저기 있는 공문서 함을 열어라. 그 안에 오스트리아 공관에서 세운 극비 계획이 들어 있으니까. 자, 앞머리를 뒤로 넘기고 얼른 이 안대를 써라. 이 콧수염도 붙이고. 이제 거울을 한번 보렴!"

"슈발리에 드 발리바리로군요!" 나는 웃음을 터뜨리며 이렇게 말하고는 뻣뻣한 무릎 관절에서 비롯된 백부님 특유의 걸음걸이로 방 안을 거닐기 시작했다.

다음 날 나는 보고서를 들고 무슈 드 포츠도르프를 찾아가 최근 도박판에 들어온 젊은 프로이센 장교들에 대해 이야기했다. 그러자 대위는 내 예상대로 왕이 슈발리에를 국외 추방하기로 결정했다고 대답했다.

"쩨쩨하고 괴팍한 노인네예요. 지난 두 달 동안 제가 그 노인네한 테 얻어낸 돈이 겨우 3프레데릭이라니까요. 저를 진급시키기로 하신 약 속 잊지 않으셨으면 좋겠습니다!"

"왜, 자네가 물어온 소식 값으로 3프레데릭이면 과분할 텐데." 대 위는 조롱조로 말했다.

"더 중요한 정보가 없었던 것은 제 잘못이 아닙니다. 그런데 그 노 인네는 언제 추방됩니까, 대위님?"

"모레. 자네가 그랬지. 그자는 아침을 먹고 정찬 전에 바람을 쐬러 나간다고. 마차를 타러 나오면 경찰 두 명이 그 마차에 타고 있을 거야. 마부는 경찰의 지시에 따라 마차를 몰 거고."

"그럼 그 양반 짐은요?"

"아, 나중에 부쳐질 거야. 우선 내가 그자의 서류가 든 문서함을 들 여다볼 생각이거든. 그자는 한참을 가서 정오쯤에야 식당에 들르게 될 거야. 이 일에 대해서는 단 한 마디도 해서는 안 되네. 그리고 자네는 내가 도착할 때까지 슈발리에 방에서 날 기다리게. 그 문서함을 부수든 지 어떻게 해야 하니까. 자네는 참 어설픈 사냥개야. 그렇지 않다면 이 미 오래전에 그 열쇠를 손에 넣었을 것 아닌가."

나는 부디 나를 기억해달라고 청함으로써 대위에게 그렇게 작별을 고했다. 그리고 다음 날 밤 마차 좌석 밑에 권총 두 자루를 넣었다. 그 다음 날 내가 겪게 된 모험은 분리된 한 장에서 따로 다룰 가치가 있을 만큼 아주 명예로운 것이었다.

제9장
어느 정도 나의 이름과 혈통에 걸맞은 겉모습을 되찾다

행운의 여신은 그날 밤 파로 뱅크에서 꽤 많은 돈을 벌 수 있게 해 줌으로써 그 땅을 떠나는 무슈 드 발리바리에게 미소를 지어 보였다.

다음 날 아침 열 시, 평소와 마찬가지로 슈발리에 드 발리바리의 마차가 호텔 문 앞에 대어졌다. 창가에 서 있던 슈발리에는 마차가 도착하는 것을 보고 평소와 마찬가지로 위풍당당하게 계단을 걸어 내려갔다.

"이 녀석 암브로스, 어디에 있나?" 그는 문을 열어주는 하인이 보이지 않자 주위를 둘러보며 말했다.

"체통을 지키실 수 있게 제가 발판을 내려드리죠." 마차 옆에 서 있던 경찰관 한 명이 말했다. 슈발리에가 마차에 타자마자, 경찰관 한 명은 마차 뒷자리에 뛰어올랐고 다른 한 명은 마부 옆 상자에 올라 앉아 마차를 출발시켰다.

"맙소사, 이게 다 무슨 일인가?" 슈발리에가 말했다.

"귀하는 국경으로 가시게 될 겁니다." 경찰관이 모자에 손을 대며 말했다.

"부끄러운 줄도 모르고 어찌 이런 파렴치한 짓을! 당장 오스트리아 공사관에 날 내려주길 요구하는 바요."

"저는 귀하가 소리를 지르면 그 고귀한 입에 재갈을 물리라는 명령을 받았습니다." 경찰관이 말했다.

"유럽 전체에 이 사실을 알릴 것이오!" 슈발리에는 분노에 차서 말했다.

"그러시든가요." 경찰관의 대답을 끝으로 두 사람은 모두 침묵에 빠져들었다.

베를린에서 포츠담으로 가는 내내 침묵이 계속되었다. 포츠담에서는 국왕 폐하가 근위대, 뷜로와 지트비츠와 헨켈 드 도네르스마르크 연대의 열병식을 관람하고 있었는데, 국왕 폐하는 그 장소 옆을 지나가는 슈발리에를 보고 모자를 벗으며 이렇게 말했다. "마차에서 내릴 것 없네. 부디 즐거운 여행길 되길." 슈발리에 드 발리바리는 깊이 고개 숙여 인사함으로써 그 예의에 화답했다.

포츠담을 얼마 지나지 않았을 때였다. 빵! 하는 굉음과 함께 위협 사격이 시작되었다.

"탈영병이다!" 경찰관이 말했다.

"정말이오?" 슈발리에는 이렇게 말하며 마차 안으로 푹 기대어 앉았다.

총소리를 들은 서민들이 무단 탈영병을 잡겠다는 꿈에 부풀어 엽총과 쇠스랑을 들고 밖으로 나와 길가에 늘어섰다. 바깥의 동정을 살피는 경찰관도 몹시 안달난 표정을 짓고 있었다. 탈영병을 잡아가면 두당 50크라운의 포상금을 받기 때문이었다.

슈발리에는 마차 안에 함께 타고 있는 경찰관에게 말했다. "솔직히 말해보시오, 경관. 아무것도 벌어주는 것 없는 나한테서 벗어나 50크라운을 벌어줄지 모르는 탈영병을 쫓고 싶지 않소? 그럼 마부더러 얼른 가라고 말하는 게 어떻소? 그럼 국경선에 날 내려주고 더 빨리 사냥감을 잡으러 돌아올 수 있을 것 아니오?" 그 말에 경찰관은 마부에게 서둘러 가라고 말했지만, 슈발리에에게는 그 길이 참을 수 없을 만큼 멀게만 느껴졌다. 한두 번인가 뒤쪽에서 말발굽 소리가 들려오는 것 같다는 생각도 들었다. 말들이 한 시간 동안 채 3킬로미터도 달리지 못하는 것 같았지만 사실은 **그렇지 않았다**. 마침내 브뤼크 근처 흑백 장벽이 시야에 들어왔고, 그 맞은편으로 작센 왕국의 초록색과 노란색 장벽이 보였다. 작센 왕국 세관에서 장교가 걸어 나왔다.

"나는 짐이 없소." 슈발리에가 말했다.

"이 신사분한테는 밀수품이 없소." 프로이센 경찰관들은 씩 웃으며 이렇게 말하고는 예의를 갖추어 자신들의 포로에게 작별 인사를 건넸다.

슈발리에 드 발리바리는 그들에게 각각 1프레데릭씩을 주었다.

"신사 양반들, 즐거운 하루 보내시오. 그리고 오늘 아침 우리가 출발한 그 건물로 가서 거기 있는 사람한테 내 짐을 드레스덴에 있는 스리크라운스 호텔로 좀 부쳐달라고 해주겠소?" 슈발리에는 새 말을 주문해 마차에 묶고는 작센의 수도 드레스덴을 향해 여행길에 올랐다. 그 슈발리에가 바로 **나**였다는 사실은 굳이 말하지 않아도 될 성싶다.

슈발리에 드 발리바리가.

작센 왕국 드레스덴 스리크라운스 호텔*에 있는 영국 신사 레드먼

---

* Hotel Three Crowns: 원래 새커리는 스리킹스Three Kings 호텔이라고 기록했다. 그러나 엘베강 변 드레스덴 시가지 동방박사 교회Dreikönigs-kirche 근처에 있던 호텔 이름

드 배리 씨 귀하.

조카 레드먼드에게. 이 편지를 자신의 손으로 틀림없이 네게 전해 줄 양반은 다름 아닌 영국 도박사 럼퍼트 씨로, 그 사람은 베를린 전체에 곧 알려질 우리의 환상적인 계획에 대해서 이미 알고 있다. 물론 그 사람들이 알고 있는 내용은 절반에 불과하지만 말이다. 탈영병이 내 옷을 입고 베를린에서 탈출하다니, 그 말만 듣고도 모두들 너의 영리함과 대담함에 감탄하더구나.

솔직히 말해서 네가 출발한 뒤로 두 시간 동안 나는 우리 둘이 저지른 기이한 일 때문에 국왕 폐하가 나를 슈판다우*로 보내버려야겠다는 생각을 품으면 어쩌나 생각하면서 침대에 대자로 누워 있었단다. 하지만 그럴 경우에 대비해 미리 예방책을 마련해놓았느니라. 나의 상관인 오스트리아 공사한테, 네가 어떻게 해서 나를 감시하게 되었는지, 어떻게 해서 나의 가까운 친척이란 사실이 밝혀졌는지, 어떻게 해서 납치를 당해 군에 입대하게 되었는지, 네 탈출을 도모하기 위해 우리 둘이 어떤 과정을 통해 그런 계획을 세우게 되었는지, 모든 이야기를 세세하게 사실대로 적은 편지를 이미 보내놓았다. 왕은 자신이 사게 될 비웃음이 얼마나 클지 너무나 잘 알기에 내게 감히 손가락 하나 대지 못할 것이다. 이 사실을 알게 되면 그 독재자의 행태에 무슈 볼테르**가

은 스리크라운스 호텔이었기 때문에 훗날 편집자가 이 명칭을 바로잡았다.

 * Spandau: 원래는 독립된 도시였다가 1920년 베를린에 합병되었다. 베를린 중심부에서 8킬로미터쯤 떨어진 이곳은 수비대가 주둔해 있는 군사적 요충지였다.

** Voltaire(1694~1778): 프랑스의 계몽사상가로 풍자소설 『캉디드*Candide*』를 남겼다. 오랜 서신 교환을 한 끝에 프리드리히 대왕에게 설득되어 1751년 7월 결국 베를린을 방문했다. 그러나 왕과 철학자의 관계는 점점 악화되다가 1752년 볼테르가 저서 『아카

뭐라고 하겠느냐?

오늘은 운이 좋은 날이었는지 모든 일이 내 바람대로 진행되었단다. 네가 출발하고 나서 누워 있은 지 두 시간 반쯤 지났을까, 너의 예전 상관 포츠도르프 대위가 들어와 오만한 독일어 억양으로 이렇게 말하더구나. "레드먼드! 자네 거기 있나?" 아무런 대답이 없자, 그자는 "나쁜 놈, 그새를 못 참고 나갔군." 이렇게 말하고는 내가 연애편지와 늘 끼던 돋보기안경, 프라하에서 13메인을 부르고 던지는 데 사용했던 가장 아끼는 행운의 주사위를 넣어둔 그 문서함으로 바로 걸어갔단다. 그 상자 안에는 그 밖에도 파리에서 맞춘 의치 두 벌과 너도 알고 있는 개인적인 소지품들이 들어 있었지.

그자는 우선 열쇠 꾸러미를 가져다가 이것저것 맞춰봤지만 그 자그마한 영국제 자물통에 맞는 열쇠는 없었어. 그러자 그 신사 양반은 주머니에서 끌과 망치를 꺼내어 들었지만 진짜 절도범처럼 솜씨 좋게 여는 데는 실패했고, 상자는 사실상 와장창 쏟아져버렸단다.

자, 이제는 내가 움직일 차례였지. 나는 엄청나게 큰 물동이를 들고 놈을 향해 걸음을 옮겼어. 놈이 막 상자를 부순 그 순간, 나는 소리 없이 놈에게 다가가 물동이가 산산조각이 나도록 온 힘을 다해 그 물동이로 놈의 머리를 내려쳤단다. 코웃음을 치며 대위를 땅바닥에 시체처럼 뻗게 만든 거지. 난 내가 놈을 죽인 줄 알았지 뭐냐.

키아 박사의 독설*Diatribe de Docteur Akakia*』에서 풍자의 대상으로 삼았던 모페르튀를 왕이 추밀원 의장으로 임명하면서 갈등이 극에 달하게 되었다. 1753년 7월 볼테르는 베를린을 떠났지만 왕의 미출간 시 작품 몇 편을 훼손했다는 구실로 프랑크푸르트에서 프리드리히 대왕 부하의 손에 체포되었다. 1753년 7월 볼테르는 마침내 독일을 떠났다. 새커리는 이 이야기를 1842년 캠벨의 『프리드리히 대왕』과 『매콜리의 에세이 *Macaulay's Essay*』에서 알게 된 것으로 보인다.

그러고 나서 건물 안에 있는 종이란 종은 다 울리며 소리치고 욕하고 비명을 질러댔단다. "도둑이야! 도둑이야! 주인장! 강도야! 불이야!" 호텔 직원 모두가 계단 위로 뛰어올라올 때까지 말이다. 나는 화를 내며 물었어. "내 하인은 어디에 있느냐? 벌건 대낮에 감히 나를 강탈하려는 저놈은 누구지? 저놈을 살펴봐라! 아까 저놈이 내 상자를 부수는 현장을 내가 목격했단 말이다. 사람을 보내 경찰을 불러와. 오스트리아 공사 각하께도 사람을 보내고. 내 이 수모를 유럽 전역에 다 알리고 말 테다!"

호텔 사장이 이렇게 말했어. "세상에나! 세 시간 전에 건물 밖으로 나가시는 나리 모습을 저희가 똑똑히 봤는뎁쇼."

"나를 봤다고! 나는 아침 내내 침대에 누워 있었는데. 몸이 아파서 약을 먹었거든. 오늘 아침에는 이 방 밖으로 나간 적이 없단 말이다! 빌어먹을 암브로스는 어디에 있느냐? 잠깐! 내 옷이랑 가발은 어디로 갔지?" 나는 잠옷 바람에 스타킹만 신은 채 나이트캡까지 쓰고 그들 앞에 서 있었거든.

그러자 왜소한 한 객실 청소부가 말했단다. "제가 봤어요. 제가 봤다고요! 암브로스가 나리 의상을 갖추어 입고 떠나는 것을요."

"그럼 내 돈, 내 돈은! 48프레더릭이 든 내 지갑은 어디에 있단 말이냐? 그래도 다행히 남아 있던 악당 한 놈은 잡았구나. 경관, 어서 저자를 체포하시오!"

"이분은 젊은 포츠도르프 나리입니다." 호텔 사장이 까무러칠 듯이 놀라 소리치더구나.

"뭐라고! 망치랑 끌로 내 상자를 부순 사람이 신사란 말이냐? 있을 수 없는 일이다."

그때쯤 두개골에 소스 팬만큼 커다랗게 부풀어 오른 혹을 단 포츠도르프 나리가 정신을 차렸어. 경찰관들이 그자를 데려갔고 판사 한 명이 불려와 조서를 작성하더구나. 나는 그 조서를 한 장 베껴달라고 해서 곧바로 그것을 우리 공사님 앞으로 보냈단다.

나는 다음 날 내내 내 방에 갇혀 죄수로 지냈는데, 나 하나 때문에 동원된 판사 한 명, 장군 한 명, 변호인단 대표, 장교들, 공무원들이 찾아와 나를 괴롭히고 당황스럽게 만들고 협박하고 꼬드기더구나. 나는 네가 납치당해 군에 입대했다고 들었다고, 네가 군에서 제대한 줄 알았다고, 네가 아주 훌륭한 추천장을 갖고 있었다고 말했다. 그리고 예정대로 곧바로 나를 도우러 온 내 상관에게도 호소했단다. 긴 이야기지만 간단히 말하자면, 불쌍한 그 포츠도르프는 지금 슈판다우를 향해서 가고 있는 중이다. 그자의 숙부인 노인네 포츠도르프는 500루이스를 들고 나를 찾아와, 당장 베를린을 떠나는 대신 이 곤란한 문제에 대해 입을 다물어달라고 비굴하게 요구하더구나.

네가 이 편지를 받고 그다음 날이면 스리크라운스 호텔에 너와 함께 있게 될 것이다. 럼피트 씨에게 식사를 함께 하자고 청하럼. 돈은 아껴 쓸 것 없다. 넌 내 아들이다. 그리고 드레스덴에 사는 사람들은 누구나 사랑하는 네 백부를 안단다.

슈발리에 드 발리바리로부터.

상황이 멋지게 전개된 덕분에 나는 다시 한번 자유의 몸이 되었고, 다시는 그 어떤 모병 담당자의 손아귀에도 떨어지지 않겠노라고, 이제부터는 영원히 신사로서 살겠노라고 계속 다짐했다.

주머니에 돈도 좀 있었던 데다가 행운이 계속 따라준 터라 우리는 신사답지 못한 면을 말끔히 지울 수 있었다. 백부님은, 내가 몸이 아프다는 핑계를 대고 백부님이 도착할 때까지 계속 침묵 속에 처박혀 있던 드레스덴 숙소로 신속하게 이동해 나와 합류했다. 슈발리에 드 발리바리는 (유럽 전역을 통틀어 가장 허랑방탕하고 유쾌한 왕자였다가 최근에 선제후령의 군주가 된 폴란드 왕*과 옛날부터 친분을 유지해온 덕분에) 드레스덴 왕실에서 특히 좋은 입지를 점하고 있었기 때문에 나는 작센 왕국 수도에서도 가장 최고위층 사회에 곧바로 편입될 수 있었는데, 감히 말하지만 그곳에서 나의 인성과 태도, 그리고 나 자신을 주인공으로 하는 기상천외한 모험 이야기는 각별한 환영을 받았다. 발리바리 신사 두 명은 귀족들의 파티라면 단 하나도 빼놓지 않고 모조리 초대를 받았다. 나는 귀족들의 손에 키스를 하고 선제후의 왕실에서 우아한 대접을 받는 영예를 누렸고, 그 이야기를 쓴 편지를 고향집에 계시는 어머니에게 보냈는데, 내가 어찌나 흥분된 어조로 나의 영화로운 삶에 대해 묘사를 했던지 선량한 어머니는 나를 쫓아 독일로 달려오고 싶은 마음에 천국에서 누릴 행복과 조슈아 조울스 고해 목사까지도 하마터면 까맣게 잊을 뻔했다고 했지만, 그 시절에는 여행이 너무나 힘든 일이었기 때문에 선량한 어머니가 그곳에 올까 봐 걱정할 필요가 없었다.

마음속에 늘 신사다운 기품이 흘러넘쳤던 내 아버지 해리 배리의 영혼 역시 그때 내가 점하고 있던 자리를 보았다면 분명 크게 기뻐했을 것이라고 나는 생각한다. 여자들은 모두 나를 대접하고 싶어 안달이었고 남자들은 모두 내게 분노를 느꼈다. 공작, 백작 들과 한 식탁에서 식

---

* 작센 왕국의 프레데릭 아우구스투스 2세Frederick Augustus II(1696~1763)를 말한다. 1753년 선제후령인 폴란드의 군주로 선출되어 아우구스투스 3세의 지위에 올랐다.

사를 하고, (자신들을 이상한 독일어 호칭으로 부르는) 높은 신분을 세습받은 남작 부인, 사랑스러운 각하, 아니 온갖 마마, 전하* 들과 어울려 미뉴에트를 추는 젊고 용감한 아일랜드 귀족과 누가 감히 경쟁을 할 수가 있겠는가? 불과 7주 전만 해도 평범하기 짝이 없던 내가 이렇게 되리라고 누가 상상이나 했겠는가? 하! 그 7주 전 생각만 하면 나는 지금도 수치스럽다! 내 인생 전체를 통틀어 가장 기뻤던 순간을 꼽으라면 나는, 선제후 궁에서 열린 웅장한 파티에서 그 늙다리 독일인의 누이인 바이로이트의 마르그라피네**와 함께 폴로네즈***를 추었던 순간을 꼽겠다. 그 늙다리 독일인은, 지난 5년간 내가 목구멍으로 쑤셔 넣었던 끔찍할 정도로 적은 배급량의 맥주와 자우어크라우트****, 푸른색 베이즈 천으로 지은 역겨운 군복, 그리고 파이프 점토를 문질러 광을 내던 벨트의 주인이었다.

도박판에서 한 이탈리아 신사한테 영국제 마차를 딴 백부님은 판때기에 우리 가문의 문장을 이전보다 더 화려하게 새겼고 그 위에 (아일랜드 제왕의 후손답게) 대문짝만 한 크기의 도금한 아일랜드 왕관까지 집어넣었다. 나는 검지에 끼고 있던 반지의 커다란 자수정 알에 화관

＊ transparencies: 독일어 제목 「전하Durchlaucht」였던 새커리의 희곡을 연상시킨다. 이 제목은 영어로는 대개 「평온한 전하Serene Highness」로 번역되었다.
＊＊ Margravine of Bayreuth: 프리드리히 대왕의 손위 누이이자 브란덴부르크-쿨름바흐 후작의 부인이었던 프리데리케 소피아 빌헬미네Friederike Sophia Wilhelmine(1709~1758)를 말한다. 새커리는 1861년 출간한 강연록 『네 명의 조지 왕The Four Georges』에서 '마지막 시대의 유럽 왕실 역사에 호기심이 있는 사람'은 1812년 영국에서 출간된 『마르그라피네의 회고록Margravine's Memoirs』을 읽어보라고 권했다. 그러나 1758년 마르그라피네가 사망함에 따라 그녀와 춤을 추었다는 배리 씨의 자랑은 아무 소용 없는 것이 되고 말았다.
＊＊＊ 19세기 무렵 폴란드에서 유행한 느린 가락의 사교댄스, 또는 그 춤곡을 말한다.
＊＊＊＊ Sauerkraut: 소금에 절인 양배추 요리.

대신 그 왕관을 새겨 넣었다. 그 보석이 수천 년 동안 우리 가문에서 전해져온 가보로 원래 나의 직계 조상인 고(故) 브라이언 보루,* 혹은 배리 국왕의 소유였다는 말을 내가 평생 떠들어왔노라고 이 자리에서 털어놓는 것이 나는 아무렇지도 않다. 장담하는데 영국 문장원(紋章院)**에 기록된 브라이언 보루에 대한 전설보다 우리 가문에서 전해지는 전설이 훨씬 더 정확했기 때문이다.

처음에, 잉글랜드인이 운영하는 호텔에서 만난 잉글랜드 공사와 신사들은 아일랜드 귀족인 우리 두 사람을 대하는 것을 매우 껄끄러워했고 우리가 상류층인 양 허풍을 떠는 것은 아닌지 의심스러워했다. 공사가 영주의 아들인 것만은 사실이었지만, 식료품 상인의 손자인 것 역시 사실이었기 때문에, 나는 로프코비츠 백작의 저택에서 열린 가장무도회에서 그에게 이렇게 말했다. 우리 백부님은 고귀한 신사의 신분을 타고난 분답게 꽤 이름난 유럽 전체의 모든 가계 혈통에 대해서 모르는 것이 없다고. 그러자 공사는 자신이 아는 것이라고는 신사답게 사는 것뿐이라고 말했다. 그 뒤로 우리는 카드 게임을 하지 않을 때면 '길림 Gwillim'이나 '도지에D'Hozier'의 문장학 책에 실린 족보를 읽고 문장을 익히는가 하면 우리랑 한 계급에 속하는 그 사람들과 어떻게 아는 사이가 되었는지 내용을 꾸며내면서 시간을 보냈다. 아뿔싸! 귀족학이라는 그 학문도, 카드 게임도 금방 이렇게 퇴물이 되어버리고 마는 것을. 그러나 그런 연구와 과거가 없었다면 명예로운 인간이 과연 이 세상에 존

---

* Majesty King Brian Boru(941~1014): 바이킹족을 몰아내고 아일랜드를 최초로 통일했다고 알려진 전설적인 왕이자 민족 영웅이다. 1002년 타라에서 왕위에 오른 것으로 전해진다.
** Heralds' College: 영국 내 귀족의 족보와 작위를 관리하는 기관.

재하기나 했을지 나는 상상조차 할 수 없다.

내가 의심할 여지 없는 상류층 인사와 최초로 벌인 명예로운 대결은 나의 고귀한 혈통 문제를 놓고 영국 대사관 소속의 젊은 럼포드 범포드 경과 벌인 결투였는데, 그때 백부님 역시 나와 동시에 결투를 하려고 공사한테 도전장을 보냈지만 거절당했다. 나는 결투장에 동행한 백부님이 기쁨의 눈물을 흘리며 지켜보는 가운데 총을 쏘아 럼포드 경의 다리를 맞혔다. 단언하는데, 그 일이 있은 뒤로는 그 어떤 젊은 신사도 내 혈통의 정통성에 의문을 품거나 내 아일랜드 왕관을 함부로 비웃지 못했다.

그때부터 우리가 얼마나 즐거운 생활을 하게 되었는지! 물론 사업이란 게 원래 그렇지만, 나는 유연하게 사업을 배워나가는 내 모습을 보고 내가 타고난 신사라는 사실을 알았다. 내 이야기에 모두들 즐거워할 것 **같기는** 하지만, 미루어 짐작건대, 천한 신분으로 태어나 막 자란 사람 중에 우연히 이 글을 읽게 된 사람이 있다면 그는 자신들보다 뛰어난 우리도 자신들만큼 일을 많이 해야 한다고 생각할 것이다. 물론 그 시절 내가 정오까지 잠자리에서 일어나지 않기는 했지만, 지난밤 자정이 훌쩍 지날 때까지 도박판에 앉아 있지 않았다면 나도 다르지 않았을까? 우리는 기병대 병사들이 이른 행군을 시작하는 시간에 집에 돌아와 침대에 든 적이 한두 번이 아니다. 아! 동이 트기 전 울리는 기상 나팔 소리를 듣거나 훈련을 받으러 줄지어 나가는 연대 병사들을 보면, 그 역겨운 규율에 더 이상 매여 있지 않아도 된다는 생각에, 내게 가장 자연스러운 자리를 되찾았다는 생각에 어찌나 마음이 흡족하던지.

그 생활에 일단 젖어들고 나자, 나는 마치 일평생 다른 일은 한 번도 해본 적이 없는 것 같은 기분이 들었다. 내게는 시중을 들어주는 신사도 한 명 있었고 아침마다 머리를 해주는 프랑스인 미용사도 한 명 있었다. 또 나는 초콜릿 맛을 감별할 줄 아는 직관에 가까운 능력이 있어서 새 자리를 꿰찬 지 한 주도 지나지 않아 스페인산과 프랑스산을 구별해낼 수 있었다. 나는 손가락 열 개에 모두 반지를 끼고 시곗줄에 달린 금시계 두 개를 걸고 다녔으며 그 밖에 지팡이, 장신구, 온갖 종류의 코담뱃갑도 소유하고 있었는데, 모두 다 우아함이라는 면에서 우열을 가리기 힘든 물건들이었다. 또 내게는 평생 알고 지낸 그 어떤 사람보다도 레이스와 도자기를 볼 줄 아는 선천적이고 탁월한 안목이 있었고, 독일에 살고 있는 그 어떤 유대인 상인보다도 좋은 말을 더 잘 알아볼 줄 아는 식견이 있었다. 그리고 사격과 육상은 적수가 없었다. 독일어와 프랑스어의 경우 철자법은 잘 몰랐지만 말은 제법 유창하게 할 수 있었다. 옷장에는 최소한 열두 벌의 정장이 걸려 있었는데, 그중 세 벌은 금실로 화려하게 자수가 놓아진 옷이었고 두 벌은 은색 레이스가 달린 옷이었다. 그 옷장 안에는 담비 모피로 마감된 석류석 빛깔의 벨벳 망토와 은색 레이스가 달리고 단에 친칠라 털이 대어진 회색 프랑스제 망토도 있었다. 그리고 오전에 입는 다마스크 재질의 실내복도 있었다. 나는 기타 강습을 받았고 절묘하게 프랑스 돌림노래를 불렀다. 한마디로 말해서 레드먼드 드 발리바리보다 더 재주 많은 신사가 세상 어디에 있을까 싶었다.

물론 이제 나의 것이 된 온갖 화려한 생활은 신용과 돈 없이 누릴 수 있는 것이 아니었는데, 우리가 세습받은 유산은 이미 조상들이 다 써버린 데다가 우리가 상대하는 자들 역시 상스럽고 상환이 더디고 장사에서 성공할 가능성이 불투명했기 때문에, 백부님은 계속 파로 뱅크를 운영했다. 우리는, 기술이 뛰어난 도박사로 유럽 전역의 왕실에 두루 이름이 알려진 피렌체 사람 알레산드로 피피 백작과 협력관계를 구축했지만, 애석하게도 훗날 그는 사기꾼이며 그 백작이라는 칭호도 사칭에 불과하다는 사실이 밝혀졌다. 앞서 말했듯이 백부님은 신체 장애가 있었고, 피피는 다른 사기꾼들과 마찬가지로 겁쟁이였다. 따라서 우리 사업의 명성을 유지시켜준 것, 말하자면, 잃은 돈을 지불하기를 망설일지 모르는 쩨쩨한 노름꾼들의 그 많은 입을 침묵시킨 것은 바로, 타의 추종을 불허하는 나의 검술 실력과 언제든 검을 빼어 들 준비가 되어 있던 나의 대범함이었다. 우리는 언제나 그 누구하고든 구두 약속만으로도 게임을 했다. '그 누구하고든'은 그러니까 고귀한 명문가 귀족이라면 누구나 우리와 그렇게 게임을 할 수 있었다는 뜻이다. 또 우리는 늘 우리만 이기려고도 들지 않았고, 황금 대신 약속어음을 받는 것도 마다하지 않았다. 그러나 지급 기한이 지나고 나면 그 약속어음이 돈을 갚지 않는 사람에게 얼마나 큰 골칫덩이로 전락했던지! 여지없이 레드먼드 드 발리바리가 자신이 써준 차용증을 손에 든 채 자신의 시중을 들었기 때문이다. 단언하는데, 그중에 돌려받지 못한 빚은 거의 없었다. 오히려 그 반대로 신사들은 우리의 참을성과 나무랄 데 없을 만큼 명예를 존중하는 우리의 성품에 감사했다. 범국가적인 저속한 편견이 직업적으로 도박에 종사하는 신의를 중시하는 사람들의 성품에 대해 험담을 하기 시작한 것은 그 시절보다 훨씬 최근의 일이다. 지금 나는 그 옛날 유럽이 좋던 시절, 그러니까 (수치스럽게도 대혁명의 인과응보를 돌려받은) 겁쟁이 프랑스 귀족들이 불신을 조장하고 우리의 질서를 파괴하기 이전 시절에 대해 이야기하고 있는 것이다. 이제 유럽인들은 모두 도박에 종사하는 사람만 보면 "예끼" 소리를 연발한다. 하지만 나는 그들이 과연 우리보다 얼마나 더 명예로운 방식으로 생계를 유지하고 있는지 알고 싶다. 주식을 대량으로 매입 매도해 빚을 놓든, 그저 주식을 찔끔찔끔 사고팔아 빚을 놓든, 국가 기밀을 이용하는 짓도 불사하는 증권거래소 중개인들이 노름꾼이 아니면 무엇이란 말인가? 차와 양초를 거래하는 상인들이 과연 우리보다 조금이라도 더 나은 사람들일까? 그들의 더러운 남색 화물 궤짝은 주사위이고, 푸른 바다는 녹색 천이 깔린 도박 테이블이며, 그들은 10분마다가 아니라 1년마다 카드 패를 한 장씩 분배받을 뿐이다. 당신들은 법조계 종사자를 명예로운 사람이라고 부르겠지만, 그 바닥 사람들은 가격만 맞으면 어떤 인간을 위해서든 거짓말을 하고, 부자한테 수임료를 받아내기 위해 가난한 자들을 무시하며, 부당한 변론 취지서를 쓰느라 합당한 사실도 외면하는 자들이다. 또 당신들은 의사를 명예로운 사람이라고 부르겠지만, 그들은 자기가 쓴 처방전도 믿지 못하면서 당신의 귀에 대고 내일 아침이면 괜찮아질 것이라고 속삭이는 대가로 당신의 주머니를 털어가는 돌팔이 갈취꾼들이다. 그런데도 베이즈 천이 깔린 테이블과 참가자 모두의 도전 앞에 앉아 자신의 돈과 운을 걸었던 대담한 사내들은 이제 당신들이 속한 근대적이고 도덕적인 세상에 의해 손발이 완전히 묶여버렸다. 그것은 신사 계급에 반대하는 중류층의 음모요, 오늘날 점점 신분이 낮아질 운명에 처한 가게 주인들 사이에서나 떠도는 유언비어일 뿐이다. 나는 지금 도박장이 기사도가 보존된 현장이었기 때문에 귀족의 다른 특권들이 철폐됨에 따라 덩달아 폐허가 되어버렸다는 이야기를 하고 있는 것이다.[15] 생갈트의 기사 카사노바는 한 남자를 상대하느라 여섯 시간 반 동안이나 테이블에서 일어서지 않았다고 하니〔장담하는데 그것은 참으로 영광스러운 시합이었을 것이다. 최근 『아이반호』를 쓴 작가가 이런 시합을 '무기의 통로'*라고 불렀다고 하니

---

* 'passage of arms': 『아이반호Ivanhoe』는 『웨이벌리Waverley』의 작가 월터 스콧Walter Scott(1771~1832)이 1820년 출간한 세 권짜리 로맨스 작품이다. 그 유명한 '무기의 통

그 얼마나 기발한 발상인가?],16) 자신들의 몇 백만 루이스 재산에서 꺼내온 몇 천 루이스로 브레이즈 천 위에 놓인 우리의 전 재산을 노리던 몇몇 지독한 도박사들을 상대로 파로 뱅크와 도박판을 벌여야 하는 상황에서, 유럽 전체의 긴장감 넘치는 원탁을 통틀어 나와 백부님이 가장 좋은 혈통과 가장 밝은 눈을 지니고 있다는 것이 어찌나 다행스럽던지! 통 큰 알렉시스 코슬로프스키*와 게임을 해서 단 한 판의 대승으로 7천 루이스의 돈을 따던 날, 만약 우리가 돈을 잃었다면 우리는 다음 날 알거지가 되어 길바닥에 나앉아야 했을 것이다. 코슬로프스키가 게임에 져서 저당 잡힌 마을 하나와 농노 몇 백 명쯤은 **그에게** 그리 큰돈이 아니었다. 테플리츠에서 쿠를란드 공작**이 플로린*** 동전이 가득 든 봉투

로', 혹은 '토너먼트'라는 표현은 1권에서 저자가 '애시비 드 라 주치'에 대해 묘사하는 장면에 등장한다. 원어에 가장 가까운 뜻으로 표현하려고 여기에서는 'arms'를 '무기'라고 번역했지만 그 단어에는 '문장(紋章)'이라는 뜻도 있다. 'passage of arms'는 원래 '통로를 확보하기 위해 무기를 다루는 기사들의 솜씨'라는 뜻이었지만 점차 확대되어 '일대일 결투'라는 의미로 쓰이게 되었다. 배리 씨가 회고록을 쓴 시점을 1820년까지 늦추어 잡지 않는다면, 그가 월터 스콧의 이 소설을 알고 있다는 것은 말이 되지 않는다. 이것이 새커리가 개정판에서 이 문장을 다른 문장으로 바꾸어 쓴 이유이다.

* Alexis Kossloffsky: 아마도 러시아의 작가였던 표도르 알렉세이비치 코즐롭스키 Fedor Alexeivich Kozlovsky 왕자를 말하는 듯하다. 예카테리나 여제Catherine the Great(1729~1796)는 1768년 볼테르에게 보내는 선물과 함께 코즐롭스키를 페르네로 파견했다. 왕자는 1762년부터 이듬해까지 러시아정교 최고 종교회의의 대변인을 지냈고 1770년 체스메 전투battle of Chesme에서 전사했다.

** Duke of Courland: 러시아의 여제 안나 이바노브나Anna Ivanovna(1693~1740)는 1737년 자신이 총애하는 에른스트 요한 바이론Ernst Johann Biron(?~1772)에게 쿠를란드의 공작 영토를 하사했으나 3년 만에 여제가 사망하는 바람에 신분이 격하된 바이론은 그 땅을 잃었다가 예카테리나 여제가 다스리던 1763년이 되어서야 겨우 그 땅을 되찾았다. 테플리츠Toeplitz, 혹은 테플리체Teplice는 보헤미아 지방에 있는 온천, 휴양도시로 현재는 체코의 영토이다.

*** florin: 옛날 영국에서 발행된 주화로 당시 2실링(현재의 10펜스)의 화폐 가치가 있었다.

를 각자 네 개씩 든 하인을 열네 명이나 데려와 그 봉해진 봉투를 놓고 파로 뱅크에 든 우리 돈을 따겠다고 도전했을 때 우리가 뭐라고 요구했는지 아는가? 우리는 이렇게 말했다. "각하, 우리가 가진 돈이라고는 파로 뱅크에 있는 저 8만 플로린이 전부입니다. 3개월 동안 20만 플로린을 갚을 수도 있긴 하지만요. 아무튼 우리는 각하의 봉투 안에 든 돈이 8만 플로린이 넘지 않을 때 각하와 대결을 할 것입니다." 우리는 그 말대로 했고, 도중에 한번은 203두카츠만 남기고 모든 돈을 잃기도 했지만 열한 시간에 걸친 게임 끝에 그의 돈 1만 7천 플로린을 따냈다. **이런 것**이 바로 배짱 아니겠는가? **이런** 직업이야말로 기술과 인내심과 용기를 요하는 직업 아니겠는가? 왕관을 쓴 왕족 네 명이 지켜보는 도박판에서 내가 하트 에이스 카드를 뒤집어 파롤리*를 완성하자 어떤 제국의 공주는 눈물을 터뜨리기도 했다. 그 시절 유럽 대륙에 레드먼드 배리보다 더 지위가 높은 사람은 아무도 없었다. 쿠를란드 공작은 돈을 잃고도 우리가 귀족답게 당당히 돈을 따서 기쁘다고 말했다. 우리는 그렇게 귀족답게 돈을 땄고 우리가 딴 그 돈을 귀족답게 써버렸다.

그 시절에도 매일 규칙적으로 미사에 참석하던 백부님은 상자 속에 언제나 10플로린의 돈을 넣어두었다. 어디를 가든 숙소 주인들은 왕족보다도 우리를 더 극진히 대접했다. 우리는 점심이나 저녁으로 먹다 남은 고기를 수십 명의 거지에게 주었고 그러면 그 거지들은 우리를 축복했다. 내 말을 매거나 내 부츠를 닦는 사람들은 수고비로 1두카츠씩을 받았다. 이렇게 말해도 될지 모르겠지만 그 시절 나는 우리의 도박에 대담함을 불어넣는, 말하자면 공동 소유 재산의 창조자였다. 피피는

---

* Paroli: 파로 게임에서 걸린 판돈을 두 배로 만들어주는 패를 말한다.

겁이 많은 자였기 때문에 돈을 따기 시작하면 언제나 비겁하게 굴었다. (내가 너무나 존경하니까 할 수 있는 말이지만) 우리 백부님은 지나칠 정도로 도박을 사랑하는 분, 지나칠 정도로 원칙적인 분이었기 때문에 오히려 정말로 큰돈을 딴 적이 없었다. 그분이 도덕적으로 용감했다는 것은 의심할 수 없는 사실이지만, 배짱은 그다지 두둑하지 못했다. 그래서 연장자인 백부님과 피피 두 사람은 얼마 안 가 내가 우두머리가 되어야 한다는 사실을 인정했고 그리하여 앞서 묘사한 눈부신 승률의 도박단이 탄생한 것이었다.

앞서 이미 언급했던 공주, 그러니까 내 성공에 깊이 감화된 프레데리카 아멜리아 공주*, 그 고위층 여성이 영광스럽게도 내게 베풀어준 비호에 대해 떠올릴 때면 나는 언제나 고마움을 느끼게 될 것 같다. 사실상 그 시절 유럽 전체의 거의 모든 왕실 여성들이 그랬듯 그녀 역시 열성적인 도박 애호가라서 우리에게 적잖이 곤란한 일이 종종 일어나곤 했기 때문이다. 진실만을 말해야 한다면, 그녀는 확실히 도박은 사랑했지만 돈을 **지불**하는 것은 사랑하지 않는 아가씨였다. 명예의 핵심은 매력적인 여성들이 이해할 수 있는 것이 아니다. 북유럽의 다양한 왕실들을 거치며 이동하는 우리의 긴 여정에서 가장 어려운 일은, 여성들이 도박판에 끼지 못하게 하는 것, 그들이 돈을 잃었을 경우 그 돈을 받아내는 것, 그들이 돈을 지불했을 경우 세상에서 가장 악랄하고 기발한 방식을 동원해 우리한테 보복하지 못하도록 막는 것이었다. 대충 계산해보아도 우리한테 한창 운이 따르던 시절에 수금 실패로 회수하지 못한 돈만 자그마치 14만 루이스에 이른다. 어떤 공작 가문의 귀공녀는

---

* Princess Frederica Amelia: 실제로는 이 시기 합스부르크 왕가에 이런 기독교적인 이름으로 불리던 공주가 한 명도 없었다.

천연덕스럽게 담보를 맡기겠다면서 우리에게 다이아몬드 대신 밀가루 반죽을 주었다. 또 어떤 공주는 왕관에 박힌 보석을 빼돌리고 우리한테 그 절도 혐의를 뒤집어씌울 계획이었지만, '공주마마'의 약속어음이라면 질색을 하던 피피가 우리한테 미리 경고를 해주고 모국 대사관에도 미리 경고 서신을 보내는 등 여러 예방책을 마련한 덕분에 우리 모가지가 뎅강 날아가지 않은 것이라고 나는 지금도 믿고 있다. (비록 공주는 아니었지만) 신분이 꽤 높았던 세번째 아가씨는 다이아몬드와 진주를 비롯해 상당히 많은 액수의 돈을 내게 잃은 뒤, 나를 못 가게 하려고 한 무리의 깡패를 거느린 애인을 보냈는데, 비록 나 역시 부상을 당하기는 했지만 그 불한당들의 두목을 죽여 쓰러뜨린 뒤 그 악당들의 손아귀에서 탈출할 수 있었던 것은, 순전히 나의 남다른 용기와 싸움 기술과 행운 덕분이었다. 내가 검으로 그 두목의 한쪽 눈을 찌른 채 검을 부러뜨리자 놈과 함께 왔던 깡패들은 쓰러지는 두목을 바라보며 줄행랑을 쳤던 것이다. 놈들이 나를 공격했더라면 방어할 무기가 없었던 나를 끝장낼 수 있었을지도 모르는데.

모든 화려한 것은 극단적으로 위험하고 손에 넣기 어려운 것이기에, 삶에서 성공하려면 뛰어난 재능과 용기가 필요하다는 점은 앞으로의 이야기에서도 드러날 것이다. 우리는 종종 성공 가도를 전속력으로 달리다가도 돌연, 세도가 하늘을 찌르는 몇몇 왕자의 집착 때문에, 실망에 빠진 몇몇 귀부인의 계략 때문에, 몇몇 경찰서장과 벌인 싸움 때문에 아무런 보람도 없이 기반을 잃고 내몰리곤 했다. 특히 유명한 경찰서장의 경우 뇌물을 쥐여주거나 우리 편에 끼워주지 않으면, 영락없이 별안간 그 도시를 떠나라는 명령이 우리에게 떨어졌고, 그리하여 우리는 부득이하게 이곳저곳을 정처 없이 방랑하며 살게 되었다.

물론, 앞서 말했듯이 그런 삶을 살다 보면 얻는 것도 많겠지만 그 대가는 실로 막대하다. 우리의 겉차림과 우리가 거느리고 다니던 시종이 속 좁은 피피의 눈에는 너무나 사치스러워 보였는지, 피피는 자신의 쩨쩨하고 인색한 성격으로는 절대로 내가 넉넉한 성품으로 일궈낸 그 엄청난 승리를 달성하지 못했을 것이라는 사실을 인정하면서도 내가 너무 낭비가 심하다고 노상 우는소리를 해댔다. 아무튼 승승장구하고 있었음에도 우리의 자본은 그다지 변변치 못했다. 예컨대, 쿠를란드 공작에게 3개월에 20만 플로린 운운하며 했던 소리는 순전히 허풍이었다. 우리는 신용거래를 할 수가 없었고 그 테이블 위에 있던 돈 말고는 한 푼도 없었기 때문에, 만약 공작 각하가 게임에 이겨서 우리한테 어음을 받아갔다면 아마도 우리는 야반도주를 해야 했을 것이다. 우리는 또 때때로 심하게 타격을 받기도 했다. 파로 뱅크는 실패 확률이 **거의** 없기는 하지만, 그래도 운수 나쁜 날은 때때로 찾아오니까. 자신의 삶을 행운에 맡기는 용감한 사람이라면 적어도 자신의 불행에 잘 대처할 줄은 알기 마련이다. 파로 뱅크를 운영하는 일과 행운을 노리는 일, 이 두 가지 중 전자가 훨씬 더 고된 일이라는 내 말을 믿으시길.

바덴 공작의 만하임 영지*에 있을 때도 그런 끔찍한 상황이 찾아왔다. 늘 사업거리를 찾아 헤매는 피피가 우리가 묵고 있던 숙소에 파로 뱅크를 열자고 제안했는데, 그곳은 공작 휘하 기병대의 장교들이 식사를 하는 곳이었다. 그리하여 때마침 소규모로 도박판이 벌어졌고 몇몇 딱한 왕관과 돈의 주인이 바뀌었다. 나는 군대에 속해 있는 그 불쌍한

---

* 만하임은 본래 라인란트팔츠주의 주도였는데 1803년 바덴주에 합병되었다. 바덴주는 후 작령, 공작령 등으로 통치되다가 1806년 스스로 대공국을 선포했고 1815년 독일연방에 가맹했다.

신사들, 단언컨대 온 세상을 통틀어 가장 불쌍한 악마들인 군인들의 강점을 속속들이 아는 사람이었으니까.

그런데, 불운이란 것이 대개 그렇게 오듯, 분기 수업료를 가지러 만하임에 온 터라 둘이 합쳐 수중에 수백 달러의 돈이 있는, 근처 하이델베르크대학에 다니는 어린 학생 두 명이 그 판에 끼어들었고, 도박판에 소개된 학생들은 (노상 일어나는 일이지만) 이전에 단 한 번도 도박을 해본 적이 없다면서도 돈을 따기 시작했다. 또 불운이란 것이 대개 그렇게 오듯 그들은 술에 취해 있었는데, 늘 그렇듯 술 취한 사람을 상대로 게임을 하면 아무리 치밀한 전략도 전혀 먹혀들지 않는다. 그들은 천하에 둘도 없는 미친놈들처럼 게임을 했는데도 계속 돈을 따기만 했다. 그들이 집어 드는 카드는 뒤집어보면 모조리 그들에게 유리한 카드였다. 그들은 단 10분 만에 우리 돈 백 루이스를 땄다. 피피가 점점 더 화를 내고 있다는 사실, 그날 운이 우리 편이 아니라는 사실을 깨달은 나는, 카드 게임은 웃자고 하는 일일 뿐이며 이제 그만하면 칠만큼 많이 쳤다고 말하면서 그쯤에서 그날 밤 파로 뱅크를 닫자고 제안했다.

그러나 그날 나와 싸웠던 피피는 파로 뱅크를 계속 진행하기로 결정했고, 그 결과 그 학생들은 더 많은 돈을 따게 되었다. 그들은 딴 돈을 장교들에게 빌려주었고 장교들 역시 돈을 따기 시작했다. 유럽 전역에 최고의 기술자로 이름난 세 명의 도박사는 그날 밤 담배 연기 자욱한 여관방 안 맥주와 온갖 술 얼룩에 찌든 테이블 위에서 한 무더기의 소위들과 아직 수염도 나지 않은 학생 두 명한테 그렇게 어이없는 방식으로 1,700루이스의 돈을 잃었다. 그 생각만 하면 지금도 얼굴이 화끈거린다. (내 친구 존슨 씨가 기록했듯) 시시한 요새 앞에서 무너져 무명 병사의 손에 잡힌 카를 12세나 사자 왕 리처드*의 꼴처럼 그것은 실로 세상에서 가장 수치스러운 패배였다.

그것은 단순한 패배가 아니었다. 우리의 불쌍한 정복자들이 모두 돌아가고 난 뒤, 그런 식으로(그 두 학생 중 한 명은 클로츠 남작**이라고 불렸는데, 아마도 나중에 파리에서 모가지가 날아간 그 친구가 맞을 것이다) 소중한 재산을 모두 날려버린 것에 당황한 피피가 아침에 하다 만 싸움을 다시 시작했고 우리 둘 사이에는 극도로 수위가 높은 말이 오갔다. 내가 등받이 없는 의자로 피피를 때려눕히고 놈을 창밖으로 내던지려고 했던 일이 지금도 기억난다. 하지만 한결같은 독실함으로 사순절을 지키고 있던 터라 냉정함을 유지하고 있던 백부님이 중재에 나섰고 마침내 화해가 이루어졌다. 피피는 내게 사과하고 자신이 틀렸다는 사실을 인정했다.

그러나 나는 그 위선적인 이탈리아인의 진정성에 의심을 품었어야 했다. 정말로 그때까지 평생 그의 입에서 나온 말을 단 한마디도 믿지

---

* Charles XII(Karl XII, 1682~1718), Richard Coeur de Lion(1157~1199): 이 부분은 스웨덴의 카를 12세와 영국의 리처드 1세의 죽음을 언급한 부분이다. 두 왕은 모두 굉장히 호전적인 군주로, 카를 12세는 러시아원정에 올랐다가, 리처드 1세는 제3회 십자군원정을 떠났다가 각기 유탄, 유시를 맞고 전사했다. 카를 12세의 삶에 대해서는 대문호 볼테르와 새뮤얼 존슨이 다룬 것으로 유명하다. 특히 존슨은 「인간의 헛된 소망The Vanity of Human Wishes」이라는 시에서 이렇게 노래했다.

그는 쓰러져 황량한 물가, 시시한 요새,
수상한 사람의 손아귀에 떨어질 운명이었다.

** Baron de Clootz: 프랑스 혁명 지도자 아나카르시스 클로츠Anacharsis Clootz(1755 ~1794)를 말한다. 본래 프로이센 귀족 가문에서 태어났으나 혁명 초기에 가문의 칭호를 버리고 프랑스로 향했다. 1790년 파리에서 '인류의 변호인'이 되겠다고 선언하며 '장 밥티스트'라는 침례교식 이름을 버리고 개명했다. 그러나 1794년 3월 24일 외국 첩자로 몰려 단두대에서 처형되었다.

않았던 것처럼. 지금 생각해도 내가 왜 그렇게 어리석게 그자를 믿어버리고 그자한테 우리의 현금 상자 열쇠를 맡긴 채 잠자리에 들었는지 모를 일이다. 그 상자에는 기병들한테 잃고 남은, 어음과 현금을 합쳐 영국 돈으로 8천 루이스 정도의 돈이 들어 있었다. 피피는 뜨거운 포도주를 한 대접씩 나누어 마시며 다시 화해한 우리의 관계를 돈독히 해야 한다고 고집을 부렸는데, 백부님과 나 두 사람 모두 다음 날 아침 늦게까지 일어나지 못하다가 극심한 두통과 발열 증상을 안고 깨어난 것을 보면, 그 술에는 상당량의 수면제가 들어 있었던 것이 틀림없다. 우리는 정오가 되어서야 침대 밖으로 나올 수 있었다. 그 작자는 텅 빈 귀중품 상자만 덩그러니 남겨놓은 채 이미 열두 시간 전에 가버리고 없었다. 그리고 거기에 그자가 남겨놓은 일종의 계산서가, 가져가는 돈은 자기 몫의 이윤이라는 점을, 그간에 일어난 손실은 모두 자신의 동의 없이 생긴 것이라는 점을 분명히 하려고 안간힘을 쓴 기색이 역력한 계산서가 남겨져 있었다.

그래서 열여덟 달 만에 우리는 다시 세상 속으로 나가야 했다. 하지만 내가 어디 그만한 일로 의기소침해할 사람이던가? 절대 아니었다. 그 시절 신사들은 성당 직원처럼 검소한 옷차림을 하지 않았고 더구나 상류층 사람들은 정장을 즐겨 입었던 데다가 상점 직원의 전 재산만큼 값이 나가는 장신구를 세트로 구비하고 있었기 때문에, 우리의 옷장 안에는 아직 모두 합하면 꽤 큰 현금을 만들 수 있는 값진 물건들이 있었다. 한순간의 불평도, 한마디의 욕도 하지 않고, (백부님의 이런 성품이 어찌나 존경스럽던지) 우리가 어떻게 모든 것을 잃게 되었는지 그 내용이 필멸의 인간에게 알려지지 않도록 비밀에 부친 채, 우리는 옷과 보석의 4분의 3을 대부업자 모제스 뢰베한테 저당 잡히고 물건을 팔아

돈을 만든 다음, 거기에 각자의 쌈짓돈까지 합쳐 도합 800루이스도 되지 않는 돈을 들고 다시 전장을 향해 나아갔다.

제10장
계속되는 행운

나는 독자들에게 직업적인 도박사로서의 내 경력에 대해 군인으로서 겪었던 일화들보다 더 많은 이야기를 들려줄 생각이 없다. 내가 그러려고 마음만 먹으면 그 이야기만으로 책 한 권을 채울 수 있을지도 모르지만, 그랬다가는 이야기가 끝도 없이 길어져서 몇 년이 흘러도 결말이 나지 않을 텐데, 내가 어느 시점에 이제 그만 살라는 부름을 받게 될지 그 누가 알겠는가? 나는 통풍과 류머티즘과 요로결석과 간 질환을 앓고 있다. 몸에는 시도 때도 없이 통증을 일으켜 참을 수 없는 고통을 안겨주는 상처도 두세 군데 있고, 죽음을 예고하는 증상도 백 가지가 넘는다. 세월, 질병, 방탕한 생활은 이 세상에서 가장 체질이 튼튼하고 골격이 건장한 사람에게도 그런 영향을 끼치는 것이다. 아! 유럽 전역에 레드먼드 배리보다 더 성품이 유쾌한 사람도, 더 화려한 개인적 성취를 이룬 사람도 존재하지 않던 1766년에는 나도 그런 병을 단 하나도 앓지 않았건만.

악당 피피가 우리를 배신하기 전 나는 유럽 최고의 왕실을 수도 없이 드나들었는데, 특히 규모가 작은 왕실에서는 도박 교육이 이루어졌기 때문에 해당 과학 교수는 언제나 환영을 받았다. 그중에서도 기독교를 믿는 라인강 변 공국들에서 우리는 유난히 환대를 받았다. 나는 트리어와 쾰른 선제후령* 왕실보다 더 밝고 화기애애한 왕실을 본 적이 없는데, 그 왕실들은 폐허가 된 막사나 다름없는 베를린 왕실은 말할 것도 없고 빈 왕실보다도 훨씬 더 호화롭고 흥겨운 곳이었다. 네덜란드의 대공비가 다스리던 지역**의 왕실 역시 우리 같은 주사위의 기사들, 용감한 행운 숭배자들에게 천국이었지만, 이와 달리 인색한 네덜란드나 빈털터리 스위스공화국에서는 신사가 아무런 제재 없이 도박으로 생계를 유지하는 것이 불가능했다. 〔그렇다. 그 시절은 보나파르트가 으스대는 근위대를 이끌고 유럽을 유린하기 전, 우리 영국의 상점 주인들***과 치즈 장사꾼들한테 정복당하기 전이었다. 하지만 각설하고, 여기에서는 내 개인적인 모험 이야기로 다시 돌아가자.〕[17] 만하임 사고가 일어난 뒤 백부님과 나는 X 공국[18]****을 향해 길을 잡았다. 〔그 뒤에 그곳

---

* 트리어와 쾰른은 18세기 내내 독립된 주교령의 지위를 유지했고, 이 두 도시의 대주교는 신성로마제국 황제에 대한 선거권이 있었다.

** 여기에서 네덜란드의 대공비는 삭스-테셴 공작의 부인으로 오스트리아령 네덜란드를 다스렸던 마리-크리스틴Marie-Christine(1742~1798)을 말한다.

*** 이것은 나폴레옹이 영국을 '상점 주인들의 나라(a nation of shopkeepers)'라고 비하했던 것에 대한 언급이다.

**** 'Duchy of X-': 새커리는 'X 왕세자비의 비극적 인생' 이야기를 프랑스의 소설가 라 모테 랑공 남작Baron de la Mothe-Langon(1786~1864)의 『나폴레옹의 10년 제국L'empire, ou dix ans sous Napoleon』(1836년 파리 출간. 나폴레옹 1세의 공식적인 재임 기간은 1804년부터 1815년까지 10년이었다)에서 끌어온 것으로 보인다. 세부적인 이야기의 여러 요소는 하노버 왕가의 소피아 도로테아Sophia Dorothea(1666~1726) 공주와 스웨덴의 필리프 백작의 염문설을 토대로 하고 있지만 말이다(새커리는 이 이야기를 『네 명의 조지 왕』에서도 언급했다). 도로테아는 영국 조지 1세의 왕비로 두 사람의 결혼 생활은 순탄치 않았다. 감히 대영제국 왕비

은 왕국이 되었기 때문에]19) 그곳이 어디인지 쉽게 알아채는 독자가 있을 것 같아서 여기에서는 그때 내가 빠져든 그 사회의 구성원들 중에서 나와 매우 기이하고 비극적인 모험을 공유했던 몇몇 저명한 인사들의 이름 일부만 기록하려고 한다.

그 시절 고상한 X 공국 왕실보다 이방인이 더 환영받는 왕실, 쾌락을 더 열광적으로 추구하는 왕실, 사치를 더 즐기는 왕실은 유럽 어디에도 없었다. X 공국의 군주는 수도인 S에 거주하지 않고, 베르사유 왕실의 모든 의식 절차를 모방해 수도에서 얼마 떨어지지 않은 곳에 자신만의 웅장한 궁전을 세워서 그곳에 거주하는 한편, 자신의 궁전 주변에 호화로운 자기 왕실 소속의 관료와 귀족들만 거주하는 최고위층 귀족 마을을 조성했다. 사치스러운 생활을 유지하려니 말할 것도 없이 백성들을 심하게 쥐어짤 수밖에 없었다. 대공 전하의 영토는 매우 좁았기 때문에, 현명하게도 전하는 놀라울 정도로 백성들과 격리된 영역 안에서만 생활하면서 수도에 얼굴을 드러내지 않았고 믿음직스러운 측근과 관료들 말고는 그 누구도 만나는 일이 거의 없었다. 루트비히스루스트*

와 염문을 뿌린 도로테아의 연인 필리프 백작은 살해되어 토막 난 사체로 발견되었고 도로테아는 알덴 성에 유폐된 채 평생을 살았다. 슬하에는 1남 2녀가 있었는데 아들은 훗날 조지 2세가 되었고, 어머니와 이름이 같았던 소피아 도로테아 공주는 1706년 프로이센의 프리드리히 빌헬름 1세와 결혼해 프리드리히 2세, 즉 프리드리히 대왕을 낳았다. 나폴레옹이 유럽 전역을 휩쓸고 다니던 그 10년 동안 독일의 몇몇 주, 그중에서도 상류층 사회가 가장 잘 형성되어 있던 하노버와 바이에른은 왕국의 지위를 획득했다. 새커리는 1844년 이니셜 'X'를 'W'로 바꾸어 썼다.

* Ludwigslust: 독일어로 '루트비히의 기쁨'이라는 뜻이다. 『네 명의 조지 왕』에서 언급된 독일 군주들의 별궁에 대한 다음과 같은 묘사를 떠올리게 하는 구절이다. "빌헬름스루스트, 루트비히스루스트, 몽비쥬, 베르사유의 궁전들은 시민과 장사치들의 왁자지껄한 소음과 불만으로부터 아주 가까우면서도 먼 곳에 자리하고 있었기 때문에, 그곳에서는 그런 것들이 별문제가 되지 않았다."

에 있는 대공의 궁전과 정원은 프랑스의 그것을 똑같이 모방해 세운 것이었다. 그곳에서는 매주 2회의 왕실 연회와 매월 2회의 대연회가 열렸다. 또 프랑스에서 들여온 최고급 오페라와 독보적으로 화려한 발레가 공연되었는데, 음악과 무용의 열렬한 애호가였던 대공 전하는 그 공연을 보기 위해 어마어마한 액수의 비용을 소비했다. 그때는 내가 젊었기 때문에 그랬을 수도 있지만, 지금 생각해보아도 그곳 왕실극장 무대처럼 눈부시게 아름다운 것들이 총집합된 장소를 나는 한 번도 본 적이 없는데, 그 시절 유행이었던 신화를 소재로 한 웅장한 발레 공연이 열리는 그 무대에는 굽이 빨간 펌프스를 신고 가발을 쓴 마르스와 두꺼운 가락지를 끼고 얼굴에 애교 점*을 여러 개 붙인 비너스가 등장했다. 혹자들은 그것이 잘못된 의상이라고 말했고 그래서 훗날 다른 모양으로 바뀌었지만, 그 발레단의 수석 무용수였던, 얼굴에 분을 바르고 치렁치렁 늘어뜨린 의상을 입은 채 수행 님프들을 거느린 흠잡을 데 없는 코렐리보다 더 사랑스러운 비너스를 나는 본 적이 없다. 매주 두 번씩 상연되던 그 오페라가 끝나면 일부 왕실 고위 관료들이 저녁 시간을 함께 보내곤 했는데, 그러면 진수성찬이 차려지고 달그락거리는 주사위 소리가 사방에 울려 퍼졌으며 천지에 도박판이 펼쳐졌다. 나는 파로 뱅크를 빼고도 70개의 게임 테이블이 펼쳐져 있는 루트비히스루스트 왕실 대연회홀을 본 적도 있는데, 그럴 때면 대공은 우아한 몸짓으로 친히 그곳에 납시어 게임을 즐겼고 참으로 왕족다운 화려한 자태로 돈을 잃거나 따곤 했다.

만하임 사고가 일어난 뒤 우리가 향한 곳이 바로 그곳이었다. 왕실

---

* patch: 얼굴을 돋보이게 하거나 상처를 가리기 위해 검은 비단을 잘라 붙이는 것으로 17~18세기 유럽 상류층 여성들 사이에서 유행했다.

귀족들은 몹시 반가워하며 우리보다 한발 앞서 도착한 우리의 명성에 대해 이야기했고, 그렇게 두 명의 아일랜드인 신사는 큰 환대를 받았다. 왕실에서 지낸 첫날 밤 우리는 우리가 가진 800루이스 중에 740루이스를 잃었다. 다음 날 저녁 나는 궁내대신의 테이블에서 잃은 돈을 되찾은 것은 물론 거기에 얹어 1,300루이스를 더 땄다. 독자들의 짐작대로 우리는 첫날 저녁 우리가 얼마나 파산에 근접했는지 그 누구도 알지 못하게 한 것은 물론 오히려 더 유쾌한 태도로 돈을 잃으면서 모두에게 호의를 내보였고, 재무부 장관은 아일랜드 왕국 밸리배리 성에서 부리는 집사 이름으로 내가 끊어놓은 400두카츠의 어음을 자청해서 현금으로 교환해주었는데, 다음 날 나는 장관 각하로부터 상당한 금액의 현금(혹은, 현금으로 즉시 환전할 수 있는 물건)과 함께 그 어음을 다시 땄다. 그 고상한 왕실에 속해 있는 사람들은 모두가 도박사였다. 심지어 공작 접견 대기실에서 일하는 하인들마저 때 묻은 카드를 한 벌씩 들고 있는 모습이 종종 보였다. 그 왕실에서는 상전이 위쪽 살롱에서 돈내기를 하는 동안 마차를 모는 하인이나 가마꾼도 게임을 했다. 내가 들은 내용에 따르면 음식을 나르는 계집종이나 부엌데기들마저도 파로 뱅크를 차린다고 했는데, 그중 빵과 과자를 굽던 어떤 이탈리아인 하인은 그것으로 큰돈을 벌었다고 했다. 그는 나중에 그 돈으로 로마의 후작 신분을 샀고 그의 아들은 유명한 외국인으로서 런던 상류층 사교계를 주름잡았다고 한다. 그러나 군대에 속해 있는 불쌍한 악마들은 도박판에서 돈을 따는 족족 다 잃거나 써버렸기 때문에 그런 일이 거의 없었다. 그런데도 그 시절 근위보병 연대 장교들 중에 카드 한 벌을 지갑 속에 넣어 갖고 다니지 않는 사람이 아무도 없었을 것이라고, 그리고 그들은 칼자루 장식 매듭을 절대 잊지 않는 것처럼 주사위도 절대 잊지 않는 자들이었다고 나는 생각한다. 하지만 그런 치들의 실력은 대개 고만고만했다. 그리고 도박판에서 페어플레이를 외치는 것은 어리석은 짓이었다. 그랬다면 밸리배리의 신사들 역시 마치 매의 둥지 속에 갇힌 비둘기처럼 정말로 만만해 보였을 것이다. 구성원 모두가 대담하고 영리한 사회에서는 오직 용기와 천재성을 타고난 사람만이 살아남아 번영을 누릴 수 있다. 그리고 백부님과 나는 그런 곳에서 우리의 지위를, 아니 그 이상을 지켜내고 있었다.

대공 전하는 홀아비, 아니 세도 가문의 딸이었던 공작 부인이 죽은 뒤 어떤 아가씨와 귀천상혼* 계약을 맺은 상태였고, 대공이 신분을 상승시킨 그 여인은 (그것이 그 시절의 도덕적 가치관이기는 했지만) 북유럽의 뒤바리**라고 불리는 것을 찬사쯤으로 여겼다. 그런데 대공이 워낙 어려서 첫번째 결혼을 했던 터라 그의 아들, 그러니까 왕세자가 이미 오래전부터 그 나라의 정치적 군주 노릇을 해왔다고 해도 과언이 아니었고, 정작 통치자인 대공은 정치보다는 향락을 더 좋아했으며 장관이나 대사보다는 사냥 대장이나 오페라 연출자와 대화를 나누는 것을 훨씬 더 즐겼다.

이제부터 빅토르 공이라고 부를 그 왕세자는 존엄하신 부친과는 성격이 전혀 달랐다. 황후 겸 여제의 군대 소속으로 왕위 계승 전쟁과 7년 전쟁에 참전해 큰 전공을 세운 왕세자는 성격이 매우 완고해서 의식에 불려나올 때를 제외하고는 왕실에 모습을 드러내는 일이 거의 없었고, 이미 훌륭한 천문학자이자 화학자이면서도 궁전 별채에 거의 혼자 틀

---

* 귀천상혼(貴賤相婚), morganatic marriage: 부부 사이에서 태어나는 자식이 아버지의 재산, 칭호, 작위 등을 상속받을 수 없다는 것을 조건으로 왕족이나 귀족인 남자가 미천한 신분의 여자와 결혼하는 것.

** Dubarry: 루이 15세의 공식적인 마지막 정부(情婦) 마리 잔느 베쿠Marie Jeanne Bécu(1743~1793) 백작 부인을 말한다.

어박혀서 세상에서 가장 어려운 학문 연구에 몰두했다. 그 시절 유럽 전역에서 공통적으로 크게 유행하던 '현자의 돌'*을 찾아내는 일에 미쳐 있었던 것이다. '위대한 비밀'을 연구하는 것을 도와주는 대가로 빅토르 공작에게서 엄청난 액수의 돈을 받아 챙긴 다른 사람들이나 (스스로를 카글리오스트로라 불렀던) 발사모**나 생제르맹***처럼 대충이라도 화학을 공부하지 않은 것을 백부님이 한탄할 정도였다. 왕세자의 또 다른 취미는 사냥과 기병대 열병식 참관이었다. 왕세자의 입장에서 생각해볼 때, 만약 낙천적인 성품을 타고난 아버지를 자신이 돕지 않는다면 군대 전체가 하루 종일 카드 게임에 빠져 있을 것이 뻔했기 때문에 신중한 왕세자가 뒤에 남아 나라를 다스리는 것도 나쁠 것은 없는 일이었다.

그때 빅토르 공작은 쉰 살이었고 왕세자비 올리비아 공주는 스물세 살이 아직 안 된 나이였다. 두 사람은 7년 전에 결혼했고, 결혼한 그 첫해에 왕세자비는 그에게 아들 하나와 딸 하나를 낳아주었다. 그러나 도

---

* philosopher's stone: 연금술에서 말하는 '완전한 물질'이다. 불완전한 물질을 완전한 물질로 바꾸어주기 때문에, 비금속을 금으로 만들어줄 수도, 필멸의 인간을 불로불사의 존재로 만들어줄 수도 있다고 믿어졌다.

** 발사모와 생제르맹은 둘 다 당대의 유명한 모험가들이다. 스스로를 카글리오스트로 백작Count Cagliostro이라고 불렀던 주세페 발사모Giuseppe Balsamo(1743~1795)는 로도스 섬에서 연금술 기초를 배웠다. 그러고는 유럽 전역을 돌아다니며 사랑의 묘약, 불로장생의 영약, 연금술 가루 등을 제조해 판매함으로써 사업적으로 큰 성공을 거두었다. 1785년에는 바스티유에, 1788년에는 런던 플리트 감옥에 수감되었고, 로마의 감옥에서 사망했다.

*** 스스로를 생제르맹 백작Comte de St. Germain(1710~1780)이라고 불렀지만 주로 왕실을 돌며 활동 무대로 삼았던 독일에서는 분더만Wundermann('놀라운 남자'라는 뜻)이란 별명으로 통했다. 그는 자신이 다이아몬드에 난 홈집을 제거하는 비법을 알고 있으며 불로불사의 영약을 찾아냈다고 주장했다. 카글리오스트로의 말에 따르면 생제르맹은 또 프리메이슨의 창설 멤버였다고도 한다. 말년에는 슐레스비히홀스타인에서 자신과 함께 '비밀 과학'을 연구했던 헤센의 카를 영주의 후원을 받았다.

덕과 예의에 엄격한 남편, 성격이 어둡고 외모가 흉한 남편이 밝고 매력적이고 젊은 아내에게 기쁨을 줄 가능성은 거의 없었다. 더구나 (S 공작 가문과 연고가 있어서) 남유럽에서 교육을 받고 '세상에서 가장 기독교적인 군주'*의 딸들과 귀부인들의 비호 아래 파리에서 2년이나 지낸 그녀는, X 왕실의 생명이자 영혼, 웃음꽃 중의 꽃, 존엄하신 시아버지의, 아니 실제로는 왕실 전체의 숭배 대상이었다. 그녀는 아름답지는 않았지만 매력적이었고, 개인적으로 대화를 해보면 재치가 있지는 않았지만 역시 매력적이었다. 그리고 그 정도를 도저히 헤아릴 수 없을 만큼 사치스러웠으며, 믿음이 도무지 안 갈 만큼 거짓말이 심했다. 그런데도 그녀의 나약함은 다른 여성들의 미덕보다 훨씬 강력했고 그녀의 이기심은 다른 여성들의 관대함보다 훨씬 사랑스러웠다. 자신의 결점을 그렇게 매력으로 만들어버리는 여인을 나는 난생처음 보았다. 그녀는 종종 사람들을 망가뜨렸는데도 그들은 여전히 그녀를 사랑했다. 나이 지긋한 우리 백부님조차 옴버** 테이블에서 재잘대는 그녀를 멀거니 구경하다가 손 한번 써보지 못하고 400루이스나 되는 돈을 털렸을 정도였다. 그녀는 살림을 돌보는 여인들이나 관리들한테 끝없이 변덕을 부렸는데도 그들은 여전히 그녀를 흠모했다. 그녀는 나라를 통치하는 왕족 가운데 백성들의 숭배를 받는 유일한 인물이었다. 그래서 외부에 모습을 드러내는 일이 전혀 없었는데도 백성들은 그녀의 마차만 보면 자비를 베풀어달라고 환호성을 지르며 그 마차를 따라다녔고, 그러면 그녀는 가난한 시녀한테 남은 마지막 동전을 빌려서 마차 밖으로 던

---

* his Most Christian Majesty: 프랑스의 왕들에게 이 칭호가 처음으로 부여된 것은 루이 11세가 통치하던 1469년이었다.
** Ombre: 서너 명이 치는 일종의 카드 게임이다.

져주고는 그 돈을 갚는 법이 절대 없었다. 온 세상이 그렇듯 그녀의 남편도 결혼 초기에는 그녀에게 흠뻑 빠져 있었다. 그러나 그녀의 변덕은 남편에게 엄청난 울화통을 유발했고 결국 별거로 이어졌는데, 그것은 대체로 거의 광기에 가까운, 사랑에 대한 보답으로 간혹 중단이 되는 별거였다. 나는 지금 오로지 그녀를 칭송하는 마음으로 정말 솔직하게 왕세자비마마 이야기를 하고 있지만, 나에 대한 그녀의 평가를 고려하면, 사실 좀더 신랄하게 그녀를 평가해도 될 성싶다. 그녀가 늙은 무슈 드 발리바리는 이미 끝장난 늙다리 신사요, 젊은 무슈 드 발리바리는 심부름꾼 같은 태도가 몸에 밴 자라고 평했기 때문이다. 물론 세상에는 원래 온갖 다양한 의견이 존재하는 법이며, 지금의 나는 나를 헐뜯는 말은 단 한마디도 이 연대기에 기록하지 않을 수도 있다. 하지만 그녀가 나를 싫어하는 데는 그럴 만한 사연이 있었던바, 이제부터 그 이야기를 하려 한다.

군대에서 세상 경험을 하며 보낸 5년이란 긴 세월은, 내가 생을 시작하면서부터 품었던 사랑에 대한 모든 낭만적인 관념을 진작 날려버리기에 충분한 시간이었다. (그저 마음이 끌린다는 이유로 결혼을 하는 것은 당신네 천한 사람들이나 하는 짓이므로) 그래서 나는 신사답게 결혼을 통해 내 재산을 부풀리기로 이미 결심을 한 상태였다. 기나긴 여행을 하는 동안 나와 백부님은 여러 차례 이 계획을 실행에 옮겨보려고 시도했었다. 그러나 여기에서 일일이 언급할 가치도 없는 실망스러운 일들을 수도 없이 겪다 보니, 나 자신을 내 생각대로 혈통 좋고 능력 좋고 용모 훌륭한 신랑감으로 내세우기가 망설여졌다. 그리고 대륙의 아가씨들은 영국의 풍습처럼(특히 명예를 중시하는 우리나라 신사들 중에 그 풍습의 덕을 본 자가 어디 한둘이던가), 좋아하는 남자랑 달아나는 데

익숙지 않았다. 대륙에서는 후견인, 예식을 비롯해 온갖 어려운 문제들이 끼어들어 사랑을 방해했다. 또 대륙의 진정한 사랑은 갈 데까지 가는 것을 허락하지 않았기 때문에, 가엾은 여자들은 자신을 차지한 대담한 사내에게 솔직하게 마음을 터놓을 수도 없었다. 내 경우, 한번은 여자 쪽에서 정착해 살 땅을 요구했다. 그다음 번에는, 밸리배리 영지의 지도와 농노에게 소작을 준 내용을 기록한 장부, 그리고 브라이언 보루 혹은 배리 왕까지 거슬러 올라가는, 더없이 정교하게 기록된 우리 집안 족보를 갖고 있었는데도 내 혈통과 부동산이 기준 미달이었다. 또 그다음 번에는 아가씨가 내 품으로 뛰어들려다가 돌연 그 순간 수녀원으로 쏜살같이 달아났다. 한번은 또 저지대*에 사는 한 부유한 미망인이 나를 플랑드르 영지의 영주로 만들어주려던 순간, 한 시간 말미를 줄 테니 그 안에 나는 브뤼셀을 떠나고 슬픔에 빠진 내 연인은 저택을 떠나지 말라는 경찰의 명령서가 날아든 일도 있었다. 그러나 X 공국에서는 내게도 엄청난 규모의 도박판에 낄 수 있는 기회가 찾아왔고, 내 운명을 망쳐버린 그 끔찍한 재앙만 없었다면 내가 그 판의 승자가 되었을 것이다.

대공비(大公妃) 자리를 계승할 왕세자비의 거처에 열아홉 살 먹은 아가씨가 한 명 있었는데 그녀는 공국 전체에 막대한 재산을 소유한 부자였다. 아이다 여백작이라는 이름으로 불리던 그 아가씨는 X 대공 전하가 무척 총애하던 작고한 장관의 딸이었기 때문에 대공비마마는 그녀가 태어났을 때 은혜를 베풀어 대모가 되어준 것은 물론, 아버지가 세상을 떠나자 그녀를 데려와 기품 있게 후원하고 보호해주었다. 열여섯 살에 자신의 성을 떠난 아이다는 왕실에서 살아도 좋다는 허락을 받고

---

* Low Countries: 유럽 북해 연안에 위치한 지대가 낮은 네덜란드, 벨기에, 룩셈부르크를 말한다.

그때까지 올리비아 왕세자비의 궁녀로 살고 있었다.

아이다 여백작이 어렸을 때 아이다의 집안을 관리해주던 이모가 아이다가 대공의 보병 연대에 소속된 무일푼의 소위인 친사촌과 친밀한 관계를 유지할 수 있게 내버려두는 우를 범했는데, 그 친사촌은 그 탐스러운 상품을 자기가 획득할 수 있노라고 호언장담을 하고 다녔다. 그자가 정말로 어리석은 바보 천치만 아니었다면, 그녀를 지속적으로 만날 수 있다는 이점, 가까이에 연적이 전혀 없다는 이점, 그리고 가까운 일가친척 간에 존재하는 친밀한 동류의식을 활용해, 비공개 결혼이라는 방법으로 어린 여백작과 그녀의 재산을 쉽게 손에 넣었을지도 모른다. 하지만 그자는 일처리를 제대로 할 줄 모르는 너무나 아둔한 자였기 때문에, 은신처를 떠나 1년 정도 왕실에 가서 지내겠다는, 그러니까 올리비아 왕세자비의 거처로 들어가겠다는 여백작의 말을 들어주었다. 그러고 나서 우리 젊은 신사 양반께서 기껏 한 짓이라고는 어느 날 색바랜 견장이 달린 단 풀린 외투를 입고 대공 전하의 접견실로 찾아와, 감히 그분의 영토 전체를 통틀어 가장 부유한 상속녀의 배우자가 되겠다며 젊은 아가씨의 후견인인 대공 전하에게 정식 절차까지 밟아서 지원서를 제출한 것뿐이라니!

아이다 여백작이 그 어리석은 사촌 못지않게 그 결혼을 간절히 원하고 있었던 만큼, 올리비아 왕세자비가 두 사람 사이에 끼어들어 대공 전하로 하여금 그 젊은이의 희망에 권위적 거부권을 행사할 수 있게 해달라는 누군가의 청탁에 넘어가지만 않았다면, 천성적으로 사람 좋고 마음 약한 왕세자 전하는 결혼을 허락해달라는 그자의 청에 어쩌면 설득되었을지도 모른다. 대공 전하가 무슨 연유로 그 청을 거절했는지는 아직도 알려져 있지 않다. 그 젊은 아가씨한테 다른 구혼자가 있다는 말도 없었다. 두 연인은 시간이 흐르면 전하의 결정이 바뀔지도 모른다는 희망을 버리지 않고 계속 서신 교환을 하고 있었는데, 난데없이 소위한테 왕세자 휘하의 연대로, 틈만 나면 '위대한 힘'을 팔러 전쟁에 나가는 왕세자 휘하의 연대 중 한 부대로(그 시절에는 이런 군대 무역이 군주나 여러 왕자의 주요 수입원이었다) 이동하라는 전출 명령이 떨어졌고, 그 바람에 두 사람 사이의 연락도 돌연 끊기고 말았다.

올리비아 왕세자비가 자신이 아껴온 젊은 아가씨를 괴롭히는 그런 조처를 받아들이다니 이상한 일이었다. 처음에는 거의 모든 여성들이 품고 있는 낭만적이고 감상적인 생각에 따라 왕세자비도 아이다 여백작과 무일푼 연인의 관계를 격려했었기 때문이다. 그런데 돌연 여백작을 그토록 아끼던 이전 태도를 버리고 그들의 반대편으로 태세를 전환해 여자들만 아는 특유의 방식으로 사사건건 괴롭히면서 아이다를 향한 혐오감을 드러냈다. 기발한 고문, 앙심으로 똘똘 뭉친 혀, 신랄한 빈정거림과 경멸 등이 끝없이 계속됐다. 내가 처음 X 공국 왕실에 도착했을 때는 그 아가씨가 젊은 축들 안에서 '맹추 여백작'이라는 별명으로 통하고 있었다. 그녀는 대체로 아름답고 차분했지만, 얼굴이 창백하며 눈빛이 멀겋고 행동이 부자연스러웠으며, 즐거운 행사가 열리고 있는 장소에서도 그 어떤 것에도 흥미를 느끼지 못하는 것 같았고, 한창 잔치가 열리는 와중에도 로마인들이 테이블 장식으로 쓰곤 했다는 해골처럼 침울해 보였다.

그런데 프랑스 출신의 한 젊은 신사, 통치자 대공의 시종무관(侍從武官)으로 파리에서 올리비아 왕세자비가 대리 결혼식*을 올릴 때 신랑 노

---

* marry by proxy: 중세 이후 유럽에서는 배우자 중 한 명이 군 복무, 여행, 억류 등으로 결혼식에 참석하지 못할 경우 성직자의 주관 아래 대리인을 세우고 결혼식을 올리는 경우가 흔히 있었다.

룻을 했던 슈발리에 드 마니가 부유한 아이다 여백작과 약혼을 했다는 소문이 나돌았다. 그런 내용의 공식적인 발표는 없었지만 은밀한 이야기가 사람들 입에 소곤소곤 오르내렸고, 끔찍하게도 그 말은 나중에 사실로 확인되었다.

슈발리에 드 마니는 대공의 군대에서 복무한 노장군 마니 남작의 손자였다. 남작의 아버지는 낭트 칙령*이 철회된 뒤 신교도들이 축출될 때 프랑스를 떠나 X 공국의 군에 입대했고 그곳에서 세상을 떠났다. 그 뒤를 계승한 아들은 내가 아는 프랑스 태생의 신사 대부분과 달리 완고하고 냉정한 칼뱅교도요, 자신의 임무를 엄격하게 수행하는 원칙주의자였으며, 왕실에 나타나 사람들과 어울려 지내는 일이 거의 없는 내성적인 성격의 사내로, 성향이 비슷했던 빅토르 공작의 가장 가까운 친구이자 가장 아끼는 신하였다.

그의 손자 슈발리에 드 마니는 진짜 프랑스인이었다. 그의 아버지가 대공의 군대 소속으로 외교적 임무를 맡고 파견을 나가 있었던 덕분에 태어난 곳도 프랑스였다. 전 세계에서 가장 눈부신 왕실이라는 유쾌한 사회에 속해 그곳 사람들과 어울려본 마니는 우리에게 비밀 녹원 '작은 집'**의

---

* edict of Nantes: 1589년 앙리 4세가 프랑스 신교도들에게 약간의 자유를 부여한 칙령이었으나 가톨릭교도들의 극심한 반대로 제대로 시행되지 않다가 1685년 루이 14세에 의해 철회되었다. 이때 수많은 위그노교도가 박해를 피해 독일의 신교 국가로 망명했다.

** Parc aus Cerfs 'petites maisons': 마담 드 퐁파두르Madame de Pompadour(1721~1764)는 루이 15세가 아끼던 정부(情婦) 가운데 한 명이었다. 책을 좋아했던 퐁파두르는 그저 미모만 출중했던 것이 아니라 문학, 연극, 음악 등 다양한 예술을 즐기고 후원한 정계의 실세였다. 1745년부터 5년 동안 루이 15세의 정부로 있다가 그 자리에서 물러난 뒤로도 왕의 친구이자 조언자로 베르사유 궁에 머물렀다. 왕은 그 뒤로 뒤바리를 정부로 둔 1769년까지 따로 정부를 두지 않았다. 그 대신 궁 근처 '녹원'이라 불리던 '작은 집'에 젊은 창부들을 데려다 놓고 온갖 미색과 향락을 즐겼는데 이 녹원을 관리한 사람이 바로 퐁파두르였다고 한다.

쾌락에 대해, 리슐리외*와 그 일당의 생생한 향락에 대해 끝없이 이야기를 늘어놓곤 했다. 프랑스에서 지내는 동안, 독일에 있는 완고한 늙은 남작의 영향권 밖에 머물고 있었기 때문에 남작의 아들과 손자 둘다 난잡하기 그지없는 생활을 했고, 처음에는 자기 아버지가 먼저, 그다음에는 자신이 도박으로 거의 파산할 지경에 이르렀었다고 마니는 말했다. 그러다가 그는 왕세자비의 결혼식 때문에 파리에 파견되어 있던 대사를 따라 독일로 돌아왔는데, 늙은 할아버지는 그를 엄격한 태도로 맞이했지만 곧바로 그의 빚을 갚아주었고 왕세자 전하의 거처에 자리도 하나 마련해주었다. 그리하여 슈발리에 드 마니는 스스로, 존엄하신 주군께서 가장 총애하는 신하가 될 수 있었다. 돌아오면서 파리의 오락과 유행을 들여왔기 때문이다. 그는 가장무도회를 비롯한 모든 연회의 기획자요, 발레 무용수의 채용 담당자였으며, 단연 그 왕실에서 가장 화려하게 빛나는 신사였다.

우리가 루트비히스루스트에 도착하고 몇 주가 흐르자 늙은 마니 남작은 우리를 공국에서 쫓아내려고 갖은 애를 쓰기 시작했다. 하지만 그의 목소리는 다수의 목소리를 압도할 만큼 강력하지 못했고, 특히 슈발리에 드 마니는 대공 전하 앞에서 우리 문제가 논의되었을 때 우리의 친구로서 전하의 편을 들기도 했다. 도박에 대한 사랑이 아직 그를 떠나지 않았던 것이다. 그는 우리 파로 뱅크의 고정 단골 고객으로, 그곳

---

* 프랑스의 군인이자 정치가인 루이 프랑수아 아르망 뒤 플레시Louis François Armand du Plessis(1696~1788)를 말한다. 뒤마의 『삼총사』에 등장하는 대주교 리슐리외의 조카손자이다. 매콜리는 그에 대해 "사실 그는 직업적인 매춘부들 사이에서 가장 저명한 인사였다"고 기록했다. 프랑스의 소설가 클레비용Crébillon(1707~1777)과 라클로 LaClos(1741~1803)도 그를 주인공의 모델로 삼았을 정도로 그의 사치와 향락은 대단했다고 한다. 1790년에는 리슐리외의 『회고록』으로 추정되는 책이 출간되기도 했다.

에서 게임을 하다 보면 때로는 큰 행운이 따르기도 했지만 때로는 돈을 잃기도 했는데, 돈을 잃더라도 꼬박꼬박 그 돈을 잘 갚아서, 그가 번지르르한 겉모습에 비해 돈을 변통할 수단이 변변치 않다는 사실을 알고 있던 사람들 모두를 깜짝 놀라게 만들곤 했다.

올리비아 왕세자비마마 역시 굉장한 도박 애호가였다. 우리는 대여섯 번 왕실에 파로 뱅크를 차렸는데 그때마다 도박에 대한 왕세자비의 열정이 눈에 들어왔다. 내 눈에도 그런 점이 보였지만 연세가 있고 머리가 냉철한 우리 백부님의 눈에는 더 많은 것이 보였다. 므슈 드 마니와 그 화려한 여인에 대해 이런 정보를 흘렸던 것이다. "왕세자비마마가 그 조그만 프랑스 신사랑 사랑에 빠졌다는 데 내 하나 남은 눈마저 걸어도 좋다!" 어느 날 밤 도박판이 파한 뒤 백부님이 내게 말했다.

"그래서요?"

"그래서라니?" 백부님은 내 얼굴을 빤히 들여다보았다. "그다음을 알지 못할 만큼 아직도 세상 물정을 그렇게 모르는 게냐? 지금 이 일에 명을 걸기로 마음먹는다면 곧 네 팔자가 펼 게다. 어쩌면 두 해 안에 배리 가문의 영지를 되찾을 수 있을지도 모르겠구나, 얘야."

"어떻게요?" 여전히 영문을 알 수 없던 나는 이렇게 물었다.

백부님은 담담한 어조로 이렇게 말했다. "마니를 도박판에 끼워줘라. 돈을 못 갚더라도 개의치 말고 약속어음을 계속 받아놓으렴. 그자의 빚이 점점 더 늘어날수록 우리한테는 더 좋은 거니까. 하지만 가장 중요한 것은 그자가 계속 도박을 하게 만드는 거야."

"그럼 한 푼도 못 갚을 텐데요. 유대인들도 그자의 약속어음은 액면가 그대로 쳐주지 않을 테고요."

"그러니 더 잘된 일이지. 그 어음을 어떻게 써먹는지 내 보여주마." 노신사가 대답했다. 고백하건대 백부님이 세워놓은 계획은 참으로 대담하고 영악하고 야무진 것이었다.

나는 마니로 하여금 도박을 계속하게 만들기로 했다. 그렇게 만드는 데 큰 어려움은 없었다. 그 역시 나만큼 잡기(雜技)를 즐기는 사람이어서 우리 사이에 이미 친밀감이 형성되어 있었기 때문이다. 우리는 곧 서로에게 상당히 깊은 우정을 느끼게 되었다. 만약 그자가 주사위 통을 들여다보려고 했다 해도 그걸 막을 방법은 없었을 것이다. 그러나 그는 늘 사탕을 대하는 어린아이처럼 천진한 태도로 주사위 통을 받아 들었다.

마니는 처음에 내게서 돈을 땄지만 곧 잃기 시작했다. 그 뒤로 나는 돈을 놓고 그는 챙겨온 보석을 놓고 도박을 했는데, 그는 그 장신구들이 정말로 상당한 가치가 있는 가문의 보물이라면서 공국 안에서는 그 물건들을 처분하지 말아달라고 애원했고, 나는 이런 취지의 말을 계속 흘렸다. 그 보석들로 볼 때 그는 계속 약속어음으로 게임을 하고 있는 것이나 마찬가지라고. 왕실 테이블에서 공공연하게 외상으로 게임을 하는 것이 허용될 리 없었기 때문에, 내가 그에게 가장 즐기는 일을 외상으로 마음껏 할 수 있는 기회를 남몰래 제공하자 그는 매우 기뻐했다. 나는 (미리 동유럽 스타일로 화려하게 잘 꾸며둔) 별채의 내 거처에서 그와 몇 시간씩 게임을 했기 때문에, 그곳에서는 그가 일을 하러 왕실로 돌아가야 하는 시간까지 달그락거리는 주사위 소리가 끊이지 않고 울려 퍼졌고, 우리는 이런 식으로 몇 날 며칠을 흘려보내곤 했다. 그는 진주 목걸이, 골동품 에메랄드 가슴 장신구 등 돈을 잃을 때마다 그에 상응하는 값어치가 나가는 보석을 더 많이 가져왔다. 굳이 말할 필요도 없지만, 만약 그가 계속 이겼다면 나는 그 게임을 때려치워야 했을 것이다. 그러나 한 주 정도가 지나자 행운이 그에게 등을 돌리기 시작했고 그는 내게 어마어마한 액수의 빚을 진 채무자가 되고 말았다. 그 액수를 여기에서 밝히고 싶지는 않지만, 한마디로 젊은이 능력으로 는 도저히 갚을 수 없으리라고 생각될 만큼 큰 액수였다.

흠, 그런데 그런 게임을 왜 한 것이냐고? 딱 봐도 다른 데서 훨씬 더 많은 수입을 올릴 수 있는데 도대체 왜 그저 빈털터리에 불과한 작 자랑 은밀히 게임을 하느라 며칠을 허비한 것이냐고? 까놓고 말해서 그 이유는 이것이었다. 내가 무슈 드 마니한테서 따고 싶었던 것은 돈 이 아니라 약혼녀 아이다 여백작이었던 것이다. 내게는 사랑이란 문제 에 **그 어떤** 책략도 사용할 권리가 없다고 누가 감히 말할 수 있겠는가? 그렇다면 왜 모두들 사랑을 논하겠는가? 나는 그 아가씨의 부유함을 원했다. 그리고 마니만큼 나도 그녀를 무척 사랑했다. 얼굴을 붉히며 일흔 먹은 늙은 영주한테 시집가는 저기 저 열일곱 살 처녀가 자기 남 편한테 느끼는 사랑만큼, 나도 그녀를 무척 사랑했다. 결혼이 부를 축 적하는 수단이 되어야 한다고 마음먹었던 터라 그 문제만큼은 나 역시 세상 관례를 따랐던 것이다.

그가 돈을 잃으면 나는 그로 하여금 그 내용을 인정하는 다음과 같 은 다정한 편지를 내게 쓰게 했다.

친애하는 무슈 드 발리바리, 오늘 랭스퀴넷(또는 피켓이나 해저드. 경우에 따라 게임 이름은 매번 바뀌었다. **어떤** 게임을 하든 내가 늘 그자 보다는 고수였다) 게임에서 자네한테 300두카츠의 돈을 잃었다는 사실 을 인정하네. 언젠가 장래에, 자네한테 큰 은혜를 입은 이 보잘것없는 하인이 그 돈을 갚는 날이 올 때까지 그 빚을 유예할 수 있게 자네가 허락해준다면, 나는 그것을 자네가 내게 베풀어준 크나큰 친절로 늘 기억할 걸세.

나는 그가 내게 가져온 보석에 대해서도 예방책을 마련해두었는데, (이것은 원래 백부님의 생각으로 아주 잘한 일이었다) 이를테면 청구서라든가, 부디 그 장신구를 받고 내게 진 빚의 상당 금액을 변제해달라고 애걸하는 그의 친필 편지라든가 뭐 그런 것들이었다.

세상 물정에 밝은 사람은 남에게 말을 할 때 원래 그렇게 말을 하는바, 이만하면 내 의도가 무리 없이 먹혀들겠다 싶은 생각이 들 만큼 마니가 곤란한 처지에 빠지자, 나는 아무것도 숨기지 않고 솔직히 그에게 말했다. "이보게, 친구. 거지같은 치렛말은 하지 않겠네. 그럼 자네는 앞으로도 얼마든지 이런 식으로 게임을 계속할 수 있으리라 생각할 테니까. 그리고 자네 서명이 적힌 종이 쪼가리랑 자네가 갚을 수 없을 것이 빤한 약속어음 뭉치만 잔뜩 손에 쥐여줘도 내가 만족스러워하리라 생각할 테니까. 그렇게 화난 얼굴로 사납게 쳐다보지 말게. 자네도 알다시피 이 레드먼드 배리가 자네보다 검술 실력이 훨씬 뛰어나지 않은가. 게다가 나는 나한테 그렇게 많은 돈을 빚진 사람이랑 싸움질이나 해대는 멍청이가 아닐세. 그러니 진정하고 이제 내가 자네한테 할 수밖에 없는 제안을 들어보게.

우리가 친하게 지낸 지난 한 달 동안 자네는 날 아주 흉금 없이 대해줬네. 그 덕분에 나는 자네의 개인사에 대해 완전히 다 알게 됐지 뭔가. 자네는 절대 외상 도박을 하지 않겠다고 자네 조부님께 명예를 걸고 구두 약속을 했다지. 그런데 자네가 그 약속을 얼마나 잘 지켰는지는 자네도 잘 알 거야. 이 소식을 들으면 자네 조부님이 자네의 상속권을 박탈하리라는 사실도. 자, 이제 그 양반이 내일 당장 죽는다고 쳐보자고. 그 양반 영지는 자네가 나한테 진 빚을 갚기에 부족한 액수야. 그런데도 그 재산을 모조리 나한테 양도하고 나면 자네는 쫄딱 망해버려 거지가 되겠지.

올리비아 왕세자비마마께서는 자네 말이라면 절대로 거절하지 않으신다지. 그 이유는 묻지 않겠네. 그러니 마마를 알현할 수 있는 자리를 내게 만들어주게. 처음 우리가 함께 게임을 하기 시작할 때부터 난 마마가 자네를 아끼신다는 사실을 알고 있었어."

그 가엾은 사내는 신음하듯 말했다. "어깨에 훈장을 단 궁내대신, 그러니까 남작으로 만들어달라고 할 작정인가? 하긴 왕세자비마마는 왕세자 전하를 움직여 무슨 일이든 할 수 있는 분이긴 하지."

"궁내대신의 상징인 노란 리본에 달린 황금 훈장을 내리신다면 나야 마다하지 않겠지. 밸리배리 가문의 신사가 독일 귀족 칭호 따위에 연연할 리 없긴 하지만 말일세. 하지만 내가 원하는 건 그게 아니야. 나의 선량한 친구 슈발리에, 자네는 내게 숨긴 비밀이 없었지. 그래서 사랑하지도 않는 아이다 여백작이랑 자네를 결혼시키려는 계획에 동의하라고, 올리비아 왕세자비가 자꾸만 자네를 설득하려 드는 것이 얼마나 난감한지도 내게 말했던 거고. 나는 자네가 엄청나게 사랑하는 사람이 누구인지 알고 있네."

"무슈 드 발리바리!" 당황한 슈발리에는 이렇게 외쳤지만 더 이상 아무 말도 하지 못했다. 진실이 막 그에게 모습을 드러내려 하고 있었다.

나는 말을 이었다. "이제야 내 말을 이해하기 시작했군. 자네가 그 맹추 여백작이랑 관계를 끊는다고 해도(나는 약간 빈정대는 어조로 말했다) 왕세자비마마께서는 별로 화내시지 않을걸. 내 말을 믿게. 자네가 그 여백작을 숭배하지 않는 것처럼 나도 그녀를 숭배하지는 않아. 하지만 그녀의 영지는 원한다네. 나는 그 영지를 위해서 자네랑 게임을 했고 그 게임에서 이겼네. 내 그 여백작이랑 결혼식을 올리는 날, 자네한테 받은 차용증을 다 돌려주고 거기에 5천 두카츠를 더 얹어주겠네."

슈발리에는 나를 잡을 방도를 궁리하며 이렇게 말했다. "**내가** 그 여백작이랑 결혼식을 올리는 날이면 나는 자네가 요구하는 액수의 열 배에 달하는 돈을 유용할 수 있게 되네. (그 여백작의 영지를 우리 돈으로 환산하면 50만 파운드의 가치는 나갈 터, 그 말은 사실이었다.) 그때 자네한테 진 채무를 모두 갚겠네. 그러니 그때까지 한 번 더 이런 식으로 날 모욕하거나 협박해서 짜증 나게 만들면, 자네가 말했던 내게 있는 그 영향력을 행사해서 작년에 네덜란드에서 쫓겨난 것처럼 자네를 공국 밖으로 쫓아낼 걸세."

나는 재빠르게 종을 울리고는, 터키인 같은 차림새로 늘 내 시중을 드는 키 큰 검둥이 하인에게 말했다. "자모르, 종소리가 다시 한번 들리면 이 꾸러미를 왕실 고위 관리에게 전하게. 이건 마니 장군 각하게 전하고, 또 이건 왕세자 전하의 시종무관 중 한 명의 손에 꼭 확실히 전해야 하니까 대기실에서 기다리게. 내가 다시 종을 울리기 전까지는 꾸러미를 들고 나가지 말고."

흑인이 물러간 뒤 나는 무슈 드 마니를 향해 몸을 돌리며 말했다. "슈발리에, 첫번째 꾸러미는 자네가 내게 보낸 편지들이야. 자네가 돈을 상환할 능력이 있다고 주장하면서 나한테 빚진 그 금액을 꼭 갚겠다고 엄숙하게 약속한 내용들이 적혀 있지. 거기에는 내가 따로 준비한 서류도 들어 있네. (자네가 어느 정도 저항하리라는 건 나도 예상한 바거든.) 나는 내 명예가 얼마나 실추되었는지 적고 존엄한 군주이신 대공 전하께 그 서류를 꼭 올려달라는 부탁도 적었네. 자네 조부님께 보내는 두번째 꾸러미에는, 자네가 그분의 상속인이라고 자네 손으로 쓴 편지를 넣고 그 사실을 확인해달라는 부탁을 적었고 말일세. 그리고 왕세자 전하께 보내는 마지막 꾸러미에는," 나는 이 부분에서 더없이 단호한 눈빛으로 그를 바라보며 말을 이었다. "스웨덴 국왕 구스타브 아돌프가 왕세자비마마께 선물한 에메랄드 이야기를 적었네. 자네가 자네 집안 가보라고 말했던 그 물건 말일세. 왕세자비마마께 자네가 행사할 수 있는 그 영향력이란 것이 정말 어마어마한 모양이야." 끝으로 나는 이렇게 마무리했다. "자네가 그런 보물을 그런 식으로 마마한테서 갈취해낼 수 있었던 것을 보면, 그리고 자네 노름빚을 갚으려고 두 사람의 모가지가 걸린 비밀을 마마로 하여금 그렇게 쉽게 포기하게 만들 수 있었던 것을 보면 말이야."

분노와 공포에 휩싸인 프랑스인이 말했다. "이 악당! 감히 왕세자비마마까지 이 일에 끌어들이려는 것이냐?"

나는 빈정대며 대답했다. "무슈 드 마니, 그건 아니지. 난 **자네가 그 보석을 훔쳤다**고 할 거야." 실제로 나는 그때 그가 그 물건을 훔쳤다고, 불행히도 그에게 빠져 있던 왕세자비는 그 절도 범죄가 일어난 뒤 시간이 한참 지나고 나서야 그 사실을 알게 되었을 것이라고 믿고 있었다. 우리는 아주 간단하게 그 에메랄드에 얽힌 사연을 알아냈다. (내가 마니 전용 도박꾼으로 일하고 있는 동안 우리의 파로 뱅크가 너무 방치되어 있었던 터라) 돈이 필요해서 백부님이 마니의 장신구를 만하임에 있는 전당포에 가져갔었다. 그런데 그 물건을 담보로 돈을 대출해준 유대인이 문제의 그 보석에 얽힌 사연을 알고 있었던 것이다. 그 유대인이 왕세자비가 무슨 연유로 그 물건을 처분하게 되었는지 물었고, 백부님은 왕세자비마마가 도박을 아주 즐기는데 잃은 돈을 늘 바로 줄 수 있는 건 아니어서 그 에메랄드가 우리 손에 들어오게 되었다고 아주 영리하게 이야기를 꾸며댔다. 그 유대인은 현명하게도 그 보석을 들고 S 공국으로 돌아갔다. 슈발리에가 우리한테 담보로 맡긴 다른 보석들에 대해서는 별다른 언급조차 없었고 마니와 대화를 하던 그날까지 단 한 마디 질문조차 없었다. 사실 그때까지 나는 그 보석들이 왕세자비에게서 나온 물건들인지도 몰랐을 뿐 아니라, 그 일이 이제 어떻게 굴러갈지에 대해서도 그저 추측만 하고 있던 상태였다.

불행에 빠진 그 젊은 신사는 내가 자신의 절도 행위를 지적하고 나섰을 때 마침 그 앞에 놓여 있던 내 권총 두 자루를 사용해 고발인을 저세상으로 보내버리고 이미 망가져버린 자신의 삶 역시 끝내지 않은 것을 보면 겁쟁이였음에 틀림없다. 자신이 저지른 행동, 그리고 그 불쌍한 악당한테 정신이 팔려 있던 불행한 여인의 부주의하고 무모한 행동으로 그들의 관계가 발각되는 일이 불가피하리라는 사실을 그는 분명 알고 있었을 것이다. 옛말에도 적혀 있듯 끔찍한 운명은 늘 실현되기 마련이다. 사내답게 끝을 보는 대신 전의를 완전히 상실해, 소파 위에 몸을 던진 채 눈물을 쏟아내는가 하면, 성인들이 자신 같은 불쌍한 인간의 운명에 흥미를 느끼기라도 할 것처럼 자신을 도와달라고 온갖 성인의 이름을 아무렇게나 외쳐 부르는 등, 그자가 내 앞에서 어찌나 처량한 모습을 내보이던지!

나는 그를 두려워할 이유가 전혀 없다고 생각했다. 그래서 흑인 하인 자모르를 불러서 그 꾸러미들을 내가 직접 가져가겠다고 말하고는 받아서 책상 속에 다시 넣었다. 그러고는 늘 그랬듯 너그러운 태도로 마니에게 요점을 정리해줬다. 보안상의 이유로 그 에메랄드를 공국 밖으로 내보낼 수밖에 없었다고, 내 명예를 걸고 약속하는데 돈이 얼마가 들든 그 물건을 반드시 되찾아와, 왕세자비께서 나와 아이다 여백작의 결혼에 동의한다는 군주의 허락을 받아내는 바로 그날 왕세자비께 꼭 돌려드리겠다고 말이다.

자만심에 빠져서 하는 말일 수도 있지만, 앞의 내용만 봐도 내가 그때 어떤 도박을 하고 있었는지 명백히 설명이 될 것이다. 일부 엄격한 도덕주의자들은 합당하지 못한 일이라고 비판할지도 모르지만, 감히 말하는데 사랑이란 문제에 관한 한 이 세상에 정당하지 못한 것은 없다. 특히 나처럼 너무나 가난한 사람은 출세를 향한 수단을 이것저것 까다롭게 가려 고를 처지가 못 된다. 신분이 높고 부유한 사람들은 환영 인파에 둘러싸여 웃으며 세상 속 웅장한 계단을 오른다. 그러나 야심밖에 가진 것이 없는 가난한 사람은 벽을 타든가, 건물 뒤편 계단을 밀면서 끙끙대며 오르든가, 그것도 아니면 집 꼭대기로 이어져 있기만 하다면 아무리 악취가 나고 비좁은 곳이라 해도 정말로 배기관 속을 기어가든가 해야만 한다. 명성을 달성할 가치가 없는 것인 양 치부하고 그것을 얻으려는 분투를 철저하게 무시하며 스스로를 철학자라 칭하는 자들은 모두 야망 없는 게으름뱅이들이다. 나는 그런 자들을 정신이 빈곤한 겁쟁이라고 부른다. 명예를 위해서가 아니라면 과연 무엇을 위해서 인생을 잘 살아야 할까? 명예란 참으로 필수불가결한 것이며 따라서 우리는 수단과 방법을 가리지 않고 그것을 획득해야만 한다.

마니를 후퇴하게 만들기 위해 우리가 채택한 전략은 내가 제안한 것으로, 당사자 양쪽 모두의 섬세한 감정까지 배려한 것이었다. 나는 마니에게 아이다 여백작을 따로 불러서 이렇게 말하라고 시켰다. "마담, 내가 당신의 숭배자임을 스스로 선언한 적은 없지만 내가 당신을 소중히 여긴다는 증거는 그동안 당신과 당신 가문에 충분히 보여줬다고 생각하오. 내 요구가 받아들여지려면 당신의 후원자이신 존엄하신 대공 전하의 지지를 받아야 한다는 사실을 나는 알고 있소. 그리고 자애로우신 대공 전하 역시 내 청혼이 긍정적으로 검토되기를 바라신다는 사실도 알고 있소. 하지만 시간이 흘렀는데도 당신이 사랑하는 상대는 바뀌지 않은 것 같소. 그리고 나는 당신처럼 명성과 계급을 타고난 여인에게 자신의 마음을 외면하고 억지로 나와 결혼해달라고 강요하기엔 너무나 양심적인 사람이라오. 이런 상황에서 최선책은 내 청혼을 형식상 대공 전하의 승인을 얻지 **못한** 것으로 만드는 것인 듯싶소. 그러려면 당신이 그 청혼에 부정적으로 대답해야 하오. 그것이 당신의 진심에서 우러나는 대답이리라 생각하면 안타깝지만 어쩌겠소. 그럼 나 역시 내 요구를 공식적으로 철회할 것이오. 그리고 한 번의 거절을 당했고 그 뒤로는 그 무엇도, 심지어 대공 전하의 바람조차도 나로 하여금 그 청혼을 고집하도록 설득하지는 못했노라고 말하겠소."

무슈 드 마니는 아이다 여백작이 그에게 이런 말을 듣고는 왈칵 울음을 터뜨릴 뻔했다고, 여백작이 눈물을 머금은 채 처음으로 그의 손을 잡고 청혼 문제를 이렇게 세심하게 배려해준 데 대해 감사를 표했다고 말했다. 그녀는 그 프랑스인이 세심한 배려 따위는 할 줄 모르는 인간이라는 사실을, 청혼을 철회한 그 우아한 방식이 바로 내 머릿속에서 나온 생각이었다는 사실을 알지 못했다.

마니가 청혼을 철회하자마자 그녀에게 다가가는 것이 나의 주된 업무가 되었지만, 나는 여인이 놀라지 않게 조심스럽고 신사다운 태도로, 그러면서도 추레한 연인인 그 하급 장교와 결혼하려는 그녀의 계획이 얼마나 가망 없는 것인지 스스로 깨달을 수 있게 확고한 태도로 다가

갔다. 올리비아 왕세자비는 무슈 드 마니가 자신이 했던 청혼을 스스로 거두어들이긴 했지만 그녀의 후원자인 대공 전하는 여전히 전하께서 어울린다고 생각하시는 상대와 그녀를 결혼시키려고 하실 테니 팔꿈치가 해진 옷을 걸치고 다니는 숭배자 따위는 영원히 잊는 것이 좋을 거라고 아이다 여백작에게 엄숙하게 경고함으로써, 그 계획을 내게 유리하게 만들기 위해 필요한 자신의 역할을 훌륭하게 수행했다. 솔직히 말해서 어떻게 그런 초라한 불한당이 뻔뻔하게 그녀에게 청혼할 생각을 품었는지 나는 지금도 도통 알 수가 없다. 물론 그의 신분이 괜찮은 것은 분명한 사실이었지만 그 밖의 다른 자격 요건은 어쩌고?

독자들 짐작대로 슈발리에 드 마니가 청혼을 철회하자 수많은 다른 구혼자가 모여들었다. 당신들의 미천한 하인, 밸리배리 후보 역시 그중 한 명이었다. 그 무렵 고대 기사들의 결투를 모방한 마상 시합이 열렸는데, 그것은 기사들이 일대일 대결을 하거나 높이 매단 고리를 창으로 먼저 꿰는 것으로 승부를 가리는 시합이었다. 그날 나는 화려한 로마인 의상(즉 은제 투구, 물결 모양 가발, 수가 잔뜩 놓아진 금색 가죽 갑옷, 하늘거리는 푸른색 벨벳 망토, 모로코 가죽으로 만든 진홍색 하프 부츠 등)을 갖추어 입고 내 적갈색 말 브라이언을 타고 시합에 나가 고리 세 개를 먼저 따냄으로써 공국의 모든 젠트리들은 물론 대회에 참가하러 온 주변 나라의 귀족들까지 모두 제치고 우승을 차지했다. 우승자에게는 도금된 월계수 화관이 씌워졌는데 우승자가 지목한 아가씨가 그 화관을 수여하는 것이 관례였다. 그래서 나는 말을 타고 관람석, 왕세자비 뒷자리에 앉아 있는 아이다 여백작 쪽으로 다가가 크게, 그러면서도 우아하게 그녀의 이름을 외치고는 그녀의 손으로 화관을 씌워주는 걸 허락해달라고 간청함으로써, 내가 그녀의 구혼자임을 독일 만천하에 스스로 알렸다. 하얗게 질린 여백작의 얼굴과 새빨갛게 달아오른 왕세자비의 얼굴이 보였다. 그러나 여백작은 내게 화관을 씌워주는 것으로 그 상황을 마무리했다. 화관을 쓴 뒤 나는 말에 박차를 가해서 경기장을 빙 돌아가 맞은편 끝에 앉아 있던 대공 전하에게 예를 표하고는 적갈색 말과 함께 더없이 멋진 무예를 선보였다.

독자들도 상상할 수 있겠지만, 대회에서 우승했다고 해서 젊은 젠트리들 사이에서 내 인기가 올라간 것은 아니었다. 그들은 나를 투기꾼, 무뢰배, 주사위 탄창, 사기꾼 등등 수백 가지 어여쁜 이름으로 불렀다. 하지만 나에게는 그 젠트리들을 침묵시킬 방법이 있었다. 나는 일부러 아이다 여백작을 동경하는 것으로 보이는 가장 부유하고 용감한 젊은이, 슈메털링* 백작을 골라, 무도회장에서 그의 얼굴에 내 카드를 집어던짐으로써 공개적으로 그를 모욕했다. 다음 날 나는 말을 타고 56킬로미터 정도 떨어진 B 선제후령 영토로 가서 무슈 드 슈메털링과 결투를 벌였고, 내 검으로 그의 몸을 두 번 뻈다. 그러고는 나의 입회인 슈발리에 드 마니와 함께 말을 타고 돌아와 그날 저녁 대공비마마가 개최한 휘스트 게임장에 모습을 드러냈다. 마니는 처음에는 나와 동행하는 것을 무척이나 꺼렸다. 하지만 나는 그의 지지가 필요하다고, 내가 싸울 때 그가 내 편을 들어야 한다고 고집을 부렸다. 나는 대공비마마에게 예를 갖춘 뒤 곧장 아이다 여백작에게 다가가 눈에 띌 만큼 몸을 낮추어 경의를 표하고는 그녀의 얼굴이 진홍색으로 물들 때까지 그 얼굴을 빤히 바라보았다. 그러고는 그녀 주위에 원을 그리며 서 있던 모든 사내들이 실제로 내 시선에 쫓겨 그 자리를 떠날 때까지 그들의 얼굴

---

* Schmetterling: 독일어로 '나비'라는 뜻이다.

을 빤히 둘러보았다. 나는 마니에게 어디를 가든지 여백작이 나와 열정적인 사랑에 빠졌다고 말하라고 지시했다. 그 불쌍한 악마는 나의 다른 지시들과 마찬가지로 그 지시 역시 마지못해 수행했다. 나를 위한 개척자가 되어 어디에서나 나를 칭찬하고 언제나 곁에서 나를 수행하는 그의 모습이, 프랑스어로 말하자면 어찌나 '소트 피귀어'*해 보이던지! 내가 그 공국에 도착하기 전까지만 해도 '사교계 **유행**의 고갱이'라 불리던 그가 아니던가. 마니 남작이라는 변변치 않은 혈통이 내가 물려받은 위대한 아일랜드 제왕들의 혈통보다 훨씬 더 우월한 혈통이라고 생각하던 그가 아니던가. 수백 번이나 나를 무뢰한, 탈영병이라 비웃고 천박한 아일랜드 졸부라고 부르던 그가 아니던가. 그런데 이제 그 신사에게 복수할 기회가 생겨서 나는 그것을 취한 것뿐이었다.

나는 최상류층만 모인 자리에서 그를 기독교 이름인 막심이라고 부르곤 했다. 심지어 왕세자비가 듣고 있는 데에서도 "봉주르, 막심. 코망 바튀?"**라고 말하곤 했고, 그러면 분노와 짜증을 참느라 입술을 깨무는 그의 모습을 볼 수 있었다. 하지만 내 손아귀, 그러니까 뷜로 연대 소속의 가난한 사병인 내 손아귀 안에 들어 있는 것으로 말하자면, 마니뿐 아니라 왕세자비마마도 마찬가지였다. 그 사건은 천재성과 참을성이 무엇을 해낼 수 있는지 잘 보여준 증거이자, 높은 분들께 보내는 일종의 경고였다. 높은 분들이여, 할 수만 있다면 절대 **비밀**을 만들지 말라.

나는 왕세자비가 나를 미워한다는 것을 알고 있었지만 대관절 그

---

* sotte figure: 영어로는 'sorry figure', 우리말로는 '딱한 모습, 안쓰러운 모습'이라는 뜻이다.
** "Bon Jour, Maxime. Comment vas-tu?": 의미상으로는 "안녕, 막심. 어떻게 지내?"라는 뜻으로 친구끼리 격의 없이 안부를 묻는 표현이지만, 공적인 자리에서는 모욕감을 느낄 수 있는 2인칭 대명사가 쓰였다.

게 무슨 상관이었겠는가? 그녀는 내가 모든 진상을 알고 있다는 사실을 잘 알고 있었고, 지금 생각해보면 정말로 나에 대한 반감이 너무 커서, 나를 여자를 배신하는 짓을 충분히 하고도 남을 야비한 악당쯤으로 여겼지만, 그것은 내가 경멸하는 짓거리였다. 아무튼 그래서 내 앞에만 서면 학교 선생님 앞에 선 어린아이처럼 몸을 떨었다. 물론 그녀도 연회가 열리는 날이면 여자들 특유의 방식으로 내게 온갖 종류의 농담과 조롱을 던졌고, 아일랜드에 있는 내 궁전과 내 조상인 아일랜드 제왕에 대해서는 물론, 내가 뷜로 보병 연대 사병으로 있을 때 나의 친척인 왕족들이 나서서 나를 구해내려고 했는지, 뷜로 연대가 몽둥이로 확실하게 통제가 되었는지 등등, 내게 굴욕감을 줄 만한 질문은 무엇이든 해 댔다. 그러나 주여, 그녀를 축복하소서! 나는 얼마든지 사람들을 너그럽게 대할 수 있는 사람이어서 그럴 때도 그녀의 면전에서 그저 웃기만 했다. 그 대신 그녀의 조롱과 야유가 계속되는 동안, 불쌍한 마니를 빤히 바라보며 **그자**가 그 말들을 어떻게 견디내는지 그 모습을 지켜보는 것이 내게는 큰 낙이었다. 내가 왕세자비의 비웃음을 견디지 못하고 폭발해 모든 사실을 발설하면 어쩌나, 그 불쌍한 악마가 몸을 떨며 전전긍긍하고 있었기 때문이다. 왕세자비가 나를 공격하면 그에게 더 악랄한 말을 뱉는 것, 학교에 다니는 소년들이 그러듯 그 화를 그에게 푸는 것이 나의 복수 방식이었다. 그러면 **그 행동**이 왕세자비마마의 마음을 늘 상하게 만들었다. 내가 마니를 닦아세울 때면 마치 그녀는 내가 마마 자신에게 뭔가 무례한 말을 뱉기라도 한 것처럼 움찔 놀라곤 했다. 그녀는 나를 미워하기는 했지만 사적인 자리에서는 늘 내게 사과를 했다. 그리고 그녀 자신보다 그녀의 자존심이 더 큰 힘을 발휘할 때가 종종 있기는 했지만 그래도 그녀의 신중함은 눈부신 왕세자비마마로 하여금 무일푼의 가난한 아일랜드 소년 앞에 억지로라도 몸을 낮출 수 있게 만들어주었다.

마니가 아이다 여백작에게 했던 청혼을 정식으로 철회하자마자 왕세자비는 그 젊은 여인을 다시 품으로 받아들이고는 무척이나 아끼는 것처럼 굴었다. 공정하게 말하면 그 두 여인 중에서 누가 더 나를 싫어했는지, 열망과 격정과 교태의 결정체였던 왕세자비였는지, 아니면 호사와 사치의 진수였던 여백작이었는지 나는 아직도 잘 모르겠다. 후자는 특히 더 내가 역겹다는 듯이 굴었다. 하지만 무엇보다도, 그 시절 유럽 전체에서 가장 잘생긴 남자요, 왕실 내 그 어떤 사내도 가슴둘레와 다리 길이로는 감히 따를 수 없는 존재였던 내가 그녀에게 그때까지보다 더 큰 기쁨을 선사한 것만은 사실이었다. 나는 그녀가 어떤 바보 같은 편견을 품든 말든 개의치 않았고, 그녀가 저항을 하든 말든 그녀를 내 것으로 만들어 굴복시키기로 결심했다. 그게 그녀의 여성적 매력이나 개인적 성품 때문이었을까? 아니다. 허옇고 깡마르고 시야가 좁고 키만 멀대같이 크고 행동거지가 엉성한 그녀는 내 취향과는 완전히 반대였다. 그녀의 마음에 대해 말하자면, 비천하고 가난한 장교나 갈망하던 그 가엾은 목숨이 **내** 진가를 알아볼 리 만무했다. 나로 하여금 그녀를 사랑하게 만든 것은 그녀의 영지였다. 그녀 자체는 사실, 행여 그녀를 좋아한다고 시인하기라도 하면 그것이 상류층 신사로서의 내 취향에 먹칠하는 행위가 될 정도였다.

제11장
행운, 배리에게 등을 돌리다

　독일 전체에서 가장 부유한 상속녀를 손에 넣고자 하는 나의 희망
은, 모든 인간에게 가능성이 계속 존재하는 한, 그리고 나 자신의 강점
과 분별력으로 내 운명을 좌우할 수 있는 한, 확실히 완수된 것처럼 보
였다. 나는 언제든 왕세자비의 거처를 드나들어도 된다는 허락을 받았
기 때문에 그곳에서 내가 원하는 만큼 자주 아이다 여백작을 볼 수 있
었다. 그렇다고 해서 그녀가 어떤 특별한 호의를 내비치며 나를 맞이했
다고는 말 못 하겠다. 앞서 말했듯 그 어리석고 어린 생명은 고귀하지
못한 다른 대상한테 애정을 느끼고 있었기 때문이다. 아무리 내 성격과
태도에 상대를 사로잡는 면이 있다 하더라도, 그녀가 자신에게 구혼 중
인 젊은 아일랜드 신사를 위해서 자기 연인을 순식간에 잊을 것이라고
는 나 역시 기대도 하지 않았다. 하지만 나는 내가 그녀한테 받고 있던
그런 사소한 무시 따위에 풀 죽을 사람이 절대 아니었다. 그리고 내게
는 내 계획을 도와줄 강력한 친구들이 있었기 때문에 언제가 됐든 조만
간 승리가 분명히 내 것이 되리라는 사실을 나는 알고 있었다. 솔직히

내가 할 일이라고는 구혼의 압박을 가할 적절한 때를 기다리는 것뿐이 었다. 그런데 그 유명한 나의 여성 후견인에게 곧 다가올 운명이 그렇게 끔찍한 일격을 가할 줄을, 그녀의 파멸에 나까지 부분적으로 연루될 줄을 누가 알았겠는가?

잠시 동안은 내 바람대로 만사형통인 것처럼 보였다. 그리고 아이다 여백작의 심드렁한 태도에도, 내가 젊은 청년이었던 그 시절 유럽 대륙의 전통이었던 사고방식, 즉 백성은 왕족에게 무조건 복종해야 한다는 건전한 사고방식과 무관하게 아이들이 자라나는, 어쩌면 어리석은 입헌 국가로 여겨질 수도 있는 영국에서보다 그 나라에서는 그녀에게 현실을 인식시키는 일이 훨씬 쉬웠다.

내가 어떤 방법으로 마니를 통해 왕세자비를 말 그대로 내 발밑에 무릎 꿇렸는지는 이미 이야기했다. 왕세자비마마가 할 일이라고는 자신이 무한한 영향력을 행사하는 늙은 대공 전하한테 그 결혼을 얼른 허락해달라고 압력을 넣는 일과, 릴리엔가르텐* 백작 부인(이라는 낭만적인 칭호를 달고 있던, 대공의 귀천상혼 배우자)한테 호의적인 반응을 끌어내는 일뿐이었고, 그 만만한 노인네는 피후견인이 반드시 복종할 수밖에 없는 후견인 자격으로 곧 결혼 명령을 내릴 예정이었다. 그리고 입지가 애매했던 마담 드 릴리엔가르텐 역시 어느 날 왕위를 계승하라는 부름을 받게 될지 모르는 올리비아 왕세자비한테 잘 보이고 싶어서 몹시 안달이 나 있었다. 그때 늙은 대공은 이미 뇌졸중으로 비틀거리고 있었고 사치스러운 생활에 흠뻑 취해 있었다. 대공이 죽고 나면, 대공의 미망인은 올리비아 대공비의 후원만큼 자신에게 필요한 것은 없

---

* Liliengarten: 독일어로 '백합 정원'이라는 뜻이다.

다는 사실을 절감하게 될 터였다. 그래서 그 두 여인 사이에 서로를 이해하는 밀접한 관계가 형성되었고, 세상 사람들은 왕위를 계승할 왕세자비가 이미 그 애첩한테 온갖 도움을 받으며 여러 번 신세를 졌다고들 수군댔다. 왕세자비마마는 여기저기에서 진 자신의 빚을 갚기 위해 이미 백작 부인을 통해 액수가 어마어마한 몇 가지 자금 지원까지 얻어낸 상황이었다. 그리고 이제는 내게 너무나 소중한 그 목표를 이루어주기 위해 마담 드 릴리엔가르텐에게 우아하게 영향력을 행사함으로써 자신의 몫을 충분히 해내고 있었다. 꼭 마니 측의 지속적인 망설임과 거부가 없어야만 내 목표가 달성될 수 있는 것은 아니었지만, 나는 단호하게 내 계획을 밀어붙였고, 이제는 미미한 힘밖에 남지 않은 그 젊은 신사의 완강함을 꺾을 수 있는 수단도 계속 손에 쥐고 있었다. 이번 역시 허세를 부리려고 하는 말은 아니지만, 그 고귀하고 막강한 왕세자비는 나를 미워했다 쳐도, (세평에 따르면 근본이 몹시 천한 여자라지만) 백작 부인은 오히려 왕세자비보다 남자를 보는 눈이 더 높아서 나를 흠모했다. 백작 부인은 종종 우리한테 예의를 갖추며 우리의 파로 뱅크에 공동 출자를 하기도 했고 내가 그 공국에서 가장 잘생긴 남자라고 공개적으로 말하기도 했다. 그때 내가 요구받은 것은 나의 귀족 신분을 증명하는 것뿐이었는데, 내게는 세상에서 가장 속물인 인간들도 만족시킬 수 있게 빈에서 만들어놓은 족보가 있었다. 솔직히 말해서 배리 가문과 브래디 가문의 혈통을 이어받은 사내가 무엇 때문에 독일 귀족 나부랭이들 앞에서 꿀려야 한단 말인가? 나는 갑절로 뻔뻔하게 장담하는 방식으로, 내 결혼식 날 1만 루이스의 돈을 주겠다고 마담 드 릴리엔가르텐에게 약속했고, 그녀는 내가 도박사로서 단 한 번도 내 말을 어긴 적이 없다는 사실을 잘 알고 있었지만, 맹세하는데, 만약 그 돈의 절반이라도 그녀한테 주었다면 나는 어떻게든 그 돈을 돌려받았을 것이다.

내가 후견인 한 명 없는 가난한 외톨이였다는 사실을 감안하면, 나는 내 재능, 정직함, 절박함 등 오로지 내 능력만으로 매우 강력한 보호자들을 확보한 셈이었다. 심지어 빅토르 왕세자 전하까지도 내게 호의적인 쪽으로 기울어져 있었다. 그의 군마가 몸을 못 가누는 병에 걸려 쓰러졌을 때 내가 예전에 우리 브래디 외삼촌이 투여하던 그런 알약을 먹여 말을 치료해주었더니 그 뒤로는 나를 보면 종종 반가워하며 눈인사를 건넸던 것이다. 왕세자 전하가 나를 사냥과 사격 모임에 초대해서 나는 그곳에서 내가 얼마나 뛰어난 스포츠맨인지 스스로 입증해 보였고, 그중 한두 번은 왕세자 전하께서 몸소 납시어, 내가 이미 도박의 세계에 발을 들여놓았다는 사실을, 내가 좀더 정상적인 출세 수단을 선택하지 않았다는 사실을 한탄하면서 내 인생의 전망에 대해 둘이 함께 대화를 나누기도 했다. 나는 말했다. "전하, 제가 전하께 솔직하게 말씀드려도 된다고 허락해주신다면 말씀드리는데, 사실 제게 도박은 목표를 달성하기 위한 수단에 불과합니다. 도박이 없었다면 지금까지 제가 어디에서 지냈겠습니까? 아마 아직도 프리드리히 대왕의 근위대 사병으로 살고 있었을 겁니다. 저는 제 나라에 왕들을 낳아준 가문 출신입니다. 그러나 여러 번의 박해가 제 조상들에게서 막대한 재산을 앗아갔습니다. 또 조상들의 신앙에 대한 저희 백부님의 집착이 백부님을 고향 땅에서 내몰았습니다. 저 역시 군대에서 제게 유리한 길을 찾아보기로 결심했습니다만, 제가 영국 군대에서 겪은 홀대와 오만은 상류층 출신의 신사로서는 도저히 참을 수 없는 것이었기 때문에 군에서 도망쳤습니다. 물론 그것이 딱 보기에도 모든 것이 영국 군대보다도 더 가망없어 보이는 또 다른 곳에 구속되는 결과로 이어졌을 뿐이지만, 그때

제 수호성이 백부님이라는 모습의 수호자를 제게 보내주었고 저는 제 정신력과 용기 덕분에 제게 주어진 탈출 기회를 이용할 수 있었습니다. 그때부터 저희가 도박으로 생계를 유지해왔다는 사실을 저는 숨길 마음이 없습니다. 제가 백부님께 몹쓸 짓을 한 것이라고 감히 말할 수 있는 사람이 누가 있겠습니까? 그러나 만약 제가 명예로운 자리를 찾을 수 있다면, 그리고 그것이 유지된다는 보장만 있다면, 저는 다른 모든 신사들처럼 재미 삼아 게임을 할 때 말고는 절대로 카드에 손을 대지 않을 것입니다. 이렇게 간청드리니 전하께서는, 제가 어떤 경우에든 용감한 군인답게 행동하지 않은 적이 있는지, 베를린에 거주하는 전하의 백성들에게 물어봐주십시오. 제가 지금 굳게 믿고 있는 바와 같이, 도박에서만 제 재능을 발휘할 수 있는 것이 제 팔자라면, 제게 남보다 훨씬 뛰어난 재능이 있다는 사실에, 그리고 그 재능을 발휘할 수 있는 기회가 생겼다는 사실에 자부심을 느껴야 한다고 저는 생각합니다."

나의 이런 솔직한 진술에 왕세자 전하는 매우 놀랐지만 나에 대해 좋은 인상을 받았는지, 기꺼워하며 자신은 나를 믿는다고, 자신이 내 친구가 되어줄 수 있다면 기쁠 것이라고 말했다.

두 명의 대공과 대공비, 차기 권력자 등이 내 편으로 돌아서면서 내가 그 굉장한 상품을 따낼 가능성이 점점 더 확실해지고 있었다. 세상의 공통된 셈법으로 따지자면, 이 글을 쓰고 있는 지금쯤 나는 그 공국의 공작이 되었어야 옳지만, 나의 불운은 나를 내 책임이 전혀 아닌 문제, 즉 나약하고 어리석고 비겁한 그 프랑스인에 대한 불행한 왕세자비의 집착이라는 문제 속으로 밀어 넣었다. 눈에 보이는 그 사랑을 지켜보는 것도 괴로웠지만, 그 사랑의 결말을 떠올리는 것은 상상만으로도 훨씬 더 끔찍했다. 이제 왕세자비는 그 사랑을 감추려고도 들지 않았다. 마니가 자신의 거처에 있는 아가씨에게 말이라도 한마디 걸었다 하면 왕세자비는 질투에 휩싸여 자신의 혀에서 뿜어져 나오는 온갖 분노로 그 운 없는 죄인을 공격하곤 했다. 또 하루에도 대여섯 통씩 마니에게 쪽지를 보냈고, 자신이 개최한 왕실 모임이나 자신의 주변에 마니가 모습을 드러내면 그 자리에 있는 사람들 모두가 느낄 수 있을 만큼 얼굴에 화색이 돌았다. 빅토르 왕세자가 아내의 부정을 알게 되기까지 그렇게 오랜 시간이 걸렸다는 것이 놀라울 정도였다. 그런데 왕세자는 천성이 너무나 고귀하고 엄격한 사람이어서, 자기 아내가 미덕을 잃어가면서까지 신분이 지극히 낮은 사람과 놀아난다는 사실을 믿지 못했다. 내가 들은 바에 따르면, 왕세자비가 그 시종무관을 분명히 편애하는 것으로 보이며 거기에서 어떤 낌새가 느껴진다는 보고를 받은 왕세자의 입에서 나온 대답은, 그 일에 대해서는 더 이상 문제 삼지 말라는 엄격한 명령이었다고 한다. 왕세자는 이렇게 말했다. "왕세자비가 경솔하긴 하지. 경박한 왕실에서 자랐으니까. 하지만 그녀의 어리석음은 그저 교태 수준이지. 범죄라니 말도 안 돼. 그녀한테는 그녀를 지켜줄 자식들, 타고난 신분, 내 이름이 있잖나." 그러고는 말을 타고 군대 시찰을 나가 몇 주 동안 궁을 비우거나, 자기 거처에 틀어박혀 며칠씩 밖으로 나오지 않았는데, 그럴 때 왕세자가 왕실에 모습을 드러내는 경우는, 왕세자비가 주관하는 행사에서 인사를 해야 할 때, 혹은 왕세자가 반드시 참석해야 한다고 궁정 의례에 규정된 행사에서 왕세자비의 손을 잡아주어야 할 때뿐이었다. 그는 그저 여자 보는 눈이 낮았던 것뿐이다. 나는 볼품없는 외모의 그 왕세자가 하루에도 대여섯 번씩 핑계를 대가며 찾아가 들여다보는 어린 아들, 딸과 함께 개인 정원에서 말도 타고 공놀이도 하는 모습을 본 적이 있었다. 그 차분한 아이들은 매일 아침 어머니가 몸단장을 하는 시간에 인사를 드리러 갔지만 어머니는 매우 무관심한 태도로 아이들을 맞이했다. 딱 한 번, 어린 루트비히 공작이 대부인 레오폴트 황제* 휘하의 보병대가 왕세자비를 알현하는 자리에 자그마한 기병대 대령 군복을 갖추어 입고 나타났을 때만 빼고 말이다. 그때 왕세자비는 하루 이틀 어린 소년한테 반해 있었지만 아이들이 장난감을 대하듯 초고속으로 아들한테 싫증이 났다. 어느 날 아침, 문안 인사를 나누다가 아들의 하얗고 자그마한 군복 재킷 소매에 왕세자비의 화장품이 묻었던 일이 생각난다. 왕세자비는 가엾은 아이의 따귀를 올려붙이고는 흐느껴 우는 아이를 그대로 쫓아냈다. 아, 여자들이 일으키는 재앙으로 가득한 세상이여! 남자들은 웃는 얼굴로 사뿐사뿐 그 끔찍한 재앙 속으로 들어간다. 그것도 종종 열정이라는 변명으로는 무마할 수 없는 단순한 겉치레, 허영, 허세 때문에! 남자들은 이 무시무시한 양날 무기가 절대 자신을 해할 수 없는 것처럼 그것을 가지고 논다. 대부분의 남자들보다 세상일을 훨씬 많이 겪은 내게 아들이 있다면, 나는 무릎걸음으로 그 애에게 다가가 부디 독보다 더 해로운 여자를 피하라고 빌 것이다. 애야, 한번 재미가 들리면 네 인생 전체가 위험해진단다. 그 악마가 언제 널 습격할지 넌 절대로 알아낼 수 없을 게다. 가족 전체가 비탄에 빠지는 일, 네게 너무나 소중한 죄 없는 사람들의 삶이 파탄 나는 일은 네가 판단을 잘못 내리는, 아차 하는 그 순간에 일어날 수도 있단다.

---

* Emperor Leopold: 페터 레오폴트 요제프Peter Leopold Joseph(1747~1792)로 마리아 테레지아의 둘째 아들이다. 황후 겸 여제가 사망한 뒤 장남 요제프 2세Joseph II(1741~1790)가 신성로마제국의 왕위를 계승했지만 그에게는 후사가 없었기 때문에 1790년 동생인 레오폴트가 왕위를 계승했다. 그러나 레오폴트 역시 2년 뒤인 1792년 병으로 사망했고 왕위는 레오폴트의 장남 프란시스가 계승했다.

그간 그에게 불리한 주장만 수도 없이 내세웠으면서도, 나는 운 없는 무슈 드 마니가 어떻게 완전히 잊힌 존재처럼 되어가는지 그 모습을 지켜보면서 그에게 달아나라고 충고했다. 궁에 있는 그의 다락방은 왕세자비의 거처(한 도시의 인구만큼 많은 귀족 가신 모두가 머물고도 남을 정도로 거대한 건물이었다) 위편에 자리하고 있었다. 그 사랑에 눈 먼 젊은 바보는, 그곳에 그토록 머물고 싶어 할 아무런 명분이 없는데도 꿈쩍도 하지 않으려고 들었다. 그러면서 왕세자비에 대해 이렇게 말하곤 했다. "늘 곁눈으로 날 쳐다봐. 게다가 또 어찌나 삐딱하게 구는지! 그러면서 자신의 성격적 결함을 아무도 인지하지 못할 거라고 생각한다니까. 글쎄 어떤 때는 그레세나 크레비용*의 시를 베껴 내게 보여주고는 자기가 직접 쓴 시라는 그 말을 내가 믿을 거라고 생각하더라고. 하! 그 시들은 마마 자신이 쓴 시들이랑 털끝만큼도 비슷하지 않은데 말이지." 이것이 그 비참한 사내가 자신의 발밑에서 아가리를 쩍 벌리고 있는 파멸 위에서 춤을 추는 방식이었다. 왕세자비와의 연애에서 그가 가장 큰 즐거움을 느낀 부분은, 그곳에서 자신이 재주꾼, 혹은 '왕후 정복자'로 평가되길 기대하면서 파리의 '작은 집'에 있는 친구들한테 자신의 승리와 관련된 이야기를 적어 보내는 일이었을 것이라고 나는 지금도 믿고 있다.

언제 지위를 잃을지 모르는 위태로운 상황인데도 신중함이라고는

---

* 프랑스의 시인 장 밥티스트 루이 그레세Jean Baptiste Louis Gresset(1709~1777)는 성직자가 되려고 예수회 수도원에서 수련을 받았으나 부모의 명령으로 수도원을 떠나 대학으로 갔다. 그곳에서 사회적 금기를 다룬 시집 『베르-베르Vert-Vert』를 출간해 시인으로서 큰 성공을 거두었다. 『베르-베르』는 수녀원에 살고 있는 앵무새의 모험을 그림으로써 수녀들의 삶을 단편적으로 엿본 작품이다. 소설가 클로드 포스페 졸리오 드 크레비용 Claude Prosper Jolyot de Crébillon(1707~1777)은 동명의 극작가 크레비용의 아들로 자신도 일련의 외설적 소설들을 썼으면서, 1759년부터는 출판 검열관으로 일했다.

없는 그 젊은이를 지켜보면서 나는 **내** 작은 계획을 얼른 만족스러운 결말에 도달하게 만들어야겠다는 조바심을 느끼게 되었고 그 문제로 그를 은근히 압박했다.

이런 말은 할 필요 없지만, 우리 관계의 특성을 바탕으로 하는 나의 끈질긴 강요는 대체로 꽤나 성공적이었다. 내가 종종 우스갯소리처럼 그에게 말했듯 그의 마음에는 전혀 들지 않았겠지만, 그 불쌍한 친구는 사실 **내 말이라면 그 무엇도 거절할 수가** 없었다. 하지만 내가 그에게 주로 사용한 방법은 협박보다는 오히려 그보다 더 심한 방법, 즉 합법적으로 영향력을 행사하는 방법이었다. 내가 사용한 방법은 바로 섬세함과 관대함이었다. 그 증거를 대라면, 내가 도박으로 왕세자비의 그 원칙 없는 숭배자한테 따낸 에메랄드, 앞 장 마지막 부분에서 이야기했던 그 가보 에메랄드를 그녀한테 돌려주겠다고 약속한 것을 들 수 있다.

그것은 백부님의 동의 아래 이루어진 약속이었으며 백부님을 남다르게 현명한 사람으로 만들어준 그분의 선견지명과 평소의 신중한 행동에 부합하는 조치였다. 백부님은 내게 이렇게 충고하곤 했다. "이제 일을 밀어붙여라, 레드먼드. 얘야, 왕세자비마마와 마니의 연애는 그 두 사람 모두에게 안 좋게 끝날 것이 틀림없다. 그러고 나면 네가 여백작을 얻어낼 가능성을 어디에서 찾을 수 있겠니? 지금이 바로 절호의 기회다! 이달이 다 가기 전에 그녀를 손에 넣어 굴복시켜야 한다. 그런 다음에는 도박 사업일랑 집어치우고 슈바벤에 있는 우리 성에서 귀족답게 살자꾸나. 그 에메랄드도 줘버려라." 백부님은 잠깐 멈추었다가 다시 말을 이었다. "그 에메랄드를 갖고 있으면 사고가 생길 게다. 언젠가 성가신 보관물이 되어 우리 손안에서 발견될 테니까." 고백하건대 나는 그 장신구와 헤어지고 싶지 않았지만 백부님의 그 말씀 때문에 그 물건에 대한 소유권을 포기하는 데 동의하고 말았다. 그런데 독자들도 곧 이야기를 들으면 알겠지만 내가 그렇게 결정한 것은 우리 두 사람을 위해 정말 큰 다행이었다.

그러는 동안에도 나는 마니를 계속 재촉하는가 하면, 군주이신 대공 전하와 더불어 내 요구를 지지해주겠노라고 정식으로 약속한 릴리엔가르텐 백작 부인에게 직접 강력하게 말을 넣기도 했다. 또 마니에게, 나를 위해 늙은 군주한테 비슷한 노력을 한 번만 더 기울여주십사 왕세자비를 설득하라고 지시했고 마니는 그 지시를 따랐다. 그 두 여성이 왕세자를 재촉하자, 왕세자 전하는 (저녁으로 굴과 샴페인을 들다가) 마지못해 그 의견에 동의했고, 왕세자비마마는 곧 사적인 자리에서 아이다 여백작에게 그녀가 젊은 아일랜드 귀족인 슈발리에 레드먼드 드 발리바리와 결혼하는 것이 왕세자 전하의 뜻이라고 전함으로써 나에 대한 신의를 지켰다. 그 대화가 오가는 자리에는 나도 있었는데, 그 젊은 여백작은 "안 돼요!"라고 말하며 여주인의 발치에 기절해 쓰러졌지만, 독자들 짐작대로 나는 메스꺼운 감수성을 겉으로 드러내는 그런 시시한 소동에는 전혀 신경이 쓰이지 않았고, 오히려 정말로 이제야 내가 그 상품을 따내는 일이 확실히 보장된 것 같은 기분을 느꼈다.

그날 저녁 나는 그가 되찾아오겠다고 왕세자비와 약속한 그 에메랄드를 슈발리에 드 마니에게 돌려주었다. 이제 내 길에 남은 어려움은 통치자 왕세자, 즉 그의 아버지와 아내와 총신(寵臣) 모두가 똑같이 두려워하는 존재와 관련된 절차뿐이었다. 어쩌면 왕세자는 자신의 공국에서 가장 부유한 상속녀를 귀족이긴 하지만 부유하지도 않은 외국인에게 내어주라고 허락하고 싶은 마음이 없었는지도 모른다. 빅토르 왕세자로 하여금 이 문제를 매듭짓게 하려면 시간이 필요했다. 왕세자비는 왕세자의 기분이 좋은 때를 노리고 있는 것이 분명했다. 여전히 그는 한번 왕세자비한테 빠지면 며칠씩 정신을 못 차리고 아내가 부탁하는 것은 무엇이든 들어주곤 했으니까. 우리의 계획은 그런 때, 혹은 행여 일어날지도 모르는 또 다른 기회를 기다리는 것이었다.

그러나 왕세자비는 이전에 종종 그랬던 것처럼 자신의 발치에 무릎 꿇은 남편의 모습을 다시는 볼 수 없게 될 운명이었다. 그때 운명은 그녀의 부덕한 행위와 나의 희망을 끔찍한 결말로 이끌 채비를 하고 있었다. 그렇게 엄숙하게 나와 약속을 해놓고도 마니가 그 에메랄드를 올리비아 왕세자비에게 돌려주지 않았던 것이다.

마니는 나와 편하게 왕래를 하던 때에, 백부님과 내가 하이델베르크에 사는 대부업자, 우리의 귀중품을 후한 값으로 쳐주는 대부업자 모제스 뢰베 씨한테 신세를 지고 있다는 이야기를 들은 적이 있었다. 얼빠진 그 젊은이는 구실을 만들어 하이델베르크로 가서는 그 보석을 저당물로 내놓았다. 단박에 그 에메랄드를 알아본 모제스 뢰베는 그가 요구한 액수의 돈을 내어주었고, 슈발리에는 곧장 도박판으로 달려가 그곳에서 그 돈을 모두 날리고 말았다. 독자들 짐작대로, 어떤 방법으로 그렇게 많은 자본금의 주인이 되었는지 우리한테 알리지도 않고 말이다. 우리는 우리 나름대로 평상시처럼 물주(物主)인 왕세자비한테 돈을 받았나 보다라고 추측했을 뿐이다. 왕실 행사에서, 우리 숙소에서, 혹은 마담 드 릴리엔가르텐의 거처에서(이럴 경우에는 마담이 체면상 자본의 절반을 부담했다) 우리가 파로 뱅크를 열 때면, 마니가 원기둥 모양으로 쌓아놓은 금화가 수도 없이 우리의 금고 속으로 들어왔다.

마니의 돈은 그렇게 순식간에 사라졌다. 물론 의심할 여지 없이 유대인이 보관하고 있던 그 보석이 마니가 빌린 돈보다 세 배는 값이 더

비싼 물건이기는 했지만, 그 불행한 채권자한테 위세를 부려 얼른 더 많은 돈을 챙기려는 계획은 별로 좋은 생각이 아니었다. 대부 중개업자, 대부업자, 말 거래업자 등 X 공국 왕실 주변에 형성되어 있던 히브리인 공동체가 하이델베르크에 있는 형제에게 이미 마니와 왕세자비의 관계에 대해 알려주었을 것이 분명했다. 그리하여 그 유대인 악당은 그 정보를 이용해 두 명의 최대 희생자를 압박하기로 마음먹었다. 그러는 동안에도 백부님과 나는 카드 도박판에서도, 그때 우리가 몰두하고 있던 결혼이라는 더 원대한 도박판에서도 성공을 거두면서, 높게 넘실대는 행운의 파도 위에서 헤엄을 치고 있었다. 우리는 우리의 발밑에서 무슨 일이 벌어지고 있는지 전혀 알지 못했던 것이다.

채 한 달이 흐르기도 전에 유대인은 마니를 닦달하기 시작했다. 그는 X 공국에 직접 들어와 그 은밀한 돈에 대해 더 많은 이자를 요구하면서, 그렇게 해주지 않으면 그 에메랄드를 팔아버릴 수밖에 없다고 말했다. 마니는 그에게 줄 돈을 마련했다. 왕세자비가 악랄한 연인에게 다시 한번 친절을 베푼 것이었다. 그러나 첫번째 요구를 들어주자 훨씬 과도한 두번째 요구가 다시 들어왔을 뿐이다. 그 재수 없는 에메랄드에 지불된 돈의 액수와 그 물건 때문에 갈취당한 돈의 액수가 얼마나 됐는지 나는 알지 못한다. 하지만 그것이 우리 모두를 파멸시킨 원인이었던 것만은 확실하다.

어느 날 밤 평소와 마찬가지로 우리는 릴리엔가르텐 백작 부인의 거처에서 테이블을 지키고 있었고, 마니는 무슨 수를 썼는지 현금 원기둥을 연달아 꺼내놓으며 늘 그렇듯 돈 잃는 게임에 열중하고 있었다. 그런데 게임 중에 그에게 쪽지 하나가 전달되었고, 그 쪽지를 읽는 동안 마니의 얼굴은 몹시 창백해졌다. 행운이 이미 그에게서 등을 돌렸는데도 마니는 불안한 눈빛으로 시계를 올려다보며 자기 차례를 기다려 몇 번 더 카드를 내고는, 짐작건대 마지막 현금 원기둥까지 바닥났는지, 그곳에 모여 있던 예의 바른 사람들이 겁먹을 정도로 거친 욕설을 내뱉으며 자리에서 일어나 방을 나갔다. 밖에서 말발굽 소리가 우렁차게 들려왔지만 우리는 우리 사업에 너무나 몰두해 있던 나머지 그 소리에 주의를 기울이지 않고 게임을 계속했다.

잠시 후 어떤 사람이 도박장 안으로 들어와 백작 부인에게 말했다. "이상한 소식이 있습니다! 카이저발트에서 어떤 유대인이 살해당했대요. 마니는 이 방에서 나가자마자 체포되었고요." 그 이상한 소식에 모여 있던 사람들 모두가 흩어졌고 우리도 파로 뱅크의 그날 밤 영업을 끝냈다. 그날 밤 게임을 하는 동안 마니가 내 옆에 앉아 있었던 터라(돈을 건 사람은 백부님이었고 나는 돈을 받거나 내주었다) 의자 밑을 내려다보았더니 거기에 구겨진 종이가 떨어져 있어서 나는 그것을 주워 읽었다. 아까 그에게 전달되었던 그 쪽지에는 이렇게 쓰여 있었다.

이 쪽지를 다 읽고 나면 이것을 전달한 전령이 타고 간 말을 타고 오너라. 그 말은 내 마구간에서 가장 좋은 말이다. 권총집마다 돈 백 루이스가 들어 있고 권총은 장전이 되어 있을 것이다. 네 앞에는 두 갈래의 갈림길이 놓여 있다. 내 말이 무슨 뜻인지는 너도 잘 알 테지. 우리의 운명이 어떻게 될지, 그러니까 내가 불명예를 뒤집어쓰고 널 살릴지 말지, 네가 겁쟁이 죄인이 될지, 아니면 가문의 이름을 사용할 자격이 아직 네게 남아 있을지, 15분 후면 나도 알게 되겠구나.

M으로부터

그것은 노장군 마니의 글씨체였다. 그날 밤 수중에 떨어진 꽤 많은 이윤을 릴리엔가르텐 백작 부인과 나누어 가졌지만, 그 편지로 인해 숙소로 걸어가는 백부님과 나는 승리감에서 완전히 벗어나 있었다. 우리는 이렇게 물었다. "마니가 그 유대인한테 강도짓을 한 걸까? 아니면 마니의 음모가 드러난 걸까?" 어느 쪽이든 아이다 여백작에 대한 내 요구가 심각한 난관에 봉착할 가능성이 높았다. 이제 나의 '결정적인 패'가 막 던져진 것 같은, 그리고 그 게임에서 패할 것 같은 기분이 들었다.

그렇다. 오늘날까지도 나는 그것이 굉장히 훌륭하고 대담한 승부였다고 말하긴 하지만 결과는 **패배였다.** (게임을 하는 중에는 결과가 걱정되어 먹지 못했던) 저녁 식사를 마치고 나자 일이 어떻게 되어갈지 마음이 어찌나 불안하던지, 나는 자정쯤 마을에 나가 마니가 체포된 진짜 이유가 무엇인지 알아내기로 결심했다. 그런데 문 앞에 경비병 한 명이 나타나 나와 백부님을 감금한다고 말했다.

우리는 6주 동안이나 우리 숙소에 갇혀 있었는데, 어찌나 경계가 삼엄했는지 탈출을 꿈꾸었다 해도 어림없을 지경이었다. 그러나 결백한 사내들로서 우리는 두려워할 것이 아무것도 없었다. 우리가 살아온 과정이 모두에게 알려졌고, 우리는 우리가 바라던 대로 특별 조사를 받았다. 그 6주 동안 엄청나게 비극적인 사건들이 일어났고, 유럽 전체가 그랬듯이 우리도 사건의 대략적인 개요를 전해 들었지만, 억류 상태에서 풀려난 뒤로도 세부적인 내용을 모두 이해하지는 못했고, 그 뒤로 수십 년이 흐르는 동안에도 그 사건에 대해 새로 알게 된 것은 별로 없었다. 이 세상 전체를 통틀어 그 사건에 대해 가장 잘 알고 있음 직한 여인이 내게 들려준 이야기를 이제 여기에 털어놓으려 한다. 하지만 그 이야기는 따로 분리된 장에서 가장 정확한 방식으로 기록하는 것이 좋겠다.

제12장
X 공국 왕세자비의 비극적 사연

앞 장에서 묘사한 사건들이 일어나고 20여 년이 흐른 뒤 나는 나의 여인 레이디 린든과 함께 래닐러 원형 홀*을 거닐고 있었다. 때는 1790년이었다. 프랑스로부터의 이민**이 이미 시작된 뒤라 늙은 백작들과 후작들이 우리 섬나라의 해안으로 모여들었는데, 그들은 몇 년이 흐른 뒤에도 굶주리거나 비참해지기는커녕 여전히 아무런 제지도 받지 않고 범국가적 사치의 증거인 문물을 들여오고 있었다. 그때 나는 레이디 린든과 산책 중이었는데, 소문대로 질투가 심하고 늘 나를 약 올리고 싶어 하던 그녀는, 나를 바라보고 있는 것이 분명한 어떤 외국인 여자를 유심히 살펴보았고 당연하게도, 저렇게 당신을 계속 힐끔힐끔 쳐다보는 흉측하게 살찐 저 네덜란드 여자는 누구냐고 내게 물었다. 나로서는 전

---

* Rotunda at Ranelagh: 래닐러는 1742년 첼시에 개장한 실내 공원이었다. 특히 지름 56미터에 달하는 대형 원형 홀은 그 시절 데이트의 명소였지만 1805년 철거되었다.
** 이른바 '이민 1세대(First Emigration)'는 프랑스혁명(1789년) 첫해 동안 프랑스를 떠난 귀족들을 말한다.

혀 모르는 얼굴이었다. (아내 말대로 지금은 엄청나게 살이 찌고 통통 부은) 그 여자의 얼굴을 어디에선가 본 적이 있는 것 같은 기분이 들기는 했지만, 나는 결국 그 얼굴 속에 숨어 있던, 한창때 독일에서 가장 아름다운 여인으로 꼽히던 그 얼굴을 알아보지 못했다.

그 여인은 다름 아닌 마담 드 릴리엔가르텐, 그러니까 빅토르 공작의 아버지인 늙은 대공의 애첩, 혹은 사람들의 표현대로 하자면 귀천상혼 배우자였다. 내가 전해 들은 바에 따르면, 그녀는 늙은 대공이 죽고 몇 달이 흐른 뒤 X 공국을 떠나 파리로 갔고, 그곳에서 그녀의 돈을 노리는 어떤 파렴치한 투기꾼이랑 결혼을 했다고 한다. 하지만 그녀는 그 뒤로도 계속 반쪽 왕족 칭호를 달고 살면서, 그녀의 집을 드나드는 파리 사람들의 우렁찬 웃음소리 속에서 군주의 명예로운 정실부인 노릇을 했다. 응접실에 왕관을 하나 세워놓고, 그녀에게 잘 보이려는 사람이나 그녀에게 돈을 빌리려는 사람, 혹은 하인들한테 '마마' 소리를 듣고 살았던 것이다. 신문 기사에는 그녀가 술을 상당히 많이 마신다고 적혀 있었고, 그런 생활 습관은 모조리 그녀의 얼굴에 뚜렷한 흔적으로 남아서, 그녀는 자신을 귀족으로 만들어준 그 군주를 매혹시켰던 장밋빛 안색과 꾸밈없고 쾌활한 아름다움을 이미 모두 잃어버린 모습이었다.

그 시절 나는 웨일스 공만큼이나 유명했기 때문에 그녀는 래닐러 원형 홀에서 내게 말을 걸지 않고도 버클리 광장에 있는 우리 집을 아무 어려움 없이 찾아냈고 다음 날 아침 내게 쪽지 한 장을 보냈다. 그 쪽지에는 (몹시 엉망인 프랑스어로) 이렇게 쓰여 있었다. "옛 친구 무슈 드 발리바리에게. 슈발리에를 다시 만나서 행복했던 그 시절 이야기를 함께 나누고 싶군요. 로시나 드 릴리엔가르텐은(레드먼드 발리바리가 어떻게 그녀를 잊을 수가 있겠는가?) 레스터 필즈*에 있는 자신의 저택에서, **20년 전에는** 자신을 한 번도 그냥 지나친 적 없는 누군가를 오전 내내 기다리고 있을 겁니다."

로시나 드 릴리엔가르텐이라니. 정말로 그렇게 심하게 만개한 로시나 꽃을 나는 본 적이 없다. 나는 레스터 필즈에 있는 꽤 괜찮은 건물 1층에서 그녀의 이름을 찾아냈다. (그 가엾은 영혼의 신분이 그 뒤로 많이 낮아진 모양인지.) 그녀는 차를 마시고 있었는데 그 차에서는 왠지 아주 독한 브랜디 냄새가 났다. 행동보다 말로 설명하는 것이 더 지루한 인사를 서로 주고받은 뒤 두서없이 이야기를 나누다가, 그녀는 내게 X 공국에서 일어난 사건의 뒷이야기를 간략하게 들려주었는데, 나는 당연히 그 이야기에 '왕세자비의 비극'이라는 제목을 붙이려 한다.

"당신도 경찰청장이었던 무슈 드 겔데른을 기억하겠죠. 그 사람은 네덜란드 출신, 그것도 네덜란드 유대인 가문 출신이었어요. 모두가 그 사람의 명패에 묻은 그 얼룩에 대해 알고 있었는데도 그 사람은 자신의 근본을 의심하기만 하면 누구에게나 몹시 화를 냈어요. 그렇게 함으로써 자기 아버지가 괴상한 종교인이 되어 더없이 금욕적인 종교적 수련을 하느라 범한 잘못들을 상쇄하려고 애쓴 거죠. 그래서 매일 아침 성당에 나가 매주 한 번 고해성사를 보면서 유대교도와 신교도를 종교 재판관만큼이나 미워했어요. 그리고 언제든 자신의 구역 안에서 무슨 사건이 일어나기만 하면 유대교도든 신교도든 그들을 박해함으로써 자신

---

* Leicester Fields: 레스터 필즈는 1720년대 레스터 광장 중심부에 조성된 공원이다. 18세기 후반까지 광장은 그대로 남아 있었으나, 중심부인 필즈에는 중상류층 주거 단지가 형성되어 있었다. 오래전부터 하나씩 들어선 외국인 숙소 시설이 점차 증축, 정비되면서 주거지가 형성된 것이다.

의 신실함을 증명할 기회를 놓치는 법이 없었답니다.

그런데 그 사람이 왕세자비를 굉장히 미워했어요. 왕세자비마마가 때때로 변덕이 나면, 그 사람 앞 테이블에 놓인 돼지고기를 치워버리게 한다든가, 혹은 어설프게 그 사람 자존심에 상처를 준다든가 하는 식으로, 혈통 문제로 그를 모욕했거든요. 그리고 또 그는 늙은 마니 남작은 물론 남작이 신교도로서 누리는 지위에도 심한 반감이 있었어요. 남작이 상당히 오만한 태도로 그를 사기꾼이자 첩자라고 공개적으로 지목한 적이 있었거든요. 그 두 사람은 의회에서도 끝없이 싸웠죠. 그곳이 존엄하신 주군께서 참석하시는 유일한 자리요. 그 경찰 간부가 자신에 대한 경멸감을 틈만 나면 공개적으로 표현하는 남작을 억누를 수 있는 유일한 자리였으니까요.

그러니까 겔데른은 왕세자비를 파멸시킬 충분한 이유가 될 만큼 그녀를 증오했던 거예요. 하지만 나는 그에게 단순한 재미보다 훨씬 더 강력한 동기가 있었다고 믿어요. 첫번째 아내인 그 왕세자비가 죽은 뒤 빅토르 공작이 누구랑 결혼했는지 기억해요? F 왕가의 공주였어요. 겔데른은 그 결혼이 이루어지고 나서 2년 뒤에 화려한 궁을 지었어요. 나는 그자가 그 결혼을 추진해준 대가로 F 왕가에서 받아낸 돈으로 그 궁을 지었을 거란 확신이 드네요.

빅토르 왕세자를 찾아가 모두가 다 알고 있는 사건을 그에게 보고하는 일은, 아무리 따져보아도 겔데른이 바라는 일이 아니었어요. 그는 왕세자가 재앙에 가까운 그 정보를 자신에게 알려준 사람이 누구인지 판단해 그 사람을 영원히 파멸시켜버리리란 사실을 알고 있었으니까요. 따라서 그의 목표는 그냥 내버려두어도 그 문제가 스스로 왕세자 전하에게 모습을 드러낼 수 있게 만드는 것이었어요. 때가 무르익자 겔데른은 자신의 목표를 달성시킬 방법을 강구했어요. 그래서 늙은 마니와 젊은 마니가 함께 사는 집에 첩자를 심었죠. 하지만 대륙의 문화를 직접 경험해봤으니 당신도 알겠죠. 우리는 모두 서로에게 첩자를 심었어요. (이름이 자모르였던가요.) 당신이 부리던 그 흑인도 매일 아침 내게 와서 보고를 하곤 했죠. 그러면 나는 사랑하는 늙은 대공 전하와 함께, 당신과 당신 백부님이 오전에 피켓이나 주사위 게임 연습을 했다든가 당신들이 싸우거나 음모를 꿨다든가 하는 이야기를 나누며 즐거워하곤 했답니다. 말하자면 X 공국에서는 사랑하는 노인을 즐겁게 해주기 위해 모든 사람들한테서 비슷한 형태의 기부를 받았던 거예요. 그런 식으로 무슈 드 마니의 하인은 나와 무슈 드 겔데른 양쪽 모두에게 보고를 했고요.

나는 그때 저당 잡혀 있던 그 에메랄드와 관련된 사실에 대해서도 이미 알고 있었어요. 불쌍한 왕세자비가 그 역겨운 뢰베와 그보다 훨씬 더 무가치한 젊은 슈발리에한테 주려고 모은 자금이 모두 내 금고에서 나온 돈이었으니까요. 왕세자비가 슈발리에를 도대체 어떻게 믿고 계속 돈을 주겠다고 고집을 부렸는지 나는 아직도 이해가 안 돼요. 하긴, 그녀처럼 사랑에 빠진 여자의 눈에는 콩깍지가 씌워지기 마련이죠. 그리고 내가 이렇게 말하면 친애하는 무슈 드 발리바리, 당신은 우리 여자들이 대개 나쁜 남자한테 꽂힌다고 말하겠지만요."

"항상 그런 것은 아닙니다, 마담. 당신의 비천한 하인인 이 사람도 그동안 그런 연애는 수도 없이 해보았거든요." 내가 끼어들었다.

"하지만 이제 나는 그런 점이 문제의 진상에 영향을 끼친다고 보지 않아요." 늙은 여인은 이렇게 냉정하게 말하고는 이야기를 이어갔다. "그 에메랄드를 갖고 있던 유대인이 왕세자비한테 흥정을 얼마나 많이 했는지 몰라요. 그리고 마침내 그 담보물을 포기해야겠다는 결심이 설 정도로 액수가 큰 뇌물을 주겠다는 제안을 받아냈답니다. 그런데 그자는 직접 그 에메랄드를 갖고 X 공국에 들어오는, 상상조차 할 수 없을 만큼 경솔한 어리석음을 범했어요. 그러고는 마니가 그 담보물을 되찾을 돈을 왕세자비한테 받아 오길 기다렸죠. 그리고 실제로 왕세자비는 그 돈을 지불할 준비를 마친 상태였어요.

마니의 집에서 두 사람이 만났는데 그때 그 대화를 마니의 하인이 한마디도 빼먹지 않고 모두 엿들었답니다. 자기 수중에 돈이 들어오기만 하면 언제나 부주의하기 짝이 없게 함부로 돈을 굴리는 그 젊은 신사가 너무나 쉽게 그 돈을 내놓자 뢰베는 갑자기 요구액을 올렸어요. 아주 양심적으로 앞서 요구했던 돈의 딱 두 배만 달라고 한 거죠.

그 말에 인내심을 깡그리 상실한 슈발리에는 그 상것한테 덤벼들었어요. 마니는 그자를 죽여버리려고 했지만 때마침 하인이 달려 들어온 덕분에 그 유대인은 목숨을 구할 수 있었죠. 그 하인이 두 논객 사이의 대화를 모조리 다 듣고 있었거든요. 겁에 질린 유대인은 하인의 품 안으로 잽싸게 뛰어들었어요. 성질이 급하고 다혈질이긴 했지만 폭력적인 사람은 아니었던 마니는 하인한테 그 악당을 아래층으로 데려가라고 명령하고는 더 이상 그 유대인 생각은 하지 않았죠.

아마도 마니는 그자를 처치했다는 생각에, 그리고 자기 수중에 엄청나게 큰 4천 두카츠의 돈이 있다는 생각에 아쉬울 것이 하나도 없었을 거예요. 그 돈으로 다시 한번 운을 걸어볼 수 있었으니까요. 그날 밤 당신이 차려놓은 도박 테이블에서 마니가 어떻게 행동했는지는 당신도 알잖아요."

"그날 마담께서 귀부인답게 자본의 절반을 대주셨죠. 마담도 아시

다시피 그때 저는 이기기 위해서라면 더한 짓도 할 수 있는 소인배였답니다." 내가 말했다.

"그 하인은 벌벌 떨고 있는 히브리인을 궁 밖으로 데리고 나가 자신이 종종 들러 묵곤 하던 한 친구의 집에 데려다놓고는, 쏜살같이 경찰청장 각하의 집무실로 달려가 그 유대인과 자기 주인 사이에 어떤 대화가 오갔는지 낱낱이 고해바쳤답니다.

겔데른은 첩자의 신중함과 충성스러움에 매우 큰 만족감을 표했어요. 그리고 그에게 20두카츠의 돈이 든 지갑을 주고는, 때때로 자신의 지시를 따른 자들에게 보상을 약속하는 위인들처럼 더 후하게 대가를 쳐주겠노라고 약속했죠. 하지만 무슈 드 발리바리, 당신도 알다시피 그런 약속이 지켜지는 경우가 얼마나 있겠어요. 무슈 드 겔데른은 이렇게 말했어요. '이제 돌아가서 그 히브리인이 몇 시에 자기네 나라로 돌아갈 예정인지 알아내게. 그자가 자기 잘못을 뉘우칠지, 아니면 끝까지 돈을 받아낼지 그것도 알아내고.' 사내는 그 임무를 수행하러 갔어요. 그동안 겔데른은 여러 문제를 확실히 마무리하려고 우리 집에 도박판을 마련했고요. 당신도 초대를 받고 와서 그곳에 파로 뱅크를 차렸으니 그 사실은 기억하겠죠. 그러면서 동시에 여러 수단을 동원해 막심 드 마니로 하여금 마담 드 릴리엔가르텐 집에서 파로 판이 벌어질 예정이라는 사실을 알게 만들었어요. 말하자면 그건 그 딱한 사내가 절대 무시하지 못할 초대장이었던 거죠."

그 일을 기억하고 있던 나는 그것이 그 악랄한 경찰청장의 계략이었다는 사실에 놀라며 계속 귀를 기울였다.

"청장의 심부름으로 뢰베한테 갔던 첩자가 돌아, 그 하이델베르크 대부업자가 묵었던 업소 하인들한테 탐문해서 알아낸 내용에 따르면 그자의 원래 계획은 그날 오후에 X 공국을 떠나는 것이었다고 말했어요. 그 대부업자가 유대인들의 관습에 따라 아주 허름한 옷차림으로 늙은 말을 타고 혼자서 X 공국에 왔다는 말도 했고요.

그러자 경찰청장은 뿌듯함에 젖어 있는 그 첩자의 어깨를 다독이며 말했어요. '요한, 자네 정말 갈수록 내 마음에 쏙 드는군. 아까 자네가 나간 뒤로, 자네가 그동안 내게 보여준 지성과 충성스러운 태도에 대해 내가 생각을 좀 해봤는데 말이야, 곧 기회를 봐서 자네 능력에 맞는 자리에 자네를 앉히려고 하네. 그런데 그 히브리인 악당은 어느 쪽으로 간다고 하던가?'

'R 공국 쪽으로 간답니다. 바로 오늘 밤에요.'

'그럼 틀림없이 카이저발트를 지나겠군. 요한 케르너, 자네는 용감한 사내인가?'

그러자 사내는 눈을 반짝이며 말했어요. '각하께서 직접 절 시험해 보시겠습니까? 7년전쟁 내내 군에서 복무했지만 그곳에서도 저는 작전 수행에 실패해 이름이 알려진 적이 한 번도 없습니다.'

'자, 그럼 잘 듣게. 그 유대인한테서 에메랄드를 반드시 되찾아야 하네. 그 물건을 갖고 있는 것만으로도 그 악당 놈은 엄청난 반역죄를 범한 것이거든. 내 맹세하는데 그 에메랄드를 내게 가져오는 사람한테 500루이스를 주려고 하네. 그 물건을 왜 반드시 왕세자비마마께 되찾아드려야 하는지는 자네도 잘 알고 있을 테니 더 이상 말할 필요 없겠지?'

'오늘 밤 각하께서는 그 물건을 꼭 갖게 되실 겁니다. 그런데 행여 사고가 나더라도 물론 각하께서 절 보호해주시겠지요?'

그러자 청장은 이렇게 대답했어요. '헛! 일단은 내 선수금으로 절반의 돈을 미리 내줌세. 그만큼 내가 자넬 믿는다는 뜻이야. 자네가 대책만 제대로 강구하면 사고 같은 게 일어날 리 없지 않은가. 가는 길에 약 20킬로미터에 걸쳐 숲이 펼쳐져 있네. 그 유대인은 말을 타고 천천히 가고 있을 테고. 그러니까 그자가 숲에 있는 낡은 화약 공장에 도달하기 전에 밤이 될 테지. 그러니 길에 가로질러 밧줄을 매어놓고 기다렸다가 그자를 거기서 처치해버리지 못할 이유가 없겠지? 돌아와서 나랑 함께 저녁이나 들지. 혹시 경찰을 만나거들랑 이렇게 말하게. '여우들이 풀려났다.' 그게 오늘 밤 암호니까. 그럼 아무것도 묻지 않고 자넬 보내줄 걸세.'

사내는 선수금에 몹시 고무되어 길을 떠났어요. 그래서 마니가 우리 파로 테이블에서 돈을 잃고 있을 때, 그의 하인이 카이저발트에 있는 화약 공장이라 불리는 장소에서 그 유대인을 붙잡게 된 거예요. 그 사내가 길에 가로질러 매어둔 밧줄에 유대인의 말이 걸려 넘어지고 말았거든요. 말을 타고 있던 사람이 바닥으로 굴러떨어져 신음하고 있을 때, 얼굴에 복면을 쓰고 한 손에 권총을 든 요한 케르너가 그에게 달려들어 돈을 내놓으라고 요구했어요. 그 유대인이 극단적인 조치가 필요할 만큼 심하게 저항하지 않았다면 사실 케르너는 그를 죽이고 싶은 마음이 없었을 거라고 나는 생각해요.

그자가 그런 식으로 살인죄를 범할 사람도 아니었고요. 유대인은 비명을 지르며 자비를 구하고 가해자는 권총으로 그를 위협하고 있었는데, 그때 갑자기 한 분대나 되는 경찰이 나타나 강도와 부상자를 제압했어요.

케르너는 욕설을 내뱉으며 경찰 지휘관에게 이렇게 말했죠. '너무 일찍 왔잖소. **여우들이 풀려났다.**' '그중 일부가 지금 잡혔소이다.' 지휘관은 아주 무심하게 이렇게 말하고는, 케르너가 유대인을 넘어뜨리려고 길에 가로질러 매어둔 밧줄로 케르너를 포박했어요. 케르너는 말을 탄 경찰관 뒤에 태워졌죠. 뢰베 역시 비슷한 자세로 말에 태워졌고요. 일당은 그런 모습으로 해 질 무렵 마을로 돌아왔어요.

그들은 곧바로 경찰서로 끌려갔어요. 우연이었는지 마침 그곳에 와 있던 청장 각하께서 몸소 그들을 취조했죠. 두 사람 다 어찌나 철저하게 수색을 당했는지 몰라요. 경찰은 유대인의 서류와 상자를 압수했고 속주머니에서 그 보석도 찾아냈어요. 첩자 이야기를 하자면, 청장은 화난 표정으로 그의 얼굴을 들여다보며 이렇게 말했어요. '이런, 이자는 왕세자비마마의 시종무관인 슈발리에 드 마니의 하인이다!' 그러고는 겁에 질려 있는 그 불쌍한 상것의 주장은 한마디도 듣지 않고 그를 단단히 가두어두라고 명령했답니다.

그러고는 말을 불러 타고 궁에 있는 왕세자의 거처로 가서 즉석 알현을 요청했어요. 요청이 받아들여지자 겔데른은 에메랄드를 꺼내놓으며 말했어요. '이 보석이 하이델베르크에서 온 유대인한테서 발견되었습니다. 그자는 최근에 우리나라를 계속 들락거렸고 왕세자비마마의 시종무관인 슈발리에 드 마니랑 여러 번 거래를 했다고 합니다. 오늘 오후에도 슈발리에가 그 히브리인을 대동하고 본가에서 나왔다고 하더군요. 그래서 탐문 조사를 통해 그자가 집으로 돌아갈 때 어느 방향으로 길을 잡는지 알아낸 뒤를 밟았습니다. 아니, 그자를 앞질러 가 기다렸다고 하는 편이 맞겠네요. 아무튼 그래서 카이저발트에서 총에 그 유대인이 희생되려는 순간, 저희 경찰이 그 현장을 덮쳤습니다. 그자는 아무것도 자백하지 않을 겁니다. 하지만 수사를 하는 중에 슈발리에의 하인한테서 큰 액수의 금화가 발견되었습니다. 이런 사실을 제가 전하게 밝힐 수밖에 없다는 사실이, 그리고 무슈 드 마니처럼 인격과 명성을 갖춘 신사가 이런 일에 연루되어 있다는 사실이 너무나 괴롭지만, 슈발리에와 이 일의 관련성을 조사하는 것이 저희의 임무이기에 이렇게 청을 드립니다. 무슈 드 마니는 왕세자비마마께서 사적으로 부리시는 사람인 데다가 제가 듣기로 마마의 신뢰를 받고 있다고 하던데 전하의 허가 없이 어떻게 제가 감히 그자를 체포할 수 있겠습니까?'

늙은 마니 남작의 친구인 왕세자의 거마 관리관이 그 알현 자리에 동석해 있다가, 그 괴상한 정보를 듣고는 허둥지둥 달려 나가 노장군에게 손자가 범죄 용의자가 되었다는 무시무시한 소식을 전했어요. 아마도 왕세자 전하는, 자신의 오랜 친구이자 군대의 스승인 남작에게 가족을 불명예로부터 구해내야 하는 과제를 자신이 직접 제공하는 것이 내키지 않았을 거예요. 그래서였을까, 아무튼 거마 관리관인 무슈 드 헹스트*는 왕세자 전하의 허락을 받고 아무런 제지 없이 남작에게 달려가 운 없는 그 슈발리에한테 범죄 혐의가 씌워졌다는 정보를 털어놓았어요.

남작은 자기한테 그런 어마어마한 재앙이 닥칠 거라고는 생각조차 못 했을 가능성이 커요. (나중에 내가 헹스트 씨한테 직접 들었는데) 그래서 헹스트 씨의 이야기를 다 듣고 나서 그냥 이렇게만 말했다고 하더군요. '하늘의 뜻대로 굴러가겠지!' 그러고는 얼마 동안 그 문제에 관여하지 않으려고 하더래요. 그러다가 오로지 친구의 간청에 못 이겨 우리의 게임 테이블에서 막심 드 마니가 받았던 그 편지를 억지로 쓴 거예요.

마니가 거기서 왕세자비의 돈을 축내고 있는 동안, 경찰이 그의 집으로 들이닥쳤고 그곳에서는 강도 행위가 아니라 왕세자비와의 불륜

---

* 헹스트Hengst는 독일어로 '종마, 씨말'이라는 뜻이다.

행위의 유죄 여부를 입증할 증거가 백 가지도 더 발견되었어요. 마마가 준 정표, 마마가 보낸 열렬한 연애편지, 파리에 있는 젊은 친구들이랑 마니가 주고받은 편지 뭐 이런 것들이었죠. 경찰청장은 그 증거들을 모두 직접 읽어보고 나서, 빅토르 왕세자 전하를 위해 조심스럽게 한군데 잘 모아 봉했어요. 나는 겔데른이 그 편지들을 분명 읽어보았을 것이라고 확신해요. 왜냐하면 그 편지들을 왕세자 전하께 가져가면서 겔데른이 **'전하의 명령에 복종하려고'** 자기가 슈발리에의 편지들을 모았다고 말했거든요. 명예를 중시하는 사람이라면 그런 말을 하지 말았어야죠. 그 사람은 그때까지 직접 서류들을 조사한 적이 단 한 번도 없는 사람이었거든요. 그런데 겔데른과 무슈 드 마니 사이의 불화는 이미 세간에 다 알려져 있었어요. 그래서였을까, 겔데른은 다른 공직자를 선임해 기소된 젊은 슈발리에의 혐의를 판결하는 일을 맡겨달라고 전하께 청했어요.

아무튼 이 모든 일들이 슈발리에가 도박을 하는 동안 일어난 거예요. 무슈 드 발리바리, 그날 당신은 엄청나게 운이 좋았지만, 마니에게는 행운도 등을 돌려버렸죠. 그곳에 머무는 동안 그 4천 두카츠를 몽땅 날렸거든요. 그런데도 어찌나 도박에 미쳐 있었던지 그 형편없는 도박꾼은 자기 할아버지한테 쪽지를 받자마자 말이 매어져 있는 앞마당으로 뛰어 내려가서 그 불쌍한 노신사가 말안장 권총집에 미리 넣어둔 돈을 모조리 챙겨가지고 다시 위층으로 올라갔어요. 그러고는 그 돈으로 또 도박을 했고 그 돈마저 모조리 잃었죠. 도망치려고 방을 나섰을 때는 이미 너무 늦은 시점이었어요. 우리 집 계단 밑에서 체포되고 말았거든요. 그때가 아마 당신들이 집에 도착했을 때쯤이었을 거예요.

그 늙은 장군은 손자를 기다리고 있다가, 마니가 그를 체포하려고 출동한 군인들한테 포박되어 들어오자 그를 보고 얼마나 크게 기뻐했는지 몰라요. 손자의 품에 몸을 던지고 손자를 끌어안고 난리였다니까요. 사람들 말로는 수십 년 만에 처음 일어난 일이었다고 하더군요. 장군은 크게 흐느껴 울며 말했어요. '여러분, 내 손자가 여기 있소. 주여, 감사합니다. 이 아이는 강도죄를 범하지 않았습니다.' 그러고는 감정이 북받쳐 올랐는지 의자에 털썩 주저앉았대요. 그 자리에 있던 사람들 말로는 그렇게 용감하고 그렇게 냉철하며 엄격한 것으로 소문난 사람의 그런 모습을 지켜보는 것이 고통스러울 정도였다더군요.

젊은이는 이렇게 말했어요. '강도죄라뇨! 하늘에 맹세코 전 결백합니다!' 그러고 나서 두 사람 사이에 감동적이기까지 한 화해의 풍경이 펼쳐졌고 곧이어 그 불행한 젊은이는 유치장에서 감옥으로 끌려갔어요. 그가 다시는 벗어나지 못할 운명이었던 감옥으로 말이에요.

그날 밤 왕세자는 겔데른이 가져다준 편지들을 훑어봤어요. 왕세자가 당신들을 감금하라는 명령을 내린 건 분명 그 편지를 읽기 시작한 지 얼마 안 되었을 때일 거예요. 마니가 잡힌 시각이 열 시, 당신들이 갇힌 시각이 자정이었으니까요. 열 시가 지나고 늙은 마니 남작이 손자의 결백을 주장하려고 왕세자 전하를 찾아뵀고, 전하는 세상에서 가장 우아하고 친절한 태도로 남작을 맞이했어요. 왕세자 전하는 그 젊은이의 결백을 전혀 의심하지 않는다고, 그렇게 훌륭한 혈통을 타고난 사내가 그런 범죄를 범할 리가 없다고 말했죠. 물론 그러기에는 그에 반하는 혐의가 너무 짙었지만 말이에요. 마니가 그날 낮에 유대인과 밀담을 나눈 사실, 그가 그날 도박판에서 탕진한 엄청나게 큰 금액의 돈을 수수했다는 사실, 의심할 여지 없이 그 히브리인이 그 돈의 채권자일 것이라는 사실, 마니가 하인을 보냈고 그 하인이 유대인의 뒤를 밟아

출발 시간을 알아내고는 잠복해 있다가 그에게 총을 겨누었다는 사실이 이미 밝혀졌으니까요. 그래도 왕세자는 이렇게 말했어요. 슈발리에한테 불리한 혐의가 너무 짙어서 공공의 정의가 요구하는 대로 일단 그를 체포하기는 했지만, 그의 결백이 밝혀질 때까지 계속 불명예스러운 감금 상태로 지낼 필요는 없으며, 그의 가문과 명예로운 조부님이 그간 세운 공 역시 모두 고려될 것이라고요. 그날 밤 왕세자는 따뜻한 손으로 노장군 마니의 손을 잡은 채 그렇게 그를 안심시킨 뒤 떠났고, 노장군도 손자 막심이 결국은 즉각 풀려나리라 안도와 확신을 느끼며 휴식을 취하려고 물러나왔어요.

하지만 밤새도록 모두 편지를 읽은 왕세자는 아침이 되자 날이 밝기도 전에 맞은편 방에서 자고 있던 시종을 거친 목소리로 부르더니 말을 끌고 오라고 명령했어요. 말은 늘 마구간에 언제든 탈 준비가 되어 있었거든요. 그러고는 편지 뭉치를 상자 안에 던져 넣고 시종더러 그 상자를 들고 따라오라고 말했죠. (무슈 드 바이센보른이라는) 그 젊은이는 그 시절 내 거처에서 일하던 젊은 아가씨에게 그 사실을 말했어요. 그 아가씨가 바로 지금의 마담 드 바이센보른, 스무 명이나 되는 자녀의 어머니랍니다.

그 시종은 존엄하신 주군의 그런 모습은 난생처음 봤다면서 왕세자가 하룻밤 사이에 얼마나 돌변했는지 이렇게 묘사했어요. 눈에는 핏발이 잔뜩 서 있었고, 얼굴에는 노기가 서려 있었으며, 옷은 마구 풀어헤쳐져 펄럭이고 있었다고요. 시가행진에 모습을 드러낼 때면 언제나 자신의 기병대에 소속된 그 어떤 하사관보다도 칼같이 복장을 갖추어 입던 양반이 말이에요. 그런 차림에 모자도 쓰지 않고 아무것도 바르지 않아서 줄줄 흘러내린 머리를 뒤통수에 매단 채 이른 새벽 텅 빈 거리를 질주하던 왕세자의 모습을 누군가가 보았다면 정말 미친놈 같다고 생각했을 거라고요.

편지 상자를 든 시종은 달그락달그락 소리를 내며 열심히 주군 뒤를 따랐지만 쫓아가기가 쉽지 않았대요. 아무튼 그들은 궁을 나와 마을로, 마을을 관통해 장군의 영지로 갔어요. 문 앞을 지키던 보초들은 장군의 저택 정문을 향해 돌진해오는 이상한 형체를 보고 겁이 났고, 또 그 사람이 누군지도 몰랐기 때문에, 총검을 내려서 왕세자의 진입을 가로막았어요. 그래서 바이센보른이 말했죠. '이 멍청이들아, 이분은 왕세자 전하시다!' 곧바로 화재 경보처럼 종이 울렸어요. 마침내 문지기가 문을 열자 왕세자 전하는 장군의 침실을 향해 뛰어올라갔고 상자를 든 시종도 그 뒤를 따랐답니다.

왕세자는 닫힌 침실 문 앞에서 천둥 같은 목소리로 고함을 질렀어요. '마니, 마니! 일어나시오!' 방 안에서 들려오는 노인의 질문에 왕세자가 대답했어요. '나요, 빅토르, 왕세자란 말이오! 그러니 일어나시오!' 그러자 장군이 잠옷 바람으로 곧바로 문을 열었고 왕세자는 방 안으로 들어갔어요. 시종이 상자를 방 안에 들여놓자 왕세자는 시종에게 밖에서 기다리라고 명령했고 시종은 그대로 따랐어요. 그런데 마니 장군의 침실로 이어진 대기실에는 문이 두 개 있었어요. 거대한 문은 장군의 방 입구였고 그보다 작은 문은 장군의 침대가 놓여 있는 벽감과 통하는 옷장으로 이어져 있었죠. 그 당시 대륙의 상류층 저택은 방을 그렇게 짓는 것이 유행이었잖아요. 무슈 드 바이센보른은 그 문이 열려 있는 것을 발견했고 그 덕분에 방 안에서 두 사람이 대화를 나누는 걸 모조리 다 보고 들을 수 있었어요.

장군은 왠지 좀 불안해하는 목소리로 이렇게 이른 아침부터 왕세자 전하께서 무슨 일로 신을 찾아오셨느냐고 물었어요. 그 질문에 왕세자는 잠시 동안 아무런 대답도 하지 않고 사나운 눈빛으로 장군을 쏘아보면서 방 안을 이리저리 오갔고요.

마침내 왕세자가 주먹으로 상자를 쾅 내리치며 말했답니다. '이게 그 이유요!' 그런데 상자 열쇠 가져오는 것을 깜빡했던 왕세자는 문 쪽으로 몇 걸음을 옮기며 말했어요. '열쇠는 아마 바이센보른이 갖고 있을 거요.' 하지만 벽난로 위에 걸린 장군의 사냥용 칼을 보고는 그것을 내렸어요. '이걸로 열 수 있겠소.' 그러고는 사냥용 칼의 날을 이용해 빨간 상자를 여는 작업을 시작했죠. 그 와중에 칼날이 부러졌는데도 왕세자는 욕설을 내뱉으며 칼날이 부러진 칼을 들고 계속 씨름했고 그 결과 드디어 빗장을 비틀어 상자의 뚜껑을 여는 데 성공했어요. 칼날이 길고 끝이 뾰족한 검보다 그 칼이 그런 용도에는 훨씬 더 잘 맞았던 거죠.

왕세자는 웃으며 말했어요. '뭐가 문제냐고? 이게 문제요. 여기 있는 이 편지를 읽어보시오! 여기 더한 편지도 있군. 이것도 읽으시오! 여기 그보다 더 심한 편지가, 아, 아니, 그건 아니오. 그건 다른 사람 초상화요. 아, 여기 그녀의 초상화가 있군! 이게 누구 초상화인지 아시오, 마니? 이건 바로 내 아내, 왕세자비의 초상화요! 도대체 왜 그대와 저주받은 그대의 일족은 프랑스 밖으로 기어 나와서는, 발을 내딛는 곳마다 지긋지긋한 사악함의 씨앗을 뿌려 순수한 내 고향 독일을 폐허로 만드는 거요? 그동안 그대와 그대의 일족은 신뢰와 친절 말고 우리 왕실로부터 받은 것이 또 있소? 그대가 혈혈단신일 때 우리는 그대에게 가정이 되어줬소. 그런데 이게 그 보답이란 말이오?' 왕세자는 이렇게 말하고는 종이 뭉치를 노장군 앞에 내던졌답니다. 그리하여 노장군도 단박에 진실을 알게 되었죠. 아니, 사실 그는 이미 오래전부터 진실을 알고 있었던 것 같아요. 손으로 얼굴을 덮은 채 의자에 털썩 주저앉은 것을 보면.

왕세자는 계속 손짓 발짓을 해가며 쇳소리가 날 정도로 고함을 질러댔어요. '만약 그 도박에 미친 거짓말쟁이 악당의 부모가 되기 전, 누군가가 그대에게 이렇게 상처를 줬다면 자신이 그자에게 어떻게 복수했을지 그대도 알 것 아니오! 죽였겠지. 맞소. 아마 그대는 그자를 죽였을 거요. 그렇다면 내 복수는 누가 도와준단 말이오? 이건 공평치 않소. 나는 프랑스인의 개, 베르사유의 뚜쟁이랑 결투를 벌일 수도, 마치 그자가 자신이랑 수준이 비슷한 자한테 반역을 꾀하기라도 한 것처럼 그자를 죽일 수도 없소.'

그 말에 노장군은 자부심에 찬 목소리로 말했어요. '막심 드 마니의 피는 기독교권의 그 어떤 왕자의 피보다 더 고결합니다.'

그러자 왕세자는 이렇게 고함쳤어요. '그래서 나보고 그 피를 취하라는 거요? 내가 그럴 수 없다는 것은 그대도 잘 알 텐데. 나 혼자 유럽에 사는 다른 신사들보다 훨씬 더 큰 특권을 누릴 수는 없소. 그럼 나는 어떻게 해야 하는 거요? 잘 보시오, 마니. 여기 왔을 때 나는 몹시 화가 나 있었지만 무엇을 어찌해야 하는지 알 수 없었소. 그대는 내 군대에서 지난 30년간 복무한 사람이니까. 그리고 내 목숨을 스무 번도 더 구해준 사람이니까. 불쌍하고 늙은 부왕 곁에서 얼쩡대는 자들은 모조리 다 사기꾼과 매춘부들이오. 남자고 여자고 정직한 사람은 하나도 없지. 딱 한 명, 내 목숨을 구한 그대만 빼고. 그러니 내가 어찌해야 할지 말해주시오.' 처음에는 그렇게 무슈 드 마니를 모욕하더니, 왕세자는 논점을 잃고 마니한테 애원하기 시작했고 결국은 꾸밈없는 태도로 몸을 내던지고는 고통의 눈물을 터뜨렸어요.

내 정보원이 묘사한 바에 따르면, 일반적인 경우에 세상에서 가장 엄격하고 냉철하기로 유명했던 마니 노인도 감정적으로 폭발한 왕세자를 보고는 자신의 주군만큼 큰 충격을 받았대요. 그래서였을까, 그렇게 고고하고 냉정하던 노인이 그 모습을 버리고 갑자기 말 그대로 징징대며 불평을 늘어놓는 꼬부랑 노인네로 돌변하더래요. 순식간에 품위란 걸 몽땅 잃은 거죠. 노인은 무릎을 꿇고는 왕세자를 위로하려는 듯 조리에도 맞지 않는 온갖 소리를 횡설수설 주워섬겼답니다. 어찌나 보기가 흉하던지 바이센보른은 차마 그 광경을 계속 지켜볼 수가 없어서 실제로 시선을 돌려버렸다고 그러더군요.

그러면 그렇게 긴 시간 대화를 나눈 결과, 그 뒤 며칠 동안 무슨 일이 일어났는지 우리 함께 추측해볼까요? 늙은 신하와 대화를 마치고 그 집을 나선 왕세자는 그 결정적인 편지 상자를 깜박 잊고 나온 것을 깨닫고는 되찾아오라고 시종을 보냈어요. 젊은 시종이 그 방에 들어갔을 때도 장군은 여전히 무릎을 꿇은 채 기도를 하고 있더래요. 시종이 꾸러미를 가져가는데도 몸을 떨며 주위를 휙휙 둘러보기만 했을 뿐이고요. 왕세자는 말을 타고 X 공국 궁전에서 약 5킬로미터 정도 떨어져 있는 사냥용 별장으로 가버렸어요. 그로부터 사흘 뒤 막심 드 마니가, 그 유대인을 강탈하려던 시도에 자신이 연루되어 있으며 이런 불명예스러운 수치를 견딜 수가 없어서 스스로 생을 마감한다는 자백을 남긴 채 감옥에서 죽었고요.

장군이 직접 손자에게 독을 먹였는지는 아직도 밝혀지지 않았어요. 항간에는 장군이 감옥에 와서 마니를 총으로 쏘았다는 말도 나돌더군요. 그러나 그건 사실이 아니에요. 물론 마니를 세상 밖으로 데려갈 물약을 제공한 사람은 마니 장군이 맞지만요. 장군은 비참한 처지에 빠져 있는 젊은 손자에게, '너의 운명은 피할 수 없다, 그런데도 벌 받기를 택하지 않는다면 그거야말로 공공연한 치욕이 될 것이다'라는 말을 남기고 떠났대요. 하지만 그건 **마니 스스로 내린 결정이 아니라**, 이제 곧 듣게 될 내용대로 불운에 빠진 존재의 생명을 종말로 이끈 온갖 탈옥 수단을 **모조리** 다 동원해보고 나서야 비로소 내린 결정이었어요.

마니 장군 이야기부터 하자면, 손자가 죽고 존경하는 우리 대공 전하가 승하하시고 난 뒤 얼마 지나지 않아서 그는 치매에 걸렸어요. 그런데 대공 자리에 오른 왕세자 전하가 F 왕실의 메리 공주랑 결혼한 뒤 두 사람이 함께 영국식으로 조성된 공원을 거닐다가 마니 노인을 만난 적이 있어요. 노인은 말에 얹어놓은 안락의자에 앉아서 햇볕을 쬐고 있었죠. 그것은 마비와 경련을 일으킨 뒤로 평소 바깥나들이를 할 때 노인을 태우고 다니던 의자였어요. 왕세자는 노병의 손을 잡으며 다정하게 말했어요. '이 사람이 내 아내요, 마니.' 그러고는 대공비를 향해 몸을 돌리며 이렇게 덧붙였죠. '7년전쟁 중에 이 마니 장군이 내 목숨을 구해줬소.'

그러자 노인이 말했어요. '뭐라고요? 전하께서 왕세자비마마를 다시 데려오셨단 말씀입니까? 저는 전하께서 가엾은 막심에게 절 보내주셨으면 좋겠습니다.' 노인은 그 가련한 올리비아 왕세자비가 죽었다는 사실을 까맣게 잊은 거예요. 왕세자는 정말 굉장히 어두운 눈빛으로 노인을 바라보면서 그 자리를 떠났어요."

마담 드 릴리엔가르텐은 말했다. "자, 이제 당신한테 들려줄 우울한 이야기가 하나밖에 남지 않았어요. 바로 올리비아 왕세자비의 죽음 이야기죠. 그건 지금까지 들은 이야기들보다 훨씬 더 무서운 이야기예요." 이 말을 화두로 늙은 여인은 다시 이야기를 시작했다.

"직접적인 원인은 아니었지만, 다정하고 연약한 왕세자비의 운명이 그렇게 빨리 파국을 맞이하게 된 것은 사실 마니의 비겁함 때문이었어요. 마니는 감옥에서 왕세자비마마한테 연락할 수 있는 방법을 찾아냈고, 왕세자비는 아직 불명예를 드러낼 수 있는 처지가 아니었는데도(왕실의 입장을 고려해 마니의 혐의를 강도죄에만 국한해야 한다고 대공 전하께서 계속 주장하고 계셨거든요) 마니를 안심시키고 그를 탈옥시킬 수 있게 간수한테 뇌물을 쥐여주려고 극도로 필사적인 노력을 기울였어요. 어찌나 거칠 것이 없었던지, 왕세자비는 마니를 자유롭게 해줄지도 모르는 계획이라면 뭐든 실행에 옮기면서 툭하면 인내심과 신중함을 깡그리 잃어버리곤 했다니까요. 가차 없는 남편이 슈발리에의 감방을 너무 철저하게 경계시키는 바람에 탈옥이 불가능했거든요. 왕세자비는 왕실에 드나드는 대부업자한테 국가의 보석까지 저당 잡히려고 했지만, 그 대부업자도 그럴 수는 없었던지 그 거래는 당연히 사양했죠. 들리는 소문에 따르면, 왕세자비는 경찰청장 겔데른 앞에 무릎을 꿇고 그 정체가 무엇이었는지 하늘만이 아실 뇌물을 제안하기도 했대요. 결국 그녀는 불쌍한 우리 대공 전하에게까지 와서 소리를 질러댔어요. 고령, 질병, 그리고 방만한 습관에 시달리고 있어서 그런 폭력적인 성향의 장면에는 전혀 어울리지 않는 분이었는데도 말이죠. 그녀의 폭력적인 광기와 울분이 존엄하신 그분의 가슴을 어찌나 흥분시켰던지, 그 때문에 전하가 발작을 일으키는 바람에 하마터면 그때 나는 그분을 잃을 뻔했다니까요. 사랑하는 그분의 목숨이 그 사건 때문에 때 이른 종말을 맞이했다는 사실에 나는 추호의 의심도 품지 않아요. 사람들은 전하가 푸아그라 때문에 돌아가셨다고 말했지만, 그건 말도 안 돼요. 어쩔 수 없이 본인이 어떤 역할을 담당해야만 했던 특별한 사건 때문에 그 다정한 가슴에 생긴 상처가 없었다면 절대로 푸아그라 따위가 그분을 해칠 수 없었을 것이라고 나는 확신해요.

표면적으로는 그래 보이지 않았지만 왕세자비의 일거수일투족은 남편 빅토르 왕세자한테 철저하게 감시당하고 있었어요. 그때 존엄하신 부친의 병수발을 들고 있던 왕세자는 완강하게 계속 이런 뜻을 내비쳤죠. (나의 대공) 전하께서 마니를 풀어주려는 왕세자비의 노력에 감히 힘을 실어주신다면, 자신, 즉 빅토르 왕세자는 왕세자비와 그녀의 연인을 형량 높은 반역죄로 공개적으로 기소하고 통치 불능 군주인 아버지를 왕좌에서 끌어내릴 방법을 의회와 함께 강구할 거라고요. 그러니까 우리 쪽에서 그 문제에 개입해봐야 아무 소용이 없었던 거죠. 그렇게 마니는 운명의 손에 맡겨진 거고요.

당신도 곧 알게 되겠지만 그 사건은 정말 순식간에 일어났어요. 경찰청장 겔데른, 거마 관리관 헹스트, 왕세자의 근위대장 등이 감옥에 있는 젊은이를 지키고 있을 때였어요. 젊은이의 조부가 찾아와 독이 든 작은 약병을 두고 간 지 이틀이나 지났지만 그 범죄자는 그 물건을 사용할 용기가 없었죠. 겔데른은 젊은이한테, 마니 노인이 주고 간 그 계엽수*로 알아서 결단을 내리지 않는다면 그 즉시 더 가혹한 사형 집행 수단이 동원될 것이라고, 그를 처리하려고 한 무리의 근위병들이 감옥 마당에 대기 중이라고 말했어요. 그 사실을 알고 끔찍할 정도로 심각한 자기 비관에 빠진 마니는 훌쩍대거나 겁에 질려 소리를 질러대다가 몸뚱이를 끌고 무릎걸음으로 공직자들에게 다가가 이 사람 저 사람한테 매달렸어요. 그러다가 마침내 절망에 빠져 물약 병을 비워버렸고 몇

---

* 계엽수(桂葉水), laurel-water: 월계수 잎을 달여 증류한 원액이다. 극소량만 쓰면 진통 효과를 볼 수 있지만, 청산계 독극물 함량이 높아 조금만 더 써도 치사량이 될 수 있다.

분 만에 송장이 되고 말았죠. 망가진 그 젊은이는 그렇게 생을 마감했어요.

마니의 죽음은 이틀 뒤 『왕실 관보』를 통해 세상에 알려졌어요. 관보는 무슈 드 M의 죽음을 이렇게 기술했답니다. 유대인을 살해하려고 시도했던 행동에 극심한 회한을 느낀 나머지 감옥에서 독을 이용해 스스로 죽음을 선택했노라고. 그 기사에는 네덜란드 지방의 젊은 귀족이라면 모두 도박이라는 무시무시한 죄악을 피하라는 경고까지 덧붙여져 있었어요. 그 젊은이를 파멸로 몰아넣은 것도, 대공 전하의 신하 가운데 가장 명예롭고 고귀한 백발노인을 돌이킬 수 없는 슬픔에 빠뜨린 것도 모두 도박이라면서요.

장례식은 사적으로 엄숙하게 진행되었고 마니 장군도 그 자리에 참석했어요. 장례식이 끝난 뒤 공작 두 명과 왕실의 모든 최상류층 인사들이 마차를 타고 장군에게 조문을 갔고요. 장군은 다음 날 무기 공장에서 열린 행사에 평소와 다름없이 참석했고, 공장 건물을 시찰 중이던 빅토르 공작은 건물 밖으로 나와 용감한 노전사의 팔에 몸을 기댔어요. 그러고는 각별히 예를 갖추어 노인을 대하면서, 틈만 나면 읊어대던 그 로스바흐 이야기를 장교들에게 또 들려주었죠. 로스바흐에서 X 공국 파병대가 그 불운한 수비즈* 기병대랑 싸울 때, 프랑스군 기마병이 왕세자 전하를 거세게 몰아붙이며 죽이려는 순간 마니 장군이 그 기마병과 왕세자 사이에 몸을 던져 주군을 노린 칼을 몸으로 받아내고 그 기마병을 처치했다는 이야기였어요. 왕세자는 또 '티 없이 깨끗한 마니' 가문이라는 가훈까지 넌지시 입에 담으면서 이렇게 말했어요. '용감한

---

* 7년전쟁 기간 프랑스군 사령관을 지낸 인물. 172쪽 각주 참조.

친구이자 군인들의 스승인 저분은 그렇게 항상 가까이 계셨다네.' 그 자리에 있던 사람들은 그 말에 모두들 깊은 감명을 받았어요. 딱 한 사람, 노장군만 빼고요. 장군은 그저 고개 숙여 인사만 했을 뿐 아무 말도 하지 않았거든요. 그런데 노인이 집으로 돌아와서는 이렇게 중얼대는 소리를 누군가가 듣고 전해줬어요. '티 없이 깨끗한 마니, 티 없이 깨끗한 마니라니!' 그날 밤 노인은 중풍의 공격으로 온몸이 마비되었고, 신체 일부만 조금 회복되었을 뿐 결국 자리에서 일어나지 못했죠.

그런데 어찌 된 일인지 그때까지도 막심이 죽었다는 소식이 왕세자비한테는 알려지지 않은 상태였어요. 심지어 『왕실 관보』조차도 왕세자비가 보는 것에는 그의 자살에 관한 이야기가 실린 부분만 빼고 인쇄되었어요. 그러나 그 방법은 모르겠지만 왕세자는 결국 그녀로 하여금 그 소식을 알게 만들었어요. 왕세자비 거처의 시녀들이 내게 말해준 바에 따르면, 그 소식을 듣고 비명을 지르면서 쓰러진 왕세자비의 모습은 마치 충격을 받아 죽은 사람 같았대요. 그러더니 잠시 후 거칠게 벌떡 일어나 미친 여자처럼 고래고래 악을 썼다더군요. 결국 침대에 눕혀진 왕세자비는 거기 누운 채 의사의 진찰을 받았고, 거기 누운 채 뇌염을 앓았어요. 그 모든 일들이 일어나는 동안 왕세자는 틈틈이 사람을 보내어 왕세자비에 관해 탐문하는 한편, 자신이 소유한 슐랑겐펠스 성*에 가구를 비치하고 사람을 맞이할 준비를 하라는 명령을 내렸죠. 왕세자비를 그리로 보내 거기에 감금하려는 의도였던 것이 틀림없어요. 대영제국 군주의 불행한 누이**가 첼에서 당했던 것처럼 말이에요.

---

 * 슐랑겐펠스Schlangenfels는 독일어로 '뱀의 언덕(Snakes cliff)'이라는 뜻이다.
** 조지 3세의 여동생 캐롤라인 마틸다Caroline Matilda(1751~1775)를 말한다. 덴마크의 왕 크리스티안 7세Christian Ⅶ(1749~1808)와 1766년 결혼해 슬하에 1남 1녀를 두

왕세자비는 수시로 사람을 보내어 왕세자 전하를 뵐 수 있게 해달라고 청했지만, 왕세자는 그녀의 건강이 충분히 회복되면 그때 함께 대화를 나누겠노라는 말로 그 청을 거절했어요. 왕세자비는 여러 통의 간절한 편지를 보냈고 그중 한 통에 대한 답신으로 왕세자는 궤 하나를 보냈어요. 뚜껑을 열자 그 안에 그 모든 암울한 음모를 일으킨 원인이었던 그 에메랄드가 들어 있었죠.

왕세자비마마는 이번에는 완전히 이성을 잃고, 모든 시녀들이 늘어서 있는 자리에서 이 세상에 존재하는 모든 보석보다 사랑하는 막심의 머리카락 한 뭉치가 자신에게는 훨씬 더 소중하다고 맹세했어요. 그러고는 종을 울려 마차를 준비시키며 막심의 무덤에 가서 키스를 전해야겠다고 말했죠. 막심은 살해당한 결백한 순교자라고 선언하기도 하고 막심의 암살범에게 분노의 천벌을 내려달라고 하늘에 있는 자기 조상들한테 청하기도 하고, 그랬답니다. (그런 말들은 말할 것도 없이 모두 정기적으로 왕세자에게 보고되었고) 그 말을 들은 왕세자는 (지금까지도 기억이 생생한) 특유의 무시무시한 표정을 지으면서 이렇게 말했대요. '그런 행동도 그렇게 오래가지는 못할 거야.'

올리비아 왕세자비는 자신의 아버지인 공작과 프랑스, 나폴리, 스페인의 여러 왕, 일가친척은 물론, 모든 사돈의 팔촌들한테까지 보낼 세상에서 가장 간절한 편지를 받아쓰게 하느라 그날 하루와 다음 날 전부를 보냈어요. 두서가 전혀 없는 말로 자신을 살인마이자 암살자인 남

<hr />

었으나, 1772년 왕의 주치의 슈트루엔제Friedrich Struensee와 간통한 혐의로 기소되어 이혼당했다. 슈트루엔제 역시 처형되었으나 일설에 따르면 딸 루이스 공주는 슈트루엔제의 핏줄이라고 한다. 마틸다는 여생을 갇혀 지내야 하는 감금형에 처해졌고, 하노버 왕가 출신이었던 조지 3세의 주장에 따라 하노버 지역의 첼 성Castle of Zell에 감금되어 지내다가 그곳에서 1775년 사망했다.

편에게서 구해달라고 청하면서 광기 어린 표현으로 자기 남편을 공격하는 동시에 살해당한 마니에 대한 자신의 사랑을 고백하는 편지였죠. 충직한 시녀들이 왕세자비한테 자신들이 받아 적은 그런 위험하고 어리석은 고백이 담긴 편지는 아무 데도 보낼 수 없다고 간언해봤지만 헛수고였어요. 왕세자비는 막무가내로 계속 편지를 써야 한다고 고집을 부렸고, 다 쓴 편지들을 잠자리 시중을 드는 프랑스 출신 상궁한테 주었어요. (마마는 언제나 그 나라 출신 사람들한테 애정을 느꼈거든요.) 그리고 왕세자비의 귀중품 함 열쇠를 보관하고 있던 그 상궁은 함에 든 서신을 모두 겔데른한테 가져갔죠.

비공식적으로 열리는 연회를 제외하고, 왕세자비가 주관하던 행사들은 당분간 이전과 똑같이 계속 열렸어요. 허가를 받아 왕세자비의 시중을 들던 시녀들 역시 평소처럼 모시는 분 곁에서 자신들의 임무를 수행했고요. 하지만 왕세자비의 거처에 출입이 허용되는 남자는 하인, 의사, 신부뿐이었죠. 그런데 하루는 왕세자비가 거처를 나가 정원에 가려고 하자 문을 지키고 있던 하이둑* 한 명이 다가오더니, 마마가 거처 밖으로 나가지 못하게 하라는 것이 왕세자 전하의 명령이라고 넌지시 말했어요.

당신도 기억하겠지만 빅토르 왕세자의 거처와 왕세자비의 거처는 둘 다, 대리석으로 된 X 공국 궁전의 중앙 계단과 이어져 있었어요. 같은 층 층계참을 사이에 두고 두 거처의 입구가 서로 마주 보고 있었죠. 소파와 긴 의자가 잔뜩 놓여 있던 그 넓은 층계참 공간은, 왕세자를 기다리는 신사들과 공직자들로 늘 북적여 종종 일종의 대기실이 되어버

---

* heyduck: 무장한 경호원을 부르는 호칭으로 원래 이들은 헝가리와 폴란드 출신 용병이었다.

리곤 했잖아요. 그들은 그곳에서 기다리고 있다가 아침 열한 시 열병식에 참석하려고 왕세자 전하가 거처 밖으로 나서면 다가가 알랑방귀를 뀌어대는 것이 일이었거든요. 그럴 때 시종들이 밖으로 나와 왕세자 전하께서 곧 나오신다고 알리면 왕세자비의 거처 안에 있던 하이둑들도 미늘창을 손에 쥔 채 밖으로 나와서 자기들 나름대로 행하던 의식에 따라 빅토르 왕세자에게 예를 갖추었어요. 시종들은 밖으로 나와 이렇게 말하곤 했죠. '여러분, 왕세자 전하이십니다!' 그러면 홀 안에 북이 울렸고 벤치에 앉아 대기 중이던 신사들이 자리에서 일어서 난간을 따라 황급히 움직였어요.

마치 운명이 왕세자비를 죽음에 이르게 만들려고 작심이라도 한 것처럼, 어느 날 왕세자비는 경호원들이 밖으로 나가자 왕세자가 평소의 습관대로 층계참에 서서 신사들과 대화를 나누고 있다는 사실을 알아챘어요. (그 옛날에는 그럴 때면 왕세자가 층계참을 질러 왕세자비의 거처로 와서 그녀의 손에 키스를 하곤 했죠.) 왕세자비는 그날 오전 내내 몹시 불안한 기색이었어요. 너무 덥다고 불평을 하면서 거처의 모든 창문을 열어두어야겠다고 고집을 부리더니만, 지금 생각해보면 정신 이상의 증세나 다름없는 행동을 저지르고 말았어요. 경호원들이 밖으로 나가자, 시녀들이 뒤를 따르거나 말 한마디 건넬 틈도 없이 거칠게 문 쪽으로 내달려 문을 벌컥 열어젖혔거든요. 그러고는 평소처럼 층계참에서 대화를 나누고 있는 빅토르 공작 앞에 모습을 드러내고는 왕세자와 층계 사이를 가로막고 서서 정신병자가 발작하듯 그를 향해 소리치기 시작했답니다.

왕세자비는 이렇게 외쳤어요. '여러분! 잘 보세요. 이 남자는 살인자이며 거짓말쟁이예요. 이자는 명예로운 신사들에 대해 음모를 꾸며

내서는 그들을 감옥 안에서 죽인답니다! 나 역시 곧 감옥에 갇힌 다음, 같은 운명에 처해질까 봐 두려움에 떨게 될 테니 잘 지켜보세요. 막심 드 마니를 죽인 바로 그 도살업자가 어느 날 밤이든 내 목덜미에 칼을 꽂을 수 있으니까요. 여러분과 유럽의 모든 왕들과 저의 왕족 친인척들에게 호소합니다. 나를 이 독재자, 악당, 거짓말쟁이, 반역자의 손아귀에서 풀려나게 해달라고 이렇게 요구합니다! 여러분 모두에게 명령하는 바이니, 명예로운 신사답게 이 편지들을 내 친척들에게 가져다주고 이 편지들이 누구의 손에서 나온 것인지 말하세요!' 그 불행한 여인은 이런 말과 함께, 경악을 금치 못하고 있던 군중 위로 편지를 마구 뿌리기 시작했어요.

그러자 왕세자가 천둥 같은 목소리로 외쳤어요. '몸을 굽히는 자는 그 누구도 용납하지 않을 것이오! 마담 드 글라임, 그대는 환자를 더 철저히 감시해야 할 거요. 왕세자비의 주치의를 부르시오. 마마의 뇌가 완전히 맛이 간 모양이니. 신사 여러분, 미덕을 발휘해 이만 이 자리에서 물러가시오.' 그러고는 신사들이 계단을 내려가는 내내 층계참에 그대로 서서 경호원에게 사납게 말했어요. '병사! 이 여자가 한 발짝이라도 움직이면 그 미늘창으로 가격하라!' 그 말에 병사는 창끝으로 왕세자비의 가슴을 겨누었고, 겁에 질린 여인은 움찔 물러선 뒤 거처 안으로 들어갔어요. '자, 무슈 드 바이센보른, 이제 저 종이들을 모두 줍게.' 왕세자는 이렇게 말하고 나서 시종들을 앞질러 자신의 거처로 들어가서는, 그 종이들이 모조리 불에 타 사라질 때까지 거처 밖으로 한 발자국도 나오지 않았답니다.

다음 날 『왕실 관보』에 의사 세 명의 서명이 기록된 단신 기사가 한 편 실렸어요. 그 기사에는 이렇게 적혀 있었죠. '왕세자비마마는 뇌

의 염증 증상 앓고 있어서 지난밤 내내 통증으로 뒤척였다.' 이틀 뒤에
도 비슷한 기사가 실렸고요. 왕세자비의 거처에서 일하던 시녀들은 두
명만 빼고 모두 다른 곳으로 배정되었고, 거처 안의 문이란 문에는 모조
리 경비병이 배치되었으며, 창문은 모두 잠겼어요. 그래서 그들로부터
벗어나는 것은 불가능했죠. 그리고 그로부터 열흘 뒤, 당신도 알고 있
는 그 일이 일어났어요. 밤새도록 교회에서 종이 울렸고 신앙심 깊은 신
자들이 한 사람의 임종 기도에 불려나왔죠. 다음 날 아침 『왕실 관보』에
검은색 근조 리본이 쳐진 기사가 실렸어요. 그 기사에는 이런 내용이 실
려 있었어요. 'X 공국의 왕세자 빅토르 루이스 임마누엘의 배우자인 고
귀하고 강력한 올리비아 마리아 페르디난다 왕세자비 1769년 1월 24일
저녁 세상을 떠나다.'

하지만 그녀가 **어떻게** 죽었는지 당신도 알고 있나요? 실은 그게 또
하나의 미스터리예요. 시종 바이센보른이 그 암울한 비극에 관련되어
있었어요. 장담하는데, 얼마나 무시무시한 이야기인지 지금 내가 털어놓
는 그 비밀은 빅토르 공작이 죽기 전까지는 절대 밝혀지지 않을 거예요.

왕세자비가 주인공인 그 치명적인 추문이 퍼진 뒤에 왕세자는 바이
센보른을 불러다가 반드시 비밀을 유지해야 한다는 세상에서 가장 엄
숙한 명령으로 그를 옴짝달싹 못 하게 만들고는(그는 딱 한 번, 수십 년
의 세월이 흐른 뒤 자기 아내에게만 그 사실을 말했어요. 사실 여자가 마음
만 먹으면 알아내지 못할 비밀이란 이 세상에 없잖아요) 다음과 같은 미
스터리한 임무를 수행하라고 그를 파견했어요.

왕세자 전하는 이렇게 말했어요. '강을 끼고 슈트라스부르크와 마
주 보고 있는 켈이란 동네에 한 남자가 살고 있네. 무슈 드 슈트라스부
르크라는 이름으로 그 남자의 집을 쉽게 찾을 수 있을 거야. 하지만 그

남자에 대해서는 되도록 조용히 탐문을 해야 하며 문제가 될 어떤 말도 남겨서는 안 되네. 탐문을 할 요량이면 아마 슈트라스부르크 안으로 들어가는 것이 훨씬 나을 걸세. 그 동네에서 그자는 유명 인사니까. 전적으로 믿고 의지할 수 있는 동료 한 명을 데려가도 좋네. 물론 자네들 둘의 목숨은 비밀 유지 여부에 달렸다는 사실을 잊지 말고. 무슈 드 슈트라스부르크가 집에 혼자 있는, 혹은 함께 살고 있는 식솔들하고만 집에 있는 시간대가 언제인지 알아내게. (내가 5년 전 파리에서 돌아오던 길에 우연히 그의 집에 머문 적이 있다네. 그런데 지금처럼 다급한 상황에서는 사람을 보내 그를 불러와야 한다고 조언을 하는 사람이 있어서 말이야.) 그 시간을 노려 밤에 그 집 앞에 마차를 대놓고, 동료랑 함께 복면을 쓰고 그 집으로 들어가 100루이스가 든 지갑을 던져주게. 출장길에 올랐다가 돌아가는 길에 두 배의 돈을 더 주겠다고 약속하고. 그자가 만약 거부하면 완력을 써서라도 데려와야 하네. 자네를 따라나서지 않겠다고 하면 그 자리에서 죽여버리겠다고 협박을 해서라도. 그자를 내부에 블라인드를 쳐놓은 마차에 태운 뒤에도 절대 그자에게서 시선을 떼지 말고, 만약 스스로 정체를 밝히거나 비명을 지르면 죽이겠다고 위협을 해두게. 그런 다음 이곳에 있는 낡은 [올빼미][20] 탑으로 데려오면 되네. 그때쯤이면 탑에 방 하나가 준비되어 있을 걸세. 그리고 그자가 일을 마치고 나면, 데려올 때와 똑같이 속도와 보안을 유지하면서 그자를 다시 집으로 데려다주면 되네.'

빅토르 왕세자는 자신의 시종에게 이렇게 미스터리한 명령을 내렸고, 바이센보른은 함께 출장 갈 동료로 바르텐슈타인 소위를 골라서 그 괴상한 여행길에 올랐답니다.

이 모든 일들이 일어나는 동안 누군가의 죽음을 애도하듯 궁은 입을 다물었고 『왕실 관보』에는 왕세자비의 병세를 알리는 기사가 계속 실렸죠. 이제 거처에 부리는 사람이 몇 명 남아 있지 않았는데도 왕세자비는 자신의 불만 사항이 어떻게 처리되고 있는지와 관련된 이상한 정황 이야기를 계속 듣고 있었어요. 그즈음 왕세자비는 난폭하기 이를 데 없었죠. 자살 기도를 한 적도 있어요. 또 자신을 얼마나 많은 다른 사람으로 착각하는지 그 수를 셀 수가 없을 정도였어요. 왕세자비의 친정 가족들한테 그녀의 상황을 알리는 속달 전보가 발송되었고, **공식적으로는** 뇌 질환 치료 기술이 뛰어난 의사들을 초빙하러 전령들이 빈과 파리로 파견되었어요. 하지만 왕세자비를 걱정하는 듯 꾸며낸 조치들이었을 뿐, 그것들은 모두 속임수였어요. 왕세자는 왕세자비를 회복시킬 생각이 전혀 없었거든요.

바이센보른과 바르텐슈타인이 출장에서 돌아온 그날, 왕세자비마마의 병세가 훨씬 더 악화되었다는 소식이 알려졌어요. 그날 밤 마을 전체에는 그녀가 엄청난 고통에 빠져 있다는 소문이 쫙하게 퍼졌고, 그 불운한 생명은 탈출을 감행했답니다.

자신의 시중을 들던 프랑스인 침소 상궁을 무한히 신뢰했던 왕세자비는 그녀와 함께 탈출 계획을 세웠죠. 왕세자비는 함 속에 자신의 보석들을 챙겨 넣었어요. 일설에 따르면 왕세자비의 거처 방 한 칸에는 궁의 외부로 연결된 비밀의 문이 있었다는데, 그녀를 위해서였는지 그 문이 발견되었거든요. 그리고 시아버지인 대공 전하가 보낸 것이라는 주장과 함께 편지 한 통이 그녀에게 전달되었어요. 그 편지에는 마차 한 대와 말 여러 마리를 준비해주겠다는 내용과 함께, 가족에게 연락해 안전을 도모할 수 있는 영토, 즉 B 공국까지 그녀를 데려다주겠다는 내용이 쓰여 있었죠.

그 불행한 여인은 자신의 후견인을 철석같이 믿고 길을 떠났어요. 근래에 개축된 궁전의 한쪽 부분에 통로가 벽 사이로 구불구불 뚫려 있었고, 궁전의 그 벽 바깥쪽 면은 실제로 그 당시 '올빼미 탑'이라고 불리던 낡은 탑과 맞닿아 있었어요. 그 탑이 나중에 헐린 데에는 그럴 만한 온당한 이유가 있었던 거죠.

어느 지점에 이르러 침소 상궁이 들고 있던 촛불이 꺼졌어요. 왕세자비는 겁에 질려 비명을 지르려고 했지만 누군가가 그녀의 손을 붙잡았고 '쉿!' 하는 목소리가 들려왔어요. 다음 순간 복면을 쓴 남자가(왕세자 자신이었어요) 앞쪽에서 달려들더니 손수건으로 그녀의 입에 재갈을 물리고 두 손과 두 다리를 묶었어요. 겁에 질려 졸도한 여인은 그 상태로 천장이 둥근 방으로 옮겨졌죠. 그곳에서 그녀를 기다리고 있던 한 남자가 그녀를 안락의자에 앉히고 묶었어요. 그녀의 입에 물려진 것과 똑같은 손수건으로 얼굴을 가린 그 사내가 가까이 다가와 그녀의 목덜미에 걸쳐져 있는 것들을 걷어내며 말했어요. '지금 정신이 가물가물할 때 해치우는 것이 가장 좋겠습니다.'

물론 그 말대로 되었다면 좋았겠지요. 하지만 왕세자비의 정신이 돌아오고 있었어요. 그 자리에 참석한 왕세자비의 주임신부가 앞으로 나와서 곧 그녀에게 가해질 끔찍한 죽음에 대비해, 곧 그녀가 빠지게 될 상태에 대비해 준비 기도를 하려고 애쓰고 있을 때, 왕세자비는 정신을 차렸지만 미치광이처럼 비명을 지르는 것, 공작을 살인마, 독재자라고 욕하는 것, 마니, 사랑하는 마니를 외쳐 부르는 것 말고는 아무것도 할 수가 없었죠.

이런 왕세자비를 보고 공작은 침착하게 말했어요. '주여, 이 죄 많은 영혼에게 자비를 베푸소서!' 공작과 주임신부, 그리고 그 자리에 참석해 있던 겔데른이 무릎을 꿇었어요. 왕세자 전하가 손수건을 떨어뜨리는 순간 바이센보른은 기절해 쓰러졌고, 그동안 무슈 드 슈트라스부르크는 한 손에 왕세자비의 머리채를 모아 쥐고는, 비명을 질러대는 올리비아의 머리통을 그 비참하고 죄 많은 육신으로부터 떼어냈답니다. 주여, 그녀의 영혼에 자비를 베푸소서!"

* * * * *

이것이 마담 드 릴리엔가르텐한테 들은 이야기이다. 독자들은 이 이야기의 어떤 부분이 나와 우리 백부님한테 영향을 끼쳤는지 어렵지 않게 유추해낼 수 있을 것이다. 우리는 6주간의 감금이 끝난 뒤 자유의 몸이 되어 풀려났지만 당장 그 공국을 떠나라는 명령과 함께였다. 실제로 기마병들이 우리를 국경까지 인도했다. 그 나라에서 팔아서 현금화할 수 있는 재산을 우리가 얼마나 많이 벌었던가. 하지만 우리는 그 누구에게서도 도박 빚을 받아내지 못했고, 아이다 여백작에게 걸었던 내 희망도 모두 그렇게 종식되었다.

6개월 뒤 뇌졸중이 늙은 통치자인 그의 아버지를 데려가고 빅토르 공작이 왕위에 오르자 X 공국에 활성화되어 있던 모든 선량한 전래의 관습은 폐지되었고 도박은 금지되었다. 오페라와 발레도 원래 있던 자리로 돌아갔고 늙은 공작이 돈을 받고 파병했던 연대들도 외국 주둔지로부터 복귀했다. 그들과 함께 내 여백작의 거지 사촌인 소위도 돌아와 그녀와 결혼했다. 그들이 그 뒤 행복했는지 그렇지 않았는지는 모르겠다. 하지만 그렇게 정신이 가난한 여인은 고귀한 수준의 기쁨을 누릴 자격이 없다는 사실만큼은 분명하다.

현재 X 공국을 통치하고 있는 공작은 첫번째 아내가 세상을 떠나고 4년 뒤 재혼했다. 겔데른은 더 이상 경찰청장은 아니지만 마담 드 릴리 엔가르텐이 말했던 거대한 궁전을 지었다. 하지만 그 엄청난 비극의 조연 배우들이 그 뒤 어떻게 되었는지는 그 누가 알겠는가? 오직 무슈 드 슈트라스부르크만이 자신의 본업을 되찾았다. 그 나머지, 그러니까 유대인, 침소 상궁, 첩자였던 마니의 하인에 대해서 나는 아는 것이 없다. 위대한 인물들이 자신의 과업을 이루기 위해 휘두르는 이런 날카로운 연장들은 대개 그것을 쓰는 과정에서 망가진다. 그리고 그들의 고용주들이 파멸 속에 놓인 그들에게 더 많은 배려를 베풀었다는 소리를 나는 한 번도 들어본 적이 없다.

제13장
상류층 인사로서 나의 경력을 이어가다

지금 보니 이미 수십 쪽의 분량을 채웠는데도, 내 인생사에서 가장 흥미진진한 부분 중에서 아직도 이야기해야 할 내용이 엄청나게 많이 남아 있다. 가장 흥미진진한 부분이란 곧, 내가 잉글랜드와 아일랜드 왕국에 체류했던 때를 말하는데, 나는 그곳에서 굉장히 중요한 임무를 수행하면서, 스스로 화려한 무리와 조금도 구별이 되지 않을 만큼 그 땅의 가장 저명한 인사들 틈에 잘 융화되었다. 외국에서의 모험보다 훨씬 더 중요할지 모르는 회고록의 이 부분에 그에 합당한 권위를 부여하기 위해서, 그리고 고향에서 내게 닥친 일을 이야기하기 위해서, (외국에서의 모험만으로도 재미있는 책 몇 권쯤은 집필할 수 있지만) 이제 유럽 대륙을 여행한 이야기와 대륙의 여러 왕실에서 성공을 거둔 이야기는 과감히 생략하려고 한다. 그 이야기는, 거지같은 그 베를린 왕실만 제외하면 유럽 전역의 수도에 자리한 왕실들 가운데, 젊은 슈발리에 드 발리바리가 명성을 떨치거나 찬탄을 자아내지 않은 왕실이, 그리고 용기와 고귀한 혈통과 아름다운 이야기를 두루 갖춘 인물로 회자되지 않은 왕실이 단 한 곳도 없었다는 말 한마디면 충분하다. 나는 페테르부르크에 있는 윈터 궁전에서 포템킨*한테 8만 루블의 돈을 딴 적도 있다. 물론 그 악랄한 도박 애호가한테서 그 돈을 받아내지는 못했지만 말이다. 또 로마에서는 그 어떤 문지기보다도 거나하게 술에 취해 있던 슈발리에 찰스 에드워드** 전하를 직접 알현하는 영광을 누리기도 했다. 그리고 또 우리 백부님은 스페인의 휴양지 스파에서 그 유명한 C 경***과 내기 당구를 몇 번 치기도 했는데, 장담하건대 우리는 패자가 되는 것을 마다하지 않았다. 실제로 우리는 체계적인 우리만의 전략에 따라 각하와 대결을 하면서도 웃음소리를 드높였고 그렇게 함으로써 실질적으로 더 이득이 되는 거래를 성사시켰던 것이다. C 경은 슈발리에 배리의 한쪽 눈이 보이지 않는다는 사실을 알지 못했는데, 어느 날 백부님이 재미 삼아 각자 한쪽 눈에 안대를 차고 공을 치자고 요상한 내기 당구를 제안하자, (세상에 존재하는 인간들 가운데 가장 구제 불능 도박꾼이었던) 고귀하신 C 경께서는 우리를 잘근잘근 씹어버리고 싶다는 생각에 그 제안을 받아들였고, 우리는 그로부터 굉장히 많은 금액의 돈을 따냈다.

　내가 그들보다 훨씬 더 아름다운 무리 안에서 거둔 성공에 대해서는 굳이 말할 필요도 없다. 그 시절 유럽에서 가장 재주 많고 가장 키가 크고 가장 체력이 좋으며 가장 잘생긴 신사들, 그러니까 그 시절 나처

---

* 예카테리나 여제의 총신이자 연인이었던 그리고리 알렉산드로비치 포템킨Grigori Aleksandrovich Potemkin(1739~1791)을 말한다. 남편 표트르 3세를 차르 자리에서 끌어내리고 직접 황위에 앉은 예카테리나는 평생 끊임없이 연인을 거느렸는데 그 수를 다 합치면 최소 스무 명에 달한다. 포템킨도 그중 한 명이었다.

** 이 '왕위 요구자'는 1745년 스코틀랜드 내란을 일으켰다가 실패한 뒤로, (그의 형제인 요크 추기경이 서술한 바에 따르면) '싸구려 술'에 중독되어 여생을 살았다고 한다.

*** 4대 체스터필드 백작 필립 도머Philip Dormer fourth Earl of Chesterfield(1694~1773)를 가리키는 것이 틀림없다.

럼 외모를 타고난 젊은이는 그런 이점들, 즉 나처럼 용감한 사내는 누구나 사용법을 너무나 잘 알고 있는 그런 이점들을 활용하는 데 실패할 수가 없었다. 하지만 다음과 같은 주제들에 관해서는 나 역시 숙맥이었다. 매력적인 슈발로프, 까만 눈동자의 초타르스카, 피부가 까무잡잡한 발데스, 다정한 헤겐하임, 눈부신 랑작 등!* 그 옛날 따뜻하고 젊은 아일랜드 신사를 사로잡는 법을 알았던 다감한 심장들이여, 그대들은 지금 모두 어디에 있는가? 나는 이제 머리에는 백발이 성성하고 눈은 침침하고 세월과 권태와 실망과 친구의 배반으로 심장마저 차갑게 굳어버렸지만, 아직도 안락의자에 등을 기대고 앉아 생각에 잠기면, 사랑스러운 그 모습들이 여전히 친절한 모습으로 다정하게 반짝이는 눈빛과 미소를 머금은 채 과거로부터 나와 내 눈앞에 떠오르는구나! 이제 세상에는 그녀들 같은 여자가, 자태가 그녀들 같은 여자가 단 한 명도 존재하지 않는구나! 왕자 주변에서 얼쩡대는, 하나같이 흰색 새틴 천을 박음질해 지은 몸에 딱 붙는 포대를 입은 채 가슴 위에 팔짱을 끼고 있는 아가씨 무리를 보라. 그리고 그녀들의 모습을 그 옛날 우아했던 여성들의 모습과 비교해보시라! 그 왜, 내가 베르사유에서 열린 황태자**의 돌잔치에서 코렐리 드 랑작 양과 춤을 추던 때, 그녀는 치맛자락 지름이 5.5미터나 되는 드레스를 입고 발에는 굽 높이가 7센티미터가 훌쩍 넘는 사랑스럽고 자그마한 샌들을 신고 있었다. 그 시절 나의 레이스 주름 장식은 1천 크라운의 가치가 있었고, 아마랑스 색 벨벳으로 지은 외

---

* 모두 새커리가 지어낸 여자 이름이다.
** 당시 프랑스의 황태자였던, 루이 16세의 장남인 루이 조제프 사비에르 프랑수아Louis Joseph Xavier François(1781~1789)를 말한다. 그러나 어려서 사망했기 때문에 황위는 그의 동생인 루이 샤를Louis Charles(1785~1795)이 계승했다.

투는 단추만도 개당 8만 리브르의 값이 나갔다. 자, 요즘은 얼마나 달라졌는지 보라! 요즘 신사들은 권투 선수, 퀘이커교도, 전세 마차 마부처럼 옷을 입는다. 그리고 여자들은 아무것도 입지 않는다. 우아미도 없고, 세련미도 없으며, 옛날 내가 그 구성원으로 활동했던 기사 계급, 즉 슈발리에도 없다. 런던의 상류층 사회를 브루멜*21)이 이끌고 있다는 사실을 떠올려보라. 그자는 별것 아닌 사내의 아들이요, 천한 생명이며, 내가 체로키 인디언 말을 못 하는 것보다도 더 미뉴에트를 못 추는 작자이다. 그자는 신사답게 포도주 병을 따 술을 마실 줄도 모르는 인간이다. 또, 그 좋던 옛 시절 우리가 전 세계 젠트리들을 열 받게 만들었던 그 천박한 코르시카인** 앞에서 우리 자신을 입증해 보였던 것처럼, 손에 검을 쥔 사나이로서의 모습을 내보인 적도 없는 위인이건만! 아, 발데스 양과 여덟 마리 노새가 끄는 마차를 타고, 신사들로 이루어진 그녀의 수행원단이 죽 늘어선 누런 만사나레스강*** 변에서 공식적으로 첫 데이트를 하던 그날처럼 그녀를 다시 볼 수만 있다면! 아, 헤겐하임 양과 도금된 썰매를 타고 작센 왕국의 설원을 누비던 그 드라이브는 또 어떻고! 슈발로프라는 이름을 사칭했던 그녀, 그래도 다른 여인의 사랑을 받느니 그녀한테 버림을 받는 편이 훨씬 나았다. 그녀들 중 애정 어린 마음 없이 떠올릴 수 있는 여인은 한 명도 없다. 기억이라는

---

* 뷰 브루멜Beau Brummell이라고 널리 알려진 조지 브라이언 브루멜George Bryan Brummell(1778~1840)의 할아버지는 하인이었다고 하며 아버지는 공공시설에 소속된 하인이었다. 그가 런던 상류층의 리더로 인정받기 시작한 것은 1798년경 웨일스 공과 함께 어울리면서부터였다. 그러나 1816년 빚 때문에 어쩔 수 없이 프랑스의 칼레로 도피했다.

** 나폴레옹 1세를 말한다.

*** Mançanares: 스페인의 수도 마드리드와 나란히 흐르는 강이다. 오늘날에는 주로 'Manzanares'로 표기한다.

나의 보잘것없는 박물관에는 그녀들 모두의 곱슬곱슬한 머리카락이 소장되어 있다. 반백 년에 가까운 온갖 소동과 고난을 이기고 살아남은 사랑하는 영혼들이여, 그대들도 내 머리카락을 소장하고 있는가? 내가 바르샤바에서 브제르나스키 백작과 결투를 벌이던 날, 결투가 끝난 뒤 초타르스카 양의 목덜미 주위에 흘러내려와 있던 그 머리카락 색이 이제는 어찌나 다르게 변했는지!

그 시절 나는 쪼잔한 거래 장부 따위를 기록한 적이 없었다. 그리고 빚도 없었다. 나는 내가 받아낸 돈으로 잃은 돈을 기품 있게 모두 갚았고, 받아내고 싶은 돈은 모조리 받아냈다. 딴 돈을 모두 챙겨 받았다면 틀림없이 엄청난 수입이 생겼을 텐데. 내 여가 생활과 마차 역시 출중한 최상류층이 누리는 것들이었다. (독자들에게 곧 들려줄 내용대로) 나는 레이디 린든을 쟁취해 결혼한 사내였기 때문에 그 어떤 악당도 나를 비웃을 생각을 감히 먹지 못했다. 하지만 그래서 나는 투기꾼이라고 불렸고, 내가 무일푼이라든가 그 결혼이 불공평한 결혼이라든가 하는 말도 나돌았다. 무일푼이라니! 나는 유럽 전역에 내 마음대로 쓸 수 있는 돈이 있었다. 투기꾼이라니! 그렇게 따지면 칭찬받을 만한 변호사나 용감한 군인도 마찬가지다. 스스로 자신의 운을 개척해나가는 사람은 모두가 투기꾼인 것이다. 내 직업은 도박사였고, 그 시절 그 분야에서 내게 대적할 수 있는 사람은 아무도 없었다. 유럽 전역을 통틀어 **정직하게** 나와 도박을 해 이길 수 있는 사람은 아무도 없었다. 따라서 내 수입은, (건강과 직업 경력이 유지되는 한) 땅을 빌려주고 소작료를 걷는 뚱뚱한 지주나 3푼 이자의 채권에 의지해 살아가는 사람들의 수입만큼이나 확실한 것이었다. 오히려 수확으로 거두는 수입은 도박 기술로 얻어낼 수 있는 결과보다 더 불확실하다. 농작물이 하나의 기회인 것만큼 실력 있는 도박사가 만들어낸 훌륭한 카드 게임 한판 역시 하나의 기회이다. 작물에 가뭄, 성에, 우박이 닥칠 수 있는 것처럼 도박사도 내기 밑천을 모두 날릴 수 있다. 사람은 누구나 딱 다른 사람들만큼 투기꾼인 것이다.

그 친절하고 아름다운 생명들에 대한 기억을 떠올릴 때면 나는 기쁨만을 느낀다. 이제부터 나의 인생이라는 연극에서 상당히 중요한 배역을 맡게 될 다른 여인, 앞 장에서 서술했던, 나로 하여금 독일을 떠나게 만든 사건들이 일어난 직후, 스파에서 결정적으로 친분을 다지게 된 여인, 그러니까 린든 여백작에 대한 기억도 그만큼 내게 기쁨을 느끼게 해준다고 말할 수 있는 날이 언젠가는 오리라.

호노리아, 린든 여백작, 잉글랜드 불링던 여자작, 아일랜드 왕국 린든 성의 여남작은 한창때 전 세계에 너무나 잘 알려진 유명 인사였던 만큼, 그리고 귀족이라면 어느 가문에나 그 가족사라는 것이 있는 만큼 당신들과 손이 닿아 있을지도 모르는 일이니까 그녀의 가족사 이야기부터 시작할 필요는 없을 것 같다. 이것 역시 굳이 말할 필요는 없지만, 그녀는 자신의 능력만으로도 이미 여백작, 여자작, 여남작이었다. 데번 지방과 콘월 지방에 있는 그녀의 영지는 그 지방에서 가장 비싼 노른자 땅이었다. 그녀의 아일랜드 영지 역시 상당히 방대한 규모였는데, 이 회고록의 도입부에서 암시되었던바, 그것들은 아일랜드 왕국에 살고 있던 나의 부계 조상의 소유가 될 뻔했던 재산이었다. 사실 엘리자베스 여왕 시대에 불공정한 몰수가 진행되는 바람에 그녀의 조상이 **내** 땅을 많이 잃었지만, 그간 그 땅이 린든 가문에 불려준 재산은 이미 막대한 액수였다.

스파에서 열린 모임에서 내가 여백작을 처음 보았을 때 그녀는 유부녀였고, 남편은 그녀의 사촌으로 조지 2세와 조지 3세를 보필해 규모가 더 작은 유럽의 몇몇 왕실에서 근무한 적이 있는 외교관이며 바스의 기사라고 불리던 찰스 레지널드 린든 경 각하였다. 찰스 린든 경은 재치 있는 도락가로 유명했다. 그는 핸베리 윌리엄스*에 비견될 만한 연애시를 쓸 줄도 알았고 조지 셀윈**에 버금가는 농담을 할 줄도 알았다. 그는 또, 그레이 씨와 함께 유럽 유람을 떠났던 친구 사이로 한마디로 말해서 그 시대에 가장 우아하고 재주 많은 사람 중 한 명으로 꼽히던 호리 월폴***처럼 골동품에도 조예가 깊었다.

나는 늘 그랬듯이 그 신사가 단골로 들락거리던 도박판에서 그와 안면을 텄다. 정말로 불굴의 정신과 대담함으로 자신이 가장 즐기는 소일거리에 몰두하는 그의 모습을 보면 누구나 찬탄을 자아낼 수밖에 없었다. 통풍과 무수히 많은 질병으로 건강을 잃어 휠체어 신세를 지고 있었지만, 그리고 극도로 심한 통증에 시달리는 환자였지만, 그는 여전히 매일 아침, 그리고 매일 저녁 즐거움으로 가득한 녹색 천 앞 자기 자리를 지키는 모습을 보여주었다. 종종 일어나는 일이었는데, 손에 너무 기운이 없거나 통증이 일어서 주사위를 쥘 수 없는 경우에도 그는 메인을 외치고 주사위를 하인이나 친구에게 대신 던지게끔 시키곤 했다. 나는 인간 속에 존재하는 그런 용감한 정신이 좋다. 인생의 가장 위대한 성공은 언제나 그런 불굴의 인내심을 통해서만 이루어지는 것이기에.

---

* Hanbury Williams(1708~1759): 영국의 외교관, 풍자 작가이다.
** George Selwyn(1719~1791): 그레이, 월폴과 동시대에 이튼칼리지에서 수학한 동문으로 훗날 재치가 뛰어난 이야기꾼이자 도박사로 이름을 날렸다.
*** 영국 작가 호레이스 월폴Horace Walpole(1717~1797)과 시인 토머스 그레이 Thomas Gray(1716~1771)를 말한다. 월폴은 그레이가 1739년 진행한 '오랜 학교 친구들과의 유럽 만유(漫遊)'에 동행했다. 그러나 두 사람은 1741년 이탈리아 피렌체에서 귀국하는 길에 말싸움을 하고 헤어졌다.

그 무렵 나는 유럽 최고의 유명 인사였다. 나의 공적, 나의 결투, 도박판에서 발휘된 나의 용기 등으로 얻어진 그 명성 덕분에 어떤 공개적인 자리에든 내가 나타나기만 하면 주위에 사람들이 구름처럼 모여들곤 했다. 앞다투어 나와 친분을 쌓고자 하는 그런 열기가 오로지 **신사들한테만** 국한된 것이 아니었다는 사실을 나더러 입증하라고 하면, 향기 나는 종이로만 된 편지 뭉치를 내보일 수 있을 정도였지만, 나는 떠벌리는 행동을 경멸하는 사람이므로, 나 자신에 대해서는 그저 유럽에서 가장 독특한 개인이었던 내 삶의 모험과 관련해 꼭 필요한 내용만 다루려고 한다. 어쨌든 찰스 린든 경과 처음 안면을 트게 된 계기는 (내 상대가 될 수 있을 정도로 고수였던) 그 기사 나리가 피켓 판에서 나한테 700피스의 돈을 딴 일에서 비롯되었다. 나는 흔쾌히 웃으며 패배를 인정했고 그 돈을 지불했다. 독자들 짐작대로, 정해진 기한 안에 그 돈을 지불했던 것이다. 사실 내가 지금, 도박판에서 돈을 잃고도 승자를 호쾌하게 대하는 태도를 조금도 잃지 않았다는 말을, 그리고 어디에서든 고수를 발견하면 언제나 그를 인정하고 환호하며 맞이할 준비가 되어 있었다는 말을 하는 것은 순전히 나 자신을 위해서다.

린든은 그렇게 유명한 사람한테 이긴 것이 너무나 자랑스러웠던 나머지 앞으로 친하게 지내기로 나와 일종의 계약 같은 것을 맺었는데, 사실 그것은 온천 내 광천수를 마시는 방에서 서로에게 관심을 표하거나 게임 도중 식사를 하면서 대화를 나누는 것에 불과했지만, 시간이 흐르면서 우리 두 사람의 친분은 점점 깊어졌고, 마침내 나는 그의 훨씬 사적인 친구 무리에 껴도 좋다는 허락을 받아냈다. 그는 뭐든 대놓고 말을 하는 사람이라서(그 시절 젠트리들은 오늘날 젠트리들보다 자부심이 훨씬 강했다), 특유의 거만하고 속 편한 태도로 내게 이렇게 말하곤 했다. "빌어먹을. 배리 씨, 자네는 이발사만큼 매너가 형편없구먼. 내 생각에는 우리 집 흑인 하인이 자네보다 훨씬 더 교육을 잘 받은 것 같은데. 그래도 독창성과 용기는 있는 젊은 친구, 난 자네가 마음에 드네. 자네만의 방식으로 결투를 하겠다고 나설 만큼의 결단력은 있어 보이거든." 나는 이런 칭찬을 들으면 웃으며 그에게 감사를 표하고는, 각하께서 다음 세상에 나보다 훨씬 빨리 가실 테니 그곳에 내가 편하게 쉴 자리를 미리 마련해두시라는 청을 꼭 드려야겠다고 말하곤 했다. 그는 또 우리 가족의 화려한 생활과 웅장한 브래디 성에 대한 내 이야기에 매우 즐거워하곤 했다. 그런 이야기라면 그는 지치지도 않고 계속 귀를 기울이며 웃음을 터뜨렸다.

하지만 불운했던 나의 결혼 작전 이야기를 하면서 독일에서 내가 더없이 막대한 운명에 얼마나 가까이 다가갔었는지 말하면 그는 이렇게 말했다. "이 친구야, 그냥 트럼프나 계속 치게나. 결혼만 빼고 무엇이든 하란 말일세, 이 순진한 아일랜드 촌놈아. (그는 이렇게 나를 온갖 괴상한 이름으로 불렀다.) 도박의 세계에서 자네의 뛰어난 재능을 마음껏 펼치시게. 여자는 결국 자네를 패배시키리라는 것만큼은 명심하시고."

나는 천하에 둘도 없을 만큼 성미가 고약한 여자들을 내가 정복했던 몇 가지 경우를 예로 들면서 그 말을 부인했다.

그러자 린든은 말했다. "장기적으로 봤을 때 여자들은 결국 자넬 패배시킬 걸세, 나의 티퍼레리 알키비아데스*여. 아마 결혼하자마자, 정복당하는 것은 자네라는 내 말을 떠올리게 될걸. 날 보게. 나는 잉글랜드에서 가장 고귀하고 훌륭한 상속녀인 내 사촌과 결혼했다네. 아내

---

* Alcibiades(기원전 450~기원전 404): 아테네의 군인이자 정치가로 변덕스럽고 기회주의적이며 방종이 극심했던 것으로 악명을 떨쳤다.

는 그럴 마음이 별로 없었는데도 난 그녀랑 결혼했지. (이 말을 하는 찰스 린든 경의 표정 위로 어두운 그림자가 스쳐 지나갔다.) 아내는 연약한 여자야. 아내가 **얼마나** 연약한지 자네도 보면 알 걸세. 하지만 그분은 나의 마님이시기도 하지. 내 인생 전체를 원통하게 만드신 마님 말일세. 또 아내는 어리석은 여자인데도 기독교권 내 최고의 수재들을 늘 이겨왔다네. 게다가 엄청난 부자인데도, 어찌 된 일인지 아내랑 결혼한 뒤로 나는 평생 그래본 적 없을 만큼 가난하게 살아왔지 뭔가. 나는 훨씬 나은 삶을 살게 되리라고 생각했었지만, 아내는 나를 비참하게 만들고 나를 죽였다네. 내가 이 세상 뜨고 나면 내 후임자한테도 똑같은 짓을 하겠지."

"귀부인 마님께서 수입이 굉장히 많은가 보죠?" 내가 물었다. 내 말에 그는 비명에 가까운 웃음보를 터뜨리고는 적잖이 서투른 나의 수법을 지적해 나로 하여금 얼굴을 붉히게 만들었다. 솔직히 말하자면 그가 처해 있던 상황을 고려할 때, 나는 용기 있는 사내가 그의 부인을 차지할 가능성을 따져보지 않을 수가 없었던 것이다.

린든은 웃으며 말했다. "아니, 아니지. 워 호크,* 배리 씨, 자네가 마음의 평화를 소중히 여긴다면 내 자리가 공석이 되었을 때 그 자리에 들어갈 생각일랑은 하지도 말게. 게다가 내 생각에는 우리 레이디 린든께서 체통을 **훌훌** 집어던지고 자네 같은 사람이랑 결혼할 리가……"

"나 같은 사람이 어떤 사람인데요?" 나는 분노를 느끼며 물었다.

"마음 쓰지 말게. 하지만 그녀를 차지하는 사람은 후회하면서 내

---

* waugh hawk: 『옥스퍼드 사전』에 실린 예문을 보면 이 단어는, "'주의를 요하는 사냥 신호', 즉 '웨어 호크ware-hawk'를 잘못 이해하거나 왜곡하는 것, 혹은 그런 사람"이라는 뜻이다.

말을 떠올리게 될 거야. 염병할 여자거든! 우리 아버지랑 내가 그런 야심을 품지 않았더라면(린든의 아버지는 레이디 린든의 백부이자 후견인이었다. 우리가 그들이었더라도 그런 최고의 상품이 가문 밖으로 빠져나가게 그냥 내버려두지는 않았을 것이다), 적어도 평화롭게 죽음을 맞이해 통풍 걸린 몸뚱이를 고요한 무덤 속에 누일 수 있었을지도 모르지. 메이페어에 위치한 내 소유의 적당한 집 한 채에 거주하면서 잉글랜드에 있는 어떤 집에 가든 환영을 받으며 살다가 말일세. 그런데 지금, 지금의 나는 집을 여섯 채나 소유하고 있는데도, 그 모든 집이 나한테는 지옥이나 다름없다니까. 배리 씨, 과분한 것을 경계하게나. 나를 타산지석으로 삼으라, 그 말이야. 결혼해서 부자가 된 뒤로, 내 인생은 세상에서 가장 비참한 상것의 삶이었다네. 날 봐. 쉰 살의 나이에 망가진 몸이 되어 죽어가고 있지 않은가. 결혼 생활이 내 나이에 40년의 세월을 더 얹어준 거지. 레이디 린든이랑 결혼할 당시 내 또래 중에는 나처럼 젊어 보이는 사람이 아무도 없었는데 말이야. 내가 얼마나 어리석었는지! 결혼 전 내게는 충분한 생활비, 완벽한 자유, 유럽 전체를 통틀어 가장 훌륭한 친구들 모임이 있었거늘. 그런데 그 모든 것을 포기하고 결혼해서 비참한 삶을 살다니. 부디 나를 타산지석으로 삼게, 배리 대위. 트럼프나 계속 치라, 그 말일세."

나와 그 기사의 친분은 상당히 깊은 것이었는데도, 꽤 오랫동안 나는 그가 지내고 있는 방 말고 그 호텔의 다른 방에 들어가본 적이 없었다. 그의 아내는 그와 완전히 떨어진 공간에서 생활하고 있어서, 도대체 왜 함께 여행을 왔을까, 궁금할 지경이었다. 늙은 메리 워틀리 몬터규*의

---

* Mary Wortley Montagu(1689~1762): 영국의 여성 작가로 시와 연애편지를 주로 썼다. 킹스턴 공작의 딸이며, 투르크 대사를 지낸 에드워드 워틀리 몬터규의 아내였다.

대녀였던 레이디 린든은 이전 세기의 다른 유명한 여성들처럼 블루스타킹*이나 척척박사처럼 구는 등 허세가 상당히 심했다. 그녀는 영어와 이탈리아어로 시를 썼는데, 그 시절 잡지에 실렸던 그 시들은 호기심 많은 사람들이나 읽을 법했다. 그녀는 또 소일거리로 유럽의 몇몇 **석학**과 역사, 과학, 고대 언어, 그리고 특히 신학에 대한 담론을 나누는 서신을 교환하기도 했다. 그녀의 취미는 자신을 학문적으로 마담 다시에**에 비견할 만한 여성이라고 추켜올려주는 아첨꾼들, 주교, 수녀원장 등과 논쟁적인 주제를 놓고 토론을 벌이는 것이었다. 화학이나 새로운 골동품 흉상을 연구하거나 '현자의 돌'을 찾아 나설 계획이 있는 모험가라면 누구나 틀림없이 그녀의 후원을 받을 수 있었다. 그녀에게는 몰두할 일거리가 수도 없이 많았고, 유럽 전역에서 모여든 린도니라, 혹은 칼리스타*** 같은 이름의 삼류 시인들이 부르는 소네트가 끊임없이 귓가에 울려 퍼졌다. 그녀의 방은 자기로 만든 흉물스러운 중국 조각상과 온갖 종류의 골동품으로 넘쳐났다.

원칙에 관한 한 그녀보다 더 자신만만한 여자는 한 명도 없었고,

---

* blue-stocking: 전통적으로 여성의 몫이었던 가사나 육아보다는 사상이나 학문 등 남성들의 영역에 더 관심이 많은 여자를 못마땅하게 칭하는 용어이다.

** 프랑스의 고전문학자 안느 르페브르 다시에Anne Lefèbvre Dacier(1651~1770)를 말한다. 고전문학자의 딸로 태어나 성장한 안느는 마찬가지로 고전문학자였던 앙드레 다시에André Dacier와 결혼했다. 당대 '여성 석학(femme savante)'의 최고봉으로 꼽히는 다시에는 『명상록』을 쓴 로마의 철학자 마르쿠스 아우렐리우스에 관한 책을 내기도 했고 칼리마커스Callimachus, 아나크레온Anacreon, 호메로스 같은 그리스 시인들의 작품을 프랑스어로 번역하기도 했다.

*** Calista: 영국의 계관시인 니콜라스 로Nicholas Rowe(1674~1718)의 희곡 「아름다운 참회The Fair Penitent」의 여주인공을 암시하는 듯하다. 영국의 비평가 윌리엄 해즐릿William Hazlitt(1778~1830)은 칼리스타를 '고귀한 정신과 과격한 결단력을 갖추어 온갖 곳에 간섭을 해대지만 참회는 절대 할 줄 모르는 여자'라고 기술했다.

그녀가 누리고 있는 것보다 더 아낌없는 사랑을 허락받은 여자 역시 한 명도 없었다. 그 시절 꽤 괜찮은 신사들이 연애할 때 습관처럼 행하던 한 가지 구애 방식이 있었는데, 요즘처럼 노골적이고 거칠기 짝이 없는 시대의 눈으로 보면 이해가 잘 가지 않는 방식이다. 그것은 젊은이건 늙은이건 온갖 찬사를 홍수처럼 쏟아내어 편지를 쓰거나 노랫말을 짓는 것이었는데, 정신 똑바로 박힌 요즘 여자한테 속삭이면 뚱한 표정으로 쳐다볼 만한 찬사였기 때문에, 지난 세기의 용감한 기사도가 영원히 사라지면서 그 방식도 우리의 관습에서 모습을 감추게 되었다.

레이디 린든은 비좁은 자신의 반경 안에서만 움직였다. 그런데도 여행 중에 부리는 마차는 대여섯 대에 달했다. 그중에서도 특히 본인이 쓰는 마차에는 (품질 면에서 다소 떨어지는) 여인 한 명, 키우는 새 몇 마리와 푸들 몇 마리, 당분간 최고의 '석학'으로 꼽힐 인물들을 함께 태우고 구경을 다녔다. 그리고 또 다른 마차 한 대에 여비서 한 명과 시녀 몇 명을 태웠다. 그렇게 많은 사람의 시중을 받았는데도 그 마님의 외모는 매춘부보다 나을 것이 없었다. 찰스 린든 경 역시 따로 자기 마차를 타고 다녔고, 집에서 부리는 사람들도 한 팀처럼 다른 탈것을 이용해 그 뒤를 따르곤 했다.

레이디 린든의 담임 사제 역시 따로 마차를 타고 다녔다는 이야기를 빼먹어서는 안 된다. 런트 씨는 그녀의 아들, 어린 불링던 자작의 관리자이기도 했다. 아버지는 아들에게 무관심한 것 이상이었고, 어머니는 하루의 공식적인 인사 시간 2분을 제외하면 아들을 쳐다보지도 않았기 때문에 그 어린 소년은 늘 우울함에 젖어 있는 외톨이였는데, 그 인사 시간도 어머니가 그저 역사나 라틴어 문법에 대해 몇 가지 질문을 던지는 게 고작이었고, 그것마저 끝나버리면 어린 아들은 온종일 저 혼자 재미난 일을 하도록 방치되거나 관리자의 보살핌을 받았다.

내가 공개적인 자리에서 종종 목격한, 아첨을 일삼는 궁핍한 성직자와 학교 선생들한테 늘 둘러싸여 있던 '미네르바'*라는 그 관념적 개념은 때때로 나를 두렵게 만들었기 때문에 나는 그녀와 친분을 쌓고 싶은 마음이 추호도 없었다. 나는 그 대단한 여자 앞에 일렬로 늘어서 있는 거지같은 숭배자들, 그러니까 그녀가 희극을 보는 귀부인 발코니에 자리 하나만 내줘도, 혹은 정오에 즐기는 정찬 테이블에 밥공기 하나만 던져줘도 기꺼이 기쁜 마음으로 시를 짓고 편지를 쓰고 심부름을 하러 달려가는, 절반은 친구이고 절반은 하인인 지인 무리 중 한 명이 되고 싶은 마음이 추호도 없었다. "겁낼 것 없네." 자신의 아내를 중요한 대화 주제이자 험담거리로 써먹는 찰스 린든 경은 이렇게 말하곤 했다. "나의 린도니라가 자네한테는 아무 짓도 안 할 테니까. 그녀는 아일랜드 케리주 억양보다는 이탈리아 토스카나 지방 억양을 더 좋아하거든. 아내 말이, 여자들 모임에 도저히 들일 수 없을 정도로 자네한테서 마구간 냄새가 심하게 난다고 하더군. 2주 전엔가 일요일에는 인사를 하러 와서 나한테 이런 말도 했다네. '이봐요, 찰스 린든 경, 도대체 왜 전하의 대사까지 지낸 신사 양반께서 비천한 아일랜드 훼방꾼이랑 노름판, 술판을 벌여 스스로 위신을 떨어뜨리는 건지 궁금하네요!' 그렇게 분노에 차서 펄쩍 뛸 필요 없네. 나는 장애자가 아닌가. 그리고 그 말을 한 사람은 내가 아니라 린도니라라네."

그 말에 몹시 기분이 상한 나는 레이디 린든과 친분을 쌓기로 결심했다. 린든 가문이 부당하게 취한 재산의 원래 소유주인 배리 가문

* Minerva: 고대 로마 신화에서 '학문과 예술'을 관장하던 여신으로 그리스 신화의 아테나에 해당된다.

의 후손은 그 어떤 아가씨에게도 자격이 부족한 상대가 아니라는 사실을 그 귀부인 마님에게 보여주지 않는다면 그녀가 계속 그런 식으로 몹시 도도하게 굴 테니까. 더욱이 내 친구인 그 기사 양반은 죽어가고 있었으므로 그의 부인은 곧 세 개 왕국을 통틀어 가장 값비싼 상품이 될 터였다. 그러니 내가 그녀를 얻어내지 말란 법도 없지 않은가? 그녀를 얻는 동시에 내 재능과 성향이 바라는 형태의 출세 수단까지 함께 얻어내지 말란 법도 없지 않은가? 나는 내가 기독교권에 살고 있는 그 어떤 린든 가문 사람에게도 혈통과 교육이라는 면에서 전혀 뒤지지 않는다고 생각했기 때문에 그 오만한 여자를 굴복시키기로 마음먹었다. 그리고 뭐든 내가 일단 마음만 먹으면 사실 그 일은 다 된 밥이나 마찬가지였다.

나는 백부님과 그 문제를 상의했고, 우리는 린든 성의 그 위풍당당한 여인에게 접근할 방법을 신속히 강구해냈다. 어린 불링던 경의 관리자인 런트 씨는 여름 저녁 정원 정자에서 라인강 유역에서 생산된 포도주를 한잔하며 즐거운 시간을 보내는 것을 좋아했고 기회가 생기면 남몰래 주사위를 던지는 것 역시 좋아했다. 나는, 대학에서 학생들을 가르치던 그 잉글랜드인, 상류층 인사 비슷한 사람이면 그 누구에게든 언제나 무릎 꿇을 준비가 되어 있던 그 사람을 친구로 만드는 작전에 조심스럽게 돌입했다. 내가 수행단처럼 이끌고 다니는 하인 무리, 내가 어울리는 사람, 내 마차, 내 시종들, 내 경호원, 내 말들, 금붙이와 벨벳과 담비 털로 치장된 내 의상, 거리를 오갈 때나 스파에서 유럽 최상류층 사람들과 만나 인사를 나누는 우리의 모습 등을 보여주자 런트 씨는 잘나가는 나의 면모에 압도되었고 손가락을 까딱여 부를 수 있는 내 사람이 되었다. 내가 카지노에 딸린 작은 방에서 열리는 화려한 정찬에 와서 백작 두 명과 함께 식사를 하자고 초대했을 때 그 불쌍한 상것이 깜짝 놀라던 모습을 나는 영원히 잊지 못할 것이다. 나는 우리와 함께 게임을 해서 딴 돈 몇 푼을 가져가도 좋다고 허락해줌으로써 그를 몹시 행복하게 만들었고, 그는 순식간에 술에 취해 케임브리지대학에서 유행하는 노래를 부르는가 하면 지독하게 요크셔 억양이 강한 프랑스어로 대학에서 자신이 만난 온갖 귀족과 대학에 고용된 잡부들의 이야기를 들려줌으로써 동석한 사람들을 즐겁게 해주었다. 나는 좀더 자주 나를 보러 와도 되며 그가 모시는 어린 자작을 대동해도 좋다고 그를 다독였고, 어린 자작은 나만 보면 언제나 혐오감을 드러냈는데도 그 녀석이 오면 나는 신경 써서 달콤한 군것질거리와 장난감, 그림책 등을 잔뜩 내놓았다.

그런 다음 나는 런트 씨와 토론을 시작했고, 내가 품고 있는 몇 가지 의심을, 로마 교회에 굉장히 경도되어 있는 사람이나 이야기할 법한 주제에 대한 의심을 그에게 털어놓았다. 늘 그렇듯이 그 논제들이 그의 마님에게 전달되리라는 사실을 알고 있었기 때문에, 일면식이 있는 어떤 수도원장으로부터 화체설*을 비롯해 그 정직한 런트 선생이 대답하기 곤혹스러워 할 여러 교리를 다룬 편지 몇 통을 미리 받아두었던 것이다. 나는 그녀의 호텔 방에서 봉헌되던, 그 시기 스파에 있던 최상류층 잉글랜드인들이 단골로 모여들던 영어 미사에 나도 참석하게 해달라고 청했는데, 내가 미사에 참석한 지 두번째 일요일 만에 그녀는 체

---

* 화체설(化體說), transubstantiation: 성찬(聖餐)에 관한 이론으로, 성찬식을 진행하면서 사제의 축복을 통해 떡과 포도주가 그리스도의 몸과 피로 변한다는 교리이다. 형상은 그대로이지만 실체는 변화한다는 이 교리는 1551년 트렌트 공의회에서 로마 가톨릭의 공식 교리로 선포되었다.

통을 버리고 나를 바라보았고, 세번째 일요일에는 내가 허리를 굽혀 공손히 절하자 그녀도 반가워하며 목례로 내 인사에 답하기에, 그다음 날 나는 그녀가 공개적으로 산책을 하는 중에 또 다른 방식으로 경의를 표함으로써 그녀와 친분을 다지는 일에 박차를 가했다. 기나긴 그 과정을 간략하게 줄여 말하면, 채 6주가 지나기 전에 그 귀부인 마님과 내가 화체설에 대해 서신으로 대화를 나누게 되었다는 이야기다. 나의 여인은 담임 사제의 지원군으로 나섰고, 예상했던 대로, 그 사제의 주장에 엄청난 무게가 실리기 시작했다. 아무에게도 피해를 끼치지 않은 그 소소한 음모가 어떻게 진행되었는지를 여기에서 시시콜콜 이야기할 필요는 없을 것 같다. 아름다운 여인이 관련되어 있는 경우, 독자들도 모두 나와 비슷한 전략을 써가며 살아왔으리라 믿어 의심치 않으므로.

어느 여름날 저녁, 깜짝 놀라던 찰스 린든 경의 모습을 나는 영원히 잊을 수 없을 것이다. 린든 경은 평소 습관대로 의자 모양의 가마를 타고 도박장으로 나가는 중이었는데, 그때 네 마리 말이 끄는 귀부인의 4인승 마차가 린든 가문의 황갈색 제복을 입은 경호원을 밖에 태운 채, 그들이 지내고 있던 건물 안마당으로 들어섰고, 그 마차 안 귀부인의 옆자리에는 다른 누구도 아닌, 그녀가 즐겨 부르던 호칭을 빌리자면 '천박한 아일랜드인 투기꾼', 그러니까 '신사 레드먼드 배리'가 앉아 있었던 것이다.

그는 최대한 정중하게 인사를 건네고는 통풍이 허락하는 한도 내에서 가장 품위 있는 태도로 모자를 흔들며 빙그레 웃었고, 귀부인과 나도 우리 나름대로 가장 공손하고 우아한 태도로 그 인사에 답했다.

나는 그 뒤로 세 시간 동안이나 레이디 린든과 화체설에 대해 토론을 해야 했기 때문에 한참 뒤에야 도박판에 갈 수 있었다. 그 토론은 평소와 마찬가지로 그녀의 승리로 끝났고, 동석해 있던 고귀한 플린트 스키너 양은 토론 중에 잠이 들어버렸다. 마침내 내가 카지노에 있던 찰스 린든 경의 무리에 합류하자, 그는 평소 습관대로 너털웃음을 터뜨리며 나를 맞이했고, 일행 모두에게 나를 레이디 린든이 한창 관심을 쏟고 있는 젊은 개종자라고 소개했다. 그것이 그의 방식이었다. 그는 늘 그렇게 매사에 웃고 조롱했던 것이다. 그는 발작성 통증이 일 때도 웃었고 돈을 딸 때는 물론 돈을 잃을 때도 웃었다. 그의 웃음은 명랑하고 쾌활한 웃음이 아니라, 상당히 고통스럽고 냉소적인 웃음이었다.

그는 푼터 대령, 로더 대령, 카로* 백작을 비롯해, 종종 게임이 끝난 뒤 라인강에서 잡은 송어 요리 한두 접시를 곁들여 샴페인 한 병을 함께 마시며 맛을 평가하던 몇몇 유쾌한 치들에게 이렇게 말했다. "신사 여러분, 이 쾌활한 젊은이를 보시오! 종교적인 양심 때문에 난관에 봉착하자, 우리 집안 사제 런트 씨라는 피난처로 날아든 친구요. 런트 씨가 그 문제로 내 아내 레이디 린든한테 조언을 구했고 말이오. 그래서 지금 두 사람이 머리를 맞대고, 내 친구인 저 영리한 젊은이의 신앙 문제에 대한 답을 찾는 중이라오. 여러분은 저런 신학자나 신도 이야기를 들어본 적이 있소?"

나는 말했다. "각하, 내가 정말로 훌륭한 교리를 배우고 싶다면 각하보다는 각하의 부인이나 신부님한테 도움을 청하는 편이 훨씬 낫다는 것만큼은 분명한 사실이지 않습니까!"

"저자는 내 자리를 차지하고 싶은 거요!" 기사가 말을 이었다.

나는 그 말에 이렇게 응수했다. "그 자리에 앉아 있는 사람은 행복

---

* Carreau: 프랑스어로 '트럼프 카드의 다이아몬드 패 한 벌'을 뜻한다.

했을 겁니다. 그 결혼 생활에 통풍, 결석이 포함되어 있지 않았다면 말입니다!" 그는 내 대답에 매우 못마땅한 기색을 내비쳤고, 나에 대한 앙심도 점점 깊어졌다. 그는 언제나 술에 취하면 마음대로 말을 내뱉었는데, 솔직히 말해서, 매주 의사들이 허용한 횟수보다 훨씬 더 자주 술에 취해 있었다.

"종착역에 거의 다 와가는 내게는, 내 가정이 행복한 가정이라는 사실을 알게 되는 일이 그리 즐겁지 않소. 이제는 내 후임자를 임명할 생각까지 하다니, 내 아내가 정말로 나를 아끼는 것 같지 않소? (그게 정확히 자네라는 말은 아닐세, 배리 씨. 자네는 다른 후보들과 마찬가지로 그냥 가능성을 부여받은 것뿐이니까. 대라고 하면 나는 그 후보들 이름을 수십 개는 댈 수 있네.) 조신한 아내답게 먼 길 떠나는 남편을 위해 모든 일을 두루 챙기는 그녀의 모습을 이렇게 지켜볼 수 있다니, 내게 정말 큰 위안이 되지 않겠소?"

"기사 나리, 우리를 그렇게 금방 버려두고 떠나실 생각은 하지 않으셨으면 좋겠습니다." 나는 이렇게 말했고, 함께 취미를 즐기는 동료로서 그가 내 마음에 들었기 때문에 그 말은 완벽한 진심이었다.

린든 경이 말을 이었다. "이 친구야, 아마 자네가 꿈꾸는 것처럼 그렇게 금방은 아닐 걸세. 지난 몇 년 동안 나한테는 이런 일이 늘 있었거든. 내 자리에 지원하려고 대기 중인 후보도 늘 한두 명 있었고 말이지. 내가 자네를 얼마나 오래 기다리게 할지 누가 알겠는가?" 그리고 정말로 그는, 어떤 이유로든 내가 의심 받을 수 있었던 그 시기에 예상했던 것보다는 조금 더 긴 시간 나를 기다리게 **만들었다.**

나는 평소 내 방식대로 모든 것을 솔직하게 털어놓겠다고 이미 밝힌 바 있고, 작가는 작품의 주인공이 사랑에 빠진 여자들에 대해 기술하는 것이 관례니까, 그런 유행을 따르려면 나의 레이디 린든의 매력을 칭송하는 말 한두 마디쯤은 해야 할 것 같은 기분이 든다. 그러나 비록 나 역시 내가 직접 쓴 시, 혹은 남이 쓴 시를 수도 없이 많이 베껴서 그녀의 매력을 칭송하기는 했지만, 그리고 그 시절 유행하던 열렬한 문체로 모든 사람 앞에서 그녀의 아름다움과 미소를 찬탄하는 글, 온갖 종류의 꽃과 여신과 어디선가 주워들은 여주인공 이름을 모조리 들먹여가며 그녀와 비교한 글 따위로 몇 묶음의 종이를 가득 채우기는 했지만, 진실의 요구에 따라 말하노니, 그녀에게는 성스러운 면이 조금도 없었다. 그녀는 아주 괜찮았지만, 그 이상은 아니었다. 그녀의 몸매는 멋졌고 검은 머릿결과 두 눈동자 역시 예뻤지만, 지나치게 활동적이었다. 그녀는 노래 부르는 것을 좋아했지만, 실제로 노래를 부를 때면 여인치고는 너무 과하게 심취해서 음정에서 벗어나는 일이 아주 잦았다. 수박 겉 핥기 수준이기는 했지만 그녀는 현대 언어를 대여섯 개나 구사할 줄 알았고, 앞서 이미 말했듯 엄청나게 많은 여러 과학 분야에 빠져 있었는데, 그중에는 나로서는 명칭 자체를 난생처음 듣는 과학 분야도 있었다. 또 라틴어와 그리스어를 아는 티를 많이 냈는데, 사실 그것은 그녀가 방대한 양의 서신에 쓸 수 있게 런트 씨가 인용문을 찾아 공급해준 덕분이었다. 불편하게 느껴질 정도로 허영이 심했던 그녀는 그만큼 칭찬 받는 것을 굉장히 좋아했고, 내가 아는 그 어떤 여자보다도 속이 좁았다. 그렇지 않았다면 그녀의 아들 불링던 경이 나와의 불화 때문에 달아났을 때…… 아, 이 문제는 적절한 때가 되면 그때 다시 이야기해야겠다. 그리고 결정적으로 레이디 린든은 당연히 자기가 나보다 세 살이 어리다고 성경을 걸고 맹세까지 했지만, 나보다 대략 한 살이 더 많았다.

자신의 진짜 동기를 밝히려는 사람이 드문 만큼, 이 세상에는 나처럼 정말로 솔직한 사람도 드물지만 나는 내 진짜 동기를 여기에 털어놓는 것이 아무렇지도 않다. 찰스 린든 경이 했던 말은 완벽한 진실이었다. 나는 내 나름의 속셈이 있었기 때문에 레이디 린든과 친분을 쌓았던 것이다. 앞서 서술한, 린든 경이 나를 웃음거리로 만들었던 그 일 뒤에 우리 두 사람만 따로 만난 적이 있었다. 그때 나는 이렇게 말했다. "각하, 승자를 비웃음거리로 만드셨더군요. 그날 이후로 며칠 밤 동안 부인과 관련된 나의 의도와 나를 이야깃거리로 삼아 아주 즐거운 시간을 보내셨습니다. 흠, 내 의도가 각하께서 생각하고 계신 그것이라고, 그러니까 내가 **정말로** 각하의 자리를 차지하기를 바란다고 칩시다. 그래서 뭐요? 각하께서 결혼할 때 의도하셨던 것, 내게도 그 이상의 의도는 없습니다. 나도 곧 각하께서 그녀에게 보여주셨던 딱 그만큼만 나의 레이디 린든에게 관심을 보이겠노라 맹세하게 되겠지요. 기사 나리, 각하께서 세상을 떠나신 뒤면, 오, 주여, 그녀를 얻어 내게 굴복시킬 수 있을 텐데 각하의 유령 따위가 두려워 내가 그것을 단념할 것이라고 생각하십니까?"

린든은 평소처럼 웃음을 터뜨렸지만, 왠지 당황한 것처럼 느껴졌다. 내가 그 토론에서 유리한 고지를 선점한 것이 틀림없었다. 그에게 있는 권리만큼 내게도 내 운을 사냥할 권리가 있었던 것이다.

그러던 어느 날 린든은 이렇게 말했다. "내 말을 새겨듣게. 내 아내 레이디 린든 같은 여자랑 결혼을 하면 그 선택을 후회하게 될 걸세. 이전에 누렸던 자유를 그리워하게 될 거라 그 말일세. 정말로, 배리 대위." 그러고는 한숨을 내쉬며 이렇게 덧붙였다. "늙어서 감각이 무뎌진 데다 죽어가고 있어서 그런지 모르겠지만, 내 평생 가장 후회스러운 일은 제대로 된 연애 한번 해본 적이 없다는 사실이라네."

나는 그 터무니없는 말에 웃음을 터뜨리며 말했다. "하하! 누구랑요? 우유 짜는 하인의 딸이랑요?"

"흠, 우유 짜는 하인의 딸이 어때서? 이 순진한 친구야, 대부분의 신사들처럼 나도 젊었을 때는 사랑에 빠진 적이 있다네. 상대는 내 가정교사의 딸로 헬레나라는 씩씩한 소녀였지. 물론 나이는 나보다 많았지만. (그 말을 듣자 내 인생 초창기에 겪었던, 노라 브래디와의 풋사랑이 떠올랐다.) 내가 그녀랑 결혼하지 않은 것을 얼마나 가슴 저리게 후회하는지 자네는 모르지? 궂은 집안일을 마다하지 않는 정숙한 아내를 집에 두고 의지하는 것만큼 좋은 일은 없다네. 그런 결혼 생활은 세상 일을 즐길 수 있는 열정을 제공해주거든. 내 말을 믿어보게나. 지각 있는 사람 중에 아내를 얻기 위해서 자신을 억제하거나 자신이 기쁨을 느끼는 일을 거부하는 사람은 없을 걸세. 아내와 달리 키우기 적당한 동물을 선택하는 것이라면 누구나 자신이 즐거워하는 일에 전혀 방해가 되지 않고 고단한 시간에 위로가 되는 그런 동물을 택하겠지. 예를 들어볼까? 통풍을 앓고 있는 나를 돌보고 있는 사람은 누구지? 언제든 그럴 힘이 생기기만 하면 날 등쳐먹을 것이 뻔한, 고용된 하인이잖나. 아내는 내 곁에 얼씬도 안 한다네. 그럼 내게 어떤 친구가 있을까? 나는 이 넓은 세상에 친구 한 명 없다네. 자네나 나처럼 세상 물정에 밝은 사람들은 친구를 만들지 않지. 우리는 애쓴 보람도 찾지 못하는 바보들이야. 그러니 친구를 만들게. 친구 같은 여자, 자네를 사랑하며 힘든 집안일을 마다하지 않는 착한 여자를 만나라, 그 말일세. 그러면 그 대가는 모두 여자 쪽에서 치를 텐데, **그것**만큼 값진 우정이 또 어디 있겠는가. **남자는** 그런 여자를 만나야 가정에 아무것도 기여할 필요가 없는 거야. 만약 그 남자가 악당이라도 그 여자는 그가 천사라고 단언할 걸세. 그 남자가 야수라도, 자신을 막 대한다는 사실 때문에 그 남자를 좋아할 거고. 여자들은 그런 걸 좋아하니까. 여자들은 우리 남자들에게 최고의 편안함과 편리함을 제공하기 위해 태어난 존재들이잖나. 그러니까 우리, 우리의, 판단력 있는 구둣주걱이라, 그 말이야. 내 말을 믿게. 자네처럼 인생을 사는 남자들한테는 그런 여자가 더 긴요한 법이라네. 나는 오로지 자네의 심신이 편안하길 바라는 마음에서 이런 말을 하는 것이니 내 말을 명심하게나. 도대체 나는 왜 그 부목사의 딸, 가련한 헬레나 플라워와 결혼하지 않았을까?"

나는 찰스 린든 경의 이 말이 얼마나 진실한 진술인지 알 정도의 이성은 있는 사람이었는데도, 당시에는 이 말을 좌절감에 빠진 허약한 한 남자의 푸념이라고 생각했다. 나의 개인적인 의견을 말하자면, 우리가 돈을 사는 데 지나치게 값비싼 비용을 들이는 일이 잦은 것만은 사실이다. 재능과 용기를 갖춘 젊은이가 혐오스러운 아내라는 값을 치르고 몇 천 파운드의 연 수입을 사는 짓은 정말 한심하기 짝이 없는 경제 행위이다. 생각해보면 나 역시 내 인생에서 가장 화려하고 풍족한 생활을 하던 때에도, 그러니까 우리 집 접견실에서는 귀족 대여섯 명이 나를 기다리고 있고, 우리 집 마구간에는 가장 품질 좋은 말이 가득하고, 내 머리 위에는 가장 웅장한 저택이 펼쳐져 있고, 주거래 은행의 내 신용 한도는 무한대이고, 거기에 발로 걷어찰 레이디 린든까지 있던 와중에도, 그녀한테서 벗어날 수 있게 뵐로 연대의 사병이든 뭐든 다른 것이 되고 싶다는 생각이 드는 순간이 여러 번 있었다. 하지만 지금은 일단 이야기로 다시 돌아가자. 여러 질환을 복합적으로 앓고 있던 찰스 린든 경은 우리 눈앞에서 조금씩 죽어가고 있었다. 젊고 잘생긴 사내가 말 그대로 자기 면전에서 자기 아내에게 구애하는 꼴을 지켜보는 일이 그에게는 결코 유쾌할 수 없었으리라고 나는 확신한다. 화체설 토론으로 일단 그 집에 발을 들여놓은 뒤로 나는 그녀와 친분을 다질 수 있는 다른 경우들을 십 수 가지나 더 찾아냈고, 아예 그 귀부인의 방 안에 거의 눌러살다시피 했다. 온 세상이 입방아를 찧어댔고 내게 으박질러댔지만, 그런다고 내가 그런 것에 신경이나 썼겠는가? 남자들은 나만 보면 수치를 모르는 아일랜드 투기꾼이라며 콧방귀를 연신 뀌어댔지만, 앞서 이야기했듯 내게는 시기심에 휩싸인 그런 자들을 침묵시키는 나만의 방식이 있었다. 그즈음 내 검은 이미, 감히 겨루고 싶어 하는 사람이 거의 없을 정도로 유럽 전역에 명성이 자자했다. 나는 원래 일단 어떤 자리를 차지할 수만 있으면, 그 자리를 계속 지키는 사람이다. 그 시절 나는 여러 집을 드나들었는데 어느 집에 가든 나를 피하는 남자들을 볼 수 있었다. 그들은 이렇게 말하곤 했다. "쳇! 저 아일랜드 상놈." "하! 음흉한 투기꾼께서 납셨군." "저 꼴 보기 싫은 훼방꾼 개새끼 좀 눈앞에서 꺼져줬으면!" 기타 등등. 그런 혐오감은 내가 세상을 살아가는 데 큰 도움이 되었다. 내가 한 놈한테만 매달렸다면 그 무엇도 내가 그렇게 위세를 떨칠 수 있게 해주지 못했을 것이기 때문이다. 그리고 이렇게 혼자 남아 외톨이가 되고 보니 그런 일들도 많이 일어날수록 좋은 것 같다. 아무튼 그 시절 내가 레이디 린든에게 했던 말들은 모두 완벽한 진심이었다. "칼리스타, (나는 편지에서 그녀를 '칼리스타'라고 부르곤 했다) 티 없이 깨끗한 그대의 영혼에 대고, 꺼트릴 수 없는 그대의 초롱초롱한 눈빛에 대고, 하늘과 그대의 가슴속에 있는 모든 깨끗하고 순결한 것들에 대고 내 그대에게 맹세하노니, 나는 그대를 따르는 행위를 절대로 멈추지 않을 것이오. 나는 그대의 두 손에 담긴 경멸을 지금껏 견뎌냈고 앞으로도 견뎌낼 수 있소. 또 무관심도 극복할 수 있소. 그 무관심은 나의 열정이 타고 넘어가야 할 거대한 바위요, 구부러지지 않는 강철 같은 내 영혼을 끌어당기는 자석이라오!" 나는 이렇게 썼고 그것은 진심이었다. 나는 그녀를 절대로, 문 앞으로 찾아간 나를 그들이 매일같이 발로 걷어차 계단 아래로 굴려 떨어뜨린다고 해도 놓아주지 않을 작정이었다.

그것이 바로 여자를 꾀는 나만의 방식이었다. 반드시 인생에서 한 몫 잡고자 하는 사내라면 이 격언을 기억하라. **공격**만이 유일한 비결이다. 덤벼라. 그러면 언제나 세상이 길을 비켜줄 테니. 혹 세상이 당신을 패배시킨다 하더라도 또다시 덤벼라. 그러면 세상이 무릎을 꿇을 테니. 그 시절 내가 얼마나 강심장이었느냐 하면, 설사 그 상대가 왕족 혈통의 공주였다고 해도 내가 결혼할 마음만 먹었다면 나는 그녀를 차지했을 것이다!

나는 진실을 아주아주 조금만 바꾸어서 칼리스타에게 내 이야기를 들려줬다. 나의 목표는 내가 원하는 것에 덤벼들고 덤벼든 것은 반드시 쟁취하는 사내라는 사실을 알려줌으로써 그녀에게 겁을 주려는 것이었다. 또 내 이야기에는 나의 강철 같은 의지와 불굴의 용기를 그녀에게 확신시키고도 남을 만큼 충격적인 내용들이 담겨 있었다. 나는 그녀에게 이렇게 말하곤 했다. "내게서 달아날 생각일랑은 아예 하지도 마시오, 마담. 다른 남자한테 결혼하자고 말해보시오. 그럼 그자는 아직 제대로 된 임자를 한 번도 만나본 적 없는 이 검에 목숨을 잃게 될 테니까. 내게서 날아가보시오. 그럼 명계(冥界) 왕 하데스의 지옥문까지라도 따라갈 테니까." 장담하는데, 내가 쓴 이런 언어는 그때까지 그녀가 빤질빤질한 멋쟁이 숭배자들한테 습관처럼 들어온 사랑 고백과는 사뭇 다른 언어였을 것이다. 그녀 주위에서 얼쩡대는 그치들을 내가 어떻게 겁주어 쫓아버렸는지 독자들이 직접 보았어야 하는 건데!

내가 이렇게 열정적인 어조로, 필요하다면 스틱스강을 건너서라도 레이디 린든을 쫓아가겠다고 말했던 것은 물론, 그 과정에서 더 적절한 해결책이 전혀 나타나지 않으면 그렇게 하겠다는 뜻이었다. 린든 경이 죽지 않는다면 여백작을 그렇게 열심히 쫓아가봐야 무슨 소용이 있겠는가? 그리고 어찌 된 일인지 스파에서 지내는 기간이 끝나갈수록 그 기사는 오히려 새록새록 활기를 되찾았는데, 고백하건대 내게 그것은 참으로 원통한 일이었다. 그 무엇도 그를 죽일 수 없을 것만 같았다. 린든 경은 평소처럼 웃음을 터뜨리며 이렇게 말하곤 했다. "자네한테 미안하구먼, 배리 대위. 자네든 다른 신사든, 이렇게 오래 기다리게 하다니 내 마음이 다 안 좋네. 내 주치의랑 다른 작당을 하든지, 요리사한테 내 오믈렛에 비소를 치라고 시키든지 하는 것이 더 낫지 않겠나?" 그러고는 이렇게 덧붙였다. "신사 여러분, 배리 대위가 교수형을 당하는 모습을 보지 못하고 내가 눈을 감을 확률이 얼마나 된다고 보시오?"

사실 의사들이 그의 수명을 땜질해 1년 정도 더 늘려놓은 셈이었다. 나는 결국 참지 못하고 내가 가장 믿고 의지하는 사람이자 사랑이란 감정에 관한 한 세상에서 가장 훌륭한 조언자인 백부님한테 이렇게 털어놓고 말았다. "제 팔자가 그렇죠, 뭐. 그 바람둥이 여백작한테 금쪽같은 제 감정만 공연히 허비했네요. 이제 그 남편이란 작자는 건강을 회복해서, 앞으로 몇 년이 더 될지 짐작도 할 수 없을 만큼 오래 살 것 같단 말입니다!" 그리고 내게 원통함을 더 보태주기라도 하려는 듯, 그즈음에 스파에 새로운 인물들이 도착했는데, 그중에는 알부자인 잉글랜드 양초 제조업자의 상속녀도 있었고, 노르만족 출신으로 소 판매상이자 소작료 징수원이었던 사내의 과부, 부종을 갖고 있었지만 20만 리브르의 연 수입도 갖고 있는 마담 코르뉘*도 있었다.

"그 기사가 죽지 않는다면 린든 부부를 뒤쫓아 잉글랜드로 가봐야 무슨 소용이 있겠습니까?" 내가 말했다.

"순진해빠진 내 새끼, 그 사람들을 쫓아갈 것 없다. 여기 계속 머물면서 새로 도착하는 여자들한테 구혼을 해보렴." 백부님이 대답했다.

"그래야겠어요. 그러면 칼리스타도, 잉글랜드 전체를 통틀어 가장 큰 영지도 다 영원히 잃게 되겠지만요."

"푸, 푸! 너 같은 젊은 애들은 늘 너무 쉽게 달아오르고 너무 쉽게 낙담하더구나. 레이디 린든이랑 계속 서신 교환을 해라. 그 여자처럼 부유한 목표물이 없다는 사실은 너도 알고 있잖니. 편지 한 통에 1크라운만 주면 세상에서 가장 매력적인 편지들을 네 대신 써줄 아일랜드인 수도원장이 있다. 그녀를 그냥 보내주고 편지를 쓰라, 그 말이다. 그러면서 그동안에는 장차 나타날지 모르는 다른 대상을 물색하면 되니까. 누가 알겠니? 네가 그 노르만족 과부랑 결혼해서 그 여자 장례식을 치르고 그 여자 돈을 취하게 될지. 그러면서 동시에 그 기사의 죽음을 겪은 여백작을 맞이할 준비를 하게 될지."

그래서 나는 레이디 린든이 잉글랜드에 있는 자신의 영지로 돌아가야 하는 순간이 다가오자, 그녀의 몸종한테(그 몸종이 자신의 마님한테 그 사실을 분명히 알릴 테니까) 미리 20루이스의 돈을 주고 그녀의 머리카락 뭉치를 받아 챙긴 뒤, 여백작에게 더없이 정중하고 애정 어린 태도로 경의를 표하고는 지금 처리 중에 있는 명예로운 업무를 최대한 빨

---

* '코르뉘Cornu'는 프랑스어로 '뿔이 난, 뿔 모양의', 혹은 '황소'라는 뜻이다.

리 끝내고 곧바로 뒤따라가겠다고 맹세하며 작별을 고했다.

　그해 안에 그녀를 다시 만나게 되기 전까지 어떤 사건들이 뒤이어 일어났는지는 건너뛰려고 한다. 그녀는 약속한 대로 내게 편지를 썼는데, 처음에는 정기적으로 편지가 왔지만, 그 뒤로는 무슨 이유에서인지 그 빈도가 점차 뜸해졌다. 그동안에도 나의 도박장 사업은 꽤 쏠쏠하게 돌아갔다. 그런데 막 과부 코르뉘와 결혼을 하려는 순간(그때 우리는 브뤼셀에 있었고 그 불쌍한 영혼은 나한테 완전히 푹 빠져 있었다), 우연히 손에 들어온 『런던 가제트』*를 읽다가 나는 다음과 같은 기사를 발견했다.

　　바스의 기사, 데번셔 린든 의회 의원이자 수십 년 동안 유럽의 여러 왕실에서 전하의 대사로서 일해온 찰스 린든 경 각하가 아일랜드 왕국 린든 성에서 별세했다. 그는 세상을 떠났지만, 수많은 미덕과 재능, 그리고 전하의 신하로 일하며 얻은 합당한 명성 덕분에 모든 친구들에게 사랑받는 이름을 남겼다. 부인은 남편을 잃은 비통함 때문에 가눌 수 없는 슬픔에 빠져 있다. 경의 임종 당시 바스에 있던 귀부인, 즉 사별한 린든 여백작은 남편이 세상을 떠났다는 끔찍한 소식을 듣고는, 사랑하는 이의 유해를 거두는 서글픈 마지막 임무를 수행하기 위해 곧바로 아일랜드로 달려갔다.

　바로 그날 밤 나는 마차를 준비시켜 타고 부랴부랴 오스텐드로 간 다음, 그곳에서 배를 빌려 타고 도버로 건너갔다. 그러고는 신속하게

---

* 『런던 가제트London Gazette』: 17세기 후반부터 영국 정부에서 발행하던 공식 기관지로, 1주에 2회 발행되었으며, 정부의 행사, 승진을 비롯해 공적인 여러 소식이 게재되었다.

서쪽으로 이동해 브리스틀에 도착했다. 그 항구에서 워터포드를 향해 출항했고, 마침내 11년 동안이나 떠나 있었던 내 고국 땅에 서 있는 나를 발견했다.

제14장
아일랜드로 돌아와 나의 화려한 모습과 관대한 성품을 왕국 전체에 과시하다

그동안 내 삶에 얼마나 많은 변화가 일어났던가! 고국을 떠날 때 나는 무일푼의 불쌍한 소년이요, 끔찍한 보병 연대의 사병이었다. 그랬던 내가, 삶의 모든 장면 속에 주연 배우로 녹아듦으로써, 전쟁과 사랑을 겪음으로써, 오로지 나의 재능과 열정만으로 가난하고 이름 없는 존재에서 유능하고 화려한 존재가 되는 길을 개척함으로써, 다 합쳐 5천 기니라는 재산은 물론, 화려한 의상과 값이 2천 기니도 더 나가는 보석 상자까지 소유한 성공한 사내가 되어 금의환향했던 것이다. 황량하고 텅 빈 들판 위를 굴러가는 마차 창문으로 밖을 내다보고 있자니 옆으로 농노들의 비참한 오두막이 스쳐 지나갔다. 호화로운 마차가 지나가자 거적때기 밖으로 나와 그 모습을 멀거니 지켜보다가 최고급으로 도금된 마차 안에 타고 있는 낯선 이의 장엄한 모습을 보고 귀족 나리에게 예를 갖추려고 환호성을 질러대는 농노들, 은색 레이스 장식이 달린 녹색 제복 차림에 살짝 말린 콧수염을 달고 장발을 늘어뜨린 채 마차 뒤편에 철퍼덕 앉아 있던 거구의 시종 프리츠의 모습을 바라보면서 나는 상당히 자화자찬하는 마음을 품지 않을 수가 없었고, 내게 좋은 자질을 그토록 많이 부여해준 나의 별들에 감사하는 마음을 품지 않을 수가 없었다. 내게 그런 장점들이 없었다면, 나는 기껏해야 그때 내 마차가 더블린으로 이어진 그 길을 달리며 지나친 상것들의 마을 주변이나 으스대며 돌아다니는 비천한 아일랜드 소지주로 살았을 것이다. 어쩌면 노라 브래디랑 결혼을 했을 수도 있고(내가 그런 짓을 저지르지 않은 것은 모두 하늘의 보살핌 덕분이다. 나는 좋은 감정으로 그 소녀를 떠올린 적이 한 번도 없고, 심지어 그녀를 상실했을 때 느꼈던 그 씁쓸함을 지금 이 순간까지도 내 인생에 일어났던 어떤 사건보다도 더 또렷하게 기억하고 있다), 지금쯤 열 명이나 되는 아이의 아버지가 되어 있거나, 자작농, 대지주의 마름, 세금 징수원, 변호사 중 하나가 되어 있을지도 모른다. 그런 내가 유럽 전역에서 가장 유명한 신사가 되어 돌아오다니! 나는 시종에게 구리 동전이 든 가방을 가져와, 말을 갈려고 멈추어 선 우리 주위로 몰려드는 군중에게 그 동전을 뿌려주라고 명령했고, 곧이어 찬사와 경의를 표하는 환호성이 터져 나왔다. 장담하건대 그 소리는 그 옛날 타운센드* 총독 각하께서 마을을 지날 때 들리던 환호성에 버금갈 정도로 우렁찬 것이었다.

그 시절 아일랜드 도로가 얼마나 형편없었던지 신사의 마차는 끔찍할 정도로 더디게 전진했고, 이틀을 꼬박 달려서야 겨우 칼로에 도착한 나는, 결투에서 퀸을 죽였다고 생각하고 집에서 달아나면서 11년 전 묵었던 바로 그 여관으로 들어갔다. 그날의 매 순간이 어찌나 눈에 선

---

* 1767년 10월부터 1772년 11월까지 아일랜드 총독을 지낸 타운센드 자작, 조지 타운센드 George Townshend(1724~1807)를 말한다.

하던지! 그 옛날 내 시중을 들어주던 늙은 여관 주인은 이미 세상을 떠나고 없었다. 그 당시에는 너무나 편안한 곳이라고 생각했던 그 여관은 지금 보니 무너지기 일보 직전의 흉측한 몰골이었지만, 다행히 포도주 맛만큼은 그 옛날과 다름없이 훌륭했고 그 포도주 한 동이를 함께 마시자고 권하며 그 나라 소식을 물을 수 있는 여관 주인도 있었다.

대개 여관 주인들이 그렇듯 그 역시 풍문에 밝은 소식통이었다. 농작물과 시장, 최근 캐슬더멋 품평회에서 책정된 가축 가격, 교구 목사의 최근 소식, 호건 신부가 마지막으로 남긴 농담 등 모르는 것이 없었다. '화이트보이스'*가 어떻게 대지주의 건초 더미를 불태웠는지, 강도가 토머스 경의 저택을 털다가 잡혀서 얼마나 심하게 매를 맞았는지, 사냥개 여러 마리와 함께 나가는 킬케니 사냥 대회 다음 시즌에는 누가 출전하기로 되어 있는지, 지난 3월 달리던 사냥개들의 모습이 얼마나 놀라웠는지, 지금 마을에 어떤 기병대가 주둔하고 있는지, 비디 툴 양이 어쩌다가 멀린스 엔사인이랑 야반도주를 하게 됐는지 등등. 스포츠, 법령, 사계 법원** 등에 대한 온갖 자세한 소식들이 그 보잘것없지만 쓸만한 연대기 작가의 입에서 쏟아져 나왔는데, 내가 잉글랜드나 다른 외국 지방에서 왜 그 소식들을 전해 듣지 못했는지 궁금해하는 것으로 보아, 그는 전 세계가 자신처럼 킬케니와 칼로 주변에서 일어나는 일들에

---

 * 'Whiteboys': 아일랜드 농노, 소작농으로 조직된 비밀결사의 구성원을 부르는 명칭이다. 지주들을 위협해 불평등 문제를 개선하겠다는 목표 아래 과격한 활동을 민첩하게 전개했다. 1760년대 먼스터주를 근거지로 활동을 시작했을 때부터, 작전 수행 중에 옷 위에 흰색 셔츠를 겹쳐 입었기 때문에 이런 명칭으로 불렸다.
** 사계(四季) 법원, quarter-sessions: 법관이 상주하기 힘든 지방에서 1년에 네 차례 열리던 임시 법원으로, 처음에는 잉글랜드와 웨일스에서만 실시되다가 실시 영역이 조금씩 확대되었다. 그러나 법조계에 종사하는 인구가 증가함에 따라 이 제도는 점차 순회 재판 제도로 대체되었다.

관심이 있을 것이라 생각하는 모양이었다. 대화 중에 틈틈이 내가 기억하고 있던 옛날 사람들 이름이 툭툭 튀어나왔고 그 이름과 관련된 사건들이 수백 가지씩 연상되었기 때문에, 인정하건대, 나는 상당히 즐거운 마음으로 그 이야기에 귀를 기울였다.

그동안 나는 어머니에게서 수많은 편지를 받았고, 그 편지들을 통해 브래디스타운 가족들이 어떻게 지내고 있는지 알고 있었다. 외삼촌은 이미 세상을 떠났고, 외삼촌의 큰아들 믹도 아버지를 뒤따라 무덤에 묻혔다고 했다. 아버지의 그늘 밑에 있던 브래디 가문 딸들은 큰아들이 가장의 지위를 이어받자마자 뿔뿔이 흩어졌다. 그중 몇 명은 결혼했고, 몇 명은 혐오스러운 그 늙은 어미와 함께 벽지 온천 마을로 가 정착했다. 그 영지는 곧 율릭에게 상속되었으나 율릭의 파산으로 몰수 대상 부동산이 되고 말았고, 브래디 성에는 이제 박쥐와 올빼미와 늙은 사냥터지기만이 살고 있다고 했다. 나의 어머니 해리 배리 부인도, 자신이 가장 좋아하는 설교자 조울스 목사의 설교를 듣기 위해 그의 담당 교회가 있는 브레이로 이사 가 살고 있었다. 그리고 마침내 여관 주인의 입에서, 배리 부인의 아들이 외국으로 나가 프로이센 군대에 입대했는데 거기서 탈영병이 되어 총에 맞았다는, 나에 대한 이야기가 흘러나왔다.

별로 밝히고 싶지는 않지만, 나는 그날 해 질 무렵 식사를 마친 뒤 여관 주인의 마구간에 있던 우람한 말 한 마리를 빌려 타고 30킬로미터가량의 거리를 달려 나의 옛 고향 집에 갔다. 배리빌을 보자 심장이 두근거렸다. 집 현관 위에 절구와 절굿공이가 걸려 있었고, 이제 그곳은 맥셰인 박사가 운영하는 '의료 시설'이라는 이름으로 불린다고 했다. 내가 갔을 때, 붉은 머리 사내가 옛날 응접실이 있던 자리에 회반죽을 펴 바르고 있었다. 한때는 그토록 깨끗하고 밝던 내 방 자그마한 창문에는 여러 군데 금이 가 있었고 여기저기에 누더기가 꽂혀 있었다. 정리 정돈 전문가인 어머니가 가꾸던 정원 화단의 꽃들도 모두 사라지고 없었다. 교회 묘지에 갔더니 브래디 가문의 납골당 비석에 이름이 두 개 더 새겨져 있었다. 내가 존중한 적이 별로 없는 내 사촌의 이름과, 내가 늘 사랑해 마지않던 우리 외삼촌의 이름이었다. 나는 그 옛날 그토록 자주 나를 때려눕히던 옛 벗 대장장이의 집에 들러 내 말에게 먹이와 물을 좀 먹여달라고 청했다. 이제 닳고 닳아 피곤에 찌든 사내의 모습을 하고 있는 그 친구의 대장간 주변에는 누더기를 걸친 여남은 명의 아이가 뛰어놀고 있었고, 그는 자기 앞에 서 있는 신사가 누군지 전혀 기억하지 못했다. 나는 굳이 그의 기억을 헤집어 나를 떠올리게 만들려고 애쓰지 않다가 다음 날이 되어서야 그의 손에 10기니의 돈을 쥐여주고는 술이나 한잔 사 마시며 잉글랜드인 레드먼드의 건강을 위해 건배해달라고 당부했다.

브래디 성에 대해 말하자면, 사유지로 들어가는 문은 원래 자리에 그대로 붙어 있었지만, 진입로에 늘어서 있던 늙은 나무들은 모조리 잘려 나가서 여기저기에 시커먼 나무 밑동만 비죽이 남아 있었는데, 그 나무 밑동들이 이제는 풀로 뒤덮여버려 흔적만 남은 길을 달빛을 받으며 걸어가는 내 몸 위로 기다란 그림자를 내던지고 있었다. 저쪽 풀밭 위에 소 몇 마리가 있었다. 정원 문짝은 떨어지고 없었고, 정원에는 잡초가 무성했다. 나는 노라한테 차이던 날 앉아 있던 바로 그 낡은 벤치에 주저앉았다. 지금 생각해보니 분명 그 순간 내가 느낀 감정은 11년 전 소년이었을 때 느꼈던 감정보다 오히려 더 강렬했다. 노라 브래디한테 버림받은 일을 떠올리자 또 눈물이 나려는 것을 얼마나 꾹 참았던지. 인간은 그 무엇도 잊지 않는다고 나는 확신한다. 나는 꽃 한 송이를 보거나 사소한 말 한두 마디를 듣고, 이유는 알 수 없지만 수십 년 동안이나 잠들어 있던 기억이 떠오르는 경험을 한 적이 있다. (처음 런던을 방문했을 때 도박장으로 사용되고 있던,) 내가 태어난 클러지스가의 집에 첫발을 들여놓았을 때, 나의 어린 시절, 그러니까 실제 내 유년기의 기억이 불쑥 되살아났다. 헐렁한 꽃무늬 옷을 입고 애교 점을 붙인 어머니가 옆에 서서 지켜보는 가운데, 녹색과 금색 천으로 지은 옷을 입은 아버지가 문 앞에 세워놓은 도금된 마차를 보여주려고 나를 안아 올리던 기억이었다. 언젠가 그날이 오면 우리가 그동안 보고 생각하고 행한 모든 일들이 이런 식으로 되살아나 섬광처럼 우리의 마음을 스치고 지나가는 것은 아닐지 궁금하다. 안 그랬으면 좋겠는데 말이다. 아무튼 나는 그렇게 브래디 성 벤치에 앉아 그런 기분을 느끼며 지나가버린 나날에 대한 생각에 잠겨 있었다.

예전에도 늘 그랬듯 건물 안으로 들어가는 문은 열려 있었다. 길쭉하고 낡은 창문으로 비치는 달빛이 마룻바닥 위에 유령 같은 바둑판무늬를 그려내고 있었다. 그리고 맞은편 중앙 계단 위 하품을 하고 있는 푸른 창문 속에서 별들이 건물 안을 들여다보고 있었다. 그 창에서 내다보았더니, 그 위에 새겨진 글씨가 아직 반짝이는 낡은 마구간 시계가 보였다. 예전에는 저 마구간에도 활기 넘치는 말들이 가득했었는데. 상쾌한 겨울 아침 이곳에 오면, 팔짝팔짝 뛰어와 낑낑대거나 짖어대며 주위를 맴도는 개들한테 말을 건네는 외삼촌의 목소리를 들을 수도, 정직한 외삼촌의 얼굴을 볼 수도 있었는데. 우리 둘이 함께 저곳에 올라가곤 했었는데. 그러면 딸들이 복도 창문으로 우리를 내다보곤 했었는데. 그러나 이제 그 창 앞에 서 있는 내 눈에 보이는 것이라고는 슬프고, 외롭고, 곰팡내 나는 낡은 건물뿐이었다. 그때 건물 한쪽 구석에 있는 문틈으로 붉은빛이 비쳐들더니, 시끄럽게 으르렁대는 개 소리가 들려왔고, 곧 엽총을 한 자루 든 사내가 다리를 절며 들어왔다.

"거기 누구요?" 노인이 말했다.

"필 퍼셀, 날 모르시오? 레드먼드 배리요." 내가 소리쳤다.

처음에는 그 엽총이 내 앞의 창문을 겨누어서 노인이 나를 향해 엽총을 발사하는 줄 알았다. 그래서 나는 그에게 총 든 손을 거두라고 외치고는 아래로 내려가 그를 끌어안았다. ……하! 그 뒷이야기는 자세히 하고 싶지 않다. 필과 나는 기나긴 밤을 함께 보내며, 이제는 살아 있는 영혼들 중 그 누구도 흥미를 느끼지 못할, 바보 같은 옛이야기를 수천 가지나 주고받았다. 살아 있는 영혼들이 도대체 무엇 때문에 배리 린든한테 신경을 쓰겠는가?

나는 나중에 더블린에 도착해서 노인에게 백 기니의 돈을 내주었고, 노인이 여생을 편히 보낼 수 있게 연금보험도 하나 들어주었다.

그날 밤 불쌍한 필 퍼셀은 지독하게 더러운 카드 한 벌로 게임을 하던 중이었다는데, 그 상대가 바로 예전에 내가 알던 사내, 그 옛날 나의 '시동'이라 불리던 사내, 아마 독자들의 기억 속에도 우리 아버지의 낡은 제복을 입은 모습으로 남아 있을 사내, 바로 그 팀이었다. 그 시절 그의 몸뚱이에 둘러져 있던 그 제복은 사실 손목과 발뒤꿈치를 뒤덮을 정도로 그에게 컸다. 그런데 내가 집을 떠났을 때 너무나 슬픈 나머지 스스로 목숨을 끊을 생각까지 했었다는 팀의 주장과 달리, 내가 없는 동안 어찌나 뒤룩뒤룩 살이 쪘는지, 팀은 자신이 보조 자격으로 일을 돕던 브레디 성의 담당 목사나 대니얼 램버트* 사이즈의 외투를 입어야

---

* Daniel Lambert(1770~1809): 직업은 교도관이었고 영국에서 가장 살찐 사내로 유명했다. 40세의 나이로 스탬퍼드에서 세상을 떠나던 때 램버트의 몸무게는 335킬로그램

만 몸에 맞을 것 같았다. 나는 그 친구를 내가 거느리고 다니는 수행원 중 한 명으로 채용할까도 생각해보았지만, 그 어마어마한 크기의 몸집 때문에 품위 있는 신사의 수행원으로는 부적격이었다. 그래서 나는 그에게 꽤 많은 액수의 금일봉을 쥐여주고, 곧 태어날 아기의 대부가 되어주겠노라고 약속했다. 내가 집을 비운 사이에 벌써 아이를 열한 명이나 낳다니, 내 고국 아일랜드만큼 다산의 풍습이 고스란히 지켜져 내려오는 나라는 세상 어디에도 없을 것이다. 팀은, 어린 시절 내게 친절한 친구가 되어주었던 눈동자가 까만 그 하녀 아이랑 결혼을 했다고 했다. 그래서 그다음 날 나는 그 가엾은 몰리에게 인사를 하러 갈 수밖에 없었는데, 내 친구 대장장이의 아이들이 입었던 것만큼 낡은 누더기를 걸친 새끼들한테 둘러싸인 채, 진흙으로 지은 오두막에 살고 있는 몰리는 참으로 추레해 보였다.

그렇게 우연히 함께 만난 팀과 필 퍼셀로부터 나는 우리 가족의 최근 소식을 전해 들었다. 어머니는 잘 계신다고 했다.

팀이 말했다. "참말로 도련님, 시간에 딱 맞추어 잘 오셨습니다. 어쩌면 가족이 느는 일을 막을 수도 있겠는데요."

"이보게!" 나는 화가 치밀어 오르는 것을 느끼며 소리쳤다.

"아, 저는 양아버지라는 형태의 새 가족을 말한 겁니다, 도련님. 마님께서 목사인 조울스 씨랑 살림을 합칠 예정이시거든요."

팀은 또 불쌍한 노라가 그 퀸이라는 유명한 종자한테 시집을 가면서 얼마나 많은 지참물을 해갔는지도 이야기해줬다. 지금 더블린에 살고 있는 사촌 율릭은 벌이가 영 신통치 않은지, 나의 정보원 두 명은 모

이었다.

두, 선량한 외삼촌이 남긴 얼마 되지 않는 유산을 율릭이 이미 다 써버린 것은 아닌지 걱정스러워했다.

보아하니, 내가 계속 거기 살았으면 적지 않은 가족을 부양해야만 했을 것 같았다. 원래는 저녁에 자리를 파하려고 했는데, 필, 팀, 나 이렇게 셋이서 위스키 한 병을 함께 마시다 보니 11년 전 즐거웠던 시절을 떠올리게 하는 술맛 때문이었을까, 우리는 더없이 따뜻한 말로 서로 유대감을 나누느라 헤어지지 못하다가, 하늘에 해가 모습을 드러내고 나서야 자리에서 일어섰다. 이처럼 나는 원래 무척 상냥한 사람이다. 오죽하면 그게 평생 유지해온 내 성격의 한 가지 큰 특징이었을까. 나는, 나처럼 고귀한 혈통을 타고난 수많은 사람이 그러듯 엉뚱한 곳에서 거만하게 구는 일도 없고, 함께 어울릴 더 나은 사람이 없는 경우, 쟁기 끄는 소년이나 일개 사병과도 그 땅에서 가장 고귀한 사람과 친해지는 것만큼이나 쉽게 친해질 수 있는 사람이다.

아침에 마을로 돌아간 나는 약을 구입한다는 명분을 만들어 배리빌을 다시 방문했다. 은 자루가 달린 내 검이 걸려 있던 갈고리가 여전히 벽에 붙어 있었다. 어머니의 『인간의 전적 의무』*가 놓여 있던 창틀 위에는 발포제가 놓여 있었다. 내가 누구인지 이미 알고 있던 혐오스러운 맥셰인 박사는(내 고국 사람들은 언제나 모든 사실은 물론, 더불어 그와 관련된 엄청나게 많은 정보까지도 알아낸다) 킬킬대며 프로이센 왕 밑에서 어떻게 빠져나왔느냐고, 내 친구인 황제 요제프 2세도 마리아 테레지아 여제만큼 국민들한테 지지를 받는 것 같더냐고 내게 물었다. 여

---

* 『인간의 전적 의무 *Whole Duty of Man*』: 18세기에 폭발적인 인기를 모았던 종교 복음서로 1658년에 처음 출간되었다. 이튼칼리지의 학장이었던 성직자 리처드 올즈트리 Richard Allestree(1621~1681)가 저술한 것으로 추정된다.

건이 되었다면 종지기 몇 명쯤 거느리고 다니며 나를 위해 종을 울리게 했겠지만, 부릴 수 있는 사람이라고는 단 한 명, 너무 뚱뚱해서 도저히 끌고 다닐 수 없는 팀뿐이라서, 내가 말에서 내려 (어린 시절 교구 목사였던 늙은 텍스터 씨의 후임자인) 교구 목사 볼터 박사 앞에 섰을 때는 박사가 내게 다가와 찬사의 말을 건넬 시간적인 여유가 있었다. 하지만 내가 말을 타고 마을을 떠날 때쯤에는 그 비루한 마을의 온갖 잡것들이 새까맣게 모여들어 "레드먼드 나리 만세!"라고 환호성을 지르며 나를 배웅했다.

칼로에 돌아가서 보니 나에 대한 주위 사람들의 걱정이 이만저만이 아니었는데, 특히 여관 주인은 노상강도들이 나에 대한 정보를 이미 입수했을까 봐 걱정을 하고 있었다. 언제나 자신이 모시는 나리에 대한 칭찬을 아끼는 법이 없고 나에 대한 이야기를 거창하게 꾸며대기를 좋아하던 시종 프리츠 덕분에 나의 이름과 지위가 이미 동네방네 다 알려졌기 때문이다. 프리츠는, 내가 유럽의 군주들 중 절반 이상과 친분이 있고 그 군주들의 총신 중 한 명이라는 소문이 사실이라고 떠들었던 것이다. 하긴 내가 실제로 백부님의 황금 박차 훈장을 물려받아 늘 몸에 지니고 있었고, 호헨촐레른-지크마링겐 대공*의 궁내대신 슈발리에 배리라는 이름으로 여행을 다니고 있기는 했다.

그래서 그들은 나를 더블린까지 무사히 보내기 위해 자신들이 소유한 말 가운데 가장 품질 좋은 역마와 더없이 튼튼한 밧줄로 만든 마구를 제공했다. 우리는 만반의 준비를 갖추고 길을 떠났고, 그들이 나와 프리츠에게 챙겨준 권총과 노상강도가 조우하는 일은 다행히도 일어나

---

* Duke of Hohenzollern-Sigmaringen: 호헨촐레른 가문의 종손으로 호헨촐레른-지크마링겐 공국의 대공을 지낸 카를 프리드리히Karl Friedrich(1724~1785) 공작을 말한다.

지 않았다. 나는 킬컬른에서 하룻밤을 묵고 다음 날 5천 기니가 든 지갑을 몸에 지닌 채 네 마리 말이 끄는 마차를 타고 더블린에 입성했다. 11년 전 거지같은 몰골로 그 도시에서 도망쳤던 소년이 유럽 전체에서 가장 명성이 자자한 인사가 되어 돌아온 것이었다.

더블린 시민들 역시 그 나라의 다른 지역 사람들만큼이나 자신의 이웃과 관련된 일이라면 뭐든지 알고자 하는 기특한 기대가 굉장히 큰 사람들이었다. 그리고 더블린은 (평생 야망으로 악명을 떨쳐온 나와 달리) 소박한 야망을 품은 사람이라 하더라도, 온갖 지역 신문에 이름이 실려본 적도 없고 여러 사교계 모임에서 이름이 회자된 적도 없는 사람이라면 신사라는 신분으로 입성하는 것이 불가능한 그 나라의 수도였다. 그런데 내 이름과 지위에 대한 이야기는 내가 그곳에 도착한 지 딱 하루 만에 도시 전체에 알려졌다. 언제든 내가 숙소를 정하기만 하면, 수많은 사람이 그곳으로 찾아와 정식으로 경의를 표하겠다며 만남을 청했다. 하지만 호텔이라고 해봐야 그 도시에 있는 것들은 하나같이 나처럼 우아한 최상류층 귀족한테는 어울리지 않는 허름한 곳들뿐이었기 때문에, 숙소를 정하는 일이 내게는 굉장한 주의를 요하는 당면 과제였다. 그 사실은 대륙에 있는 동안에도 더블린 여행을 다녀온 여행객들한테 익히 들어서 나도 알고 있었다. 그래서 나는 일단 숙소부터 정하기로 마음먹었고, 그나마 내 신분에 어울리는 장소를 발견할 때까지 마차를 몰고 대로를 천천히 계속 오르내리라고 마부에게 명령했다. 혹시라도 편의시설이 모두 갖추어진 거처를 찾을 수 있을까 해서 마차는 계속 움직였고, 나의 독일인 시종 프리츠는 가서 이것저것 물어보고 오라는 내 지시에 따라 여러 건물에 차례로 들어가 무례한 질문과 행동을 해야만 했는데, 그러다 보니 그 와중에 내 마차 주위에 빽빽하게 구름 관

중이 모여들었다. 그리하여 거처가 결정되었을 때쯤에는 독자들 짐작대로 우리 뒤를 따르는 군중이 어찌나 엄청나게 불어나 있었던지, 내가 흡사 그 군대에 새로 부임한 장군처럼 보일 지경이었다.

마침내 카펠가에 자리한 꽤 괜찮은 스위트룸에 묵기로 결정한 나는 말을 모느라 녹초가 된 제1기수*에게 두둑하게 팁을 쥐여주고는, 내 짐을 든 프리츠, 나의 두번째 시종으로 채용되고 싶어 안달이 난 나머지 우리 가문 제복까지 맞추어 입은 여관 주인, 솜씨 좋기로 이름난 통통한 가마꾼 두 명과 가마, 내 마차를 끌 잘생긴 대여용 말과 내가 직접 탈 괜찮은 판매용 말을 다수 소유한 마부 한 명을 대동하고 호텔 안으로 들어갔다. 그러고는 그 마부에게 상당히 큰 금액의 돈을 선금으로 지불했다. 단언하는데, 그렇게 한 번만 광고를 해도 이튿날이면 내 개인 접견실에 여지없이 다음과 같은 풍경이 펼쳐졌다. 우선 무수히 많은 말 사육사, 하인, 호텔 지배인 등이 죽 늘어서 있었다. 그리고 말을 취급하는 상인들과 상류층 신사들 양쪽으로부터 말을 대주겠다는 제안이 들어왔는데, 그 말들의 머릿수를 모두 합하면 연대 하나의 보병이 모두 다 타고도 남을 만큼 많았다. 롤러 골러 경은 내게 찾아와 이 세상에 발걸음을 내디딘 갈색 암말 가운데 가장 우아한 암말을 제공하겠다고 제안했다. 던두들 공은 내 친구인 황제의 위신을 절대로 떨어뜨리지 않을, 한 팀으로 구성된 네 마리 말을 제공하겠다고 제안했다. 밸리라겟 후작은 자신이 거느리고 있는 신사를 보내어 나에 대한 찬사를 전한 다음, 내가 자신의 마구간으로 몸소 납셔주신다면, 혹은 그전에 미리 자신과 함께 아침을 먹는 영광을 베풀어주신다면, 유럽 전체에서 가장 품

---

* postilion: 4두 마차, 혹은 6두 마차에서 왼쪽 맨 앞 말을 타고 나머지 말들까지 모두 한 방향으로 이끄는 길잡이 기수를 말한다.

질 좋은 회색 말 두 마리를 내게 보여주겠다고 했다. 나는 던두들 공과 밸리라겟 후작의 초대에는 응하되 말은 상인들한테서 구입하기로 결정했다. 그렇게 하는 것이 언제나 최선책이었기 때문이다. 더욱이 그 시절 아일랜드에서는 어떤 신사가 자신의 말을 보장한다고 나섰는데 그 말이 건강하지 못하거나 그 말 때문에 논란이 생기기라도 하면, 그 상황을 정리할 수 있는 해결책이라고는 내 조끼에 총알을 박아달라고 청하는 것뿐이었다. 그런데 그렇게 부주의하게 총알을 사용하기에는, 나는 총알을 걸고 진지하게 내기를 한 적이 이미 너무 많았다. 그리고 나는 스스로에게 한 점 부끄럼 없이 말하는데, 신중하게 고려해보아 정말로 그럴 만한 이유가 없을 경우에는 절대로 결투를 벌이지 않는 사람이다.

그 시절 아일랜드 젠트리들에게는 단순한 면이 있었는데, 나는 그 점이 놀라우면서도 재미있었다. 그들은 바다 건너 사는 솔직한 이웃들과 달리 터무니없는 거짓말일수록 오히려 더 굳게 믿었다. 그래서 나는 런던에서라면 10년 동안 거액의 돈을 벌어들여야만 얻을 수 있을 정도의 명성을 더블린에서는 단 한 주 만에 얻어냈는데 그 내용은 이랬다. 우선 그때까지 내가 도박으로 벌어들인 돈이 자그마치 50만 파운드에 달한다고 했다. 나는 러시아 예카테리나 여제의 총신이요, 프로이센의 프리드리히 대왕이 믿고 의지하는 대리인이었다. 호호키르헤 전투*를 승리로 이끈 사람 역시 바로 나였다. 또 나는 프랑스 황제의 정부인 마담 뒤바리의 사촌이기도 했으며, 나에 대한 이야기는 그 밖에도 수천 가지가 더 있었다. 솔직히 말하자면, 사실 나의 친절한 친구들 밸리라겟 후작과 골러 경한테 이런 이야기들의 실마리를 제공한 사람은 바로

* battle of Hochkirche: 프로이센과 싸워 오스트리아가 승리를 거둔 전투로 배리가 아직 아일랜드를 떠나기 전인 1758년에 일어난 사건이다.

나였고, 그들은 조금도 지체하지 않고 내가 던져준 실마리를 이야기로 발전시킨 것뿐이었다.

문명화된 삶의 호화로움을 이미 해외에서 목격한 뒤라서 그랬을까, 내가 고국으로 돌아간 1771년의, 그야말로 존중할 만한 것이라고는 아무것도 없는 더블린 풍경은 내게 적잖이 큰 충격이었다. 그 당시 더블린은 바르샤바만큼이나 미개한 도시요, 그나마 바르샤바에는 있던 제왕의 왕도다운 위엄조차 없는 도시였다. 다뉴브강 강둑 옆에 살고 있던 집시들을 빼면, 그렇게 곤궁해 보이는 민족을 나는 어디에서도 본 적이 없었다. 앞서 말했듯, 그 도시에는 상류층 신사가 묵기에 적당한 호텔도 없었다. 마차를 부릴 능력이 없는 불운한 치들은 밤에도 걸어서 거리를 지나다녀야 했는데, 그것은 거리에 매복해 있다가 달려드는 깡패들과 여자들한테 칼을 맞을 위험이 늘 따르는 행위였다. 거리는 늘 신발은 물론 면도칼이 어디에 쓰는 물건인지도 전혀 모르는, 누더기를 걸친 야만적인 악당 패거리로 가득했다. 때로 신사가 저녁 회동에 참석하거나 도박판에 가려고 나와서 마차나 가마에 오르면, 하인이 들고 있던 횃불에, 웅얼거리는 그 사나운 패거리의 얼굴이 드러나기도 했는데, 그 밀레시아 종족*의 얼굴은 담력이 평균 수준인 상류층 사람이라면 보기만 해도 겁에 질릴 법한 얼굴이었다. 그런데 다행히도 나는 워낙 센 담력을 타고났을 뿐 아니라, 일찍이 우리 동포들의 정감 넘치는 모습을 보고 자란 사람이었다.

나의 이런 서술이 일부 아일랜드 애국자들 가운데 우리 섬나라가 적나라하게 까발려지는 것을 원하지 않는 사람들의 화를 돋우리라는 사실

---

* Milesian: 아일랜드인을 부르는 별명 가운데 하나이다. 밀레시안, 혹은 밀레시아 종족은 기원전 1070년경 아일랜드를 침략한 것으로 추정되는 민족이다.

을 나는 알고 있다. 그와 관련된 총체적 진실을 밝히면 그들은 더욱 화를 내겠지. 하! 그러나 지금 내가 이야기하고 있는 그 옛 시절의 더블린은 정말로 너무나 형편없는 곳이어서, 가장 열악한 독일에조차 더블린보다 더 고상한 거주지는 얼마든지 있었다. 그래도 그 시기 더블린에 상주하던 귀족이 300명 가까이 되었던 것만은 사실이다. 하원의원과 시장과 시 행정부도 더블린에 상주했다. 그리고 더블린에는 적잖은 소동을 일으키는 학생들, 늘 라운드하우스*를 후원하는 학생들, 마음에 안 드는 인쇄업자나 장사치한테 외상으로 물건을 사들이고 나서 그들의 뒤통수를 치는 학생들, 크로 스트리트 극장**에서 야유나 박수로 무대에 올릴 작품을 스스로 결정하는 학생들로 가득한 시끄럽고 불건전한 대학교도 있었다. 하지만 이미 유럽 대륙에서 최상류층 사회를 너무나 많이 보아온 나는 요란한 젠트리들로 구성된 모임이 전혀 끌리지 않았고, 게다가 함께 어울려 정치를 논하기에 나는 더블린의 시장 나리와 시 의원들한테 다소 과분한 신사였다. 그래도 영국 하원에는 그곳 출신의 굉장히 유쾌한 치들이 수십 명이나 있었다. 나는 잉글랜드 의회에서 골웨이 지역의 하원의원 데일리***나 플러드****가 했던 연설보다 더 훌륭한 연설을 들어본 적이 없다. 딕 셰리든은 비록 명문가에서 성장한 자는 아니었지만, 내가 만나본 사람들 가운데 꽤 유쾌하고 기발한 도박판 동료

---

　* roundhouse: 1764년 개원한 로툰다 병원에 설치된 원형 홀로, 더블린의 정치, 경제를 장악하고 있던 상류층 인사들의 회합 장소였다.
　** Crow Street Theatre: 더블린에 두번째로 문을 연 극장으로 1758년 개관했다.
　*** 1768년부터 골웨이주 하원의원을 지낸 아일랜드 정치가 데니스 데일리Denis Daly(1748~1791)를 말한다.
**** 킬케니주 하원의원을 지낸 헨리 플러드Henry Flood(1732~1791)는 1783년부터는 윈체스터주 하원의원으로서 영국 의회에 진출했다. 1801년 영국 의회와 통합되기 전까지 아일랜드 의회는 따로 독립되어 있었다.

였다. 또 에드먼드 버크*는, 비록 나는 영국 국회에서 그의 일장연설을 듣다가 잠이 들기 일쑤였지만, 그래도 박식한 사람들의 모임에서는 상당히 능력이 뛰어난 사람이며 한창때는 최고의 달변으로 명성을 날렸다는 평가가 늘 흘러나오는 인물이었다.

나는 곧 그 형편없는 도시의 능력이 허용하는 한도 내에서, 그리고 신사가 참여할 수 있는 범위 내에서 최대한 즐거움을 누릴 수 있는 길을 찾아 나섰다. 래닐러 공원**에서 열리는 리도토, 크로 스트리트에서 만나는 모숍 씨,*** 아일랜드 총독이 주관하는 파티 등. 하지만 그런 곳은 웅성대는 소리만 가득할 뿐 도박판이 벌어지는 일이 거의 없어서 나처럼 우아함과 세련됨이 완전히 몸에 밴 사람한테는 어울리지 않았다. 그런데 얼마 안 가 내게도 데일리 커피하우스****와 귀족들의 저택 문이 열렸다. 나는 그런 모임의 고급스러운 분위기에 놀라움을 금치 못하면서, 나의 불행했던 더블린 첫 방문 때 질 낮은 사람들 속에서 내가 겪었던

---

   * Edmund Burke(1729~1797): 영국의 정치가, 사상가. 더블린의 변호사 집안에서 태어나 그곳에서 교육을 받았지만, 1766년 웬도버 하원의원으로 잉글랜드 의회에 진출한 이래 주로 그곳에서 활동했다. 저서 『프랑스 혁명에 대한 고찰*Reflections on the Revolutions in France*』이 성공을 거두면서 보수적인 정치가로 성장했다. 새뮤얼 존슨은 그에 대해 이렇게 기록했다. "버크는 지루하게 말을 하는 경우도, 마지못해 말을 하는 경우도, 성급하게 말을 끝마치는 경우도 없다."

  ** Ranelagh Gardens: 더블린 래닐러 공원은 1776년에 개장된, 시 중심부에서 남쪽으로 1.5킬로미터 정도 떨어진 곳에 있던 공원으로 런던에 있던 래닐러 공원과는 다른 곳이다.

 *** Mr. Mossop: 18세기 크로 스트리트 극장을 근거지로 활동한 배우이자 연출가인 헨리 모숍Henry Mossop(1729~1773)을 말한다. 특이한 무대 연출 스타일 때문에 '찻주전자(Teapot)'라는 별명으로 불리기도 했다.

**** Daly's Coffee-house: 1760년대 초반 데임가에 문을 열었고 1791년 데일리 클럽Daly's Club으로 바뀌었다. 아일랜드 월간지 『하이버니언 매거진*Hibernian Magazine*』은 이곳을 '전 세계 최고의 도박장'이라고 기록했다.

일, 끔찍할 정도로 돈이 부족했던 기억, 전혀 내키지 않는데도 곧 종잇조각이 되어버리고 말 약속어음에 내 푼돈을 걸어야 했던 터무니없는 거래 등을 떠올렸다. 그런데 그 모임의 여성들 역시 그 옛날 그들과 마찬가지로 도박은 미치도록 좋아했지만 잃은 돈을 지불하는 것은 끔찍하게 싫어했다. 예컨대 늙은 트럼핑튼 백작 부인은 퀴드릴을 쳐서 내게 10피스를 잃자, 돈을 지불하는 대신 골웨이에 있는 자신의 대리인으로부터 돈을 수령할 수 있는 약속어음을 주었다. 나는 공손하기 짝이 없는 태도로 그 어음을 받아서 촛불 속에 넣어버렸다. 그러고는 백작 부인이 내게 두번째로 카드를 치자고 제안하자, 귀부인께서 보내신 돈이 도착하는 그 순간 나는 언제든 부인을 만날 준비가 갖추어진 사람이 되어 있을 테지만 그전까지는 그저 부인의 비천한 하인에 불과할 것이라고 말했다. 나는 그 원칙을 계속 지켰고 그 덕분에 더블린 사교계 전체에 특이한 인물로 통했다. 누구하고든, 판돈이 얼마든, 어떤 종목의 게임이든 내가 언제나 게임을 할 준비가 되어 있는 사람이라는 사실이 데일리 커피하우스 전체에 알려졌다. 그 종목에는 펜싱, (몸무게를 고려해야 했지만 아무튼) 승마, 날아다니는 목표물을 맞히는 사격, 표적 사격 등도 포함됐는데, 표적 사격은 기량 면에서 볼 때, 특히 그 표적이 살아 있는 생물일 경우 그 당시 아일랜드 신사들의 기량은 범상치 않았다.

물론, 그러는 동안에도 나는 계속 우리 가문의 제복을 입은 전령을 린든 성으로 파견해, 린든 여백작의 심신 상태를 자세히 알려달라는 부탁을 적은 사적인 편지를 런트 씨에게 보냈다. 그리고 귀부인에게도, 내가 부인의 시녀에게서 구입한 머리카락 뭉치에서 한 올을 뽑아 잘 묶어둔 그 시절, 우리가 함께 보낸 그 옛날을 잊지 말라는 당부와, 실밴더는 자신이 했던 맹세를 기억하고 있으며 영원히 칼리스타를 잊지 못할 것이라는 고백이 담긴 감동적이고 유려한 편지를 따로 써 보냈다. 내가 그녀에게서 받은 답장은 참으로 애매하고 만족스럽지 못한 것이었다. 런트 씨한테서 온 답장도 내용은 전혀 만족스럽지 않았지만 그래도 명확하기는 했다. 작고한 찰스 린든 경의 유언을 들으러 아일랜드로 불려온 뒤로 그곳에서 지내고 있는 그 가문의 친척이자 팁토프 후작의 작은 아들인 조지 포이닝스 경이 린든 부인에게 열심히 구혼을 하고 있다는 것이었다.

자, 그런데 그 시절 아일랜드에는 새로이 생겨난 풍습 같은 것이 있었다. 그것은 신속하게 정의를 되찾고자 하는 사람들에게 큰 편의를 제공하는 것으로, 그 당시 신문에는 그 새로운 풍습의 증거가 되는 사건들이 수백 건씩 실리곤 했다. 예컨대, 캡틴 파이어볼이라는 별명으로 통했던 버프코트 중위와 스틸 소위는 자신의 지주들에게, 만약 어음을 결제해주지 않으면 죽여버리겠다는 내용의 경고 편지를 거듭 써 보냈다. 또 남부 주들을 장악하고 있던 그 유명한 캡틴 썬더*는, 젊은 아가씨의 부모를 만족시키기에 충분한 재산이 없거나 복잡하고 오래 걸리는 구혼에 투자할 시간이 없는 신사들에게 아내를 만들어주는 일을 사업으로 삼고 있는 듯했다.

그에 앞서 나는 더블린에서 지내고 있던 사촌 율릭을 찾아냈는데, 몹시 살찐 가난뱅이가 되어버린 율릭은 유대인과 빚쟁이들에게 몰려온갖 괴상한 잡놈들이 다 모여 사는 후미진 뒷골목에 살면서, 해 질 무렵이면 그 동네에서 나와 성이나 카드 판이 벌어지는 단골 여관을 기웃거리고 있었다. 그래도 내게 그는 언제나 용기가 넘치는 친구였기 때문

---

* Captain Thunder: 화이트보이스와 비슷한 비밀결사의 우두머리였던 것으로 추정된다.

에, 나는 그에게 레이디 린든과 관련된 내 연애 사업이 어느 정도 진척되었는지 살짝 내비쳤다.

가엾은 율릭은 이렇게 말했다. "린든 여백작이라고! 흠, 그거 놀라운 일이로군. 그런데 나한테도 예전부터 무척이나 좋아한 젊은 아가씨가 한 명 있다네. 그 여자는 밸리해크 킬조이에 사는 아가씨로 만 파운드나 되는 재산이 있지만 그녀의 삶은 후견인의 손에 달려 있어. 그런데 당최 등짝에 걸칠 외투 한 벌 없는 가난한 놈이 그런 사람들이랑 어울리면서 그런 상속녀랑 연애를 할 수가 있어야지. 이참에 차라리 나도 그 여백작한테 구혼이나 해볼까?"

나는 웃음을 터뜨리며 말했다. "안 그러는 게 좋을걸. 그런 시도를 하는 놈은 이 세상에서 쫓겨날 위험을 무릅써야 할 테니까." 그러고 나서 나는 레이디 린든에 대한 내 계획을 그에게 설명했다. 일찍이 겉으로 드러난 나의 화려한 삶을 직접 보고 나서, 그리고 그동안 내가 얼마나 굉장한 모험을 했는지, 얼마나 고귀한 상류층 생활을 경험했는지 듣고 나서, 나에 대해 엄청난 존경심을 품게 된 율릭이었는데도, 내가 잉글랜드에서 가장 대단한 상속녀와 결혼을 하고 말겠다는 각오를 털어놓자, 솔직한 율릭은 나의 대담함과 열정에 감탄한 나머지 할 말을 잃고 말았다.

나는 율릭에게 그럴듯한 구실을 만들어 더블린을 떠나 린든 성 근처 우체국에 편지 한 통을 갖다놓으라고 지시했는데, 그것은 내가 거짓으로 꾸며 쓴 익명 편지로, 그 굉장한 상품은 당신 같은 작자를 위해 존재하는 것이 아니니 당장 이 나라를 떠나라고 조지 포이닝스 경에게 엄숙하게 경고하는 내용이었다. 그 편지에는 결과적으로 캡틴 파이어볼의 영지를 강탈해간 것으로 밝혀진 여자 말고도 잉글랜드에는 괜찮은 상속녀가 수두룩하지 않느냐는 내용도 적혀 있었다. 더러운 종이에 엉망인 철자로 쓰인 그 편지는 우편 배달원에 의해 조지 경에게 전달되었고, 호기로운 그 젊은이는 당연히 그 편지를 보고 웃음을 터뜨렸다.

　　마치 불운이 그를 위해 상을 차려놓기라도 한 것처럼, 그 일이 있은 직후 그가 더블린에 나타났다. 총독과 한 테이블에 앉아 카드를 치고 있던 슈발리에 레드먼드 배리에게 소개가 되었던 것이다. 그의 등장으로 카드 판이 중단되었고, 우리는 몇몇 다른 신사들과 함께 데일리 클럽으로 갔다. 그곳에서 말의 혈통에 관한 논쟁이 벌어졌는데, 모두들 내 말이 옳다고 그랬는데도 결국 말싸움이 일어났고 그 결과 결투가 성사되었다. 더블린에 도착한 이래 그런 일을 벌인 적이 한 번도 없었기 때문에 내가 정말로 내 명성에 부합하는 사람인지 직접 보고 싶어서 모두들 안달이었다. 이런 문제를 자랑거리로 삼으려는 것은 아니지만, 나는 원래 결정적인 순간에만 결투에 응하는 사람이다. 빠른 눈과 간결한 손놀림을 갖추고는 있지만 어설픈 잉글랜드 학교에서 교육을 받고 자란 불쌍한 조지 경은, 내가 어디를 찌를지 결정을 내린 순간까지도 내 검의 칼날 앞에 멀거니 서 있기만 했다.

　　내 검은 그의 갑옷 아래쪽으로 파고들어가 그의 등짝을 뚫고 나왔다. 그는 선량하게도 쓰러지면서까지 한 손을 뻗으며 이렇게 말했다. "배리 씨, 내가 틀렸소!" 진실을 밝히자면, 그 논쟁은 내가 미리 꾸며놓은 것으로 결투 외에 다른 방식으로는 절대 끝날 수 없게 설계된 것이었기 때문에, 그 불쌍한 친구가 그렇게 쉽게 그 사실을 인정하자 나는 별로 기분이 좋지 않았다.

　　그 결투에서 입은 부상으로 그는 병상에 누워서 4개월을 지냈다. 그리고 그 결투 소식은 물론, 다음과 같은 캡틴 파이어볼의 메시지가

담긴 편지가 동일한 우체국에서 레이디 린든에게도 전달되었다. "이것
은 첫번째 응징에 불과하다!"

나는 말했다. "율릭, 자네가 **두번째** 응징의 주인공이 될 거야."

"솔직히 한 번이면 족하지 않나!" 내 사촌은 그렇게 말했지만 그와
관련해서는 이미 따로 세워둔 계획이 있었기 때문에, 나는 그 정직한
친구에게 혜택을 나누어 주는 일, 그리고 레이디 린든과 관련된 나 자
신을 위한 작전을 동시에 진척시키기로 마음먹었다.

제15장
나의 여인 레이디 린든에게 구애를 하다

우리 백부님은 1745년 '왕위 요구자'와 함께 내란에 나섰다가 언도받은 사권 박탈* 처분이 사면되지 않은 상황에서, 교수형까지는 아니더라도 사면될 가능성이 거의 없어서 지겨운 투옥 절차가 그 선량한 노신사를 기다리고 있을 조상들의 땅을 조카와 함께 밟는 것이 영 불편했던 모양이다. 그런데 내 인생에 중대한 위기가 닥칠 때마다 언제나 내게 너무나 지대한 영향을 끼쳐온 백부님의 충고를 그런 결정적인 순간에 구하지 않을 수는 없는 노릇이어서, 나는 레이디 린든을 어떻게 하면 손에 넣을 수 있을지 조언해달라고 간청했다. 내가 앞 장에서 서술했던 그녀의 감정 상태와 젊은 포이닝스가 그녀에게 구애를 펼친 과정, 그리고 그녀가 예전 숭배자를 잊었다는 이야기를 적어 보내자, 그대로만 하

---

* Attainder: 의회가 어떤 사건에 연루된 개인이나 집단을 범죄자로 규정하면, 재판 과정 없이 재산권, 자유권부터 심하면 생명권에 이르기까지 그 사건 가담자들의 개인적 권리를 모조리 박탈할 수 있었던 법률이다. 주로 중세부터 근대까지 영국과 영국령에서 왕권 강화의 수단으로 사용되었다.

면 실패할 리가 절대 없는 훌륭한 제안들로 가득 찬 답장이 날아왔다.

친절한 슈발리에는 자신이 지금 브뤼셀 프란체스코 수도원에서 지내고 있다는 말로 인사를 대신하면서, 그곳이 그동안 세상과 작별하고 지극히 엄격한 종교적 수련에 몰두해야겠다는 생각을 늘 품어온 백부님이 머물기에 딱 알맞은 곳이라고 말했다. 그러면서도 백부님은 그 사랑스러운 과부에 대한 자신의 생각을 적었다. 원래 레이디 린든처럼 막대한 재산을 소유하고 있는데도 불쾌감을 주지 않는 사람 주위에는 늘 숭배자가 널려 있기 마련이다. 남편이 두 눈을 시퍼렇게 뜨고 있던 시절에도 그녀가 나의 구애를 아무런 거리낌 없이 받아들였던 것으로 볼 때, 내가 그녀가 그렇게 아꼈던 첫번째 사람이 아니었던 것은 물론, 마지막 사람이 될 가능성도 거의 없다는 것 역시 의심할 여지가 전혀 없었다.

백부님은 이렇게 적었다.

"사랑하는 내 새끼, 네 일이 이렇게 미묘하게 돌아가는 긴박한 상황에서, 내 목에 걸린 그 흉측한 사권 박탈 처분, 그리고 죄악과 허영으로 가득한 세상에서 완전히 물러나야겠다는 결심이, 내가 직접 널 도우러 나가지 못하게 가로막지만 않았다면 얼마나 좋았겠느냐. 그 일은 불굴의 용기, 오만한 태도, 뻔뻔스러움만 있다고 해서 바람직한 결론에 도달할 수 있는 일이 아니다. 너는 지금껏 내가 알고 지낸 그 어떤 젊은이보다 그 세 가지를 잘 갖추고 있기는 하지만 말이다. (슈발리에가 필요조건의 하나로 꼽은 '오만한 태도'에 관해서라면, 나는 언제나 가장 겸손한 태도로 살아온 사람이기 때문에 그 말에 절대 동의할 수 없다.) 물론 작전을 잘 수행하려는 열의에 차 있기는 하지만, 너는 완수하기까지 길고 험난한 과정이 될 것이 분명한 계획을 세우고 그에 따른 행동 방침을 떠올리는 기발함이 부족하더구나. 만약, 이제 세상과의 계산을 모두 마치고 세상에서 영원히 물러나려고 하는 가련한 이 노인의 경험과 조언이 없었다면, 유럽 전체에서 가장 큰 행운을 네 손에 쥐여줄 뻔했던 아이다 여백작과 관련된 그 눈부신 계획을 네가 떠올릴 수나 있었겠느냐?

흠, 린든 여백작에 대해 말하자면, 늘 그래왔던 것처럼 내가 직접 돌아가는 상황을 봐가며 그에 따라 매일매일 조언을 해줄 수가 없으니, 솔직히 지금의 나에게는 그녀를 얻어낼 방법이란 것이 뜬구름처럼 멀게만 느껴지는구나. 그러나 대략적인 계획은 이것이어야만 한다. 그 어리석은 여인이 너와 즐겨 서신 교환을 하던 시기에 네가 그녀에게서 받았던 여러 통의 편지를 떠올려보면, 서로 상당히 과장된 감정으로 주고받은 편지들, 특히 그 귀부인 마님이 직접 쓴 편지들이 있었지. 그녀는 블루스타킹이라 글 쓰는 걸 좋아하니까. (대개 여자들이 그러듯) 그녀 역시 남편 때문에 느끼는 슬픔을 끝없이 편지의 소재로 삼았고 말이다. 그녀가 쓴 편지들 가운데, 자신에게 아무런 가치도 없는 그런 남자와 결혼한 자신의 팔자를 씁쓸한 어조로 한탄한 편지가 몇 통 있었던 것이 기억나는구나.

네가 그녀한테 받아서 보관하고 있는 그 많은 편지 중에 분명 그녀와 협상을 하기에 충분한 편지들이 있을 게다. 모조리 잘 훑어봐서 그런 편지들을 골라놓고 그것을 써먹겠다고 협박해야 한다. 우선은 그녀에 대해 일정 권한을 행사해온 확고한 연인의 어조로 편지를 써 보내라. 그 편지에 그녀가 침묵하면, 그다음에는 그녀가 이전에 했던 약속들을 암시하는 말투로 한탄하는 편지를 써라. 그녀가 이전에 네게 보여주었던 배려의 증거들도 넣고, 그녀가 너에 대한 지조를 지키지 않았다는 것이 입증되면, 절망, 파멸, 보복을 안겨주겠다고 다짐하는 내용도 쓰고 말이다. 내 말은 그녀를 겁주란 이야기다. 배짱 있는 모습으로 그녀를 놀라게 만들면 그녀도 너의 확고한 결단력을 알게 될 게다. 네가 그런 일을 하고도 남을 사람이라는 것을 말이다. 너는 검술로 이미 유럽 전역에 정평이 나 있고 성격도 대담한 편이니, 그것을 이용해 레이디 린든의 시선을 네 쪽으로 돌리는 것, 그것이 네가 가장 먼저 해야 할 일이다. 더블린 사람들로 하여금 너에 대해 입방아를 찧게 만들어라. 최대한 화려한 사람, 용감한 사람, 특이한 사람으로 사람들 입에 오르내려야 한다. 지금 내가 네 곁에 있다면 얼마나 좋겠느냐! 내가 너를 위해 창조해낸 이런 인물을 떠올릴 수 있는 상상력이 네게도 있으면 좋으련만. 그런데 내가 지금 왜 이런 말을 하고 있는지 모르겠구나. 내가 아직도 세상과 세상의 허영을 덜 겪은 모양이다."

앞에 인용한 이 조언에는 실질적인 도움이 되는 백부님의 훌륭한 판단이 잘 담겨 있었다. 인용하지 않은 부분의 내용은 백부님이 몰두하고 있는 금욕적이고 헌신적인 삶에 대한 장황한 서술이었다. 평소와 마찬가지로 백부님은 나를 진정한 종교로 개종시켜달라는 열렬한 기도로 편지를 끝맺었다. 하지만 늘 백부님은 백부님대로 자신만의 신앙 규칙을 한결같이 고수했고, 나는 나대로 명예와 원칙을 중시하는 사나이로서 내 종교를 확고히 지켰다. 이런 사례로 보건대, 신교도 구교만큼 널리 용인될 수 있는 날이 언젠가는 반드시 오리라 믿어 의심치 않는다.

백부님의 이런 지시에 따라, 나는 더블린에 도착하자마자 레이디 린든에게 편지를 써서, 언제쯤이면 세상에서 당신을 가장 흠모하는 이 숭배자가 당신의 슬픔 속으로 비집고 들어가는 것이 허용되겠느냐고 물었다. 귀부인이 침묵하기에 그다음 편지에서는 이렇게 따져 물었다. "그대는 그 옛날을, 그리고 너무나 행복했던 그 시절 그대가 친밀하게 아꼈던 그 사람을 정녕 잊은 것이오? 칼리스타여, 에우제니오를 정녕 잊었느냐, 그 말이오." 나는 그 편지를 들고 가는 하인 편에, 불링던 경에게 선물로 줄 작은 검 한 자루, 그리고 불링던 경의 관리자가 예전에 내게 은밀히 끊어준 어음 한 장도 함께 챙겨 보냈다. 내가 갖고 있던 그 어음이 얼마짜리였는지는 기억나지 않지만, 그 가난한 사내가 갖고 싶다는 마음이 전혀 들지 않을 만큼의 액수는 되었던 것 같다. 그 두번째 편지에는 귀부인의 대필사가 작성한 답장이 날아왔는데, 레이디 린든이 최근에 당한 끔찍한 재앙 때문에 슬픔에 빠져 너무나 경황이 없는 관계로 친척 외에는 그 누구도 만나지 않는다는 내용의 편지였다. 그리고 소년의 관리자이자 내 친구인 런트 씨한테서 온 편지에는 여러 조언과 함께, 조지 포이닝스 경이라는 그 젊은 친척이 곧 그녀에게 위안을 주는 존재가 될 것이라는 내용이 적혀 있었다.

이런 이유로 나는 그 젊은 귀족이 더블린에 도착하자마자 그에게 주도면밀하게 싸움을 걸었고 그 결과 우리 두 사람 사이에 결투가 벌어지게 된 것이었다.

내 정보원이 써 보낸 편지 내용에 따르면, 린든 성에 있는 레이디 린든에게 그 결투 소식이 전해지자, 부인은 비명을 지르며 신문을 집어던지고는 이렇게 말했다고 한다. "무시무시한 괴물! 그자는 살인도 서슴지 않을 작자야. 확실해." 그리고 어린 불링던 경은 (내가 선물한 검이거늘, 멍청이!) 검을 빼 들고는 자신의 친척인 조지 경을 다치게 만든 사내를 그 검으로 죽여버리겠노라 맹세했다고 했다. 런트 씨가 그 무기를 선물한 사람이 바로 나라고 그에게 알려줬는데도, 그 꼬맹이 악당은 그러거나 말거나 여전히 나를 죽이겠다고 맹세했다는 것이다. 내가 그렇게 친절하게 대해줬는데도 그 녀석은 정말로 늘 나를 혐오하는 것 같았다.

귀부인은 매일같이 전령을 보내 조지 경의 건강 상태를 물었다. 곰곰 생각해보니 조지 경이 위험하다는 소식을 들으면 레이디 린든이 더블린에 와야 한다는 설득에 넘어갈 것 같아서, 나는 조지 경의 병세가 악화되어 지금 위독한 상태라는 소식과 함께, 그 결투 결과 때문에 레드먼드 배리가 도주해버렸다는 소식까지 그녀에게 재주껏 알렸다. 『머큐리』* 신문에도 그 도주 소식이 실리도록 손을 썼지만, 사실 나는, 결투 때문에 곤경에 처했다 하더라도 나를 환영해줄 것이 분명한, 가엾은 우리 어머니가 살고 있던 브레이 마을보다 더 멀리 간 적이 없었다.

자식 된 도리를 늘 마음속에 깊이 새기고 살아가는 감수성 풍부한 독자들은, 내가 친절한 어머니, 나 하나를 위해서 젊음의 상당 부분을 희생하신 분이요, 나처럼 마음 따뜻하고 성격 다정한 사람이라면 세상에서 가장 진실한 배려를 영원히 기울이지 않고는 도저히 배길 수 없는 분인 우리 어머니와의 만남을 아직까지 서술하지 않은 점이 의아할 것이다.

그러나 그때 내가 속해 있던 최상류층 사회 영역에서 활동하는 사나이는, 본디 자신의 사적인 관심사를 돌보기에 앞서 공적인 임무를 먼저 수행해야 하는 법이다. 그래서 나는 처음 더블린에 도착하자마자 배리 부인에게 전령을 보내어 나의 도착을 알리고 어머니를 향한 나의 존

---

* 주간지 『더블린 머큐리Dublin Mercury』가 처음 간행된 것은 1726년이다.

경심과 의무감을 표한 다음, 더블린에서 처리해야 할 업무가 나를 자유롭게 놓아주는 그 즉시 따로 짬을 내어 어머니께 그 마음 빚을 모두 갚겠다고 약속했다.

굳이 말할 필요는 없지만, 어머니를 만나러 가는 일은 상당히 손이 많이 가는 과정이었다. 타고 갈 말도 구입해야 했고 거처도 정돈해야 했으며 고상한 사람들 모임과 나를 이어주는 인맥도 단속해놓아야 했다. 말을 구입하는 의도를 설명하고 고상한 유행에 맞는 말을 구하는 데만 자그마치 이틀이 걸렸다. 귀족들과 젠트리들은 어찌나 시도 때도 없이 들이닥쳐 성가시게 굴던지, 저녁이나 정찬에 참석해달라는 초대장은 또 어찌나 시도 때도 없이 날아들어 훼방을 놓던지, 배리 부인을 방문하는 일은 그토록 간절히 원했는데도 준비하는 며칠 내내 내가 얼마나 지독하게 애를 먹었는지 모른다.

선량한 어머니는 내가 집에 갈 거란 소식을 들은 직후부터 환영 행사를 준비하는 한편, 브레이에서 열리는 그 행사에 참석해달라고 미친 한 지인들이나마 모두를 초대한 모양이었다. 하지만 어쩌다 보니 정해진 그 날짜에 벨리라겟 후작과 약속이 잡혔고 그 때문에 배리 부인의 소박한 환영 행사에 참석하겠다는 선약은 안타깝지만 당연히 깰 수밖에 없었다.

나는 실망한 어머니의 기분을 풀어주려고 (어머니한테는 내가 일부러 어머니를 위해 파리에서 구입해 속달 우편으로 받은 물건이라고 말한,) 더블린 최고의 포목상에게서 구입한 멋진 새틴 드레스와 벨벳 외투를 어머니에게 보냈다. 그러나 내가 선물을 들려 보낸 전령은 그 꾸러미를 그대로 들고 되돌아왔고, 새틴 드레스는 한복판이 위쪽으로 찢겨 있었다. 그 친구의 설명을 굳이 듣지 않아도 그 선량한 여인이 뭔가에 몹시 마음이 상했다는 것을 알 수 있었다. 어머니가 집 밖으로 나오더니 문 앞에 선 채 그에게 욕설을 퍼붓고는 그의 귀싸대기를 올려붙이려고 하는데 검은 옷을 입은 신사가 어머니를 말렸다고 했다. 나는 그 상황을 탈 없이 마무리 지어준 그 사람이 어머니의 성직자 친구 조울스 씨일 거라고 결론 내렸다.

내가 참석하기로 되어 있던 그 환영회 때문에, 나는 배리 부인을 만나는 일이 기다려지기보다는 두려워져서 어머니를 방문하는 일을 며칠 더 미루었다. 어머니의 화를 풀어드리려고 아주 공손하게 편지를 썼고, 그 편지에 더블린으로 오는 길에 배리빌에 들러서 어린 시절을 보낸 낡은 흉가 같은 곳을 여기저기 둘러봤다는 이야기를 했는데도 어머니에게서는 답장이 없었다.

별로 인정하고 싶지는 않지만, 어머니는 내가 세상 모든 인간 중에서 직접 대면하는 것을 두려워하던 유일한 사람이었다. 나는 어린 시절 어머니가 발작하듯 화를 냈다가, 대개 그 분노보다 더 격렬하고 고통스럽게 화해의 몸짓을 건네던 것을 지금도 기억한다. 그래서 나는 내가 직접 가는 대신 나의 일꾼 율릭 브래디를 어머니에게 보냈고, 그곳에 다녀온 율릭은 그 환영회에 참석하기는 했는데 고작 20기니 돈을 받고는 절대 다시 겪고 싶지 않은 경험이었다고 말했다. 그는 영원히 나와 의절할 테니 내게 그렇게 알리라는 어머니의 완고한 명령과 함께 그집을 나섰다고 했다. 그러니까 어머니는 부모로서 말 그대로 나를 파문에 처한 것이었는데, 나는 언제나 세상에서 가장 순종적인 아들이었기 때문에, 그리고 되도록 빨리 어머니에게 가겠노라고, 내가 바라는 화해라는 것을 이루기 위해서는 불가피한 그 비난과 분노의 현장을 담대히 맞이하겠노라고 마음먹고 있었기 때문에 그 사실에 큰 충격을 받았다.

더블린에서 몇몇 최상류층 친구들을 접대하던 어느 날 밤, 나는 후작을 마중하러 직접 양초 한 쌍을 들고 계단 밑으로 내려갔다가 현관 앞에 서 있는 회색 외투를 입은 여인이 보이기에 그 여인이 거지일 것이라고 생각하고 동전 하나를 건넸는데, 현관문이 닫힌 뒤 포도주 몇 잔에 불콰해지자 내 귀족 친구들은 그 여인을 소재로 농담을 하기 시작했고 나는 그들에게 모두 즐거운 시간 보내라고 말했다.

나중에 그 모자를 덮어 쓴 여인의 정체를, 그 여인이 다름 아닌 바로 우리 어머니였다는 사실을 알게 되었을 때 어찌나 놀랍고 가슴이 먹먹하던지. 자존심 때문에 나를 자신의 집 안에 들이지 않겠노라고 맹세를 하기는 했지만 자연스러운 모성애가 어머니로 하여금 아들의 얼굴을 딱 한 번만 더 보고 싶다는 열망에 휩싸이게 만들었고, 그리하여 어머니는 변장을 하고 내 집 문 앞에 나무처럼 서 있었던 것이다. 내 경험에 비추어볼 때 실제로 남자를 속이지 않는 여인, 어떤 시련을 겪더라도 한결같은 애정을 보여주는 여인은 이 세상에 오로지 어머니들뿐이다. 그 친절한 영혼이 홀로 거리에 서서, 내 거처 안에서 들려오는 왁자지껄하고 유쾌한 소음, 쨍그랑 하고 포도주 잔 부딪치는 소리, 노랫소리, 환호성을 들으며 보냈을 그 몇 시간을 상상해보라.

조지 경과 결투를 벌이고 나서 앞서 언급한 여러 이유 때문에 더블린을 떠나 있을 수밖에 없는 상황에 이르자, 나는 이제 선량한 어머니와 화해해야 할 시간이 다가왔다고 생각했다. 겉보기에 궁지에 몰려 있던 나의 그 망명을 어머니가 거부할 리가 없었다. 그래서 나는 지금 가고 있는 중이라고, 결투를 했는데 그 일 때문에 곤경에 처해 숨을 곳이 필요하다고 알리는 쪽지를 전령 손에 들려 어머니에게 먼저 보내고 나서, 30분 정도 후에 뒤따라 나섰다. 나는 집에 도착해 배리 부인의 시중을 드는 맨발의 하녀의 안내를 받아 빈방으로 들어갔다. 그 문이 열리자마자 가엾은 어머니가 기쁨에 취해 비명을 지르며 내 품 안으로 뛰어들었으니, 단언컨대 그 나름 부족함 없는 환영 행사가 열리기는 한 셈이었다. 어머니의 그 기쁨이 어떤 것이었는지, 나는 말로 표현하려는 시도조차 하지 않으련다. 그것은 12년이나 집을 떠나 있던 유일한 자식을 품에 안은 여인만이 이해할 수 있는 것이므로.

우리 어머니의 관리자인 조울스 목사는 내가 거기 머무는 동안 그 집 출입이 허용된 유일한 사람이었고, 그 역시 그 특혜를 거부하지 않았다. 목사는 선량한 어머니의 돈으로 산 술을 아무렇지도 않게 마시는 것이 습관인 듯, 럼과 펀치를 섞어 자신이 마실 술을 만들고는 크게 꿍 소리를 낸 다음, 곧바로 죄악으로 가득 찬 나의 과거, 특히 최근에 내가 저지른 무시무시한 행동에 대한 설교문을 읽어 내려가기 시작했다.

아들이 타박을 당하자 어머니는 발끈하며 말했다. "죄악이라고요? 물론 우리 모두는 죄인이죠. 그건, 이루 말할 수 없는 큰 축복을 내게 베풀어 나에게 **그 사실**을 깨닫게 해준 조울스 씨 당신도 마찬가지예요. 하지만 저 불쌍한 아이가 달리 어떻게 행동했어야 한다는 거죠?"

"내가 부모라면 저 신사로 하여금 술과 싸움과 사악한 결투를 완전히 끊게 만들었을 거요." 성직자가 대답했다.

그러나 어머니는 그의 말을 가로채며, 그런 행동이 당신 같은 성직자나 혈통이 변변치 않은 사람들한테는 바람직한 일일지 몰라도, 브래디 가문이나 배리 가문 사람한테는 어울리지 않는 처신이라고 딱 잘라 말했다. 사실 어머니는 내가 잉글랜드 후작의 아들과 결투를 해서 그의 몸을 찔렀다는 생각에 몹시 큰 즐거움을 느꼈던 것이다. 그래서 나는 어머니를 기쁘게 해주려고 그때까지 내가 벌였던 수십 건의 결투 이야기를 들려주었는데, 그중 일부는 이미 독자들한테도 이야기한 사건들이었다.

나의 최근 결투 상대가 위독하다는 소문을 내가 일부러 퍼뜨리던 그즈음, 사실 그는 전혀 위험한 상황이 아니었기 때문에 내가 아주 철저하게 몸을 숨겨야 할 특별 검문 같은 것이 있을 리 만무했다. 그러나 그 소문을 낸 장본인이 나라는 사실은 물론 사건의 진상조차 알지 못했던 어머니는 경찰들이 나를 찾으러 올까 봐 장벽이라도 두른 것처럼 집을 관리했고 베키, 그러니까 어머니의 시중을 드는 그 맨발의 상것에게 한시도 경계를 늦추지 말고 보초를 서라고 명령했다.

하지만 그때 내가 기다리고 있던 사람은 단 한 명, 레이디 린든이 더블린에 도착하면 그 기쁜 소식을 내게 알려주러 오기로 되어 있던 내 사촌 율릭뿐이었다. 그래서 인정하건대, 내가 평생 겪은 모험을 모두 어머니에게 이야기해주고 어머니로 하여금 일전에 거부했던 그 옷은 물론 추가로 내가 기쁜 마음으로 제시한 상당히 큰 금액의 수입까지 받아들이게 만들면서 브레이에 철저하게 감금되어 지낸 지 이틀 만에, 그 허랑방탕한 율릭 브래디를 다시 만나게 된 것이 나는 얼마나 기뻤는지 모른다. 어머니가 율릭 브래디의 이름을 외쳐 불렀을 때, 율릭은 그 젊은 귀족이 사경에서 벗어났다는 어머니에게 반가운 소식, 린든 여백작이 더블린에 도착했다는 내게 반가운 소식과 함께 내 마차를 끌고 우리 집 문 앞으로 다가오고 있었다.

어머니는 눈물이 그렁그렁 맺힌 눈으로 말했다. "레드먼드, 난 그 젊은 신사 양반이 조금 더 오래 앓았으면 했다. 그러면 네가 불쌍한 노모랑 조금 더 오래 함께 지냈을 것 아니니." 나는 그 눈물을 닦아주고는 따뜻하게 어머니를 포옹하면서 종종 보러 오겠노라고 약속하고 나서, 어쩌면 내 저택이 생기고 어머니가 반길 만한 귀족 가문 딸을 얻을 수 있을지도 모르겠다는 말을 살짝 내비쳤다.

"얘, 레드먼드야, 그게 누구냐?" 늙은 여인이 말했다.

"대영제국 전체에서 가장 고귀하고 부유한 여자예요, 어머니." 이 대답에 이어 나는 웃음을 터뜨리며 이렇게 덧붙였다. "이번에는 브래디 가문 딸은 아니에요." 가장 가벼운 마음으로 배리 부인 곁을 떠나고 싶었기 때문이다.

나보다 상대방의 악의를 더 못 참는 사내는 이 세상에 없다. 하지만 일단 상대를 패배시키고 나면 나는 세상에서 가장 너그러운 사람이 된다. 그때도 나는 수도를 떠날 때가 되었다는 판단을 내릴 때까지 한 주 정도 더 더블린에 머물면서 내 연적과 이미 완전히 화해를 한 상태였다. 틈만 나면 그의 거처에 들렀고, 그리하여 순식간에 그의 곁을 지키는 친밀한 간병인이 되었던 것이다. 또 그에게는 함께 지내는 신사가 한 명 있었는데, 나는 당연하게도 린든 성의 마님과 관련해서 조지 경의 진짜 위치는 어디일까, 그 미망인 주변에 다른 구혼자는 없을까, 그가 부상당했다는 소식을 듣고 그녀가 어떻게 반응했을까 등, 알아내고 싶은 것이 너무나 많았기 때문에, 나부터 소홀함 없이 예의를 갖추어 그를 대하는 한편, 주위 사람들한테도 각별히 신경 써서 그를 대해주라고 일러두었다.

그런데 무슨 이유에서인지 젊은 귀족이 내가 가장 알고 싶어 하는 이야기들을 스스로 내게 털어놓았다.

어느 날 아침 경의를 표하러 찾아간 내게 이렇게 말했던 것이다. "슈발리에, 나는 그대가 내 친척인 린든 여백작과 오래전부터 아는 사이였다는 사실을 알고 있소. 그녀가 그대를 한바탕 욕하는 편지를 써서 여기 있는 내게 부쳤더군. 그런데 그 이야기에 아귀가 맞지 않는 이상한 점이 있소. 예전에 내가 린든 성에서 지낼 때 그대 이야기가 나온 적이 있었소. 그대가 더블린에서 과시하듯 휘황찬란한 마차를 끌고 다니던가, 뭐 그런 이야기였지. 그때 그 아름다운 부인은 그대의 이름조차 들어본 적이 없다며 한사코 그 사실을 부인했다오.

그러자 어린 불링던이 말했소. '아! 있잖아요, 엄마. 스파에서 봤던 키 크고 얼굴 까맣고, 사팔눈이던 그 남자 말이에요. 툭하면 런트 신부님을 취하게 만들고, 나한테 이 검도 보내주고 그랬는데. 그 남자 이름이 배리 씨잖아요.'

그 말에 레이디 린든은 아이더러 방에서 나가라고 명령했을 뿐 그대에 대해서 아무것도 모른다는 그 주장을 꺾지 않았소."

"그렇다면 경이 나의 레이디 린든의 지인이자 친척이란 말이오?" 나는 짐짓 매우 놀란 듯한 어조로 말했다.

젊은 신사가 대답했다. "그렇소. 그런데 그녀의 저택을 떠나자마자 그대한테 부상을 당해 이 꼴이 되었지 뭐요. 하필이면 그것도 가장 부적절한 때에."

"지금이 다른 때보다 훨씬 부적절한 이유가 뭐요?"

"이유가 뭐냐고? 잘 보시오, 슈발리에. 나는 그 부인이 내게 공정하지 못했다는 생각이 든다오. 차라리 그냥 계속 거기 있었으면 그녀를 설득해 좀더 각별한 사이가 되었을지도 모르는데. 사실 나이는 나보다 네 살이나 많지만 잉글랜드 전체에서 가장 부유한 신붓감이잖소."

"조지 경, 괴상하게 들릴지 모르지만 솔직한 부탁 한 가지만 해도 되겠소? 나한테 레이디 린든의 편지를 보여줄 수는 없겠소?"

"그런 짓은 절대 하지 않을 거요." 그는 화난 목소리로 대답했다.

"아니, 그렇게 화낼 것 없소. **내가** 만약 레이디 린든한테 받은 편지들을 경에게 보여주면, 경도 내게 그 편지들을 보여줄 수 있느냐는 뜻이니까."

"배리 씨, 도대체 지금 무슨 말을 하고 있는 거요?" 젊은 신사가 말했다.

"**나**는 지금 내가 레이디 린든과 뜨거운 연인 사이였다고 말하고 있는 거요. 내가 레이디 린든에게 관심이 아주 많다고 말하고 있는 거요. 또, 지금도 그녀를 미치도록 사랑하며, 나보다 먼저 다른 남자가 그녀를 차지하면 나 자신을 죽이든, 그자를 죽이든, 둘 중 하나를 하겠다고 말하고 있는 거요."

"그러니까 **그대**가 잉글랜드에서 가장 고귀한 가문에서 태어난, 가장 대단한 상속녀랑 결혼을 하시겠다?" 조지 경이 거만하게 말했다.

"유럽 전체에 우리 가문보다 더 고귀한 가문은 없소. 그리고 내가 하려는 말은 이것이오. 과연 내가 그런 희망을 품어도 되는 것인지는 잘 모르겠지만 이것만은 나도 안다는 것이오. 내가 가난하기는 해도, 그 가난 때문에 그 대단한 상속녀가 나를 업신여기지 않던 시절이 있었다는 것, 그리고 그녀랑 결혼하려는 사람은 누구든 내 시신을 밟고 지나가야 하리라는 것 말이오. 그러니 이런 때 부상을 당한 것이 경에게는 오히려 다행 아니겠소." 나는 또 침착한 목소리로 이렇게 덧붙였다. "나는 결투를 할 때 경이 나의 레이디 린든을 어떻게 생각하고 있는지 전혀 몰랐소. 이런 가엾은 친구 같으니라고. 경은 용감한 소년이고 나는 경이 마음에 든다오. 하지만 내 검은 유럽 최고의 검이오. 만약 내가 그 사실을 미리 알았다면 경은 지금보다 훨씬 좁은 침대에 누워 있었을 거요."

조지 경이 말했다. "소년이라고! 나는 그대보다 네 살밖에 어리지 않소."

"경험으로 보자면 경은 나보다 마흔 살은 더 어릴 거요. 나는 온갖 계급의 삶을 모조리 섭렵하며 살아온 사내거든. 오로지 내 능력과 내 용기만으로 내 운명을 개척해왔다, 이 말이오. 사병으로서 참전한 격전만도 열네 번에 이르고, 그동안 벌인 결투만도 스물세 번에 이른다오. 그런데도 그 누구도 날 건드리지 못했지. 물론 그자도 결국은 내 손에 죽었지만 딱 한 명, 프랑스군 검술 교관만 빼고. 나는 열일곱 살 나이에 무일푼 신세로 세상에 나와서, 스물일곱 살인 지금 2만 기니의 재산을 소유하고 있소. 경은 나처럼 용기와 열정으로 가득한 사내가 갖겠다고 덤벼서 손에 넣지 못할 것이 있다고 보시오? 지금껏 그 미망인한테 여러 권리를 행사해왔는데 내가 이제 와서 그 권리를 내세우지 않을 것이라고 보시오?"

이 연설이 글자 그대로 정확히 진실이었던 것은 아니다. (내가 참여한 격전과 결투의 횟수, 내 보유 재산이 다소 과장되어 있었으니까.) 그래도 그가 유난히 진지한 태도로 내 말에 귀를 기울였던 것을 보면, 그 젊은 신사의 마음에 내가 노렸던 만큼의 인상은 남긴 것 같았다. 나는 그 말을 곱씹어보라고 그를 혼자 남겨둔 채 곧바로 그 집을 나왔다.

그로부터 이틀 뒤 나는 다시 그를 보러 가면서 레이디 린든이 내게 보낸 편지 몇 통을 가져갔다. "자, 보시오. 경한테만 은밀히 보여주는 거요. 이건 그 귀부인의 머리카락 뭉치고, 이건 칼리스타가 직접 서명해 에우제니오 앞으로 보낸 편지요. 여기 귀부인 마님께서 경의 이 비천한 하인한테 써 보내신 시도 있소. 제목이 「태양의 신 솔은 빛으로 벌꿀주를 가꾸고 창백한 달의 여신 킨티아는 자신의 빛을 세상에 흩뿌리나니」로군."

그러자 젊은 귀족은 이렇게 소리쳤다. "칼리스타, 에우제니오라고! '태양의 신 솔은 빛으로 벌꿀주를 가꾸고'라니! 내가 지금 꿈을 꾸고 있는 것이오? 이런. 친애하는 배리 씨, 레이디 린든이 나한테도 비슷한 시를 써 보냈단 말이오.「눈부신 햇빛 속에서 흥겨워하거나 잿빛 저녁 속에서 사색에 잠기기」라고."

그가 인용한 시 제목에 나는 웃음을 터뜨리지 않을 수가 없었다. 사실 **나의** 칼리스타가 내게도 똑같은 시를 써 보낸 적이 있었기 때문이다. 우리는 편지를 일일이 비교해보다가 유창하게 잘 쓰인 어떤 편지는 한 통 전체가 다른 이에게 보낸 편지와 완전히 똑같다는 사실을 알아냈다. 블루스타킹의 정체가 무엇인지, 편지 쓰기를 좋아한다는 말의 실체가 어떤 것인지 독자들도 부디 잘 보아두시길!

젊은이는 극심한 심적 동요를 느끼며 편지 뭉치를 내려놓았다.

"흠, 하늘에 감사할 노릇이군!" 그는 잠시 동안 아무런 말이 없다가 다시 말을 이었다. "이렇게 멋지게 벗어나게 해주시다니 하늘에 감사할 노릇이로군! 아, 배리 씨, 이 편지들이 이리 운 좋게 내 길에 들어오지만 않았어도 내가 이런 여자랑 결혼을 **했을지도** 모르는 일 아니오. 이 고백만은 꼭 해야겠소. 나는 레이디 린든이 그리 따뜻한 사람은 아니어도 심장은 있는 사람이라고 생각했소. 적어도 **믿을 수는** 있는 사람이라고 생각했단 말이오. 자, 이래도 좋다면 그녀와 결혼하시오! 난 그런 에베소 여인*을 참고 견디느니 차라리 하인을 내보내 길거리에서 내

---

* Ephesian matron: 로마의 작가 페트로니우스Gaius Petronius Arbiter(20~66)의 소설 『사티리콘*Satyricon*』에서 등장인물 에우몰포스가 들려주는 이야기를 언급한 부분이다. 옛날 에베소 마을에 어떤 과부가 살았다. 남편이 죽자 슬픔을 이기지 못한 나머지 그

신붓감을 구해오라고 하겠소."

"친애하는 조지 경. 경은 정말 세상을 너무 모르시는군. 레이디 린든의 남편이 얼마나 나쁜 인간이었는지 떠올려보시오. 그런 처지였으니 그녀가 설사 남편한테 좀 무심했다 하더라도 그리 놀랄 일은 아니오. 그녀는 남편한테 해가 될 만큼 대담한 행동을 저지른 적도 없고, 노래를 짓거나 연애편지를 쓰는 것보다 더 심한 죄를 저지른 적도 없다오. 내기를 해도 좋소."

그러자 그 어린 귀족은 이렇게 말했다. "내 아내는 노래도 짓지 않고 연애편지도 쓰지 않을 거요. 잠시나마 내가 사랑한다고 여겼던 그 여인이 실은 비정한 암캐에 지나지 않는다는 사실을 이렇게 적절한 때에 알게 되다니. 그 생각만 하면 얼마나 다행스러운지 모르겠소."

앞에서도 말했듯이 그 부상당한 젊은 귀족은 너무 어려서 아직 세상 물정을 잘 모르는 것이 틀림없었다. 생각해보라. 순전히 여자가 고작 감성적인 편지 몇 통 주고받으며 젊은 사내랑 연락하고 지냈다는 이유로 남자가 연 수입 4만 파운드를 포기하다니, 이 얼마나 터무니없는 일인가. 아니면, 내가 그렇게 믿고 싶은 것이기는 하지만, 그는 레드먼드 배리의 백전불패 검을 두 번씩이나 맞게 되면 어쩌나 하고 두려워할 필요 없이, 깨끗하게 그 싸움터에서 벗어날 핑계가 생겨서 기뻤는지도 모를 일이다.

포이닝스가 위독하다는 소식 때문인지, 아니면 그가 나와 관련해

과부는 5일 동안이나 식음을 전폐하고 남편의 무덤을 지켰다. 그런데 한 병사를 만나 성적인 관계를 맺으면서 과부의 슬픔도 점점 옅어졌다. 십자가 처형을 당한 범죄자들의 시신을 지키는 임무를 맡고 있던 그 병사가 시신 한 구를 도난당하자, 결국 그 과부는 죽은 남편의 시체를 파내어 그 시신 대신 채워 넣자고 제안하기에 이른다.

그 과부에게 써 보낸 비난의 편지 때문인지 몰라도, 아무튼 그 나약하고 연약하기 짝이 없는 여인은 내 예상대로 더블린에 도착했고, 나는 나의 쓸 만한 심복 율릭한테 그 소식을 듣고는 이미 나와 화해한(그 결투는 정말로 그렇게 끝이 났다) 선량한 어머니 곁을 떠났으며, 암담함에 빠진 칼리스타가 부상당한 연인을 짜증스러울 정도로 자주 찾아온다는 사실을 그 신사의 하인으로부터 알아냈다. 그런데 잉글랜드인들은 아주 사소한 일에도 터무니없을 정도로 도도하고 거만하게 구는 일이 종종 있다. 그리고 그 친척의 행실을 알게 된 포이닝스 경 역시 잉글랜드인답게 더 이상 그녀를 만나지 않겠다고 맹세했다.

나는 그 귀족 나리와 함께 지내는 신사, 각별히 신경을 써서 친구로 만들었다고 앞서 말했던 그 신사에게서 이런 정보를 알아냈다. 그리고 그 친구 덕분에 나는 언제든 찾아가기만 하면 문지기한테 제지당하는 일 없이 예전처럼 계속 그 집을 드나들 수도 있었다.

출입이 금지되었는데도 레이디 린든이 그 건물에 드나들 수 있는 방법을 찾아낸 것을 보면 내가 그랬듯 그 귀부인 마님도 그 사람한테 뇌물을 먹였을 가능성이 농후하다. 나는 레이디 린든이 지내고 있던 바로 그 호텔에서, 조지 포이닝스 경의 거처로 향하는 그녀의 모습을 지켜보고 있다가 그녀가 그곳에 도착해 가마에서 내려 건물 안으로 들어가는 것을 확인하고는 그녀를 뒤따라갔다. 원래는 대기실에서 조용히 그녀를 기다리고 있다가, 필요할 경우 지조 없는 그녀를 비난하며 한바탕 소동을 벌일 작정이었다. 그런데 공교롭게도 상황이 나에게 훨씬 더 유리하게 돌아가기 시작했다. 아무에게도 알리지 않고 귀족 나리의 외실로 걸어 들어갔는데 때마침 절묘하게도 빠끔히 열린 문틈으로 나의 칼리스타의 목소리가 흘러나와 옆방의 대화를 들을 수 있었던 것이다.

그녀는 침대에 갇힌 채 누워 있는 불쌍한 환자를 향해 목소리를 높여 호소를 하는가 하면 세상에서 가장 열정적인 태도로 그에게 말을 걸기도 했다. "조지, 어떻게 내 정조에 의심을 품을 수가 있죠? 어떻게 당신이 괴물 같은 태도로 나를 걷어차 이렇게 내 가슴을 산산조각 낼 수 있느냔 말이에요? 당신의 가엾은 칼리스타를 무덤 속으로 몰아넣고 싶은 건가요? 그래요, 알았어요, 세상을 떠난 천사 같은 내 님과 함께 나도 그곳에 묻혀야겠군요."

그 말에 조지 경은 비웃으며 이렇게 대답했다. "석 달 전에 누가 무덤 안으로 들어갔더라? 그렇게 긴 시간이 흘렀는데 당신은 여태 살아 있다니 참으로 놀랍군."

"당신의 가엾은 칼리스타를 그, 그렇게 진인하게 대하지 말아요, 안토니오!" 부인이 소리쳤다.

"허! 나는 심한 부상을 당했소. 그래서 의사들이 말을 많이 하지 말라더군. 당신의 안토니오가 얼마나 피곤할지 생각해보시오. 당신은 다른 사람한테서 위로를 받을 수도 있지 않소?"

"맙소사, 조지 경! 안토니오!"

"가서 에우제니오한테나 위로해달라고 하시든지." 젊은 귀족은 씁쓸하게 이렇게 내뱉고는 종을 울리기 시작했다. 종소리를 듣고 내실에서 달려 나온 시종에게 그는 마님을 아래층까지 배웅해드리라고 명했다.

레이디 린든은 허둥지둥 그 방 밖으로 나왔다. 상복 차림에 베일로 얼굴을 가린 그녀는 외실에서 자신을 기다리고 있는 사람이 누구인지 알아보지 못했다. 그녀가 계단을 내려가기에 나도 가벼운 발걸음으로 그 뒤를 따랐다. 가마꾼이 그녀에게 문을 열어주기에 나는 잽싸게 앞으로 나서 그녀가 가마에 오를 수 있게 그녀의 한 손을 잡아주며 말했다. "너무나 사랑하는 부인이여, 그 귀족 나리의 말이 옳소이다. 이제 이 에우제니오한테 위로를 받으시구려!" 그녀는 가마에 올라 그 자리를 떠날 때까지 비명조차 지르지 못할 만큼 겁에 질려 있었다. 독자들 짐작대로, 그녀가 자기 숙소 앞에 멈추어 섰을 때 그곳에 먼저 도착해 있다가 그녀가 내리는 것을 도우려고 아까처럼 가마 문을 연 사람은 바로 나였다.

"이 괴물 같은 인간! 난 당신이 내 눈앞에서 꺼져버렸으면 좋겠어요."

"마담, 나는 내 서약에 반하는 행동은 절대 하지 않을 것이오. 에우제니오가 칼리스타에게 했던 맹세를 떠올려보시오." 내가 대답했다.

"저리 가지 않으면 당신을 가마 문에서 떼어낼 사람들을 부르겠어요."

"설마! 그럼 내가 이곳에 올 때 주머니에 넣어 가져온 칼리스타의 편지들도 나와 함께 돌아가게 될 텐데? 마담, 당신은 레드먼드 배리를 달랠 수는 있지만 겁줄 수는 없소."

"도대체 나한테 무슨 짓을 하려는 거예요?" 부인이 상당히 동요하며 물었다.

"날 집 안으로 들여보내주시오. 그럼 모두 말해주겠소." 나는 이렇게 대답했고, 그녀는 친히 손을 내밀어 가마에서부터 거실까지 자신을 에스코트하는 일을 내게 허락해주었다.

우리끼리만 남겨졌을 때 나는 명예롭게 모든 것을 툭 터놓고 이야기하기 시작했다.

"너무나 사랑하는 마담, 나는 이 절망에 빠진 노예를 파국으로 내몰려는 당신의 잔인함을 그냥 내버려둘 수가 없소. 나는 당신을 흠모하오. 예전에는 당신도 당신에게 속삭이는 나의 사랑을 거리낌 없이 받아 줬잖소. 그런데 이제 와서 나를 문밖으로 몰아내고 내 편지에는 답장조차 하지 않으며 나보다 다른 이를 더 좋아하다니. 내 육신은 그런 처사를 견딜 수 없소. 어쩔 수 없이 내가 그자에게 가한 처벌을, 부득불 나의 감시를 계속 받게 될까 봐 바들바들 떨고 있는 그 불운한 젊은이를 보시오. 그자와 당신의 결혼이 확정되면 그자의 죽음도 확정될 거요, 마담."

부인은 말했다. "당신한테 린든 여백작에 대한 법적 권리가 조금이라도 있기나 한 건지, 도대체 알 수가 없군요. 당신이 왜 이런 협박을 하는지 난 이해하거나 신경 쓰고 싶은 마음이 전혀 없어요. 예전에 나랑 아일랜드인 투기꾼 사이에 도대체 무슨 일이 있었다고, 당신한테 이렇게 무례하게 내 삶을 침해할 권리가 있는 것처럼 구는 거죠?"

"**이런 일**이 있었잖소, 마담. 칼리스타가 에우제니오에게 편지를 쓴 일. 그게 아주 순수한 편지들이었다고 한들 세상이 그 말을 믿겠소? 당신은, 당신을 흠모하고 신뢰하는 우직한 이 아일랜드 신사의 가련한 심장을 갖고 그저 장난이나 치려던 심산이었는지 모르겠지만, 당신 손으로 직접 쓴, 빼도 박도 못 할 반대 증거들이 있는데 그 누가 당신의 의도가 순수했다는 말을 믿겠소? 아무런 애정도 없는 상대한테 그저 재미 삼아 저렇게 교태 부리는 편지를 쓸 수도 있다는 말을 누가 믿겠냔 말이오?"

그러자 나의 레이디 린든이 소리쳤다. "이 악당! 어떻게 감히, 실제 그 안에 담긴 내용 말고는 다른 뜻이라고는 전혀 없는 하찮은 편지들을 이렇게까지 확대 해석할 수가 있죠?"

"나는 그 편지에 담긴 내용이라면 무엇이든 확대 해석할 것이오.

그게 당신에게 다가갈 수 있도록 내 열정을 북돋워주니까. 당신은 내 것이어야 하고 장차 그리 될 것이라고 내 이미 맹세하지 않았소! 당신도 내가 뭐든 약속하면 이뤄내는 사람이라는 것을 알고 있을 텐데? 어떤 여자도 남자에게서 받아본 적 없는 사랑과 세상에 둘도 없는 증오, 그 둘 중에서 어느 것을 받는 쪽이 낫겠소?"

"당신 같은 사기꾼이 나를 증오하든 말든 나 같은 상류층 여자가 두려워할 것이 뭐가 있겠어요." 레이디 린든은 위풍당당하게 몸을 곧추세우며 대답했다.

"당신의 포이닝스 경을 보시오. **그자**도 당신이랑 같은 상류층 사람 아니었던가? 마담, 그 젊은이는 당신 때문에 부상을 당한 거요. 그리고 만약 당신의 흉악한 잔인함이 도구로 삼은 그 사내가 내게 뜻을 꺾지 않았다면 당신이 그자의 죽음을 책임져야 했을 거요. 그렇소. 그자는 죽임을 당했을 거요. 정조를 저버린 아내가 그 불륜 상대를 처벌한 남편과 맞서서야 되겠소? 호노리아 린든, 나는 그대를 내 아내로 생각한다오."

"남편! 아내라고요!" 부인이 깜짝 놀라 소리쳤다.

"그렇소. 아내! 남편 말이오! 나는 요부가 갖고 놀다가 한쪽으로 내팽개쳐버릴 수 있는 변변찮은 장난감이 아니오. 당신은 스파에서 우리 사이에 있었던 일을 모두 잊으려 했겠지. 칼리스타는 에우제니오를 잊고 싶겠지만, 나는 당신이 나를 잊게 내버려두지 않을 것이오. 당신은 내 마음을 하찮게 여겼겠지. 그렇지 않소? 하지만 호노리아, 내 마음은 한번 누군가에게 가 닿으면 영원히 변치 않는다오. 사랑하오. 내 사랑이 이루어질 가망이 없었던 그때와 마찬가지로 지금도 그대를 열렬히 사랑하오. 이제야 당신을 얻을 수 있게 되었는데 내가 당신을 포기할 거라고 생각하는 거요? 잔인한, 잔인하기 짝이 없는 칼리스타여! 그대의 매력이 빚어낸 결과가 그렇게 쉽게 사라질 것이라고 생각한다면, 그대는 그대의 매력이 얼마나 강렬한 것인지 잘 모르는 거요. 이미 사랑에 빠졌는데 내가 당신을 흠모하는 마음을 멈출 수 있을 것이라고 생각한다면, 당신은 이 순결하고 고귀한 심장이 얼마나 절개 있는 심장인지 잘 모르는 거요. 나는 그럴 수 없소! 맹세하는데, 나는 당신의 잔인함을 반드시 되갚아줄 거요. 당신의 눈부신 아름다움을 반드시 차지하고 말 거요. 그리고 그것을 차지할 자격이 있는 사람이 될 거요. 사랑스럽고 매력적이고 변덕스럽고 잔인한 여자 같으니라고! 내 맹세하오! 당신을 내 것으로 만들고 말겠소! 당신 재산이 아무리 대단하다 해도, 나 역시 그 재산을 가치 있게 쓸 수 있을 만큼 성품이 너그러운 사람이잖소? 당신 계급이 아무리 높다 해도 내 야심만큼 높지는 않소. 호노리아, 기백 없고 냉정한 난봉꾼한테 자신을 내던지는 짓은 이미 한 번 해보았으니, 이제 사나이에게, 아무리 당신의 계급이 높다 한들 거기에 만족하지 않고 그것을 더 높여줄 수 있는, 그리고 스스로 그 계급에 걸맞은 사람이 될 수 있는 사나이에게 그대를 맡기시오!"

나는 놀라움에 차 있는 그 부인에게 이런 취지의 말들을 쏟아내며, 그녀 앞에 우뚝 서서 그윽한 눈길로 그녀를 사로잡았고, 두려움에 하얗게 질려 있던 그녀의 안색은 놀라움으로 붉게 물들었다. 그녀의 매력을 칭송하고 나의 열정을 해명한 나의 고백이 그렇게 듣기 싫지는 않았던 모양이다. 승자의 평정심을 찾고 보니, 내가 그녀에 대한 통제권을 손에 넣게 되었다는 사실을 알 수 있었다. 분명히 말하는데 사랑을 구성하는 여러 성분 가운데 공포는 그렇게 나쁜 것이 아니다. 나약하고 변덕스러운 여인의 마음을 얻고자 하는 맹렬한 의지가 있는 사내라면, 그리고 그에게 기회만 충분이 주어진다면, 그는 **반드시** 성공하기 마련이다.

"끔찍한 인간!" 내가 말을 끝마치자(실은 할 말이 동나버려서 또 무슨 말을 해야 하나 고심하고 있는데), 레이디 린든이 내게서 주춤 물러서며 말했다. "이 끔찍한 인간! 당장 꺼져요."

내 고백이 그녀에게 얼마나 깊은 감동을 주었는지 알 수 있었다. 내일 그녀가 나를 자신의 집에 들인다면 그녀는 내 차지가 되리라.

계단을 내려가며 호텔 직원의 손에 10기니를 쥐여주었더니 그는 너무 큰 선물에 깜짝 놀란 것 같았다.

"내게 문을 열어주는 곤란한 일을 해준 것에 대한 보답이네. 앞으로도 이런 보답을 받을 일이 자주 있을 걸세."

제16장
귀족답게 내 가족을 부양하고 (겉보기에는) 꽤 높은 행운의 고지에 오르다

다음 날 그곳으로 다시 찾아갔을 때 나의 우려는 현실이 되었다. 문은 내게 열리기를 거부했고 내 여인은 그곳에 없다고 했다. 하지만 그럴 리가 없다는 사실을 나는 알고 있었다. 그 호텔 맞은편 건물에 구해놓은 방에서 아침내 호텔 문을 감시하고 있었기 때문이다.

나는 그녀의 하인에게 말했다. "자네 마님은 밖으로 나오시지 않았을 텐데. 마담이 날 거부했다면 물론 억지로 들어갈 수는 없지. 그런데 이보게, 자네 잉글랜드인인가?"

"그렇습니다. 제 억양을 듣고 아신 모양입니다." 사내는 엄청난 우월감을 내비치며 대답했다.

그가 잉글랜드인이라는 사실을 알게 된 만큼 마땅히 그에게 뇌물을 찔러줘야 했다. 아일랜드인이라면 남루한 옷을 걸친 하인이라 해도, 그리고 새경을 받지 못했다 해도, 그런 뇌물을 찔러주면 그 사람 면상에다 그 돈을 집어던질 텐데.

"그럼 내 말 잘 듣게. 자네 마님의 편지는 모두 자네 손을 통하겠군. 안 그런가? 내가 읽어볼 수 있게 그 편지들을 나한테 가져오면 편지 한 통당 1크라운을 주겠네. 술 마시고 싶을 때는 저기 옆 거리에 있는 위스키 가게에 가서 한 병씩 가져다 마시고 말이야. 술값은 더멋이란 이름으로 달아놓고 나한테 알려만 주시게나."

사내는 씩 웃으며 말했다. "**스파**에서 나리를 본 기억이 납니다. 그때 7메인*을 부르신 분 맞죠?" 나는 그 추억담에 몹시 뿌듯함을 느끼며 내 하수인이 된 자에게 작별 인사를 건넸다.

나는 지금 사적으로 주고받는 편지를 몰래 열어보는 행위를 옹호하려는 것이 아니다. 그러나 예외로 그런 조치가 꼭 필요한 화급한 경우도 있는데, 그런 때는 위대한 대의를 위해서 우리의 선조들과 유럽 전역의 정치가들이 행했던 선례를 본받아 사소한 격식쯤은 무시할 필요가 있다는 이야기다. 레이디 린든의 편지는 좀 열어본다고 해서 더 나빠질 것 없는, 아니, 그녀의 온갖 편지들을 죽 훑어봄으로써 얻게 된 지식 덕분에 내가 그녀의 성격을 다양한 각도에서 더 잘 이해하게 되었고 그녀에 대해 곧바로 행사할 수 있는 힘을 얻게 되었다는 점에서 볼 때, 오히려 훨씬 더 좋은 결과를 낳을 수 있는 편지들이었다. 나는 그 잉글랜드인 친구를 언제나 최고급 술로 융숭하게 대접하고 그가 내 지시에 선뜻 동의할 만큼 상당히 큰 돈을 선물해 그를 만족시킴으로써(나는 그를 만날 때면 그 친구가 늠름하고 우아한 레드먼드 배리의 본색을 알아채지 못하도록 늘 제복 차림에 붉은색 가발을 쓰고 나갔다) 부인의 동선을 완전히 파악해 그녀를 깜짝 놀라게 해줄 수 있었다. 그녀가 갈 공공장소를 미리 알아내었던 것이다. 아직 탈상 전이었기 때문에 나다니는 곳은 몇 군

---

* seven's the main: 7은 해저드 게임에서 승부를 결정짓는 마지막 수이다. 7메인을 불렀다는 말은 그 게임에서 크게 이겼다는 뜻이다.

데 되지도 않았지만, 교회든 공원이든 그녀가 나타나기만 하면, 나는 언제나 그곳에서 먼저 준비를 마치고 기다리고 있다가 그녀에게 성경책을 건네기도 했고 말 등에 앉아 그녀의 마차 옆에서 함께 거닐기도 했다.

그 귀부인이 쓴 편지들 중 상당수는, 그 시절 블루스타킹들이 주로 끼적이던 변덕스럽고 오만한 자기 자랑 글이었다. 내가 아는 사람들 중에 그녀만큼 수없이 많은 친구를 만들었다가 팽개쳐버리는 사람은 아무도 없었다. 그녀는 자신이 아끼는 여자 친구들 중 몇 명에게 곧 내가 얼마나 쓸모없는 인간인지 써 보내기 시작했고 나를 '흉물스러운 것' '시커먼 영혼' '자신을 숭배하는 살인마' 등 수천 가지 이름으로 불렀는데, 그것이 그녀의 극단적인 불안과 공포를 보여주는 반증이었던 만큼, 그 부인이 나를 얼마나 끔찍하게 두려워하는지 깨닫고 나는 심히 큰 만족감을 느꼈다. 그 편지들의 내용은 이랬다. "공원에 있는 내내 그 상것이 내 마차를 집요하게 따라왔어요" "내 운명이 교회까지 날 쫓아왔지 뭐예요" "포목점에 갔는데 글쎄, 나의 그 지긋지긋한 숭배자가 손을 내밀어 나를 마차에서 내려주더라고요" 등등. 나의 목표는 그녀의 가슴속에 있는 그 두려움을 극대화해서, 그녀로 하여금 내게서 도망치는 일이 불가능하리라 믿게 만드는 것이었다.

그녀는 그 시절 더블린의 어리석은 저명인사 대부분이 그랬듯 점집을 드나들었는데, 그 목표를 달성하기 위해 나는 그녀가 찾아갈 점쟁이를 미리 알아내 뇌물을 찔러주었다. 그래서 그 점쟁이는 그녀가 몸종의 옷을 빌려 입고 갔는데도 그녀의 진짜 신분을 귀신같이 알아맞히고는 장래 남편이라며 집요한 숭배자 레드먼드 배리와 똑같은 신사의 모습을 묘사했다. 이 사건은 그녀를 엄청난 혼란에 빠뜨렸다. 서신을 교환하는 친구들에게 굉장한 놀라움과 두려움에 빠진 어조로 그 일에 대해 이렇게 썼던 것이다. "그 괴물은 정말로 큰소리치고 다니는 것처럼 자신의 의지에 따라 운명의 여신을 꺾을 수 있을까요? 내가 이렇게 그 인간을 혐오하는데도, 그자가 나와의 결혼을 성사시켜 나를 노예처럼 자신의 발치에 꿇어앉힐 수 있을까요? 새카만 눈동자로 뱀처럼 요렇게 나를 노려보는 그 진절머리 나는 눈빛만 보면 무서워 죽겠어요. 어딜 가든 그 눈빛이 날 따라다니는 것 같아요. 그 무시무시한 시선은 심지어 눈을 감아도 눈꺼풀을 뚫고 들어오는 것 같고, 항상 나한테 머물러 있는 것 같다니까요."

여자가 남자에 대해 이런 식으로 말하기 시작하면, 그 남자는 영락없이 닭 쫓던 개가 되고 만다. 그런데도 나는 부지런히 그녀를 따라다니며 그녀의 맞은편에 자리를 잡은 다음 그녀가 말했던 대로 '뚫어질 것 같은 시선으로 그녀를 노려보았다.' 그동안 그녀의 이전 구혼자인 조지 포이닝스 경은 부상 때문에 두문불출하고 있었는데 보아하니 그녀에 대한 자신의 권리를 모두 포기하기로 마음먹은 모양이었다. 왜냐하면 그녀가 찾아가도 출입을 허용하지 않았고, 두 배로 잦아진 그녀의 편지에도 답하지 않았으며, 계속 의사가 외부인의 방문이나 편지 쓰는 일을 금했다는 일반적인 대답으로 일관하면서도, 그런 생활에 불만이 전혀 없어 보였기 때문이다. 그가 그렇게 배경 화면 속으로 사라지는 동안 나는 계속 전진하는 한편, 또 다른 연적이 성공 가능성을 점치며 등장하지 않도록 세심하게 신경 썼다. 그런 인물이 등장했다는 소리만 들으면 나는 곧장 싸움을 걸었고, 첫번째 희생자인 조지 경 외에도 그런 식으로 검으로 찔러버린 자가 두 명이나 더 있었다. 그러면서도 행여 레이디 린든의 기분이 상하거나 추문이 퍼질까 봐, 매번 실제이유인 레이디 린든에 대한 관심 말고 다른 구실을 둘러댔다. 그럼에도 그 결투의 의미가 무엇인지 그녀는 잘 알고 있었고, 더블린의 젊은 치들 역시 이런저런 정황을 종합해보고는, 부유한 상속녀를 감시 중인 용이 한 마리 있는데 그 여자를 차지하려면 먼저 그 용부터 제압해야 하리라는 사실을 깨닫기 시작했다. 단언하는데, 첫 희생자 세 명을 보고도 그녀한테 편지를 쓰는 간 큰 사내는 몇 명 없었다. 나는 내 갈색 암말과 녹색 제복이 모습을 드러내기만 하면, 허둥지둥 말을 몰아 레이디 린든의 마차 곁을 떠나는 더블린 미소년들의 모습을 보고 (소매로 입을 가린 채 남몰래) 웃은 적이 한두 번이 아니다.

　나는 내 힘을 보여주는 어떤 대단하고 무시무시한 사례를 통해 그녀에게 깊은 인상을 남기고 싶었기 때문에 그 목적을 이루는 동시에 나의 정직한 사촌 율릭에게 그가 마음에 품고 있던 여인, 즉 킬조이 양을 얻어줌으로써 크나큰 은혜를 베풀기로 결심했다. 킬조이 양은 후견인이자 친구, 다름 아닌 레이디 린든의 보살핌과 몇 명의 젊은 신사, 그러니까 자기 오빠들의 사나운 감시 아래 놓여 있었는데, 그때 더블린에서 그 계절을 보내고 있던 그 젊은이들은 여동생이 받은 유산 만 파운드를 놓고 그녀가 성공으로 가는 대단한 밑천을 보유하고 있는 아일랜드인이라도 되는 듯 덩달아 있는 행세를 하며 거들먹거렸다. 그런데 그 아가씨는 브래디 씨를 전혀 싫어하는 것 같지 않았다. 이 사실만 봐도 일부 남자들의 의지가 얼마나 약한지, 일반적으로 해결할 수 없을 것처럼 보이는 여러 난관을 즉각 극복해낼 수 있는 사람이 얼마나 우월하고 뛰어난 사람인지 알 수 있다. 율릭은 예전에 내가 세웠던, 여자를 데리고 도망가는 대담한 계획 따위는 떠올려본 적도 없는 위인이었다. 킬조이 양은 성인 나이가 될 때까지는 법원의 보호를 받았지만(만약 그녀가 아직 미성년자였다면 그녀와 관련된 그 계획을 실행에 옮기는 것이 내게 아주 위험한 일이 되었을 것이다), 이제 좋아하는 사람이랑 자유롭게 결혼할 수 있는 연령이 되었는데도, 성격이 소심해서 그런지 그녀가 독립된 인격체였던 적이 없었던 것처럼 그녀를 대하는 오빠들과 친척들한테 여전히 둘러싸여 있었고 그들을 몹시 두려워했다. 그들에게는 또 자기네 마음대로 그녀의 배우자로 점찍어둔 친구가 몇 명 있었기 때문에, 아무짝에도 쓸모없는 파산한 신사 율릭 브래디가 청혼을 하자 그 촌뜨기 수컷들은 경멸감을 한껏 드러내며 그 청혼을 거절하고는, 엄청난 부자인 그 상속녀가 언제까지나 자신들의 여동생이라는 신분으로 자기들 수중에 갇혀 있으리라 믿고 있었다.

린든 여백작은 자신이 더블린의 거대한 저택에서 혼자 지내야 한다는 사실을 깨닫고는, 친구인 킬조이 양, 그러니까 아멜리아 양한테 더블린에 와서 한 철을 함께 보내자고 초대장을 보냈는데, 그 와중에 돌연 모성애가 동했는지 자신의 어린 아들 불링던 경과 그의 관리자이자 나의 오랜 지인인 런트 씨까지 데려오라고 린든 성으로 사람을 보냈고, 그리하여 그들은 수도로 와 여백작과 함께 지내게 되었다. 가문의 마차 한 대가 소년, 킬조이 상속녀 아멜리아, 소년의 가정교사를 태우고 린든 성을 출발했다는 사실을 알아낸 나는 그것을 내 계획을 실현시키기 위한 첫번째 기회로 삼기로 결정했다.

그 기회가 찾아오기까지 나는 그다지 긴 시간을 기다릴 필요가 없었다. 그 시기 아일랜드 왕국 전역이 온갖 종류의 노상강도 패거리 때문에 몸살을 앓고 있었다는 이야기는 이미 이 회고록 앞부분에서 언급했다. 화이트보이스, 오크보이스, 스틸보이스*라는 이름의 그 노상강도

---

* Whiteboys, Oakboys, Steelboys: 이 세 패거리는 모두 농촌을 배경으로 활동하던 비밀결사이다. (오크나무 잔가지를 모자에 꽂고 다녀서 이런 이름을 얻게 된) 오크보이스

패거리는 두목을 필두로 토지 관리인을 살해하거나 건초 더미를 불태우거나 가축의 뒷다리를 잘라 불구로 만드는 등, 마치 자신들이 법인 양 마음대로 여기저기에 응징을 가했다. 내가 알기로 그 가운데 하나, 아니 몇몇 패거리는 캡틴 썬더라는 미스터리한 유명 인사의 지휘를 받았는데, 그의 주된 업무는 결혼 상대자나 그 부모가 동의를 하든 말든 한쪽이 원하는 상대와 결혼시켜주는 것이었다. 그 시기(그러니까 1772년) 『더블린 가제트』*와 『머큐리』는 무시무시한 캡틴 썬더와 그 일당을 체포하면 후한 포상금을 주겠다는 총독의 공지와 그 히메나이우스**의 흉포한 부관들이 저지른 만행을 상세하게 기록한 기사로 도배가 되어 있었다. 나는 굳이 캡틴 썬더의 진짜 도움까지는 아니더라도 그의 이름을 어느 정도 이용해 내 사촌 율릭에게 그 아가씨와 그녀의 만 파운드를 쥐여주기로 마음먹었다. 그녀가 굉장한 미인은 아니었다는 점으로 추정해보건대, 율릭이 사랑한 대상은 돈 주인이라기보다는 그 돈이었을 것이다.

레이디 린든은 탈상 전이었기 때문에, 손님 접대하길 좋아하는 더블린 귀족들이 으레 개최하던 무도회 같은 곳에 아직은 자주 나다닐 수가 없었다. 하지만 그녀의 친구인 킬조이 양은 근신할 이유가 전혀 없

는 도로 공사에 강제로 동원되어야 하는 부역의 폐단과 십일조 중과세에 저항하기 위해 1763년 결성된 단체였다. 스틸보이스, 혹은 '강철 심장(Hearts of Steel)'은 1772년경부터 활동을 전개했다. 화이트보이스는 먼스터주를 기반으로 하는 구교도 단체였던 데 반해, 오크보이스와 스틸보이스는 얼스터주를 기반으로 하는 신교도 단체였다.

* 『더블린 가제트*Dublin Gazette*』: 대영제국 산하 아일랜드 행정부의 공식 기관보로, 제임스 2세 통치 기간(1685~1689)인 1689년 처음 발행되었다가 잠시 정간된 뒤 1705년부터 다시 발행되기 시작해 아일랜드가 독립한 1921년까지 이어졌다.
** Hymenaeus: 고대 로마 신화에 등장하는 '결혼의 신'이다. 히메나이우스의 영어 명칭인 'hymen'은 '처녀막'이라는 뜻이다.

었고 따라서 자신이 환대를 받을 것 같은 곳이라면 어떤 파티든 기꺼이 참석했다. 나는 율릭 브래디에게 벨벳으로 지은 멋진 정장 두 벌을 선물하고는, 영향력을 발휘해 율릭이 더없이 우아한 사람들이 모이는 그런 파티의 초대장을 되도록 많이 받을 수 있게 손을 썼다. 그러나 왕실 예법을 경험해본 일도, 내게 있는 장점 같은 것도 없었던 율릭은 여자만 보면 수망아지만큼이나 수줍음을 탔기 때문에 여자들과 미뉴에트를 출 기회를 통 잡을 수가 없었다. 당나귀라도 그보다는 나을 것 같았다. 그는 격식 있는 세상 속으로, 아니 흠모하는 귀부인의 마음속으로 들어가는 길을 좀처럼 뚫지 못했다. 율릭은 아멜리아 양의 아버지인 노신사와 함께 사냥도 다니고 술도 마시느라 종종 밸리킬조이 저택을 드나들다가 그녀를 보자마자 불같은 열정에 사로잡힌 사람, 그녀에게 처음으로 연정을 고백한 사람이었는데도, 솔직히 말하면 그녀가 불쌍한 율릭보다는 무도회장을 내 집처럼 편히 여기는 몇몇 다른 젊은 신사들한테 더 호감을 느끼고 있는 것이 내 눈에도 보였다.

율릭은 한숨을 내쉬며 이렇게 말하곤 했다. "내가 그 두 가지는 그럭저럭 제법 잘하거든. 술 마시기랑 시골 들판에서 말 타기를 기준으로 뽑는다면 아일랜드 전체를 통틀어 나보다 더 아멜리아랑 맺어질 가능성이 높은 사내는 아무도 없을 텐데."

"겁낼 것 없어, 율릭. 아멜리아는 자네 차지가 될 테니까. 그렇게 안 되면 내가 레드먼드 배리라는 이름을 갈지." 내가 대답했다.

그 시절 아일랜드에서 가장 우아함 넘치고 성공한 귀족으로 꼽히던 찰러몬트 경*은 학식과 재치가 있는 훌륭한 신사로 해외여행을 자

___
* Sir Charlemont: 제1대 찰러몬트 공작 제임스 콜필드James Caulfield(1728~1799)를 말한다. 그는 18세기 중반 더블린의 대표적인 지식인으로 평가된다. (현재의 파르넬 광

주 다녔고, 나는 그 덕분에 해외에서 그와 안면을 트는 영광을 누릴 수 있었다. 그런데 마침 그가 던리어리 대로를 이용하면 더블린에서 그다지 멀지 않은 마리노에 있던 자신의 저택에서 성대한 가장무도회를 개최했다. 니는 이 연회를 이용해 율릭을 행복하게 만들어주기로 결정했다. 킬조이 양은 물론, 그런 성대한 광경을 직접 보고 싶어 안달 난 어린 불링던 경도 그 가장무도회에 초대되었다. 불링던 경은 그의 관리자이자 나의 오랜 친구인 사제 런트 씨의 보호 감독 아래 그 연회에 참석하기로 의견이 모아졌다. 나는 그 일행이 어떤 마차를 타고 무도회장으로 갈지 알아냈고 그에 맞게 준비를 마쳤다.

율릭 브래디는 그 무도회에 참석하지 않았다. 그렇게 저명한 인사들이 모이는 자리에 초대되기에는 그의 재산과 신분이 너무나 보잘것없었던 것이다. 그래서 나는 미리 사흘 전에 율릭이 빚 때문에 체포되었다는 소문을 퍼뜨렸다. 그를 아는 사람이라면 아무도 놀라지 않을 소문이었다.

그날 밤 나는 내게 아주 친숙한 인물, 즉 프로이센 국왕의 근위대 사병 변장을 하고 그 자리에 참석했다. 엄청나게 큰 코와 콧수염까지 달린 기괴한 가면을 만들어 쓰고 엉터리 독일어에 엉터리 영어를 조금씩 섞어가며 말했는데, 주로 사용한 말은 독일어였다. 나의 우스꽝스러운 억양 때문에 사람들이 웃음을 터뜨리며 내 주위로 모여들었고, 나의 전력에 대한 사람들의 호기심 역시 점점 커졌다. 고대 공주 의상을 입

장인) 러틀랜드 광장에 있던 그의 견고한 저택은 현재 시립현대미술관 건물로 사용되고 있다. 그는 더블린 북부 교외, 클론타프 찰러몬트 근처 마리노에 있던 자신의 영지에 1761년 화려한 카지노를 세웠는데 그 건물의 설계를 맡은 사람은 영국의 유명한 건축가 윌리엄 챔버스 경Sir William Chambers(1726~1796)이었다. 그러나 본문의 내용과 달리 던리어리 대로는 마리노를 지나지 않는다.

은 킬조이 양은 고대 슈발리에의 시동 복장을 한 어린 불링던 경과 함께 있었다. 장밋빛에 완두콩 색과 은색이 섞인 더블릿* 차림에 머릿가루까지 뿌리고 옆구리에 내가 선물한 검을 찬 채 우쭐대며 걸어 다니는 불링던 경은 멋지고 조숙해 보였다. 런트 씨는 도미노** 차림으로 매우 점잖을 빼며 이곳저곳을 어슬렁대다가, 뷔페식으로 차려진 음식에 끊임없이 존경을 표하면서 차가운 닭고기를 배불리 먹고 펀치와 샴페인도 벌컥벌컥 들이켜 곁에 서 있던 영국 근위대 중대장을 흡족하게 만들었다.

그 자리에는 총독도 위풍당당하게 참석해 있었다. 참으로 성대한 무도회였다. 킬조이 양은 수많은 파트너와 춤을 추었고, (그 아일랜드인 상속녀의 볼썽사나운 뒤뚱 걸음도 미뉴에트라고 부를 수 있다면) 그녀와 미뉴에트를 춘 나도 그중 한 명이었다. 나는 기회를 놓치지 않고 세상에서 가장 애처로운 목소리로 레이디 린든을 향한 나의 열정을 호소하면서 나를 위해 친구에게 간섭권을 좀 행사해달라고 애원했다.

린든 가문 일행이 연회장을 나선 시각은 자정에서 세 시간이 훌쩍 지난 때였다. 어린 불링던은 일찌감치 곯아떨어져서 레이디 찰러몬트의 도자기 찬장 속에 뻗어 있었고, 런트 씨는 심하게 쉰 목소리에 걸음걸이도 불안했다. 오늘의 주인공인 젊은 아가씨는 신사가 그렇게까지 망가질 수 있다는 사실에 놀란 것 같았지만, 그것은 사내가 간혹 술에 취하지 않으면 좀팽이 취급을 당하던 그 옛날 유쾌하던 시절 연회장에서 흔히 볼 수 있는 풍경이었다. 몇몇 신사와 함께 자신의 마차를 향

---

* 이 당시 유럽의 남성들이 주로 입던, 몸에 꽉 끼고 허리를 잘록하게 만들어주는 윗옷.
** domino: 가면무도회 의상의 일종으로 모자가 달린 망토 형태의 긴 겉옷이다. 주로 검은색 실크로 만들며 모자에 맞추어 얼굴의 위쪽을 가리는 가면을 함께 쓴다.

해 다가가는 킬조이 양이 보였다. 나는 누더기를 걸친 홰꾼, 마부, 거지, 술에 취한 남녀 등 그곳에 모여 있던 군중을 훑어보았다. 파티가 열리면 파티가 계속되는 동안 거물의 저택 입구 주변은 언제나 그렇게 누군가를 기다리는 사람들로 붐볐다. 군중 속에서 "이랴!" 소리가 터져 나오고 마차가 출발하자 그 모습을 지켜보던 사람들도 곧바로 건물 안으로 들어갔다. 나도 안으로 들어가, 그때까지도 이구동성으로 고지 네덜란드 말로 떠들어대고 있던 호감 가는 독일인 술고래 서너 명과 대화를 나누면서 몹시 결연한 태도로 포도주를 곁들인 음식 한 접시를 흡입했다.

"그렇게 거대한 코를 달고 어찌 그리 편하게 술을 마실 수가 있나?" 신사 한 명이 물었다.

"가서 교수형이나 당하시지!" 나는 다시 술 한 모금을 들이켜며 진짜 독일인 억양으로 이렇게 소리쳤다. 내 말에 모두들 웃음을 터뜨렸고 나는 말없이 계속 식사에 열중했다.

그 신사들 중에 린든 가문 일행이 떠나는 모습을 지켜본 신사가 한 명 있었는데, 나는 그치와 내기를 했고 그 내기에서 졌다. 그래서 다음 날 아침 나는 그를 불러 그 돈을 지불했다. 독자들이 들으면 깜짝 놀랄, 앞에 열거한 모든 사건들의 자세한 내막은 사실 이것이었다. 연회장으로 다시 들어간 사람은 내가 **아니라**, 나의 독일인 시종 프리츠였다. 내 옷과 같은 사이즈의 옷을 입고 내 가면을 쓴 프리츠는 감쪽같이 내 행세를 해냈다. 우리는 레이디 린든의 마차 근처에 세워두었던 전세 마차에서 옷을 바꾸어 입었고, 나는 서둘러 마차를 몰아 린든 가문 마차를 따라잡았다.

율릭 브래디가 사랑하는 상대가 타고 있던 그 운명의 마차는 얼마 가지도 못한 지점에서 길바닥에 푹 팬 바퀴 구덩이에 걸려 마차 바퀴가 덜컹 빠져버렸고, 뒷자리에 앉아 있던 하인은 갑작스레 일어난 사고에 용수철처럼 벌떡 일어나 뛰어내리며 마부를 향해 "멈춰!"라고 소리치고는 마차 바퀴 하나가 빠져버려서 바퀴 세 개만으로 더 이상 전진하는 것은 무리라고 말했다. 휠캡이 등장한 것은 기발한 설계자들에 의해 롱 에이커*가 조성된 이후니까 그때는 아직 휠캡이 발명되기 전이었다. 내가 꾸며서 하는 말이 아니라, 찰러몬트 경의 저택 대문 앞에 모여 있던 악당 패거리 중 일부가 일부러 뽑아놓기라도 했는지 정말로 바퀴를 고정하는 중심 쇠막대가 밖으로 튀어나와 있었다.

킬조이 양은 이런 일이 생기면 으레 여자들이 그러듯 비명을 지르며 창밖으로 고개를 내밀었다. 런트 신부도 만취 상태에서 깨어났고, 어린 불링던도 벌떡 일어서며 자그마한 그 검을 빼 들었다. "겁내지 말아요, 아멜리아 양. 노상강도가 오더라도 무장한 내가 있으니까요." 그 꼬맹이 악당에게 사자 같은 기백이 넘쳤던 것만은 사실이며, 그 이후에 그 녀석과 내가 아무리 많이 싸웠다 하더라도 그 사실만큼은 인정해줘야 한다.

레이디 린든의 마차를 쫓던 전세 마차가 그때 그 마차 곁으로 가까이 다가왔고, 사고가 일어난 것을 본 전세 마차의 마부는 마차에서 내려 아씨 마님에게, 그 전세 마차 역시 그 어떤 최상류층 인사의 마음에도 들 만큼 우아하고 깨끗한 마차이니 그리로 옮겨 타는 것이 어떻겠느냐고 정중하게 예의를 갖추어 말했다. 1, 2분 만에 그 마차의 승객들은 그 초대를 수락했다. 마부는 그들을 '서둘러' 더블린으로 모시겠노라고 약속했다. 시종 타디가 자신이 어린 나리와 아씨 마님을 모시겠다고 제안했다. 마부석 옆자리에는 얼핏 보기에도 만취한 마부의 동료가 타고

---

* Long Acre: 런던 중심가에 있는 거리 이름이다. 18세기부터 마차와 자동차의 본체를 제작하고 유통시키는 운송 매체 산업의 중심지가 되었다.

있었기 때문에 마부는 싱긋 웃으며 그러고 싶으면 뒷자리에 타라고 말했다. 그러나 뒷좌석에는 무임승차를 즐기는 시정잡배들을 막는 쇠못이 줄줄이 박혀 있었던 터라 타디의 충정심도 그를 설득해 그 자리에 타야겠다는 용기를 내게 만들지는 못했다. 결국 그는 주위의 권유에 따라 뒤에 남아 망가진 마차를 수습하기로 했고 마부와 함께 주변 농가의 울타리를 뒤져 쇠막대를 제작했다.

그동안 전세 마차는 빠른 속도로 달리고 있었는데도 마차 안에 탄 일행이 느끼기에는 아직도 더블린에서 멀리 떨어진 곳에 있는 것 같았다. 한참 뒤에 창밖을 내다본 킬조이 양은 자신의 눈앞에 펼쳐져 있는, 건물이나 도시의 흔적이 전혀 보이지 않는 황량한 풍경에 기겁을 했다. 그녀는 곧바로 마부에게 마차를 세우라고 소리를 질러댔지만, 마부는 그녀가 시끄럽게 굴수록 더 거세게 말을 채찍질해대다가 아씨 마님에게 이렇게 명령했다. "그만하시죠. 지금 지름길로 가는 중이니까요."

킬조이 양은 계속 비명을 질렀고, 마부는 계속 채찍질을 했으며, 말들은 계속 내달렸다. 도움을 요청하는 아름다운 여인의 비명에 응답이라도 하듯, 어떤 농가의 울타리에서 사내 두세 명이 불쑥 튀어나오기 전까지. 어린 불링던은 마차 문을 벌컥 열고 기세 좋게 뛰어내렸지만 땅에 발을 내딛자마자 앞으로 철퍼덕 엎어졌다. 그런데도 즉시 벌떡 일어나더니 자그마한 검을 빼 들고는 마차 앞쪽으로 달려가며 이렇게 외쳤다. "신사 양반들, 이쪽이오. 저 악당 놈들을 잡아주시오!"

"멈춰라!" 사내 한 명이 소리쳤고, 그 말에 마부는 이상할 정도로 순종적인 태도로 마차를 세웠다. 그 모든 일들이 일어나는 동안에도 술에 취한 런트 신부는 내내 마차 안에 누운 채 비몽사몽 반쯤 정신이 나가 있었다.

새로 도착한 패거리는 자신들이 곤경에 빠진 여성을 돕는 보호자라며 마부와 협상을 하다가 어린 귀족을 보고는 한바탕 웃음을 터뜨렸다.

우두머리가 마차 문 쪽으로 다가오며 말했다. "놀라지 마십시오. 내 부하 중 한 명이 믿을 수 없는 악당 같은 저 마부 옆에 앉을 겁니다. 나랑 내 동료도 이 마차를 함께 타고 출발해 마담을 댁까지 모셔다드리겠습니다. 우린 무장을 했으니까 혹 위험한 일이 생기더라도 마담을 지켜드릴 수 있습니다."

우두머리는 이 말과 함께 지체 없이 마차에 뛰어올랐고 그의 동료도 그 뒤를 따랐다.

"이봐! 분수를 알아야지. 그 자리는 불링던 자작 나리께서 앉을 자리란 말이다. 내 자리 내놔!" 어린 불링던이 분연히 고함치며, 막 전세 마차에 오르려고 하는 거대한 사내를 막아섰다.

"비키시죠, 도령." 사내는 억센 사투리 억양으로 이렇게 말하며 소년을 옆으로 밀쳤다. 그러자 소년은 "도둑이야! 도둑이야!"라고 소리치며 작은 단검을 빼 들고는 놈에게 달려들었다. (작은 검도 거대한 검과 마찬가지로 사람을 다치게 할 수 있는 만큼) 그 검에 부상을 당할 수도 있었지만, 무장한 적은 다행히 긴 지팡이로 검을 쳐 소년의 손 밖으로 날려버렸다. 단검은 사내의 머리 위로 날아갔고 이에 기겁한 사내는 당황한 자신의 모습에 머쓱해했다.

사내는 모자를 벗고 어린 귀족에게 고개를 숙여 인사한 다음 마차에 올랐고, 공범이 마차 문을 닫고 마부석에 올라탔다. 킬조이 양은 비명을 지르려다가, 짐작건대 패거리 중 한 명이 꺼내 든 커다란 권총을 보고 입을 다물었을 것이다. 총을 든 사내는 말했다. "마담, 당신을 해칠 생각은 없습니다. 하지만 마담이 비명을 지르면 부득이 마담의 입에 재갈을 물려야 합니다." 그 말에 그녀는 갑자기 조용해졌다.

그 모든 사건은 아주 짧은 시간 안에 일어났다. 세 명의 침략자가 마차를 완전히 접수한 뒤 일행 중 한 명이 마차 창밖으로 머리를 내밀고는, 깜짝 놀라 어리둥절한 표정으로 황야에 혼자 서 있는 가엾은 불링던에게 이렇게 말했다.

"도령, 내 한마디만 하리다."

"뭐냐?" 소년은 훌쩍거리면서도 이렇게 물었다. 그의 나이 고작 열한 살이었던 그때에도 그는 이미 그렇게 용기가 넘쳤다.

"이곳은 마리노에서 3킬로미터 정도밖에 떨어져 있지 않은 곳이오. 온 길로 되짚어 가다 보면 큰 바위가 나올 텐데, 거기서 오른쪽으로 꺾어 곧장 내려가면 대로가 나올 거요. 거기서부터는 돌아가는 길을 쉽게 찾을 수 있겠지. 귀부인 마님, 그러니까 도령 어머니를 만나거든 '캡틴 썬더'의 찬사를 전하고, 아멜리아 킬조이 양이 곧 결혼할 것이라고 말하시오."

"오, 주여!" 젊은 아가씨의 입에서 한숨이 새어 나왔다.

마차는 신속하게 출발했고, 불쌍한 귀족 소년은 황야에 그렇게 홀로 남겨졌다. 곧 여명이 밝아왔다. 말할 것도 없이 소년은 완전히 겁에 질려 있었다. 그는 달려서 마차를 뒤쫓아 갈까도 생각했지만, 용기도, 짧은 두 다리도 그러기엔 역부족이었기 때문에, 그냥 바위 위에 앉아 원통함의 눈물을 터뜨렸다.

율릭 브래디의 이른바 사비니 결혼*은 이렇게 성사되었다. 율릭이

---

* Sabine marriage: 로마의 시조 로물루스Romulus 건국 신화에 대한 언급이다. 로물루스는 로마를 건국한 뒤 부족한 인구를 늘리기 위해 이웃 나라로부터 도망자, 범법자들의 망명을 받아들였는데, 그러다 보니 심각한 남초 현상이 일어난 것은 물론 로마 남자에게

신랑 들러리 두 명을 거느리고 결혼식이 열리기로 되어 있던 오두막에 도착했지만, 이번에는 런트 신부가 혼례 미사 집전을 거부했다. 그러나 곧 권총 한 자루가 불운한 그 가정교사의 머리에 겨누어지자 결국 그는 미사 집전에 동의했고, 그와 동시에 지독한 욕설과 함께 하마터면 그의 형편없는 뇌를 날려버릴 뻔했다는 말이 들려왔다. 사랑스러운 아멜리아 역시 비슷한 설득을 당했을 가능성이 매우 크지만 나는 그에 대해 아는 바가 없다. 왜냐하면 나는 신부 측 일행이 그곳에 도착하자마자 마부와 함께 마차를 몰아 도시로 돌아왔기 때문이다. 그러고는 내 명령에 따라 연회장에서 모든 임무를 완수하고 가면을 눈에 띄지 않게 처리한 뒤 내 옷을 입은 채 내 마차를 몰고 나보다 먼저 도시에 돌아와 있던 독일인 시종 프리츠를 찾아 만족감을 표했다.

불쌍한 런트 씨는 다음 날 차마 눈 뜨고 볼 수 없는 지경이 되어 돌아왔고, 그날 밤 일어난 사건에서 자신이 어떤 역할을 담당했는지에 대해 계속 침묵했다. 술에 취한 상태로 습격, 감금을 당했다가 길바닥에 버려졌고 더블린으로 배달을 가는 위클로주 농민의 수레를 얻어 타고 도시로 돌아왔으며 다시 오도 가도 못 하는 신세로 길바닥에서 발견되었다는 우울한 이야기 역시 입 밖에 내지 않았다. 그 음모에는 그것을 내가 추진했다고 추정할 만한 나의 역할이 전혀 없었다. 결국은 집으로 가는 길을 찾아낸 어린 불링던 역시 나를 알아보았을 리 만무했다. 그런데도 다음 날 그 납치 사건으로 온 도시가 발칵 뒤집어지자 린든 성으로 서둘러 돌아갈 채비를 시작한 것으로 보건대, 레이디 린든은 내가

___

시집을 오려는 여자들이 없었다. 그러자 로물루스는 대규모 농업 축제를 개최하면서 이웃 나라인 사비니 사람들을 초청했다. 그러고는 축제가 절정에 달하자 여자들은 모두 억류하고 남자들은 모두 쫓아버렸는데 이때 잡힌 여자의 수가 수백 명에 달했다고 한다.

그 음모에 연루되어 있다는 사실을 알고 있었던 것 같다. 나는 그 대담하고 기발한 계획에 내가 연루되어 있음을 그녀가 알고 있다는 사실을 눈치채고 사악한 미소를 지으며 그녀에게 인사를 건넸다.

그렇게 해서 나는 율릭 브래디가 어린 시절 내게 베풀어준 친절을 갚는 동시에, 대우 받아 마땅한 우리 가문 일족의 추락한 운명을 회복함으로써 만족감을 느낄 수 있었다. 율릭은 신부를 데리고 위클로주로 갔고, 그가 어디에 숨어 있는지 알아내려고 사방을 뒤지고 다니던 킬조이 가문 사람들의 분투가 마침내 수포로 돌아가 상황이 완전히 진정될 때까지 그곳에서 철저하게 은둔해 신부와 함께 살았다. 킬조이 가문 사람들은 한동안 그 상속녀를 채간 운 좋은 사내가 누구인지조차 알지 못했다. 그 상황은 그로부터 몇 주 뒤 그녀가 아멜리아 브래디라고 서명한 편지를 써 보낼 때까지 계속됐다. 그녀는 자신의 새로운 삶에 완벽한 행복감을 표하면서 레이디 린든의 담임 사제인 런트 씨의 집전으로 결혼식을 올렸다고 말했고, 그 사실이 그렇게 들통나자 나의 쓸 만한 친구는 그 사건에 자신도 한몫했다는 사실을 시인했다. 천성이 너그러운 그의 마님은 그 일로 그를 해고하지는 않았는데, 그 때문에 모두들 레이디 린든이 그 음모를 미리 알고 있었던 것은 아니냐는 추측을 내놓으며 집요하게 입방아를 찧어댔다. 그러면서 그 귀부인 마님이 나를 열렬히 아낀다는 이야기가 갈수록 점점 더 신빙성을 얻어갔다.

독자들 짐작대로 나는 공세를 늦추지 않고 그 소문을 야무지게 활용했다. 아무도 그 사실을 증명할 수는 없었지만 모두들 그 브래디의 결혼에 내가 큰 몫을 담당했을 것이라 생각했다. 아무도 내가 그 사실을 인정하는 것을 직접 보지는 못했지만 모두들 내가 남편과 사별한 그 여백작과 친밀하게 지낸다고 생각했다. 결정적으로 이 세상에는 아무리 반박을 당하더라도 어떤 사실이 진실이라는 것을 입증해 보이는 방법이 있기 마련이다. 모두들 내게 그 엄청난 재산을 마음껏 누리게 되길 바란다고 말하는 것은 물론, 마치 내가 대영제국 전체에서 가장 대단한 상속녀의 약혼자이기라도 한 것처럼 심지어 나를 우러러보기까지 한다는 말을 농담조로 늘어놓았는데, 그러면 나는 그저 웃기만 했던 것이다. 레이디 린든의 편지들에도 그 문제가 등장했고, 그녀의 여자 친구들은 "저런!"을 연발하며 그녀에게 충고를 해댔다. 심지어 그 시절 추문을 즐겨 실었던 잉글랜드 신문과 잡지들조차 앞다투어 그 문제를 다루면서, 두 개 왕국을 통틀어 가장 많은 재산과 귀족 작위까지 보유했을 정도로 성공한, 게다가 아름답기까지 한 레이디 린든이 어떤 젊은 신사의 구혼에 곧 손을 내밀어 화답할 예정이라고 속삭였다. 그러면서 고귀한 신분의 상류층 인사인 그 신사는 P 왕국 왕의 군대에서 복무하며 스스로 탁월한 존재가 된 인물이라고 설명했다. 하지만 그런 기사를 작성한 기자가 누구인지, 대체 어떤 경로로 당시 런던에서 출간되던 『타운 앤드 컨트리 매거진』*에 '프로이센 왕국의 아일랜드인'이란 제목의 내 초상화와 '에베소 여백작'이란 제목의 레이디 린든 초상화가 그때 한창 항간에 나돌던 가십거리와 함께 실리게 되었는지는 설명하지 않으련다.

레이디 린든은 자신에게 끝없이 쏟아지는 관심에 어찌나 당황스럽고 겁이 났던지 곧바로 아일랜드를 떠나기로 결정했다. 흠, 그리고 정말로 그렇게 떠났다. 그렇다면 홀리헤드**에 도착해 배에서 내리는 그녀

---

* 『타운 앤드 컨트리 매거진*Town and Country Magazine*』: 1769년부터 1796년까지 영국에서 출간된 잡지이다.
** Holyhead: 영국 웨일스 서부에 있는 휴양지로 아일랜드와 잉글랜드를 잇는 항로의

를 가장 먼저 맞이한 사람은 누구였을까? 바로, 당신들의 미천한 하인, 신사 레드먼드 배리였다. 결국 『더블린 머큐리』에는 그녀가 잉글랜드를 향해 출발했으며, 그보다 내가 **하루 먼저** 출발했다는 기사까지 실렸다. 그녀는 단지 내게서 도망친 것뿐이었지만, 그녀가 나를 따라 잉글랜드로 출발했다고 생각하지 않는 사람은 아무도 없었다. 헛된 희망이로구나! 나처럼 결단력이 있는 사내는 추격을 포기하는 법이 없거늘. 그녀가 지구 대척점까지 도망쳤다 해도 나는 그곳에 먼저 가 그녀를 기다리고 있었을 것이다. 아무렴. 오르페우스*가 에우리디케를 찾아간 거리만큼 먼 곳이라 해도 나는 기필코 그녀의 뒤를 쫓았을 것이다!

귀부인 마님은 더블린에 소유한 저택보다 훨씬 화려한 저택을 런던 버클리 광장에 소유하고 있었는데, 그녀가 그곳으로 가리라는 사실을 알고 있었던 나는 그녀보다 한발 앞서 잉글랜드의 수도로 이동해 그 저택 근처 힐가에 괜찮은 아파트를 구했다. 내가 더블린 저택에 심어놓은 정보원들이 그녀의 런던 저택으로 함께 옮겨왔다. 충성스러운 그 문지기가 그곳에서도 똑같이 내가 요구하는 정보를 제공하기로 되어 있었다. 나는 특정 사건이 일어나면 곧바로 그의 보수를 세 배로 올려주겠다고 약속했다. 레이디 린든의 측근들에게도 백 기니씩 선물해 그들을 내 편으로 포섭하고는 결혼에 성공하면 2천 기니씩 주겠다고 약속했고, 레이디 린든이 가장 총애하는 시녀에게도 비슷한 액수의 뇌물

발착 항구이다.

* Orpheus: 그리스 신화에 등장하는 음유시인이다. 사랑하는 아내 에우리디케가 자신 대신 뱀에 물려 죽자 저승까지 따라가서는 리라 연주로 명계의 신들을 감동시켜 아내를 데리고 나올 수 있게 되었지만, 지상에 도착할 때까지 절대 뒤돌아보지 말라는 경고를 어겨, 에우리디케는 먼지가 되어 소멸하고 자신은 슬픔 속에 여생을 살다가 비참하게 생을 마감한다.

을 찔러줌으로써 조력을 약속받을 수 있었다. 그때 런던에 나보다 먼저 도착한 내 명성이 어찌나 파다하게 퍼져 있던지, 내가 그곳에 도착하자마자 수많은 신사가 나를 자신들의 무도회 손님으로 맞이하고 싶어 안달이었다. 따분한 시대를 살아가고 있는 요즘 사람들은 그 시절 런던이 얼마나 유쾌하고 화려한 곳이었는지 전혀 모른다. 남녀노소를 불문하고 그 시절 사람들이 도박을 얼마나 열정적으로 즐겼는지, 그들이 하룻밤에 얼마나 많은 돈을 따고 잃었는지, 그곳에 얼마나 아름다운 것, 그러니까 눈부시고 흥겹고 근사한 것이 많았는지 전혀 모르는 것이다! 모두가 즐거운 마음으로 짓궂은 짓을 저지르던 시대였다. 그중에서도 단연 왕족인 글로스터 공작과 컴벌랜드 공작*이 솔선수범한 존재들이었고 그 뒤를 다른 귀족들이 바짝 뒤쫓고 있었다. 여자를 데리고 야반도주하는 것이 유행인 세상이라니. 아, 그 얼마나 즐거운 시대인가! 야심과 젊음과 돈을 갖고 그 안에서 살아갈 수 있는 사내는 얼마나 운 좋은가! 내게는 그 모든 것이 있었고, 그 덕분에 그 옛날 화이트 클럽, 워티어 클럽, 구세트리 클럽**의 단골손님들이 배리 대위의 대담함, 굳건한 정신, 최신 유행 스타일에 대한 이야기를 나눌 수 있었던 것이다.

---

* 영국의 국왕 조지 2세의 장남 웨일스 공 프레더릭은 원래 왕세자였지만 부왕보다 먼저 세상을 떠났다. 그에게는 5남 3녀가 있었는데 그중 장남이 왕위에 올라 조지 3세가 되었다. 3남이었던 글로스터 공작 윌리엄 헨리William Henry, Duke of Gloucester(1743~1805)는 1766년 발트그레이브 백작 부인 마리아와 비밀리에 결혼했지만, 이 결혼의 합법성은 1773년이 되어서야 인정되었다. 4남이었던 컴벌랜드 공작 헨리 프레더릭Hery Frederick, Duke of Cumberland(1745~1790) 역시 1771년 호튼 부인과 비밀 결혼식을 올림으로써 형인 조지 3세와 소원해졌다.

** 모두 다 런던에 있던 유명한 클럽들이다. 화이트 클럽은 화이트 초콜릿 하우스(14쪽 각주 참조)를 말한다. 구세트리 클럽Goosetree's은 1773년 개업했다. 그러나 워티어 클럽Wattier's이 운영된 기간은 1807년부터 1819년까지로 배리가 말하는 이 시기에는 아직 존재하지 않았다.

원래 사랑 이야기의 진행 과정은 당사자가 아닌 사람들에게는 지루하기 마련이다. 그래서 그런 이야기일랑은 삼류 연애소설 작가나 그 작가들이 주로 주인공으로 삼는 기숙학교 여교사한테나 맡겨두려고 한다. 나는 지금 연애를 하는 동안 일어난 사건들을 시시콜콜 기록하거나, 그동안 내가 겪어온 온갖 어려움과 그 어려움을 이겨낼 수 있게 해준 방법들을 주절주절 읊어대려는 의도에서 이 글을 쓰고 있는 것이 아니니까. 그저, 마침내 내가 그 모든 난관을 극복해냈다는 말 한마디면 족하다. 나와 재치 넘치는 내 친구 고(故) 윌크스 씨*는, 정신이 굳건한 사내의 길에는 그 무엇도 장애가 되지 않는다는 견해, 그리고 인내심과 영리함만 충분히 갖춘다면 그런 사내는 무관심과 혐오도 능히 사랑으로 바꿀 수 있다는 견해의 살아 있는 표본이었다. 여백작이 탈상할 무렵, 나는 그녀의 저택에 들어갈 방법을 찾아냈다. 내가 이미 손을 써놓은 터라 그녀의 여자 측근들은, 내 영향력이 얼마나 큰지 치켜세우는가 하면 내 명성이 얼마나 대단한지 구구절절 설명하기도 하고 내가 얼마나 성공한 사내인지, 또 상류층 남자들 사이에서 내가 얼마나 인기가 많은지 과장하기도 하면서, 그녀에게 나에 대해 좋은 이야기만 끝없이 늘어놓았다.

---

* 영국의 진보적 정치가 존 윌크스John Wilkes(1725~1797)를 말한다. 런던 출생으로 1757년 하원의원에 당선되면서 정치가로서의 삶을 시작했다. 1774년 10월 런던 시장에 당선되기도 했던 윌크스는 정치적으로는 매우 급진적이어서 당선, 추방, 복권의 과정을 반복했으나 사생활은 다소 문란해서 못생긴 외모에도 지독한 바람둥이로 악명을 떨쳤다. 그리고 (영국의 문필가 알렉산더 포프Alexander Pope의 대표작 『인간론*Essay on Man*』을 패러디한) 『여성론*Essay on Woman*』을 토머스 포터Thomas Potter(1718~1759)와 공동 집필한 것으로 알려져 있다. 그는 이 책을 통해 당시 샌드위치 백작이 이끌고 있던 상원을 '추잡하고 극악무도하고 불경스럽고 외설스러운 인간들'의 모임이라고 맹렬하게 비난했다. 새커리는 소설 『캐서린』에서 윌크스의 이 '괴상하고 불가사의한 열정'에 대해 이렇게 기록했다. "윌크스야말로 세상에서 가장 못생기고, 가장 매력적이고, 가장 성공한 사내 아니었을까?"

여백작의 귀족 친척들 역시, 물론 그들은 자신들이 내게 얼마나 큰 도움을 주고 있는지 전혀 알지 못했지만, 모두들 내가 구혼 작전을 추진하는 과정에서 얻게 된 절친한 친구들이었다. 이 자리를 빌려, 그 시절 욕설로 나를 가득 채워준 그들에게 진심 어린 감사를 전하고자 한다. 그 뒤로도 계속 나를 괴롭히면서 그들이 내게 베풀어준 중상모략과 혐오에 대해서도 완전한 경멸을 전하는 바이다.

그 다정한 무리의 우두머리는 팁토프 후작 부인으로, 내가 앞서 더블린에서 그 뻔뻔함에 처벌을 가했던 젊은 신사의 어머니였다. 그 고약한 노파가 여백작이 런던에 도착한 그 순간부터 그녀의 시중을 들면서 왜 나를 부추겼느냐고 어찌나 폭풍같이 욕설을 쏟아내는 호의를 베풀었던지, 그 노파만 아니었어도 구애 기간이 6개월도 더 걸리거나 내가 연적 대여섯 명을 더 찔러야 했을지도 모른다. 그런데 그런 결과를 피하게 된 것은 모두 그 노파가 내게 세워준 명분 덕분이었다고 나는 지금도 믿고 있다. 가엾은 레이디 린든은 자신이 전적으로 결백하다고 탄원도 해보고, 나를 부추긴 적이 없다고 맹세도 해보았지만 아무 소용이 없었다. 노파는 분노에 차서 이렇게 소리쳤다. "그자를 부추긴 적이 없다고! 그대는 찰스 경이 살아 있는 동안에도 스파에서 그 상것을 부추기지 않았소? 그대는 그대에게 의지하는 피후견인을 그 방탕한 종자의 파산한 사촌이랑 결혼시키지 않았소? 그자가 잉글랜드로 출발하니까 바로 그다음 날 정신 나간 여자처럼 그자를 쫓아 나선 것 아니오? 그래서 그자가 그대의 집 바로 앞에 거처를 얻은 것 아니오? 그런데도 부추기지 않았단 말이오? 부끄러운 줄 아시오, 마담. 부끄러운 줄! 그대가 내 아들, 사랑스럽고 고귀한 조지랑 결혼할 가능성도 있었는데, 그 애는 그대 때문에 자신을 암살하려 한 저 시건방진 거지새끼를 향한 그대의 수치스러운 정열을 방해하지 않으려고 결혼을 선택하지 않은 거요. 내 귀부인 마님에게 충고 한마디 하지. 저 후안무치의 투기꾼과 맺은 관계를 공고히 하시오. 참으로 품위와 신앙, 양쪽 모두에 위배되는 현재의 관계를 합법적인 관계로 만들라는 거요. 현재 그대의 생명줄인 가문과 아들까지 그 수치를 겪게 하고 싶지 않으면."

분노에 찬 늙은 후작 부인은 이 말을 남기고 방을 나갔고 레이디 린든은 눈물을 흘렸다. 나는 이 대화 내용을 귀부인 마님의 친구에게서 자세히 전해 들었는데, 그것은 내게 최고로 유리한 결과가 나올 조짐이었다.

친애하는 팁토프 후작 부인께서 현명하게 영향력을 행사하신 덕분에, 본래 린든 여백작의 친구이거나 가족이었던 사람들까지도 모임에서 그녀를 멀리했다. 심지어 왕실에 문안 인사를 드리러 갔을 때에는 왕국 전체에서 가장 존엄하신 그 여인마저 레이디 린든을 어찌나 눈에 띄게 냉정하게 대하셨던지, 그 불운한 부인은 집으로 돌아와서는 분통이 터져서 그만 몸져눕고 말았다. 감히 말하건대 그 왕족은, 한몫 잡으려는 가난한 아일랜드 병사의 계획에 도움을 줌으로써 구혼 기간을 단축시켜준 나의 대리인이었던 셈이다. 그 사람이 대단한 인물이든 하찮은 인물이든, '운명의 여신'은 늘 그렇게 대리인을 두고 일하는 법이다. 그리고 인간의 운명은 늘 그렇게 자신들의 통제력이 미치지 않는 것들의 도움으로 완성되는 법이다.

결정적인 그 시기에 (레이디 린든이 가장 총애하던 시녀) 브리짓 부인이 보여준 행동은 참으로 기발한 걸작이었다고, 나는 앞으로도 평생 그리 여길 것이다. 나는 그녀의 외교적 수완에 대해서도 실제로 그런 견해를 갖고 있었기 때문에 린든 영지의 주인이 되자마자 그녀에게 약속했던 금액을 지불했다. 나는 명예를 중시하는 사람이라서 여자에게 했던 약속을 어기느니 차라리 유대인한테서 엄청난 고리로 돈을 빌리는 편이 낫겠다 싶었던 것이다. 그러니까 내 말은, 승리를 달성하자마자 내가 브리짓 부인의 손을 잡고 이렇게 말했다는 뜻이다. "부인, 그동안 부인은 내 편으로서 비할 데 없는 충정을 내게 보여주었소. 내가 했던 약속에 따라 부인에게 이렇게 보답을 할 수 있게 되어 기쁘오. 그러나 부인이 얼마나 지나치게 영악하고 천연덕스러운 사람인지 그 증거들을 그간 충분히 보여준바, 나는 부인이 레이디 린든의 거처에 계속 기거하는 것을 금할 수밖에 없소. 그래서 오늘 당장 이곳을 떠나달라고 청하는 바요." 그녀는 내 말을 따랐고, 곧바로 팁토프 일당에 합류해 그 뒤로 계속 내 험담을 일삼았다.

그러나 그녀가 얼마나 영리한 짓을 했는지는 여기에서 꼭 이야기하고 넘어가야겠다. 결정적인 묘수들이 대개 그렇듯, 그것 역시 세상에서 가장 간단한 일이었다. 레이디 린든이 자신에 대한 나의(그녀가 내 이름을 기꺼이 입에 올리다니) 수치스러운 처사를 언급하며 자신의 신세를 한탄하자, 브리짓 부인은 이렇게 말했던 것이다. "그 젊은 신사가 마님을 괴롭히는 사악한 짓을 저지르고 있는데도 마님께서는 어째서 편지 한 통 안 쓰시려는 거죠? 그자의 감정에 호소해보세요. (소문으로 듣자니, 그자는 성품이 아주 훌륭하다고 합디다. 온 도시에 그자의 강인한 정신과 너그러운 성품에 대한 이야기가 퍼져 있더라고요.) 세상에서 가장 고귀한 여인을 이렇게 고통스럽게 괴롭히는 구애 행위를 당장 그만두라고 애원해보면 어떨까요? 마님, 편지를 쓰세요. 마님의 글이 얼마나 우아한지는 제가 잘 알아요. 저부터가 마님께서 쓰신 사랑스러운 편지들을 읽다가 눈물을 터뜨린 적이 한두 번이 아니니까요. 분명 배리 씨도 마님의 감정을 상하게 하느니 차라리 다른 것을 희생시키려고 할 거예요." 그리고 물론 그 시녀의 장담은 사실을 근거로 한 것이었다.

"정말로 그렇게 생각해, 브리짓?" 마님은 이렇게 대답하고는 곧바로 애교가 철철 넘치는 매력적인 어조로 내게 편지를 썼다.

> 당신은 앞으로도 계속 날 따라다닐 생각인가요? 도대체 왜, 내 정신력으로 감당하기에는 너무나 무시무시한 음모의 그물로 나를 꽁꽁 옭아매는 거죠? 나는 그대의 끔찍하고 사악한 계교에서 벗어날 가망이 없는 건가요? 당신이 다른 사람들에게는 매우 너그럽다고 다들 그러더군요. 그럼 내게도 너그럽게 대해줘요. 유감스럽게도 나는 그대가 얼마나 용감한 사람인지 잘 알아요. 그러니 그 용기 연습은 당신을 거역할 수 없는 가련하고 나약한 여인한테 말고, 검으로 맞설 수 있는 남자들한테나 하세요. 그대가 예전에 내게 맹세했던 우정을 기억하세요. 이제 이렇게 애원하고 탄원하니, 할 수 있다면, 그리고 그대에게 명예를 중시하는 마음이 눈곱만큼이라도 남아 있다면, 그대가 나에 관해 퍼뜨린 중상모략을 부인하고 그대가 상심한 여인에게 저질러온 끔찍한 행동들을 시정해줘요.

> 호노리아 린든으로부터

내가 그녀를 직접 만나 대답해야 한다는 것 말고, 이 편지에 다른 무슨 뜻이 담겨 있었겠는가? 나의 훌륭한 동업자는 어디에 가면 레이디 린든을 만날 수 있는지 내게 알려줬고, 나는 그 말에 따라 판테온*에

---

* Pantheon: 영국의 건축가 제임스 와이어트James Wyatt(1746~1813)의 설계로 1772년 옥스퍼드가에 세워진 연회장 건물이다.

서 그녀를 찾아냈다. 그곳에 더블린에서 보던 풍경이 다시 한번 펼쳐졌다. 변변치 않은 신분으로도 내가 얼마나 막강한 힘을 보유하고 있는지 그녀에게 보여주었던 것이다. 내 열정이 아직 동나지 않았다는 사실도. 나는 끝으로 이렇게 덧붙였다. "나는 아주 사악한 만큼 아주 선량할 수도 있는 사람이오. 무시무시한 적이 될 수도 있지만, 그만큼 다정하고 믿음직스러운 친구가 될 수도 있는 사람이라 그 말이오. 그대가 내게 요구하는 것이라면 내 무슨 짓이든 하리다. 그대를 사랑하지 말라는 명령만 빼고. 그건 내 능력을 넘어서는 일이오. 내 심장이 고동치는 한 나는 그대를 따를 수밖에 없소. 그것이 **나의** 운명이고, 그대의 운명이오. 그러니 운명과 다투는 짓일랑 이제 그만두고 내 여인이 되시오. 세상에서 가장 사랑스러운 여인이 혼자 살고 있는데, 어찌 그대를 향한 내 열정을 여기서 끝낼 수 있겠소. 그대의 명령에 복종할 수 있는 유일한 길은 내가 죽는 것뿐이오. 내가 죽기를 바라는 거요?"

(본래 쾌활하고 유머 감각이 있던) 레이디 린든은 웃음을 터뜨리며 내가 자살을 저지르는 것은 자신도 바라지 않는다고 말했고, 그 순간부터 나는 그녀를 내 여자로 느끼기 시작했다.

* * * * *

그날로부터 1년 뒤인 1773년 5월 15일, 나는 작고한 바스의 기사 찰스 린든 경의 미망인, 호노리아 린든 여백작을 이끌고 교회 제단을 향해 나아가는 영광과 행복을 누리게 되었다. 결혼식은 하노버 광장 성 조지 교회에서 여백작의 담임 사제인 새뮤얼 런트 신부의 집전으로 거행되었다. 버클리 광장에 있는 우리 집에서는 성대한 무도회 겸 피로연이 열렸고, 다음 날 아침 내 접견실은 공작 한 명, 백작 네 명, 장군 세 명을 비롯해 런던에서 가장 유명한 인사들로 문전성시를 이루었다. 월 폴이 풍자하고 셀윈이 코코아 트리에서 농담거리로 삼았을 정도로 대단한 결혼식이었다. 늙은 레이디 팁토프는 자신이 그 결혼식을 권유해 놓고도 분통이 터진 나머지 본인 손가락을 물어뜯을 지경이었다. 열네 살의 껑충한 소년으로 성장한 어린 불링던은 여백작이 그 녀석을 불러 아버지를 포옹하라고 하자 내 얼굴을 향해 주먹을 휘두르며 이렇게 말했다. "**이자**가 내 아버지라고요? 차라리 귀부인 마님 하인 중 한 명을 아버지라고 부르겠어요!"

하지만 내게는 소년과 노파의 분노나 성 제임스 궁정 왕실에 나도는 재치 넘치는 농담 정도는 웃어넘길 수 있는 여유가 있었다. 나는 어머니와 선량한 슈발리에 백부님에게 사람을 보내어 우리의 눈부신 결혼 이야기를 전했다. 이제 번영의 정점에 도달한, 오로지 자신의 장점과 열의만으로 자수성가해 서른 살의 나이에 잉글랜드의 그 어떤 사내보다도 사회적으로 더 높은 지위에 오른 나는, 그 신분에 걸맞은 사내가 되어 여생 동안 내 삶을 만끽하기로 마음먹었다.

(요즘보다 그 시절 사람들은 부부의 연을 맺는 것을 덜 민망하게 여겼던 터라) 런던에 있는 친구들의 축하 인사를 모두 챙겨 받은 뒤, (세상에서 가장 잘생기고 활기차고 유쾌한 배우자가 생겼다는 사실에 몹시 흡족해하고 있던) 호노리아와 나는 내가 아직 발 한번 디뎌본 적 없는, 잉글랜드 서부에 있는 우리의 영지를 방문하려고 길을 떠났다. 우리는 네 마리 말이 끄는 마차 세 대로 런던을 떠났다. 마차 패널 위 런던 귀족 가문의 고귀한 표식인 여백작의 화관 옆에 그려 넣은 아일랜드 왕관과 배리 가문의 유서 깊은 문장을 보았다면 백부님이 무척이나 기뻐했을

텐데.

런던을 떠나기 전 나는 국왕 폐하로부터 내 이름에 사랑스러운 레이디의 이름을 붙여 써도 좋다는 하해와 같은 허락을 받아냈고, 그리하여 그 뒤부터 이 회고록의 제목에 쓰인 배리 린든이라는 직함과 칭호로 불리게 되었다.

제17장[22)

잉글랜드 사교계의 장신구 노릇을 하다

〔결혼 후, 그리고 상류층 인사로서 처음 몇 년 동안의 린든 씨의 인생 이야기를 자세히 기록한 회고록의 다음 부분에서 회고록 저자가 그다지 명쾌하지 못한 태도를 보이는 것이 어쩌면 독자 입장에서는 다행일 것이다. 이 시기를 기록한 그의 초고에는 스타 앤드 가터 호텔, 코벤트 가든 호텔* 같은 숙박업소의 숙박비 청구서, 그 시절 상류층 유명 인사 몇 명과의 도박판 거래 사실을 증명해주는 지불 끝난 차용증서, 그가 그렇게 힘들여 얻은 아내한테 한결같이 성실한 남편이 아니었음을 보여주는 여성들이 직접 써 보낸 편지들, 변호사와 금융업자에게 돈을 융통한 일과 관련해 써 보낸 편지 초안, 레이디 린든의 생명보험 증권, 그리고 가구 제조업자, 장식가, 요리사, 가정부, 토지 관리인, 집사 등과 주고받은 편지 등 따분하고 볼썽사나운 서류가 다량 포함되어 있었다. 정

---

* 리치먼드 언덕에 있던 유서 깊은 스타 앤드 가터 호텔Star and Garter Hotel은 파티, 음식, 포도주로 유명했다. 그리고 그 시절 기록에 따르면 코벤트 가든Covent Garden의 동쪽과 북쪽에 호텔과 숙박업소들이 밀집되어 있었다고 한다.

말로 그는 자신의 사치스러운 삶과 관련된 증서들 중에서 유난히 납기일을 잘 지킨 것들은 모조리 꼬리표를 붙여 보관해두고 아직 사용 가능한 종잇장은 아무런 기준 없이 깡그리 다 챙겨두었던 것이다. 회고록 2부에 해당하는 이 부분에서 그는 자신에 대해 이렇게 말한다. "나는 행운을 거머쥘 수 있을 만큼 충분히 영리하기는 했지만, 그것을 유지하는 능력은 없었다." 이 문장은 (그가 쓴 다른 문장들과 달리 유일하게) 전적으로 믿을 만한 문장이다. 만약 전문적인 회계사가 린든 씨의 방대한 서류들을 죽 훑어본다면 분명, 아내를 통해 얻은 풍족한 재산 속에서도 파멸을 향해 한 걸음씩 내딛고 있던 그 투기꾼의 발자취를 추적할 수 있을 것이다. 하지만 여기에서는 그런 계산이 전혀 도움도 되지 않거니와 필요도 없다. 끝없이 쏟아져 나오는 상세 서류 속으로 들어갈 것 없이 그저 그 과정을 아는 것만으로 충분하다. 그래서 이 회고록의 편집자인 나는 2부에 들어가기에 앞서 이 몇 줄의 글을 2부의 머리말로 삼고자 한다. 독자들이, 이상적인 정의가 마침내 뻔뻔하고 이기적인 이 이야기 주인공을 이기고 마는 이 부분을 빠른 속도로 읽어낼 수 있을 것이라고 생각하니 기쁘기 그지없다. 이야기는 다음과 같이, 린든 씨가 결혼에 성공해 자신의 고용인들에게 뇌물을 찔러준 뒤 기쁨에 차 신혼여행을 떠나는 장면부터 시작된다.]23)

우리는 데번셔주 전체에서 가장 유서 깊은 성으로 조상 대대로 우리 가문의 영토였던 핵튼 성을 향해 가는 내내 왕국 전체에서 가장 신분 높은 사람들답게 진지하고 느긋하게 여행을 진행했다. 우리 가문의 제복을 입은 경호원 선발대가 이 마을에서 저 마을로 우리보다 한 걸음 앞서 가며 우리가 묵을 숙소를 예약했다. 그리하여 우리는 앤도버, 일민스터, 엑세터에서 1박씩을 하고 나흘째 되던 날 저녁 식사 시간에 딱 맞추어,

월폴 씨*가 봤다면 몹시 좋아했을 듯한 기괴한 고딕풍의 대문을 달고 있는 고전적인 형태의 남작 저택 앞에 도착했다.

결혼 직후 며칠은 원래가 몹시 고단한 법이다. 내가 아는 부부들 중에도, 멧비둘기처럼 여생을 함께 살아가고 있는데도 신혼여행 중에는 거의 내내 서로를 흘겨보며 시간을 보낸 이들이 한둘이 아니다. 그리고 나 역시 평범한 다수에서 벗어나지 않는 사람이었다. 내가 파이프로 담배**를, 그것도 마차 안에서 줄담배를 피워댔기 때문에(나는 독일 뷜로 연대 사병 시절 흡연 습관을 들인 뒤로 담배를 끊은 적이 없었다) 서쪽으로 여행하는 동안 레이디 린든 역시 나랑 싸우는 쪽을 택했다. 귀부인 마님은 일민스터와 앤도버에서도 화내는 쪽을 택했는데, 그곳에 묵는 동안 내가 저녁에 포도주 한잔 하자고 그 지역 지주인 벨과 라이언을 초대했기 때문이다. 레이디 린든은 오만한 여자였고 나는 그 자신감이 미웠기 때문에, 단언하건대 그 두 가지 사건을 계기로 삼아 그녀의 못된 버릇을 따끔하게 고쳤던 것이다. 여행길에 오른 지 사흘째 되던 날 나는 직접 성냥을 켜 내 담배에 불을 붙이라고 그녀에게 명령했고, 그녀는 눈물이 맺힌 눈으로 그 말에 따랐다. 엑세터의 스완 호텔에서는 그녀를 완전히 굴복시켰는데, 오죽하면 그녀가 비굴한 자세로, 우

* 영국의 작가이자 미술품 감정가, 수집가였던 호레이스 월폴Horace Walpole(1717~1797)을 말한다. 고딕 양식에 대한 애정이 남달랐던 월폴은 『오트란토 성The Castle of Otranto』을 출간해 영국 전역에 공포소설을 유행시켰을 뿐 아니라 1750년 스스로 런던 교외에 고딕 양식으로 대저택을 짓고 '스트로베리 힐'이라 명명했다. 1762년 출간된 『영국 회화 논고Anecdotes of Painting』에는 이런 기록도 보인다. "그리스 건축물에서 아름다움을 느끼는 취향의 사람들은, 고딕 건축물에서 아름다움을 느끼는 열정이 부족하다."
** 새뮤얼 존슨은 1773년 스코틀랜드 여행을 하던 중 이런 기록을 남겼다. "흡연은 한물간 유행이다."

리랑 함께 식사하는 자리에 호텔 사장을 부를 생각이면 그 부인도 함께 부르면 안 되느냐고 물었을 정도였다. 솔직히 말해서 보니페이스 부인*은 상당한 미인이었기 때문에 반대할 이유가 없었다. 그런데 우리는 레이디 린든의 친척인 주교의 방문을 받기로 되어 있었기 때문에, 아내의 부탁을 들어주자고 예법을 함부로 어길 수는 없었다. 나는 사촌인 주교 나리에게 경의를 표하기 위해 아내와 함께 저녁 미사에 참석했고, 아내의 이름으로 25기니, 내 이름으로 백 기니를 봉헌했는데 그것은 그때 대성당 안에 새로 짓고 있던 그 유명한 파이프 오르간**을 위한 헌금이었다. 잉글랜드에서 경력의 첫발을 내딛는 그 상황에서 보여준 나의 행동은 나를 적잖이 유명하게 만들어줬다. 그리고 내 초대를 받고 나의 숙소에서 함께 술을 마신 그 상주 성직자는 딸꾹거리며 그토록 시, 시, 신실한 신사의 행복을 위해 더없이 엄숙한 태도로 계속 맹세를 해대다가 술 여섯 병을 끝장낸 뒤에야 집으로 돌아갔다.

핵튼 성에 도착하기 전, 우리는 마차를 몰고 대략 15킬로미터나 뻗어 있는 린든 가문의 영지를 관통했는데, 교회의 종소리가 울려 퍼지자 주임신부와 농부들은 가장 좋은 나들이옷 차림으로 길가에 옹기종기 모여 섰고, 학교 아이들과 일하던 사람들은 귀부인 마님을 환영하는 환호성을 크게 내지르는 등, 사람들이 우리를 맞이하기 위해 나와 있

---

* Mrs. Boniface: 아일랜드 극작가 조지 파쿼George Farquhar(1678~1707)의 희곡 『멋쟁이의 책략The Beaux' Stratagem』에 등장하는 화통한 여관 여주인의 이름으로 현재는 흔히 일반명사로 쓰인다.
** 엑세터 대성당의 파이프 오르간은 존 루스모어John Loosemore(1616~1681)의 설계로 1665년 건축되었다. 본문의 내용과 달리 1891년 헨리 윌리스Henry Willis(1821~1901)의 설계에 따라 재건축되기 전까지는, 1768년과 1782년 두 차례에 걸쳐 수리를 받았을 뿐 개축이나 증축은 되지 않았다.

었다. 나는 그럴 자격이 충분한 그 군중 위로 동전을 뿌리다가, 신부와 농부들에게 인사를 건네고 대화를 나누려고 멈추어 섰는데, 그런 상황에서 데번셔 처자들이 왕국 전체를 통틀어 가장 매력적인 처녀들이라는 사실을 깨달았다면 그게 그렇게 큰 잘못이었을까? 내가 그 말을 하자 레이디 린든은 유독 더 심하게 화를 냈다. 여행을 하면서 그전에 내가 했던 그 어떤 언행보다도, 클럼프턴에서 본 벳시 쿼링던 양의 발그레한 두 뺨에 대한 나의 찬사가 그녀를 더 화나게 만들었다고 나는 지금도 믿고 있다. '아, 아, 나의 멋쟁이 마담께서 지금 질투를 하시는군. 그렇지 않소?' 나는 그렇게 생각하고는 깊은 슬픔을 느끼며, 남편이 살아 있던 시절 그녀 자신이 얼마나 경솔하게 행동했었는지, 상대방의 질투심을 가장 잘 돋우는 사람들이야말로 스스로 질투심이 가장 강한 사람들이 아닐는지, 그런 상념에 잠겼다.

핵튼 마을 주변에서 본 환영 풍경은 유난히 흥겨웠다. 특히 가문에 고용되어 있는 변호사와 의사의 집 앞에서는 플리머스에서부터 데려온 악단의 연주가 울려 퍼진 것은 물론, 활과 깃발까지 게양되어 있었다. 커다란 관리실 부근에는 건장한 사람이 수백 명이나 모여 있었고, 관리실 한쪽 옆으로 핵튼 성 잔디밭과 경계를 이루는 정원 담장이 고상한 느릅나무가 죽 심어진 대로를 따라 유서 깊은 성탑까지 약 5킬로미터에 걸쳐 이어져 있었다. 1779년 나는 그 나무들을 베어내면서, 그게 느릅나무가 아니라 오크나무였다면 얼마나 좋을까 하는 생각을 했었다. 그랬다면 그 나무들이 내게 세 배가 넘는 돈을 벌어주었을 텐데. 손쉽게 오크나무를 키울 수 있는 땅에 목재로서 가치가 별로 없는 나무를 심다니 그 조상들의 무신경함은 비난 받아 마땅하다. 찰스 2세 시대에 그곳에 느릅나무를 심은 핵튼 성의 왕당파 린든이 내게서 만 파운드의 돈을 앗아갔다고 내가 늘 타령을 해댄 이유가 바로 그 때문이다.

　그곳에 도착한 뒤 처음 며칠 동안은 막 결혼한 귀족 부부에게 경의를 표하러 찾아오는 귀족들과 젠트리들을 맞이하고 이야기 속 푸른 수염의 아내*처럼 성의 무수한 방을 돌아다니며 가구와 보물들을 구경하느라 시간이 후딱 흘러갔다. 기원이 헨리 5세**의 시대로 거슬러 올라갈만큼 지어진 지 오래된 거대한 그 성이 혁명 기간에 크롬웰 혁명군의 포위와 공격으로 훼손되자 왕당파 린든은 한물간 기괴한 취향에 맞게 성을 개조하고 수리했다. 그는 형이 죽고 나서 재산을 물려받았는데, 그때는 이미 훌륭한 원칙주의자이자 진실한 왕당파인 그 형이 술과 도박과 방만한 생활과 소극적이나마 왕을 지지하는 행위로 재산을 거의 다 들어먹은 뒤였다. 그래도 성은 괜찮은 사냥터에 서 있었고, 사냥터는 어여쁜 사슴들로 아른거렸다. 여름날 저녁 오크나무로 장식된 거실에서 창문을 열고 처음 앉았을 때, 사이드보드에 놓인 금은 쟁반이 뿜어내던 수백가지 색깔의 휘황찬란한 빛 알갱이, 테이블 주변에 모여 서 있던 여남은명의 유쾌한 동료, 창 아래로 내려다보이는 드넓은 녹색 정원과 물결치는 숲, 호수 위에 비치던 햇빛, 사슴들이 서로를 부르는 소리 등에 내가큰 즐거움을 느꼈던 것만은 부인할 수 없는 사실이다.

＊ 17세기 프랑스의 동화 작가 샤를 페로Charles Perrault(1628~1703)의 『푸른 수염*La Barbe Bleue*』을 언급한 내용이다. 옛날 푸른 수염 난 사내가 살았는데 무슨 연유에서인지 결혼만 하면 아내가 죽었다. 여섯번째 아내를 맞이한 푸른 수염은 성 안의 모든방을 열 수 있는 열쇠꾸러미를 아내에게 주며 어떤 방이든 다 열어봐도 좋지만 마지막방만은 절대 열어보지 말라고 경고한다. 그러나 호기심을 이기지 못한 아내는 그 방문을 열고, 그 안에서 살해당한 다섯 전처의 시신을 발견한다. 푸른 수염이 나타나 아내를 죽이려는 순간 아내의 형제들이 푸른 수염을 죽이고 여동생을 구출한다. 그 결과 그녀는 영원히 호기심을 잃는다. 페로의 다른 작품으로는 『신데렐라』 『빨간 모자』 『장화신은 고양이』 등이 있다.

＊＊ 헨리 5세는 1413년 왕위에 오른 뒤 1422년 사망했다.

내가 처음 도착했을 때, 외부에서 본 성의 외관은 중세의 탑, 엘리자베스 여왕 시대의 박공, 왕당파 성직자 때 파괴된 것을 보수해 쌓고 울퉁불퉁하게 마감한 벽 등 온갖 종류의 건축 양식이 다 모인 고풍스러운 건물이었다. 하지만 그 뒤 내가 막대한 비용을 들여 최신 유행하는 건축 양식에 따라 새 얼굴로 싹 뜯어고치고 건물 전면도 그 당시 프랑스에서 유행하던 그리스 양식*에 따라 더없이 고전적인 스타일로 꾸몄으니까 그 부분에 대해 자세히 말할 필요는 없겠다. 그 성에는 원래 해자, 도개교, 외성벽도 있었는데, 나는 그것을 싹 밀어버리고 그곳에 일부러 당대 파리 최고의 건축가 무슈 코니숑**까지 잉글랜드로 불러와 그의 설계에 따라 우아한 테라스를 짓고 멋진 화단을 조성했다.

성 외부의 계단으로 올라가면 드넓게 탁 트인 고풍스러운 홀로 들어갈 수 있었는데, 검은색 오크나무를 조각해 두른 벽면은 엘리자베스 시대 위대한 법률가였던 브룩 린든의 턱수염 난 정방형 얼굴에서부터 곱슬머리에 늘어진 드레스를 입은 레이디 사카리사 린든의 얼굴에 이르기까지 우리 조상들의 초상화로 장식되어 있었다. 사카리사 린든의 초상화는 헨리에타 마리아*** 왕비의 결혼식에서 신부 들러리를 섰을 당시 반다이크****가

---

* 1764년 9월 호레이스 월폴은 이렇게 기록했다. "프랑스인들이 고전적인 양식의 아름다움을 알아보기 시작했다. 그렇다 보니 모든 것을 그리스풍으로 가꾸어야 했다."
** M. Cornichon: 프랑스어를 이용한 말장난이다. 'corniche'는 건물의 '돋을새김 장식'을, 'cornice'는 '처마 돌림띠'를, 'cornichon'은 '혹포도', 혹은 '식초에 절인 작은 오이'를 뜻한다.
*** Henrietta Maria(1609~1669): 프랑스 부르봉 왕가의 공주로 찰스 1세의 왕비였다. 가톨릭을 신봉해 영국국교도들과 마찰을 빚었다. 왕당파를 이끌고 쿠데타를 일으켜 정권을 장악하려 했으나 의회파에 밀려 두 아들을 데리고 프랑스로 도피했고, 남편 찰스 1세는 처형당했다. 이후 크롬웰의 공화정이 실패한 뒤 장남은 다시 영국으로 돌아가 찰스 2세가 되었다.
**** Anthony Van Dyck(1599~1641): 플랑드르 출신으로 바로크 미술을 대표하는 화

그린 것이었다. 거기에는 리본을 맨 바스의 기사 찰스 린든 경의 초상화도 있었고, 허드슨*이 그린, 흰색 새틴 드레스 차림에 가보인 다이아몬드 목걸이를 걸고 노왕 조지 2세를 알현하는 레이디 린든의 초상화도 있었다. 그런데 그 다이아몬드가 아주 굉장한 물건이었다. 나는 베르사유로 프랑스 황제 폐하를 알현하러 갔을 때 가장 먼저 그 다이아몬드를 보에메르**에게 맡겨 새 디자인의 장신구로 만들었는데, 나중에 구세트리 클럽에서 (샌드위치 경이라 불리던) 제이미 트위처,*** 칼라일,**** 찰리 폭스, 나 이렇게 네 명이 휴식 시간도 없이 진행한 44시간의 옴버 게임에서 지옥 같은 불운이 계속된 결과 1만 8천 파운드의 돈을 마련하느라 그 물건을 저당 잡히고 말았다. 여섯 마리 말이 끄는 마차를 돌릴 수 있을 정도로 넓은 벽난로 주변과 드넓은 거실을 채우고 있는 다른

<hr />

가이다. 찰스 1세 시절 궁정화가를 지냈고 다수의 종교화, 초상화를 남겼다.

* 영국의 초상화가 토머스 허드슨Thomas Hudson(1701~1779)을 말한다.

** 루이 15세와 루이 16세 시절 왕실 보석 디자인 업체였던 '보에메르와 바상주 Boehmer and Bassange'의 보에메르를 말한다. 1837년 토머스 칼라일이 『프레이저스 매거진』에 게재한 에세이의 중심 소재였던 유명한 '1780년의 다이아몬드 목걸이'를 세공한 것도 이들이었다.

*** Jemmy Twitcher: 제4대 샌드위치 백작 존 몬터규John Montagu(1718~1792)를 말한다. 영국의 정치가로 행정 능력이 있다는 평가를 받으며 여러 장관을 지냈으나 뇌물 수수, 매관매직, 권력 남용을 일삼은 부패한 인물이었다. 지독한 도박 애호가였던 그가 도박 중에 식사 시간을 아끼려고 빵 두 장 사이에 여러 음식을 끼워 먹은 것이 샌드위치의 기원이라는 설이 있다. 아무튼 그는 친구이자 진보적 정치가였던 존 월크스를 탄핵하는 데 앞장섰다. 당시 코벤트 가든에서는 극작가 존 게이John Gay(1685~1732)의 「거지 오페라The Beggar's Opera」가 인기리에 상연 중이었는데, 작품의 주인공 맥키시를 밀고하는 극중 인물 '제이미 트위처'의 역할과 월크스 탄핵 소추 과정에서 몬터규가 맡았던 역할이 매우 흡사했기 때문에 평생 이 별명으로 불렸다.

**** Carlisle: 유명한 도박 애호가였던 제5대 칼라일 백작 프레더릭 하워드Frederick Howard(1748~1825)를 말한다.

장식품으로는 활과 창, 거대한 사슴 머리 박제, 사냥 도구, 내가 알기로 곡과 마곡* 시대에 입었다는 녹슬고 낡은 갑옷 등이 있었다. 나는 한동안 그 거실을 그렇게 고풍스러운 형태로 유지했지만 결국 낡은 갑옷을 위층 광에 처박아버리고 그 자리에 중국제 괴물 조각, 도금된 프랑스제 소파, 우아한 구슬 등을 놓았는데, 내 대리인이 나를 대신해 로마에서 구입해온 그 물건들은 코가 부서지고 사지가 깨어져 있는 등, 얼마나 오래된 물건들인지를 부인할 수 없을 만큼 스스로 명백히 입증해 보이는 천하의 흉물들이었다. 그러나 그 시절에는 그런 것이 귀족들의 취향(아니, 어쩌면 파렴치한 내 대리인의 취향이었을지도 모르겠다)이었기 때문에, 그리고 나중에 골동품상이 300기니밖에 쳐주지 않을 그 예술품들 값이 3만 파운드나 나갔기 때문에, 나만의 수집품을 모으려면 어쩔 수 없이 빚을 낼 수밖에 없었다.

중앙 홀 양편으로는 접견실 여러 개가 나뭇가지처럼 죽 늘어서 있었는데, 내가 처음 영지에 도착했을 때 등받이가 높은 긴 의자들이 엉성하게 비치되어 있었고 괴상한 형태의 기다란 베니스풍 유리창이 달려 있던 그 방들을 나는 나중에 프랑스 리옹에서 공수해온 금색 다마스크 직물과 도박판에서 리슐리외에게 딴 웅장한 고블린 천 태피스트리로 화려하게 장식했다. 그 성에 있던 서른여섯 개의 화려한 침실 가운데 세 개만 고전적인 양식으로 꾸밀 수가 있었는데, 특히 제임스 2세 시대에 살인이 자행된 이른바 '귀신 들린 방'에 새로 들여놓은 침대는

---

* Gog and Magog: 성서에는 곡과 마곡이 이스라엘 백성을 괴롭히는 이민족으로 등장한다. 그러나 브리튼 전설 속에는 브루투스(165쪽 각주 참조)가 아일랜드에 정착할 당시 그 섬에 살고 있던 한 명의 거인 '곡마곡', 혹은 두 명의 거인 '곡과 마곡'으로 묘사된다. 런던에 있는 길드 홀에는 17세기에 제작된 이 두 거인의 목조 동상이 서 있다.

윌리엄*이 토베이에 상륙한 뒤 잠을 잔 침대로 엘리자베스 여왕의 접견
실에 있던 물건이었다. 나머지 방들은 모두 코니숑이 더없이 우아한 취
향에 맞게 장식했고, 그것은 온 나라의 건실한 귀족 노부인들 사이에서
적잖이 큰 입방앗거리가 되었다. 왜냐하면 내가 주로 사용하는 방을 장
식하려고 부셰와 반 루**의 그림을 사들였기 때문이었는데, 큐피드와 비
너스가 어찌나 자연스럽게 그려져 있던지 그 그림만 보면 나는 늙어 꼬
부라진 프럼핑턴 백작 부인이 떠올랐다. 백작 부인은 자신의 침대 커튼
에 매달려 있던 그 그림들을, 베르사유에 있는 마리 앙투아네트 왕비의
밀실을 그대로 모방해 침실 사방 벽면을 거울로 꾸미느니 차라리 시녀
랑 함께 잠을 자라는 뜻으로 자신의 딸 레이디 블랑셰 웨일본에게 보냈
던 것이다.

　나는 그 수많은 장식품에 대해서, 로라게***가 내게 파견해준, 그리고

---

　* 오렌지 공 윌리엄, 윌리엄 3세William Ⅲ(1650~1702)를 말한다. 네덜란드 총독을
　　지내다가, 구교도였던 제임스 2세와 알력 다툼을 하고 있던 의회의 요청으로 1688년
　　11월 5일 영국 토베이만, 즉 데번주 브릭스햄에 상륙해 권리장전을 승인함으로써 명
　　예혁명을 완성했다. 1701년 왕위 계승법을 제정해 신교도만이 왕위를 계승할 수 있게
　　제한했고 '군림하되 통치하지 않는다'는 영국 입헌군주제의 원칙을 수립했다.
　** 프랑스의 화가 프랑수아 부셰François Boucher(1703~1770)와 카를 반 루Carle van
　　Loo(1705~1765)를 말한다. 이 두 화가는 '왕실 수석 화가'의 칭호를 받은 사람들
　　이었지만 1840년대의 관점에서 보면 격식에서 벗어난 화가들이었다. 영국의 외교관
　　이자 예술 평론가였던 에드먼드 헤드Edmund Head(1805~1868)는 저서 『스페인
　　과 프랑스의 미술 교육사 편람Handbook of the History of the Spanish and French
　　Schools of Painting』에서 이 두 화가를 이렇게 저평가했다. "부셰는 프랑스의 계몽
　　주의 철학자 디드로에게 충격을 안겨주고도 남을, 그리고 루이 15세 시대 왕실 문화
　　의 편린 취급을 받아 마땅한 외설 화가였다." "반 루의 전성기는 그가 죽던 무렵이었
　　다. 그의 명성은 그가 죽은 뒤로 계속 쇠퇴 일로를 걷고 있다."
*** 로라게Lauraguais 백작 루이 레옹 펠리시트Louis-Léon Félicité를 말한다. 볼테르의
　　친구이자 후원자였던 펠리시트는 문인이자 아마추어 과학자이기도 했다. 1814년 루
　　이 18세에 의해 브랑카스 공작에 봉해졌다.

내가 해외에 나가느라 성을 비운 동안 그 건물 관리인 노릇을 한 코니숑보다도 더 설명해야 할 이유가 없다. 나는 그에게 전권을 주었다. 그런데 그가 성 내부의 낡은 부속 예배당에서 제단을 장식하다가 사다리에서 떨어져 다리가 골절되자, 그 지방 사람들은 그것을 하늘이 그에게 내린 천벌이라고 생각했다. 성을 보수한다는 명분으로 그 작자가 감히 해서는 안 되는 짓까지 저질렀기 때문이다. 나는 그런 명령을 내린 적이 없는데도 그 작자는 "까마귀 숲이 쓰러지면 핵튼 홀도 무너지리라"는 예언 때문에 그 지역 주민들이 신성시하던, 까마귀 떼가 서식하던 오래된 숲을 밀어버렸다. 그러자 그 까마귀 떼는 핵튼 성 근처 (빌어먹을!) 팁토프 숲으로 옮겨 가 그곳을 서식지로 삼아버렸고, 코니숑은 그 자리에 비너스 신전을 짓고 신전 양옆에 사랑스러운 분수대 두 개를 조성했다. 비너스와 큐피드가 그 악당 놈의 숭배 대상이었던 것이다. 그는 고딕 양식의 교회 본당 칸막이를 허물어버리고 신도석 자리에 큐피드 신전을 짓고 싶어 했다. 그러나 교구 사제인 늙은 허프 박사가 거대한 오크나무 지팡이를 들고 나타나 라틴어로 일장연설을 늘어놓았고, 그 불운한 건축가는 그 말을 단 한 마디도 알아듣지 못했지만, 그 성스러운 건물의 작대기 하나라도 손가락으로 건드렸다가는 또다시 뼈가 작살나리라는 사실만큼은 이해했다. 코니숑은 허프 신부에 대해 (상당히 당황한 태도로 "세상에! 어찌나 무시무시한 사제인지. 신생아 열둘을 합쳐 놓은 것만큼 시끄러운 성직자요"라고) 불평했지만, 그런 부분에서만큼은 교회 편이었던 나는 코니숑에게 성에만 그의 재능을 발휘하라고 명했다.

그 성에는 내가 사들인 엄청난 규모의 고대 식기 세트 말고도 더없이 화려하고 현대적인 식기가 산처럼 쌓여 있었다. 그런데도 잘 정비된 창고는 계속해서 내용물을 새로 채워달라고 요구했다. 내가 완전히 새롭게 뜯어고친 부엌에는, 런던 시장 관저에서 내 친구 잭 윌크스가 거북이 고기와 사슴 고기로 만드는 잉글랜드 요리를 먹어보라고 파견해 준 요리사가 한 명 있었다. 그곳에는 그 외에도 (그 잉글랜드인 요리사를 '살 오른 돼지'라고 부르면서, 틈만 나면 그자가 자신과 주먹으로 맞짱을 뜨고 싶어 한다고 그 '살 오른 돼지'에 대한 불평을 서글프게 늘어놓던) 이탈리아인 요리사 한 명, 파리 출신의 식사 도우미 두 명, 이탈리아 제과 기술자 한 명으로 구성된, 나만의 식사 관리 팀이 있었다. 그 모든 것들이 상류층 신사라면 당연히 갖추고 있어야 할 부속물이었음에도, 나의 친척이자 이웃인 인색하고 혐오스러운 팁토프 노인은 내가 구교도에게 내 음식 요리를 시킨다느니, 개구리 고기로 연명을 한다느니 하는 말들을 온 동네에 퍼뜨렸고, 그 결과 온 나라가 뜨악한 눈빛으로 나를 바라보게 되었는데, 그 노인네는 진심으로 내가 어린애 고기를 다져 만든 프리카세를 먹는다고 믿는 것 같았다.

하지만 기사들은 내가 대접하는 정찬을 아주 기꺼워하면서 먹었고, 그중에서도 늙은 허프 박사는 마지못해서이긴 하지만 내 사슴 고기와 거북이 고기 요리야말로 잉글랜드 최고의 정통 음식이라는 의견에 동의하기도 했다. 나에게는 그 시대 젠트리들을 홀릴 수 있는 또 다른 비장의 무기가 있었다. 그 시절 그 지방에는 여우 사냥개 한 무리를 대여할 수 있는 곳이 한 곳밖에 없었고, 그나마 거기 있는 개마저도 피부병에 걸린 볼썽사나운 비글 몇 쌍이 다녔기 때문에, 팁토프 노인 역시 그런 개를 데리고 자기 영지를 누볐다. 그래서 나는 3만 파운드의 비용을 들여 개집과 사육장을 짓고는, 내 조상인 아일랜드 제왕에게 어울릴 법한 방식으로 사냥개를 잔뜩 키웠다. 그리하여 사냥철이 되면 그렇게 키운 사냥개 두 무리와 우리 가문의 사냥 제복을 맞추어 입은 수행 신사

세 명을 거느린 채 한 주에 나흘씩 우리 가문의 들판으로 나갔고, 사냥대에 속한 사람들 모두에게 핵튼 성을 개방했다.

이런 변화를 감당하고 웅장한 생활 방식을 계속 유지하려니, 독자들 짐작대로 적지 않은 비용이 필요했다. 자백하건대 나는 기질적으로, 일부 사람들이 존중하고 따르는 기본적인 경제관념이 거의 없었다. 예컨대 팁토프 노인만 해도 자기 아버지가 세운 사치스러운 성을 수리하고 저당 잡힌 영지를 되찾으려고 돈을 모으는 중이었다. 그런데 내 대리인은 그 노인이 금융기관에 상환한 막대한 금액의 그 돈을 다시 내 이름으로 대출했다. 게다가 나는 린든 가문의 재산에 대한 종신 소유권 말고는 아무것도 가진 것이 없었기 때문에, 늘 조건이 까다롭지 않은 환전상과 거래를 하고 레이디 린든의 생명보험료로 막대한 금액을 지출할 수밖에 없었다는 사실 역시 간과되어서는 안 된다.

그해가 저물어갈 무렵 레이디 린든은 내게 아들을 낳아주었고, 나는 나의 왕족 조상 브라이언 보루를 기리는 뜻에서 아이에게 브라이언 린든이라는 이름을 지어주었다. 하기야 귀족 이름 말고 내가 그 애에게 무엇을 물려줄 수 있었겠는가? 그 애 어머니의 영지는 모두 혐오스러운 꼬맹이 야수 불링던 경, 그때 새 가정교사의 관리를 받으며 핵튼 성에 살고 있었는데도 지금껏 내가 그 이름을 한 번도 입에 올린 적 없는 불링던 경에게 상속될 터였다. 그 무렵 녀석의 반항심은 참으로 무시무시했다. 녀석이 「햄릿」의 대사를 인용해 제 어머니를 몹시 화나게 만든 것이 한두 번이 아니었다. 한번은 그 녀석을 훈육하려고 내가 말채찍을 들자 녀석은 칼을 빼 들었는데 여차하면 나를 찌를 기세였다. 돌이켜보니 솔직히 내 어린 시절과 어찌나 비슷하던지 나는 웃음을 터뜨리고는 악수를 청하며 친구가 되자고 제안했다. 우리는 그때 그렇게 화해했고,

다음에도, 또 그다음에도 매번 그런 식이었다. 그러나 우리 사이에는 잃어버릴 사랑 따위가 존재하지 않았기 때문에 녀석이 자랄수록 나에 대한 녀석의 혐오감도 점점, 그리고 급속도로 더 커져가는 것 같았다.

나는 사랑하는 내 아들 브라이언에게 재산을 물려주기로 결심했고, 이를 위해 레이디 린든의 요크셔와 아일랜드 영지에 있던 1만 2천 파운드의 값이 나가는 나무들을 베어내기로 결정했다. 일이 추진되자 불링던의 후견인인 팁토프는 평소처럼 고함을 지르며, 내게는 나무 작대기 하나 건드릴 권리가 없다고 욕을 퍼부었다. 그러나 나무들은 예정대로 쓰러졌다. 그리고 또 나는 어머니에게 중개료를 지불하고 한때 우리 가문의 엄청난 재산의 일부였던 조상들의 영토, 즉 밸리배리와 배리오그 땅을 다시 사들이는 일을 맡겼다. 어머니는 굉장히 기뻐하면서도 무척 신중하게 그 땅을 다시 매입했다. 내 이름을 물려받은 아들이 태어났다는 소식에, 그 아이가 엄청난 재산을 물려받을 것이란 생각에, 어머니의 가슴에서는 기쁨이 넘쳤던 것이다.

솔직히 말하자면 나는 그때 내가, 그동안 어머니가 익숙하게 활동해온 환경과 완전히 다른 환경에서 살고 있다는 사실이 걱정스러웠다. 어머니가 갑자기 나를 찾아와, 떠벌리는 듯한 어머니 특유의 태도로, 사투리로, 볼연지로, 조지 2세 시대에나 입던 통 넓은 낡은 치마와 주름 장식이 달린 옷으로 나의 잉글랜드인 친구들을 놀라게 만들까 봐 겁이 났다. 어머니는 젊은 시절 그런 옷차림이 자신에게 잘 어울린다고 판단한 이래, 어리석게도 여전히 최상류층에서 그런 스타일이 유행할 것이라고 생각했기 때문이다. 그래서 나는 어머니에게 방문을 연기해달라는 편지를 계속 썼다. 성의 좌측 별채 수리가 끝나면, 혹은 마구간 건축이 끝나면, 혹은 이런저런 것들이 끝나면 그때 우리를 방문해달라고 간청하는 편지였다. 하지만 사실 그런 예방책은 불필요한 것이었다. 노부인이 간혹 이런 답장을 보낸 것을 보면 말이다. "그만큼 눈치를 줬으면 됐다, 레드먼드. 내가 구닥다리 아일랜드 차림새로 거기까지 찾아가, 네가 그 대단한 잉글랜드 친구들 사이에 끼지 못하게 훼방을 놓는 일은 없을 테니까. 사랑하는 내 새끼가 그런 지위를 얻어냈다는 사실을 떠올리는 것만도 내게는 큰 축복이란다. 나는 그 지위가 네 몫이라는 것을 늘 알고 있었다. 그래서 이 어미가 스스로에게 인색하게 굴면서 널 그렇게 키운 거잖니. 하지만 언젠가 이 할미가 키스를 할 수 있게 어린 브라이언만큼은 꼭 내게 데려와야 한다. 그 애 엄마인 귀부인 마님한테도 나의 축복과 경의를 전해주렴. 공작 따위랑 결혼했다면 절대로 얻지 못했을 보물을 품은 남편을 얻게 된 것에 감사하라는 말도 그 애한테 꼭 하려무나. 비록 아직 작위는 없지만 배리랑 브래디라는 그 보물은 혈관 속을 흐르는 피 가운데 최고의 피라는 말도. 나는 내 아들이 밸리배리 백작이 되고 내 손자가 배리오그 자작이 되기 전까지는 절대 눈을 감지 않을 생각이다."

내 마음속에 있는 것과 똑같은 생각이 어머니의 마음속에 떠오르다니 이 얼마나 희한한 우연인가! 어머니가 언급한 그 귀족 작위는 바로 내가 (너무나 자연스럽게) 골라놓은 작위였다. 내게 밸리배리, 배리오그라는 이름으로 서명한 서류가 한가득 있었다는 사실을 인정하는 것이 나는 아무렇지도 않다. 그리하여 나는 그 목적을 이루기로, 늘 그랬듯 성급하게 결정했다. 어머니는 직접 밸리배리로 가서 먼저 자리를 잡고 목사와 함께 살다가, 저택이 완공되자 '밸리배리 성에서'라는 말과 날짜를 기입한 편지를 써 보냈다. 독자들 짐작대로 나는 그 저택을 아주 중요한 곳으로 만드느라 가진 돈을 다 써버렸다. 나는 핵튼 성과 버클리 광장에 있는 저택 서재에 밸리배리 성의 설계도를 보관하고 있었고, 신사 배리 린든의 조상들이 거주하던 곳이라는 품격에 맞게 그곳을 고급스럽게 꾸밀 계획이었는데, 그 계획에는 규모 면에서 그 성을 윈저 성에 버금가게 만들어줄 개축 청사진은 물론, 건물에 추가될 외부 장식까지 포함되어 있었다. 그 밖에도 지도 위의 내 영지가 하찮아 보이지 않도록 800에이커에 달하는 습지도 에이커당 3파운드의 가격에 사들였다.[24] 또, 같은 해에 콘월에서 존 트레코틱 경으로부터 7만 파운드에 폴웰란 부동산과 광산을 매입하기로 약속이 되어 있었는데, 그 경솔한 거래는 그 뒤 나에게 엄청난 분쟁과 소송을 안겨주었다. 그야말로 재산 분쟁, 악당 같은 대리인 놈들, 악다구니를 써대는 변호사들의 끝없는 연속이었다. 비천한 사람들은 우리 높은 분들을 부러워하며 우리의 삶에 오로지 기쁨만이 가득할 것이라 상상한다. 그러나 번영을 누리던 동안에도 나는 운수 기박한 날들에 한숨을 내쉬면서, 내가 외상으로 공급해주는 것 말고는 등짝에 걸칠 옷 한 벌 없고, 내 주머니에서 나오는 돈말고는 땡전 한 푼 없으며, 대단한 신분과 재산의 암울한 부산물인 책임감과 신경 써야 할 성가신 일 역시 하나도 없는 유쾌한 도박 테이블 동료들을 부러워한 적이 한두 번이 아니었다.

나는 법정에 출두하는 것, 그리고 예전에 내가 힘들 때 내게 친절을 베풀어준 사람들한테 넉넉하게 보상을 해주고 아일랜드 귀족들 사이에서 열리는 내게 어울리는 장소에 나다니면서 아일랜드 왕국에 있는 내 부동산을 관리하는 것 말고는 하는 일이 거의 없었다. 사실 잉글랜드와 대륙에서의 생활을 통해 더 고귀하고 더 완벽한 즐거움을 맛본 뒤라 그런 생활을 계속 유지하고 싶은 약간의 유혹을 느끼기는 했다. 그래서 앞서 이미 묘사한 대로 핵튼 성이 우아하게 꾸며지고 있는 동안 우리는 벅스턴, 바스, 해로게이트 등에서 여름을 나기도 했고 버클리 광장에 있는 우리의 저택에서 한 철을 보내기도 했다.

부의 소유가 인간을 얼마나 후덕하게 만드는지, 아니 부의 소유가 인간의 미덕에 얼마나 훌륭한 광택제나 윤활유가 되어주는지, 혹은 가난이라는 냉혹한 회색 대기 속에 서 있는 사람은 절대로 알지 못할 방식으로 얼마나 아름다운 광채와 색채를 낳는지 생각해보면 놀랍다. 단언하는데, 나는 아주 짧은 시간 안에 최상류층 멋쟁이 신사가 되었다. 팰 맬가의 커피하우스에서 시작해 나중에는 가장 잘나가는 클럽에서까지 상당히 큰 인기를 누렸던 것이다. 나의 스타일, 마차, 우아한 접대 태도 등이 모든 사람의 입에 회자되었고 모든 조간신문 기사에 오르내렸다. 그 결과 레이디 린든의 친척들 가운데 처지가 좀더 옹색한 자들, 그리고 그동안 팁토프 노인의 참을 수 없는 거드름에 마음이 상했던 자들이 우리 가문의 무도회와 모임에 참석하기 시작했다. 내 친척에 대해 말하자면 나는 런던과 아일랜드에서 내가 생각했던 것보다 훨씬 많은 사촌, 모두 나와 가까운 사이라고 주장하는 사촌들을 만났다. 그중에는 물론 (내가 별다른 자부심을 느끼지 못하는) 내 고국의 토박이들도 있어서 나는 템플바 주변에서 거들먹대는 허름한 사내 서너 명의 방문을 받기도 했는데, 색 바랜 레이스를 매고 티퍼레리 사투리를 쓰는 그들은 런던의 술집으로 식사를 하러 가는 길이라고 했다. 휴양지에서 알게 된 도박판 투기꾼 몇 명도 나를 찾아왔고, 나는 곧바로 그들로 하여금 제 분수를 알게 만들어줬다. 그래도 평판이 더 나은 다른 사람들도 있었다. 그중에 내 사촌이라고 할 만한 사람으로는 킬배리 경이 있었는데, 그는 스왈로가의 집주인 여편네한테 방값을 내겠다며 나와의 관계를 빌미로 내게서 30피스를 빌려갔다. 나는 나대로 그와 친척 관계도 유지하고 그에게 돈도 빌려준 이유가 있었는데 모두가 승인인지 뭔지, 아무튼 아무것도 해주지 않는 문장원 때문이었다. 킬배리는 우리 집 식탁에서 한 자리를 차지하고 식사를 했다. 또 도박판에서 돈을 걸었고 마음이 내킬 때만 그 돈을 갚았기 때문에 돈을 갚는 일이 좀처럼 없었다. 그는 내 재단사와도 친분을 유지하면서 그에게 상당히 큰 신세를 지고 있었다. 그러면서 자신이 바로 서쪽 지방의 거부 배리 린든의 사촌 되는 사람이라고 노상 떠벌렸다.

귀부인 마님과 나는 런던에서 지낸 지 얼마 되지 않아서부터 많은 시간을 따로 지냈다. 그녀는 조용히 지내는 것을 더 좋아했다. 아니, 솔직히 말하자면 그녀가 겸손하고 차분하게 처신하며 가정에서 기쁨을 느끼는 취향을 가진 여성들의 훌륭한 친구로 지내는 것을 내가 좋아했다. 그래서 나는 주변 사람들과 신부와 몇몇 친구를 불러 집에서 식사하는 것을 권장했다. 가끔씩 알맞은 때에 점잖고 조신한 사람 서너 명과 함께 오페라를 관람하거나 게임을 하는 것도 허락해주었다. 하지만 그녀의 친구들과 가족이 너무 자주 우리 집에 드나드는 것은 금지했는데, 우리 집에서 성대한 잔치가 열리는 날, 그러니까 계절당 두세 번 정도만 사람들을 초대하는 쪽이 더 내 마음에 들었기 때문이다. 게다가 그녀는 어머니로서 우리의 어린 아들 브라이언을 입히고 가르치고 달래는 것에서 큰 위안을 느끼고 있었다. 브라이언을 위해서라면 그녀가 세상에서 느끼는 사소한 기쁨 따위는 포기해야 마땅했다. 그래서 그녀는 모든 저명한 가문을 대접하는 **그** 임무를 내가 수행할 수 있게 내게 맡겼다. 사실대로 말하자면 그즈음 레이디 린든의 몸매와 얼굴은 상류층 사교계에서 그 주인을 빛나게 해줄 수 있는 상황이 아니었다. 심하게 살이 찐 것은 물론 근시도 심하고 안색도 창백했으며 옷도 아무렇게

나 입었고 행동거지도 활기가 없었다. 나와 나누는 대화 역시 어리석은 절망, 혹은 격려에 마지못해 입을 열었다가 상대를 더 불쾌하게 만드는 아둔하고 서투른 시도라고 정의할 수 있었다. 그래서 우리의 소통은 아주 사소한 것에 제한되어 있었다. 내가 그녀를 데리고 세상 밖으로 나가거나 그녀가 사회생활을 계속할 수 있게 내버려두고 싶은 마음이 거의 들지 않는 것도 무리는 아니었다. 그녀는 물론 집에서 온갖 방법을 다 동원해 내 비위를 맞추려고 애썼다. 나는 (인정하건대 종종, 그것도 아주 거칠게) 그녀에게 여주인으로서 사람들과 함께 어울리며 대화, 재치, 학식을 즐기라고, 혹은 탁월한 연주자로서 음악을 즐기라고 요구했는데, 그럴 때면 그녀는 대개 울음을 터뜨리며 방에서 나가버리곤 했다. 당연하게도 그 자리에 동석해 있던 사람들 중 일부는 그 모습을 보고 내가 독재자처럼 그녀 위에 군림하고 있다고 생각했다. 하지만 나는 그저 어리석고 성질 더럽고 정신력 약한 여인의 신중하고 엄격한 보호자일 뿐이었다.

천만다행으로 그녀는 작은아들을 몹시 사랑했고, 그 덕분에 나는 아들을 통해서 건전하게, 그리고 효과적으로 그녀를 통제할 수 있었다. 그녀가 짜증을 내거나 발작처럼 건방을 떨 때(참을 수 없을 만큼 자부심이 강한 여자였기 때문에, 결혼 초기 부부 싸움 중에 그녀는 걸핏하면 내가 원래 얼마나 가난했었는지, 얼마나 비천한 신분을 타고났는지를 들먹이며 나를 비웃었다), 말싸움 중에 그녀 스스로 우월한 존재인 척할 때, 내 권위에 맞서 자신의 권위를 내세울 때, 복잡한 우리의 재산을 공정하게 분배하려면 반드시 필요한 것이라고 내가 생각하는 서류들에 서명하기를 거부할 때면, 나는 언제나 브라이언 도령을 데리고 치스윅으로 가 그곳에서 한 이틀씩 머물곤 했다. 장담하는데, 그러면 아이의 어머니인 귀부인은 더 이상 버티지 못하고 내가 무엇을 제안하든 그것에 동의하곤 했다. 나는 그녀 주위에서 일하는 하인들한테까지 신경을 써서 그녀의 돈이 아닌 내 돈으로 봉급을 지불했다. 특히 아이의 수석 보모는 마님 명령이 아닌 **내** 명령을 받았다. 그녀는 볼이 발그레하니 얼굴은 참 예뻤지만 버르장머리가 없는 여자였다. 그리고 내 성공에 밑거름이 되어준 천하의 바보였다. 그녀는 실제 마님 자리를 소유한 제정신이 아닌 여자보다 더 그 집안 마님 같았다. 하인들에게 지침을 내리는 사람이 바로 그녀였으니까. 내가 우리 집을 방문한 여자들 가운데 그 누구에게든 유난히 관심을 보이면, 발랑 까진 그 계집은 주저 없이 질투심을 드러내 보이고는 그들을 쫓아낼 방법을 찾아냈다. 사실 너그러운 남자는 어떤 여자를 만나느냐에 따라 언제든 바보가 될 수 있다. 그녀는 내게 너무나 큰 영향력을 행사하고 있었기 때문에 손가락 하나로도 나를 마음대로 조종할 수 있었다.[25]

(그 수석 보모의 이름은 스탬머 부인이었다.) 그녀의 불같은 성미와 아내의 변덕스럽고 우울한 기분은 내 집과 가정을 별로 즐겁지 않은 곳으로 만들었다. 그래서 나는 쫓기듯 해외로 나가 한참씩 머물곤 했는데, 그곳에서는 어떤 클럽, 여관, 모임에 가든 도박이 유행이었기 때문에, 당연하게도 어쩔 수 없이 오랜 습관에 따라, 한때 유럽 전체를 통틀어 내 적수가 전혀 없었던 그 도박판에서 아마추어 도박사로서 새 삶을 다시 시작하곤 했다. 그러나 부귀영화를 누리면 사람의 기질이 변하는 것인지, 아니면 공모자도 없는 상황에서 이제 전문적인 도박사로서가 아니라 여타의 세상 사람들처럼 단지 취미로 게임에 참여하면 기술이 그 사람을 떠나는 것인지, 나는 잘 모르겠다. 아무튼 1774~75년 도박 시즌에 내가 화이트 클럽과 코코아 트리에서 엄청나게 많은 돈을 잃

어서 어쩔 수 없이 주로 아내의 연금, 생명보험 등등을 담보로 돈을 빌려 그 지출액을 맞춘 것만은 틀림없는 사실이다. 당연하게도 이런 필요에 따라 내가 빌린 총액과 건물 개보수에 들어간 필요 경비만도 어마어마해서, 우리는 상당히 많은 재산을 처분해야 했다. (천성적으로 속 좁고 소심하고 인색한) 레이디 린든이, 앞서 보여준 방식대로 내가 그녀를 **설득하기** 전까지 때때로 서명을 하지 않으려고 버티던 서류들이 이때 작성된 서류의 일부였다.

그 시기 내 삶의 일부를 차지하고 있던 경마 관련 거래에 대해서도 잠깐 이야기하고 넘어가야겠다. 하지만 사실 나는 뉴마켓에서의 내 행적을 회상하는 일이 별로 즐겁지 않다. 그곳에서 거래한 거의 모든 사람들한테 지독하게 물어뜯기고 탈탈 털렸기 때문이다. 나는 잉글랜드에 사는 그 어떤 사내보다도 말을 잘 타기는 했지만, 말에 돈을 거는 일에 관해서는 잉글랜드 귀족의 적수가 되지 못했다. 그때 모두가 우승 후보로 점쳤던, 그리고 기수 소피 하드캐슬이 몰던 내 말 베이뷜로가 이클립스에게 밀리는 바람에 나는 뉴마켓 상금을 잃었는데, 그로부터 15년이 흐른 뒤에야 여기에서 이름을 밝힐 수 없는 백작 한 명이 그날 아침 말들이 경마장에 나서기 전 마구간에 들어갔고 그 결과 바깥쪽 레인에 있던 말이 우승했기 때문에 당신들의 미천한 하인이 1만 5천 파운드를 잃게 된 것이라는 사실을 알게 되었다. 그 시절 그 황야에서 초보자가 이길 가능성은 없었다. 화려한 상류층 사람들이 모여들어 그곳을 눈부시게 만들었고, 부인과 함께 호화로운 마차를 타고 온 왕자들, 괴상한 패거리와 동행한 늙은 그래프턴,* 그리고 앵커스터, 샌드위

---

* Grafton: 제3대 그래프턴 공작 헨리 피츠로이Henry Fitzroy(1735~1811)를 말한다. 1767년 12월부터 1770년 1월까지 영국 수상을 지냈다.

치, 론* 등 전국 최고의 유명 인사들이 사방에 있었던 만큼, 그곳에 있던 사람은 자신을 정정당당한 도박사라고 생각하며 자신이 속한 사회에 엄청난 자부심을 느꼈을지도 모른다. 그러나 내가 장담하는데 그들은 사람들이 칭송하듯 유럽 전역을 통틀어, 고상한 방식으로 남을 강탈하고 초보자를 속이고 기수와 수의사에게 뇌물을 먹이고 베팅 장부를 조작하는 법을 가장 잘 아는 사람들의 집합에 불과했다. 심지어 **나조차**도 유럽에서 가장 고귀한 가문 출신의 탁월한 그 노름꾼들은 당해낼 수가 없었다. 내가 품격이 부족해서 그랬을까? 아니면 운이 안 따라서? 잘 모르겠다. 아무튼 내 야망이 정점에 도달해 있던 그 순간, 꼭 내 기술과 내 운 두 가지 모두가 나를 버린 것만 같았다. 뭐든 내가 건드리기만 하면 손안에서 바스러졌다. 내가 투자한 것은 몽땅 다 실패였다. 내가 믿었던 대리인들은 모조리 다 날 속였다. 정말로 나는 재산을 손에넣기 위해 태어난 사람이었으되, 그 재산을 유지하기 위해 태어난 사람은 아니었다. 어떤 사람의 삶에 맨 처음으로 큰 영향을 끼치는 그 사람의 자질과 열정이 나중에 가서 그 사람을 파멸시키는 결정적인 원인이되고 마는 것은 흔히 볼 수 있는 일이다. 내가 아는 한, 그것 말고는 결국 내게 닥친 불운에 또 다른 이유는 없었다.[26]

나는 언제나 예술가들이 좋았다. 아니, 꼭 진실을 밝혀야 한다면, 재치 넘치는 사람들 틈에서 괜찮은 신사, 후원자 노릇을 하는 것에 거부감이 전혀 없었다. 그런 사람들은 대개 살림이 곤궁했고 출신이 미천

---

* Ancaster, Lorn: 샌드위치 백작은 그래프턴의 내각에서 일했다. 앵커스터는 제3대 앵커스터-케스터번 백작 페리그린 베르티Peregrine Bertie(1713~1778)를, 론은 론 후작 존캠벨John Campbell(1723~1806)을 말한다. 론 후작은 1770년 제5대 아가일 공작으로도 봉해졌다.

했으며 레이스 달린 외투를 입은 신사에게 본능적으로 경외심과 애정을 느꼈다. 그래서 모두들 자기가 드나들던 모임 이야기를 글이나 그림으로 표현한 것이 틀림없다. 나중에 기사 작위를 받은, 그리고 확실히 당대에 가장 우아한 화가였던 레이놀즈 씨*는 그 재치 넘치는 종족 출신으로 솜씨가 비상해 궁정 조신이 된 사람이었다. 로열 아카데미 전시회에서 엄청난 경의 표시를 받은 어린 브라이언, 레이디 린든, 나를 한 장의 그림에 담은 사람이 바로 그 신사 레이놀즈 씨였다. (그림 속의 나는 아내를 포기한 것처럼 그려져 있었고, 아내는 티퍼레리 자작농이나 입는 것 같은 옷을 입고 있었다. 원래는 그것이 내 신분이었는데 말이다. 아이는 내 투구에 놀라 주춤 물러선 것 같은 모습이었다. 거시기 거 뭐라더라, 포프 씨가 『일리아스』**에서 언급한 헥토르의 아들처럼.) 내가 수십 명의 신사와 그들의 위대한 두목 존슨 씨한테 소개된 것 역시 레이놀즈 씨를 통해서였다. 나는 언제나 그들의 위대한 두목이 거대한 곰 같다고 생각했다. 존슨 박사는 우리 집에서 두어 번 차를 마셨는데, 내 견해가 자기가 가르치는 학생의 견해보다도 더 존중할 가치가 없는 말인 양 취급하면서, 말[馬]과 재단사를 조심하고 편지 쓰는 일 따위로 스스로를 곤경에 빠뜨리지 말라고 말하는 등, 무례하기 짝이 없는 행동만 골라 했다. 그의 스

---

 * 영국의 초상화가 조슈아 레이놀즈Joshua Reynolds(1723~1792)를 말한다. 1768년 로열 아카데미 초대 학장을 지냈고 1784년 궁정화가가 되었으며 1769년 기사 작위를 받았다. 로열 아카데미는 1769년 펠 맬에서 첫 전시회를 개최했고, 1771년부터는 로열 아카데미가 있던 서머셋 하우스에서 전시회를 개최했다.
** 1715년 알렉산더 포프가 영어로 번역한 호메로스의 『일리아스Ilias』 6부를 보면 다음과 같은 내용이 나온다. "이렇게 말하고 트로이의 그 걸출한 장군은 다정하게 두 팔을 뻗어 사랑스러운 아들을 안으려고 했다. 그러나 아기는 움찔하더니 울음을 터뜨리며 유모의 가슴팍으로 파고들었다. 번쩍이는 투구와 거기 달린 흔들리는 깃털 장식이 무서웠기 때문이다."

코틀랜드인 곰 사육사 보즈웰 씨는 오지랖 대장이었다. 나는 일찍이 그런 사내를 본 적이 없다. 그는 소호의 칼라일 하우스에서 열리던 코르넬리스 부인*의 무도회에도 본인이 '코르시카 의복'**이라고 부르는 옷을 지어 입고 오는 위인이었다. 그러나 이런 이야기들이, 그 칼라일 하우스가 세상에서 가장 유익한 이야기를 양산하는 곳은 아니었다는 결론으로 이어지지만 않는다면, 나 역시 그곳에서 일어난 괴상한 일들에 대한 이야기를 수십 가지는 늘어놓을 수 있다. 지위고하를 막론하고, 앵커스터 백작 각하로부터 나의 동향 사람인 〔(내가 런던에 진출한 해에 세상을 떠난 터라 한 번도 본 적은 없는)〕[27] 가난한 시인 올리버 골드스미스에 이르기까지, 그리고 킹스턴 공작 부인***으로부터 극락조 키티 피셔****에 이르기까지, 온

---

* 테레사 코르넬리스Theresa Cornelys(1723~1797)를 말한다. 그녀는 1760년부터 1772년까지 소호 광장의 칼라일 하우스에서 회원제로 무도회, 가면무도회, 연주회 등을 열었다. 마지막 해 파산을 선언한 뒤 한동안 가명으로 사우샘프턴에서 호텔 직원, 행상꾼 등으로 살다가 (배리 자신과 마찬가지로) 플리트 감옥에서 생을 마감했다.

** 보즈웰의 '코르시카 의복'은 코르시카 민족주의에 대한 그의 적극적인 관심을 보여주는 증표였다. 심지어 그는 그 의상을 입고 1769년 스트랫퍼드에서 열린 셰익스피어 기념제에 참석하기도 했다. 그 의상에 대해 『런던 매거진』은 이렇게 기록했다. "그의 모자는 정면에 금색 실로 'Viva la Libertà(스페인어로 '자유 만세')'라는 글자가 새겨져 있고 한쪽 옆에 푸른색 깃털과 모표가 붙어 있어서 우아하면서도 호전적인 인상을 풍겼다."

*** 엘리자베스 처들리Elizabeth Chudleigh(1720~1788)를 말한다. 그녀는 1744년 영국의 장군이자 정치가인 제3대 브리스틀 백작 어거스터스 허비Augustus Hervey(1724~1779)와 비밀 결혼을 했다가 얼마 안 가 헤어졌고, 1769년 그 결혼 서약을 부인했다. 그해 (한동안 정부로 지내온) 제2대 킹스턴 공작과 결혼했다. 그러나 중혼으로 고소를 당했고 1776년 모욕죄 유죄 판결을 받았다. 그때까지 허비와의 결혼이 유효했고, 허비가 형의 작위를 물려받았기 때문에 그녀는 결국 브리스틀 백작 부인이 되었다.

**** 창녀 캐서린 마리아 피셔Catherine Maria Fisher(1741~1767)를 말한다. 조슈아 레이놀즈가 몇 차례 그녀를 모델로 그림을 그렸다. 그러나 배리가 런던에 거주하던 1773~74년경에는 이미 세상을 떠난 뒤였다.

도시의 한량들이 그곳으로 모여들었다. 그곳에서 나는 온갖 괴상한 인간 군상을 다 만나봤는데 그들의 종말 역시 괴상했다. 불쌍한 해크먼*은 레이 양을 살해한 혐의로 훗날 교수형을 당했고, (음흉한) 시모니 박사** 주교 나리는 위조죄 선고를 받은 뒤로 리틀 시어터의 내 친구 샘 푸트***가 그를 살리려고 그렇게 애썼는데도 밧줄이 그 불운한 성직자의 경력을 뎅강 잘라버리고 말았다.

그 시절 런던이 아주 즐거운 곳이었던 것만은 사실이다. 내가 통풍에 걸린 노인이 되어 이 글을 쓰고 있는 요즘 사람들은, 나와 함께 세상 역시 젊었던 전 세기 말엽 사람들에 비해 어마어마하게 도덕적이고

---

* 제임스 해크먼James Hackman(1725~1779)은 노퍽 와이브턴의 주임신부였는데, 샌드위치 백작의 정부이자 가수였던 마르타 레이Martha Ray(1742~1779)를 보고 첫눈에 반했다. 그러나 그녀가 자신의 청혼을 거절하자 코벤트 가든 극장 밖에서 그녀를 총으로 쏘아 죽였고, 그 결과 1779년 4월 18일 타이번 교수대에서 처형당했다.

** Dr. Simony: 본명은 윌리엄 도드 박사Dr. William Dodd(1729~1777)이다. 1751년 부제 서품을 받은 이래 성직자 승진 과정을 밟아 1763년 왕실 사제로 임명되었고 같은 해 성 데이비드 교회의 주교가 되면서 브레콘 지역의 녹봉 영토를 지급받았다. 이듬해 핌리코에 직속 관할 교회를 열고 상류층 신도들에게 설교를 했다. 1772년에는 베드퍼드셔 호크리프와 칼그레이브 지역의 값비싼 땅을 손에 넣었고 1774년경부터는 완전히 야망의 지배를 받게 되었다. 그런데 그의 아내가 대주교에게 하노버 광장의 성 조지 교회가 자기 남편에게 얼마의 봉급을 지급하는지 묻는 편지를 익명으로 보냈다가 들통난 데다 도드 박사가 예전에 가르친 신학생과 후원자, 심지어는 체스터필드 경의 이름으로 채권을 위조한 사실까지 밝혀져 결국 그는 왕실 사제직에서 제명되고 말았다. 새뮤얼 푸트가 자신의 소극 속에서 도드 박사를 조롱하기 위해 만든 인물의 극중 이름이 시모니 박사이다. 존슨 박사의 탄원에도 도드 박사는 1777년 6월 22일 타이번에서 위조죄로 처형당했다.

*** Samuel Foote(1720~1777): 배우, 극작가, 헤이마켓 극장의 대표였다. 이전 시대에는 연극이 상류층의 전유물이었으나 시민사회가 성장하면서 향유 계층의 저변이 점차 확대되었고, 18세기에는 군소 소극장들이 생겨나 대중들에게 문화적 혜택을 제공했는데 이를 '소극장(Little Theater) 운동'이라고 한다. 헤이마켓 극장은 실제로 그렇게 불리기도 했고 그 시절 대표적인 '리틀 시어터'이기도 했다. 푸트는 소극 「사기꾼들The Cozeners」에서 도드 박사 부부를 풍자했다.

무미건조한 사람들이다. 그 시절에는 신사와 평범한 사람이 많이 달랐다. 우리는 언제나 수가 놓인 실크 옷을 입고 다녔다. 그런데 요즘 사람들은 모두 케이프코트를 입고 벨처*를 매서 다 똑같이 마부처럼 보이고, 실제로 귀족과 그 귀족이 부리는 마부의 외모 사이에 별 차이가 없다. 그 시절 상류층 남자들은 몸단장을 하는 데 두 시간이 걸렸고 어떤 것을 선택하느냐에 따라 자신의 독특한 취향을 표현할 수 있었다. 특별 공연이 열리는 밤이면 오페라 극장이나 대기실에 얼마나 눈부시게 화려한 풍경이 펼쳐졌는지! 근사한 파로 테이블에서는 얼마나 많은 돈이 오갔는지! 경호원을 밖에 태운 채 녹색과 금색을 나부끼며 달리던 도금된 내 마차는 요즘 행사장에서 볼 수 있는, 뒤꽁무니에 덜 자란 마부를 매달고 다니는 마차와 완전히 다른 물건이었다. 그 시절 사내들은 요즘 좀팽이들이 홀짝대는 것보다 네 배나 많은 양의 술을 마실 수 있었다. 그러나 지금 이런 주제에 대해 주절주절 떠들어봐야 무슨 소용이겠는가. 신사들은 이미 죽어 사라진 것을. 유행이 고작 당신네 사병과 선원들의 손에 맡겨지다니, 30년 전 그 시절을 생각하면 참으로 울적하기 이를 데 없다.

이 장은 그 시절이 내게 얼마나 행복하고 화려한 시절이었는지 추억하는 일을 전담하지만, 그 추억담은 행복하고 편한 시대에 흔히 등장하는 모험 이야기가 어떤 식으로 전개되는지에 대해서도 약간의 힌트를 선사한다. 그들을 향해 미소 짓는 아름다운 여인들, 그들이 입는 의상, 그들의 도박 상대, 그들이 도박판에서 잃거나 딴 돈의 액수 등, 상

---

* belcher: 파란색과 흰색 물방울무늬가 들어간 목수건이다. 영국의 권투 선수 짐 벨처Jim Belcher(1781~1811)의 이름을 따서 그렇게 불렸다. 벨처가 크게 유행한 것은 1812년경인데 새커리는 이것을 '마부처럼' 메말라 보이는 패션이라고 평가했다.

류층 남자들의 일상적인 소일거리에 대한 이야기로 쪽수를 채우는 것이 다소 안이해 보일 수도 있겠다. 스페인과 프랑스에서는 젊은이들이, 병참 부대가 제공하는 빵과 고기로 야영지에서 끼니를 때우면서 프랑스인의 목을 베는 일에 고용되어 있는 시국이니 말이다.* 그러나 그 젊은이들은 자신들의 조상이 어떤 삶을 살았는지 알지 못할 것이다. 그러니 나는 왕자가 걸음마 줄을 잡고 있던 시대, 찰스 폭스가 일개 국회의원의 지위에 만족하지 않던 시대, 보나파르트가 자신의 고향 섬에서 형편없는 개망나니 생활을 하고 있던 즐거운 시대 이야기를 좀더 이어가야겠다.**

그동안에도 내 영지의 개축 공사는 계속 진행되고 있었다. 저택은 고대 노르만풍 성의 모습에서 벗어나 우아한 그리스 신전, 혹은 궁전의 모습으로 변신하는 중이었고, 정원과 숲도 전원적인 풍경에서 벗어나

---

* 그 지역에서 벌어진 대(對) 나폴레옹 전투, 즉 반도전쟁(Peninsular War)을 언급한 내용이다. 반도전쟁은 나폴레옹이 1807년 포르투갈을 침략하면서 시작되었다. 포르투갈, 스페인, 영국은 연합군을 결성해 프랑스에 대항했는데, 1811년까지 고전하던 연합군은 1812년을 기점으로 승기를 잡았다. 배리의 회고록이 작성된 시기를 면밀하게 추정해보면 1813~14년경이다. 아일랜드 더블린 태생으로 영국 사령관 자리에 오른 웰링턴 공작 아서 웰즐리Arthur Wellesley(1769~1852)는 1813년 6월 21일 스페인 비토리아에서 술트Nicolas Jean de Dieu Soult(1769~1851) 원수가 이끄는 프랑스군에게 대승을 거두었고, 프랑스군은 피레네산맥을 넘어 패주했다. 웰링턴은 이베리아반도에 남아 8월 31일 산세바스티안을 공격했고 10월 프랑스의 팜플로나 전선을 붕괴시켰다. 그리고 그 기세를 몰아 11월 프랑스 국경선을 넘었다. 술트 원수는 1814년 4월 10일 툴루즈 전투해서 패주했으나, 그때는 이미 나폴레옹이 실각한 지 나흘이 지난 뒤였다. 통신 수단이 발달되어 있지 않던 시대라 전쟁이 종식되었는데도 그 사실을 몰라 양국의 젊은이들이 이유 없이 계속 피를 흘려야 했던 것이다.

** 지금 여기에서 배리가 언급하고 있는 시기, 즉 1773년에 영국의 왕세자, 즉 훗날 조지 4세(1762~1830)가 된 웨일스 공은 이미 걸음마 줄을 잡기에는 너무 장성한 나이인 열한 살이었다. 정치가 찰스 제임스 폭스는 1768년 의회에 입성했을 때 열아홉 살로 역대 최연소 국회의원이었다. 1769년에 태어난 나폴레옹 보나파르트는 학교 교육을 받으러 오툉으로 떠나던 1779년 전까지 계속 코르시카 섬에 살았다.

더없이 고상한 프랑스 조경 스타일로 탈바꿈하는 중이었다. 내 아이는 제 어미의 치마폭에서 무럭무럭 자라는 중이었고, 내 영향력은 나라 안에서 점점 커져가는 중이었다. 그런데 그동안 내가 잉글랜드와 아일랜드 각지에 퍼져 있는 내 영지와 런던을 방문하는 일을 등한시하고 계속 데번셔에 머물렀을 것이라 상상한다면 어림도 없는 일이다.

나는 이윤 대신 온갖 교묘한 술수만을 낳고 있던, 내가 찾아낸 폴웰란 광산과 트레코틱 영지에도 가서 머물렀다. 또 공공연하게 아일랜드에 있는 내 영지에도 건너 다녔는데, 그곳에 가면 아일랜드 총독도 따라올 수 없을 만큼 융숭하게 젠트리들을 대접했다. 그리고 더블린에 유행도 전수해줬다. (그 시절 더블린은 확실히 형편없고 미개한 도시였고, 그즈음부터 연방법과 관련된 소요*가 계속 일었기 때문에 불행이 아예 그곳에 터를 잡고 있었다. 마음 따뜻한 아일랜드 애국자들이 고안해냈던 구법령에 대한 광기 어린 찬사를 도대체 어떻게 설명해야 할까, 나는 늘 난감했다.) 아무튼 내 말은 아일랜드 도당들이야 뭐라고 하든, 그 시절 끔찍한 그 장소에 내가 유행을 정착시켰고 그 결과 내게도 자그마한 찬사가 바쳐졌단 이야기다.

더블린에 대해서는 앞 장에서 이미 묘사했다. 그곳은 서구 세계의 바르샤바였다. 그곳에서는 몰락했으면서도 사치스러운 반쯤 문명화된 귀족이 반쯤 야만족인 대중을 통치했다. '반쯤 야만족'이란 말은 내가 엄청 고심 끝에 선택한 어휘이다. 더블린 거리에서 흔히 볼 수 있던 범인(凡人)들은 더벅머리에 누더기를 걸친 사나운 사람들이었다. 해가 진

---

* 잉글랜드와 아일랜드가 법적으로 하나가 된 연방법은 1801년 1월 1일부터 효력이 발휘되었다. 1803년 7월 일어난 로버트 에멧Robert Emmett(1778~1803)의 쿠데타 시도는 그 연방의 취약성을 보여주는 단적인 예이다.

뒤에는 가장 탁 트인 공공장소도 안전하지 않았다. 대학교, 공공건물, (대부분 미완성이긴 했지만) 잘나가는 젠트리들의 저택은 화려했다. 그러나 국민들의 삶은 내가 보아온 그 어느 나라 상것들의 삶보다도 훨씬 더 비참했다. 신앙의 자유 역시 반밖에 허용되지 않았다. 구교 성직자가 되려면 어쩔 수 없이 그 나라를 떠나 해외에서 교육을 받아야 했다. 귀족 역시 다른 나라의 귀족들과는 사뭇 달랐다. 그곳에는 신교도 귀족이 있었고, 지방 마을에는 가난하고 무례한 신교도 지자체*가 있었으며, 그 지자체 소속으로 공적 발언권이 있어서 연설에 참여할 수 있는 시장, 시의원, 공무원 주변에는 파산한 수행원들이 들끓었다. 그러나 아일랜드 지배층과 하층민 사이에는 공감대도, 연계도 전혀 없었다. 나처럼 해외에서 교육을 잘 받고 자란 사람에게는 구교와 신교의 이런 차이가 두 배로 더 충격적이었다. 나는 바위만큼 신교에 대한 신앙심이 확고한 사람이었는데도, 우리 조부가 구교를 믿는 사람이었다는 사실을 떠올리지 않을 수 없었고, 그 둘이 꼭 그렇게 정치적으로 달라야만 하는 것인지 궁금했다. 나는 이웃들 사이에서 위험한 평등주의자로 통했다. 내가 그런 견해를 속으로 품기만 한 것이 아니라 겉으로 표현했고, 특히 교구 주임신부를 린든 성 우리 집 식탁에 초대하기도 했기 때문이었다. 그는 살라망카**에서 공부를 한 신사였는데, 내가 보기에는

---

* Protestant corporations: 찰스 2세는 1660년 즉위한 뒤 두 개의 반가톨릭 법률을 제정했다. 그 하나는 1661년 제정된 지방자치단체법(Corporation Act)으로 국왕에 대해 충성 서약을 하지 않은 사람, 성공회 세례를 받지 않은 사람은 지자체 관리로 채용될 수 없다는 법률이었고, 다른 하나는 1673년 제정된 심사율(Test Act)로 모든 공직자는 국교도에 한한다는 법률이었다. 따라서 1828년 이 두 가지 법률이 폐지되고 1829년 가톨릭교도 해방령(Roman Catholic Emancipation Act)이 시행되기 전까지 영연방에서 구교도는 공직자가 될 수 없었다.
** Salamanca: 1592년 스페인 살라망카에 설립된 아이리시칼리지Irish College를 말한

신교도를 고작 여남은 명밖에 자기 신자로 개종시키지 못한 사람, 귀족의 아들임에 틀림없는 사람, 다른 동료 성직자들보다 교육을 훨씬 더 잘 받아서 함께 어울리기에 훨씬 더 유쾌한 사람이었다. 그런데도 그는 주문으로 신자들을 홀리는 일이 거의 없었고, 그가 노동을 바치는 그 위대한 직업 현장은 개 사육장이나 투계장이었다.

린든 성은 우리의 다른 영지에 있는 성들만큼 확장하거나 개조하지는 않았지만, 그곳에 가면 거의 왕족 수준의 환대를 받았고 거기 머무는 내내 저택을 개방했기 때문에 나는 때때로 그곳을 방문하는 일이 너무나 만족스러웠다. 하지만 우리 어머니는 배리오그에 지은 새 저택을 더 좋아했기 때문에, 내가 성을 비울 때면, 외숙모, 즉 브래디 미망인과 미혼의 여섯 딸이 (하나같이 나를 혐오하면서도) 내 허락을 받고 그곳에 들어와 지냈다.

그즈음 불링던 경은 훌쩍 자라서 골칫거리 노릇을 톡톡히 하고 있었다. 나는 그 녀석을 아일랜드에 있는 적절한 관리자에게 맡기기로 결정했고, 그에 따라 브래디 부인과 그녀의 여섯 딸이 그 애를 돌봐주었다. 그 녀석은 그러려고 마음만 먹으면 늙은 여자들과도 얼마든지 사랑에 빠질 수 있었고, 그런 식으로 늘 제 양아버지 흉내를 냈다. 귀족 나리는 린든 성이 싫증나면 제 마음대로 우리 어머니의 저택으로 가 거기서 지냈다. 그러나 내 아들 브라이언 때문에 그 녀석과 우리 어머니 사이에는 더 이상 나빠질 감정 같은 것도 없었다. 지금 생각해보면 나 자신이 온 힘을 다해 그 녀석을 미워한 만큼 어머니도 진심으로 그 녀석을 미워했던 것 같다.

다. 아일랜드의 가톨릭 주교나 성직자가 되려면 이곳에서 신학을 공부해야 했다.

데번주는 이웃인 콘월주만큼 운이 좋지 않아서 그만큼 하원 의석수를 많이 보유하고 있지 않았다.* 내가 아는 콘월주 귀족 중에 자신의 영지에서 연 수입 몇 천 파운드를 거두어들이는 점잖은 지방 귀족이 한 명 있었는데, 그는 의원 서너 명을 선출해 의회로 보내고 그 의원들이 자신에게 제공하는 영향력을 장관들에게 행사함으로써 자신의 수입을 세 배로 늘리고 있었다. 그런데 의회에 미치던 린든 가문의 영향력은 장인인 백작의 무능함 때문에 내 아내가 미성년자였던 동안 엄청나게 약해져 있었다. 아니 좀더 정확하게 말하자면, 그 영향력은 가장 가까운 친척이자 후견인인 양 자신들의 피후견인과 친척을 대하면서 그들을 강탈해가는 팁토프 성의 능구렁이 위선자에 의해 린든 가문에서 팁토프 성으로 은근슬쩍 완전히 넘어가 있었다. 그리하여 팁토프 후작은 의원 네 명을 뽑아 의회로 보냈는데, 온 세상이 다 아는 바와 같이 그중 두 명의 의원이, 소속된 티플레톤 자치구는 우리의 핵튼 영지 바로 밑에 위치해 있었고 반대편 경계선을 팁토프 사유지와 맞대고 있었다. 백작이 신경을 쓰지 않는 동안에도, 팁토프가 작고한 백작의 어리석음을 이용해 자기 사람들로 의석을 채우기 전까지는 린든 가문 쪽에서 그 자치구 의원 두 명을 다 냈다. 그러다가 팁토프의 장남이 성년이 되자 백작은 당연하다는 듯 티플레톤 자치구의 의석 하나를 양보했다. 그런데 릭비(인도에서 활동 중이던 클라이브** 밑에서 부를 축적한 갑부 릭비)가

---

* 콘월주는 1821년까지 '부패한 자치구'로 악명을 떨쳤고, 그 결과 웨스트민스터 의회(당시 하원 의석수 588석)에서 44석이나 차지하고 있었다. 이와 달리 데번주는 26석밖에 의석을 확보하지 못했다. 1832년에 이루어진 선거법 개정(Reform Act)으로 콘월주와 데번주의 의석수는 각기 28석과 18석으로 줄어들었다.

** 1758년부터 1760년까지, 그리고 1765년부터 1767년까지 벵골 총독을 지낸 영국의 정치가 로버트 클라이브Robert Clive(1725~1774)를 말하며 존 릭비는 허구적 인물이다.

죽자 후작은, 자신의 둘째 아들, 그러니까 앞서 내가 독자들에게 소개했던 조지 포이닝스 경을 데려다 그 자리에 앉히면 딱 좋겠다고 생각하고는, 후작 나리답게 그를 의회로 보내 자신이 활동 중이던 야당, 즉 유서 깊은 거대 야당인 휘그당의 의석 수를 늘리기로 결심했다.

릭비는 죽기 얼마 전부터 건강 상태가 안 좋았는데, 독자들 짐작대로, 그의 건강이 점차 악화되는 상황을 앞서 말한 그 지방 귀족이 간과했을 리 없다. 그 향사는 기껏해야 이제 막 입문한 정치인이었는데도, 팁토프 경의 위험하고 파괴적인 원칙을 어찌나 혐오했던지, 내게 이렇게 말했다. "그동안 우리는 팁토프에 맞서 싸울 임자를 찾고 있었소. 그런데 반드시 핵튼 성 출신 후보여야만 팁토프와 맞설 수 있소. 린든 씨, 당신은 우리 편이니까, 맹세하는데 다음 총선에서 우리가 당신을 의회에 입성시켜주겠소."

나는 팁토프가 너무나 미웠기 때문에 어떤 선거에서든 그와 싸울 생각이었다. 팁토프 가문 사람들은 그냥 자기들만 핵튼 성을 방문하지 않은 것이 아니라, 우리랑 왕래를 하는 사람들이면 자기네 집으로 초대조차 하지 않았다. 심지어는 동네 여자들이 내 아내를 초대하는 것조차 하지 못하게 할 정도였다. 그들은 내가 이웃들을 접대하면서 사치와 난봉을 일삼는다는 반쯤 꾸며낸 터무니없는 헛소문도 퍼뜨렸다. 내가 아내를 겁박해 결혼했다든가, 내 아내가 가망 없는 여자라든가, 뭐 그런 말도 했다. 또 나랑 한 지붕 밑에 살다가는 불링던의 목숨이 안전하지 않을 것이라는 둥, 내가 불링던을 함부로 대한다는 둥, 내 아들 브라이언에게 물려줄 자리를 만들기 위해 내가 불링던을 멀리 쫓아버리고 싶어 한다는 둥, 그런 암시도 내비쳤다. 나는 핵튼 성으로 친구 한 명 초대하는 것조차 쉽지 않은데, 놈들은 내 식탁에서 비워져 나가는 술병의 개수까지 세고 있었다. 또 내가 변호사나 대리인들이랑 어떤 거래를 했는지도 샅샅이 캐냈다. 그래서 나한테 돈을 지불받지 못한 빚쟁이라도 한 명 있을라치면 팁토프 홀에서는 그 차용증에 쓰인 세부 조항까지도 낱낱이 알고 있었다. 내가 어떤 농부의 딸을 한 번 쳐다보기라도 하면, 내가 그녀를 망가뜨렸다는 말이 나돌았다. 시인하건대 나는 결점이 많은 인간이며, 가정적인 면에서는 어떤 원칙으로 보든 성미로 보든 내세울 것이 딱히 없는 사람이다. 그러나 레이디 린든과 나는 다른 상류층 사람들보다 부부 싸움을 더 많이 하는 것도 아니었고, 결혼 초반에는 혹 싸우더라도 언제나 곧바로 화해하곤 했다. 나는 확실히 오류투성이 인간이었지만, 팁토프 저택의 혐오스러운 험담꾼들이 묘사하는 그런 악마는 아니었다. 결혼 초 3년 동안은 술 마셨을 때 빼고는 아내를 때린 적도 없다. 불링던한테 고기 써는 칼을 날렸을 때도 나는 그 자리에 참석했던 사람들 모두가 증언해줄 수 있을 정도로 술에 취해 있었다.[28] 엄숙하게 선언하는데, 불쌍한 사내를 매장시키려는 조직적인 계략이 존재한다면, 나는 단순히 그 상대를 미워하는 것에 그치지 않는 인간이며(인간의 성향은 그의 힘 안에만 국한되는 것이 아니다) 그 상대에게 어떤 사악한 짓도 서슴지 않고 하는 인간이다.

그때 내게는 팁토프를 증오할 동기가 충분했고, 나는 그런 종류의 감정을 겉으로 표현하지 않고 묵혀두는 사람이 아니었다. 후작은 휘그당원이기는 했지만, 아니 어쩌면 휘그당원이었기 때문에, 숨 쉬고 있는 인간들 중에 가장 오만했다. 그리고 자신의 우상인 '위대한 백작 나리'*가 귀족 보관(寶冠)을 쓰고 난 뒤 그랬듯, 무수한 평민이 자신의 신발 끈

---

* 'The Great Earl': 채텀 백작에 봉해진 윌리엄 피트, 즉 대(大)피트를 말한다.

을 핥으라고 해도 자랑스러워하며 그것을 행할 미천한 신하인 양 그들을 대하는 위인이었다. 티플레톤 시장과 지자체가 후작을 섬기고 있을 때, 그들이 그 집을 방문하면 후작은 모자를 쓴 채 그들을 맞이하고는 시장에게 자리조차 권하지 않다가 다과가 들어오면 그 방을 나가버리기 일쑤였다. 그러지 않으면 집사의 방에서 고매하신 의원 나리의 시중을 드는 일을 그들에게 시켰다. 그런데도 그 우직한 잉글랜드인들은 내가 순전히 애국심에서 어떻게 하라고 일러주기 전까지는 그런 처사에 반발한 적이 없었다. 아니, 오히려 그 개들은 괴롭힘 당하는 것을 좋아하는 것 같았다. 그렇게 오랜 세월 다양한 경험을 쌓으면서도 내가 잉글랜드인과 결투한 일이 거의 없었던 것도, 그런 사고방식에서 벗어나 있는 잉글랜드인이 극히 드물었기 때문이다.

그들은 내가 눈을 뜨게 해주고 나서야 자신들이 그동안 수모를 당했다는 사실을 깨달았다. 나는 시장을 핵튼 성으로 초대하면서 (몸매가 풍만하고 예쁜 식료품상) 시장 부인도 불러서 내 아내 옆에 자리를 만들어줬고, 함께 드라이브나 하라며 두 여인에게 내 이륜마차를 내주기까지 했다. 레이디 린든은 비천한 신분의 여인과 어울리라는 그 지시에 매우 강하게 반발했지만, 내게는 그녀를 제압할 방법이 있었다. 속된 말로, 그녀는 성깔이 있었지만 나는 그녀보다 한 수 위였다. 성깔이라니, 하! 사나운 고양이는 성깔이 있지만 고양이 주인은 그 성깔을 제압할 수 있는 법이다. 그리고 지금껏 이 세상에 내가 제압할 수 없는 여자는 거의 없었다.

아무튼 나는 시장과 지자체를 매우 존중해서, 저녁으로 먹으라고 수사슴 고기를 보내기도 했고 내 집으로 초대하기도 했으며 으레 그들의 모임에 참석해 그들의 아내나 딸과 춤을, 그것도 한 곡이 완전히 끝날 때까지 함께 추곤 했다. 간단히 말해서 그럴 경우 필요한 정중한 행동은 모조리 다 동원했던 것이다. 팁토프 노인은 내 동태를 파악하고 있는 것이 분명했지만, 어찌나 높은 분인지 고개를 구름 속에 처박고 있어서, 자신의 왕조가 자신의 고장인 티플레톤에서 전복될 수도 있으리란 사실은 감히 상상조차 못 하는 것 같았다. 그래서 마치 튀르크족의 왕 술탄이 되기라도 한 것처럼, 티플레톤 주민들이 자신의 처분에 달린 수많은 노예보다 나을 것이 없는 존재들이기라도 한 것처럼, 자신의 명령 체계를 더 공고히 하려고만 들었다.

릭비의 병세 악화가 우리에게 어떤 자리를 제공하든, 그것은 내가 사람들을 저녁 식사에 초대할 수 있는 확실한 건수였다. 그런데 그런 일이 어찌나 잦았던지 나와 사냥을 함께 다니던 내 친구들은 웃으며 이렇게 말하곤 했다. "지자체가 핵튼 성에서 정찬 모임을 갖다니, 릭비의 병세가 더 나빠졌나 보군."

내가 의회에 입성한 것은 미국과의 전쟁이 발발한 1776년이었다. 그 시절 초인적 정당이라고 불리던 지혜로운 정당의 우두머리 채텀 경은 신탁이라도 받은 듯 상원에서 미국과의 전쟁에 반대하는 목소리를 높였다. 나의 동향 사람 버크 씨*는 위대한 철학자였지만 장황한 연설을 늘어놓는 지긋지긋한 웅변가, 하원의 결정에 늘 어깃장을 놓는 대표 주자이기도 했는데, 영국적 애국주의 덕분에 그를 지지하는 사람은 거의 없었다. 그 '위대한 백작 나리'의 명령이라면 검정색도 흰색이라고

---

* 1775년 채텀 경은 미국에 대해 회유 정책을 취하라고 왕에게 탄원하는 연설을 했다. 그는 상원에서 회유 정책을 옹호하는 확고한 입장을 고수했지만 영연방에서 미국이 독립하는 것에는 반대했다. 에드먼드 버크는 1775년부터 1782년까지 식민지 국민들과의 화해를 촉구하는 일련의 우아한 연설을 하원에서 이어갔다.

맹세했을 팁토프 노인은, 자신이 아메리카 형제라고 부르는 대상과 전쟁을 하느니 차라리 엔사인 계급을 버리고 제대하는 것을 택한 피트 경*을 모방해, 자신의 아들로 하여금 근위대 복무를 포기하게 만들었다.

그러나 상류층의 애국심에 함께 심취한 잉글랜드인은 아주 극소수였다. 우리 국민들은 적개심을 한번 품은 뒤부터는 진심으로 미국인을 증오했기 때문에, 렉싱턴 전투와 벙커힐**에서의 영광스러운 승전보가 전해지자 늘 그랬듯 또 양은냄비처럼 끓어오른 분노가 온 나라를 휩쓸었다. 중론(衆論)은 철학자들의 견해와 완전히 반대되는 방향으로 나아갔고 국민들은 천하에 둘도 없는 불굴의 애국자가 되어갔다. 젠트리들이 토지세***가 인상되고 나서 불만을 조금씩 표출하고는 있었지만, 내가

---

* William Pitt the Younger(1759~1806): 채텀 백작 윌리엄 피트의 큰아들로 동명의 아버지와 구분하기 위해 소(小)피트라고 부른다. 1783년 24세의 나이에 수상에 오른 정치가로 세금 제도와 의회 제도를 개혁했고 노예제 폐지를 지지했다. 프랑스혁명의 여파로부터 영국의 신분 질서를 보호하고 수상의 지위를 강화한 인물로 평가된다.

** battle of Lexiongton, battle of Bunker Hill: 렉싱턴 전투는 1775년 4월 18일 매사추세츠 렉싱턴에서 발발한 영국군과 미국 민병대 사이의 첫 교전이다. 영국은 이 전투에서 대패했고, 두 달 뒤인 6월 17일 일어난 벙커힐 전투에서 천신만고 끝에 승리를 거두었다. 이 전투에서 패한 미국 민병대는 어쩔 수 없이 퇴각했지만, 군수물자나 전투 경험 면에서 한참 부족한 자신들이 영국군에게 막대한 손해를 입혔다는 생각에 사기와 자신감을 높이는 결정적인 계기가 되었다. 미국 민병대 입장에서 보자면 단기적으로는 패배했지만 장기적으로는 전쟁을 승리로 이끄는 데 원동력이 된 전투였다. 따라서 이 전투에서 영국군이 거둔 승리를 '영광스러운 승리'라고 표현하는 것은 다소 어폐가 있다.

*** Land-Tax: 1692년 처음 도입된 토지세는 18세기 들어 각 지방의 토지 사정에 따라, 연 수입 1파운드당 1실링부터 4실링까지 차별적으로 부과되던 세금이었다. 영국은 7년전쟁에서 승리했지만 무리한 군비 확장으로 엄청난 국채를 떠안게 된 상황에서 다시 미국과 전쟁을 치르게 되자, 1776년 토지세를 1파운드당 4실링씩 획일하게 고정 징수하는 법안을 통과시켰다. 소(小)피트 내각은 또 세수 확보를 위해 고심한 결과 1798년부터 소득세(Income-Tax)를 징수하기 시작했는데, 그것은 전 세계 최초의 근대적 개념의 소득세 제도였다. 고소득자들에게 수입 규모에 따라 세금을 부과하는 이 소득세는 재산권 침해 논란과 함께 엄청난 조세 저항에 부딪혔고 결국 1802년 폐지

속한 정당은 서부 지방에서 아직 팁토프 일당에 맞서 강력한 힘을 발휘하고 있었기 때문에, 나는 지금껏 늘 그랬듯 전장에 나가 이기기로 결정했다.

후작 노인은 의회 선거전에 반드시 필요한 적절한 대비책을 깡그리 무시했다. 자신의 아들 조지 경을 후보로 내겠다는 의사와 함께 조지 경이 하원의원으로 반드시 선출되어야 한다는 자신의 바람을 지자체와 자영농들을 향해 표하기는 했지만, 그는 지지자들이 열심히 활동해야겠다는 마음을 먹을 수 있게 그들에게 맥주 한잔 사는 법이 없었다. 굳이 말할 필요는 없지만, 이에 반해 나는 내 지지자들을 위해 티플레톤에 있는 식당이란 식당과 술집이란 술집은 모조리 다 동원했다.

이미 여러 곳에서 스무 번도 더 언급된 투표 결과 이야기는 더 이상 할 필요가 없을 것 같다. 내가 팁토프 경과 그의 아들 조지 경의 손에서 티플레톤 자치구를 구해냈던 것이다. 이미 이야기한 바와 같이 한때 자신의 친척에게 홀딱 빠져 있던 아내에게, 그 작자와 맞서는 일, 그러니까 선거 당일 나를 상징하는 색깔 옷을 입고 그 색깔 깃발을 나누어주는 일을 억지로 떠맡겼을 때는 짜릿한 만족감마저 느껴졌다. 조지 경과 나란히 공개 토론 석상에 섰을 때 나는 대중을 향해 이렇게 말했다. 나는 이미 사랑에서도 그를 이겼고, 결투에서도 그를 이겼으니, 이제 의회에서도 그를 이겨야겠다고. 그리고 그 뒤 일어난 사건이 입증했듯 나는 그 말을 지켰다. 신사 배리 린든은 후작 노인을 이루 말할 수 없는 분노에 빠뜨리며 티플레톤 지역구 하원의원으로 선출되어 작고한 신사 존 릭비의 자리를 차지하게 되었던 것이다. 나는 다음 선거에서는

되었지만 1842년부터 다시 시행되었다.

보유한 의석 중 두 개를 더 잃게 될 것이라고 후작을 겁주고는 임무를 수행하기 위해 의회에 입성했다.

　내가 내 힘으로 아일랜드 귀족 신분을 획득해야겠다고, 내 사랑하는 아들이자 상속인인 아이가 내 뒤를 이어 그 즐거움을 누릴 수 있게 해주어야겠다고 진지하게 결심하게 된 것은 바로 그 무렵이었다.

제18장
나의 행운이 약해지기 시작하다

(내가 언젠가 내 몫이 될 풍족한 번영을 누릴 만한 자격이 있는 인간이 아니라는 주장을 여러 번 들은 적이 있어서 하는 말인데,) 지금도 내 인생사가 비도덕적이라고 여기는 사람이 있다면, 그 트집쟁이분들께 부디 내 모험의 결말까지 이 글을 읽는 호의를 내게 베풀어달라고 양해를 구하고자 한다. 결말에 이르면 내가 얻은 것이 그리 대단한 상이 아니었다는 사실을, 부와 사치와 연 수입 3만 파운드와 하원의원 자리 같은 것은 종종 상당히 높은 이자까지 쳐서 거래되는 상품일 뿐이라는 사실을 알게 될 테니까. 그런 즐거움은 개인의 자유라는 값을 치르고, 가시밭길 인생이라는 요금을 짐처럼 떠메고 구입해야 하는 것이므로.

골칫덩이 아내는 재앙이며, 이 말은 진실이다. 골칫덩이 아내를 모시고 살아가는 것이 얼마나 피곤하고 절망스러운 일인지, 한 해 한 해 세월이 흐를수록 그런 아내가 얼마나 점점 더 짜증스러워지는지, 그런 아내를 감당해야겠다는 용기가 얼마나 점점 더 약해지는지 직접 겪어보지 않은 사람은 절대 모른다. 결혼 첫해에는 가볍고 사소해 보이던 문제들도 10년이 지나면 견딜 수 없는 것이 되고 만다. 사전에 등장하는 고전주의 시대 사내* 한 명이 송아지 한 마리를 어깨에 메고 언덕을 오르기 시작해 매일 그 일을 반복했는데, 그 동물이 자라 커다란 황소가 된 뒤에도 사내는 그동안 함께 튼튼해졌기 때문에 어깨에 얹힌 동물을 쉽게 운반할 수 있었다는 이야기를 들은 적이 있다. 그러나 이 문제에 대해서만큼은 내 말을 곧이곧대로 믿으시길. 미혼의 젊은 신사들이여, 아내라는 동물은 등에 지면 스미스필드**에서 가장 우람한 암송아지보다도 훨씬 더 무거운 짐이 되고 만다. 독자들 중 단 한 명의 결혼만이라도 막을 수 있다면 나는 '신사 배리 린든의 회고록'을 힘들여 쓴 보람을 느낄 것이다. 그렇다고 해서 내 아내가 다른 아내들처럼 쨍쨍거리며 바가지를 긁었다는 말은 아니다. 그랬다면 차라리 어떻게든 그 버르장머리를 고칠 수 있었을 것이다. 오히려 그녀는 걸핏하면 울음을 터뜨리는 겁쟁이에 툭하면 넋두리를 늘어놓는 우울한 여자였는데 나는 그 편이 훨씬 더 끔찍했다. 아무리 그녀를 기쁘게 해줄 만한 일을 해도 나는 도저히 그녀를 행복하게, 혹은 기분 좋게 해줄 수가 없었다. 그러면 곧 그녀를 혼자 남겨두고 아주 자연스러운 내 방식대로 불쾌감만 주는 가정을 떠나서 즐거움과 벗을 찾아 해외로 나가버렸기 때문에, 그녀는 그 많은 결점 위에 야비하고 가증스러운 질투까지 갖추게 되었다. 나는 잠

---

* 아마도 고대 그리스 로마 시대의 운동선수였던 크로토나의 밀로Milo of Crotona를 말하는 것 같다. 영국의 고전학자 존 렘프리에르Dr. John Lempriere(1765~1824) 박사의 『고전 도서관 혹은 고전주의 사전*Bibliotheca Classica or Classical Dictionary*』에 따르면, 그는 엄청난 짐에 일찍이 스스로 익숙해져 자신도 모르는 사이에 괴물 같은 힘을 갖추게 된 사내였다. 일설에 따르면 그는 네 살부터 어린 수송아지를 어깨에 지고 높이 35미터가 넘는 언덕을 오르기 시작했는데, 훗날 주먹으로 그 황소를 때려잡아 하루 만에 다 먹어 치웠다고 한다.
** Smithfield: 우시장(牛市場)으로 유명한 런던의 지역구이다.

시도 다른 여자들한테 아주 평범한 관심조차 기울일 수가 없었는데도, 레이디 린든은 눈물을 훌쩍대며 자살해버리겠다는 협박 편지를 손으로 직접 써 보내곤 했는데, 그 이유가 무엇이었는지는 지금도 알 수가 없다.

보통 수준의 눈치를 갖춘 사람이라면 누구나 짐작할 수 있겠지만 그녀의 죽음은 내게 득 될 것이 없었다. 그러면 (이제는 훌쩍 자라서 껑충하니 키만 엉성하게 크고 거무죽죽한 사내가 되어버린, 그리고 곧 나의 최대 고민거리, 짜증거리가 될 예정인) 어린 악당 불링던이 마지막 한 푼까지 모든 재산을 상속받고, 나는 심지어 그녀와 결혼하던 옛날보다도 더 가난한 처지에 놓이게 될 터였다. 그동안 우리의 계급을 유지하는 데 레이디 린든의 수입은 물론 내가 따로 벌어들인 재산까지 모두 써버렸기 때문이다. 게다가 나는 푼돈에 불과한 레이디 린든의 수입을 저축하기에는 명예와 기백을 너무나 중시하는 사람이었다. 그래서 그 돈을 모두, 내가 따로 찬 돈지갑을 내어주지 않았다면 자신이 그렇게까지 린든 영지를 훼손할 수 없었을 것이라고 말하는 장식가의 아가리 속에 털어 넣었던 것이다. 그자는 내가 그렇게 고통스러운 처지에 놓여 있던 그때조차도 어딘가에 미리 금덩이를 잔뜩 숨겨놓았기 때문에 내가 원하기만 하면 크로이소스*가 되어 짠 하고 나타날 것이라고 믿는 인간이었다. 나는 레이디 린든의 부동산을 저당 잡혀 땡전 한 푼 빌린 적이 없다. 그저 명예로운 신사답게 그것을 그냥 써버렸을 뿐이다. 물론 나중에 보통 주식으로 전환된 차용증을 개인적으로 무수히 많이 발급해주

* Croesus: 기원전 6세기경 소아시아에 존재했던 리디아 왕국의 마지막 왕으로 부자의 대명사이다. 지금도 영어권에서는 엄청난 부자를 이야기할 때면 '크로이소스만큼 부유한 (as rich as Croesus)'이라는 표현을 쓴다.

기는 했다. 린든 가문의 대출금이나 채무와 별개로, 아내의 영지에서 지내는 동안 생활비로 쓰느라 내 이름으로 진 빚만 자그마치 12만 파운드에 달했다. 그러니까 공정하게 말하자면 그 부동산에 앞에서 언급한 것보다 훨씬 많은 액수의 내 돈이 들어가 있는 셈이었다.

앞서 이야기했듯 레이디 린든에 대한 지독한 혐오감과 불쾌감이 순식간에 내 가슴을 장악했는데도, 그리고 (늘 솔직하고 떳떳했던) 나는 대개 내 감정을 숨기려고 별다른 애를 쓰지 않는 사람이었는데도 그저 무심한 정도로만 그녀를 대했다. 그런데도 그녀는 어찌나 사고방식이 얄팍한지, 그 무관심에 대한 보답으로 계속 나를 괴롭혔고 내가 무심코 내뱉은 사소한 말 한마디에 눈에 쌍심지를 켜고 덤벼들곤 했다. 존경하는 독자들과 나, 우리끼리만 하는 이야기지만, 사실 그 시절 나는 영국 전체에서 가장 잘생기고 늠름한 젊은이였기 때문에 아내는 미친 듯이 나를 사랑했다. 안 그럴 수 있는 사람이 누가 있었겠느냐만, 흔히 하는 말로, 런던 상류층 여자 가운데 내 아내 딱 한 명만 이 미천한 아일랜드 투기꾼한테 호의를 보인 것이 아니었다는 이야기다. 여자란 참으로 수수께끼 같은 존재로구나! 나는 종종 그런 생각을 했다. 세상에서 가장 음탕하고 천박한 남자들을 사랑하려고 스스로 거칠어진, 세상에서 가장 우아한 여자들을 나는 성 제임스 교회에서 평생 보아왔다. 일자무식한 남자를 열렬히 사모하는 세상에서 가장 똑똑한 여자도. 그 외에도 부지기수다. 그 어리석은 생명들 안에는 이런 불일치가 끝도 없이 존재한다. 물론 **내**가 앞에서 언급한 사람들처럼 천박하고 일자무식한 남자라는 말은 아니다. (나는 내 출신이나 혈통을 비하하는 말을 한마디라도 감히 속삭이는 사내는 그 누구든 목을 따버리는 사람이다.) 그저 나 역시 레이디 린든이 그러려고 마음만 먹었다면 얼마든지 나를 미워할 수 있는 이유들을 수도 없이 제공했다는 말이다. 하지만 그녀도 어리석은 다른 여자들과 마찬가지로 이성이 아니라 사랑의 열병의 지배를 받는 여자였다. 그래서 우리가 함께 산 마지막 날까지도 내가 친절한 말 한마디만 건네면 나를 어루만지며 나와 화해하곤 했다.

다정함이 넘치는 순간이면 그녀는 이렇게 말하곤 했다. "아, **레드먼드**, 당신이 항상 날 이렇게만 대해줬으면!" 사랑이 샘솟는 그런 순간에 그녀는 세상에서 가장 설득하기 쉬운 사람이었다. 그런 때 서류를 내미는 일이 가능하기만 했다면, 그녀는 자기 재산을 모조리 날려버리는 서류에라도 서명을 했을 텐데. 하지만 시인하건대, 내 입장에서는 그녀를 기분 좋게 만드는 문제가 크게 신경 쓰이지는 않았다. 그녀와 함께 펠 맬가나 래닐러를 거니는 것, 상류층 인사들만 다니는 피커딜리 거리의 성 제임스 교회 미사에 그녀를 데려가는 것, 그녀를 위해 자그마한 선물이나 장신구를 사는 것, 그거면 그녀를 달래기에 충분했으니까. 여자란 그렇게 일관성 없는 존재인 것을! 그런 일을 해준 다음 날이면 그녀는 나를 '배리 씨'라고 부르곤 했다. 어쩌면 그러면서 그런 괴물 같은 남자와 부부의 연을 맺을 수밖에 없었던 자신의 기구한 팔자를 한탄했을지도 모르지만 말이다. 아무튼 그녀는 국왕 폐하가 다스리는 세 개왕국을 통틀어 가장 눈부신 사내의 이름을 부르는 것에서 기쁨을 느꼈던 것이다. 그리고 단언하는데 **다른** 아가씨들은 내 비위를 맞추는 말을 그녀보다 훨씬 더 잘했다.

그러면 그녀는 나를 떠나겠다고 협박하곤 했다. 하지만 나는 아들을 통해 그녀를 꼭 잡고 있었다. 그녀는 늘 브라이언을 열렬하게 아꼈는데 그 이유는 지금도 잘 모르겠다. 그녀는 장남인 불링던한테는 늘 무심해서 그 녀석의 건강, 행복, 교육 따위는 안중에도 없었던 것이다.

나와 귀부인 마님을 견고한 부부 사이로 맺어주고 있던 것은 바로 우리의 어린 아들이었다. 그녀는 내가 아무리 야심 찬 계획을 제안해도 그것이 가엾은 아이의 이익에 도움이 되는 것 같으면 서슴없이 동참했고, 어떤 식으로든 아이의 출세로 이어질 것 같으면 아무리 큰 비용이 들어도 주저 없이 지불했다. 내가 여기에서 밝힐 수 있는 내용은 이 나라 최고위층에까지 뇌물이 뿌려졌다는 사실이다. 국왕 폐하와 얼마나 가까운 최측근 왕족이, 그러니까 얼마나 대단한 유명 인사가 우리한테서 뇌물을 받아갔는지 내가 그 이름을 입에 올리기만 해도, 독자들은 놀라 까무러칠 것이다. 나는 잉글랜드와 아일랜드 양쪽 왕실의 문장관(紋章官)에게서 배리오그 남작의 혈통을 상세히 기록한 족보를 발급받은 다음, 우리 조상의 작위를 복권하고 그 보상으로 밸리배리 자작 자리도 내려달라는 탄원을 정중하게 올렸다. "이 머리에 곧 귀족 보관이 씌워지겠군요." 레이디 린든은 내게 다정하게 굴 때면 때때로 내 머리를 쓰다듬으며 그렇게 말하곤 했다. 정말이지 상원에는 나만 한 존재감도, 나만 한 용기도, 나만 한 혈통도, 아니 내가 갖고 있는 장점 중에 단 한 가지도 갖추지 못한 변변찮고 건방진 애송이들이 넘쳐났다.

　　지금 생각해보면, 귀족이 되고자 했던 그 분투야말로 그 시기 내가 했던 모든 불행한 거래들 중에서 가장 불행한 거래였다. 그 일을 성사시키려고 나는 듣도 보도 못 한 희생을 감수했다. 이곳에는 돈을 뿌리고 저곳에는 다이아몬드를 뿌렸던 것이다. 열 배나 비싼 가격에 땅을 매입했고, 감당할 수 없는 가격에 그림과 미술 골동품을 사들였다. 또 내 주장을 관철시켜줄 가능성이 있는, 왕족 측근인 친구들에게 끝없이 접대를 베풀었고, 국왕 폐하의 형제들인 왕족 공작들에게 거금의 판돈도 잃어줬다. 그런 일들은 너무나 쉽게 잊혔지만 내가 개인적으로 입은 피해 때문에 국왕 폐하께 충성심을 보이는 일을 소홀히 할 수는 없었다.

그 거래에 관련된 사람들 가운데 내가 공개적으로 이름을 밝힐 수 있는 사람은 늙은 능구렁이 사기꾼, 제13대 크랩스 백작 구스타프 아돌프뿐이다. 그 귀족은 국왕 폐하의 측근 실세에 속하는 신사였고, 존엄하신 군주께서 상당히 친하게 지내는 사람 중 한 명이었다. 두 사람 사이에 친분이 맺어진 것은 선왕 때였다. 왕이 왕세자 웨일스 공이던 시절 큐* 저택 중앙 계단 층계참에서 어린 백작과 배드민턴을 치다가 때로 짜증이 나면 그를 발로 걷어차곤 했는데, 그 바람에 어린 백작이 계단 밑으로 굴러떨어져 다리가 부러지는 사고가 일어났다. 자신이 그에게 저지른 폭력을 진심으로 뉘우친 왕세자는 자신이 부상을 입힌 그 사람을 가까운 동지로 삼았다. 풍문에 따르면 왕세자가 왕위에 올랐을 때 뷰트 백작**이 크랩스 경만큼 시기한 사람은 아무도 없었다고 했다. 뷰트 경은 어리석고 사치스러운 크랩스를 러시아를 비롯해 여러 나라에 대사로 파견함으로써 왕의 시야 안에서 그를 치워버렸다. 그러나 크랩스는 뷰트가 왕의 총신을 좌천시킨 그 조치를 대륙에서 재빠르게 알려왔고 즉각 국왕 폐하의 지근거리 자리에 임명되었다.

그런데 하필이면 내가 그 평판 나쁜 귀족과 불운한 친분 관계를 맺

---

 * Kew: 조지 2세의 장남인 웨일스 공 프레더릭은 1730년경 런던 서남부 큐 지방에 있는 한 저택을 장기 임대했고, 1751년 그곳에서 사망했다. 낡은 큐 저택은 1803년 철거되었다. 여기에서 언급된 웨일스 공 조지는 그의 장남이자 왕세자로 훗날 조지 3세가 된 인물이다.
** 제3대 뷰트 백작 존 스튜어트John Stewart, third Earl of Bute(1713~1792)를 말한다. 스튜어트는 프레더릭 왕세자와 오거스타 왕세자비 부부의 절친한 친구였다. 그는 또 부부의 아들, 그러니까 미래의 조지 3세에게 입헌군주로서의 예법을 가르친 왕실 교사이기도 했다. 1762년 과거 제자의 임명으로 수상 자리에 올랐지만 재임 기간은 1년도 못 되었다. 그런데도 그는 각료들이 짜증을 낼 정도로 조지 3세에게 계속 조언을 해대다가 1765년 둘 사이가 완전히 틀어지고 나서야 조언을 그만뒀다.

게 된 것이다. 레이디 린든과 결혼하고 런던에 갓 정착했을 때 나는 일 말의 의심도 품지 않았다. 크랩스는 정말로 전 세계에서 가장 제대로 유흥을 즐기는 사람이었기 때문에 그와 어울리면서 나 역시 진짜 즐거움을 맛볼 수 있었다. 게다가 내게는 왕국 내 최고위층 유명 인사들과 그렇게 가까운 사람이 속한 모임에 연줄을 대고 싶은, 이해관계에 따른 욕망도 있었다.

그 작자 말을 듣다 보면 그자가 임명에 관여하지 않은 관직이 거의 없는 듯한 착각이 들었다. 그는 관직에서 쫓겨난 찰리 폭스*를 그 예로 들었는데, 불쌍한 찰리보다 자신이 그 사실을 하루 먼저 알고 있었다는 것이었다. 또 그는 하우** 형제가 언제 미국에서 돌아오는지, 그 자리에 누가 후임자로 내정되어 있는지도 내게 말해줬다. 여기에서 그 사례를 더 늘어놓지는 않겠지만, 배리오그 남작과 밸리배리 자작 작위를 내려달라는 내 주장을 관철시키기 위해 내가 가장 믿고 있던 구석은 바로 그자였다.

그 야심이 내게 부과한 비용 가운데 주된 지출 항목 중 하나는, 아일랜드에 있는 린든 성과 핵튼 영지에서 일개 중대의 보병을 선발해 그들을 무장시키는 데 들어간 돈이었다. 나는 미국에 보내 반역자들과 맞서게 하라고 그 보병대를 은혜로운 군주께 바쳤다. 최고의 군복과 군

---

* 1770년 수상에 임명된 제2대 길퍼드 백작 노스Frederick North, Earl of Guilford (1704~1790)의 내각에서 재무부 차관을 지냈으나 1774년 6월 왕에 의해 파면되었다. 노스의 내각은 1782년까지 유지되었다(211쪽 각주 참조).

** 영국의 장군 리처드 하우Richard Howe(1726~1799) 백작 형제를 말한다. 7년전쟁 해전에서 전공을 세운 리처드 하우는 1776년 2월 해군 총사령관에 임명되어 미국 독립전쟁에 참전했다. 그의 동생 윌리엄 하우William Howe(1729~1814) 장군은 육군 사령관이었다. 형제는 1777년 사임 의사를 밝혔으나 이듬해 봄이 되어서야 왕의 공식적인 허가가 떨어졌다.

장을 갖춘 그 보병대는 1778년 포츠머스에서 출항했다. 자진해서 보병대를 조직한 신사의 애국심을 왕실은 아주 반겼고 그 덕분에 나는 노스 경의 주선으로 국왕 폐하를 알현하게 되었는데, 그때 폐하께서 황송하게도 각별히 내게 알은체를 하면서 이렇게 말씀하셨다. "잘했소, 린든 씨. 보병대를 한 중대 더 조직해 파병하시오!" 하지만 독자들 짐작대로 나는 그럴 생각이 전혀 없었다. 연 수입 3만 파운드의 사내는 언제나 평범한 거지로 전락할 위험을 안고 살아가는 바보다. 그런 이유로 나는 내 친구 잭 볼터의 행동을 늘 존경했다. 세상에서 가장 적극적이고 단호한 기병대 기수였던 잭은 자신의 수중에 들어올 수 있는 것은 무엇이든 실랑이를 벌여서라도 싹싹 긁어모으는 일에 늘 열을 올렸다. 민덴 전투 직전 잭은 성공한 육군 군납업자였던 숙부가 자신에게 연 수입 5천 파운드를 남기고 세상을 떠났다는 소식을 들었다. 그래서 곧바로 제대를 신청했지만 작전이 실시되기 전날이어서 그 신청은 거부되었다. 그 친구는 그 명령을 받아들였지만 다시는 총을 쏘지 않았다. 딱 한 번, 그의 용기에 의문을 제기한 장교의 머리통을 냉정하고 단호한 태도로 날려버렸을 때만 빼고. 자신의 제대 신청이 비겁함이 아닌 신중함, 그리고 자신의 돈을 누리고자 하는 열망에서 비롯된 것이었음을 만천하에 알린 것이었다. 그는 그렇게 군인이라는 직업을 때려치웠다.

내가 핵튼 보병대를 모집하고 있을 때 열여섯 살 양아들은 입대를 하고 싶어 안달이었고, 나는 그 어린놈을 치워버리는 일에 기꺼이 동의할 생각이었다. 그러나 내가 하는 일이라면 무조건 딴죽을 걸고 보는 그의 후견인 팁토프는 입대를 허락하지 않았고, 군인이 되고 싶다는 그녀석의 마음도 곧 수그러들었다. 솔직히 말해서 나는 지금도, 그때 그녀석이 그 원정대에 참여할 수 있었더라면, 그리고 반란군의 소총이 그

녀석의 숨통을 끊어주었더라면 내가 그렇게 비통해할 일도 없었을 테고, 나의 다른 아들이 자신의 아버지가 각고의 노력 끝에 얻어낸 영지의 상속자가 되는 모습을 기쁜 마음으로 지켜볼 수도 있었을 것이라 믿고 있다.

사실 그 젊은 귀족이 그때까지 받은 교육은 참으로 방만한 것이었다. 아니, 아마도 진실은 이것이리라. 내가 그 어린놈을 방치했다는 것. 그 녀석은 천성적으로 너무나 거칠고 난폭하고 반항심이 많은 아이라 나는 그 녀석에게 최소한의 관심을 둔 적도 없었다. 나와 제 어미 앞에서까지 어찌나 침울하고 뚱한 모습을 보였는지 나는 녀석에게는 교육도 쓸모가 없는 모양이라고 생각하고는, 자신을 변화시키는 일을 대체로 그 애 자신에게 맡겨버렸다. 지난 2년 내내 그 애는 우리랑 떨어져 아일랜드에서 지냈다. 혹 그 녀석이 잉글랜드에 오더라도, 우리가 자연스럽게 어울리는 수도의 고상한 모임에는 걸맞지 않은 무례하고 볼품없는 녀석이었기 때문에, 우리는 녀석을 주로 핵튼 성에 처박아놓고 아무런 신경도 쓰지 않았다. 그와 달리 가엾은 내 아들은 내가 본 아이들 가운데 가장 정중하고 매력적이었다. 나는 그 애가 어디를 가든 각별히 친절한 대우를 받는 것이 기뻤다. 채 다섯 살도 되기 전에 그 어린 신사는 고상하고 아름답고 혈통 좋은 멋쟁이가 되어 있었다.

사실, 그 애는 부모가 제공하는 보살핌, 사방에서 후하게 쏟아지는 관심 때문에 달리 자랄 수가 없는 아이였다. 그 애가 네 살 때 나는 그동안 그 애를 돌보아준, 그리고 내 아내가 질투해 마지않던 잉글랜드인 보모와 싸우고 나서, 파리 상류층 가정에서 자란 프랑스인 가정교사를 새로 구했다. 물론 레이디 린든은 그 여자한테도 질투를 느꼈지만 말이다. 나의 어린 악당은 그 젊은 여선생 밑에서 세상에서 가장 사랑스럽게 쨱쨱대며 프랑스어로 말하는 법을 배웠다. 그 사랑스러운 악동이 프랑스어로 "모르 데 마 비Mort de ma vie!(죽일 놈의 인생)"라고 욕하는 것을 직접 들었다면, 그 자그마한 발을 콩콩 구르며 집안일을 하는 시골뜨기 상것들한테 '트랑테 밀 디아블라trente mille diables(악마 3천 명, 즉 못된 장난이라는 뜻)'를 날리는 모습을 직접 보았다면 독자들도 절로 미소를 지었을 텐데. 그 애는 매사에 조숙했다. 아주 어려서부터 이 사람 저 사람의 흉내를 내곤 했는데, 심지어 다섯 살부터는 식탁에서 우리랑 함께 샴페인을 잔에 따라 마신 아이였다. 가정교사는 그 애에게 프랑스 노래도 조금씩 가르쳤는데, 최근에 파리에서 유행한 바드와 콜라르*의 노래는 역시나 사랑스러웠다. 프랑스어를 이해하는 청자들은 모두 그 애의 말에 웃음을 터뜨리곤 했다. 분명히 말하자면, 물론 그 애 어머니의 모임에 참여해도 좋다는 허락을 받은 노부인들 중에는 분개한 사람도 몇 명 있기는 했다. 하지만 레이디 린든을 존경한다든가 뭐라든가 하는 사람들을 초대하는 일을 내가 장려하지 않았기 때문에 그런 사람이 많지는 않았다. 그들은 모두 재미로 일을 망치는 우울한 훼방꾼들, 시샘 많고 속 좁은 고자질쟁이들이라서 걸핏하면 나와 아내를 이간질하려고 들었다. 언제든 통 넓은 치마를 입고 하이힐을 신은 그 심각한 유명 인사들이 핵튼 성이나 버클리 광장에 모습을 드러내기만 하면 그들을 겁주어 쫓아내는 것이 내게는 가장 즐거운 장난이었다. 그래서 나는 그 한물간 노파들을 겁주려고 어린 브라이언으로 하여

---

* 장 조제프 바드Jean-Joseph Vade(1719~1757)는 유명한 작곡자이자 극작가, 희가극 작곡가였다. 18세기에는 콜라르라는 이름의 음악가가 없었다. 어쩌면 새커리는 1726년 베르사유에서 왕실 음악 선생을 지낸 작곡가 프랑수아 콜린Francois Collin(1690~1760)을 떠올렸을 수도 있다.

금 춤추고 노래하는, 인간의 형상을 한 악마 짓을 하게 만들었고 직접 아이를 돕기까지 했다.

핵튼 성의 주임신부인 구닥다리 노인네가 했던 진지한 불평을 나는 영원히 잊지 못할 것이다. 그는 어린 브라이언한테 라틴어를 가르치려고 한두 번 시도해보았지만 아무 보람이 없었다. 그 신부에게 자녀가 많아서 내가 간혹 그 애들과 어울려도 좋다고 브라이언에게 허락을 해주었다. 그 애들이 브라이언한테서 프랑스 노래 몇 곡을 배웠고, 애들 엄마는 프랑스어보다는 피클과 커스터드 크림에 대해 훨씬 더 잘 아는 가련한 영혼이었는데도 애들더러 프랑스 노래를 불러보라고 다정하게 부탁을 하곤 했다. 그러나 애들 아버지는 어느 날 그 노래를 듣더니, 아내를 침실에 가두고 한 주 동안 식모 사라 양 편에 빵과 물만 들여보냈다. 그러고는 모든 형제자매들과 브라이언이 있는 자리에서, 그 채찍질이 브라이언에게 경고가 되길 바라면서, 앞장서서 노래를 부른 제이콥 도령을 채찍으로 때렸다. 그러자 나의 어린 악동은 늙은 사제의 정강이를 마구 걷어차 그를 거꾸러뜨렸고, 사제는 프랑스어로 '젠장, 제기랄, 빌어먹을' 등의 욕설을 연발하며 어쩔 수 없이 교회 관리인을 불러 아이를 붙잡게 했다. 그 뒤로 아이의 어린 친구 제이콥은 학대를 당하지 않게 되었다. 하지만 그 일로 사제는 브라이언의 사제관 출입을 금했다. 그 사실을 알고 나는, 성직자 교육을 받고 있던 그의 장남이 핵튼 성에서 아버지의 대를 이어 먹고사는 일은 절대 일어나지 않을 것이라고 맹세했다. 원래는 그 친구에게 그 자리를 주려고 생각하고 있었는데 말이다. 그러자 그의 아버지는 내가 제일 싫어하는 위선적인 설교조로, 주님의 뜻은 반드시 이루어지기 마련이라고, 주교가 될 자기 아이들이 반항하거나 타락하는 꼴을 자기가 가만 두고 보지만은 않을 것이라고 말했다. 그러고는 라틴어 인용문으로 가득한 거만하고 비장한 편지 한 통을 내게 써 보냈다. 나와 내 가정에 절교를 알리는 편지였다. 늙은 신사는 편지 말미에 이렇게 덧붙였다. "저는 회한에 차서 이 편지를 씁니다. 그동안 핵튼 가족으로부터 어찌나 친절한 대우를 받았던지, 진심으로 나리 가족과 연을 끊어야겠다는 마음이 듭니다. 제가 나리 곁을 떠나는 일로 불쌍한 제 가족이 험한 일을 겪게 되지나 않을까 걱정입니다. 이제부터 괴로움과 고통의 대표적인 사례로 나리의 관심사 목록에 오르게 될 제 무능함도요. 훗날 나리가 괴로움과 고통이 무엇인지 알게 되면 저는 이렇게 말함으로써 정의를 실현할 것입니다. 나리의 관대함이란 것은 늘 순식간에 사라지는 것이었다고요."

그 뒤로 그 노신사가 온갖 탄원서로 나를 끝도 없이 괴롭힌 것을 보면, 그 편지의 내용이 어느 정도 진실이었는지도 모른다. 그 탄원서들이 노신사가 자신의 주머니에서는 한 푼도 내지 않고 운영 중이던 자선단체에서 온 것들이라는 사실을 나는 확실히 알고 있다. 핵튼 성에서 먹던 훌륭한 저녁이 우리랑 단호하게 친분 관계를 끊던 그 순간 그가 느낀 회한의 주된 원인이었던 것은 아닌지 심히 의심스럽다. 그리고 또 나는 그의 아내가 브라이언의 가정교사 마드무아젤 루이종과의 교류를 포기해야 하는 상황을 못내 아쉬워한 사실도 알고 있다. 루이종은 손가락 끝에서도 프랑스의 온갖 최신 유행이 뚝뚝 떨어지는 여자였기 때문이다. 그녀는 한 번도 사제관에 간 적이 없었지만, 일요일 오후면 새 원피스나 망토를 입은 그 집안 딸들의 모습을 볼 수 있었는데 말이다.

나는 일요일 설교 시간에 신도석에 앉아 매우 큰 소리로 코웃음을 침으로써 그 늙은 반역자한테 벌을 주곤 했다. 그러고는 브라이언이 여자들의 사회와 후견인의 보호에서 벗어나기에 충분한 나이가 되자 기쁜 마음으로 브라이언의 관리자 겸 나의 개인 사제를 따로 채용했다. 브라이언의 잉글랜드인 보모는 꽤 많은 지참금을 챙겨서 내 수석 정원사와 결혼시켰고 브라이언의 프랑스인 가정교사는 훨씬 나중에 역시 지참금을 잊지 않고 챙겨서 나의 충직한 독일인 시종 프리츠에게 시집보냈다. 그 부부는 소호에 프랑스 식당을 차렸는데, 내가 이 글을 쓰고 있는 지금, 틀림없이 그들의 너그럽고 손 큰 주인보다 세상 재산을 더 많이 소유한 부자가 되어 있을 것이다.

브라이언을 위해 새로 채용한 젊은 신사는 옥스퍼드에서 수학한 에드먼드 라벤더 사제로, 아이한테 농담할 때 써먹을 라틴어를 가르치고 역사, 문법을 비롯해 신사의 기본 조건에 해당하는 여러 학식의 기초를 다져주는 일을 맡았다. 라벤더는 핵튼 성 사교 모임의 소중한 깍두기였고, 그곳에서 큰 재미를 느끼려면 그가 있어야 했다. 우리가 주고받는 모든 농담의 대상은 라벤더였고, 그는 순교자처럼 감탄스러울 정도의 인내심을 발휘해 그 수모를 참아냈다. 그는 위대한 남자라면 그를 못 보고 그냥 지나치는 법 없이 꼭 발길질을 하고 지나갈 것 같은 그런 사내였다. 나는 종종 동석한 사람들의 면전에서 그의 가발을 벗겨 벽난로 불 속으로 집어넣었는데 그러면 그는 거기 있는 다른 사람들만큼 크게 웃음을 터뜨리곤 했다. 그를 펄펄 날뛰는 말에 태우거나 사냥개를 풀어 쫓게 만드는 것도 재미있었다. 그러면 그는 창백한 얼굴로 땀을 뻘뻘 흘리며 우리를 불러대고, 멈추어달라고 주님을 찾아대고, 그 소중한 목숨을 지키려고 말갈기며 껑거리끈이며 되는대로 부여잡고 난리도 아니었다. 그 친구가 어떻게 여태 죽임을 당하지 않고 살아 있는지 알 수가 없었다. 하긴 교수형도 한 가지 방법이기는 했다. 그러면 그의 목뼈도 뎅강 부러져버릴 테니까. 그는 사냥 대결 중에도 이렇다 할 사고 한

번 당하는 일이 없었다. 그리고 정찬 때면 테이블 맨 끝 자기 자리에서 펀치를 말고 있는 그의 모습을 어김없이 볼 수 있었는데, 그런 날이면 술에 취해 만신창이가 되어 날이 새기 전 침대로 옮겨지곤 했다. 브라이언과 내가 그런 날 그의 얼굴에 시커멓게 낙서를 한 적이 한두 번이 아니었다. 우리는 그를 귀신 들린 방에 가두어놓고 유령이 혼을 빨아먹을 거라고 겁을 주기도 했고, 그의 침대에 한 무더기 쥐를 풀기도 했다. "불이야!"라고 외치면서 그의 부츠로 물을 가득 받기도 했고, 그의 설교 의자 다리를 부러뜨리기도 했으며, 그의 설교 책에 코담배 가루를 잔뜩 뿌려놓기도 했다. 불쌍한 라벤더는 인내심을 발휘해 그 모든 것을 참아냈다. 그러면 우리는 파티를 열거나 런던에 갈 때, 마치 자신이 진짜 상류층 사회에 속한 사람인 양 상상할 수 있게끔 그를 신사들 틈에 끼워줌으로써 그 모든 것을 후하게 보상했다. 나는 그 친구가 우리 교구 주임신부에 대해 경멸조로 험담하는 것이 듣기 좋았다. 그는 이렇게 말하곤 했다. "그 양반 아들이 서비터*랍니다. 나리, 그것도 아주 보잘 것없는 대학의 서비터예요. 존경하는 나리께서 어떻게 핵튼 성 사제직을 그렇게 막 자란 녀석에게 줄 생각을 하실 수가 있습니까?"

이제 나의 다른 아들, 아니 레이디 린든의 아들, 그러니까 불링던 자작 이야기를 좀 해야겠다. 나는 그를 몇 년 동안 아일랜드에, 내가 린든 성에 정착시킨 우리 어머니의 보호 밑에 처박아두었다. 단언컨대 그 일의 최적임자였던 선량한 어머니는 굉장히 비장하고 거만한 태도

---

* servitor: 서비터는 고어(古語)로 '남자 하인'을 뜻하지만 18세기에는 좀더 독특한 의미가 있었다. 옥스퍼드대학교에서 수업료와 기숙사 이용료를 먼저 감면받고 그 대가로 식당에서 음식을 나르거나 쓰레기를 치우는 등 궂은일을 도맡아 하는 학부생을 일컫는 표현이었다. 새뮤얼 존슨의 『영어 사전』에 나오는 서비터의 정의는 '대학교 내에서 가장 신분이 낮은 하층민'이었다.

로 그 일을 수행했다. 어머니의 유난스러운 성격 덕분에, 린든 성의 영지는 우리가 소유한 모든 영지 가운데 가장 잘 관리되고 있었다. 지대 (地代)가 눈부실 정도로 잘 걷혔는데도, 그 어떤 토지 관리인의 감독 아래 놓여 있을 때보다도 징수원은 더 적게 썼다. 본인 말마따나 두 가문의 체통을 지키고 있었는데도 그 선량한 과부가 지출하는 경비가 얼마나 적은지 놀라울 지경이었다. 어머니는 그 젊은 귀족의 수발을 들면서 세워놓은 몇 가지 집안 규칙이 있었다. 일단 어머니는 여섯 마리 말이 끄는 낡은 도금 마차가 없으면 외출을 하는 법이 없었다. 집은 늘 깨끗하고 엄격하게 관리되었고, 가구와 정원의 손질 상태 역시 최고였다. 나는 어쩌다가 아일랜드에 가면 여러 집을 방문했는데 우리 집처럼 관리 상태가 좋은 집은 한 번도 본 적이 없다. 성에는 집안일을 하는 처녀 스무 명 정도와 성을 보수하고 관리하는 남자 하인 열 명 정도뿐이었다. 그런데도 모든 것을 최상의 상태로 유지하다니, 최고의 가정주부만이 할 수 있는 일이었다. 그 모든 일을 알아서 처리했는데도 어머니는 우리에게 요금을 청구한 적이 거의 없었다. 성의 사유지에서 양 떼와 소 떼를 키워서 밸리나슬로에서 목돈을 벌어들였기 때문이다. 어머니가 도대체 얼마나 많은 마을에 버터와 베이컨을 공급하고 있었는지 나는 알지 못한다. 그리고 린든 성 텃밭에서 키운 과일과 채소는 더블린 시장에서 최고가로 거래되었다. 어머니의 부엌에는 낭비라고는 없었는데, 그 시절 우리 아일랜드의 집들은 대부분 그랬다. 어머니는 물만 마셨고 어울려 지내는 사람이 거의 없거나 아예 없었기 때문에 창고에 쌓아둔 술의 소비량 역시 없었다. 어울리는 사람이라고 해봐야 여자두어 명뿐이었는데, 그중 한 명이 내가 소싯적 불꽃을 바쳤던 노라 브래디, 지금의 퀸 부인이었다. 남편과 함께 거의 모든 재산을 다 써버린 노라가 나를 만나러 런던에 온 적이 한 번 있었다. 두 아이를 양옆에 달고 온 노라는 몹시 늙고 뚱뚱하고 추레해 보였다. 나를 본 노라는 한참을 울더니 나를 '선생님', 또는 '린든 씨'라고 불렀지만, 나는 그런 호칭 따위에 연연하지 않았다. 그녀는 내게 자기 남편을 도와달라고 애원했고, 나는 내 친구 크랩스 경을 통해 아일랜드 세무서에 자리를 만들어주고 그와 그 가족이 그 나라로 돌아갈 수 있게 뱃삯까지 치러줌으로써 그 부탁을 들어주었다. 퀸은 더럽고 시무룩한 얼굴로 칭얼대는 술주정뱅이가 되어 있었다. 가엾은 노라를 보고 있자니, 그녀를 내가 성스러운 존재로 여기던 시절이 있었다는 사실이 의아할 뿐이었다. 하지만 나는 늘 여자를 배려해온 사람인 만큼 그녀의 변함없는 평생 친구로 남았고, 그리하여 나의 관대하고 충직한 성품을 잘 보여주는 앞에서와 같은 사례를 천 가지씩이나 늘어놓을 수 있게 된 것이다.

젊은 불링던은 우리 어머니가 자신이 통제하지 못하면 어쩌나 우려를 표한 거의 유일한 인물이었다. 어머니가 처음 불링던 이야기를 써 보냈을 때 나는 부모로서 상당히 마음이 아팠다. 그는 모든 규칙과 권위를 거부했고, 운동을 하거나 다른 곳을 헤매다니느라 몇 주씩 집을 비운다고 했다. 집에 있을 때도 저녁에 피켓 게임을 하자는 어머니의 제안을 거절하고는, 머릿속을 뒤죽박죽으로 만들어버리는 곰팡내 나는 책 더미에 파묻혀 지내거나 침묵을 지키는 등 계속 괴상하게 굴었다. 그리고 그는 거실에서 젠트리들이랑 어울리는 일보다 하인들의 거처에서 배관공이나 하녀들이랑 시시덕거리는 일이 더 잦았다. 또 늘 조롱을 곁들여 배리 부인에게 농담을 건넸는데 그러면 (농담에 대한 이해력이 떨어지는) 어머니는 사납게 짜증을 내곤 했다. 한마디로 그는 반항과 수치로 얼룩진 삶을 살고 있었다. 결국 그 젊은 망나니는 교구 사제인 로미시 신부의 모임에까지 무시로 드나들었는데, 로미시 신부는 프랑스인지 스페인인지에서 가톨릭 신학대학을 나온 전형적인 가톨릭 악당이었다. 트리니티칼리지를 졸업한 신사, 자기 소유의 사냥개를 키우고 하루에 술을 두 병씩 비우는 신사인 린든 성의 국교 사제를 두고 그런 곳에 드나들다니.

그러나 내가 그 녀석의 종교를 배려한답시고, 그동안 그를 대해온 방식을 바꾼 것은 아니었다. 일생 동안 내 삶에 길잡이가 되어준 한 가지 원칙이 있다면 그것은 영국국교회에 대한 존중과 그 외 모든 다른 형태의 신앙에 대한 진심 어린 경멸과 혐오였기 때문이다. 17××년 내 프랑스인 경호원을 더블린으로 파견해 그 젊은 배덕자를 데려오게 했더니, 불링던이 아일랜드에 머무는 마지막 밤까지도 밤새도록 그의 구교도 친구와 함께 성당에서 지냈고 그 일로 떠나는 마지막 날 우리 어머니와 심하게 싸움을 했다는 보고가 돌아왔다. 그런데 어머니의 조카 비디와 도시가 그가 떠난다는 소식에 몹시 아쉬워하는 것처럼 보였는지 불링던이 그 두 여자에게는 완전히 다른 태도로 키스를 했다고 했다. 불링던은 국교 사제를 방문하고 가라는 어머니의 압력에 대해서는 그가 사악한 바리새 노인이라고 답함으로써 그 명령을 단호히 거절했다. 그는 그 사제의 방 안에 한 발짝도 들여놓지 않을 생각이었던 것이다. 사제는 내게 편지를 써, 평소 부르던 대로 불링던을 지옥에서 온 젊은 악마라고 부르면서 그가 저지르는 개탄스러운 잘못들에 대해 경고했다. 그 편지만 봐도 그 두 사람 사이에는 서로 상할 감정조차 없음을 알 수 있었다. 하지만 불링던이 그 나라 젠트리들과는 잘 안 맞았을지 몰라도, 평민들한테는 엄청나게 인기가 많은 모양이었다. 그의 마차가 출발할 때 린든 성 대문 주위는 눈물을 훌쩍대며 모여든 평민들로 그야말로 인산인해였다. 무식하고 야만적인 상것들 수십 명이 그의 마차 옆에서 수 킬로미터를 따라 달렸고, 심지어 그 인파의 일부는 불링던이 출발하기 직전 모습을 감추었다가 오로지 그에게 마지막 작별 인사를 전하려고 더블린 피전 하우스에 다시 나타나기까지 했다. 배에 몸을 숨겨 잉글랜드까지 젊은 귀족을 따라갈 수 없게 그 사람들을 제지하는 것만도 보통 큰일이 아니었다.

공정하게 말하자면, 우리가 있는 곳에 도착했을 때 그 젊은 악당은 남자답고 귀족다워 보이는 사내가 되어 있었고, 그의 내면과 외면에 담겨 있는 모든 점들이 그의 출신인 고귀한 혈통을 손짓해 불러내고 있었다. 핵튼 성 갤러리에 걸려 있던 초상화 속 린든 일족 기사들의 가무잡잡한 얼굴의 일부가 그의 얼굴 속에 그대로 살아 있었다. 그 녀석은 핵튼 성에만 가면 서재에서 꺼내온 곰팡내 나는 낡은 책을 잔뜩 쌓아놓고 대부분의 시간을 보내는 버릇이 있었는데, 나는 멀쩡한 젊은이가 책만 들여다보고 있는 꼴이 보기가 싫었다. 그는 언제나 내 면전에서 더없이 엄격한 침묵, 거만하고 조롱 어린 태도를 고수했다. 그의 전반적인 태도는 비할 데 없을 정도로 거만하고 무례했는데도, 실제로는 그 행동에서 딱히 잘못이라고 꼬집어낼 만한 점이 없어서 훨씬 더 불쾌했다. 그의 어머니는 그를 맞이하면서 몹시 불안한 태도를 보였다. 하지만 그런 불안감을 느꼈다고 하더라도 그는 그런 티를 낼 인간이 결코 아니었다. 그저 어머니의 손에 입을 맞추며 형식적으로 깊이 고개를 숙였을 뿐이다. 그런 다음 내가 손을 내밀자 그는 뒷짐을 지고는 내 얼굴을 물끄러미 바라보다가 고개를 까닥이며 말했다. "저는 배리 린든 씨를 믿습니다." 그러더니 홱 돌아서서 자신이 늘 '귀부인 마님'이라고 부르는 어머니에게 날씨 이야기를 늘어놓기 시작했다. 그녀는 아들의 당돌한 태도에 화를 냈고, 두 사람만 있을 때 제 아버지와 악수조차 하지 않은 것을 심하게 나무랐다.

"제 아버지라고요? 귀부인 마님께서 뭔가 잘못 알고 계시는군요. 제 아버지는 명예로운 찰스 린든 경이었습니다. 다른 사람은 다 잊었을지 모르지만 적어도 **저**만큼은 그분을 잊은 적이 없습니다." 그것은 나를 향한 선전포고였고 나는 그 점을 단박에 알아챘다. 분명히 말하는데 나는 우리한테 온 그 소년을 반갑게 맞이하고 그와 친구처럼 함께 살아갈 의향이 충분히 있었다. 그리고 나는 원래 사나이로서, 내가 대접받은 대로 상대를 대접하는 사람이다. 나중에 내가 그 젊은 배덕자와 벌인 싸움에 대해, 그 뒤 내 어깨에 배어버린 사악함에 대해, 누가 감히 나를 비난할 수 있겠는가? 어쩌면 정말로 내가 이성을 잃어서 그 녀석을 점점 더 심하게 막 대하게 된 것인지도 모른다. 하지만 애초에 싸움을 건 사람은 내가 아니라 그 녀석이었다. 그리고 그 싸움에서 비롯된 나의 사악함이라는 결과 역시 전적으로 그의 창조물이었다.

악행은 미연에 그 싹을 제거하는 것이 상책이고, 한 가정의 가장은 그런 방식으로 권위를 세우는 것이 최선책이다. 그래야 그에 대한 의심이 남지 않는다. 그래서 나는 불링던 도령과 첫번째 접전을 벌일 수 있는 기회를 노렸고, 그 녀석이 도착한 바로 다음 날 내가 요구한 임무를 수행하기를 거부한 일을 빌미로 녀석을 서재로 불러들여 호되게 매타작을 해주었다. 자백하건대, 전에는 한 번도 그 녀석에게 채찍을 든 적이 없었기 때문에 처음에는 그런 짓을 하는 것이 꺼림칙했다. 하지만 순식간에 나는 그 일에 익숙해졌고, 얼마 안 가서 **의식적인 절차가** 거의 필요 없을 정도로 그의 등짝과 내 채찍은 아주 친한 사이가 되고 말았다.

젊은 불링던이 저지른 온갖 못된 짓과 반항의 사례들을 일일이 나열하면 독자들은 몹시 피곤해질 것이다. 내 생각에는 녀석의 버르장머리를 고치려는 나보다 반항하는 녀석의 인내심이 더 강했던 것 같다. 남자의 경우, 자식이 자기의 역할을 수행할 각오가 부모만큼 단단히 되어 있다면, 부모가 하루 종일, 혹은 애가 잘못을 저지를 때마다 매질을 할 수는 없다. 비록 내게 그 녀석을 너무나 가혹하게 대하는 양아버지 역할이 맡겨져 있기는 했지만, 명예를 걸고 말하는데, 녀석이 벌 받을 만한 짓을 저질렀는데도 처벌을 면제해준 적이 처벌을 가한 적보다 몇 배는 더 많았다. 게다가 내가 의회와 국왕 폐하의 왕실에서 맡은 일을 하느라 런던에서 지내야 했기 때문에 1년 중 꼬박 8개월 동안은 서로 떨어져서 지냈다.

그즈음 녀석이 자신에게 구교 세례를 준, 그리고 그 망나니 녀석한테 지대한 영향을 끼친 늙은 신부한테 라틴어와 그리스어를 배우겠다기에 나는 군말 없이 허락해주었다. 우리 사이에 어떤 사건이나 싸움이 있고 나면 그 젊은 반역자는 으레 그 사제관으로 쏜살같이 달려가 그곳을 피난처 혹은 상담소로 삼았는데, 그래도 그 성직자가 우리의 논쟁에서 상당히 공정한 심판 노릇을 했다는 사실만은 인정해야겠다. 한번은 그 신부가 직접 손을 잡고 녀석을 핵튼 성까지 데려다준 적이 있었다. 내가 살아 있는 동안에는 절대로 핵튼 성에 발을 들이지 않겠노라고 맹세했던 신부는 내 방으로 안내되었고 내게 이렇게 말했다. "도련님은 귀족답게 자신의 잘못을 인정하고 있습니다. 제가 보기에 적절하다고 판단되는 처벌은 그게 어떤 것이든 도련님도 달게 받을 것입니다." 그 때 친구 두세 명과 함께 술을 마시고 있던 나는 그 말에 친구들이 앉아 있는 그 자리에서 지팡이로 녀석이 아닌 신부를 때렸다. 공정하게 말해서 그는 얼굴 한 번 움찔하지 않고, 또 끽소리 한 번 내지 않고 그 심한 체벌을 견뎌냈다. 이 일만 봐도, 나는 내가 보기에 적절하다고 판단되는 교정 행위를 가할 수 있는 내 권한을 그 성직자에게 행사했을 뿐, 그 녀석에 대한 내 처사는 별로 심하지 않았다는 사실을 알 수 있을 것이다.

두 번인가 세 번인가 브라이언의 가정교사 라벤더가 불링던 경한테 벌을 주려고 시도한 적이 있었다. 하지만 분명히 말하는데, 그 악당은 **그자**가 감당하기에는 너무 강했다. 불링던은 그 옥스퍼드 사내를 의자에 앉은 채로 바닥에 쓰러뜨렸다. 그 모습을 보고 어린 브라이언은 몹시 즐거워하며 이렇게 소리쳤다. "브라보, 대장! 얼른 때려요, 얼른!" 대장은 그 말대로 그 가정교사가 진심으로 만족할 때까지 그를 흠씬 패주었고, 라벤더는 그 뒤로 불링던을 스스로 혼내려는 시도 따위를 하는 대신, 자연스럽게 불링던의 보호자이자 후견인 역할을 맡고 있던 내게 귀족의 악행을 고자질하는 데 만족했다.

이상하게 들릴지 몰라도, 불링던도 아이한테만큼은 참으로 상냥했다. 정말로, 그 사랑스러운 아이를 본 사람들 모두가 그랬듯 불링던도 어린 동생을 물고 빠는가 하면, 그 애가 "절반은 린든 가문 사람"이기 때문이라면서 다른 사람들보다 동생을 훨씬 더 아꼈다. 그 사랑스러운 천사가 "아빠, 오늘은 대장을 때리지 마세요. 제발 오늘은요!"라고 탄원한 적이 한두 번이 아니었으니까, 그러면 내가 손을 멈추고 그 녀석이 받아 마땅한 채찍질을 아껴둔 적이 한두 번이 아니었으니까, 사실 그 녀석이 브라이언을 좋아했던 것도 무리는 아니다.

불링던은 처음에는 제 어머니에게 함께 대화를 나누는 황송한 은혜를 베풀지 않으려고 했다. 심지어는 레이디 린든이 더 이상 자신의 가족이 아니라는 말도 했다. 하긴, 그 녀석한테 엄마 노릇을 한 적이 한 번도 없는데 녀석이 그녀를 꼭 사랑해야만 했을까? 어쨌든 독자들은 이 일을 통해, 내가 지금 이야기하고 있는 그 녀석의 성격의 한 단면을, 그러니까 불링던이 얼마나 완고하고 퉁명스러운 고집불통인지를 분명히 알 수 있을 것이다. 내가 신사에게 어울리는 교육을 불링던한테 시키지 않은 것도, 그를 대학이나 학교에 보내지 않은 것도 실은 모두가 나에 대한 그 녀석의 불평 때문이었다. 하지만 사실 아무 데도 다니지 않은 것은 그 녀석 자신의 선택이었다. (건방진 그의 언동을 되도록 적게 보고 싶었던) 나는 반복해서 제안했지만 그는 매번 반복해서 그 제안을 거부했던 것이다. 그에게 절대로 편안한 곳일 리 없는 집에 도대체 어떤 매력이 있어서 계속 집 안에만 있으려고 하는 것인지, 오랫동안 나는 그 이유를 알지 못했다.

그러다가 마침내 그 이유가 밝혀졌다. 그 무렵 집에서 나랑 레이디 린든 사이에 말싸움이 벌어지는 경우가 잦았는데, 때로는 그녀의 잘못 때문이었고 때로는 또 내 잘못 때문이었다. 어쨌든 우리 두 사람 다 천사 같은 성품은 아니었기 때문에 싸움이 종종 매우 격해지곤 했다. 그런데 나는 취해 있을 때가 많았다. 상태가 그럴 때 자기 자신이 그 몸의 주인인 신사가 어디 있단 말인가? 아니, 어쩌면 나는 **그랬을지도** 모른다. 멀쩡한 정신으로도 그녀를 거칠게 대하고 그녀한테 유리잔을 한두 개씩 집어던지고는 도저히 찬사라고는 볼 수 없는 몇 가지 이름으로 그녀를 부르곤 했으니까. (실은 그녀의 목숨을 지키는 것이 분명히 나의 관심사였는데도) 그녀의 목숨을 위협했던 것 같기도 하다. 한마디로 말해서 그녀를 몹시 겁먹게 만들었던 것이다.

언젠가 이런 논쟁 끝에 그녀가 비명을 지르며 복도로 달려 나간 적이 있었다. 나는 귀족답게 술에 취한 상태로 비틀거리며 뒤따라 방 밖으로 나갔는데, 불링던 역시 소음에 이끌려 방 밖으로 나온 모양이었다. 내가 그녀를 붙잡으려 하자 그 겁 없는 악당 놈이 균형 감각을 완전히 잃은 내 발목을 걸어 나를 넘어뜨리고는 졸도 직전의 어머니를 두 팔로 안아 자기 방으로 데리고 들어갔는데, 그 방 안에서 불링던은 레이디 린든의 간청에 따라 우리 두 사람의 결혼 생활이 계속되는 한 그 집을 절대 떠나지 않겠노라고 맹세했다. 나는 그 맹세에 대해서는 물론, 그 맹세를 하게 된 계기가 내가 술 취해서 한 장난 때문이었다는 사실에 대해서도 전혀 알지 못했다. 나는 말 그대로 '영광스럽게' 하인들한테 붙잡혀 침대에 뉘어졌고, 아침이 되자 그 전날 무슨 일이 있었는지를 젖먹이 때 일보다도 더 까맣게 기억하지 못했다. 그날의 상황에 대해서는 몇 년 뒤 레이디 린든이 내게 말해줬다. 내가 여기에서 이 이야기를 하는 까닭은, 이래야만 내 양아들에게 내가 학대를 가했다는 과장된 혐의를 근거로 한 터무니없는 기소에 대해 내가 '무죄'임을 명예롭게 밝힐 수 있기 때문이다. 나의 험담꾼들에게 그런 용기가 있을까 모르겠지만, 식사 후 자신의 후견인이자 양아버지인 사람의 다리를 걸어 넘어뜨리는 무례한 악당의 행동에 대해서, 나는 그들로부터 사과를 받고자 한다.

그런 상황이 모자(母子)를 결합시키는 데 약간의 기여를 하기는 했지만 두 사람은 성격이 너무나 달랐다. 나는 그녀가 나를 너무나 사랑했기 때문에 아들과 진심으로 화해하는 것을 스스로 허용할 수 없었을 것이라고 믿고 있다. 돌이켜보면, 다 자라서 어른이 되었을 때 나를 향한 그의 증오는 상당히 사악할 정도로 강렬해져 있었다. (그리고 분명히 말하는데 나는 내가 받은 것은 이자까지 쳐서 갚아주는 사람이다.) 그 녀석이 열여섯 살이던 여름에 내가 의회에서 돌아와 평소처럼 매질을 하려고 하자, 그 무례하고 어린 양아치 놈은 이제 더 이상 내 체벌에 복종하지 않겠다는 의사를 밝혔고, 한 번만 더 자신에게 손을 대면 내게 총을 쏘아버릴 것이라고 이를 갈며 말했다. 나는 녀석을 바라보았다. 녀석은 이미 다 자라 있었다. 아니, 실은 키 큰 젊은이가 되어 있었다. 그래서 그때 나는 그 녀석 훈육에 꼭 필요한 그 과정을 포기하고 말았다.

내가 미국에 파병할 보병대를 모집한 것이 바로 그 무렵이었다. (팁토프한테 승리를 거둔 뒤로는 적이라고 부를 만한 사람이 많지도 않았지만) 전국에 있던 내 적들이, 내가 법적인 아들, 그러니까 귀하디귀한 젊은 그 망나니한테 저지른 행동과 관련된 더없이 수치스러운 이야기를 퍼뜨리기 시작한 것도 그즈음이었는데, 그들은 내가 실제로 그 녀석을 제거하고 싶어 한다는 이야기를 넌지시 입에 올리기도 했다. 그래서 군주를 향한 나의 순수한 충성심도 실제로는 불링던의 목숨을 내 나름대로 어떻게 해보려는 끔찍하고 부자연스러운 시도로 이해되었다. 내가 그 젊은 자작에게 부대의 지휘를 맡겨 그를 제거하려는 단 한 가지 목표를 이루기 위해 미국 파병 부대를 모집하고 있다는 말도 나돌았다. 지금 생각해보면 그래서 출전 명령을 받고 첫번째 전투에서 그 부대를 이끈 사람이 누구였는지, 그 이름에 사람들이 관심이 있었는지는 잘 모르겠지만 미묘한 그 임무를 맡기느라 나는 그 친구에게 뇌물까지 찔러줘야 했다.

그러나 진실은 이것이다. 그때 (내 예언의 실현이 다소 지연되고 있기는 했지만 머지않아 그 예언이 이루어지리라 믿어 의심치 않았던) 나는 불링던 경을 다른 세상으로 보내버리는 데 굳이 내 도움까지 필요하랴 싶었다. 불링던 나리는 본인이 반드시 가야겠다고 생각하는 길이면 어떻게든 그쪽으로 가는 길을 찾아내는 용한 재주가 있었기 때문이다. 그리고 사실은 일찌감치 그 길에 들어선 그였다. 다정한 부모의 고통까지 영원히 말려버리는, 순종할 줄 모르고 과격하고 무모하기 짝이 없는 그 망나니는 천하의 구제 불능인 것이 분명했다. 이 세상에는 그를 이길 수 있는 사람도, 달랠 수 있는 사람도, 길들일 수 있는 사람도 없었다.

예컨대, 저녁 식사를 마치고 술을 한 병 마신 다음, 내가 가정교사에게 시켜 내 어린 아들과 함께 불링던을 내 방으로 데려오게 하면, 그 귀족 도령은 특유의 과격하고 배은망덕한 태도로 나를 향해 빈정대는 짓거리를 시작했다.

불링던은 브라이언을 다정하게 쓰다듬으면서 이렇게 말하곤 했다. "애야, 널 위해서는 내가 죽어야 하는데 아직 이렇게 시퍼렇게 살아 있으니 참 안됐구나. 그때가 되면 나보다 훨씬 자격 있는 네가 린든 가문을 대표하는 것은 물론, 배리오그 배리 가문의 고귀한 혈통이 베푸는 혜택까지 모조리 누리게 될 게다. 그렇지 않습니까, 배리 린든 씨?" 그는 늘 일부러 지역 젠트리나 성직자가 동석해 있는 날을 골라서 이런 무례한 말들을 지껄이곤 했다.

한번은 또 이런 일도 있었다. (그날은 브라이언의 생일이었다.) 핵튼 성에서 열린 성대한 무도회에서 나의 어린 브라이언이 참석자들 앞에 등장할 차례가 되면 세상에서 가장 멋진 자그마한 궁중 예복 차림으로 평소처럼 짠 하고 나타나기로 되어 있었다. (아아! 사랑스러운 그 어린 것의 눈부신 모습을 떠올리면 지금도 노인의 눈에서 이렇게 눈물이 흐르는 것을.) 아이가 반쪽 형의 손에 이끌려 입장했을 때 그곳에 모여 있던 군중 사이에서 웅성대는 소리가 들려왔다. 불링던은 스타킹만 신은 발로 무도회장에 걸어 들어왔고, (독자들은 이 사실이 믿기는가?) 불링던의 손에 이끌려 들어온 브라이언은 제 형의 거대한 구두를 신은 발로 어기

적어기적 걷고 있었던 것이다. "제 신발이 이 아이에게 잘 맞는다고 생각하십니까, 리처드 월그레이브 경?" 배은망덕한 젊은이의 이 말에, 참석자들은 서로를 바라보며 키득키득 웃기 시작했다. 레이디 린든은 아주 위엄 있는 태도로 불링던 경에게 다가가 아이를 빼앗아 품에 안으며 이렇게 말했다. "제가 브라이언을 얼마나 사랑하는지 보셨으니 여러분도 아실 겁니다. 이 아이의 형이 어머니의 사랑을 조금이라도 받을 자격이 있다는 사실을 스스로 입증해 보였다면, 제가 저 애 역시 사랑했으리라는 것을요!" 그러고는 눈물을 터뜨리며 그 방을 떠났다. 그때만큼은 그 젊은 귀족도 상당히 당황한 것 같았다.

그러다가 마침내 그 녀석의 행동에 내가 몹시 격분하는 사건이 일어났다. (그 사건은 사냥터에서 일어났는데 그곳에는 엄청나게 많은 손님이 모여 있었다.) 나는 인내심을 상실한 나머지, 그 양아치를 향해 곧장 말을 타고 달려가 있는 힘껏 녀석을 안장에서 끌어내 거칠게 땅바닥에 내동댕이친 뒤 말에서 풀쩍 뛰어내려 그 젊은 겁쟁이의 머리와 어깨를 채찍으로 마구 후려치며 훈육을 실시했다. 만약 내가 제때에 자제심을 발휘하지 못했다면 그 훈육은 그의 죽음으로 끝났을지도 모른다. 너무나 열이 받아 있던 나는 살인이든 다른 범죄든 충분히 저지를 수 있는 상태였기 때문이다.

녀석은 집으로 옮겨져 침대에 뉘어졌고 그 자리에 누운 채 하루 이틀 열에 시달렸다. 내가 그에게 체벌뿐 아니라 분노와 짜증도 안겨주어서 열이 났던 것이다. 사흘 뒤 그 녀석 방으로 사람을 보내 가족들과 함께 식사를 하지 않겠느냐고 물어보라고 했더니, 테이블 위에 쪽지 한 장이 놓여 있고 텅 빈 침대는 이미 차갑게 식어 있다는 것이었다. 그 젊은 악당 놈이 도망을 치면서 남긴, 나와 내 아내, 그러니까 자기 어머니에 대한 그 글에는 다음과 같은 뻔뻔한 내용이 담겨 있었다.

"귀부인 마님, 필멸의 인간으로 태어난 저는 어머니가 침대로 끌어들인 그 막돼먹은 아일랜드 졸부의 학대쯤은 견딜 수도 있습니다. 하지만 제가 그자를 역겨워하는 이유는 비단 그자의 비천한 신분과 그자의 몸에 밴 잔인한 태도 때문만이 아닙니다. 그자가 사용할 자격이 없는 린든이라는 그 이름을 제가 명예롭게 달고 살아가는 한, 그자는 분명 계속 그런 태도로 일부러 내게 미움을 사려고 할 테니까요. 제가 그자를 역겨워하는 또 다른 이유는 어머니를 대하는 그자의 태도, 야만적이고 신사답지 못한 그자의 행동거지, 드러내놓고 불륜을 저지르는 그자의 부정(不貞), 이미 습관이 되어버린 그자의 사치와 중독, 어머니의 재산과 제 재산을 강탈하고 사취하는 그자의 몰염치 때문입니다. 저는 그 악당이 제게 가하는 악명 높은 행동에서보다 어머니에게 안겨주는 모욕감에서 더 큰 충격과 분노를 느낍니다. 전에 맹세했던 대로 저는 어머니 곁을 지키려고 했지만, 어머니는 이미 새 남편의 편이 되어버린 것 같습니다. 입 밖에 내기에도 부끄러운, 제 어머니의 남편이라는 그 못 배워먹은 자한테 저 혼자 당하는 매질도, 그자가 어머니를 막 대하는 꼴을 지켜보는 것도 이제 더는 못 참겠습니다. 게다가 그자가 속해 있는 그 끔찍한 모임도 전염병처럼 지긋지긋합니다. 그래서 저는 한동안 제 고국을 떠나 있기로 마음먹었습니다. 적어도 제 목숨이, 혹은 역겨운 그자의 목숨이 붙어 있는 동안만이라도요. 제게는, 아버지가 남겨주신 약소한 수입이 있습니다. 그럴 수만 있다면 배리 씨는 틀림없이 그것마저 가로채려 하겠지만, 그래도 어머니는 아직 어머니로서의 애정이 조금이라도 남아 있다면 그걸 제게 주시겠지요. 차일드 금융 회사에 환어음으로 맡겨놓으시면 그들이 지급 기일에 제게 그 돈을 송금해줄 수 있을 겁니다. 만약 그들이 그런 환어음을 받지 못했다 하더라도, 저는 조금도 놀라지 않고 어머니가 노상강도짓을 하고도 양심의 가책조차 느끼지 않을 그 악당의 손아귀에 여전히 갇혀 있는 것으로 알겠습니다. 그리고 저로부터 제 권리와 가정을 빼앗기 위해 우리 집에 들어온 그 아일랜드 무일푼 투기꾼한테 빌붙어 사느니, 차라리 저 혼자 힘으로 생계를 이어갈 방법을 찾아내기 위해 애써보려고 합니다."

미친 소리로 가득한 이 편지에는 '불링던'이라는 서명이 되어 있었다. 온 동네 사람들이 내가 은밀히 그의 도주를 부추겨왔고 이제 그 이득을 취하려 한다고 나를 헐뜯었다. 하지만 내 명예를 걸고 말하는데, 오명으로 가득한 앞의 저 편지를 읽고 나서 내가 진심으로 바란 것은, 저 편지의 필자를 선량한 내 품 안으로 다시 데려와 그에 대한 내 생각을 그에게 알려주는 것이었다. 앞에서도 말했듯 살인은 내 못된 장기중 하나가 아니었는데도, 내가 불링던을 죽이고 싶어 한다고 굳게 믿고 있는 사람들의 마음속에서 그 생각을 지워버릴 방법이 없었다. 설사 내가 그 젊은 적한테 아주 심각한 타격을 안겨주고 싶어 했다 하더라도, 나는 그 녀석이 스스로 자신의 삶을 망가뜨리리라는 것을 알고 있었기 때문에, 아주 간단한 계산만 해보고도 곧 마음을 편히 먹었을 것이다.

한참 지나서야 우리는 그 무모한 가출 청년이 어떤 운명을 살고 있는지 전해 들을 수 있었다. 비록 15개월이나 지난 뒤였지만, 나는 불링던이 직접 서명한, 미국에 파병 나가 있던 탈턴 장군*의 육군 부대에서

---

* 배내스터 탈턴 경Sir Banastre Tarleton(1754~1833)은 1776년 기병대 기수로 미국 전쟁에 참전했다가 1778년에는 대위로, 1779년에는 소령으로 진급했다. 찰스 콘월리스 Charles Cornwallis(1738~1805) 장군이 이끄는 캐롤라이나 지역 전투에서 스스로 두각을 드러내었고 당시 관행이었던 매관매직이 아닌 본인의 실력만으로 1801년 중장 계급에 올랐다.

발행된 어음을 제시함으로써 그동안 나를 씹어대기만 했던 살인에 환장한 칼럼들에 반박할 수 있게 된 것이 너무나 기뻤다. 미국에서 내 보병대는 자기들 나름대로 그 귀족이 자원입대한 탈턴 장군의 부대와 함께 눈부신 전공을 세우고 있었다. 그런데도 일부 친절한 친구들은 여전히 내가 온갖 사악한 계획의 설계자라고 주장했다. 특히 팁토프 경은 어떤 어음을 내밀어도, 아니 불링던 경이 서명한 어음보다 더한 것을 내밀어도 그것을 믿지 않을 기세였다. 팁토프의 여동생인 레이디 베티 그림스비라는 노파는 그 어음이 위조된 것이며 불쌍한 그 귀족이 죽었을 것이라고 끈질기게 주장하다가 불링던 경이 직접 그 귀부인 마님한테써 보낸 편지를 세 통이나 받고 나서야 고집을 꺾었다. 뉴욕 본진에서 지내고 있다는 불링던은 그 편지에서 수비군 장교들이 우리의 걸출한 두목 하우 형제를 위해 개최한 화려한 축제에 대해 상세히 서술했다.

내가 만약 **그전에** 그 귀족을 살해했다면, 그때 런던, 아니 영국 전역에서 나를 따라다니던 수치스러운 오명과 모략을 뒤집어쓸 일이 오히려 없었을 텐데. 친구 한 명이 "곧 그 녀석이 죽었다는 소식을 듣게 될 거야. 틀림없어"라고 외치면 두번째 친구가 "그럼 그 녀석 아내도 그 뒤를 따르겠군"이라고 거들었고 세번째 친구가 "그 녀석이 제니 존스랑 결혼한대"라고 덧붙이는 식이었다. 나와 관련된 추문을 내게 물어다주는 사람은 라벤더였다. 온 나라가 나를 향해 날을 세우고 있었다. 장 서는 날 나를 만나면 농부들은 마지못해 모자에 손을 대며 인사를 하고는 슬금슬금 나를 피했다. 내 꽁무니를 따라 사냥을 다니던 신사들은 돌연 내 사냥대에서 탈퇴하고 우리 가문 제복을 벗어던졌다. 한번은 레이디 수전 케이퍼모어를 데리고 우리 동네 무도회장에 간 적이 있었다. 나는 평소 내 자리였던, 공작과 후작 다음의 세번째 자리에 섰다.

그런데 춤을 추다가 우리가 다가가면 모든 커플이 등을 돌려 그곳을 나가버렸고 결국 그 무도회장에는 우리 둘만 남게 되었다. 수키* 케이퍼 모어는 춤에 대한 애정이 남달라서 장례식장에서도 누군가가 청하기만 하면 춤을 출 여자였지만 나는 자존심이 너무 강해서 나에 대한 그런 모욕의 표시에 굴복할 수 없었다. 그래서 우리는 밑바닥 인생들이 모이는 곳으로 가 더없이 평범한 하층민들 틈에 껴서 춤을 추었다. 그러니까 공회당에 가 그곳 출입을 허락받은 약재상, 포도주 상인, 변호사를 비롯해 온갖 인간쓰레기들과 함께 춤을 추었단 이야기다.

레이디 린든의 친척인 주교는 순회 재판 기간 중 우리를 궁으로 초대하기를 거부했다. 한마디로 말해서 온갖 모욕이 나를 덮쳐왔다는 말인데, 사실 그것은 가끔이기는 해도 명예롭고 결백한 신사한테도 충분히 닥칠 수 있는 일이었다.

아내와 아이까지 데려간, 런던에서 열린 연회 역시 내 입장에서는 화기애애했다고 말하긴 힘든 행사였다. 성 제임스 궁전에서 내가 군주 폐하께 경의를 표하자마자 폐하는 콕 집어서 불링던 경의 소식을 들은 것이 언제냐고 물었다. 그 질문에 나는 예사롭지 않은 침착성을 발휘해 이렇게 대답했다. "폐하, 불링던 경은 미국에서 폐하의 왕관에 도전하는 반역자들과 싸우고 있습니다. 폐하께서는 제가 불링던 경을 돕기 위해 연대 하나를 더 조직해 보내기를 바라십니까?" 내 말에 왕은 발걸음을 돌려 접견실을 나갔고 나는 그 뒤통수에 대고 예를 갖추었다. 나는 왕궁 응접실에서 레이디 린든이 왕비의 손에 키스를 하다가 똑같은 질문을 받는 장면을 목격했다. 그녀는 자신에게 떨어진 질책에 몹시 불안

---

* 수전의 애칭.

해하며 집으로 돌아왔다. 보다시피 이것이 나의 충성심, 내 나라를 위해 내가 감내했던 희생에 대한 보상이었다! 나는 파리에 있는 거처로 훌쩍 옮겨가 아주 다른 분위기의 연회에 참석했지만, 그 나라의 수도에서도 황홀한 기쁨에 젖어 지낸 시간은 극히 짧았다. 미국에서 일어난 반란에 오래전부터 쓸데없이 참견을 해온 프랑스 정부가 이제 아예 공개적으로 미합중국의 독립을 인정했기 때문이다. 선전포고*가 이어졌고 행복하게 지내던 우리 잉글랜드인들은 모두 파리를 떠나라는 명령이 떨어졌다. 그때 내가 파리에 남겨두고 온, 슬픔을 가눌 길 없어 하던 아름다운 여인 한두 명은 지금도 생각난다. 파리는 전 세계에서 유일하게, 신사가 아내한테 괴롭힘 당하지 않고 제멋대로 살아갈 수 있는 도시였다. 여백작과 나는 그곳에 머무는 동안 베르사유나 왕비의 도박 테이블에서 공적으로 만나는 경우를 제외하고는 서로 만난 적이 거의 없었다. 한편, 사랑하는 우리의 어린 아들 브라이언은 그곳에서 천 가지나 되는 우아한 재주를 또래들보다 먼저 익혔고, 그것들을 이용해 자신을 아는 모든 사람들에게 즐거움을 주는 존재가 되어 있었다.

나의 선량한 백부님 슈발리에 드 발리바리를 마지막으로 만났던 일만큼은 잊기 전에 여기에서 꼭 이야기하고 넘어가야겠다. 백부님이 브뤼셀의 수도원에서 은둔 생활을 하고 있어서 나는 말 그대로 백부님의 '살뤼'**를 도모하겠다는 일념으로 브뤼셀을 향해 출발했다. 백부님은 그동안 한 번 더 속세로 나온 적이 있었는데, 그때 너무나 짜증스럽고 후회스럽게도 그 늙은 나이에 프랑스 여배우를 보고 절망적인 사랑에

---

* 1778년 프랑스는 미국의 독립을 인정하고 영국에 선전포고를 함으로써 미국 독립전쟁에 본격적으로 뛰어들었다.

** 'salut': 프랑스어로 '안녕' '인사'를 뜻하지만 '종교적 구원, 안식'이라는 뜻도 있다.

빠지고 말았고, 그런 부류의 여자들이 대개 그러듯 그 여배우는 백부님을 망가뜨렸고 백부님을 떠났고 백부님을 비웃었다고 했다. 그 일로 백부님의 참회 의지는 더욱 높아졌다. 그리하여 아일랜드대학* 교수들의 지도 편달 아래 다시 관심사를 종교 쪽으로 돌렸던 것이다. 백부님을 만나서 내가 어떻게 하면 백부님이 평안해질 수 있을지 묻자, 백부님은 자신이 수도원에 들어올 때 그들에게 약속한 상당한 금액의 요금을 대신 지불해달라고 부탁했다.

어떤 식의 미신에 대한 장려든 그것을 금하는 나의 종교적 원칙에 위배되었기 때문에, 당연하게도 나는 그 부탁을 들어줄 수가 없었다. 백부님의 말을 빌리자면 자신의 노년을 편안하게 해달라는 백부님의 청을 내가 거절한 것이었기에 그 노신사와 나는 상당히 냉담하게 헤어졌다.

그즈음 나는 매우 가난했고 그것만은 사실이었다. 우리끼리니까 하는 말이지만, 무명이긴 해도 얼굴과 발목이 매우 아름다웠던 프랑스인 오페라 배우 겸 무용수 로즈몽이 다이아몬드와 마차와 가구 청구서로 나를 망가뜨렸기 때문이다.[29] 거기에 더해 도박판에서도 불운이 이어졌다. 나는 어쩔 수 없이 천하의 수치스러운 희생양의 모습으로 스스로를 대부업자에게 바침으로써, (우아함이라고는 없는 앙큼한 로즈몽이 감언이설로 나를 꾀어 빼내오게 만든) 레이디 린든의 다이아몬드의 일부를 저당 잡힘으로써, 돈을 마련할 수 있는 다른 계획을 천 가지나 세움으로써 간신히 그 손실을 메울 수 있었다. 그러나 나는 그 관계 속에 아직 명예가 남아 있을 때 로즈몽의 부름으로부터 영영 뒷걸음치는 모습으

---

* 1625년 로마에 개교한 성 이시도르 아이리시 신학대학(Irish College of St. Isidore)을 말한다.

로 발견되지 않았던가? 배리 린든이 베팅만 했을 뿐 지불하지도 않은 판돈을 잃었다고 말할 수 있는 사람이 누가 있겠는가?

아일랜드 귀족을 향한 나의 야심 찬 희망에 대해 말하자면, 여행에서 돌아올 무렵 나는, 악당 크랩스 경의 농간으로 내가 완전히 잘못된 길로 들어섰다는 사실을 깨닫기 시작했다. 교황의 황관을 내게 얻어달라는 것도 아니었는데, 그자는 내 돈을 빼앗아가는 것만 좋아했지 귀족의 보관을 내게 씌워주기 위해서 그 어떤 영향력도 행사하지 않고 있었다. 군주는 대륙에서 돌아온 나를 내가 영국을 떠날 때보다도 훨씬 더 불친절하게 대했다. 나는 파리에서의 내 행적과 여가 생활이 그곳에 배치되어 있던 몇몇 첩자에 의해 호도되었다는 사실을 왕의 형제인 왕족 공작들의 부관 중 한 명에게서 듣고 알게 되었다. 내 문제를 주제로 왕족들이 대화를 나누었는데, 그 중상모략의 영향을 받은 왕이 실제로 내가 세 개 왕국을 통틀어 가장 평판 나쁜 사내라고 말했다는 것이었다. 내 평판이 나쁘다니! 내가 내 가문과 내 나라에 불명예스러운 존재라니! 그 터무니없는 소리를 듣고 너무나 화가 난 나는 노스 경에게 득달같이 달려갔다. 수상이랑 함께 불평도 좀 하고, 폐하를 알현하게 해달라고 부탁도 좀 하고, 나를 깎아내리는 안 좋은 소문에 대해 스스로 해명도 좀 하고, 내가 그들과 같은 당 소속으로 함께 투표권을 행사하며 정부에 봉사했었다는 사실에 대해 생색도 좀 내고, 내가 약속 받았던 보상을, 즉 내 조상들의 소유였던 귀족 작위를 언제쯤 다시 우리 가족이 돌려받을 수 있을지 질문도 좀 하고 그럴 생각이었다.

야당이 뭔가 하려면 반드시 그자부터 해결해야 했을 정도로 상대방의 약을 잘 올리는 골칫덩이였던, 돼지 같은 노스 경은 잠이 덜 깬 상태로 냉랭하게 나를 맞이하고는, 눈도 반밖에 뜨지 않은 상태로 내 이야기를 들었다. 나는 다우닝가 그의 방 안을 성큼성큼 돌아다니며, 아일랜드인 특유의 열정적인 손짓발짓을 해가며, 오랫동안 격렬하게 말을 쏟아냈다. 내 이야기가 다 끝나자 노스 경은 한쪽 눈을 뜨고 빙그레 웃으며 정말 그랬느냐고 다정하게 물었다. 내가 그렇다고 단호하게 대답하자 그는 이렇게 말했다. "흠, 배리 씨. 내 하나씩 짚어가며 대답해드리겠소. 그대도 알다시피 일단 국왕 폐하는 귀족 작위를 내리는 것을 몹시 싫어하신다오. 그대가 말하는 그대의 요구라는 것이 **일전에** 폐하께 전달된 적이 있었소. 그때 폐하께서 내리신 황송한 대답은 폐하의 영토 전역에서 가장 뻔뻔한 인간인 그대에게는 귀족 보관 말고 말고 삐나 하나 하사하라는 것이었소. 그대가 우리에 대한 지지를 철회한 행동에 대해서 말하자면, 그대는 의회 투표권이 있으니 그 투표권을 갖고 어느 당이든 가고 싶은 곳으로 옮기면 격하게 환영받을 것이오. 자, 나는 지금 할 일이 산더미처럼 많소. 그러니 이제 그만 물러가는 호의를 내게 베풀어주겠소?" 그는 느릿느릿 한 손을 들어 올려 종을 울리더니, 자기가 내게 도움이 되어줄 수 있는 또 다른 일이 있는지 덤덤하게 묻고는 그만 나가달라는 뜻으로 목례를 했다.

　나는 말로 표현할 수 없는 분노를 느끼며 집으로 돌아왔고, 그날 저녁에는 크랩스 경이랑 식사를 하면서 그의 가발을 벗겨 그걸로 그의 얼굴을 문지르기도 하고, 사적인 약점을 들먹이며 그를 공격하기도 하는 등 그를 심하게 괴롭혔다. 신문 보도에 따르면 그는 그저 한때 왕한테 폭행이나 당했던 존재에 불과했던 것이다. 다음 날 그 이야기는 도시 너머까지 속속들이 알려졌고, 클럽과 판화 상점에는 작전 개시를 암시하듯 내 그림이 내걸렸다. 도시 전체가 '아일랜드 귀족'의 그림을 보며 비웃어댔다. 내가 아일랜드인이요 귀족이라는 그 두 가지 사실은 굳이 따로 인정받을 필요 없는 진실이었는데도 말이다. 그 시절 나는 런던에서 최고로 유명한 사람 중 한 명이었다. 유행을 선도하는 그 어떤 사람의 것보다 나의 의상, 스타일, 마차 등이 훨씬 더 많이 회자되었다. 최상류층에서는 그렇지 않았다 치더라도, 적어도 그 외 다른 계층에서는 내 인기가 실로 대단했다. 심지어 나는, 내 친구 제이미 트위처가 살해당할 뻔하고 맨스필드 경의 저택이 불에 타 무너져 내리던 고든 폭동* 때는 그 일당한테까지 환호를 받은 사람이다. 내가 워낙 독실한 신교도로 알려져 있었던 데다가, 노스 경이랑 싸우자마자 곧바로 야당으로 당적을 옮기고는 내 힘이 닿는 모든 수단을 동원해 사사건건 그를 몹시 짜증나게 만들고 있었기 때문이다.

그러나 불행하게도 나의 그런 노력은 그다지 큰 효과가 없었다. 나는 형편없는 연설가였고, 의회는 내 말에 귀 기울여주지 않았으며, 1780년 고든 폭동이 진압된 직후에는 총선이 실시되었다. 불행이란 원래 한꺼번에 몰려오듯 가장 운 없는 시기에 다시 선거가 닥쳐온 것이었다. 빌어먹을 선거를 준비하려면 어쩔 수 없이 또, 그리고 끔찍하게 높은 이율로 돈을 빌려야 했는데, 게다가 내게 맞서 출마한 팁토프까지 전에 없이 적극적이고 맹렬하게 선거전에 달려들고 있었다.

---

* 1778년 가톨릭교도 구제법안(Act for the Relief of Roman Catholics)이 영국 의회에서 통과되자, 그 법안의 폐지를 목표로 광적인 신교도 정치가 조지 고든 경Lord George Gordon(1751~1793)이 신교도들을 선동해 1780년 일으킨 폭동이다. 고든은 1774년부터 1781년까지 하원의원을 지낸 인물로 1779년 가톨릭교도 구제법에 반대해 신교도 연합을 조직했고 이듬해 반(反)가톨릭 운동을 일으켰다. 운동에 참가했던 군중은 의회에 난입하고 성당과 공공건물을 파괴하고 귀족의 저택에 방화를 저지르는 등 점점 과격해지다가 군대의 투입으로 진압되었다. 이 폭동 기간에 제이미 트위처, 즉 샌드위치 백작은 웨스트민스터 궁에 갔다가 마차에서 끌어내려져 폭도들한테 폭행을 당하는 수모를 겪었고, 블룸스버리 광장 북동쪽 모퉁이에 있던 맨스필드 저택은 방화로 전소되었다.

비열했던 그 선거전에서 내 적들이 행했던 파렴치한 행동만 생각하면 심지어 지금도 피가 거꾸로 솟아오른다. 나는 아일랜드의 푸른 수염으로 규정되었고, 나의 명예를 훼손하는 전단이 인쇄되었으며, 레이디 린든한테 손찌검을 하고 불링던 경을 채찍질해 폭풍우가 휘몰아치는 집 밖으로 쫓아내는 내 모습을 표현한 역겨운 캐리커처가 그려졌다. 나는 어쩌면 좋을지 알 수가 없었다. 심지어는 마치 내가 그곳 출신인 양 아일랜드의 극빈자 수용소가 배경처럼 그려진 그림도 있었고, 내가 하인이나 구두닦이의 모습으로 그려진 그림도 있었다. 심약한 사내라면 읽고 그 자리에서 쓰러질 만큼 심하게 나에 대해 함부로 지껄인 칼럼들도 홍수처럼 쏟아져 나왔다.

나를 비난하는 사람들에게 당당히 맞섰음에도, 선거전에 막대한 돈을 아끼지 않았음에도, 핵튼 성을 만인에게 개방했음에도, 샴페인과 부르고뉴산 포도주를 계속 제공해 지역구에 있던 내 단골 술집마다 술이 물처럼 흘러넘쳤음에도, 선거전은 내게 불리하게 돌아갔다. 악당 같은 젠트리 놈들이 내게 등을 돌린 뒤 팁토프 진영에 가세했기 때문이었다. 내가 폭력으로 아내를 다스린다는 말까지 나돌았다. 그 말에 나는, 치마폭에 브라이언까지 딸려서 나를 상징하는 색깔 옷을 입은 아내만 따로 마을로 내보내, 시장을 비롯해 요직에 있는 젠트리 부인들을 방문하게 했지만 그 무엇으로도, 아내가 나에 대한 두려움 속에서 바들바들 떨면서 살고 있다고 믿는 사람들의 생각을 바꿀 수는 없었다. 그 인정머리 없는 무리는 심지어 아내에게 어떻게 감히 집으로 돌아갈 생각을 하느냐는 둥, 저녁 메뉴로 말채찍을 즐겨 먹느냐는 둥 무례한 질문을 함부로 던져대기까지 했다.

나는 선거에서 참패했고, 모든 어음이, 결혼 초 몇 년 동안 발행해주었던 어음까지 모조리 한꺼번에 내 앞으로 청구되었다. 악당 같은 채권자 놈들이 다 함께 모의라도 한 듯 동시에 어음을 보내와, 마침내 내 책상 위에는 어음이 산더미처럼 쌓였다. 그 액수는 여기에서 밝히지 않으련다. 정말로 어마어마한 액수였으니까. 그런데 내 관리인들과 변호사들이 상황을 더 악화시켰다. 나는 어음과 채무, 대출과 보험, 그리고 그 모든 것들에 수반되는 사악하고 지긋지긋한 규정으로 짜인, 도저히 빠져나갈 수 없는 올가미에 걸려들기 일보 직전이었다. 변호사의 변호를 맡은 변호사들이 선임되어 런던에서 내려왔고, 조정에 이어 또 조정이 이루어졌다. 그 가마우지 떼를 만족시키려다 보니 결국 레이디 린든의 수입에까지 손대게 되었는데 도저히 변제할 수 없을 정도로 그 금액이 컸다. 공정하게 말하자면, 레이디 린든은 그 고난의 계절 내내 꽤 친절한 태도로 나를 대해줬다. 언제든 돈이 필요할 때면 그녀를 달래야 했지만, 언제든 내가 그녀를 달래기만 하면 그 나약하고 마음 따뜻한 여인은 기분이 풀려서 어김없이 그 돈을 마련해주곤 했다. 천성적으로 어찌나 마음이 약하고 겁이 많은지, 단 한 주를 나와 편하게 지내기 위해서 1년에 1천 파운드의 돈을 내어주는 서류에라도 서명을 하는 여자였다. 핵튼 성에서 궁지에 몰리기 시작하자, 나는 내게 남은 선택이 아일랜드로 물러나 그곳에서 허리띠를 졸라매고 살아가는 것 단 하나뿐이라고 결론지었다. 그러면서 빚쟁이들이 요구하는 금액에 이를 때까지 내 수입의 상당 부분을 떼어내어 그들에게 지급하려는 것이었다. 레이디 린든은 그 의견에 쌍수를 들어 찬성하며, 우리가 조용히 있으면 틀림없이 곧 모든 일이 잠잠해질 것이라고 말했다. 자신이 은근히 누려보고 싶었던 은둔 생활과 가정의 평화를 위해서는 당연히 수반될 수밖에 없는 상대적 빈곤을 그녀는 정말로 기꺼이 겪을 태세였다.

우리가 성을 비우면 의심할 여지 없이 또 우리를 헐뜯을 혐오스럽고 배은망덕한 핵튼 성의 상것들이야 그러든지 말든지 그냥 내버려두고, 우리는 서둘러 브리스틀을 향해 출발했다. 그리고 내 장신구와 사냥개들도 곧바로 처분했다. 하르피아이*가 반가워하며 당장이라도 우리 일행을 덮칠 것 같았지만 다행히 아직은 그들의 힘이 미칠 때가 아니었다. 그동안 아주 영리하게 관리된 내 광산과 개인 소유의 부동산은 이미 시세만큼 값이 올라 있었다. 그래서 그 경우만큼은 그것을 싼값에 매입하려던 악당 놈들에게 실망감을 안겨줄 수 있었다. 그리고 런던 저택에 남아 있던 재산에 대해 말하자면 그것들은 모두 린든 가문 상속자 소유의 재산이었기 때문에 채권자들은 접시 한 장도 건드릴 수가 없었다.

나는 아일랜드로 건너가 당분간 린든 성에서 지냈는데, 그때는 온 세상이 나를 완전히 파산한 사내로 알았다. 온 세상이, 대담함으로 이름을 날리던 배리 린든이 다시는 자신이 장신구 노릇을 하던 그 세계에 모습을 드러내지 못하리라 생각했다. 그러나 결과는 그렇지 않았다. 곤혹스러운 일들이 한꺼번에 일어나는 와중에도 운명의 여신이 나를 위해 따로 아껴둔 위안거리가 아직 남아 있었기 때문이다. 미국에 파병되었던 군인들이 집으로 돌아오면서, 캐롤라이나에서 콘월리스 경**이 게

---

* Harpyia: 그리스 신화에 등장하는 괴조(怪鳥) 네 자매이다. 새의 몸뚱이에 여성의 머리가 달린 이 괴조는 제우스가 키우는 새로 육식성이다. 성격이 포악하고 욕심이 많아서 남의 음식을 종종 빼앗아 먹고 다 못 먹을 정도로 양이 많은 경우 음식에 분뇨를 뿌리는 등 못된 짓을 자주 저지른다. 그래서 이 단어는 영어로 '약탈자'라는 뜻으로 쓰이기도 한다. 때로 신화 속에서는 '죽은 자의 영혼을 명계로 인도하는 정령'으로 그려지기도 한다.

** 찰스 콘월리스Charles Cornwallis(1738~1805)는 미국 독립전쟁 당시 영국군을 지휘한 장군이었다. 1780년 8월 16일 대륙군을 이끌고 있던 프랑스의 장군 호레이쇼 게이츠Horatio Gates에게 사우스캐롤라이나 캠던에서 패배했다. 남부 전선의 총사령관이었던 콘월리스가 1781년 미국과 프랑스 연합군에게 참패한 요크타운 전투는 실질적으

이츠 장군에게 대패했다는 소식과 민병으로 참전했던 불링던 경이 죽었다는 소식을 알려온 것이었다.

나는 이제 보잘것없는 아일랜드 귀족 작위를 소유하고 싶어 하던 내 야심에 별 관심이 없었다. 이제 내 아들이 잉글랜드 공작 작위의 상속자였고, 조만간 그 애로 하여금 우리 가문의 세번째 작위인 린든 성자작 작위를 따내게 하면 그만이었기 때문이다. 우리 어머니는 손자가 아침 인사를 드리러 가자 '귀족 나리'라고 부르는 등 기쁨에 겨워 미치기 일보 직전이었고, 나는 나대로, 그토록 명예로운 지위를 획득한 사랑하는 아이를 보고 있으면 그동안 내가 겪은 고통과 가난이 모조리 다 보상되는 기분이었다.

〔인간 본성을 갖춘 독자의 눈에는, 이 회고록이 명예라는 주제를 다루고 있음에도 저자 자신과 관련된 사건에 대해서 총체적 진실이 밝혀지는 법이 없다는 점, 그리고 그의 인생 이야기가 끝나갈수록 진실에 근거한 내용이 오히려 전보다 점점 더 줄어들고 있다는 점이 틀림없이 보일 것이다. 유익한 내용이 전혀 없어서, 우리는 어쩔 수 없이 런던과 파리에서의 그의 삶을 서술한 많은 분량을 초고에서 삭제해야만 했다. 그 과정에서 배리 씨가 상당히 순진한 어조로 언급하고 있는, 잉글랜드에서 살면서 만난 특정 인물들 역시 누락될 수밖에 없었다. 어떤 측면에서 보자면 그는 너무나 많은 사람과 교분을 유지하고 있었는데, 배리 씨가 사건의 전말을 모두 밝히는 법이 전혀 없기 때문에, 즉 우리가 듣는 것은 오로지 그의 말뿐, 즉 전기 작가의 일방적 이야기뿐이기 때문

로 미국 독립전쟁을 종식시킨 마지막 전투였다.

에, 그 내용을 들어낼 수밖에 없었다는 사실을 기억해줬으면 한다. 이런 점만 봐도 이미 이야기 초반에 드러났던 것처럼 배리 린든 씨가 얼마나 무원칙한 인물인지 충분히 알 수 있다. 대중은 이런 이야기에 교훈이 반드시 담겨 있어야 한다고 앞으로도 계속 주장할 테니, 이 자리를 빌려 신사 배리 린든의 이야기에서도 도덕적 교훈을 얻을 수 있다는 점을 정중하게 밝혀드리는 바이다. 그 교훈은 세속적 성공이 미덕의 중요성을 뜻하지는 않는다는 것이다. 세속적 성공은 때로 정직함의 결과일 때도 있기는 하지만, 이기심과 사기 행각으로 이루어지는 경우가 아직은 더 많다. 악당들은 번영을 누리고 선량한 사람들은 종종 불행해지는 세태를 보면서 우리가 느끼는 분노는 사실, 진짜 좋은 행운, 혹은 성공이란 과연 어떤 것인가에 대한 비이성적이고 얄팍한 개념에 근거한 것이다. '피핀 왕*은 착한 소년이라서 금 마차를 타게 되었다'는 식의 이야기를 들려주며 미덕은 보상되기 마련이라는 환상을 심어주면, 우리는 미덕과 금 마차에 똑같이 엄청나게 비싼 액면가를 매기게 된다. 참으로 터무니없고 비도덕적인 결론이다. 결국 금 마차를 굉장히 가치 있는 보상의 자리에 올려놓음으로써, 우리는 금 마차를 지나치게 존중하게 되고 매일 무의식중에 금 마차를 향해 수천 가지 방식으로 경의를 표하게 되는 것이다. 이와 같은 설명과 함께 다음의 명제로, 이 이야기 주인공의 성공과 출세 때문에 어떤 식으로든 도덕관에 상처 입은 비평가들을 안심시켜드리고자 한다. '행운', 즉 '성공'을 가장 가치 있는 기준의 자리에 올려놓는 자들이야말로 역사를 타락시키는 자들이다. 편

---

* 영국 전래 동화의 주인공으로 1786년 영국의 동화 작가 엘리자베스 뉴베리Elizabeth Newbery(1745~1821)가 펴낸 『꼬마 피핀 왕 이야기The History of Little King Pippin』 같은 책이나 전래 동요 가사에 등장하는 것을 보면 당시에는 상당히 유명했던 것 같다.

집자는 지금까지의 내용에서와 마찬가지로 앞으로 이어질 내용에서도 배리 씨야말로 실재하는, 진실한, 그리고 독창적으로 도덕적인 주인공 이며, 다른 이야기의 주인공들은 모조리 모조품이요, 빛 좋은 개살구일 뿐이라는 입장을 고수하려 한다.]30)

제19장
결말

이 세상에, 내 재산이 남아 있는 동안 그 재산을 나눠 먹고 심지어 내 집에서 부르고뉴산 포도주를 곁들여 내 사슴 고기를 축내면서도 그 음식의 너그러운 제공자를 학대하는 파렴치한 악당이라는 종족만 가득하다 해도, 나는 내가 적어도 아일랜드에서만큼은 호평과 명성을 누릴 만한 자격이 충분하다고 확신한다. 왜냐하면 아일랜드에 가면 나는 한없이 관대한 사람이 되었고, 아일랜드의 내 저택과 그곳에서 누리던 삶의 장려함은 우리 시대 그 어떤 귀족도 따라올 수 없는 것이었기 때문이다. 나의 호화로운 삶이 지속되던 동안에는 온 나라가 공짜로 그 혜택을 먹고 마셨다. 우리 집 마구간에는 기병대 한 연대가 타고도 남을 만큼 많은 사냥 말이 있었고, 우리 집 지하 창고에는 온 나라가 몇 년 동안 마시고도 남을 만큼 많은 포도주가 커다란 통마다 그득그득 들어 있었다. 린든 성은 그 지역의 곤궁한 젠트리들이 수십 명씩 모여드는 본부가 되었다. 나는 이제 직접 사냥 말을 타지는 않았지만, 전국에서 가장 혈통 좋은 청년 여남은 명에게 우리 동네 향사나 신사들처럼 사냥 말을 타게 했다. 나의 어린 아들 캐슬 린든은 그야말로 왕자님이었다. 심지어 그 애가 아주 어렸을 때에도, 그 애의 몸에 밴 교양과 예절을 보면 그 애가 자신이 태어난 두 귀족 가문의 후손이 될 자격이 충분한 아이라는 사실을 알 수 있었다. 내가 아이에게 기대를 품었던 것이, 아이가 장차 세상에서 성공한 유명 인사가 되리라는 수천 가지 즐거운 상상을 했던 것이 그렇게 주제넘은 짓이었는지 나는 아직도 잘 모르겠다. 하지만 가혹한 운명의 여신은 이미 내게 후손을 남겨주지 않기로 결정을 내렸고 지금 보다시피 나를 위해 가난하고 외롭고 자식도 없는 결말을 미리 마련해놓은 상태였다. 나는 결점투성이 인간이었을지 모르지만 내가 다정하고 좋은 아빠가 아니었다고 말할 수 있는 사람은 아무도 없다. 나는 그 애를 끔찍하게, 아니 아비로서 무턱대고 그 애를 사랑했다. 그리고 그 애의 말을 거절한 적이 한 번도 없었다. 맹세코 말하는데, 그렇게 해서 그 애에게 닥친 때 이른 종말을 피할 수만 있었다면 나는 기쁘게, 진심으로 기쁘게 죽었을 것이다. 그 애를 잃은 뒤 단 하루도, 천국에서 나를 내려다보는 그 애의 빛나는 얼굴과 아름다운 미소를 느끼지 못한 날이, 내 심장이 그 애를 몹시 그리워하지 않은 날이 없었다. 그 사랑스러운 아이가 내 곁을 떠난 것은, 정말 아름다움과 희망으로 가득 차 있던 그 애 나이 아홉 살 때였다. 그때 그 애에 대한 기억이 어찌나 강렬한지 나는 한순간도 그 모습을 잊은 적이 없다. 잠 못 들고 홀로 베개를 베고 누워 뒤척이는 밤이면 늘 그 애의 작은 영혼이 내 주위를 떠돈다. 바닥에 술병이 잔뜩 나뒹굴고 노래와 웃음소리가 가득한 곳에서, 술에 몹시 취해 제정신이 아닌 사람들 틈에서 내가 그 애를 떠올린 적이 어디 한두 번이던가. 내 가슴팍에는 늘 그 애의 보드라운 갈색 머리카락 뭉치가 걸려 있었다. 그 머리카락 뭉치는 이제, 틀림없이 배리 린든의 다 닳아빠진 늙은 뼈가 눕혀질 불명예스러운 무연고 극빈자 무덤에 나와 함께 들어가게 될 것이다.

(그런 혈통을 타고난 아이가 어떻게 달리 클 수가 있겠냐마는) 내 아들 브라이언은 놀라울 정도로 씩씩하고 대담한 아이였고, 그래서 그 사랑스럽고 어린 악당은 심지어 나의 통제조차 따르지 않고 종종 겁 없이 그것을 어기곤 했다. 그 시절 제 어머니나 여자들이 뭔가 명령을 내리려고 시도하면 그 애가 그 시도를 비웃은 적이 한두 번이 아니었다. 오죽하면 우리 어머니(그 선량한 영혼은 이제 나의 새 가족과 인사를 나눌 때면 스스로를 '린든 성의 배리 부인'이라고 부르곤 했다)가 그 애를 돌보기 힘들어할 정도였으니, 그 애가 얼마나 자신만만한 아이였는지 독자들도 상상할 수 있을 것이다. 그런 성격이 아니었다면 그 애는 지금까지 살아 있었을지도 모른다. 그 애는 어쩌면…… 아니, 죽은 자식 나이는 세어 무엇 하겠는가? 지금 그 애는 훨씬 더 좋은 곳에 가 있지 않을까? 거지의 유산이라도 그 애한테 조금이나마 도움이 될까? 아! 하늘이여, 우리를 굽어살피소서! 그 애 아비로서 혼자 세상에 남겨져 그 애의 죽음을 애도하는 것, 지금으로서는 그것이 내가 할 수 있는 최선이다.

내가 내 재산 처분 및 핵튼 영지 벌목에 대해 나와 상의를 하러 잉글랜드에서 건너온 변호사랑 어떤 갑부를 만나러 더블린에 간 것은 10월이었다. 나는 핵튼 영지가 싫었고 그때 자금 사정이 몹시 안 좋았기 때문에 나무를 모조리 다 베어버리기로 결정했다. 그런데 몇 가지 곤란한 문제가 있었다. 내게는 그 목재를 건드릴 권리가 없다는 말이 나돌고 있었던 것이다. 영지 내 미개한 농노들 사이에 그동안 나에 대한 반감이 어찌나 고조되어 있었던지, 그 악당 놈들은 실제로 나무에 도끼

대기를 거부했고, 그러자 내 대리인(라킨스라는 불한당)은 그 농노 놈들 사이에서 그 재산을 (놈들 표현대로) '약탈'하려는 시도를 조금만 더 했다가는 자기 목숨이 위태로워질 것 같다고 선언하고 말았다. 굳이 이런 말을 할 필요는 없지만, 그때쯤에는 이미 핵튼 성의 고급 가구들은 모조리 팔아치우고, 식기들은 아주 조심스럽게 아일랜드로 옮겨와, 곧 그만큼 쓸 일이 생길 것에 대비해 내가 그 식기 값으로 6천 파운드의 돈을 미리 대출한 한 은행가한테 잘 맡겨놓은 상태였다.

아무튼 나는 그때 잉글랜드인 사업가를 만나러 더블린에 가서 엄청난 선박 재벌이자 플리머스 목재상인 스프린트 씨한테 내가 핵튼 영지 목재를 마음대로 처분할 수 있는 사람이라는 사실을 납득시키는 데 꽤 성공했고, 그는 시세의 3분의 1밖에 되지 않는 가격에 그 목재를 구입하는 데 동의하고는 즉석에서 내게 5천 파운드를 건네주었다. 그때 한창 빚 독촉에 시달리고 있던 나는 덥석 그 돈을 받아 들었다. 단언하는데 그는 숲을 밀어버리면서 아무런 곤란한 일도 겪지 않았다. 자신의 공장은 물론 플리머스에 있는 왕의 공장에서까지 연대 하나를 조직해도 될 만큼 많은 톱질꾼과 조선 기술자를 데려갔으니까. 그리하여 딱 두 달만에 핵튼 사유지는 보그 오브 앨런*만큼 헐벗은 땅이 되고 말았다.

그 빌어먹을 여행과 돈 거래를 하는 동안 나와 함께 있었던 것은 불운뿐이다. 델리에서 도박을 한 이틀 밤 동안 그 돈을 거의 다 잃었기 때문에 내 빚은 거래를 하기 전이나 마찬가지였다. 목재상이라는 그 늙다리 사기꾼을 태운 배가 홀리헤드로 출항하기도 전에, 내 주머니에는

---

* Bog of Allen: 아일랜드 킬데어주에 있는 늪지이다. 원래 이 늪지 주변에는 오크나무 숲이 울창했는데 영국 해군이 배를 건조하느라 무분별하게 벌목을 하는 바람에 숲 지대가 거의 다 사라졌다고 한다.

그에게서 받은 돈 가운데 단 200파운드만이 남아 있었다. 그 전날 내가 빌린 돈을 흥청망청 쓰고 다녔다는 소식을 전해 들은 더블린의 거래 상인들이 나에 대해 크게 화를 냈고, 그중 포도주 상인 두 명이 고작 몇천 파운드 때문에 나를 찾아 나섰기 때문에, 나는 몹시 참담한 기분으로 그 돈을 챙겨 들고 귀가를 서둘렀다.

나는 약속을 하면 어떤 희생을 치르든 그 약속을 지키는 사람이기 때문에 그런 상황에서도 약속대로 사랑하는 어린 아들 브라이언을 위해 곧 다가올 열 살 생일에 선물로 줄 조랑말 한 마리를 더블린에서 구입했다. 참으로 아름다웠던 그 조랑말에 상당히 큰 금액을 지불했지만, 나는 사랑하는 내 아이에게 돈을 아껴본 적이 없었다. 그런데 그 말은 굉장히 사나웠다. 발길질을 해 맨 처음 그 말을 탔던 내 수하 기수를 떨어뜨렸을 정도였다. 그 친구는 그 사고로 다리가 부러졌다. 그 야수를 길들일 수 있는 것은 오로지 내 몸무게와 승마 기술뿐이었기 때문에 나는 그 동물을 직접 타고 집으로 돌아왔다.

집에 도착하자마자 그 말을 완전히 길들이라고 마부 한 명을 딸려서 한 농가로 보내놓고는, 자신의 조랑말이 보고 싶어 몹시 안달이 난 브라이언에게 그 말은 생일 때 집에 도착할 테니 그때 사냥개들을 거느리고 타볼 수 있을 것이라고 말했다. 그날 사랑스러운 그 녀석을 데리고 들판에 나가서 언젠가 그 녀석이 사랑하는 아버지를 대신해 다스리게 될 땅을 둘러본다면 얼마나 기쁠까 나는 혼자 속으로 그렇게 생각했다. 그러나 아, 세상에! 그 겁 없는 소년은 여우 사냥용 말을 타볼 수도, 그의 출신과 재능이 그를 위해 미리 점지해둔 그 지방 젠트리들 위에 군림해볼 수도 없는 운명이었던 것을!

나는 원래 꿈이나 징조 따위를 믿지 않지만, 엄청난 재앙이 닥치

려고 하면 누구나 이상하고 소름 끼치는 예감에 자꾸만 빠져들게 된다
는 사실만큼은 인정한다. 지금 생각해보면 내게도 그런 예감이 여러 번
찾아왔던 것 같다. 특히 레이디 린든은 자기 아들이 죽는 꿈을 두 번이
나 꾸었다. 그러나 그때쯤 그녀는 병적일 정도로 신경과민과 건망증이
심해져 있었기 때문에, 나는 콧방귀를 뀌며 그녀의 걱정을 무시해버렸
고 나의 걱정도 그렇게 취급해버렸다. 그러고는 저녁을 먹고 술 한 병
을 마시면서 경계심이 풀린 어느 날, 말이 언제 오느냐고 조랑말에 대
해 노상 질문을 해대는 가엾은 브라이언에게, 말은 이미 도착했으며 농
부 둘란의 농장에 있는데 거기서 마부 믹이 길들이고 있는 중이라고 말
했다. 그러자 아이 어머니가 소리쳤다. "엄마에게 약속해라, 브라이언.
아빠랑 함께 가는 것이 아니면 절대로 그 말을 타지 않겠다고." 하지만
나는 그녀의 소심함에 화딱지가 나서 그저 이렇게 말했을 뿐이다. "풋,
마담, 당신은 멍청이요!" 그 소심한 성격이 이제는 수천 가지 불쾌한
방식으로 시도 때도 없이 모습을 드러내고 있었기 때문이다. 그러고는
브라이언을 향해 몸을 돌리며 이렇게 말했다. "도련님, 이 아빠가 약속
하는데, 아빠 허락 없이 그 말을 타면 호되게 매질을 해줄 테다."

　내 생각에 그 가엾은 아이는 자신이 누리게 될 즐거움에 대면 그런
벌을 받는 것쯤은 아무것도 아니라고 여긴 것 같다, 아니면 자신을 사
랑하는 아버지가 그런 벌을 줄 리가 없다고 생각했을 가능성도 있다.
전날 밤 술을 마셨던 터라 다음 날 나는 잠에서 상당히 늦게 깼는데, 아
이는 동틀 무렵 이미 일어나 가정교사(그 무렵 내가 데려와 함께 살고 있
던 나의 친척 레드먼드 퀸)의 방을 통해 살그머니 집을 빠져나가고 없었
다. 둘란의 목장에 간 것이 분명했다.

　나는 화가 나서 오늘은 꼭 약속을 지키고 말리라 맹세하면서 말채

찍을 격하게 휘둘러 아이의 뒤를 쫓았다. 오, 주여 절 용서하소서! 그때 생각지도 못했던 일이 일어났다. 집에서부터 5킬로미터쯤 달렸을까, 슬픈 행렬이 나를 향해 다가오고 있었던 것이다. 이런 일이 생기면 아일랜드인들이 대개 그러듯 농노들은 고래고래 대성통곡을 하고 있었고 그 검은 말은 사람의 손에 이끌려 오고 있었다. 그리고 몇몇 사람이 받쳐 든 문짝 위에 나의 가엾은 보물, 사랑하는 어린 아들이 뉘어져 있었다. 아이는 박차가 달린 승마 부츠를 신고 자주색과 금색 천으로 지은 자그마한 외투를 입고 있었다. 사랑스러운 아이는 나를 향해 손을 내밀고는 너무나 창백한 얼굴에 미소를 지으며 고통스럽게 말했다. "절 때리지 않으실 거죠? 그렇죠, 아빠?" 나는 그저 울음을 터뜨렸을 뿐, 아무런 대답도 할 수가 없었다. 지금껏 수없이 많은 사람이 죽어가는 모습을 지켜보며 살아온 나였다. 그들의 눈에는 절대 오해할 수 없는 특유의 눈빛이 있었다. 예전에 내가 군대에 있을 때 아끼던 북 치는 소년이 한 명 있었는데 소년은 쿠네르스도르프 전투* 중에 우리 중대 앞에서 쓰러졌다. 나는 소년에게 달려가 물을 먹였다. 그때 그 소년의 두 눈에 그날 나의 사랑하는 브라이언의 두 눈에 담겨 있던 것과 똑같은 눈빛이, 오해의 소지가 전혀 없는 그 끔찍한 눈빛이 담겨 있었다. 우리는 아이를 집으로 옮겼고, 온 나라를 샅샅이 뒤져 의사들을 모조리 불러와 아이의 상처를 보게 했다.

그러나 천하무적의 단호한 적과의 싸움에 세상 어떤 의사가 도움이 되겠는가? 동네 사람들 역시 불쌍한 아이가 겪은 일을 들려줌으로

---

* battle of Kunersdorf: 7년전쟁 중인 1759년 8월 12일 일어난 전투로, 이 전투에서 프로이센군은 오스트리아와 러시아의 연합군에 대패했다. 이 시기 배리는 영국 군대에 속해 있었기 때문에 이 전투에 실제로 참여했을 가능성은 없다.

써 우리의 절망을 더 확고하게 해줬을 뿐이다. 아이는 당차게 말 등에 올랐고 그 동물이 발길질을 해대며 날뛰는 내내 용감하게 그 위에 앉아 있었다. 말의 첫번째 심술을 이겨낸 아이는 길가의 울타리를 향해 말을 몰았다. 그런데 울타리 위에는 듬성듬성 돌멩이가 놓여 있었고, 말은 울타리를 넘다가 돌멩이 하나에 발이 걸리는 바람에 용감하고 어린 기수를 등에 태운 채 울타리 반대편으로 굴러떨어지고 말았다. 사람들은 어린 귀족이 넘어지자마자 발딱 일어나 말을 붙잡으러 달려가는 모습을 보았다고 말했다. 아마도 둘이 바닥에 쓰러져 있는 동안, 말이 발길질을 해 등짝에 붙어 있던 아이를 떼어낸 모양이었다. 불쌍한 브라이언은 몇 미터 걸어가다가 총에 맞은 것처럼 풀썩 쓰러졌다. 얼굴에 하도 핏기가 없어서 사람들은 아이가 죽은 줄 알았단다. 그런데도 그들은 아이의 입속에 위스키를 흘려 넣었고, 그러자 불쌍한 아이의 의식이 돌아왔다. 그렇지만 아이는 움직일 수가 없었다. 척추를 다쳐서 사람들이 아이를 집 침대에 옮겨놓았을 때는 이미 하반신이 마비된 상태였다. 그리고 신체의 나머지 부분도 그리 오래 살아 있지는 못했다. 주여, 저를 굽어살피소서! 브라이언은 이틀 더 우리 곁에 머물다가 슬픈 안식에 들었다. 그 순간 아이가 이제는 더 이상 고통 속에 있지 않으리라는 생각이 들었다.

그 이틀 동안, 그 사랑스러운 천사는 큰 감정 기복을 보였다. 어떤 때는 제 엄마와 나에게 자기가 그동안 부모님 말씀을 거역하고 저질렀던 모든 잘못에 대해 용서를 구하기도 했고, 어떤 때는 제 형 불링던이 보고 싶다고 말하기도 했다. "대장이 아빠보다 백배 나아요. 형은 그런 맹세는 안 하거든요. 그리고 아빠가 집에 없을 때면 나한테 이야기도 들려주고 재미난 것도 얼마나 많이 가르쳐줬는데요." 또 축축한 양손으로 각각 제 엄마와 내 손을 잡은 채, 그래야 우리가 천국에서 다시 만날 수 있을 거라면서, 대장이 싸움질을 해대는 사람은 천국에 들어가지 못한다고 그랬다면서, 제발 좀 싸우지 말고 서로 사랑하라고 부탁하기도 했다. 아이 엄마는 고통에 빠진 그 천사의 입에서 나온 이 경고에 굉장히 큰 감동을 받았고 나도 마찬가지였다. 그동안 그녀가 나로 하여금 죽어가는 아이가 우리에게 해준 그 조언을 지킬 수 있게 해주었더라면 얼마나 좋았을까 싶다.

이틀 뒤 아이는 결국 죽었다. 우리 가족의 희망, 나를 닮아 사나이다웠던 자랑스러운 존재, 늘 나와 레이디 린든을 하나로 묶어주는 연결고리였던 아이는 그렇게 누워 있었다. 그녀는 사랑스러운 아이의 몸 곁에 무릎을 꿇은 채 말했다. "오, 레드먼드. 우리 이 애의 축복 받은 입에서 나온 진실에 따라 살아봐요. 당신은 생활방식을 완전히 바꾸어야 해요. 그리고 당신의 불쌍하고 사랑스럽고 다정한 아내를, 아이가 죽어가며 당신에게 맡긴 사람으로 대해줘야 해요." 나는 그러겠노라고 대답했다. 하지만 세상에는 사내의 힘으로는 어쩔 수 없는 약속도 존재한다. 특히 레이디 린든 같은 여자와 한 약속일수록 더더욱 그럴 가능성이 높다. 그래도 그 슬픈 사건이 일어난 뒤로도 우리는 함께 살았고 몇 달 동안은 이전보다 훨씬 더 좋은 친구로 지냈다.

그 애를 묻는 장례식이 얼마나 장관이었는지는 이야기하지 않으련다. 장의사의 깃털 장식이며 문장원의 소품들이 다 무슨 소용이란 말인가? 나는 아이를 묻은 지하 묘지 밖으로 나와, 아이를 죽인 그 치명적인 검은색 말을 묘지 문 앞에서 총으로 쏴 죽였다. 어찌나 화가 많이 나 있었던지 나 자신도 쏴 죽일 수 있을 것 같았다. 어쩌면 그때 그 죄를 짓는 것이 훨씬 더 나았을지도 모른다. 내 가슴에 있던 그 사랑스러운 꽃송이를 빼앗긴 뒤로 내 삶에 남은 것이 과연 무엇이란 말인가? 내게는 기독교권에 사는 그 어떤 사내의 운명에도 가해진 적 없는 비참함, 모욕, 재앙, 그리고 심신의 고통만이 연달아 찾아왔다.

늘 건망증과 신경과민에 시달리고 있던 레이디 린든은 우리의 축복받은 아이가 참사를 당한 뒤로 전보다 더 심하게 정신적 동요를 보였고 훨씬 더 광적으로 종교 생활에 빠져들었다. 독자들이 그 시절 그녀를 봤으면 정신병자나 다름없다고 생각했을 것이다. 그녀는 자신의 눈에 환영이 보인다고 생각했다. 그래서 하늘에서 온 천사가 자신에게 브라이언의 죽음은 그녀가 첫째 아들을 무시한 것에 대한 벌이라고 그랬다는 소리를 했다. 그러면서 불링던이 아직 살아 있다고, 자기가 그 애를 꿈에서 봤다고 외치곤 했다. 그러고는 우리의 소중한 브라이언이 아니라 불링던이 마치 마지막으로 세상을 떠난 자식인 것처럼 발작을 일으키며 불링던의 죽음을 슬퍼했고 그를 애도하며 격렬하게 몸부림쳤다. 다이아몬드인 우리 브라이언에 대면 불링던은 하찮은 돌멩이에 불과했는데도 말이다. 그녀의 발작은 지켜보는 것만으로도 고통스러웠지만 진정시키는 것은 더욱 어려웠다. 곧 여백작이 미쳐가고 있다는 말이 온 나라에 퍼지기 시작했다. 악랄한 내 적들은 어떤 소문이 나면 반드시 그 진상을 확인했고 곧바로 더 부풀렸기 때문에, 거기에 내가 바로 그 정신병의 원인이라는 내용, 즉 그녀를 정신분열로 내몬 사람도 나요, 불링던을 죽인 사람도 나요, 내 아들을 살해한 사람도 나라는 내용까지 첨가되었다. 놈들이 내 죄목으로 다른 어떤 항목을 또 추가했는지 나는 모른다. 심지어 아일랜드에 있는 내게까지 나에 대한 혐오로 가득한 칼럼들이 전달되었고 친구들도 모두 내 곁을 떠나갔다는 것 말고는.

그들은 잉글랜드에서 그랬던 것처럼 내 사냥대를 버렸다. 시장이나 경마장처럼 사람이 많은 곳에 내가 나타나면, 내 이웃들한테는 언제나 그 자리를 급히 떠야 할 이유가 갑자기 떠올랐다. '사악한 배리' '악마 린든' 등 사람들이 내키는 대로 붙인 별명이 나를 따라다녔다. 시골뜨기들은 나에 관한 엄청난 전설을 지어냈다. 성직자들은 내가 7년전쟁 중에 독일에서 그 수가 얼마나 되는지 알지 못할 정도로 많은 수녀를 학살했다고, 살해당한 불링던의 망령이 내 집 안에서 내 주위를 맴돌고 있다고 말했다. 한번은 식솔의 조끼 한 벌을 사려고 근처 마을 시장에 간 적이 있는데 내 옆에 서 있던 사내가 이렇게 말했다. "구속복*은 여기 있습니다. 레이디 린든 마님 걸 사러 오셨나 보군요." 그 사건 때문에도 내가 아내를 학대한다는 말이 나돌았고, 거기에 내가 기괴한 방법으로 그녀를 고문한다든가 하는, 내 행동과 관련된 정황적인 이야기까지 상세하게 가미되었다.

소중한 아이를 잃은 일은, 아버지로서의 내 마음을 억압하기만 한 것이 아니라 나의 개인적 이익에도 심각할 정도로 큰 타격을 입혔다. 이제 린든 가문에는 직접적인 상속자가 없었고 레이디 린든은 건강이 안 좋았다. 아내를 빼고 나면 딱 한 가족이 남았는데 그것이 내게는 큰 불운이었다. 왜냐하면 그다음 상속 서열이 바로 그 꼴도 보기 싫은 팁토프 가문이었기 때문이다. 팁토프는 있는 힘을 다해 수백 가지 방법으로 나를 짜증 나게 만들기 시작하더니, 나에 대한 불명예스러운 기사를 계속 내보내고 있던 정적 일당의 선봉에 섰다. 그들은 나와 내 재산 관리인[31] 사이에 온갖 다양한 방법을 다 동원해 끼어들었다. 내가 나무를

---

* 정신병 환자가 발작을 일으키거나 난동을 부리는 것을 방지하기 위해 입히는 옷으로, 긴 소매를 등 뒤로 돌려 묶어 손을 쓰지 못하게 한다.

베든, 갱도를 파든, 그림을 내다 팔든, 심지어 디자인을 바꾸려고 접시 몇 장을 집 밖으로 내보내든, 그때마다 사사건건 아우성을 쳐댔던 것이다. 그들은 계속 법률 소송을 제기해 상법부에서 내게 명령장을 끝없이 발부하게 만들고는 그 명령장 내용을 이행하지 못하게 내 대리인을 방해하는 방법으로 나를 괴롭혔다. 그런 일이 어찌나 많았던지, 오죽하면 나는 나 자신도 내 것 같지가 않았는데 그들 자신은 여전히 그들 마음대로였다. 게다가 더 나쁜 것은 그들이 내 집 지붕 밑에서 일어나는 일에까지 일일이 참견하고 내 식솔들과 거래를 하기도 했다는 것인데, 내가 그렇게 믿는 데에는 다 그럴 만한 이유가 있었다. 간신히 해외로 나가 지낼 때만 빼면 나는 레이디 린든과 말 한마디 섞을 수도 없었고, 팁토프가 사주한 사람이 끼지 않으면 담임 사제나 친구들과 술 한잔 할 수도 없었던 것이다. 그러면 그 악당 놈들은 내가 술을 다 합쳐 몇 병이나 마셨는지, 내가 어떤 욕을 내뱉었는지, 뭐 이런 시시콜콜한 소식까지 다 팁토프에게 물어 나르곤 했다. 이 자리에서 밝히는데 그런 일이 심심치 않게 일어났다. 옛날 사람이어서 그런지 몰라도 나는 원래 늘 자유롭게 살고 마음대로 말하는 사람이다. 그러나 설사 내가 늘 마음대로 말하고 행동했다 치더라도, 나는 적어도 내가 무수히 알고 있는 위선자, 그러니까 성스러움이라는 가면으로 자신들의 결함과 죄악을 덮고 살아가는 악당들만큼 나쁜 놈은 아니다.

나는 결코 위선자가 아니며 그래서 이렇게 모든 것을 깨끗하게 자백하고 있는 것이다. 따라서 엄밀하게 말하자면 내가 정당하지 못한 계략으로 적들을 무력화하려고 애쓴 적이 있다는 사실 역시 고백하고 넘어가야겠다. 모든 것이 내가 영지 상속권을 확보할 수 있느냐에 달려 있었다. 건강 상태가 안 좋은 레이디 린든이 죽으면 나는 하루아침에 거지가 되고 말 테니까. 그래서 그동안 돈이든 뭐든 내가 가진 것은 모조리 털어 넣었지만, 영지가 내 손안에 들어오는 것은 어림 반 푼어치도 없는 일이었다. 모든 빚더미가 결국 내 어깨 위에 얹히게 될 터였다. 그리고 내 적들은 나를 상대로 승리를 거두게 될 터였다. 그것은 나처럼 명예를 중시하는 사내에게는 어떤 시인이 말했듯 '세상에서 가장 무자비한 칼'*이었다.

다음으로 고백할 일은, 내가 그 악당들을 대신할 사람을 만들고 싶어 했다는 사실이다. 그러니까, 내 재산을 상속할 사람이 없으면 나는 아무것도 할 수가 없었기 때문에 **아이를 하나 더 찾아내기로 마음먹었다**는 뜻이다. 상속자가 될 아이를 가까이 둘 수만 있다면, 그리고 그 애가 내 혈육이기만 하다면 그 애가 비록 서자 딱지를 달고 살아가더라도 아무 문제가 될 것이 없었다. 내가 적들의 교묘한 술책을 알아낸 것은 그 무렵이었다. 그들이 레디 린든에게 내 계획을 알렸던 것이다. 레디 린든은 겉보기에는 더없이 순종적인 아내였다. 내가 그녀를 그렇게 만들었으니까. 나는 그녀가 편지를 쓰는 것은 물론 받는 것도 허락하지 않았고, 내 감시가 미치지 않는 곳에 가는 것도 허락하지 않았다. 내가 생각하기에 그녀의 허약한 건강에 해롭지 않을 것 같은 모임에 나

---

* 'unkindest cut of all': 셰익스피어의 희곡 「줄리어스 시저Julius Caesar」 3막 2장에서 인용한 표현이다. 시저는 위대한 정치가였지만 권력을 장악하자 황제가 되기를 꿈꾼다. 시저의 양아들 브루투스는 이상적인 정치가로 독재를 혐오했다. 그는 결국 공화정을 지키고자 하는 순수한 마음으로, 로마 시민에 대한 사랑으로 시저 살해에 앞장서게 된다. 그러나 약삭빠른 안토니우스는 피 묻은 시저의 옷을 내보이며 로마 시민들의 감정에 호소해 브루투스를 패륜아로 몰아 추방하고 자신이 권력을 잡는다. 이 표현은 안토니우스의 연설에 등장하는 표현으로, 시저가 맞은 수십 개의 칼 가운데 자신이 믿고 아끼던 브루투스에게 맞은 그 칼이야말로 가장 무자비한 칼이었다는 뜻이다. 작품 속에서 시저는 "브루투스 너마저"라는 대사를 남기고 죽는다.

가는 것 말고는 사람을 만나는 것도 허락하지 않았다. 그런데도 그 악랄한 팁토프는 내 계획이 무엇인지 알아내서 즉각 대비책을 세웠다. 편지는 물론 내 명예를 훼손하는 인쇄물까지 활용해서 나를 공공의 적으로 만들었던 것이다. 그들이 부르는 호칭을 빌리자면 나는 '어린이 위조범'이었다. 다른 방법이 없기는 했지만, 당연히 나는 그 혐의를 부인했고 팁토프 집안사람 중 누구든 좋으니 나와 명예로운 결투장에서 만나 대결을 하자고, 당장은 힘들겠지만 팁토프가 말 그대로 사기꾼에 거짓말쟁이라는 사실을 증명해 보이겠다고 제안했다. 하지만 그들은 변호사를 통해서 내 대답을 듣는 것에 만족했고, 당당한 남자라면 누구나 받아들일 나의 초대는 거절했다. 상속자를 만들려던 내 희망은 그렇게 완전히 좌절되었다. 레이디 린든 역시 (무슨 일에든 그녀의 반대 따위는 용납하지 않겠다고 이미 말했는데도) 그녀처럼 나약한 여자가 내보일 수 있는 모든 힘을 발휘해 그 제안을 거부했고, 이미 나 때문에 큰 죄를 지었으니 다른 죄를 또 짓느니 차라리 죽겠다고 말했다. 팁토프 덕분에 귀부인 마님을 쉽게 진정시킬 수는 있었지만 내 계획은 이미 다 알려져버려서 시도해봐야 아무 소용이 없었다. 우리는 서로에게 정직한 결혼생활을 하면서 아이를 열두 명쯤 낳을 수도 있었는데, 설사 그랬다 하더라도 사람들은 그 아이들이 가짜라고 말했을 것이다.

이런 말을 하기는 좀 그렇지만, 연금으로 돈을 융통하는 방법에 대해 말하자면 내가 이미 그녀의 생명보험으로 돈을 대출받은 상태였다. 사회보장성 보험*은 그 시절에는 거의 없었고 그 이후에야 런던에 우후

---

* assurance societies: 영국 최초의 생명보험사는 1699년 설립된 '과부와 고아를 위한 보험사(The Society of Assurance for Widows and Orphans)'인 것으로 알려져 있다. 그 회사보다 조금 늦게 몇몇 경쟁사가 등장했는데 영국 경제에 공황을 초래한 초대형 투

죽순처럼 생겨났다. 보험사들은 모두 장사치들이었다. 생각해보면 그들이 기독교권에 살고 있는 그 어떤 여인보다도 내 아내 레이디 린든의 생활에 대해서 더 잘 알고 있었던 것이 분명했다. 나중에 내가 그녀의 생명보험료를 새로 산출해달라고 하자 그 파렴치한 악당 놈들이 아내를 대하는 내 태도 때문에 아내는 1년 만기 상품에도 가입할 수 없다고 말했던 것이다. 마치 그녀를 죽이는 것이 나의 주된 관심사이기라도 한 것처럼! 내 아들이 살아 있었다면 상황이 완전히 달랐을 것이다. 그랬다면 아이랑 아이 엄마가 자신들이 소유한 재산의 상당 부분을 한사 상속* 규제에서 풀어줬을지도 모르는데, 그랬다면 내가 하는 일도 제대로 돌아갔을 텐데. 그러나 상황은 그야말로 엉망진창이었다. 내가 추진했던 계획들은 모두 실패로 돌아갔다. 돈을 빌려 매입한 땅에서는 아무런 이윤도 나오지 않았고, 그 땅을 사느라 빌린 돈에 내야 하는 이자만 어마어마했다. 내게 꽤 많은 수입이 있기는 했지만 그 돈은 모조리 수백 개의 연금과 수천 명의 변호사 수임료에 묶여 있었다. 내 주위에 쳐져 있는 올가미가 점점 더 나를 조여오는 것이 느껴졌지만 도저히 그 덫에서 빠져나올 방법이 없었다.

　그 와중에 설상가상으로, 아내는 지난 12년간 그 지독한 감정 기복과 멋대로 저지르는 바보짓을 내가 다 참고 살아왔는데도, 불쌍한 아

기 사건인 '남해 포말 사건(South Sea Bubble)'의 여파로 1720년대에 대부분 파산했다. 그러나 1720년 왕의 특허장을 받은 두 개의 상해보험 회사 '로열 익스체인지 어슈어런스 Royal Exchange Assurance'와 '런던 어슈어런스London Assurance'가 설립되었다. 새 커리의 기록에 따르면 19세기 전반기에 보험사가 급증했다고 한다.

* 한사 상속(限嗣相續), entail: 소유권에 제한이 따르는 상속으로, 재산을 소유는 하되 매매, 처분은 할 수 없다. 소유권자가 사망하면 직계 상속인에게 그 소유권이 넘어간다. 경우에 따라서는 장자(長子) 상속이나 피상속인이 상속인을 지정, 한정하는 상속을 부르는 용어로도 사용된다.

이가 죽고 2년이 지나자 나를 떠나고 싶어 했고, 그녀의 표현을 빌리자면 '독재로부터 탈출'하려는 시도를 적극적으로 실행에 옮기기 시작했다.

내가 불운에 빠진 뒤에도 여전히 내게 신의를 지킨 사람은 단 한명 우리 어머니뿐이었다. (정말로 어머니는 나를 있는 그대로, 원체 너그럽고 다른 사람을 잘 믿는 성품 때문에 그들의 사악한 농간에 놀아난 순교자요, 희생양으로 봐주었다.) 그리고 첫번째 계획이 진행 중이라는 사실을, 그 계획의 중심 설계자가 늘 그랬듯 교활하고 악의로 가득 찬 팁토프 사람들이라는 사실을 가장 먼저 알아낸 사람도 어머니였다. 성격이 불같고 매사에 유난스럽기는 했지만 배리 부인은 내 집에서 가장 소중한 존재였다. 어머니가 철두철미하게 살림을 통제하고 관리하지 않았다면, 뛰어난 경제관념으로 수많은 식솔이 딸린 그 가정을 운영하지 않았다면, 그 집은 이미 오래전에 난파선처럼 폐허가 되었을 것이다. 한편 너무나 고귀한 숙녀라서 차마 집안일 따위에 관여할 수가 없었던(딱한 영혼 같으니라고!) 레이디 린든은 온종일 의사와 함께 지내거나 신학서적을 보면서 시간을 보냈고 내가 요구할 때가 아니면 우리 앞에 모습을 드러내는 법이 없었는데, 어쩌다가 동석을 하면 여지없이 어머니와 그녀 사이에 싸움이 벌어지곤 했다.

이와 달리 배리 부인은 어떤 것이든 관리하는 재주가 탁월했다. 어머니 밑에서는 하녀들도 빠릿빠릿하게 움직였고 하인들도 맡은 일을 척척 해냈다. 어머니는 지하 창고의 술이나 마구간의 귀리와 건초 더미의 양을 늘 눈으로 확인했고, 염장이나 초절임 요리, 감자나 토탄 저장, 돼지나 닭 도축, 세탁실 업무나 빵 굽는 일 등 그 큰살림 안에서 벌어지는 수천 가지 자질구레한 일까지 모두 직접 감독했다. 아일랜드 가정주

부들이 모두 우리 어머니 같았다면, 단언하는데 지금은 거미줄만 잔뜩 쳐져 있는 벽난로에도 불이 활활 타오르고, 엉겅퀴만 잔뜩 얽혀 있는 사유지에도 양 떼와 토실한 소 떼가 가득했을 것이다. 만약 나의 태평하고 너그럽고 부주의한 성격(고백하건대 내 결점 말고 그 이상은 인정할 수 없다), 그리고 다른 사람들의 악행이 초래한 결과로부터 나를 구원해낼 수 있는 무언가가 있었다면, 그것은 아마도 그 소중한 생명, 즉 어머니의 존경스러운 분별력이었을 것이다. 어머니는 온 집 안이 조용해지고 집 안의 모든 촛불이 다 꺼지기 전까지는 잠자리에 드는 법이 없었다. 독자들도 짐작할 수 있겠지만 나처럼 습관이 든 사람에게는 상당히 어려운 일이다. 나는 대개 여남은 명의 유쾌한 친구와 어울려(그들 대부분이 교활한 악당에 위선적인 놈들이었지만!) 밤마다 술을 마셨고, 혼자서도 맨정신으로는 잠자리에 드는 일이 거의 없었기 때문이다. 의식이 없는 상태로 어머니의 보살핌을 받았던 밤이 어디 한두 밤이던가. 선량한 어머니는 내 부츠를 벗기고 하인들한테 시켜 나를 포근한 침대에 눕힌 뒤에야 초를 들고 내 방에서 나갔다. 그리고 아침이 되면 역시 가장 먼저 내가 마실 약한 맥주를 들고 오곤 했다. 감히 말하지만 그 시대는 사나이가 우유나 홀짝대던 물렁한 시대가 아니었다. 신사라면 술 대여섯 병은 마실 수 있어야 부끄럽지 않게 여겨지던 시대였다. 약한 술을 탄 커피*는 레이디 린든과 그녀의 의사, 그리고 그 밖의 다른 늙은 여자들이나 마시는 음료였다. 내가 그 나라의 어떤 사내보다도 술을 더 잘 마신다는 것이 우리 어머니에게는 크나큰 자랑거리였다. 그래서 어머니는 내 주량이 예전 아버지의 주량과 큰 차이가 없다고 늘

---

* coffee and slops: '슬롭스slops'는 알코올 도수가 낮은 술을 말한다. 존슨의 『영어 사전』에는 이 단어가 "일반적으로 역겹고 별 효험도 없는 민간요법용 술"이라고 풀이되어 있다.

말하곤 했다.

그러니 레이디 린든이 어머니를 싫어했던 것도 무리는 아니다. 물론 그녀 말고도 시어머니를 싫어하는 며느리, 장모를 싫어하는 사위는 세상에 수두룩하다. 내가 어머니한테 시켜서 그 귀부인 마님의 괴벽을 감시하게 했는데 독자들 짐작대로 이것 역시 레이디 린든이 어머니를 싫어하게 된 이유 중 하나였다. 하지만 그러든지 말든지 나는 개의치 않았다. 배리 부인의 도움과 감시만큼 내게 유용한 것은 없었으니까. 설사 레이디 린든을 감시하려고 첩자 스무 명을 심었다 해도, 그들은 어머니가 뛰어난 감시 능력과 사심 없는 배려로 내게 제공해준 정보의 절반도 알아내지 못했을 것이다. 어머니는 집안 열쇠꾸러미를 베개 밑에 놓고 잠을 잤고 그 어느 곳도 감시를 게을리하지 않았다. 여백작이 어디를 가든 그림자처럼 따라다녔고, 아침부터 밤까지 레이디 린든이 무엇을 하는지 그녀의 일거수일투족을 어떻게든 알아냈다. 레이디 린든이 정원에 들어가면 쪽문에서 계속 그녀를 감시했고, 그녀가 마차를 몰고 나가면 배리 부인도 가문 제복을 입은 하인 두 명을 대동하고 따라나서서 마차를 계속 주시하면서 그녀가 무사히 귀가하는지 지켜보았다. 레이디 린든은 반대했지만, 그냥 두면 침울한 침묵에 젖어 방 안에만 틀어박혀 있을 것이 뻔했기 때문에, 나는 일요일이면 여섯 마리 말이 끄는 마차를 타고 다 함께 교회에 가야 한다고, 그리고 그녀가 내 일행과 함께 경마장 무도회에도 참석해야 한다고 주장했다. 언제든 그곳은 늘 나를 괴롭히는 악랄한 법원 집행관들이 없는 청정 지대였으니까. 이것만 봐도 내가 아내를 감금하고 싶어 한다는 중상모략가들의 말이 모조리 거짓말이라는 사실을 알 수 있지 않은가. 하지만 사실은, 그녀가 얼마나 경솔한 여자인지 잘 알고 있었기 때문에, 그녀가 나와 내

가족을 얼마나 미치도록 싫어하는지 잘 알고 있었기 때문에, 그녀가 내 손아귀에서 빠져나가지 않게 계속 감시해야 했던 것뿐이다. 예전에 그녀가 나를 미치도록 사랑했던 만큼, 그동안 그 마음이 딱 그만큼의 광적인 증오로 바뀌어 있었으니까. 그녀가 나를 떠난다면 나는 이튿날 바로 폐인이 될 테니까. 그래서 (나도, 이 사실을 잘 아는 어머니도) 어쩔 수 없이 그녀를 빈틈없이 감시했던 것이다. 그런 걸 감금이라고 하다니, 그런 가소로운 비난은 사절이다. 사내들은 누구나 다 자기 아내를 어느 정도 구속한다. 여자들이 언제든 자기들 내킬 때마다 집을 떠나고 집으로 돌아오는 것이 허용된다면 세상은 참으로 아름다운 곳이 되고 말 것이다. 따라서 내가 내 아내 레이디 린든을 감시한 것은, 그저 세상 모든 남편에게 부여된, 아내에게 순종을 요구할 수 있는 명예로운 권위를 합법적으로 행사한 것에 지나지 않는다.

그러나 여자란 얼마나 교활한 동물인지, 내가 그렇게 그녀를 돌보며 감시의 끈을 늦추지 않았는데도, 만약 내게 어머니만큼 치밀한 협력자가 없었다면 그녀가 내게서 달아나는 것이 가능했을 것이다. 그래서 옛 격언에 '이이제이(以夷制夷)'라는 말이 있는 것이다. 여자를 제압하는 가장 좋은 방법은, 똑같이 교활한 동물인 여자에게 그녀를 감시하는 일을 맡기는 것이다. 그런데 그녀가 다음과 같은 일을 당했다고 하면, 그러니까 내가 그녀의 편지를 모조리 다 읽어보고 그녀가 만나는 사람들도 모두 치밀하게 감시했다고 하면, 게다가 그녀가 자신의 가족들과 뚝 떨어진 아일랜드 벽지에 살고 있었으니까, 독자들은 그녀의 동맹군, 그러니까 그녀가 '유명한 사람들'이라고 즐겨 부르던, 그녀를 망치는 사람들과 소통할 방법이 그녀에게 전혀 없었으리라고 생각할지도 모르겠다. 그러나 이제 들려줄 내용대로 그 와중에도 그녀는 내 코앞에서 몰래 서신 교환을 하면서 내게서 달아나려는 음모를 치밀하게 추진해가고 있었다.

언제나 지나칠 정도로 옷을 좋아했던 그녀는(나는 그녀를 기쁘게 해줄 금전적인 여유가 없었고 모자 장수한테 갚아야 할 내 외상값만 해도 수천 파운드에 이르렀는데도) 여러 사정에 전혀 굴하지 않고 기발한 방법을 생각해냈다. 자신이 꿈꾸는 대로 제작한 옷, 모자, 주름 장식, 옷단 장식 따위로 가득한 상자를 계속 더블린에서 배달 받고 또 그리로 보내고 했던 것이다. 물건이 올 때 그녀의 모자 장수가 보내는 편지들도 함께 왔는데, 모두가 매번 그게 그거인 아내의 온갖 주문에 대답하는 내용의 편지였다. 그 편지들 역시 내 손을 거쳤지만 한동안 나는 그 편지들을 전혀 의심하지 않았다. 그러나 동정 어린 잉크로 쉽게 쓰인 그 편지들에는 그 귀부인 마님이 동맹군들과 주고받은 내용이 모두 포함되어 있었다. (물론 앞서 말했듯 내가 그 속임수를 알아내기 전까지 한동안이기는 했지만) 그 안에 나를 비난하는 어떤 내용이 담겨 있었을지는 하늘만이 아실 일이다.

영리한 배리 부인은 아내가 모자 장수에게 편지를 쓰기 전에는 언제나 음료를 만들 거라며 레몬이 필요하다고 말한다는 사실을 눈치챘다. 어머니는 그 사실을 내게 알렸고 나는 이리저리 궁리하다가 그녀의 편지 한 통을 불에 가까이 대보았다. 그러자 그 악랄한 계략의 전모가 백일하에 드러났다. 그 불행한 여자가 만든 교활하기 짝이 없는 편지들 가운데 한 통을 증거로 독자들 앞에 내놓을 수도 있다. 원래 커다란 글씨로 줄 간격을 넓게 띄어 쓴 그 편지는 그녀가 망토 제작자한테 보내는 일련의 지시 사항으로, 자신에게 필요한 옷 품목, 옷 제작 시 신경 써야 할 특이 사항, 자신이 선택한 원단 등등 뭐 그런 내용이 담겨 있었다. 그녀는 그런 식으로 긴 목록을 작성했다. 그런데 각기 다른 문단으로 구분된 각 항목 사이의 간격이 유난히 넓었다. 바로 그 여백에 나의 잔인한 행동과 자신이 저지른 엄청난 실수에 대한 내용이 레몬즙으로 자세히 적혀 있었던 것이다. 그러니까 그것은 행간에 기록된 그녀의 '감금 일기'였다. 그 내용을 베껴서 '사랑스러운 포로' '야만적인 남편', 혹은 이와 비슷한 터무니없는 제목을 붙여 세상에 출간하면 소설가한테 제법 큰돈을 벌어줄 만한 일기였다. 그 일기 내용을 조금만 옮겨보면 다음과 같다.

* * * * *

"월요일. ―어제는 교회에 끌려갔어요. 노란색 새틴 옷을 입고 빨간색 리본을 맨 혐오스럽고 괴물 같고 천박한 시어머니라는 암컷 용이 마차 상석을 차지했죠. L씨가 그 옆자리에 탔고 말은 그가 월급을 준 적이 없는 허들스톤 대위가 몰았어요. 그 사악한 위선자는 모자를 손에 들고 만면에 미소를 띤 채 나를 신도석으로 인도했고, 예배가 끝난 뒤 내가 마차에 오를 때는 내 손에 키스를 하고 나의 애완견인 이탈리아산 그레이하운드를 쓰다듬기까지 했어요. 그 모든 것이, 몇 명 되지도 않는 거기 모인 사람들이 볼까 봐 하는 행동이었죠. 저녁에는 나를 아래층으로 불러내 자기 손님들과 함께 차를 마시게 하더군요. 거기 있던 네 명 가운데 그를 포함해 세 명이 늘 그렇듯 이미 술에 취해 있었어요. 그들은 담임 사제가 일곱번째 술병을 비우고 평소처럼 인사불성이 되자 그 사제의 얼굴을 검게 칠했어요. 그러고는 그 사제를 회색 암말에 얼굴이 꼬리 쪽으로 가게 거꾸로 태우고는 묶어버렸죠. 암컷 용은 잠자리에 들기 전까지 저녁 내내 『인간의 전적 의무』를 읽었어요. 그 여자는 내가 방 안으로 들어가는 것을 확인하고 밖에서 문을 걸어 잠근 뒤, 자신이 사랑하는, 사악함으로 가득한 금쪽같은 아들 시중을 들러 가더군요. 내 생각에는 캘리번을 대하는 시코락스*의 지극 정성이 저러지 않았을까 싶어요."

* * * * *

내가 앞의 글을 소리 내어 읽어줬을 때 우리 어머니가 얼마나 화를 냈는지, 독자들이 그 모습을 직접 봤어야 하는 건데! 나는 늘 장난치는 것을 좋아해서(고백하건대, 앞에 서술된 대로 내가 그 사제한테 장난을 친 것은 진실이다) 레이디 린든이 앞에서 어머니에게 부여한 온갖 **찬사들**이 꼭 배리 부인의 귀에 들어갈 수 있게 신경을 썼던 것이다. 그 소중한 편지 속에서 어머니는 '용'이라고 불렸고 때로는 '아일랜드 마녀'라는 호칭으로 표현되기도 했다. 나는 '나의 간수' '나의 독재자' '나에게 통치권을 행사하는 시커먼 영혼' 등등으로 불렸다. 하지만 그 글 속에는 나의 힘에 대한 찬사인 그런 호칭들만 있었을 뿐, 나의 온화한 성품에 대해 언급한 별명은 거의 없었다. 다음은 그녀의 「감금 일기」에서 발췌한 또 다른 내용이다. 이 내용을 보면 내가 해외여행을 하는 것에 그토록 무관심한 척했던 아내 역시 날카로운 직감을 지닌 여자, 다른 여자들처

---

* 셰익스피어의 희곡 「템페스트The Tempest」에 등장하는 인물들이다. 캘리번Caliban은 밀라노 공국의 왕이자 위대한 마법사인 프로스페로의 마법에 걸려 그의 노예로 전락한 흉측한 괴물이다. 프로스페로의 명령에만 복종할 뿐 본능을 조절하는 도덕관조차 갖추지 못한 흉물로 묘사된다. 캘리번의 어머니 시코락스Sycorax는 사악한 마녀로 프로스페로와 마법 대결을 했다가 패한 뒤 화병으로 사망한 인물이다.

럼 질투도 할 줄 아는 여자였다는 사실을 알 수 있다.

* * * * *

"수요일. —2년 전 오늘 나는 내 삶의 유일한 기쁨이자 마지막 희
망이었던 존재를 빼앗겼어요. 사랑하는 아이가 하늘의 부르심을 받은
거죠. 그 애가 천국에 가서, 늘 방치만 되어 있다가 간 제 형을 만났을
까요? 내가 무관심 속에 자라도록 내버려둔 아이, 내가 결혼한 독재자
괴물이 집 밖으로, 아니 죽음으로 내몬 그 아이를 만났을까요? 사무치
는 마음속에 간혹 떠오르는 생각처럼 혹시 그 애가 살아 있는 것은 아
닐까요? 찰스 불링던! 얼른 와서 비참한 상황에 빠져 있는 이 어미를
좀 구해주렴. 내가 지은 죄, 너를 차갑게 대했던 내 태도를 이렇게 모두
뉘우치니, 이제 돌아와 어미의 잘못을 호되게 되갚아줘야지! 아니, 아
니에요. 그 애가 살아 있을 리가 없죠! 내가 정말 미쳤나 봐요! 이제 내
게 남은 희망이라고는, 한때 내가 그 이름을 부르며 작별을 고했던 나
의 사촌, **지금 부르니 더 다정하게 느껴지는 그 이름**, 나의 조지 포이닝스
경 그대뿐이에요! 아, 나의 기사, 나의 수호자여, 그대는 늘 그랬듯 지
금도 진정으로 기사도 정신이 투철한 사람이로군요. 비열한 흉악범한
테 감금된 노예 신세로 전락한 날 좀 구해줘요. 그자에게서, 그자의 어
머니인 역겨운 아일랜드 마녀 시코락스에게서 날 좀 구해줘요!"

(이 내용에 이어 그 귀부인 마님이 틈만 나면 수십 장씩 써대던 그런
종류의 시가 쓰여 있었다. 그 시에서 그녀는 자신을 『일곱 영웅들』* 속 사

---

* 『일곱 영웅들*The Seven Champions of Christendom*』: 서유럽의 일곱 수호성인에 관한
  전설을 수집해 엮은 이야기책으로 1596년 처음 출간된 이래로 여러 번 출간되며 큰 인기

브라에 비유하면서, **용**, 그러니까 배리 부인으로부터 자신을 구해달라고 자신의 조지에게 애원하고 있었다. 시 원문은 생략하고 이야기를 계속하겠다.)

"오늘이 그 슬픈 기일이네요. 나를 다스리고 있는 그 독재자는 심지어 비명횡사한 가엾은 내 아이한테도 나를 무시하고 싫어하라고 가르쳤어요. 그래서 그 애가 내 명령을, 내 간곡한 부탁을 거역하고 파멸을 초래할 그 길로 나섰던 거예요. 그때 이후로 내가 얼마나 큰 고통을, 얼마나 심한 굴욕을 견뎌왔는지 몰라요! 나는 내 방 안에 갇힌 죄수랍니다. 혹시 내게 독을 먹이지는 않을까 두려워해야겠지만, 내가 살아 있는 것이 그 상것에게 추악한 이유로 이득이 된다는 사실을, 내 죽음이 그 인간을 폐망으로 이끌 신호탄이 되리라는 사실을 나는 알아요. 그렇지만 나는 감히 문제를 일으켜 역겹고 위선적이고 천박한 그 간수와 나의 일거수일투족을 감시하는 지긋지긋한 그 아일랜드 여자한테서 벗어날 수가 없답니다. 밤이면 중죄인처럼 나를 침실에 가둔 뒤 문을 잠가버리고, 내가 주인과 함께 있겠다는 **명령**을 내릴 때만(**내**가 명령을 내리다뇨!) 날 내버려두거든요. 그러면 나는 그 인간이 난잡한 친구들과 함께 벌이는 술잔치에 동석해 그 끔찍한 이야기들을 들어요. 그 인간이 결국 만취해 구역질나는 그 술주정을 또 시작할 때까지! 그 인간은 겉으로 정조를 지키는 척하는 것조차 진작 포기한 인간이랍니다. 예전에는 말로라도 자신을 매력으로 유혹할 수 있는 여자는 이 세상에 나 하나뿐이라고 했었는데 말이죠! 그러더니 이제는 그 천박한 정부들을 바로 내 눈앞에까지 끌어들이고는, 다른 여자한테서 낳은 자기 자식을

를 누렸다. 일곱 수호성인 가운데 한 명인 성 조지는 용에게 납치된 사브라Sabra라는 이름의 공주를 구출한다.

내 재산의 상속인으로 승인하라는 강요까지 하더군요, 세상에!

아뇨, 난 절대로 굴복하지 않을 거예요! 그대, 예전부터 나의 친구였던 조지, 그대만이 린든 영지의 상속인이 될 수 있어요. 운명의 여신은 어째서 나를 수중에 넣고 온갖 전횡을 일삼는 그 혐오스러운 남자 대신 그대와 나를 맺어주지 않았을까요? 어째서 불쌍한 칼리스타를 행복하게 만들어주지 않았을까요?"

* * * * *

한 통에 몇 장씩이나 되는 그 편지들은 모두 깨알 같은 글씨로 빽빽하게 적혀 있었다. 이런 글을 쓰는 사람이라면 분명 세상 그 누구보다도 어리석고 허영심이 강한 것은 아닌지, 보살핌을 받기를 원한 것은 그녀 자신이 아니었는지, 이에 대한 판단은 편견 없는 독자들에게 맡기고자 한다. 나는 그녀의 옛 애인 조지 포이닝스 경에게 바치는, 수십 장에 달하는 열렬한 그 글들을 모두 여기에 베껴 쓸 수도 있다. 그 편지에서 그녀는 그를 세상에서 가장 다정한 호칭들로 부르면서 압제자로부터 자신을 지켜줄 도피처를 찾아달라고 애원하고 있었다. 하지만 그 글을 베끼는 일은 나도 피곤하게 만들 테지만 읽는 독자들도 피곤하게 만들 것이다. 물론 그 불운한 여인이 실제보다 훨씬 생생하게 글을 쓰는 재주가 있었던 것만은 사실이다. 노상 소설 같은 쓰레기들을 읽어댔으니까. 그러면서 소설 속 허구적 인물에 자신을 이입하는 방식으로, 과장으로 가득한 감상적인 글 속으로 도피하곤 했으니까. 내가 아는 그 어떤 여자보다도 감정이 메말랐으면서 사랑에 빠지고 싶은 격정적인 마음을 그런 식으로 표현하곤 했으니까. 그녀는 늘 정열의 불꽃에 휩싸여 있는 사람처럼 글을 썼다. 지금 내게는 그녀가 자신의 애완견에 대해 쓴 비가도 있다. 그 노래는 그녀가 쓴 글 가운데 상냥하고 애처로운 마음이 가장 잘 표현된 글이다. 그리고 그녀가 가장 아끼던 하녀 베티에게 남긴 더없이 다감한 회한의 기록도 있다. 그녀는 늘 자신과 싸움질을 해대던 가정 감독관에게도, 자신의 지인 대여섯 명에게도 글을 남겼다. 각각의 글 속에서 그녀는 자신이 다른 상념으로 지면을 채우던 순간을 까맣게 잊고 그들을 모두 세상에서 가장 친한 친구라고 부르고 있었다. 자식들에 대한 그녀의 사랑 이야기를 하자면, 앞에 인용한 글만 보아도 그녀가 진짜 모성애가 있는 엄마인 양 자신을 포장하는 능력이 얼마나 탁월한 여자였는지 알 수 있다. 그녀가 한 아이의 죽음을 기록한 저 앞의 문장에서는 그녀의 자기중심성과 나에 대한 분노가 배어나온다. 그녀가 바란 것은 오직, 약간이나마 자신에게 개인적으로 이득이 될 수도 있는 다른 자식을 무덤에서 불러내는 것뿐이었다. 실은 그저, 우리 사이를 이간질하는 아첨꾼들로부터 그녀를 떼어놓으려고, 온갖 못된 것들로부터 그녀를 격리하려고 내가 그녀를 엄하게 대한 것이라면 누가 감히 내가 잘못했다고 말할 수 있겠는가? 이 세상에 구속복을 입어 마땅한 여자가 있다면 그건 바로 레이디 린든이었다. 그리고 내가 아는 그 시절 사람 중에는, 딴 남자한테 정신이 팔려 있던 허영심 강한 그 멍청이에 대면 그 절반만큼도 죄를 짓지 않았는데도, 빡빡 깎인 머리에 족쇄를 차고 짚단으로 만든 침대에서 살다 간 이들도 있다.[32)]

    그 편지에 담긴 어머니와 나에 대한 비난에 어머니가 어찌나 분개했던지, 우리가 그 편지의 존재를 알고 있다는 사실을 레이디 린든한테 자꾸만 밝히려고 해서, 그걸 말리느라 내가 아주 혼쭐이 났다. 내 목표는 그녀의 계획을 우리가 알고 있다는 사실을 그녀가 계속 모르게 하는 것이었다. 그들이 어디까지 갈지, 그녀가 그 계획을 어디까지 이루어낼지 알고 싶은 마음이 간절했기 때문이다. 그 편지들은 (소설이 그렇듯) 서신 교환이 거듭될수록 점점 더 흥미로워졌다. 듣기만 해도 가슴이 저린, 그녀에 대한 나의 부당한 처사가 그림처럼 그려졌다. 내가 그렇게 흉물스러운 존재라면 그녀가 욕하지 않을 만한 점이 내게는 전혀 없는 것인지, 그녀가 직접 겪은 적 없는 그 비참함과 굶주림의 정체가 대체 무엇인지 나는 알 수가 없었다. 린든 성 우리 집에서 보는 그녀의 겉모습은 그동안 내내 충분히 기름지게, 그리고 만족스럽게 살고 있는 사람처럼 보였기 때문이다. 그녀는 소설 탐독과 허영심 때문에 머리가 어떻게 된 것 같았다. (단언컨대 하루에도 수천 번씩 욕먹어 싼 짓을 저지르는) 그녀한테 나는 험한 말 한마디 할 수가 없었는데도 그녀는 내가 자신한테 고문을 가하고 있다고 주장했다. 또 우리 어머니 역시 그녀한테 항의 한 번 할 수가 없었는데도 그녀는 발작성 히스테리를 일으키고는 그 소중한 노인이 자기 병의 원인이라고 주장했다.

마침내 그녀는 자살해버리겠다는 협박을 하기에 이르렀다. 그렇다고 해서 내 주위의 날붙이를 모두 치워버린 것은 아니었지만, 나는 그녀가 가터를 사용하지 못하게 금했고, 그녀의 주치의로 하여금 병원을 정리한 뒤 그녀만 전담으로 진료하게 했다. 그녀의 성격을, 그리고 기독교권에 살고 있는 사람 중에 그녀만큼 자신의 소중한 목숨에 손을 댈 가능성이 낮은 사람도 없다는 사실을 누구나 아주 잘 알고 있었는데도, 그녀의 그런 위협은 늘 듣는 이에게 큰 영향을 끼치는 것이 분명했다. 곧 모자 장수의 소포 상자가 시도 때도 없이 도착하기 시작했고, 그녀에게 발송된 청구서에는 곧 도우러 올 테니 안심하라는 내용이 적혀 있었다. 기사도 넘치는 조지 포이닝스 경은 자신이 직접 사촌을 구출하러 오겠노라고, 인간의 가치를 바닥에 떨어뜨린 천하의 끔찍한 악당의 억류에서 사랑하는 사촌이 풀려났으면 한다는 말을 예의를 갖추어 내게 직접 하겠노라고 말했다. 그리고 일단 그녀가 자유의 몸이 되고 나면 나의 잔인함과 내 쪽에서 저지른 온갖 종류의 잘못들을 근거로 이혼할 방법을 찾아보자고도 했다.

　나는 앞서 언급했던 나의 친척이자 대자이자 비서인 사내, 그 당시 린든 성 재산의 쓸 만한 대리인이었던 레드먼드 퀸한테 시켜서 그 소중한 문서들을 일일이 꼼꼼하게 필사했다. 그는 나의 옛 애인 노라의 아들로, 내가 갑자기 너그러운 마음이 샘솟아서 트리니티대학교에서 공부도 시켜주고 평생 생활비도 대주겠다고 약속하며 데려다놓은 아이였다. 하지만 그는 대학을 다닌 지 딱 1년 만에 학교에서 쫓겨났다. 교수들이 수업료를 납부할 때까지는 식당이나 강의실에 들어오는 것을 허락하지 않겠노라고 했다는 것이다. 몇 푼 되지도 않는 수업료 가지고 치사하게 구는 그들의 뻔뻔한 태도에 기분이 상한 나는 그곳을 후원하겠다는 내 의사를 철회한 다음, 오촌 조카인 그 신사에게 린든 성으로 오라고 명령했고, 그곳에서 내가 직접 그를 가르쳐 수백 가지 면에서 내게 쓸모 있는 사람으로 만들었다. 조카는 사랑하는 내 어린 아들이 살아 있었을 적에는, 그 애의 도도한 자존심이 허용하는 한도에서 그 가엾은 아이를 가르치기도 했다. 물론 장담컨대 사랑스럽고 가엾은 브라이언을 서재에 붙잡아두는 것이 작은 난관이기는 했지만 말이다. 그 뒤로 조카는 배리 부인의 장부를 기록했고, 내가 오만 가지 재산의 대리인이나 변호사들과 끝도 없이 주고받는 편지들을 필사했으며, 저녁이면 나와 어머니와 함께 피켓이나 주사위놀이를 했다. (부전자전이라고 제 아비를 닮아 사고방식이 얄팍하고 천하기는 했지만) 그는 레이디 린든의 오르간 연주에 맞추어 함께 플루트를 불 수 있을 정도로 재주 가 많은 사내였다. 때로 그 두 사람이 함께 프랑스어나 이탈리아어 책 을 읽기도 했는데, 귀부인 마님이 갖고 있는 책이나 그녀가 쓰는 어휘 가 상당히 학구적이었던 덕분에 조카의 2개 국어 역시 완벽할 정도로 유창해졌다. 그들을 감시하던 늙은 어머니는 두 사람이 그 외국어로 대 화를 나누는 것만 들으면 몹시 화를 냈다. 두 언어 모두 한마디도 알아 들을 수가 없었기 때문이다. 배리 부인은 늘 분노에 차 두 사람 이야기 를 하면서, 둘이 외국어로 대화를 나누고 나면 항상 뭔가 새로운 작전 이 실행된다고 말했다. 하지만 레이디 린든은 그저 노부인을 끝도 없이 짜증 나게 만들려고 세 사람이 한자리에 있을 때 프랑스어나 이탈리아 어로 퀸한테 말을 걸었던 것뿐이다.

그를 가르친 사람도 나요, 그에게 쓸모 있는 능력을 잔뜩 장착해준 사람 역시 나였기 때문에 나는 조카의 충성심과 관련된 문제에 대해서 는 완전히 마음을 푹 놓고 있었다. 게다가 그가 믿을 만한 사람이라는 점을 증명할 수 있는 증거들이 수도 없이 많았다. 그는 내 아내의 불평 에 대한 대답으로, 귀부인 마님이 주로 책을 빌려 읽던 대출 도서관의 가죽으로 장정된 책 표지 사이에 숨겨져 있던 조지 경의 편지 세 통을 내게 가져다주었다. 또 조카와 아내는 싸우는 일이 무척 잦았다. 그녀 가 틈만 나면 조카의 기분 좋을 때 걸음걸이를 흉내 냈기 때문이다. 게 다가 오만한 그녀는 재단사의 손자와 한 테이블에 동석하는 일이 없었 다. 내가 책과 플루트를 들려 퀸을 보내줄 테니 함께 즐거운 시간을 보 내면 어떻겠느냐고 제안하면 그녀는 이렇게 말하곤 했다. "그 혐오스러 운 퀸만 빼고 누구든 나한테 보내줘요. 말벗이나 하게." 아무리 우리가 싸우는 걸 좋아했어도 노상 싸움질을 해댔다고 생각해서는 안 된다. 내가 그녀한테 신경 쓰는 것 자체가 가끔 있는 일이었으니까. 때때로 우리는 한 달 동안 싸우지 않고 친구처럼 지내기도 했다. 그렇게 멀쩡히 잘 지내다가도 돌연 2주 내내 싸우는 경우도 있었지만 말이다. 그러면 그녀는 한 달 동안 자기 방에 틀어박혀서 꿈쩍도 하지 않았다. 귀부인 마님은 이런 집안 사정을 특유의 괴상한 방식으로 스스로 「감금 일기」라 이름 붙인 그 편지에 모조리 다 기록했다. 그 편지들은 참으로 굉장한 문서였다! 그녀는 가끔 이렇게 썼다. "우리 집 괴물이 오늘은 거의 하루 종일 친절했어요." "오늘은 우리 집 악당이 황송하게도 날 보고 웃어주더라고요." 그러다가도 불쑥 어조를 바꾸어 사납게 나에 대한 혐오감을 드러냈다. 하지만 불쌍한 우리 어머니에 대한 감정은 **한결같이** 증오뿐이었다. 예컨대 이런 식이었다. "오늘은 그 암컷 용이 아파요. 이참에 하늘이 그 여자를 데려갔으면 좋겠어요!" "봇짐 장수나 하던 그 흉물스러운 아일랜드 노파가 오늘은 계속 빌링스게이트*로 나를 대하더군요" 등등. 이런 문장들을 배리 부인한테 읽어주거나 원래 대부분 프랑스어나 이탈리아어로 쓰인 그 문장들을 영어로 번역해주면, 그 노인으로 하여금 그녀의 비난에 분노하게 만드는 데 실패하는 법이 없었다. 그러면 내가 '나의 감시견'이라고 부르던 어머니는 항상 기민함을 유지하게 할 수 있었다. 그 문장들을 번역하는 데 젊은 퀸이 큰 도움이 되었다. 고급 독일어야 군 복무 시절 익혀서 나도 당연히 잘 알고 있었지만 이탈리아어는 전혀 몰랐기 때문에 그 충직하고 값싼 통역사의

---

* Billingsgate: 런던의 빌링스게이트 어시장의 명칭이지만 그곳에서 유래된, 욕설이 섞인 천박한 언어를 뜻하기도 한다. 존슨의 『영어 사전』에는 빌링스게이트가 '언제나 하층민들이 붐비고 싸움질과 욕설이 끊이지 않는 곳'이라고 풀이되어 있다.

도움을 기꺼이 받았던 것이다.

그러나 그 값싸고 충직한 통역사, 나의 대자, 내가 장본인은 물론 그 가족에게까지 무한한 혜택을 베푼 친척은, 실제로는 나를 배신하려는 시도를 하고 있었고, 최소한 몇 달 동안 내 적과 동맹을 맺고 있었다. 그들이 더 일찍 움직이지 않은 이유는 모든 반역에서 가장 중요한 원동력, 즉 자금이 부족했기 때문이라고 나는 믿고 있다. 내 집에는 모든 것이 끔찍할 정도로 부족했으니까. 그런데 그들은 그런 와중에, 아무런 의심도 받지 않고 내 집을 드나들던 내 대자라는 그 악당을 통해 용케 돈을 마련했다. 그러니까 내가 그들의 계획에 대해 전혀 의심하지 않는 동안, 바로 우리의 코 밑에서 작당모의가 착착 진행되고 있었고 탈출 수단인 우편마차까지 준비되고 있었던 것이다.

내가 그들의 계획을 알게 된 것은 순전히 우연이었다. 나의 광산 관리인 중 한 명한테 예쁜 딸이 한 명 있었다. 그리고 그 어여쁜 아가씨한테 아일랜드 사람들 말로 바첼러bachelor, 그러니까 애인이 있었는데, 팀이라는 그 친구가 린든 성으로 편지를 배달하는 우편배달부였다. (그 편지들 대부분이 내게 날아오는 빚 독촉 편지였다. 젠장!) 그 우편배달부가 자기 애인한테 자기가 어떻게 해서 퀸 도령한테 전달할 돈 봉투를 마을에서부터 운반하게 되었는지 털어놓았던 것이다. 우편배달부 팀은 자기가 몇 시쯤 마차를 몰고 나루터로 갈 예정인지도 퀸에게 알려주었다고 했다. 나한테 아무것도 숨기는 것이 없었던 루니 양은 내게 불쑥 그 이야기를 모두 털어놓고는, 내가 추진하고 있는 계획이 무엇인지, 내가 마을에서 운반해온 그 뇌물을 챙겨서 미리 불러놓은 그 마차에 태워 멀리 떠나보내려고 하는 불쌍하고 불운한 여자가 누구인지 물었던 것이다.

그러자 비밀의 총체적인 모습이 머릿속에 환하게 그려졌다. 내가 가슴속으로 깊이 아끼던 남자가 나를 배신하려 한다는 사실도. 처음에는 그 연놈이 탈출 작전을 감행하는 현장을 덮칠까, 마차를 타려면 나루터로 건너가야 하니까 거기서 그것들을 반쯤 익사시켜버릴까, 아니면 레이디 린든의 눈앞에서 그 젊은 반역자를 총으로 쏴 죽여버릴까, 그런 생각을 했다. 하지만 두번째로 든 생각은 탈출 소식이 알려졌다가는 분명 온 나라가 시끄러워지리라는 예감이었다. 그러면 그 빌어먹을 정의로운 인간들이 득달같이 달려들어 내 귀에 대고 여러 소리를 떠들어댈 테고 결과적으로 내게 득 될 것이 없었다. 그래서 나는 어쩔 수 없이 분노를 가라앉히고, 그 추악한 음모가 막 실행되려는 그 순간에 그것을 박살 낼 수 있게 된 데 만족하기로 했다.

나는 집으로 돌아와 단 30분 만에, 그리고 고작 몇 번 무시무시한 표정을 지은 끝에 레이디 린든을 내 앞에 무릎 꿇렸다. 그녀는 내게 모든 사실을 자백하고 용서해달라며 애원했다. 그리고 다시는 그런 시도를 절대로 하지 않겠노라고 맹세까지 했다. 그녀는 또 내게 모든 것을 털어놓아야겠다는 생각을 50번도 더 했지만, 자신의 공범인 그 불쌍한 젊은이한테 화가 미칠까 봐 그러지 못했다고 했다. 실은 퀸이 그 못된 짓거리를 모두 설계하고 기획한 장본인이라는 뜻이었다. 나는 그 진술이 완전히 거짓말이라는 사실을 알고 있었지만 짐짓 그 말을 믿는 척했다. 그러고는, 그녀가 시인한바 그 음모에 자금을 댄, 그리고 그 계획에서 중요한 역할을 맡고 있던 사촌 조지 경한테 편지를 한 통 써 보내라고 그녀에게 요구했다. 간단히 말하자면, 그가 제안했던 나라로 여행을 가는 문제에 대해 생각해보았는데 마음이 바뀌었다고, 사랑하는 남편이 건강 상태가 안 좋으니 집에서 그를 간호하는 편이 더 나을 것 같다고 써 보내라는 이야기였다. 그러고 나서 나는 천연덕스럽게 추신까지 불러줬다. 귀족 나리께서 친히 린든 성을 방문해주시면 내게 큰 기쁨이 될 것이라는, 그리고 내가 그 옛날 내게 큰 만족감을 느끼게 해줬던 조지 경과의 친분 관계를 다시 회복할 수 있기를 간절히 바라고 있다는 내용의 추신이었다. 끝으로 나는 아내에게 이렇게 말했다. "나는 그자랑 이웃으로 지내던 그 옛날, 그자와 대결하는 즐거움을 손꼽아 기다리던 그 옛날만큼 그자를 금방 찾아낼 수 있소." 나는 그가 내 말뜻, 그에게 덤벼들 빌미만 생기면 곧바로 검으로 그의 몸을 베어버리겠다는 뜻을 완벽하게 알아들었으리라고 생각한다.

그런 다음 나는 신의 없는, 조카라는 그 악당 놈과 면담을 했는데, 면담에서 그 젊은 반역자는 내가 예상하지 못했던 씩씩함과 뻔뻔함을 보여주었다. 내가 그의 배은망덕함을 비난하자 그는 도리어 이렇게 맞받아쳤던 것이다. "내가 당숙께 무엇을 빚졌습니까? 당숙을 위해서 오랫동안 온갖 궂은일을 도맡아 해왔는데요. 세상 그 누구도 타인을 위해 그렇게까지 일하지는 않습니다. 그것도 월급 한 푼 안 받고 말이죠. 나를 적으로 삼은 사람은 당숙 본인입니다. 내 영혼이 반감을 느낄 일만 시키셨잖습니까. 나를 불운한 당숙모를 감시하는 첩자로 만드셨죠. 당숙한테 학대를 당하는 기구한 팔자도 그렇지만 너무 연약해서 보기만 해도 마음이 짠해지는 분인데 말입니다. 그런 분을 함부로 이용해먹는 당숙을 지켜보는 것이 내게는 심신이 괴로울 정도로 견디기 힘든 일이었습니다. 그래서 당숙한테서 탈출하는 일을 도우려고 했던 겁니다. 감히 말씀드리는데 기회가 된다면 나는 똑같은 시도를 또 할 겁니다." 그 건방진 태도에 뇌를 날려버리려고 그의 머리를 가격하자 그는 이렇게 말했다. "허! 예전에 당숙의 불쌍한 아들의 목숨을 구한 적이 있는 조

카를 죽이려고 하시는군요. 사악한 제 아버지가 끌고 들어가려고 하는
파멸과 지옥 불에 그 아이가 빠지지 않게 고군분투했던 사람을 말입니
다. 이러니 전능하고 자비로우신 주님께서 직접 개입하시어 그 아이를
이 범죄의 집구석에서 거두어가신 것 아니겠습니까? 나는 이미 몇 달
전에 당숙을 떠나려고 했습니다만, 그 불행한 여인을 구해낼 수 있으면
좋겠다 싶어 다시 눌러앉은 겁니다. 맹세하는데, 그분을 또 때리는 날
에는 다시 음모를 꾸밀 겁니다. 여자한테 대장 행세나 하는 인간 같으
니라고! 그럴 배짱이 있으면 차라리 날 죽이시죠, 이 심장도 없는 양반
아. 그러니까 이 집 하인들까지도 당숙보다 나를 더 좋아하는 겁니다.
어디 날 건드려보세요. 그럼 하인들이 들고일어나 당숙을 당숙에게 딱
어울리는 교수대로 보내드릴 테니까요."

나는 흠 잡을 데 없는 그 연설을 중단시키려고 젊은 신사의 머리를
향해 물병을 던졌고, 병에 맞은 퀸은 바닥에 쓰러졌다. 나는 녀석이 내
게 한 말에 대해 곰곰이 생각해보았다. 그가 가엾고 어린 브라이언의
목숨을 구한 적이 있는 것만은 사실이었다. 그래서였을까, 아이는 죽어
가면서까지 다정하게 그에 대한 애착을 드러냈다. "아빠, 레드먼드한테
잘해줘요." 그것이 아이의 마지막 유언이나 마찬가지였다. 나는 불쌍한
아이가 죽어가는 침상에서 아이가 원하는 대로 하겠노라고 약속했다.
그리고 내가 그 녀석을 함부로 부려먹는 것을 좋아하는 사람이 우리 집
에 거의 없다는 말 역시 사실이었다. 무슨 수를 썼는지 몰라도 그 녀석
은 식솔들한테 엄청난 지지를 받고 있었다. 나 역시 그 악당 같은 하인
놈들이랑 함께 술도 마시고, 나랑 같은 계급에 속하는 다른 사람들이
하는 것보다 아랫것들이랑 훨씬 더 허물없이 지냈는데도, 어찌 된 일인
지 나를 좋아하는 인간은 한 명도 없고 모두 뒤에서 끝없이 내 험담을

웅얼대기만 했다.

　아마도 나는 그 젊은 신사의 목숨을 어떻게 할지 내가 직접 결정을 내리는 곤란한 지경까지 상황을 끌고 가지는 않았을 것이다. 그런데도 그는 세상에서 가장 간단한 방법으로 자신에 대한 처벌 권한을 내 손에서 빼앗아갔다. 머리를 씻기고 붕대를 감아주었더니 의식이 돌아오자마자 마구간으로 가 자신의 말을 끌어냈던 것이다. 그는 마음대로 집과 사유지를 드나들 수 있는 자유로운 몸이었기 때문에 아무런 제지도 받지 않고 내 집에서 사라졌다. 그러고는 나루터에 그 말을 남겨놓은 채, 레이디 린든을 위해 준비해두었던 그 우편 마차를 타고 자취를 감추었다. 그 뒤로 상당히 긴 세월 동안 그를 보지도 못했고 그의 소식을 듣지도 못했다. 그 녀석이 내 집에서 도망친 것은, 자신이 내게 대단히 골치 아픈 적수가 못 된다고 판단했기 때문이다.

　그러나 여자의 교활한 계략은 대단히 골치 아픈 적수가 될 수 있다. 내 생각에, 설사 마키아벨리라고 하더라도, 장기적으로 볼 때 여자의 계략에서 벗어날 수 있는 남자는 이 세상에 없다. 앞에서 서술한, 그녀의 기질적 기만과 나에 대한 증오심을 처리하는 과정에서도 그 증거는 충분히 드러났지만(나를 배신하려던 아내의 계획을 수포로 돌아가게 만든 것은 나의 선견지명과 아내가 직접 쓴 손 편지였다), 내가 온갖 예방 조치를 취하고 내 편인 우리 어머니가 경계를 늦추지 않았는데도, 실제로 그녀는 여전히 어떻게든 나를 속이고 있었다. 내가 만약 먼 곳에서까지 내게 위험의 낌새를 알려온 그 선량한 여인의 충고를 따랐더라면, 아내가 나를 위해 마련해둔 그 덫에 빠지는 일은 없었을 텐데. 그것은 정말로 간단하지만 오히려 성공 확률은 그만큼 더 높을 수밖에 없게 쳐져 있던 덫이었다.

레이디 린든과 나의 관계는 독특한 것이었다. 그녀의 삶은 나에 대한 사랑과 증오가 교대로 나타나는 괴상하기 짝이 없는 과정으로 이루어져 있었다. (가끔 있는 일이기는 했지만) 내가 그녀와 사이가 좋을 때면, 그녀는 아무 이유 없이 더 이상 내 비위를 맞추려고 들지 않고 모순된 감정을 그 어느 때보다 더 있는 그대로 표현했다. 그러니까 어느 순간에는 터무니없이 격렬하게 나에 대한 애정을 표현하다가, 다음 순간에는 곧바로 나에 대한 증오심을 드러내 보이곤 했던 것이다. 내 경험에 따르면 세상에서 가장 사랑받는 남편은 유약하고 만만한 남편이 아니다. 내 생각에, 여자들은 성격이 약간 폭력적인 남자를 좋아하는 것같다. 그리고 자신의 권위를 엄격하게 행사하는 남편을 더 나쁜 남편이라고 생각하는 것 같지도 않다. 나는 일찍이 내 아내를 나에 대한 두려움 속으로 몰아넣은 덕분에 미소 한 번만으로 그녀에게 행복한 시간을 선사할 수 있었다. 그리고 내 손짓 한 번에 그녀는 개처럼 꼬리를 치며 아양을 떨곤 했다. 그 모습을 보면, 학교에 다닌 날은 며칠 되지도 않지만, 학교 선생님의 농담에 큰 소리로 웃어대던 얍삽하고 비겁한 녀석들이 떠올랐다. 그건 군대에서도 마찬가지였다. 하사관이 사병을 괴롭히는 행위는 언제든 장본인인 신병만 빼고 모두를 웃게 만드는 농담거리가 되었던 것이다. 그러니까 현명하고 단호한 남편은 이런 훈육 원칙에 맞게 아내를 길들인다. 그래서 나는 고귀한 신분의 아내로 하여금 내 손에 키스를 하게 했고, 내 부츠를 벗게 했으며, 어디를 가든 하인처럼 그녀를 거느리고 다니면서, 내 기분이 좋은 날을 휴일처럼 여기게 만들었다. 그런데 순종을 훈육하는 이 기간이 너무 길어지다 보니까 그녀를 너무 믿게 되었고, 순종의 일부인 위선이(모든 소심한 사람들의 가슴속에는 거짓말쟁이가 살고 있다) 상대방에 대한 기만이라는 유쾌함과는 거리가 먼 방식으로 발현될 수도 있다는 사실을 잊었던 것 같다.

내게 끝없이 놀려낼 수 있는 기회를 제공해준 그녀의 마지막 모험이 실패로 돌아간 뒤, 그녀의 진짜 의도가 무엇이었는지 알아내려고 내가 경계를 늦추지 않았을 것이라고 생각하는 독자들도 있을 것이다. 하지만 그녀는 감탄을 자아낼 만한 교묘한 위장술로 나를 헷갈리게 만들었고 계속 내게 아양을 떨어 자신의 의도에 대해 안심하게 만들었는데, 그것이 내게는 치명타였다. 하루는 내가 그녀에게 농담을 하면서 다시 여기저기 수심을 재볼 생각인지, 아니면 이미 다른 애인을 찾아냈는지, 그런 것들에 대해 물어보았다. 그러자 그녀는 별안간 눈물을 터뜨리며 내 손을 꼭 쥐고는 열렬하게 외쳤다.

"아, 배리, 내 사랑이 평생 당신뿐이라는 건 당신도 잘 알잖아요! 내가 당신한테 그런 상스러운 말이나 들어야 할 만큼 당신을 행복하게 해주지 못했나요? 아무리 화가 나더라도 당신 쪽에서 먼저 내게 최소한의 선의를 베풀었다면, 나도 영원히 당신 편을 들지 않았을까요? 내가 당신을 얼마나 사랑하는지, 잉글랜드에서 가장 많은 재산을 당신한테 줌으로써 그 증거를 이미 충분히 보여주지 않았던가요? 당신이 그 돈을 써버리는 방식에 대해 내가 불평하거나 비난한 적이 있나요? 아뇨, 그러기에 나는 당신을 너무나 많이, 그리고 너무나 애틋하게 사랑해요. 나는 당신을 언제나 사랑해왔어요. 당신을 처음 본 그 순간부터 당신한테 거부할 수 없는 매력을 느꼈단 말이에요. 물론 내 눈에도 당신의 단점들은 보였고, 당신의 난폭한 성격에 몸이 떨리기도 했죠. 하지만 나는 당신을 사랑할 수밖에 없었어요. 그래서 그런 선택을 함으로써 내 운명이 끝장나리라는 것을 알면서도, 여러 이유와 신분을 불사하고 당신이랑 결혼했던 거예요. 그런데 또 내가 어떤 희생을 하길 바라나요? 그래야만 당신이 나를 사랑할 수 있다면, 아니, 그래야만 당신이 내게 조금이라도 다정하게 대해줄 수 있다면 나는 어떤 희생이든 할 준비가 되어 있어요."

그날 나는 유난히 기분이 좋아져서 그녀랑 화해 비슷한 것을 했다. 그녀의 말을 들은 우리 어머니는 귀부인 마님에 대한 감정이 풀린 나에게 엄숙하게 경고했지만 말이다. "이 사실을 잊지 마라. 그 교활한 창부의 머릿속에는 이미 또 다른 계획이 있을 게다." 그리고 그 늙은 여인의 말씀이 옳았다. 나는 귀부인 마님이 나를 옭아매려고 마련해둔 미끼를 낚싯바늘에 걸려든 생선만큼이나 간단하게 꿀꺽 삼키고 말았던 것이다.

그때 나는 돈 문제로 한 남자와 협상을 하려고 애쓰고 있었는데 그것 때문에 긴급히 처리해야 할 일이 있었다. 하지만 레이디 린든은 상속권 계승 문제로 말싸움을 한 뒤로는 나의 이익을 위한 어떤 서류에도 서명을 하지 않으려고 들었다. 이런 말을 하는 것은 유감이지만, 그녀의 명의가 없으면 시장에서 나 자신의 가치는 보잘것없는 것이었기 때문에 런던이나 더블린의 어떤 대부업자한테서든 한 푼도 빌릴 수가 없었다. 변호사 샤프 씨랑 관련된 불운한 사고 때문에 특히 더블린의 악당 놈들은 단 한 놈도 린든 성에 오게 만들 수가 없었다. 내가 돈을 빌려달라고 해서 샤프 씨가 늙은 유대인 솔로몬과 함께 돈을 갖고 린든 성에 왔었는데, 내 집에서 돌아가다가 내가 준 채권을 강탈당했던 것이다.[33] 그 뒤로 사람들은 더 이상 우리 집 담장 안에서 일어나는 일들을 믿지 않았다. 게다가 그 무렵에는 우리의 수입원인 지대까지 이미 채권자들의 수중에 들어가 있어서 그 악당 놈들한테 내가 얻어낼 수 있는 돈은 고작해야 내 포도주 거래 상인들한테 청구 대금을 지불해줄 수 있을 정도의 액수였다. 잉글랜드에 있던 우리의 재산 역시 앞서 말했듯이 여러 제약이 걸려 있기는 마찬가지였고, 내가 담당 변호사들과 대리인들한테 돈을 구해오라고 하면 그때마다 그 탐욕스러운 악당들은 나에 대해 자신들이 갖고 있다고 주장하는 거짓 권리와 빚을 근거로 돈을 요구하는 대답을 보내오곤 했다.

그런데 바로 그 무렵 런던 그레이 여관에 머물고 있던 한 믿음직스러운 친구한테서 반가운 편지 한 통이 날아왔다. (나의 아흔아홉 가지 질문에 대한 답변이었던) 그 편지에서 그 친구는 돈을 구할 수 있을 것 같다고 말했다. 런던의 꽤 이름 있는 금융 회사에서 보낸 편지 한 통이 동봉되었는데, 광산 이권과 관련된 업무를 처리한다는 그 회사는, 여백작의 서명을 받아 아직 담보로 설정되어 있지 않은 우리의 특정 재산을 담보로 장기 대출을 받아 우선 부동산에 걸려 있는 저당권을 풀면 어떻겠느냐고 제안하고 있었다. 자기네가 여백작을 설득해 자유의지로 서명을 하게 만들 자신이 있다는 것이었다. 그들은 또 이렇게 말했다. 자기네가 듣기로 여백작이 나랑 함께 사는 것이 너무나 무서웠던 나머지 탈출을 감행했다고 하는데, 감금 상태에서 한 서명에 대해서는 그녀가 모두 부인할 수도 있어서 어떤 식으로든 의심스럽고 돈도 많이 드는 소송 문제로 확대될 수 있다고. 그러면서 자기네가 자본을 대기에 앞서, 귀부인 마님이 완벽한 자유의지로 그 거래에 응했다는 사실을 확실히 해둘 필요가 있다고 했다.

그들이 내세운 까다로운 조건으로 보건대 그 제안이 진짜인 것만은 틀림없었다. 나는 아내가 기분이 좋을 때 아내를 설득해, 별 어려움 없이 아내 손으로 직접 편지를 쓰게 했다. 그 소문은 오해 때문에 퍼진 순전한 중상모략으로 우리는 완벽한 부부로 살고 있으며 그녀는 남편이 바라는 일이라면 어떤 서류에든 서명해 협조할 준비가 기꺼이 되어 있다는 내용의 편지였다.

너무나 시기적절하게 들어온 제안이었기에 나는 원대한 희망에 부풀었다. 지금껏 나는 내 채무나 법률 소송 문제 이야기로 독자들을 괴롭힌 적이 없었다. 그즈음에는 그 문제들이 어찌나 방대하고 복잡해졌는지 나 자신도 전체 내용을 다 알지 못할 지경이었고, 긴급하게 처리해야 할 문제들로 나는 반쯤 미쳐 있는 상태였다. 하지만 지금은 그저 이 말 한마디면 충분하다. 돈은 모두 사라졌고 내 신용은 끝장난 상태였다. 그때 나는 내 영지에서 나는 감자, 쇠고기, 양고기, 빵, 토탄 등을 먹고 쓰며 린든 성에서 살고 있었다. 그래서 안으로는 레이디 린든을, 밖으로는 토지 관리인을 계속 살펴야 했다. 더블린에 돈을 받으러 갔다가 그곳 도박판에서 재수 없게 그 돈을 다 잃는 바람에 빚쟁이들을 실망시키고 돌아온 뒤로 2년 동안 나는 더블린에는 모습을 드러낼 엄두조차 내지 못하고 그저 가끔씩 우리 주 읍내에나 나다니는 처지였다. 더블린에는 내게 재수 없는 일이 다시 일어나면 내가 죽여버리겠다고 맹세했던 보안관들이 버티고 있었기 때문이다. 그런데 그때 더없이 반가운 동아줄처럼 목돈을 빌릴 기회가 찾아왔고, 나는 그 기회를 향해 사람이 상상할 수 있는 가장 열렬한 태도로 손짓을 보냈던 것이다.

이윽고 레이디 린든의 편지에 답장이 왔다. 그 빌어먹을 런던의 장사치들이 보낸 그 편지에는, 귀부인 마님이 런던 벌친레인에 있는 자기네 회사 회계실로 직접 납셔서 편지에 적은 내용을 구두로 확인해주었으면 좋겠다는 내용이 적혀 있었다. 자기네가 미리 레이디 린든의 재산 내역 조사를 마쳤으니 그러면 바로 계약을 맺을 수 있을 것이라는 이야기였다. 그러면서 위험을 감수하고 협상을 하러 린든 성을 방문하는 것은 거절했다. 샤프와 새먼 상사* 같은 더블린의 건실한 금융 회사들이 린든 성에서 어떤 대접을 받았는지 이미 알고 있는 모양이었다. 그런데 그쪽에 편지글로 설명할 수 없는 어떤 사정이 있을 수도 있겠다는 생각이 불쑥 들었다. 그리고 그때 빚 독촉에 너무 심하게 시달리고 있었던 터라, 나는 목돈만 내준다고 하면 악마와의 계약서에라도 서명할 수밖에 없는 상황이었다.

나는 여백작을 데리고 런던으로 가기로 결심했다. 어머니가 내게 간청하고 경고했지만 헛수고였다. "너무 믿지 마라. 이번 일에는 뭔가 계략이 있는 것이 틀림없다. 그 사악한 도시에 일단 발을 들여놓고 나면, 너는 위험한 처지에 놓이게 될 게다. 포도주가 떨어지고 유리창이 다 깨져서 그렇지, 여기에 있으면 몇 년 동안은 호사스럽게 살 수 있을 텐데 그러는구나. 놈들은 불쌍하고 순진한 네가 런던으로 들어서자마자 너보다 유리한 고지를 점할 게다. 그리고 내가 이곳에서 듣게 될 첫 소식은 네가 곤경에 처했다는 소식이 될 게다."

"대체 왜 가려는 거죠, 레드먼드? 당신이 지금처럼 친절하게만 대해주면 난 이곳에서도 행복한데 말이에요. 게다가 도의적으로도 우리는 런던에 갈 수 없는 입장이잖아요. 늘 그랬듯이 몇 푼 안 되는 돈을 받아서 다 써버릴 거면서. 우리 그냥 여기서 암수로 양치기 개나 키우고 가금이나 돌보고 안분지족하며 살아요." 아내는 이렇게 말하고는 내 손을 잡고 입을 맞추었다. 그러는 동안에도 어머니는 그저 이렇게 말했을 뿐이다. "흠! 나는 이 일의 배후에 저 애가 있다고 믿는다. 저 애가

---

* Messrs. Sharp and Salmon: 몇 문단 앞에는 회사가 아닌 개인 샤프와 솔로몬Solomon으로 기록되어 있다. 원문에 이름이 다르게 표기되어 있어 다르게 번역했으나 같은 대상을 가리키는 것으로 보인다.

이 사악한 일의 주모자란 말이다!"

나는 아내에게 어머니는 바보라고 말했다. 그러고는 배리 부인에게 불안해하지도 말고 런던 가는 일에 대해서는 더 이상 왈가왈부하지도 말라고 말했다. 나는 상대방의 요구에 모두 따라줄 생각이었다. 여행 경비를 마련하는 것이 문제였지만, 그것 역시 꼭 필요할 때면 언제나 나를 기꺼이 도울 준비가 되어 있는 선량한 어머니가 해결해주었다. 어머니가 쌈지 안에서 60기니의 돈을 꺼내 주었던 것이다. 그것이 연 수입 2만 파운드의 재산가와 결혼한 린든 성 배리 린든이 쓸 수 있는 전 재산이라니, 그동안 (시인할 수밖에 없는) 나의 사치 때문에, 혹은 부적절한 사람을 잘 믿는 나의 성격 때문에, 그리고 다른 이들의 악행 때문에 그 큰 재산이 그렇게 작살이 났던 것이다.

독자들 짐작대로 우리는 우리의 런던행을 공표하지 않았다. 나라 전체에 알리지 않은 것은 물론, 이웃들에게 작별 인사조차 남기지 않았다. 그리하여 그 유명한 배리 린든 씨와 그의 귀족 아내는 존스 부부라는 가명으로 두 마리 말이 끄는 전세 마차를 타고 워터포드로 향했고, 그곳에서 배에 올라 무사히 브리스틀에 도착했다. 파멸을 향해 가는 남자의 여행이 그렇게 편하고 유쾌할 수 있다니! 나는 돈 생각만 하면 기분이 좋았고, 런던으로 가는 역마차 안에서 내내 내 어깨에 손을 얹고 있던 아내는 그것이 우리가 결혼한 이래 가장 행복한 마차 여행이라고 말했다.

레딩에서 묵던 밤, 나는 그곳에서 그레이 여관에 있던 내 대리인에게 사람을 보내어, 다음 날 낮에 합류할 예정이니 나를 위해 숙소도 좀 잡아주고 대출 준비도 서둘러달라고 부탁했다. 아내와 나는 프랑스로 건너가 그곳에서 상황이 호전되기를 기다리자고 합의했고, 그날 밤 함께 저녁을 들면서 프랑스에 가 경비를 아끼며 즐겁게 지낼 계획을 스무 가지나 세웠다. 독자들이 그 풍경을 봤다면 마치 다비와 조안*이 함께 저녁을 드는 모습 같다고 생각했을 것이다. 아, 여자여! 여자여! 레이디 린든의 미소와 감언이설이 지금도 떠오른다. 그날 밤 그녀가 얼마나 행복해 보였는지! 그녀의 행동에서 배어나오던, 순진하게 나를 완전히 믿는 듯한 분위기, 나를 부르던 여러 가지 애정 어린 호칭들은 또 어떻고! 그녀의 그 깊디깊은 위선을 생각하면 지금도 넋을 잃고 감탄할 지경이다. 나 자신과 똑같은 희생자일 것이라고 철석같이 믿었던 사람이 능숙한 사기꾼이었다는 사실을 알면 놀라지 않을 사람이 누가 있겠는가?

우리는 3시에 런던에 도착했다. 약속 시간 30분 전 우리의 마차는 그레이 여관으로 향했다. 테이프웰 씨의 거처는 쉽게 찾을 수 있었다. 그곳은 어두컴컴한 소굴 같았다. 이제 나는 그 불운했던 한 시간 속으로 들어가고 있었다. 희미한 등불 빛과 런던의 음울한 오후 하늘빛이 비치는 더러운 건물 뒤편 계단을 오르는 내내 아내의 창백한 얼굴이 불안해 보였다. 마침내 문 앞에 도착하자 그녀는 이렇게 말했다. "레드먼드, 들어가지 말아요. 안에 위험한 일이 기다리고 있는 것이 분명해요. 우리한테는 아직 돌아갈 시간이 있어요. 아일랜드로든, 다른 곳으로든!" 그러고는 특유의 과장된 태도로 문을 막아서며 내 손을 잡았다.

나는 그 말에 그저 그녀를 옆으로 살짝 밀며 이렇게 말했을 뿐이

---

* Darby and Joan: 18세기 전반부터 영국에서 백년해로한 노부부의 대명사로 불리던 인물들이다. 이 부부의 이름이 처음 등장한 것은 1735년 잡지 『젠틀맨스 매거진 Gentleman's Magazine』에 실린 시 「사랑의 기쁨은 절대 잊히지 않는다The Joys of Love never forgot」인 것으로 알려져 있다.

다. "레이디 린든, 당신은 늙은 바보요!"

"늙은 바보라고요!" 그녀는 펄쩍 뛰며 종을 울렸다. 그러자 기다렸다는 듯 대답이 들려왔고, 머릿가루도 뿌리지 않은 가발을 쓴 곰팡이처럼 생긴 남자가 나타났다. "레이디 린든이 왔다고 전해요." 그녀는 이렇게 말하고는 도도하게 복도를 걸어가며 중얼거렸다. "늙은 바보라니." 그녀의 마음을 상하게 한 것은 '늙은'이란 단어였다. 그거 말고 다른 호칭으로 그녀를 불렀어야 하는 건데.

테이프웰 씨가 있는 퀴퀴한 냄새가 나는 방 안에는 양피지 더미와 양철 깡통이 가득했다. 그는 앞으로 나와서 인사를 하고 귀부인 마님에게 의자를 권했다. 내게도 의자 하나를 손짓으로 가리켰고 나는 그의 무례함에 놀라며 그 의자에 앉았다. 그는 곧 돌아오겠다는 말을 남기고 옆문으로 사라졌다.

정말로 잠시 후 그가 그들을 데리고 돌아왔다. 그들이 누구라고 생각하는가? 다른 변호사 한 명, 붉은색 조끼 차림에 곤봉과 권총으로 무장을 한 경찰 여섯 명, 조지 포이닝스 경, 그리고 그의 이모 레이디 제인 펙커버였다.

나의 레이디 린든은 옛 애인을 보자 발작하듯 흥분하며 그의 품 안으로 몸을 던졌다. 그녀는 그를 자신의 구세주, 보호자, 용감한 기사 등으로 부르고는 나를 향해 몸을 돌려 험한 욕설을 마구 쏟아냈다. 나는 놀라움을 금할 수가 없었다.

"당신도 나처럼 늙은 바보예요. 이 세상에서 가장 교활하고 기만적인 괴물, 내가 늘 당신보다는 한 수 위였어요. 그래요, 당신이랑 결혼했을 때 당신을 위해 더 고귀한 마음을 포기한 나는 바보였어요. 그래요, 미천한 투기꾼이랑 결혼하려고 스스로 내 이름과 혈통을 잊은 나는 바보였어요. 여자나 괴롭히는 천하의 괴물 같은 독재자를 불평 한마디 없이 견뎌온 나는, 내 재산이 마구 낭비되는 것을 두고 보기만 한 나는 바보였어요. 당신이란 인간은 여자를 당신 자신과 마찬가지로 미천한 존재로 보는……"

"제발 정숙하시오!" 변호사는 이렇게 외치고는 나를 바라보며 경찰들 뒤로 물러섰다. 내 눈 속에 담긴 위협적인 표정이 그 악당 놈의 마음에 들지 않는 모양이었다. 그자가 내 쪽으로 가까이 다가왔으면 정말로 나는 그자를 갈가리 찢어버렸을 수도 있다. 그동안에도 아내는 줄기차게 일관성 없는 분노를 쏟아내고 있었다. 소리를 질러가며 나를, 그리고 우리 어머니를 욕했다. 특히 어머니를 욕할 때는 품격 있는 빌링스게이트를 마구 쏟아냈는데, 그것은 '바보'라는 단어로 시작해서 '바보'라는 단어로 끝나는 문장의 연속이었다.

나는 씁쓸하게 말했다. "단어를 온전히 말하지 않았잖소, 레이디. 나는 분명 늙은 바보라고 했을 텐데."

그러자 그 변변찮은 포이닝스가 끼어들며 말했다. "그대가 늘 그런 식으로 말하고 행동했으리라는 것을 나는 믿어 의심치 않소. 불한당은 원래 무슨 말이든, 어떤 행동이든 할 수 있으니까. 친척과 법의 보호를 받게 되었으니 이제 이 여인은 안전하오. 더 이상 그대한테 그 악명 높은 학대를 받을까 두려워할 필요도 없고."

그 말에 내가 으르렁댔다. "하지만 **그대는** 안전하지 않소. 명예를 중시하는 남자로서, 이미 그대의 피 맛을 본 적 있는 사내로서 분명히 말하는데, 그 심장 속을 흐르는 피는 곧 내 것이 될 거요."

"저 말을 적어두시오, 경관. 저자로부터 보호를 신청하는 바요!" 왜소한 변호사가 경찰 뒤에 선 채 소리쳤다.

그자와 마찬가지로 경찰의 든든한 보호를 믿는 귀족이 외쳤다. "나는 저런 양아치의 피를 묻혀 내 검을 더럽힐 생각이 없소. 다시 런던에 모습을 드러내는 날에는, 저 악당은 평범한 사기꾼으로 체포될 거요." 그 위협에 나는 움찔했다. 그 도시에 나에 대한 고소장이 수십 건은 접수되어 있다는 사실을, 내가 일단 투옥되고 나면 내 사건은 아무 가망 없는 사건으로 처리되고 말리라는 사실을 잘 알고 있었기 때문이다.

나는 검을 빼 들고 등으로 문을 막아서며 고함쳤다. "날 체포할 남자는 어디 있지? 그자를 당장 데려와보시지. 일단은 너, 이 비겁한 떠버리 자식, 용기 있는 사내라면 너부터 덤벼!"

"우리는 당신을 체포하지 않을 거요." 변호사가 말했고, 그동안 귀부인 마님, 그의 이모, 한 소대에 이르는 재산 관리인들이 그 방을 나서기 시작했다. "친애하는 선생, 우리는 당신을 체포하고 싶지 않소. 우리는 당신이 이 나라를 떠날 수 있게 상당한 여비도 챙겨줄 거요. 오직 저 귀부인 마님을 평화 속에 남겨두는 대가로!"

"그러면 이 나라는 적어도 악당 한 명한테서는 해방되겠군." 내 손아귀에서 빠져나가게 된 것이 별로 아쉽지 않은 듯 귀족 역시 방을 나서며 말했다. 그 악당 같은 변호사 놈도 경찰서*에서 파견된 치아까지 무장한 덩치 세 명과 그 사무실을 내게 맡겨놓은 채 그 뒤를 따랐다. 하지만 나는 더 이상 스무 살 청년이 아니었다. 내가 그 나이였다면 손에 든 검만으로 그 악당 놈들을 해치울 수 있었을 텐데. 그랬다면 적어도 그 세 놈 중 한 명은 골로 보낼 수 있었을 텐데. 감쪽같이 쳐놓은 올가미에 걸려듦으로써 여자한테 완전히 패배했다는 사실에 당황한 나머지 나는

---

* police-office: 이 시기 경찰들은 지역 판사한테 임명을 받았기 때문에 모두 지역 재판소 소속이었다. 경찰서가 재판소에서 분리된 것은 훨씬 훗날의 일이다.

이미 풀이 죽어 있었다. 문 앞에 멈추어 서서 내게 돌아가자고 부탁했을 때 그녀는 나에 대한 노여움이 풀려 있었던 것일까? 그녀에게 나를 향한 사랑이 아직 남아 있는 것은 아닐까? 돌이켜보니 그녀의 행동에 그런 기미가 있었던 것 같았다. 이제 그것만이 세상에 남아 있는 나의 유일한 희망이었다. 그래서 나는 변호사의 책상 위에 검을 내려놓았다.

"신사 여러분, 내가 폭력을 써봐야 아무 소용 없겠지. 나는 언제든 그분이 짬날 때 대화를 나눌 준비가 되어 있다고 테이프웰 씨에게 전하시오!" 나는 이렇게 말하고는 자리에 앉아 고분고분하게 두 팔을 접었다. 그 옛날에 대면 배리 린든에게 얼마나 큰 변화가 일어난 것인가! 예전에 카르타고의 장군 한니발*에 대한 낡은 책을 읽은 적이 있었다. 로마를 침략했을 때, 한니발은 세상에서 가장 용맹스러운 파죽지세의 기병대를 이끌고 어떤 도시에 입성해 그곳에 주둔했는데, 그곳에서 인생의 향락과 사치를 물리도록 맛본 나머지 그 기병대가 다음 전투에서는 맥없이 패배했다는 이야기였다. 그때 내 몰골이 딱 그 짝이었다. 내 심신의 건강은 이미 연적을 향해 총을 쏘던 열다섯 살 소년의 그것도, 그 뒤로 6년 동안 수십 번의 전투에 나섰던 청년의 그것도 아니었다. 내가 지금 이 글을 쓰고 있는 플리트 감옥**에 키 작은 사내가 한 명 있다.

---

* 한니발Hannibal(기원전 247~기원전 183)의 군대가 기원전 216년 이탈리아의 카푸아에 주둔하던 때를 이야기한 것이다. 로마의 역사가 리비우스Titus Livius(기원전 59~기원후 17)의 『로마사History of Rome』 23장에 기록된 바에 따르면, 카푸아를 떠날 때 그 군대는 완전히 다른 군대가 되어 있었다고 한다. "옛 규율의 자취는 모조리 사라졌다. 〔……〕 다시 막사를 짓고 살기 시작했을 때 이미 〔……〕 그 군대는 전의를 모두 상실하고 체력적으로도 완전히 바닥이 나 있는 상태였다. 마치 새로 입대한 사병들처럼."

** Fleet Prison: 이 시기 플리트 감옥의 채무자 수감동은 1780년 고든 폭동 때 화재로 철거된 뒤 새로 건축된 건물이었다. 찰스 디킨스Charles Dickens(1812~1870)의 소설 『피크위크 페이퍼스Pickwick Papers』에 잘 묘사되어 있는 그 감옥은 1842년 의회법이

함께 게임을 하다가 내가 늘 놀려먹곤 하는 그 친구가 나한테 결투를 신청한 적이 있는데 나는 그 친구를 건드릴 엄두조차 내지 못했다. 아무튼 지금은 굴욕의 내 인생사 속에 일어난 우울하고 비참한 사건들을 이야기하고 있는 중이니, 그 이야기를 마저 끝내는 것이 옳을 듯싶다.

나는 그레이 여관 근처 커피 하우스에 거처를 정하고 유난히 신경을 써서 테이프웰 씨한테 내 행방을 알리고는 그의 초대를 간절하게 기다렸다. 그는 나를 찾아와 레이디 린든의 친구들이 제안한 내용을 전했다. 내가 세 개 왕국을 떠나 계속 해외에 머문다는 조건 아래, 그리고 귀국하면 그 즉시 지급을 중단한다는 조건 아래, 1년에 300파운드라는 쥐꼬리만큼의 연금을 지불하겠다는 제안이었다. 그는 내가 이미 아주 잘 알고 있는 사실, 즉 내가 계속 런던에 머물면 영락없이 감옥에 갇히리라는 사실, 런던에는 나를 대상으로 접수된 고소장이 헤아릴 수 없을 만큼 많고 잉글랜드 서부에서는 내 신용이 완전히 바닥이라 단 한 푼도 빌릴 가능성이 없다는 사실을 언급하고는, 하룻밤 시간을 줄 테니 그 제안을 생각해보라면서 이렇게 말했다. 내가 그 제안을 거절하면 팁토프 가문에서 소송 절차를 진행할 것이라고, 하지만 내가 그 제안을 수용하면 어느 나라 은행이든 내가 받고 싶은 외국 은행 계좌로 연금의 한 분기 금액이 곧장 입금될 것이라고.

얼마나 가난하고 외롭고 상심이 컸으면 내가 그런 짓을 했을까? 나는 그 연금을 받았고, 그다음 주에 지명 수배자 명단에 이름이 올랐다. 내가 알아낸 바에 따르면, 내 실패의 가장 큰 원인은 퀸이라는 그 악당이었다. 나를 런던으로 불러올린 그 계획의 설계자가 바로 퀸이었고,

---

제정되면서 폐쇄되었고 1846년 완전히 철거되었다.

그 계획에 따라 여백작과 사전 모의한 편지와 함께 변호사의 편지를 동봉해 내게 보낸 사람 역시 퀸이었던 것이다. 실은, 훨씬 오래전에 그 계획을 세워두었던 터라 그는 실패로 돌아간 첫 시도 때도 그 계획 이야기를 꺼냈었지만, 낭만적인 소설 이야기에 환장하는 귀부인 마님이 여인과 야반도주하는 콘셉트의 계획을 더 마음에 들어 했기 때문에 일이 그리된 것이었다. 이것이 내가 외로운 망명 생활을 하는 동안 어머니가 내게 써 보낸 사건의 개요이다. 어머니는 그 편지에서 당신도 대륙으로 건너와 나와 함께 지내겠다고 했지만 나는 그 말을 거절했다. 어머니는 내가 떠난 직후에 린든 성을 떠났다고 했다. 내 권위 아래 그토록 화려한 연회가 수도 없이 열리던 린든 성 홀에는 이제 침묵만이 남아 있었다. 어머니는 다시는 나를 만날 수 없을 것 같은 생각이 든다면서, 어머니의 충고를 무시한 나를 씁쓸하게 책망했다. 하지만 그 문제만큼은, 그리고 아들에 대한 평가만큼은 어머니의 생각이 옳지 않았다. 이제 꼬부랑 노인이 된 어머니는 지금 이 순간까지도, 플리트 시장* 저쪽에 숙소를 두고 플리트 감옥에서 잡부로 일을 하면서 내 곁에서 살고 있기 때문이다. 나는 그 유명한 상류층 인사 배리 린든답지 않게, 어머니가 현명하게 평생을 절약하며 살아온 덕분에 받는 연 50파운드의 연금으로 하루하루 비참한 목숨을 근근이 이어가고 있다.

배리 린든 씨의 개인적인 이야기는 여기에서 끝난다. 이 회고록 집필이 끝난 직후 죽음의 손길이 우리의 재기발랄한 저자를 가로채 갔기

---

* Fleet Market: 1737년 개장한 시장으로 육류, 어패류, 채소류 등을 판매한다. 감옥과 인접해 있었기 때문에 재소자들은 자신의 주소를 말해야 할 때 일부러 이렇게 말했다고 한다. "아뇨, 플리트 시장 9번지예요."

때문이다. 그가 플리트 감옥 재소자로 지낸 지 19년의 세월이 흐른 시점이었다. 교도소 측은 배리 린든이 알코올 진전 섬망증*으로 사망했다고 공식 발표했다. 이제 엄청나게 나이를 많이 먹었는데도 여전히 같은 장소에 살고 있는 그의 어머니는, 그가 살아 있을 때 모자지간에 벌어지곤 했던 일상적인 말싸움까지 정확히 기억하고 있다. 엄격한 부모가 아기를 돌보듯, 습관성 알코올 중독으로 거의 정신지체 상태에 이른 그 아들을 어머니가 돌보았는데, 늘 손에 꼭 쥐고 있는 그 브랜디 잔을 빼앗기라도 하면 아들은 비명을 질러댔다고 한다.

그가 대륙에서 어떤 삶을 살았는지에 대해서는 정확히 추적해낼 방법이 없지만, 도박사라는 예전 직업을 다시 시작했던 것 같다. 물론 예전만큼의 성공은 거두지 못했지만.

얼마 후 그는 비밀리에 런던으로 돌아와 조지 포이닝스 경한테 돈을 갈취해내려고 했지만 그 시도는 수포로 돌아갔다. 레이디 린든과 조지 경이 주고받았던 편지를 출간해, 서인도제도의 엄청난 규모의 노예 농장 상속녀이자 원칙주의자인 드라이버 양과 결혼하지 못하게 하겠다고 협박했던 것이다. 배리는 귀족 나리가 그를 쫓으라고 파견한 재산 관리인의 손에서 아슬아슬하게 탈출해 죄수 신세를 면할 수 있었다. 귀족 나리는 연금 지급을 멈추려고 했지만 배리의 아내는 그 정의로운 처사에 동의하지 않았고, 결국 조지 경이 서인도제도 아가씨랑 결혼을 하는 순간 그와 의절했다.

---

* 알코올 진전 섬망증(振顫 譫妄症), delirium tremens: 급성 알코올 정신병의 일종으로, 장기간 음주를 하던 사람이 갑자기 술을 끊을 경우 나타나는 불안, 초조, 수면 장애, 몸 떨림, 환각, 섬망 등의 증상을 말한다. 극단적인 정신 불안으로 난폭한 행동을 보이며 자살을 기도할 위험도 있다. 치료하지 않고 방치할 경우 2차 감염이나 합병증으로 사망하기도 한다.

    사실, 그 늙은 여백작은 여전히 자신이 매력적이라고 생각하고 있었고 남편과의 사랑도 아직 끝나지 않았다고 생각하고 있었다. 그녀는 바스에서 살고 있었고, 그녀의 재산은 직계 상속자가 없어서 다음 상속자가 된 귀족 친척 팁토프에 의해 철저하게 관리되고 있었다. 배리는 아직도 그 여인에게 영향력을 행사하고 있었고 그의 호소도 마찬가지였다. 실제로 그녀는 다시 함께 살자는 그의 설득에 하마터면 넘어갈 뻔했다. 그런데 두 사람이 그 계획을 실행에 옮기려던 그 순간, 몇 년 동안 죽은 것으로 알려져 있던 사람이 눈앞에 나타나 그 계획을 가로막았다.

    모두를, 그중에서 특히 팁토프 저택에 살고 있던 친척을 가장 놀라게 만든 그 장본인은 다름 아닌 불링던 자작이었다. 그 젊은 귀족은 배리가 조지 경한테 보낸 편지를 손에 쥐고 바스에 나타났다. 배리가 레이디 린든과의 관계를 폭로하겠다고 조지 경을 협박한 편지였는데, 여기에서 그 관계가 어떤 관계인지는 굳이 말할 필요도 없겠다. 양쪽 당사자 모두 부끄럽게 여길 만한 소지가 조금도 없는 관계인 것은 물론, 그저 그 귀부인 마님이 다른 여자들처럼 지독하게 바보 같은 편지를 쓰는 습관에 젖어 있었음을 보여주는 관계였을 뿐이니까. 그 옛날에는 수많은 여자들, 아니 심지어 남자들까지도 그런 습관에 젖어 있었던 것이다. 아무튼 불링던은 제 어머니의 명예에 의문을 제기하며 (그때 존스 씨라는 가명으로 바스에서 살고 있던) 제 양아버지를 급습하고는 펌프룸*에서 그에게 엄청난 처벌을 가했다.

---

* Pump-room: 영국 바스에 위치한 건물로 1795년 유명 건축가 토머스 볼드윈Thomas Baldwin(1750~1820)과 존 팔머John Palmer(1738~1817)의 설계로 건축되었다. 바스의 석회암으로 지은 이 건축물 안에는 우아하게 장식된 여러 개의 방이 있었고, 관광객들은 그 방에서 건강에 이로운 온천수를 마셨다. 여러 건축 양식이 결합된 이 건물과 로마 시대 조성된 목욕장은 세계문화유산으로 등재되어 있다.

영국을 떠난 뒤로 그 귀족이 겪은 인생사는 로맨틱하기 이를 데 없
지만 여기에서 이야기하고 싶은 마음은 없다. 한 줄로 요약하자면, 미
국 독립전쟁 중에 부상을 당했고 사망자로 기록되었으나 포로로 잡혀
있다가 그곳을 탈출했다는 이야기다. 어머니가 보내주기로 약속했던
그 돈이 그에게 송금된 적은 한 번도 없었다. 거칠고 낭만적인 젊은이
의 심장은 무시당했다는 생각에 부서지기 일보 직전이었다. 그래서 그
는 세상에, 아니 적어도 자신을 무시했던 어머니한테만은 계속 죽은 존
재로 남기로 결정했다. 그로부터 3년 뒤 캐나다의 숲 지대에서 살고 있
을 때 그 사건이 일어났다. 그가 『젠틀맨스 매거진』*에서 '캐슬 린든 자
작 각하의 치명적인 사고'라는 제목의, 자신의 반쪽 동생이 사망했다는
기사를 보았던 것이다. 그는 그 기사를 읽고 잉글랜드로 돌아가기로 결
심했다. 잉글랜드에 자신의 얼굴이 알려져 있기는 했지만, 팁토프 경한
테 자신이 모든 권리를 소유한 진짜 불링던이라는 사실을 완전히 납득
시키는 것은 여간 어려운 일이 아니었다. 그러고 나서 바스에 있던 어
머니를 막 방문하려던 찰나, 다른 신사의 모습으로 제법 그럴듯하게 변
장을 하고 있었는데도 너무나 잘 알려진 배리 린든 씨의 얼굴을 알아보
았고, 그리하여 그 옛날 자신을 모욕했던 사람에게 복수를 할 수 있게
된 것이었다.

펌프 룸에서의 결투 소식을 듣고 몹시 화가 난 레이디 린든은 아들
을 만나지 않겠다고 거절하고는 사랑하는 배리의 품에 다시 한번 안기
려고 달려갔다. 하지만 그동안 이미 그 신사는 감옥으로 옮겨진 뒤였

---

* 『젠틀맨스 매거진*Gentleman's Magazine*』: 1731년부터 런던에서 발간된 잡지로 1922년
까지 200년 가까이 영국 상류층의 눈과 귀 역할을 했다. '매거진'이라는 단어를 최초로
제목에 사용한 잡지였다.

다. 이 감옥에서 저 감옥으로 옮겨 다니던 배리는 마침내 상법부가 있는 런던 챈서리가의 벤디고 씨의 수중에 떨어졌고, 그리하여 미들섹스 보안관의 보좌관이던 벤디고 씨의 집에 머물다가 플리트 감옥으로 가게 된 것이었다. 이제는 그 보안관도, 그의 보좌관도, 그 죄수도, 그리고 그 감옥 자체도 더 이상 세상에 존재하지 않는다.

레이디 린든이 살아 있는 동안에는 배리에게 수입이 있었으니까, 아마도 그는 다른 때와 마찬가지로 감옥에서도 행복하게 지냈을 것이다. 그런데 귀부인 마님이 세상을 떠나자 그녀의 상속자는 지금껏 그 돈을 누려온 악당한테 쓰느니 더 고귀한 일에 쓰겠다면서 연금 지급을 중단하고 그 돈을 자선단체에 기부했다. 그 귀족 나리가 1811년 스페인 전투에서 사망하자, 그의 영지는 팁토프 가문에 떨어졌고 팁토프의 귀족 작위는 더 높은 서열로 조정되었다. 그러나 팁토프 후작(그러니까 형이 사망한 뒤 그 작위를 계승한 조지 경)이 배리 씨의 연금을 다시 지급하거나 작고한 귀족이 자선단체에 기부하던 돈을 계속 낸 것 같지는 않다. 팁토프 가문의 영지는 그 귀족 나리의 세심한 관리 아래 엄청나게 확대되었다. 핵튼 사유지에 새로 심은 나무들의 수령(樹齡)은 이제 거의 40년이 다 되었고, 아일랜드의 영지는 아주 궁핍한 농민들이나 소작농들에게 임대되고 있는데, 그 농민들은 지금까지도 낯선 손님이 오면 배리 린든의 대담함, 극악무도한 삶, 사악함 그리고 그의 몰락에 관한 이야기를 들려주는 것을 즐긴다.

[이 회고록의 유명한 주인공은 수입이 없어지자 정신적으로 완전히 무너졌다. 그는 극빈자 감호소로 옮겨졌고, 그곳에서 조금 형편이 나은 죄수들인 일명 '검은 부츠들'을 알게 되었는데, 그들의 담뱃갑을

훔쳤다가 들통이 나고 말았다. 그래서 심각한 곤경에 처하게 되었는데 그런 그를 든든한 노모가 찾아내 곤경에서 구해냈다. 다시 치즈를 넣은 빵을 먹을 수 있을 정도로 신세가 나아진 뒤로 그가 부츠를 검게 칠하는 짓을 경멸하게 되었고 더 이상 코담뱃갑을 훔치지 않았다고 해서, 그가 생필품에 너무나 강렬한 유혹을 느낀 나머지 사나이에게, 그리고 신사에게 어울리지 않는 행동을 했던 그전보다 조금은 도덕적으로 나은 인간이 되었다고 생각해서는 안 된다. (때로는 나 자신도 의문을 품기는 하지만) 그의 인생 이야기에 어떤 도덕적 교훈이 담겨 있다고 한다면, 그것은 정직이 최고의 전략이 **아니라**는 것이다. 정직이 최고의 전략이라는 말은 궤변가의 좌우명에 지나지 않는다. 그 궤변가는 이윤을 얻을 수만 있다면 스스로 악당이 될 수도 있다는 사실을, 소설과 세계 양쪽 모두에 호도되어 한 사람의 세속적인 번영이나 고난을 곧장 그 사람의 가치를 판단하는 기준으로 삼아버리는 사람을 수십 명씩 타락의 길로 인도할 수도 있다는 사실을 반쯤 인정하는 것이다. 특히 소설가들은 이런 장사치들의 잣대를 가장 자주, 그리고 가장 비열하게 이용해, 자신들이 시적 정의라고 부르는 것을 세상에 제시한다.

세상에, 정의라니! 인간의 삶이 그 정도로 정의를 잘 보여준단 말인가? 금 마차를 타는 사람은 항상 옳고, 구빈원(救貧院)에 일을 다니는 사람은 항상 그르단 말인가? 유능한 사람보다 협잡꾼이 환영받는 일이 전혀 일어나지 않는단 말인가? 세상은 언제나 가치 있는 것만 보상할 뿐, 위선적인 행동을 숭배하는 짓도, 평범한 인간을 탁월한 존재로 추앙하는 짓도 절대 저지르지 않는단 말인가? 군중이 설교단에서 들려오는 당나귀 울음소리에 귀 기울이는 일도, 바보가 쓴 책의 10쇄 판을 사 읽는 일도 결코 일어나지 않는단 말인가? 그 반대의 경우는 가끔씩 일어난다. 바보와 현자, 악인과 선인이 차례로 골고루 행운을 누릴 수 있도록. 그러므로 정직이 '최고의 전략이냐 아니냐'는 그때그때 사정에 따라 달라지는 것이다.

이것이 세상의 진리라면, 그 진리가 작동하는 방식을 기술함으로써 생계를 유지하거나 기쁨을 느끼려는 사람과 그 진리 안에서 살아가는 사람은, 있는 힘을 다해 삶을 자신의 눈에 보이는 현실 그대로 그리려고 애쓸 의무가 분명히 있다. 모형이 인간 본성의 묘사인 양 대중을 속여 팔아먹어서는 안 된다. 발랄하고 유쾌한 참형, 장미유를 뿌린 살인마, 품위 있는 전세 마차 마부, 로돌프스 왕자* 등등, 세상에 존재한 적도 없고 존재할 수도 없는 유형의 삶을 인간의 대표로 삼아서는 안 된다는 이야기다. 있는 그대로의 자연을 베끼는 것이 의무는 아니라 하더라도, 최소한 그러려는 노력은 당연히 해보아야 한다. 아름다운 것은 물론 흉측한 것 역시 충실하게 묘사해야만, 그 두 가지가 최대한 자연상태와 비슷한 비율로 모습을 드러낼 수 있다. 미인을 바라보는 것과 곱사등이를 바라보는 것은 같은 것이다. 보는 것이 같다면 기술하는 것역시 같은 것이다. 물론 아무리 세상에서 가장 뛰어난 천재라 하더라도 본래의 자연보다 더 나은 세상을 창조해낼 수는 없다. 그래도 그 옛날 자연에서 새로운 세계를 끌어냈던 몰리에르와 필딩**의 문체가 다시 유

---

* Prince Rodolphs: 1800년대 영국에서 유행하던 팬터마임이나 요정 이야기의 주인공으로 짐작된다.
** 프랑스의 극작가 몰리에르Molière(1622~1673)의 본명은 장 밥티스트 포클랭Jean Baptiste Poquelin이다. 탐욕, 허세, 속물근성 등 인간의 부정적 측면을 풍자하는 성격 희극을 주로 제작했다. 개인의 기질적 문제를 지적하는 것이 아니라 어느 사회에나 존재하는 인간의 부정적 측면을 보여줌으로써 거꾸로 도덕적 가치를 제시하려 했다는 점에서 몰리에르는 모럴리스트로 평가된다.
영국의 소설가 헨리 필딩Henry Fielding(1707~1754)의 대표작 『업둥이 톰 존스 이야기

행하게 될지, 그리하여 그 문체가 이제 끔찍하고 우스꽝스러우며 언제나 고상함만 추구하는 난감한 문체를 대신해 선풍적 인기를 누리게 될지 그 누가 알겠는가? 그러면 가짜 인물을 내세우는 가짜 **도덕**도 사라지게 될지 모른다. 가짜 인물이나 가짜 도덕이나 둘 다 역겨운 사기인 것은 매한가지다. 나는 내 나름의 관점에서, 트라팔가 광장에 있는 호가스*의 그림 「결혼식 풍속」이 웨스트**의 거대한 영웅 그림이나 안젤리카 카우프만***의 더없이 우아한 풍자화보다 훨씬 더 도덕적이고 훨씬 더 아름다운 그림이라고 믿는다!

- 피츠 부들****34)]

The History of Tom Jones, a Foundling』는 18세기 영국 소설의 최대 걸작으로 꼽힌다. 미천한 신분의 소년이 명랑한 청년으로 성장해가며 겪게 되는 다양한 세상살이에 대한 사실적 묘사로 가득한 이 작품은 하나의 훌륭한 풍속화로 평가된다. 월터 스콧은 필딩을 '영국 소설의 아버지'라 칭했다.

* 영국의 화가이자 판화가 윌리엄 호가스William Hogarth(1697~1764)를 말한다. 은세공사의 도제에서 시작해 조지 2세와 3세 통치기에 궁정화가를 지냈다. 신화나 성경 속 인물, 혹은 위인을 그리는 것을 싫어했고 세태 속에서 만나는 다양한 인간 군상을 그려내려고 애썼다. 매춘부, 탕아에서부터 귀족에 이르기까지 모든 계층의 사람들을 묘사의 대상으로 삼았다. 「결혼식 풍속Mariage à la Mode」을 포함해 1743년 연작으로 발표된 여섯 점의 그림은 1824년 영국 국립미술관 개관과 동시에 그곳에 전시되었고, 영국 국립미술관은 1838년 트라팔가 광장의 신축 건물로 이전했다.

** 미국에서 태어나 영국에 정착한 화가 벤저민 웨스트Benjamin West(1738~1820)를 말한다. 고대와 근대의 역사적 장면들을 많이 그려서 역사화가로 명성을 날렸고 레이놀즈Joshua Reynolds(1723~1792)에 이어 로열 아카데미 제2대 학장을 지냈다.

*** Angelica Kaufmann(1740~1807): 스위스 태생의 화가로 조슈아 레이놀즈의 친구이자 로열 아카데미의 공동 설립자였다. 우화적인 주제를 표현하는 데 탁월한 능력이 있었다. 스코틀랜드 출신의 건축가 삼형제 존, 로버트, 제임스 애덤과 협업해 제작한 건물 벽화를 여러 점 남겼다.

**** 조지 새비지 피츠 부들George Savage Fitz Boodle은 마이클 앤젤로 티트마시Michael Angelo Titmarsh와 함께 새커리가 즐겨 쓰던 필명이다.

미주

1) 아무리 애를 써도 나의 조상인 포드리그가 결혼을 했다는 증거를 찾아낼 수 없었던 것으로 볼 때 린든이 그 결혼 서약을 파기하고 결혼식을 집전한 성직자와 목격자들을 모두 살해한 것이 확실하다고 믿고 있다(배리 린든).

2) 회고록 다른 부분에 배리 씨가 이 집을 유럽에서 가장 화려한 저택으로 묘사하는 장면이 나온다. 그러나 그의 주장대로 아일랜드가 공국(公國)이란 점을 감안하면, 아일랜드에서 그렇게 화려하게 집을 짓는 것은 통용될 수 있는 관례가 아니었다. 알려진 바와 같이 배리의 할아버지는 변호사로서 자수성가한 사람으로 보인다.

3) 〔'배리 씨의 기록'은 약 1800년경에 쓰였다.〕─이것은 1844년『프레이저스 매거진*Frazer's Magazine*』에 처음 이 이야기를 연재할 때 저자 새커리가 직접 달아 놓은 주석이다. 이후 판본(1856년 출간된 단행본)에서는 삭제되었다.

4) 여기부터는『프레이저스 매거진』연재판에만 실려 있는 부분으로 이후 판본인 단행본에서는 삭제되었다.

5) 『프레이저스 매거진』연재판은 여기에서 1장이 끝난다. 이 뒷부분은 원래 2장에 해당되는 내용이었으나 단행본에서 하나로 합쳐졌다.

6) 단행본에서는 삭제된 문장이다.

7) 단행본에서는 삭제된 문장이다.

8) 단행본에서는 삭제된 문장이다.

9) 〔캡틴 프리니: 배리 씨의 이야기가 어쩌면 맞을 수도 있다. 하지만『캡틴 프리니의 자서전』에 따르면, 배심원단에게 골고루 5기니씩 뇌물을 나누어주고 무죄 선고를 받은 것은 프리니가 아니라 그의 다른 동료 두 명이었다고 한다. 하지만 여인을 강탈했던 상황은 이와 매우 유사하게 묘사되어 있다. 최근 티퍼레리에서도 농노들은 살인이 자행되는 현장을 지켜보기만 했다.〕─『프레이저스 매거진』에 저자가 직접 단 주석으로 단행본에서는 삭제되었다.

10) 〔『신사 배리 린든의 회고록』편집자인 나는, 이 자서전의 낙천적인 화자가 간과

하고 있는 진실을 잠깐 짚고 넘어가야겠다. 즉 피츠시먼스 대위 부부와 그들의 젊은 손님이 함께 저녁 식사를 하고 있는 그 식탁에는 사기꾼이 두 명 이상 앉아 있었다는 것이다. 만약 스스로 재산가를 사칭하지 않았다면 지금 기술되고 있는 모든 고난들이 그에게 일어나지 않았으리란 생각을 배리 씨는 전혀 하지 못하는 것 같다.]—『프레이저스 매거진』에 수록된 주석으로 단행본에서는 삭제되었다.

11) 단행본에서는 삭제된 문장이다.

12) 단행본에서는 삭제된 문장이다.

13) [배리 씨는 원래 원고에 종종 사용한 '우리 주인님(my master)'이라는 표현을 나중에 모두 '우리 대위님'이라는 표현으로 바꾸어 썼다. 우리는 배리 씨가 무슈 드 포츠도르프 밑에서 자신이 하는 일이 무엇인지 구체적으로 묘사하지 않는 것을 이미 용납하기는 했지만, 그렇다고 독자더러 그것을 지지해달라고 애원할 생각은 없다. 그저 자서전 작가로서 그의 원칙과 프로 정신을 존중하려는 것뿐이다.]—『프레이저스 매거진』에 수록된 주석으로 단행본에서는 삭제되었다.

14) 배리 씨는 자신이 하고 있는 일을 일부러 아주 애매한 표현으로 얼버무림으로써 우리의 의심을 부추긴다. 아마도 그는 베를린에 처음 온 사람을 테이블에서 맞이하고, 정부가 조금이라도 관심 있을지 모르는 소식을 경찰청장에게 물어오는 일을 하라고 고용됐을 가능성이 크다. 프리드리히 대왕은 낯선 사람을 확인하는 그런 환영 절차를 밟지 않고 손님을 만나는 법이 절대로 없었다. 혹, 배리 씨가 종종 했다는 그 결투라는 표현이, 수많은 전투라는 표현에 우리가 품고 있는 의심을 풀 단서가 될 수도 있지 않을까? 이 회고록의 한두 군데 다른 부분에서도 찾아볼 수 있는 그 결투라는 것은, 배리 씨한테 승리를 안겨줬다고 해도, 말만 나오면 어색하게 어물쩍 넘어가려고 하거나 세상이 대체로 마땅치 않게 여기는 태도를 취하는 것으로 보아, 그 직업에 따른 결과인 것이 틀림없다. 비록 그 결투를 근거로 배리 씨가 자신이야말로 의심할 여지 없는 명예로운 사내라고 주장한다 해도 말이다.

15) [마음 약한 사람들이 앞에 적힌 배리 씨의 말에 속상해할까 봐 하는 말인데, (스스로 하고 있는 자백으로 보아) 도박장 물을 관리하는 주먹 역할을 담당했던 것으로 보이는 이 신사에게 자신을 지키는 것이 당연한 일이었다는 사실은 이 부분에서도 알 수 있지만, 그의 이런 태도는 나 역시 상당히 마음에 들지 않는다. 다른 직업 종사자도 악당이라는 사실을 (그리고 특히 그 악당들이 세상의 인정을 받는 직업인들 중에 존재할 가능성이 많다는 사실을) 증명하는 것과 자기 자신이 악당이 아니라는 사실을 증명하는 것은 완전히 별개의 문제이기 때문이다. 따라서 이 문제는 정확히 원래 있던 그 자리에 그대로 남아 있다.]—『프레이저

스 매거진』에 실렸던 주석으로 단행본에서는 삭제되었다.

16) 이 문장은 나중에 단행본에서, "당신들은 카사노바가 용기 없는 모습을 내보였다고 생각하는가?"라는 문장으로 대체되었다.

17) 단행본에서는 삭제된 문장이다.

18) 『프레이저스 매거진』에 'X'라고 기록되어 있던 이 공국 명칭의 알파벳 X는 나중에 모두 W로 바뀌었다.

19) 단행본에서는 삭제된 문장이다.

20) 단행본에서는 삭제된 단어이다.

21) 이 원고는 브루멜 씨가 영국 상류층을 주도하고 있던 시절 작성된 것이 틀림없다.

22) 『프레이저스 매거진』의 원래 원고에서는 이 17장부터의 내용이 2부로 묶여 있었다.

23) 단행본에서는 삭제된 문단이다.

24) 절대로 저당 잡히는 것이 아니라고 명예를 걸고 맹세하면서도 배리 린든 씨는 부동산에 의지해 1786년 도시 상인의 아들, 막 재산을 물려받은 젊은이 피전 대위에게 1만 7천 파운드의 돈을 빌렸다. 폴웰란 부동산과 광산만 놓고 말해도, '끝없이 계속되는 소송의 원인이 된' 재산을 매입한 사람이 우리의 주인공이었다는 사실만큼은 인정되어야 한다. 그런데도 그는 돈을 빌리면 맨 처음 5천 파운드만 갚고는 그 이상 갚는 법이 절대 없었다. 그러니 그가 불평했던 대로 소송이 계속될 수밖에. 그 유명한 '트레코틱 대 린든'의 상법 소송 과정에서 스스로 두각을 나타낸 법조인이 있으니 바로 존 스콧John Scott(1751~1838, 1776년 법정 변호사 자격을 취득했고 1799년 엘던 남작으로 봉해졌다) 씨이다. ─『프레이저스 매거진』 편집자.

25) 이 괴상한 자백으로 보건대, 린든 씨는 온갖 가능한 방법을 다 동원해 자기 아내를 학대한 것 같다. 그녀의 사회생활을 금지하고, 그녀를 괴롭혀 재산을 잃는 서류에 서명하게 만들고, 그 재산을 도박과 외박에 탕진하고, 대놓고 그녀에 대한 정조를 지키지 않았던 것이다. 그리고 그녀가 불평을 하면 아이를 그녀에게서 빼앗겠다고 협박까지 했다. 그러나 아내에게 그런 짓을 자행하는, 그리하여 '그 자신 외에는 적수가 없는 사람'으로 통하는 남편이 어디 린든 씨 한 명뿐이겠는가. 그는 참으로 쾌활하고 천성이 선량한 사람이다. 그리고 세상에는 그런 다정한 사람들이 넘쳐난다. 사실 우리가 이 회고록을 이렇게 편집하는 까닭은 정의가 그들에게 심판을 내리지 않기 때문이다. 이 회고록의 화자가 그저 단순한 로맨스 소설의 주인공이었다면, 그러니까 월터 스콧이나 조지 제임스의 역사소설 속에 등장하는 영웅적인 청년이었다면, 이미 너무나 자세하게, 그리고 너무나 매력적으로 묘사된 인물을 독자 여러분에게 이렇게 소개하는 주석 따위

는 필요하지 않았을 것이다. 그러나 다시 한번 말하지만 배리 린든 씨는 일반적인 유형의 주인공이 아니다. 이 책을 읽은 독자들은 이렇게 자문하고 싶을 것이다. "인생에서 성공한 사람들 가운데 악당이 정직한 사람보다 더 많은 것은 아니겠지?" "세상에는 재능 있는 사람보다 바보가 훨씬 더 많겠지?" "인간 본성을 연구한다는 학자가, 작가들은 그리기 좋아하지만 세상에 존재할 수는 없는 완벽한 영웅이나 요정 이야기 속 왕자의 행동을 다루는 것으로 모자라 그들의 삶까지 자세히 묘사한다면 그건 공정치 못한 것 아닐까?" 사실 전통적인 소설 작법에는 다소 순진하고 단순한 면이 있다. 예컨대 '프리티맨 왕자'[정치가이자 시인이었던 조지 빌리어즈George Villiers(1628~1687)의 희곡 「리허설The Rehearsal」의 주인공으로 어부에서 왕자로 신분이 상승된 인물이다]의 경우, 단지 완벽한 정신과 강인한 신체를 선천적으로 타고났다는 이유만으로, 주인공이 여러 모험을 겪은 끝에 온갖 부귀영화를 누리게 된다. 이처럼 소설가는 자신이 아끼는 주인공을 귀족으로 만드는 것보다 더 중요한 일은 없다고 생각한다. 귀족이 되는 것이 삶의 상한선이라니 이 얼마나 어리석은 기준인가? 인생 최고의 선은 귀족이 되는 것이 아니다. 심지어 행복해지는 것 역시 최고의 선은 아니다. 물론 병에 걸린 가난한 꼽추한테는 우리 모두가 무심결에 숭배를 바치는 육체적 번영은 물론, 그런 것도 하나의 보상, 혹은 선(善)의 조건이 될 수 있을지도 모른다. 그러나 이것은 주석이 아니라 한 편의 에세이에서 다루어야 할 주제이다. 그러니 이제 그만 린든 씨로 하여금 자신의 덕성과 결점에 대한 기발하고 탁월한 이야기를 계속할 수 있게 해주는 것이 상책이리라. ─ O. Y.(올리버 요크Oliver Yorke: 새커리가 창조해낸 『프레이저스 매거진』의 허구적 편집자이다.)

26) 이 회고록은 약 1814년경 집필된 것으로 보이는데 그즈음 배리 씨는, 운명의 여신이 생의 종착역에 도달한 저자를 위해 마련해둔 평온한 은둔 생활을 하고 있었다.

27) 단행본에서는 삭제된 문장이다. 1장의 내용과 앞뒤가 맞지 않아 삭제된 것으로 보인다.

28) [우리의 주인공이 너무나 아무렇지 않게 묘사하고 있는 이런 '가정적인 성품'은 요즘보다 과거에 더 흔히 존재하던 유형이다. 과거 수많은 책과 언론은 음주가 최상류층 남자의 기본 자질이라도 되는 것처럼 떠들어댔고, 온갖 잔혹 행위의 이유로 '음주'를 대면 타당한 변명으로 용인되었다. 가정 폭력이라는 문제를 이렇게 저열한 방식으로 다루는 것이 오늘날의 일부 섬세한 독자들한테는 몹시 불쾌하게 느껴질 것이다. 그렇다면 이 사실을 기억하라. 이것은 지나간 세태에 대한 정확한 묘사이지, 산뜻한 사과나 찬사가 아니다. 장미유처럼 우아한 일부

소설가들은 동정심에서 그런 사과나 찬사를 쉽게 늘어놓겠지만, 그런 작품은 알라딘 이야기나 요정 전설보다도 더 신빙성 없고 더 진정성 부족하고 더 부자연스러운 글이다.〕—『프레이저스 매거진』에 수록된 주석으로 단행본에서는 삭제되었다.

29) 〔배리 린든 씨의 회고록에는 그가 온갖 나라의 온갖 이름을 가진 여자들과 놀아났다는 암시가 넘쳐난다. 그는 자신의 아내가 지켜보는 가운데, 심지어는 아내의 집 안에서까지 다른 여자들과 살림을 차렸던 것 같다. 우리는 실례를 무릅쓰고 회고록 초고에서 무수히 많은 문단을 과감히 들어냈다. 하지만 그의 쾌활한 성격을 이해하기 위해서는 이따금 이런 이야기에도 지면을 할애할 필요가 있다.〕—『프레이저스 매거진』에 수록된 주석으로 단행본에서는 삭제되었다.

30) 단행본에서는 삭제된 문단이다.

31) 〔독자 여러분은 린든 씨 자신의 행동을 통해, 그의 재산 관리가 그 안에서 자신이 취할 수 있는 것을 모조리 다 빼돌리는 방식으로 이루어지고 있었다는 사실을 알아챌 수 있을 것이다.〕—『프레이저스 매거진』에 수록된 주석으로 단행본에서는 삭제되었다.

32) 〔귀부인 마님의 결점이 무엇이었든 간에, 그간 그녀가 보여준 모습을 보면, 그녀가 그 누구보다도 허영심 강하고 어리석은 여자였다는 사실만은 틀림없어 보인다. 그리고 배리 씨 본인의 말이긴 하지만, 언제든 그가 조금만 부추겨도 그렇게 그에게 성큼 다가섰던 것을 보면, 그 쾌활한 사내한테 그녀가 진심으로 애정을 느꼈던 것 역시 사실인 것 같다. 설사 그녀가 다른 사람들에게 어리석은 편지들을 썼다 하더라도, 그 뒤 지나칠 정도로 심각한 허영심과 아둔한 머리에서 비롯된 결과들보다 더 비난받을 만한 짓을 그녀가 더 이상 저지르지 않은 것을 보면, 그 편지들이 애초에 나쁜 의도로 쓰인 것 같지는 않다. 나중에 그녀의 남편이 그녀를 공격하는 데 야무지게 써먹은, 조지 포이닝스 경한테 보낸 그 편지들이 비난받아 마땅한 의도로 쓰인 것들이 전혀 아니었다는 사실에는 그녀의 남편도 동의하고 있다.〕—『프레이저스 매거진』에 수록된 주석으로 단행본에서는 삭제되었다.

33) 린든 씨가 이 사건에서 어떤 역할을 했는지는 이야기 속에 언급되어 있지 않다. 하지만 본문에 암시된 내용으로 봐서는 아마도 법이 아닌 자기 손으로 그들에게 어떤 제재를 가한 것 같다.

34) 단행본에서는 삭제된 내용이다.

윌리엄 새커리가 그려낸 18세기 버전
우리의 일그러진 자화상

들어가며

윌리엄 메이크피스 새커리의 작품 세계를 논하려면 먼저 빅토리아 시대 영국의 사회상을 살펴볼 수밖에 없다. 일반적으로 하노버 왕가 출신 빅토리아 여왕의 재임 기간인 1837년부터 1901년까지를 뜻하지만, 경우에 따라 시작점을 제1차 선거법 개정이 있었던 1832년으로 잡기도 한다. 전세기부터 진행된 산업혁명의 성과가 만개하고 영국의 제국주의가 절정에 달했던 그 시기는 '해가 지지 않는 나라' 대영제국의 전성기였다. 산업혁명은 경제 성장, 인구 증가, 교통의 발달, 이촌향도(離村向都), 중산층의 성장 등의 결과를 초래했다. 결과적으로 그 시기는 정치, 경제, 사회, 과학, 문화 등 모든 방면에 걸쳐 인류 역사상 유례 없는 사회 변동이 일어난 시기였다.

영국 문학사에서 19세기, 즉 빅토리아 시대는 '소설의 시대'로 규정될 수 있다. 서사시나 로맨스 형태에 머물러 있던 서사문학이 18세기 이후 시민계급이 성장하면서 대중 교육의 보급, 인쇄 기술의 발전, 정기간행물의 번창 등으로 새로운 전기를 맞이했다. 소수 귀족의 지갑에서 나오는 후원금이 아니라, 다수 독서 대중의 책 구매에 의한 인세 수익으로 살아가는 전업 작가들이 등장했고, 주로 잡지에 연재되었던 이 시기 소설의 특성상, 오늘날 드라마처럼 대중의 요구나 바람에 상응하는 소재, 내용들이 문학의 중심 테마로 부상하게 되었던 것이다. 18세기 새뮤얼 리처드슨, 헨리 필딩, 대니얼 디포 등의 작가들을 거쳐 19세기에 이르러 영국 소설 문학은 월터 스콧, 제인 오스틴, 찰스 디킨스, 윌리엄 새커리, 브론테 자매, 조지 엘리엇, 토머스 하디 등의 작가들에 의해 황금기를 구가하게 되었다.

특히 빅토리아 중기인 1830~40년대 소설을 대표하는 작가로 주로 찰스 디킨스Charles Dickens(1812~1870)와 윌리엄 새커리가 꼽히는데, 이 두 작가의 작품들은 사실 대척점에 서 있다. 디킨스가 주로 하층민 주인공이 온갖 고난을 이겨내고 해피엔드를 맞이하는 이야기로 서민들의 서러움과 아픔을 달래준 공감의 작가였다면, 새커리는 주로 허영과 위선에 물든 중산층 인물이 출세를 지향하다가 결국 비극적 파국을 맞이하는 이야기로 천박한 세태를 경계한 풍자의 대가였다. 인과응보라는 관습적 도덕률에 익숙한 서민 독서 대중은 디킨스의 이야기에 열광했고, 두 세기가 흐른 지금까지도 작품이 전 세계 다양한 언어로 번역되고 영화, 뮤지컬과 같은 새로운 문화로 재창조되는 등 디킨스는 여전히 대문호의 지위를 누리고 있다. 이에 반해 과장된 묘사와 상투적 플롯을 배제하고 현실을 최대한 있는 그대로 표현해 리얼리즘적 소설 세계를 구축하고자 했던 새커리의 작품은 영국 근현대 소설사에 한 획을 그었음에도 그간 다소 홀대를 받아왔다. 그러나 새커리의 대표작인 『허영의 시장*Vanity Fair*』과 『영국의 속물들*The Book of Snobs*』 『신사 배리 린든의 회고록』 등에는 시대를 초월하는 인간 본성에 대한 예리한 통찰과 통렬한 역사의식, 그리고 묵직한 울림이 담겨 있다.

새커리의 생애

새커리는 인도 캘커타에서 부유한 동인도회사 관리의 아들로 태어났다. 네 살 때 아버지가 사망하자 어머니는 인도의 덥고 습한 기후가 아이에게 해롭다며 새커리를 영국의 기숙학교로 보내고 자신은 첫사랑이었던 군인과 재혼했다. 어려서 부모와 헤어져 규율이 엄격한 기숙학교에서 성장하게 된 일은 새커리의 마음속에 큰 상처로 남았다. 다행히도 새커리가 아홉 살 때 어머니는 양아버지와 함께 인도에서 건너와 데본주에 정착했다.

새커리는 사립 명문 차터하우스를 졸업한 뒤 케임브리지대학교 트리니티칼리지에 입학했다. 그러나 고전과 수학에 편중된 교육과정에 실망해 학위 없이 대학을 떠났다. 독일, 이탈리아, 프랑스 등 유럽 전역을 방랑하다가 대학 시절부터 도박 때문에 지고 있던 상당히 큰 빚을 갚고자 전문 직업인이 되려고 미들템플 대학원에 들어가 법학을 공부했으나 "인간이 고안해낸 가장 냉정한 편견의 결정체"인 법에 별 매력을 느끼지 못하고 방황을 계속했다. 양아버지의 투자로 작은 신문사를 인수해 운영했지만 경영난에 폐업했고, 성인이 되면서 지급받은 아버지의 유산 역시 두 해 만에 도박으로 탕진했다. 빚에 몰려 파리로 건너간 새커리는 그곳에서 외조모의 도움으로 그림을 공부했다. 그때 배운 그림은 훗날 책에 직접 삽화를 그리는 데는 큰 도움이 되었지만 화가로서의 성공은 너무나 요원했다. 게다가 파리에서 만난 가난한 여성인 이사벨라 쇼와 결혼해 둘 사이에 딸까지 태어난 터라 이제는 부양해야 할 가족까지 생겼다. 새커리는 삽화가와 영국 신문사의 파리 통신원으로 일했지만 생계를 이어가기조차 힘들었다.

가족과 함께 귀국한 새커리는 전업 작가로 성공하기 위해 글 쓰는 일에 몰두했다. 잡지나 신문에 조지 새비지 피츠 부들, 마이클 앤젤로 티트마시 등 여러 개의 필명으로 닥치는 대로 글과 그림을 기고했다. 그즈음 디킨스에게 소설 『피크위크 페이퍼스*Pickwick Papers*』의 삽화를 그리게 해달라고 부탁했으나 거절을 당하기도 했다. 그사이 딸 셋을 낳고 그중 둘째 딸이 사망하는 슬픔을 겪은 새커리의 아내는 우울증 증세를 보이기 시작하더니 자살을 기도하는 등 병세가 점차 악화되었다. 결국 아내는 평생 정신병원 신세를 지게 되었고 새커리는 생활고에 시달리면서도 그 비용을 부담해야 했다. 그러나 어머니에게 두 딸의 양육을 맡기고 문필 활동에 전념한 결과 점차 작가로서의 명성과 경제적인 여유를 얻게 되었다.

아일랜드와 프랑스를 여행하고 쓴 여행기가 호평을 받았고, 그 뒤 발표한 『펜더니스 이야기*The History of Pendennis*』 『영국의 속물들』 『허영의 시장』 『헨리 에스먼드 이야기*The History of Henry Esmond*』 등 영국 사회의 어두운 일면을 사실적으로 묘사해 문단의 호평을 받은 일련의 작품들은 새커리에게 디킨스에 버금가는 작가로서의 지위와 명성을 안겨주었다. 그 무렵 새커리는 케임브리지 시절 친구의 아내를 진지하게 짝사랑하게 되었는데 그것은 거절과 절교로 이어졌고, 새커리는 그 일로 아내가 정신병을 얻게 된 이후 가장 큰 슬픔을 느꼈다고 한다.

이후 그는 두 딸과 함께 유럽을 여행하며 여러 글을 남겼고 미국과 영국을 순회하며 여러 주제로 강연을 펼치기도 했다. 1840~50년대에 잡지에 연재한 『뉴컴가*The Newcomes*』『신사 배리 린든의 회고록』『버지니아 사람들*The Virginians*』 등의 작품은 예리한 필치로 전쟁과 시대상을 사실적으로 그려낸 뛰어난 역사소설이라는 평가를 받았다. 1860년에는 문학잡지 『콘힐 매거진*Cornhill Magazine*』을 창간하고 초대 편집장으로 일하며 영국 문단 전체에 큰 영향력을 행사했다.

새커리는 1863년 52세의 많지 않은 나이에 뇌졸중으로 급작스럽게 쓰러져 세상을 떠났다. 그의 예기치 않은 죽음에 가족과 독자들 모두 놀라움과 슬픔을 느꼈고, 특히 20여 년간 반목과 화해를 거듭한 라이벌이자 친한 친구였던 디킨스는 큰 안타까움을 느껴 추도 시를 발표하기도 했다.

새커리의 작품 세계

새커리는 19세기 작가이지만 18세기 소설 창작 기법에 큰 영향을 받았다. 특히 『업둥이 톰 존스 이야기*The History of Tom Jones, a Foundling*』의 작가 헨리 필딩Henry Fielding(1707~1754)을 무척 존경했다. 『펜더니스 이야기』의 서문에서 "『톰 존스』의 작가가 땅에 묻힌 뒤로 온 힘을 다해 인간의 삶을 그려낸 작가는 없다"라고 개탄했을 정도였다. 필딩은 사실적인 묘사를 통해 소설 세계 속에 현실을 최대한 그대로 담아내려고 애쓴 작가였다. 새커리 역시, 도덕성이 문학의 큰 미덕이었던 19세기 영국의 문단 풍토에서 관습적이고 이상적인 소설 세계를 그려내는 대신, 사실주의적 세계와 인물을 창조해내려고 고군분투한 작가였다.

새커리는 자신의 이런 문학관을 구현하기 위해 종종 역사소설의 형식을 취했다. 소설 속에, 실제 일어난 역사적 사건을 배경으로 개연성 있는 인물 유형을 생생하게 살려냈던 것이다. 새커리에게는 역사가 사실주의에 입각한 작품 세계의 구축을 가능하게 해주는 가장 요긴한 소재였던 셈이다. 그렇게 새커리는 결점으로 가득한 평범한 인간이 인류의 역사라는 노도에 때로는 휩쓸리기도 하고 때로는 맞서기도 하면서 삶을 살아가는 과정을 통해 인간 본성을 그려냈다. 인간 본성이란 본디 전쟁과 같은 극한 상황에서 더욱 첨예하게 그 본모습을 드러내는 것이므로.

새커리가 역사적 사건 속에 새로이 창조해낸 인물들은 기존의 소설 속 인물들과는 전혀 다른 유형의 독특한 인물들이었다. 그들은 도덕적으로 무결하거나 완전한 존재가 아니라, 현실 생활 속에서 흔히 만날 수 있는 나약하고 어리석은 결점투성이 인간들이었다. 새커리는 대표작 『허영의 시장』에 '영웅 없는 소설(A novel without a hero)'이라는 부제를 달았다. 궁극적으로 행복한 결말을 맞이할 수밖에 없는 훌륭한 인간이 아니라 이기심과 허영에 젖어 있고 위선과 자기 합리화에 능한 인물들이 파국에 이르는 이야기를 통해 세상의 이치를 표현하고자 했던 것이다. 새커리에게는 당시 문단의 일반적인 기조였던 디킨스와 오스틴 식의 해피엔드가 그 자체로 현실에 위배되는 이상적이고 낭만적인 허상, 현실 속에서 일어날 수 없는 순진한 망상에 불과했기 때문이다.

역사적 사건을 배경으로 독특한 등장인물이 화려했던 과거를 회상하는 형식의 이야기를 통해, 독자의 공감과 반감을 시공을 초월해 섬세하게 조율할 줄 알았던 작가 새커리는 19세기 영국 문단의 대표적인 풍자 작가였다.

『신사 배리 린든의 회고록』에 대해

(1) 악한(惡漢)소설, 뉴게이트 소설, 역사소설

새커리의 작품 가운데 최초의 본격 역사소설로 꼽히는 『신사 배리 린든의 회고록』은 앞에서 요약한 새커리의 작품 성향들이 잘 드러나는 이야기이다. 새커리는 배리 린든이라는 주인공을 7년전쟁이라는 역사의 현장 속으로 데리고 나오는 과정에 당시 유행하던 악한소설과 뉴게이트 소설의 요소를 활용했다. '피카레스크picaresque 소설'이라고도 불리는 악한소설은 16세기 스페인에서 유행한 소설의 양식으로 악당을 주인공으로 한다. 협잡꾼, 무뢰배로 정의될 수 있지만 잔재주가 뛰어나고 매력도 있는 인물이 세상에서 겪는 일을 일인칭 주인공 시점에서 서술하는 형식의 악한소설은, 도덕관과 다양한 플롯의 부재로 곧 쇠퇴일로를 걷게 되었지만, 필딩과 새커리 같은 영국 작가, 그리고 마크 트웨인 같은 미국 작가에게까지 지대한 영향을 끼쳤다. 또 당대 영국에서는 뉴게이트 소설이라는 새로운 풍조의 소설이 유행했는데, 이 명칭은 역사적으로 흉악범 형무소로 악명을 떨쳤던 런던의 '뉴게이트 감옥'에서 빌려온 것이다. 범죄자의 삶을 낭만적으로 서술함으로써 범죄와 폭력을 조장한다는 지탄을 받았지만 새커리는 이 양식을 자신의 소설에 접목함으로써 중하층민의 삶을 사실적으로 그려냄과 동시에 역으로 새로운 도덕관을 제시하고자 했던 것이다.

새커리는 『신사 배리 린든의 회고록』 1장 도입부를 다음과 같이 시작한다. 명문가라는 공인을 얻지 못했음에도 자신이 고귀한 귀족 혈통이라고 굳게 믿으며 그 믿음을 지키는 데 목숨을 거는 인물을 주인공으로 설정한 것이다.

길림이나 도지에의 문장학(紋章學) 책에 실리지 못한 가문들 중에서는 가장 유명한, 아일랜드 왕국 배리오그 지방의 배리 가문에 대해 유럽의 신사라면 누구나 들어보았으리라 생각한다. (7쪽)

나는 사람들 앞에서 우리 가문, 우리 집의 호화로운 마차, 정원, 식품 저장고, 가축 따위를 자랑하는 버릇이 있었는데, 내 진짜 사정을 속속들이 다 아는 사람들 앞에서도 그랬다. 그 말을 듣고 있는 상대가 소년들이어서 녀석들이 감히 내 말을 비웃기라도 하면, 나는 녀석들을 두들겨 팼고 사생결단으로 덤벼들었다. 녀석들 중 한두 놈을 거의 죽을 지경이 될 때까지 패다가 집으로 끌려간 적이 한두 번이 아니었는데, 그때마다 어머니가 무엇 때문에 그랬느냐고 물으면 나는 "가문 때문에 싸웠다"고 대답하곤 했다. (32쪽)

악한소설의 특징을 극대화하기 위해 새커리가 이 작품에서 선택한 형식적 틀은 '회고록'이다. 회고록은 특성상 일인칭 주인공 시점으로 서술된다. 독자의 입장에서는 다른 객관적 설명이나 지표 없이 오로지 화자의 이야기만 믿고 따라가야 하는 것이다. 그런데 이 부분에 이 작품의 묘미가 있다. 독자의 입장에서는 그 화자의 말이 가장 믿을 수 없기 때문이다. 독자는 절대로 믿을 수 없는 일인칭 주인공 화자의 이야기를 따라가며 때로는 그 말에 의심을 품기도 하고 때로는 실소를 터뜨리기도 한다. 새커리는 이렇듯 화자와 시점을 절묘하게 활용함으로써 풍자의 효과를 높였던 것이다.

배리 씨는 자신이 하고 있는 일을 일부러 아주 애매한 표현으로 얼버무림으로써 우리의 의심을 부추긴다. (557쪽 미주 14)

배리 씨가 사건의 전말을 모두 밝히는 법이 전혀 없기 때문에, 즉 우리가 듣는 것은 오로지 그의 말뿐, 즉 전기 작가의 일방적 이야기뿐이기 때문에, 내용을 들어낼 수밖에 없었다는 사실을 기억해줬으면 한다. (497~98쪽)

배리가 우여곡절 끝에 세상 속으로 내몰리고 나서 유명한 노상강도 '캡틴 프리니'의 일화를 접하는 부분에는 범죄를 바라보던 당시 사람들의 시선이 잘 나타나 있다. '캡틴 프리니'는 실존했던 아일랜드의 노상강도를 모델로 한 인물로, 이 부분은 뉴게이트 소설의 특징을 잘 엿볼 수 있는 대목이다.

악당이 부인을 강탈하는 동안 바로 옆 들판에서는 서른 명가량의 사람이 일을 하고 있었는데도 그녀를 도우려는 이는 아무도 없었고, 오히려 자기네가 캡틴이라고 부르는 그 노상강도의 행운을 빌어주었다고 했다.
농노 한 명이 말했다. "그 사람은 가난한 사람들의 친구인 것이 분명하거든요. 그러니 행운을 빌 수밖에요!"

"그리고 그게 우리랑 무슨 상관이랍니까?" 다른 농노가 물었다.
또 다른 농부는 싱긋 웃으며 그 사람이 바로, 〔……〕 그 유명한 캡틴 프
리니라고 말했다. (95쪽)

소설의 도입부부터 악당으로 설정된 우리의 주인공은 더한 악당들
을 만나면서 7년전쟁이라는 역사적 사건 속으로 내몰린다. 그런데 주
인공의 입을 빌려 7년전쟁을 이야기하는 새커리의 방식이 사뭇 의미심
장하다. 새커리는 전쟁 영웅을 중심으로 역사적 사건을 바라보는 것이
아니라, 그 사건 속에 휘말린 일개 개인의 삶이 그 속에서 어떻게 파괴
되는지를 예리한 시선으로 포착해낸다.

우리는 프리드리히 2세를 '프리드리히 대왕'이라고 부름으로써 그
에게, 그리고 그의 철학과 자유분방함과 천재적인 용병술에 존경심을
표하지만, 그의 군대에서 사병으로 복무했던 나는, 다시 말해 역사의
위대한 한 장면을 장식한 그 풍경 뒤편에 서 있던 나는, 그 장면을 보
면 오직 공포만을 느낄 뿐이다. 범죄, 빈곤, 굴종 등이 합쳐져서 영광
을 빚어내는 항목들이 인간의 삶 속에 어디 한두 가지던가! 나는 지금
도 기억한다. 민덴 전투가 끝나고 3주 정도가 지난 어느 날을, 우리 몇
명이 몰려 들어갔던 어떤 농가를, 바들바들 떨면서 우리에게 포도주까
지 대접하던 농부의 아낙과 딸들을, 우리가 모조리 마셔버린 그 술을,
그리고 얼마 안 가 화염 속에 휩싸인 그 집을, 그리고 나중에 처자식과
집을 찾아 고향에 돌아온 그 상것이 느꼈을 비통함을! (131쪽)

인간이란 전쟁, 정치처럼 비인간화를 초래하는 사회라는 거대한 풍랑 속에서 이용, 희생될 수밖에 없는 미약한 존재라는 사실을 분명히 하고 있는 것이다. 이와 같은 새커리의 역사관은 '영웅 없는 소설'이라는 그의 문학관을 통해 더욱 구체화되었다.

(2) 영웅 없는 소설

새커리는 자신의 대표작 『허영의 시장』 서문에서 이렇게 말했다. "인간은 하나의 희곡이다. [……] 인간 개개인은 '허영의 시장'에 늘어서 있는 임시 건물과도 같다." '영웅 없는 소설'이라는 표현은 '주인공 없는 소설'로 대치될 수 있지만 사실 새커리의 소설들에는 엄연히 주인공이 존재한다. 다만, 그것은 관습적인 주인공에 대한 거부인 것이다. 비루하고 하찮은 인물, 불완전하고 사악한 인물이 겪는 대수롭지 않은 이야기가 현대인의 관점에서 보자면 큰 의미가 없을 수도 있다. 그러나 로맨스 속 영웅이 아닌 현실 속 인물들이 소설의 주인공으로 자리 잡게 된 건 18~19세기에 활동한 여러 작가의 노력 덕분이다. 그중에서도 새커리는 소설을 뜬구름 잡는 전설이 아니라 우리 삶을 반영하는 리얼리즘 문학으로 정착시키는 데 지대한 공헌을 했다. 이 작품에서 새커리는 허구적 편집자의 입을 빌려 이렇게 말한다.

예컨대 '프리티맨 왕자'의 경우, 단지 완벽한 정신과 강인한 신체를 선천적으로 타고났다는 이유만으로, 주인공이 여러 모험을 겪은 끝에 온갖 부귀영화를 누리게 된다. 이처럼 소설가는 자신이 아끼는 주인공을 귀족으로 만드는 것보다 더 중요한 일은 없다고 생각한다. 귀족이 되는 것이 삶의 상한선이라니 이 얼마나 어리석은 기준인가? 인

생 최고의 선은 귀족이 되는 것이 아니다. (559쪽 미주 25)

대중은 이런 이야기에 교훈이 반드시 담겨 있어야 한다고 앞으로도 계속 주장할 테니, 이 자리를 빌려 신사 배리 린든의 이야기에서도 도덕적 교훈을 얻을 수 있다는 점을 정중하게 밝혀드리는 바이다. 그 교훈은 세속적 성공이 미덕의 중요성을 뜻하지는 않는다는 것이다. 〔……〕 '피핀 왕은 착한 소년이라서 금 마차를 타게 되었다'는 식의 이야기를 들려주며 미덕은 보상되기 마련이라는 환상을 심어주면, 우리는 미덕과 금 마차에 똑같이 엄청나게 비싼 액면가를 매기게 된다. 참으로 터무니없고 비도덕적인 결론이다. 결국 금 마차를 굉장히 가치있는 보상의 자리에 올려놓음으로써, 우리는 금 마차를 지나치게 존중하게 되고 매일 무의식중에 금 마차를 향해 수천 가지 방식으로 경의를 표하게 되는 것이다. (498쪽)

이것이 세상의 진리라면, 그 진리가 작동하는 방식을 기술함으로써 생계를 유지하거나 기쁨을 느끼려는 사람과 그 진리 안에서 살아가는 사람은, 있는 힘을 다해 삶을 자신의 눈에 보이는 현실 그대로 그리려고 애쓸 의무가 분명히 있다. 모형이 인간 본성의 묘사인 양 대중을 속여 팔아먹어서는 안 된다. 〔……〕 세상에 존재한 적도 없고 존재할 수도 없는 유형의 삶을 인간의 대표로 삼아서는 안 된다는 이야기다. 있는 그대로의 자연을 베끼는 것이 의무는 아니라 하더라도, 최소한 그러려는 노력은 당연히 해보아야 한다. 아름다운 것은 물론 흉측한 것 역시 충실하게 묘사해야만, 그 두 가지가 최대한 자연 상태와 비슷한 비율로 모습을 드러낼 것이다. 미인을 바라보는 것과 곱사등이를 바라보는 것은 같은 것이다. 보는 것이 같다면 기술하는 것 역시 같은 것이다. 물론 아무리 세상에서 가장 뛰어난 천재라 하더라도 본래의 자연보다 더 나은 세상을 창조해낼 수는 없다. 그래도 그 옛날 자연에서 새로운 세계를 끌어냈던 몰리에르와 필딩의 문체가 다시 유행하게 될지, 그리하여 그 문체가 이제 끔찍하고 우스꽝스러우며 언제나 고상함만 추구하는 난감한 문체를 대신해 선풍적 인기를 누리게 될지 그 누가 알겠는가? 그러면 가짜 인물을 내세우는 가짜 **도덕**도 사라지게 될지 모른다. 가짜 인물이나 가짜 도덕이나 둘 다 역겨운 사기인 것은 매한가지다. (554~55쪽)

앞에 인용한 글들은 『프레이저스 매거진』에 수록된 연재본에 실렸던 것으로 훗날 단행본에서는 삭제되었다. 아마도 독자에게 자신의 소설관을 구구절절 설명하는 사족으로 느껴졌던 모양이다. 그러나 새커리의 관점이 이보다 더 잘 표현된 글은 없을 듯하다. 착한 주인공이 온갖 고난과 역경을 이겨내고 행복한 결말을 맞이하는 그런 종류의 이야기에 열광하는 대중의 요구에 야합하지 않고 일관되게 사실주의적 세계와 인물을 창조해낸 새커리의 뚝심, 그것이 현대 리얼리즘 소설에 비옥한 토양이 되어주었음은 부인할 수 없는 사실이다.

(3) 아일랜드 문제

새커리의 다른 작품들과 달리 『신사 배리 린든의 회고록』의 주인공은 몰락한 아일랜드 젠트리 청년이다. 아마도 이것은 신분 상승의 사다리에서 더욱더 소외되어 있던 아일랜드인이라는 설정을 인물에게 부과함으로써 내적, 외적 갈등의 양상을 더 첨예하게 표현하고자 한 작가의 의도적 장치인 것 같다. 따라서 잉글랜드와 아일랜드 사이의 역사적 갈등을 올바르게 이해해야만 이 소설의 묘미를 더욱 절감할 수 있는바 그 내용을 간략히 짚어보려고 한다.

두 나라 사이의 민족적 갈등이 소설 속에서 하나의 주된 모티프로 작용하고 있어서 번역 과정에서 불가피하게 영국과 잉글랜드를 구별했다. 영국이란 잉글랜드, 스코틀랜드, 웨일스, 아일랜드를 모두 포함하는 개념이기 때문이다.

잉글랜드가 아일랜드를 처음 침략한 것은 1170년 헨리 2세 때였다. 이후 16세기 초 헨리 8세는 가톨릭 귀족들의 영지를 몰수함으로써 아일랜드 지배를 공고히 했다. 17세기 초 제임스 1세는 토지를 제공하는 조건으로 북아일랜드 지방에 국교도들을 이주시켰고, 이로써 얼스터주를 중심으로 하는 북아일랜드는 아일랜드 전체와 다른 노선을 걷게 되었다. 1649년 크롬웰은 드로에다 지방을 점령하면서 4천 명이 넘는 아일랜드 주민을 학살하고 50퍼센트가 넘는 토지를 몰수해 잉글랜드 부재지주들에게 헐값에 분배했다. 그 결과 아일랜드 구교도의 손에는 전체 토지의 5퍼센트도 남지 않게 되었다. 그 뒤 집권한 잉글랜드 국왕들 역시 구교도들에게서 선거권과 피선거권을 박탈했고 그들을 공직에서 퇴출했다. 1801년 연방법의 발효로 공식적으로 두 나라는 하나의 국가가 되었지만, 19세기 중엽 아일랜드에서 일어난 대기근으로 백만 명 이상이 아사하고 수백만 명이 고국을 등지는 동안 잉글랜드는 아일랜드의 비극을 수수방관한 것은 물론, 오히려 곡식을 고가에 팔아 폭리를 취하는 데 몰두했다. 아일랜드인들은 잉글랜드의 처사에 극심한 분노와 반감을 느꼈고 아일랜드의 독립 운동은 점점 격화되었다. 20세기 초 내내 독립 운동이 계속되었고 1920년 영국 의회는 결국 아일랜드의 자치권을 인정했다. 이듬해인 1921년 아일랜드는 공식적으로 독립했다. 그러나 북아일랜드 6개 주는 영연방에 남았고, 이는 20세기 내내 내전이라는 유혈 사태를 초래했다. 영국 정부는 1997년 아일랜드 대기근을 방관했던 자신들의 행태에 대해 공식적으로 사과했고, 잉글랜드와 아일랜드와 북아일랜드 정부가 서로의 자치권과 종교를 인정함으로써 갈등은 일단락되었다.

우리도 식민 지배를 경험한 민족이지만, 750년 동안 식민 지배를 받은 아일랜드 민족의 가슴속에 어떤 상처가 남았을지는 다만 미루어 짐작만 해볼 뿐이다.

사실 새커리는 순수한 잉글랜드인이었으며 동인도회사의 부유한 관리의 아들로 태어나 성장한 잉글랜드 제국주의의 수혜자였다. 그럼에도 새커리가 아일랜드 청년을 출세기의 주인공으로 설정한 것은 두 민족 사이의 차별과 갈등이 도저히 그냥 간과할 수 없는 부조리한 체제에서 비롯된 것이었기 때문이다. 당대의 독자들은 이런 점 때문에 천하의 악당인 배리 린든에게 때때로 측은한 공감을 느끼지 않았을까.

나오며

새커리가 이 작품을 발표하고 두 세기 가까운 세월이 흐르는 동안 인류의 삶은 격변했다. 과학이 눈부시게 발전했고 대부분의 문명국가에 민주주의가 정착된 것이다. 그러나 다른 관점에서 보면 그것은 허울만 바뀐 것에 지나지 않을 수도 있다. 신분과 계급의 세습이 법적으로 보장되는 봉건주의 시대가 아님에도, 재산과 지위는 여전히 공공연하게 세습된다. 21세기 한국에서도 '금수저, 흙수저' 논란은 여전히 유효하며, 아일랜드가 겪은 세월에 대면 짧디짧은 36년 식민지 시대에 자행된 친일 행위 역시 아직 청산되지 않은 현재형 문제이다. 여전히 우리는 누군가가 아무런 부끄러움 없이 '돈도 실력'이라며 '무능한 너희 부모를 탓하라'고 떠들어대는 세상에 살고 있다.

그렇다면 우리 모두는 과연 그런 세상의 희생자이기만 할까? 출세와 성공만을 삶의 지표로 삼는 세태, 그 목표를 이루기 위해 수단과 방법을 가리지 않는 인간 군상은 19세기 영국 사회에서만 볼 수 있는 모습이 아니다. 있어 보여야 무시당하지 않고 있어 보여야 출세할 수 있다는 믿음은 사실 현재 우리 사회에도 팽배해 있다. 그래서일까? 많은 사람이 끼니만 해결되면 무리를 해서라도 외제 차를 몰고 명품 백을 메고 골프를 치려는 형국이다. 즉 규모와 정도가 다를 뿐 사람들 모두의 가슴속에는 배리 린든이 살고 있는 것이다. 가식과 허영으로 무장하고 온갖 교활한 술수와 야합을 동원해서라도 성공하려고 발버둥 치는 배리 린든, 그러다가 실패하면 타인의 부패와 타락, 사람을 지나치게 잘 믿는 자신의 순진성에서 문제의 원인을 찾으며 자신을 합리화하는 배리 린든이 말이다.

인정하기 힘들겠지만 속물근성과 출세주의에 젖은 배리 린든의 얼굴은 우리의 또 다른 얼굴이요, 일그러진 자화상이다. 그런 점에서, 새커리가 그려내고 있는 배리 린든의 결말을 절대로 간과해서는 안 된다. 독자는 이 책의 결말을 읽으며 약간의 아쉬움을 느낄지도 모른다. 요행과 편법을 통하지 않으면 신분 상승의 사다리를 올라갈 수 없는, 가진 것 없는 자의 비애에 감정이 심히 이입된 결과이리라. 혹 자신 안에 살고 있는 배리 린든에게 심하게 지배를 당하고 있는 것은 아닌지 스스로 돌이켜볼 일이다.

그러나 한편으로는 통쾌함이라는 양가감정 역시 동시에 느끼게 될 것이다. 예술이란, 문학이란, 인간 본성이 나아가야 할 바, 즉 정의를 외면하는 것이 아니기에 새커리 역시 악당 주인공을 비극으로 처벌한다. 소설 같은 현실 속 배리 린든과 같은 파렴치한 인물들 역시, 현실 같은 소설 속 배리 린든에게 닥쳐온 그런 파국을 맞이하길 바라는 마음이 드는 것은 인지상정이다.

어느 시대에나 적용할 수 있는 거울과 자(尺), 그것을 제시해주는 것이 바로 고전이다. 새커리가 우리에게 선사한 시대를 초월하는 그 거울과 자가 이 시대 이 땅의 독자 여러분에게도 유용하게 쓰이길 바라는 마음이다.

작가 연보

1811   7월 18일 인도 캘커타에서 동인도회사의 부유한 관리였던 리치먼
         드 새커리Richmond Thackeray와 앤 베처Anne Becher의 외아들로 태어
         남.

1815   아버지 리치먼드 새커리 사망.

1816   인도에서 영국으로 돌아와 사우샘프턴 학교에 입학. 새커리 부인,
         즉 어머니는 인도에서 첫사랑 헨리 카마이클 스미스와 재혼.

1819   치즈윅 학교에 다님. 어머니와 양아버지가 영국으로 돌아옴.

1822   1828년까지 런던의 사립학교 차터하우스에 다님.

1828   케임브리지 트리니티칼리지에 입학.

1830   도박 빚에 시달리다가 학위를 따지 않고 대학을 떠나 유럽 대륙을
         여행하며 견문을 넓힘.

1831   미들템플 법학 대학원에 입학해 법률을 공부.

1832   성년이 되어 아버지의 유산 2만 파운드를 상속받음. 파리에서 미
         술을 공부하며 자유로운 삶을 즐김.

1834   도박으로 아버지의 유산을 탕진하고 생계 유지를 위해 『프레이저
         스 매거진Fraser's Magazine』을 비롯해 잡지에 투고.

1836	8월 20일 파리 주재 영국 대사관에서 가난한 아일랜드 처녀 이사벨라 쇼Isabella Shawe와 결혼.
1837	런던에 정착해 직업적 문필가로 글쓰기에 전념. 첫째 딸 앤 이사벨라 태어남. 『프레이저스 매거진』에 일기와 편지 형식으로 런던에서 하인으로 일하는 한 사내의 이야기를 담은 「옐로플러시 보고서 The Yellowplush Papers」 연재. 조지 새비지 피츠 부들George Savage Fitz Boodle, 마이클 앤젤로 티트마시Michael Angelo Titmarsh, 뚱뚱한 기고가 등의 필명을 사용하기 시작.
1838	둘째 딸 제인 태어남.
1839	둘째 딸 사망. 『프레이저스 매거진』에 범죄자와 밑바닥 인생을 그린 「캐서린Catherine」 연재. 인도의 군대 생활을 다룬 『게이허건 소령Major Gahagan』 발표.
1840	셋째 딸 해리어트 매리앤 출생. 『프레이저스 매거진』에 「너절한 상류층 이야기A Shabby Genteel Story」 연재. 여행기 『파리 스케치북The Paris Sketch Book』 출간. 그의 부인 이사벨라가 런던에서 코크주로 가는 도중 자살하려고 강물에 뛰어드는 등 정신이상을 일으킴.
1841	『나폴레옹의 두번째 장례식The Second Funeral of Napoleon』 출간. 이사벨라를 개인 요양소에 위탁. 새커리의 아내는 평생 정신이상으로 새커리에게 큰 부담을 지웠으나 새커리보다 더 오래 살았음. 『프레이저스 매거진』에 「새뮤얼 티트마시와 호가티 다이아몬드 이야기The History of Samuel Titmarsh and the Great Hoggarty Diamond」 연재.
1842	7월부터 11월까지 처음으로 아일랜드 여행.
1843	여행기 『아일랜드 스케치북The Irish Sketch Book』 출간.
1844	『프레이저스 매거진』에 「배리 린든의 행운The Luck of Barry Lyndon: A Romance of the Last Century」 연재. 지중해와 유럽 동부 여행.
1846	『콘힐부터 카이로까지의 여행 기록Notes of a Journey from Cornhill to

Grand Cairo』 출간. 『펀치*Punch*』에 런던 중상류층의 속물근성과 허위의식, 출세주의를 날카롭게 풍자한 「영국의 속물들The Book of Snobs」 연재.

1848   처음 본명으로 『허영의 시장*Vanity Fair*』을 출간해 작가로서 입지를 다짐. 『버치 박사와 젊은 친구들*Dr. Birch and his Young Friends*』 출간.

1849   『레베카와 로위나*Rebecca and Rowena*』 출간.

1850   런던을 배경으로 한 자전적 소설 『펜더니스 이야기*The History of Pendennis*』와 『라인 강의 키클베리*Kickleburys on the Rhine*』 출간.

1851   런던에서 '18세기 영국의 유머 작가The English Humorists of the 18th Century'라는 제목으로 강연 시작. 케임브리지 시절 친구였던 헨리 브룩필드의 아내 제인에게 진지한 연정을 느낌. 결과적으로 브룩 필드 부부한테 절교를 당하고 마음에 큰 상처를 받음.

1852   앤 여왕 시대를 배경으로 하는 역사소설 『헨리 에스먼드 이야기*The History of Henry Esmond*』 출간. 미국 순회 강연 시작.

1853   강연집 『18세기 영국의 유머 작가*The English Humorists of the 18th Century*』 출간.

1855   『뉴컴가*The Newcomes*』 출간. '네 명의 조지 왕The Four Georges'이라는 제목으로 미국에서 순회 강연. 크리스마스 무렵 동화 『장미와 반지*The Rose and the Ring*』 출간.

1856   네 권짜리 『작가 선집*Miscellanies: Prose and Verse*』 출간. 『배리 린든의 행운』을 『신사 배리 린든의 회고록*The Memoirs of Barry Lyndon Esq.*』이라는 제목의 단행본으로 개정, 출간.

1857   하원의원에 출마했으나 낙선.

1859   영국과 미국을 배경으로 한 소설 『버지니아 사람들*The Virginians*』 출간.

1860   『콘힐 매거진*Cornhill Magazine*』 창간, 초대 편집장 역임. 『네 명의

조지 왕』 출간.

1862   『필립의 모험The Adventure of Phillip』 출간.

1863   「데니스 듀발Denis Duval」 집필을 시작했으나 끝내지 못하고 12월
        24일 뇌졸중으로 런던 펠리스 그린에서 사망. 켄잘 그린 공원묘지
        에 안장되고 웨스트민스터 사원에 기념 동상이 세워짐.

1864   『콘힐 매거진』에 디킨스의 추도 시 「인 메모리엄In Memoriam」이 실
        림.

세계문학과 한국문학 간에 혈맥이 뚫려,
세계−한국문학의 공진화가 개시되기를

21세기 한국에서 '세계문학'을 읽는다는 것은 무엇을 뜻하는가? 자국문학 따로 있고 그 울타리 바깥에 세계문학이 따로 있다는 말인가? 이제 한국문학은 주변문학이 아니며 개별문학만도 아니다. 김윤식·김현의 『한국문학사』(1973)가 두 개의 서문을 통해서 "한국문학은 주변문학을 벗어나야 한다"와 "한국문학은 개별문학이다"라는 두 개의 명제를 내세웠을 때, 한국문학은 아직 주변문학이었다. 한데 그 이후에도 여전히 한국문학은 주변문학이었다. 왜냐하면 "한국문학은 이식문학이다"라는 옛 평론가의 망령이 여전히 우리의 의식을 장악하고 있었기 때문이다. 그렇게 생각하고 그렇게 읽고, 써온 것이었다. 그리고 얼마간 그런 생각에 진실이 포함되어 있는 것도 사실이었다. 그러나 천천히, 그것도 아주 천천히, 경제성장이나 한류보다는 훨씬 느리게, 한국문학은 자신의 '자주성'을 세계에 알리며 그 존재를 세계지도의 표면 위에 부조시키고 있었다. 그런 와중에 반대 방향에서 전혀 다른 기운이 일어나 막 세계의 대양에 돛을 띄운 한국문학에 위협적인 격랑을 밀어붙이고 있었다. 20세기 말부터 본격화된 '세계화'의 바람은 이제 경제적 재화뿐만이 아니라 어떤 나라의 문화물도 국가 단위로만 존재할 수 없게 하였던 것이니, 한국문학 역시 세계문학의 한 단위라는 위상을 요구받게 되었던 것이다.

그러니 21세기 한국에서 세계문학을 읽는다는 것은 진정 무엇을 뜻하는가? 무엇보다도 세계문학이라는 개념을 돌이켜 볼 때가 되었다. 그동안 세계문학은 '보편문학'의 지위를 누려왔다. 즉 세계문학은 따라야 할 모범이고 존중해야 할 권위이며 자국문학이 복종해야 할 상급 문학이었다. 그리고 보편문학으로서의 세계문학의 반열에 올라간 작품들은 18세기 이래 강대국의 지위를 누려온 국가의 범위 안에서 설정되기가 일쑤였다. 이렇게 해서 세계 각국의 저마다의 문학은 몇몇 소수의 힘 있는 문학들의 영향 속에서 후자들을 추종하는 자세로 모가지를 드리워왔던 것이다. 이제 세계문학에게 본래의 이름을 돌려줄 때가 되었다. 즉 세계문학은 보편문학이 아니라 세계인 모두가 향유할 수 있도록 전 세계 방방곡곡에서 씌어져서 지구적 규모의 연락망을 통해 배달되는 지구상의 모든 문학이라고 재정의할 때가 되었다. 이러한 재정의에는 오로지 질적 의미의 삭제와 수량적 중성화만 있는 게 아니다. 모든 현상학적 환원에는 그 안에 진정한 가치를 향해 나아가고자 하는 지향성이 움직이고 있다. 20세기 막바지에 불어닥친 세계화 토네이도가 애초에는 신자유주의적 탐욕 속에서 소수의 대국 기업에 의해 주도되었으나 격심한 우여곡절을 겪으며 국가 간 위계질서를 무너뜨리는 평등한 교류로서의 대안-세계화의 청사진을 세계인의 마음속에 심게 하였듯이, 오늘날 모든 자국문학이 세계문학의 단위로 재편되는 추세가 보편문학의 성채도 덩달아 허물게 되어, 지구상의 모든 문학들이 공평의

체 위에서 토닥거리는 게 마땅하다는 인식이 일상화까지는 아니더라도 최소한 정당화되고 잠재적으로 전망되는 여건을 만들어내게 되었던 것이다.

또한 종래 세계문학의 보편문학적 지위는 공간적 한계만을 야기했던 게 아니다. 그 보편문학이 말 그대로 보편성을 확보했다기보다는 실상 협소한 문학적 기준에 근거한 한정된 작품 집합에 머무르기 일쑤였다. 게다가, 문학의 진정한 교류가 마음의 감동에서 움트는 것일진대, 언어의 상이성은 그런 꿈을 자주 흐려왔으니, 조급한 마음은 그런 어둠 사이에 상업성과 말초적 자극성이라는 아편을 주입하여 교류를 인공적으로 촉진시키곤 하였다. 이제 우리는 그런 편법과 왜곡을 막기 위해서, 활짝 개방된 문학적 관점을 도입하여, 지금까지 외면당하거나 이런저런 이유로 파묻혀 있던 숨은 걸작들을 발굴하여 널리 알리고 저마다의 문학을 저마다의 방식으로 감상할 수 있는 음미의 물관을 제공해야 할 것이다. 실로 그런 취지에서 보자면 우리는 한국에 미만한 수많은 세계문학전집 시리즈들이 과거의 세계문학장을 너무나 큰 어둠으로 가려오고 있었다는 것을 절감한다.

이와 같은 인식하에 '대산세계문학총서'의 방향은 다음으로 모인다. 첫째, '대산세계문학총서'의 기준은 작품의 고전적 가치이다. 그러나 설명이 필요하다. 이 고전은 지금까지 고전으로 인정된 것들에 갇히지 않는다. 우리가 생각하는 고전성은 추상적으로는 '높은 문학성'을 가리킬 터이지만, 이 문학성이란 이미 확정된 규칙들에 근거한 문학성(그런 문학성은 실상 존재하지 않거니와)이 아니라, 오로지 저만의 고유한 구조를 통해 조직되는데 희한하게도 독자들의 저마다의 수용 기관과 연결되는 소통로의 접속 단자가 풍요롭고, 그 전류가 진해서, 세계의 가장 많은 인구의 감성을 열고 지성을 드높일 잠재적 역능이 알차게 채워진 작품의 성질을 가리킨다. 이러한 기준은 결국 작품의 문학성이 작품이나 작가에 의해 혹은 독자에 의해 일방적으로 결정되는 것이 아니라, 세 주체의 협력에 의해 형성되며 동시에 그 형성을 통해서 작품을 개방하고 작가의 다음 운동을 북돋거나 작가를 재인식시키며, 독자의 감수성을 일깨워 그의 내부에 읽기로부터 쓰기로의 순환이 유장하도록 자극하는 운동을 낳는다는 점을 환기시키고 또한 그런 작품에 대한 분별을 요구한다.

이 첫번째 기준으로부터 두 가지 기준이 덧붙여 결정된다.

둘째, '대산세계문학총서'는 발굴하고 발견한다. 모르거나 잊힌 것을 발굴하여 문학의 두께를 두텁게 하고, 당대의 유행을 따라가기보다는 또한 단순히 미래를 예측하기보다는 차라리 인류의 미래를 공진화적으로 개방할 수 있는 작품을 발견하여 문학의 영역을 확장할 것을 목표로 한다. 이는 또한 공동선의 실현과 심미안의 집단적 수준의 진화에 맞추어 작품을 선별한다는 것을 뜻한다.

셋째, '대산세계문학총서'가 지구상의 그리고 고금의 모든 문학작품들에게 열려 있다면, 그리고 이 열림이 지금까지의 기술 그대로 그 고유성을 제대로 활성화시키는 방식으로 진행되는 것이라면, 이는 궁극적으로 '가장 지역적인 문학이 가장 세계적인 문학'이라는 이상적 호환성을 추구한다는 것을 가리킨다. 이는 또한 '대산세계문학총서'의 피드백에도 그대로 적용될 것이다. 즉 '대산세계문학총서'의 개개 작품들은 한국의 독자들에게 가장 고유한 방식으로 향유될 터이고, 그럴 때에 그 작품의 세계성이 가장 활발하게 현상되고 작용할 것이다.

이러한 기준들을 열린 자세와 꼼꼼한 태도로 섬세히 원용함으로써 우리는 '대산세계문학총서'가 그 발굴과 발견을 통해 세계문학의 영역을 두텁고 넓게 하는 과정 그 자체로서 한국 독자들의 문학적 안목과 감수성을 신장시키는 데 기여할 것을 기대하며, 재차 그러한 과정이 한국문학의 체내에 수혈되어 한국문학의 도약이 곧바로 세계문학의 진화로 이어지게끔 하기를 희망한다. 이는 우리가 '대산세계문학총서'를 21세기의 한국사회에서 수행하는 근본적인 소이이다. 독자들의 뜨거운 호응을 바라마지않는다.

'대산세계문학총서' 기획위원회

대 산 세 계 문 학 총 서

001–002 소설 · **트리스트럼 샌디(전 2권)** 로렌스 스턴 지음 | 홍경숙 옮김

003 시 · **노래의 책** 하인리히 하이네 지음 | 김재혁 옮김

004–005 소설 · **페리키요 사르니엔토(전 2권)**
호세 호아킨 페르난데스 데 리사르디 지음 | 김현철 옮김

006 시 · **알코올** 기욤 아폴리네르 지음 | 이규현 옮김

007 소설 · **그들의 눈은 신을 보고 있었다** 조라 닐 허스턴 지음 | 이시영 옮김

008 소설 · **행인** 나쓰메 소세키 지음 | 유숙자 옮김

009 희곡 · **타오르는 어둠 속에서/어느 계단의 이야기**
안토니오 부에로 바예호 지음 | 김보영 옮김

010–011 소설 · **오블로모프(전 2권)** I. A. 곤차로프 지음 | 최윤락 옮김

012–013 소설 · **코린나: 이탈리아 이야기(전 2권)** 마담 드 스탈 지음 | 권유현 옮김

014 희곡 · **탬벌레인 대왕/몰타의 유대인/파우스투스 박사**
크리스토퍼 말로 지음 | 강석주 옮김

015 소설 · **러시아 인형** 아돌포 비오이 까사레스 지음 | 안영옥 옮김

016 소설 · **문장** 요코미쓰 리이치 지음 | 이양 옮김

017 소설 · **안톤 라이저** 칼 필립 모리츠 지음 | 장희권 옮김

018 시 · **악의 꽃** 샤를 보들레르 지음 | 윤영애 옮김

019 시 · **로만체로** 하인리히 하이네 지음 | 김재혁 옮김

020 소설 · **사랑과 교육** 미겔 데 우나무노 지음 | 남진희 옮김

021–030 소설 · **서유기(전 10권)** 오승은 지음 | 임홍빈 옮김

031 소설 · **변경** 미셸 뷔토르 지음 | 권은미 옮김

032-033 소설　**약혼자들(전 2권)** 알레산드로 만초니 지음 | 김효정 옮김

034 소설　**보헤미아의 숲/숲 속의 오솔길** 아달베르트 슈티프터 지음 | 권영경 옮김

035 소설　**가르강튀아/팡타그뤼엘** 프랑수아 라블레 지음 | 유석호 옮김

036 소설　**사탄의 태양 아래** 조르주 베르나노스 지음 | 윤진 옮김

037 시　**시집** 스테판 말라르메 지음 | 황현산 옮김

038 시　**도연명 전집** 도연명 지음 | 이치수 역주

039 소설　**드리나 강의 다리** 이보 안드리치 지음 | 김지향 옮김

040 시　**한밤의 가수** 베이다오 지음 | 배도임 옮김

041 소설　**독사를 죽였어야 했는데** 야샤르 케말 지음 | 오은경 옮김

042 희곡　**볼포네, 또는 여우** 벤 존슨 지음 | 임이연 옮김

043 소설　**백마의 기사** 테오도어 슈토름 지음 | 박경희 옮김

044 소설　**경성지련** 장아이링 지음 | 김순진 옮김

045 소설　**첫번째 향로** 장아이링 지음 | 김순진 옮김

046 소설　**끄르일로프 우화집** 이반 끄르일로프 지음 | 정막래 옮김

047 시　**이백 오칠언절구** 이백 지음 | 황선재 역주

048 소설　**페테르부르크** 안드레이 벨르이 지음 | 이현숙 옮김

049 소설　**발칸의 전설** 요르단 욥코프 지음 | 신윤곤 옮김

050 소설　**블라이드데일 로맨스** 나사니엘 호손 지음 | 김지원 · 한혜경 옮김

051 희곡　**보헤미아의 빛** 라몬 델 바예-인클란 지음 | 김선욱 옮김

052 시　**서동 시집** 요한 볼프강 폰 괴테 지음 | 안문영 외 옮김

053 소설　**비밀요원** 조지프 콘래드 지음 | 왕은철 옮김

054-055 소설　**헤이케 이야기(전 2권)** 지은이 미상 | 오찬욱 옮김

056 소설　**몽골의 설화** 데. 체렌소드놈 편저 | 이안나 옮김

057 소설　**암초** 이디스 워튼 지음 | 손영미 옮김

058 소설　**수전노** 알 자히드 지음 | 김정아 옮김

059 소설　**거꾸로** 조리스-카를 위스망스 지음 | 유진현 옮김

060 소설　**페피타 히메네스** 후안 발레라 지음 | 박종욱 옮김

061 시　**납** 제오르제 바코비아 지음 | 김정환 옮김

062 시　**끝과 시작** 비스와바 쉼보르스카 지음 | 최성은 옮김

063 소설　**과학의 나무** 피오 바로하 지음 | 조구호 옮김

064 소설　**밀회의 집** 알랭 로브-그리예 지음 | 임혜숙 옮김

065 소설　**붉은 수수밭** 모옌 지음 | 심혜영 옮김

066 소설　**아서의 섬** 엘사 모란테 지음 | 천지은 옮김

067 시　**소동파사선** 소동파 지음 | 조규백 역주

068 소설　**위험한 관계** 쇼데를로 드 라클로 지음 | 윤진 옮김

069 소설　**거장과 마르가리타** 미하일 불가코프 지음 | 김혜란 옮김

070 소설　**우게쓰 이야기** 우에다 아키나리 지음 | 이한창 옮김

071 소설　**별과 사랑** 엘레나 포니아토프스카 지음 | 추인숙 옮김

072-073 소설　**불의 산**(전 2권) 쓰시마 유코 지음 | 이송희 옮김

074 소설　**인생의 첫출발** 오노레 드 발자크 지음 | 선영아 옮김

075 소설　**몰로이** 사뮈엘 베케트 지음 | 김경의 옮김

076 시　**미오 시드의 노래** 지은이 미상 | 정동섭 옮김

077 희곡　**셰익스피어 로맨스 희곡 전집** 윌리엄 셰익스피어 지음 | 이상섭 옮김

078 희곡　**돈 카를로스** 프리드리히 폰 실러 지음 | 장상용 옮김

079-080 소설　**파멜라**(전 2권) 새뮤얼 리처드슨 지음 | 장은명 옮김

081 시　**이십억 광년의 고독** 다니카와 슌타로 지음 | 김응교 옮김

082 소설　**잔지바르 또는 마지막 이유** 알프레트 안더쉬 지음 | 강여규 옮김

083 소설　**에피 브리스트** 테오도르 폰타네 지음 | 김영주 옮김

084 소설　**악에 관한 세 편의 대화** 블라디미르 솔로비요프 지음 | 박종소 옮김

085-086 소설　**새로운 인생**(전 2권) 잉고 슐체 지음 | 노선정 옮김

087 소설　**그것이 어떻게 빛나는지** 토마스 브루시히 지음 | 문항심 옮김

088-089 산문　**한유문집—창려문초**(전 2권) 한유 지음 | 이주해 옮김

090 시　**서곡** 윌리엄 워즈워스 지음 | 김숭희 옮김

091 소설　**어떤 여자** 아리시마 다케오 지음 | 김옥희 옮김

092 시　**가원 경과 녹색기사** 지은이 미상 | 이동일 옮김

093 산문　**어린 시절** 나탈리 사로트 지음 | 권수경 옮김

094 소설　**골로블료프가의 사람들** 미하일 살티코프 셰드린 지음 | 김원한 옮김

095 소설　**결투** 알렉산드르 쿠프린 지음 | 이기주 옮김

096 소설　**결혼식 전날 생긴 일** 네우송 호드리게스 지음 | 오진영 옮김

097 소설　**장벽을 뛰어넘는 사람** 페터 슈나이더 지음 | 김연신 옮김

098 소설　**에두아르트의 귀향** 페터 슈나이더 지음 | 김연신 옮김

099 소설　**옛날 옛적에 한 나라가 있었지** 두샨 코바체비치 지음 | 김상헌 옮김

100 소설　**나는 고故 마티아 파스칼이오** 루이지 피란델로 지음 | 이윤희 옮김

101 소설　**따니아오 호수 이야기** 왕정치 지음 | 박정원 옮김

102 시 **송사삼백수** 주조모 엮음 | 이동향 역주

103 시 **문턱 너머 저편** 에이드리언 리치 지음 | 한지희 옮김

104 소설 **충효공원** 천잉전 지음 | 주재희 옮김

105 희곡 **유디트/헤롯과 마리암네** 프리드리히 헤벨 지음 | 김영목 옮김

106 시 **이스탄불을 듣는다**

오르한 웰리 카늑 지음 | 술탄 훼라 아크프나르 여 · 이현석 옮김

107 소설 **화산 아래서** 맬컴 라우리 지음 | 권수미 옮김

108-109 소설 **경화연**(전 2권) 이여진 지음 | 문현선 옮김

110 소설 **예피판의 갑문** 안드레이 플라토노프 지음 | 김철균 옮김

111 희곡 **가장 중요한 것** 니콜라이 예브레이노프 지음 | 안지영 옮김

112 소설 **파울리나 1880** 피에르 장 주브 지음 | 윤 진 옮김

113 소설 **위폐범들** 앙드레 지드 지음 | 권은미 옮김

114-115 소설 **업둥이 톰 존스 이야기**(전 2권) 헨리 필딩 지음 | 김일영 옮김

116 소설 **초조한 마음** 슈테판 츠바이크 지음 | 이유정 옮김

117 소설 **악마 같은 여인들** 쥘 바르베 도르비이 지음 | 고봉만 옮김

118 소설 **경본통속소설** 지은이 미상 | 문성재 옮김

119 소설 **번역사** 레일라 아부렐라 지음 | 이윤재 옮김

120 소설 **남과 북** 엘리자베스 개스켈 지음 | 이미경 옮김

121 소설 **대리석 절벽 위에서** 에른스트 윙거 지음 | 노선정 옮김

122 소설 **죽은 자들의 백과전서** 다닐로 키슈 지음 | 조준래 옮김

123 시 **나의 방랑—랭보 시집** 아르튀르 랭보 지음 | 한대균 옮김

124 소설 **슈톨츠** 파울 니종 지음 | 황승환 옮김

125 소설 **휴식의 정원** 바진 지음 | 차현경 옮김

126 소설 **굶주린 길** 벤 오크리 지음 | 장재영 옮김

127-128 소설 **비스와스 씨를 위한 집**(전 2권) V. S. 나이폴 지음 | 손나경 옮김

129 소설 **새하얀 마음** 하비에르 마리아스 지음 | 김상유 옮김

130 산문 **루테치아** 하인리히 하이네 지음 | 김수용 옮김

131 소설 **열병** 르 클레지오 지음 | 임미경 옮김

132 소설 **조선소** 후안 카를로스 오네티 지음 | 조구호 옮김

133-135 소설 **저항의 미학**(전 3권) 페터 바이스 지음 | 탁선미 · 남덕현 · 홍승용 옮김

136 소설 **신생** 시마자키 도손 지음 | 송태욱 옮김

137 소설 **캐스터브리지의 시장** 토머스 하디 지음 | 이윤재 옮김

138 소설　**죄수 마차를 탄 기사** 크레티앵 드 트루아 지음 | 유희수 옮김

139 자서전　**2번가에서** 에스키아 음파렐레 지음 | 배미영 옮김

140 소설　**묵동기담/스미다 강** 나가이 가후 지음 | 강윤화 옮김

141 소설　**개척자들** 제임스 페니모어 쿠퍼 지음 | 장은명 옮김

142 소설　**반짝이끼** 다케다 다이준 지음 | 박은정 옮김

143 소설　**제노의 의식** 이탈로 스베보 지음 | 한리나 옮김

144 소설　**흥분이란 무엇인가** 장웨이 지음 | 임명신 옮김

145 소설　**그랜드 호텔** 비키 바움 지음 | 박광자 옮김

146 소설　**무고한 존재** 가브리엘레 단눈치오 지음 | 윤병언 옮김

147 소설　**고야, 혹은 인식의 혹독한 길** 리온 포이히트방거 지음 | 문광훈 옮김

148 시　**두보 오칠언절구** 두보 지음 | 강민호 옮김

149 소설　**병사 이반 촌킨의 삶과 이상한 모험**

　　　　블라디미르 보이노비치 지음 | 양장선 옮김

150 시　**내가 얼마나 많은 영혼을 가졌는지** 페르난두 페소아 지음 | 김한민 옮김

151 소설　**파노라마섬 기담/인간 의자** 에도가와 란포 지음 | 김단비 옮김

152–153 소설　**파우스트 박사**(전 2권) 토마스 만 지음 | 김륜옥 옮김

154 시, 희곡　**사중주 네 편—T. S. 엘리엇의 장시와 한 편의 희곡**

　　　　T. S. 엘리엇 지음 | 윤혜준 옮김

155 시　**퀼뤼스탄의 시** 배흐티야르 와합자대 지음 | 오은경 옮김

156 소설　**찬란한 길** 마거릿 드래블 지음 | 가주연 옮김

157 전집　**사랑스러운 푸른 잿빛 밤** 볼프강 보르헤르트 지음 | 박규호 옮김

158 소설　**포옹가족** 고지마 노부오 지음 | 김상은 옮김

159 소설　**바보** 엔도 슈사쿠 지음 | 김승철 옮김

160 소설　**아산** 블라디미르 마카닌 지음 | 안지영 옮김

161 소설　**신사 배리 린든의 회고록** 윌리엄 메이크피스 새커리 지음 | 신윤진 옮김